U0024302

沈謙詞學與其《沈氏詞韻》研究

郭娟玉 著

自序

「詞」以其獨具之抒情功能，優美之藝術形式，與「詩」並為古體韻文之雙璧。方其「倚聲」而歌，別有樂律聲調之美；及其「依譜」填詞，猶存情思婉轉之勝。古人以之抒發「文不能言，詩不能道」之情；今人則玩味涵詠，百讀不厭。

在波瀾漣漪、璀燦絢麗之詞史中，唐、五代為濫觴之歌，南、北宋為極盛之詞，及清代號稱中興，後世傾慕豔羨者既夥，論析闡述，幾無所遺。惟明詞以衰頽見譏，學者鄙棄不顧，是以論者寥寥。然明代詞風固無可取，其詞學研究則頗為發達，不獨為失樂之詞，重覓格律形式；亦為推尊詞體，開啟風氣。詞體得由音樂文學蛻變為純文學，由豔科小道晉身於正統文學，而復振於清代，有明詞學之理論建設，實功不可沒。故就詞史之發展言，明代詞壇，殆不可輕忽。

吾　師王偉勇先生，潛心詞學，素以「詞史」為志。指導研究之際，宏觀遠眺，不因明詞之衰，而廢其學。遂以「明代詞學」，勉諸門生。余得吾　師點撥，探賾詞學奧府，忝列門牆，願盡寸心。盱衡審度，以填詞之大要在律、韻，而研韻者甚鮮。復因明末詞壇，乃詞學由剝而復之關鍵，遂擇定橫跨明、清兩代之沈謙為碩士論文之研究對象。蓋以沈謙之詞源出雲間，而廁身西泠；不獨始創詞韻，且詞話、詞作亦皆兼備，由是振葉尋根，觀瀾索源，明末之詞學風氣、詞派流衍，亦略盡於斯矣。

然讀其書，知其人，乃撰論之基礎。沈謙詞論《填詞雜說》、詞作《東江別集》、詞韻《沈氏詞韻》，域內雖見庋藏，而本集《東江集鈔》則見存於大陸。不睹斯集，生平難詳，幸蒙吾　師傾力相助，歷經波折，終得複製北京圖書館藏康熙十五年《東江集鈔》刻本九卷，及康熙年間陸進、俞士彪輯《西陵詞選》八卷。二書俱善本珍藏，得來不易，資料彌足珍貴。沈謙之家世、生平、學行及著述，因得是書之輔證，而脈絡犂然。

本論文自擬定題目、蒐集資料，至一九九七年十二月撰成，將及三載。期間所歷困難、疑惑，多蒙吾　師王偉勇先生殷殷慰勉，循循善誘；而韻學深奧，初涉領域，戰戰兢兢，不敢自必，幸蒙吾　師林炯陽先生鼓勵，並為批閱諟正，乃成完成碩士論文。及入學臺灣大學中國文學系博士班，又蒙吾　師張以仁先生指導啟發，以《溫庭筠辨疑》獲得博士學位，天其厚我！賜我　良師。今展觀舊作，悵　炯陽師故去多年，諄諄教誨，不敢或望；欣　偉勇師遨遊瀚海，著作不輟，桃李璨然；而省視論文，一則願勘補若干詞史、詞韻研究之空白，一則願紀念　恩師教誨之功，遂萌刊布之思。承蒙陶子珍學姊介紹秀威出版社，願獎掖學術後進；並經由吾　師曾永義先生　王偉勇先生推薦，拙著因得梓行。唯資鈍學淺，闕失不周之處，在所難免，尚祈知音君子，不吝教正。

郭娟玉謹識　中華民國九十七年八月十四日

目 次

自序……（一）

緒論……一

壹、研究動機……一

貳、研究方法……二

參、研究目的……四

上篇　沈謙詞學研究……七

第壹章　沈謙與當代詞壇……九

第一節　明末清初之詞壇……九

壹、詞派流衍……一〇

貳、詞學風氣……一七

第二節　沈謙之家世……三八

壹、山川形勝　翰墨緣深……三八

貳、仰承先武　嗣響清音……四三

第三節　沈謙之生平……五八

壹、明末諸生……五八

貳、清初隱士……六八

第四節　沈謙之學行……一七六
壹、孝友天成　骨高氣挺……一七六
貳、多才博學　尤擅倚聲……一七九
第貳章　沈謙之詞論——《填詞雜說》……一九五
第一節　移情說……一九六
壹、以情論詞……一九六
貳、以詞移情……一〇九
第二節　本色論……一二〇
壹、以「自然」「渾成」為本色……一二一
貳、以「後主」「易安」為當行……一四三
第三節　《填詞雜說》之特色與成就……一五六
壹、論詞特色……一五六
貳、詞學成就……一五八
第參章　沈謙之詞作——《東江別集》……一六三
第一節　版本源流……一六四
壹、版本與體例……一六五
貳、選本與輯佚……一六九
第二節　選聲擇調……一七四
壹、度新腔……一七五
貳、擇舊調……一八四
第三節　詞篇內容……一九三
壹、最無情處最牽情——閨情豔思之作……一九三
貳、煙鬟斜嚲蛸蟰嫩——詠物寫人之作……一九六

參、生離死別誰經慣——悼亡惜別之作……二〇〇
肆、唱遍新詞空灑淚——感慨抒懷之作……二〇六
第四節　藝術特色……二一〇
壹、短調長篇　兼賅衆體……二一〇
貳、蕩往纏綿　窮纖極隱……二一二
參、度曲審音　聲情俱妙……二一七

下篇　《沈氏詞韻》研究……二三三

第壹章　詞韻史略……二二五
第一節　詞韻之創始……二二五
壹、朱敦儒初擬應制詞韻……二二六
貳、沈謙始創詞韻輪廓……二三一
第二節　詞韻之發展……二三七
壹、求合於古調……二三七
貳、求合於今音……二四四
第三節　詞韻之總結……二五二
第貳章　《沈氏詞韻》之成書……二五九
第一節　版本源流……二五九
壹、《韻學通指》本……二六〇
貳、詞選附錄本……二六〇
參、詞話著錄本……二六一
第二節　內容體例……二六二
壹、韻部與部目……二六六

貳、韻目與韻字……二六八
參、按語與韻例……二七一
第三節　編撰目的……二七三
壹、以正韻學之謬……二七三
貳、以供吟詠之需……二七五
第四節　擬韻方法……二七七
壹、據宋詞韻例歸納　從嚴分部……二七七
貳、按詩韻韻目刪幷　從寬通協……二七九
第參章　《沈氏詞韻》韻部之探討……二八三
第一節　《沈氏詞韻》韻部考釋……二八三
壹、韻目考釋……二八三
貳、韻部考釋……二八七
第二節　《東江別集》用韻考略……二九八
壹、詞韻譜……二九八
貳、特殊押韻……三二三
第肆章　《沈氏詞韻》與《詞林正韻》之比較……三二七
第一節　韻書體式比較……三二八
壹、部目比較……三二八
貳、韻目比較……三二九
參、韻字比較……三三〇
第二節　韻部分合評議……三三二
壹、陰聲韻部……三三三
貳、陽聲韻部……三四三

參、入聲韻部……三四八
第伍章 《沈氏詞韻》之價值與影響……三五九
第一節 推進清詞之復興……三六〇
壹、詞韻律化之先導……三六〇
貳、填詞用韻之指南……三六二
第二節 開啟韻學之門徑……三六六
壹、創立詞韻體製……三六六
貳、擬定詞韻韻部……三六七
參、啓發韻學方法……三六九
第三節 宋代音系之參考……三七〇
壹、研究宋音之參考……三七〇
貳、研究宋詞之參考……三七一
結論……三七三
附錄一 沈謙傳略……三七七
附錄二 《東江別集》佚詞……三八五
附錄三 《沈氏詞韻》與《詞林正韻》韻目對照表……三八九
重要參考書目……三九三

緒論

壹、研究動機

詞始於唐，衍生於五代，盛於宋，沿於元，榛蕪於明，復興於清，已成詞壇公論。而詞之復振於清，詞家究其原委，大抵溯源至明末陳子龍創立幾社，并由此衍生之詞學流派——雲間詞派。陳子龍主盟詞壇，力挽明詞頹靡之風，論詞托貞心於妍貌，隱摯念於佻言；以穠豔之筆，傳淒婉之神，人品詞品俱高，遂開三百年來詞學中興之先聲。入清之後，西陵派即雲間派，沈謙為西陵十子之一，博學多才，尤工於詞。既承雲間宗風，復因識見通達，而能開啟一代風氣。就詞作言，其《東江別集》三卷，瑕瑜互見。既以語真、情幽見長，亦以香奩、淺俗見譏，又好為自度曲，正反映詞學由明及清，由衰而興之中間過渡。就詞論言，所撰《填詞雜說》簡要精當，不獨開示作詞要訣，復本「詞貴於移情」之旨，不抑揚婉約與豪放，視詞為全功而非小道，實乃詞體由小道晉身正統文學之重要功臣。就詞韻言，操律比韻特見精妙，所撰《沈氏詞韻》，為詞韻之濫觴，不獨糾前代韻書之謬，正當世誤用曲韻之病；亦為清初詞韻律化之先導，填詞用韻之指南，於清詞之復興具有推波助瀾之功。故研究沈謙之詞論、詞作與詞韻，亦可概見明末清初詞學風氣之演變。

然有關沈謙詞學與詞韻之研究，僅散見於詞話、詞史，以及學位論文、單篇論文等，且均屬綜論性探討，而非專門性研究。其中予以專節探討者，如：陳美《明末忠義詞人研究》第六章〈隱逸不仕及其他詞人〉第三節〈沈謙〉，係就其詞學成就，作概括性論述。謝桃坊《中國詞學史》第三章〈詞學的中衰〉第六節〈沈謙的詞韻略〉，及所撰〈詞韻的建構從試擬到完成——朱敦儒、沈謙、戈載三家詞韻評述〉一文，則就其詞韻成就，予以中肯評價。至如嚴迪昌

《清詞史》第一編第一章〈雲間詞派及其餘韻流響〉第二節〈雲間詞派的餘韻流響・西泠十子〉；方智範《中國詞學批評史》下編第一章〈清代前期（順治至康熙初）詞論——詞學批評復興的前奏〉第一節〈雲間餘響與清初詞論〉；朱崇才《詞話學》第三章〈詞話的歷史發展〉第八節〈清代前期詞話〉；丁放、朱欣欣《元明清詩歌批評史》第三章〈清代詩歌批評〉第六節〈清代的詞學理論〉等，皆就其所屬流派及時代言之，大抵泛論而已。至若沈謙生平，詞壇迄無論及者。而大陸曲壇，近年頗重沈謙曲學，如劉輝〈清代曲家沈謙〉，嘗探討沈謙之曲學及生平；張增元〈清代戲曲作家考論〉，曾考論沈謙生平，然亦止於略述而已。可見近世學者，已然肯定沈謙之成就與影響，惟未嘗深考，猶未能盡窺其才。而煌煌深功，世有未盡，仰瞻前賢，深有愧焉。乃以沈謙之詞學與詞韻為研究主題，期能窺其學，實其望，此本論文撰寫之深衷。

貳、研究方法

沈謙博學多才，其詞學論著，有《東江別集》、《填詞雜說》、《沈氏詞韻》、《沈氏詞譜》、《古今詞選》等。今僅存《東江別集》、《填詞雜說》及《沈氏詞韻》三書，即為本論文研究之主體，兼及沈謙之生平與當代詞壇。故論其所涉，實兼晐詞人、詞集、詞論、詞韻諸門類；而其研究方法，因類屬不同，亦自有別，茲分項說明於次：

一、生平部分：沈謙傳誌，見存於《東江集鈔》附錄：應撝謙〈東江沈公傳〉、毛先舒〈沈去矜墓誌銘〉、沈聖昭〈先府君行狀〉，又沈聖昭〈東江集鈔跋〉及蔣平階、陸圻、毛先舒、祝文襄諸人之〈東江集鈔序〉，亦得窺其一二。後之史傳方志記載雖夥，惟多取材於斯。舉其要者，如趙爾巽《清史稿・列傳・文苑》卷四八四、《清史列傳・文苑傳》卷七十、嵇曾筠《浙江通志》卷一八七等，皆是。至如沈謙所撰《臨平記》及張大昌《臨平記補遺》，足堪考稽臨平風物、人情、事蹟；近人匯輯資料，如謝正光、范金民《明遺民錄彙輯》、張增元《方志著錄元明清曲家傳略》、莊一拂《明清散曲作家匯考》等，亦足取資。故本文考稽沈謙生平，乃以前述資料及《東江集鈔》、《東江別集》為本，復參諸同時文人年譜及詩文材料，分析歸納，期能具體鉤勒沈謙之家世、生平與學行。此外，復就沈謙身處之明末清初詞壇，考析詞派流衍及詞學風氣，冠於上篇之首，以為知人論世之依據。

二、詞論部分：沈謙詞論見存於《填詞雜說》，凡三十二則。又《東江集鈔》所錄若干書、序，如〈陸蓋思詩餘序〉、〈雲華館別錄自序〉、〈與李東琪書〉、〈答毛稚黃論填詞書〉諸文，皆可見其詞學觀。故探討沈謙詞論，所據資料以《填詞雜說》為主，復參稽其論詞諸文，期能窺其全豹。復次，由於沈謙詞學源出雲間一派，世號西泠十子。而明末清初之詞壇，大抵為雲間及西泠、柳州、蘭陵、揚州等四大支脈所籠罩。沈謙論詞固前有所承，亦浸染時風，是以本文考述之際，既溯其源流，亦旁徵時論，以明其原委，以見其時代特色。至若論文方式，則分析、歸納沈謙漫說雜錄之言，沿其論詞之中心要旨，擬為「移情說」、「本色論」二目，以為論述之主軸。期能溯源竟委，得其論詞之真諦。

三、詞作部分：沈謙詞集原名《雲華館別錄》，及晚年手自刪汰述作，更為《東江別集》五卷，前三卷為詞，後二卷為南北曲。後趙尊嶽《明詞彙刊》汰曲存詞，收刻《東江別集》三卷，後世因之，逕稱《東江別集》。本文探討沈謙詞作，所據即以《東江別集》所錄二〇一闋詞為主，復自清代詞選輯存十五闋，備為佚詞。由於沈謙精通音律，好自度新曲，故研究之初，無論新聲舊調，皆據《詞譜》、《詞律》逐一比勘，以見其選聲擇調，并備研究聲情之依據。至若詞篇內容，則歸納為閨情豔思、詠物寫人、悼亡惜別、抒懷感慨四類，品評析論之際，復尋繹其詞論，追本溯源，以檢覈理論與創作之關係。終則概括《東江別集》之體製、內容、風格、音律，擬為「短調長篇，兼賅眾體」、「蕩往纏綿，窮纖極隱」、「度曲審音，聲情俱妙」三目綜而論之，期能凸顯沈謙詞作之藝術特色。

四、詞韻部分：沈謙詞韻，今存者為毛先舒括略並註之《沈氏詞韻略》，僅備綱目而已。惟仲恆《詞韻》直承《沈氏詞韻》而製，離析其異同，大抵可得《沈氏詞韻》之舊。以是研究之初，乃據仲恆《詞韻》考稽，期能還原《沈氏詞韻》全貌。次則考析《東江別集》用韻，以為分析韻部之參考。並闡明詞韻之源流演變，以為考鏡源流之需。由是，乃一一考釋《沈氏詞韻》之版本源流、內容體例、編撰目的、擬韻標準及韻部。復據考稽所得之《沈氏詞韻》，與《東江別集》用韻、《詞林正韻》韻部比較，探源沈謙韻學觀念及《沈氏詞韻》與《詞林正韻》之關係。終則分從詞學、韻學之發展，探索《沈氏詞韻》之價值與影響。為凸顯沈謙此方面之貢獻，及考慮論文章節之均衡，乃別立下篇以探討之。

參、研究目的

詞學萌芽於唐，根柢於宋。及明，緣文壇復古、趨新之風氣，以是謹飭之士，蹈襲漢唐詩文；風流之才，高唱新興之曲。或倡言復古，以詞為文運衰微時期之小道末技，不屑一為；或崇尚趨新，極意於曲之酣暢淋漓、盡態極妍，而棄詞就曲。填詞者既鮮，復因樂律失傳，無譜可守，致詞律依違無端，混淆失措；又詞籍流傳不廣，獨見「花草」飛馳，致習於所見，「托體不尊，難言大雅」（吳梅《詞學通論》，頁一四二）。故明詞比於唐、宋詞之繁花錦簇，其填詞家數，傳世名篇，俱難相及。自明末以降，詞家論定明詞者，或謂之「榛蕪」，或謂之「衰落」，迄無疑議。

然就詞史之延續言，誠如張璋所云「中衰不等於中斷，低潮不等於消亡」（〈聽我說句公道話——論明代的詞及全明詞的編纂〉，《國文天地》六卷二期，頁三八），明詞佳者雖僅數家，而填詞風氣未滅，遺響猶存。尤以明代中葉以後，詞家戮力於研究，舉凡詞籍之編選，詞論之撰述，詞韻、詞譜之制擬，皆為詞學之再盛，蘊續生機。清詞豔稱中興，然明詞之一息餘祚，並其詞學研究之貢獻，實居功厥偉。此張璋所以稱明詞，「前存宋元遺響，後開清代先河」，處於千年詞史之轉折期也。而明末詞壇，自陳子龍開雲間詞派，宗風大振。及清初，百家騰躍，流派紛呈，不獨填詞創作，即詞學研究亦臻於極盛。詞體得由音樂文學蛻變為純文學；由豔科小道晉身為正統文學，實奠基於斯時詞體格律及理論研究之貢獻。張璋云：「確切地說，清詞的中興，實際上是從明末開始的，而且清代初期的許多名家，其本身就是明清之間的跨代人物。」（〈聽我說句公道話——論明代的詞及全明詞的編纂〉，《國文天地》六卷二期，頁三九）足證明末清初詞壇，尤為轉折期之關鍵。

沈謙即明清間之跨代人物，詞學源出雲間，而繫屬於西泠詞派。其傳世之詞學著作，兼賅詞作（《東江別集》）、詞論（《填詞雜說》）與詞韻（《沈氏詞韻》），不獨以博學多才稱頌於當代，衡諸詞史，亦屬少見。其詞才固非一代名家，其詞論固不足當一派宗師，然識見通達，亦足開啟風氣之先。而其詞韻，始創詞韻輪廓，於清詞之復振，尤具推波助瀾之功。本文以沈謙詞學與詞韻為研究主題，藉由尋繹沈謙之詞學脈絡，具體分析其詞作特色，考證其詞韻內容，期能鉤勒明末清初詞派之流衍，詞風之演變。由是，以見明末清初詞壇，於詞史上承先啟後之地位；以明沈謙詞學與詞韻，於千年詞史轉折期中之價值與影響。本文之作，但為詞史之全，掇拾一二；亦為沈謙之功，尋一定位，終不因明詞之衰，而廢其學也。

上篇　沈謙詞學研究

第壹章　沈謙與當代詞壇

第一節　明末清初之詞壇

沈謙生於明萬曆四十八年庚申（一六二〇），卒於清康熙九年庚戌（一六七〇），享年五十一，正橫跨明、清兩代。而蕭鵬《群體的選擇——唐宋人選詞與詞選通論》一書，據詞學宗風之演變，以為此時乃屬明代詞史之第四階段。其言云：

> 明末二十年（泰昌、天啟、崇禎）至清初二、三十年（順治朝與康熙前期），是一個完整的詞史階段。它是由明詞而清詞的中間過渡，是由崇拜晚唐五代北宋體而崇拜南宋體的中間過渡。既是明代詞史的尾，也不妨視作清代詞史的頭。（頁二二九—二三〇）

所謂「明末二十年至清初二、三十年」，正與沈謙在世時間等長。是以本文所論「明末清初」，乃從蕭氏分期，以為討論之斷限。

有清一代，詞壇百家騰躍，名流揚芬競爽，詞史豔稱中興。斯時詞人輩出、流派紛呈、風格競出，無論詞人、詞作、詞派之數，皆超軼前代。而詞學流派之繁榮紛爭，尤為一代清詞興隆旺盛之鮮明標誌。由於詞派之宗尚，往往引領當代之理論與創作，是以清詞之發展，大抵與詞派之流衍相依倚。誠如嚴迪昌所云：「清詞流派變遷的走向，是與一代清詞盛衰起伏的演化歷程適相同步。」（《清詞史》頁五）惟詞家論清詞之振興，莫不歸功于清初詞壇；而論清初啟迪之功，莫不溯源明末雲間詞派之興起。蓋以清詞臻於極盛，實有賴明末清初之詞家啟其端緒。又清人地域觀念濃厚，立社結派往往以氏族血緣或鄉里同門為群體，若主盟清代詞壇之三大詞派：陽羨、浙西、常州，即以師承或地域為群體派別。而此風氣之肇始，亦得藉由雲間詞派及其四大支脈（西泠、柳州、蘭陵及揚州詞人群）之衍展，窺其紐帶。因之，本節探討明末清初之詞壇，乃據詞派流衍及詞學風氣為題，以備其大要。

壹、詞派流衍

文人結社，自唐宋以來代皆有之，於明為烈。據郭紹虞《明代的文人集團》一文所考，自明初高啟主盟之「北郭社」，迄明末吳德旋之「聽社」，見載之社集凡一百七十六（《照隅室古典文學論集・上編》頁五一八—六一〇），其數可謂超軼前代。而明人社集初始，大抵緣「以文會友，以友輔仁」之旨，或芸窗切磋以論文，或林間逍遙以娛老。逮天順以降，以文學主張有異，派別漸滋，門戶亦立。如嘉靖之季，王世貞、李攀龍諸子結為「七子社」，紹述何、李「文必秦漢，詩必盛唐」（《明史・文苑二・李夢陽傳》），震撼一世。及天啟、崇禎年間，復以國事蜩螗，閹黨亂政，社集論文之餘，亦諷議朝政，裁量人物。如明季聲勢最盛之復社，旨在「昌明涇陽之學，振起東林之緒」（杜登春《社事始末》），因有小東林之稱。至如與復社並峙之幾社，本不預聞朝政，專務取友會文之事。杜登春嘗論其分合云：

> 丁戊之際（天啟七年崇禎元年），楊維斗以太學生上言魏忠賢配享文廟一事，幾墮不測。戊辰會試，惟受先（張采）、勿齋（徐汧）兩先生得雋，先君子（杜麟徵）僅中副車，與諸下第南還，相訂分任社事，昌明涇陽之學，振起東林之緒，以上副崇禎帝崇文重道、去邪崇正之至意。於是天如、介生有復社國表之刻；復者，與復絕學之意也。先君子與彝仲有幾社六子會義之刻；幾者，絕學有再興之幾而得知幾其神之義也。兩社對峙，皆起於己巳之歲（崇禎二年）。……婁東、金沙兩公之意主於廣大，欲我之聲教不訖於四裔不止；先君子與會稽先生之意，主於簡嚴，惟恐漢宋禍苗，以我身親之，故不欲並稱復社；自立一名，盡取友會文之事，幾字之義，於是寓焉。（《社事始末》）

是以國表之刻，欲盡合海內名流；而幾社會義，則只限於夏允彝（彝仲）、杜麟徵（仁趾）、周立勳（勒卣）、彭賓（燕又）、徐孚遠（闇公）、陳子龍（臥子）諸子。而六子「自三六九會藝、詩酒唱酬之外，一切境外交遊，澹若忘者。至于朝政得失，門戶是非，謂非草茅書生所當與聞」（杜登春《社事始末》）。惟時事日亟，國是日非，幾社六子固肆力於文辭，亦慨然以天下為己任。如夏允彝嘗謂：「坐論節概，好同惡異，不知救時之策，後世論成敗者將與小人分謗。」（見侯玄涵〈吏部夏瑗公傳〉，白堅《夏完淳集箋校．附錄二》頁五二〇）黃節《徐孚遠傳》論及社事則云：

> 方明之季，社事最盛於江右，文采風流往往而見，或亦主持清議，以臧否為事，而松江幾社獨講大略。時寇禍亟，社中頗求健兒俠客，聯絡部署為勤王之備。主其事者，夏允彝、陳子龍、何剛與孚遠也。（《國粹學報》三十三期，葉七）

至弘光元年（一六四五），清豫王兵至南京，六月行薙髮令，夏、陳、徐諸人遂起兵，事雖不成，然氣節之盛，誠為他社所不及。

鼎革以後，幾社雖漸隕落煙消，然就詞學之發展言，其創社之始，亦清詞復振之機。蓋幾社諸子砥節勵行，雖取友甚嚴，非師生子弟不准入社。惟文采風流，照映一世，慕者至繁，四方名士，或入其門下，或定為文字交。清宋琬嘗記斯時盛況云：

> 三十年來，海內言文章者必歸雲間。方是時，陳（子龍）、夏（允彝）、徐（乾學）、李（雯）諸君子實主齊盟。而皆以予兄尚木（宋徵璧）為質的。復有子健（宋存標）、直方（宋徵輿）為之羽翼。於是詩學大昌，一洗公安、竟陵之陋，而復見黃初、建安，開元、大曆之風。所謂雲間幾社者，皆朋友唱和，雞鳴風雨之作，何其盛也。（《安雅堂全集》卷一〈尚木兄詩序〉）

以詞而論，陳子龍、宋徵璧、宋徵輿兄弟及李雯諸人兼擅填詞，從而形成詞家雲間一派，尤以陳子龍為首之「雲間三子」稱為領袖。崇禎以迄康熙前期之詞壇名家，或受業於臥子先生之門，如毛先舒《白榆集小傳》云毛氏於山陰祁彪佳家中見及陳子龍，為陳氏稱賞，「其後西泠十子各以詩章就正，故十子皆出臥子先生之門。國初西泠派即雲間派也。」（引自嚴迪昌《清詞史》，頁二一）或瓣香於臥子先生之學，如謝章鋌《賭棋山莊詞話．續編》卷三云：「昔陳大樽以溫、李為宗，自吳梅村以逮王阮亭翕然宗之，當其時無人不晚唐。」因之斯時詞壇，就縱向言，大抵以雲間師生子弟為經；以橫向論，則以地域詞派群體為緯，交織遞衍，群聲唱和。由崇禎而康熙；由雲間而蘭陵、西泠、柳州、揚州，而陽羨、嘉興（浙西），人文蔚起，名製若林。是以順治四年（一六四七），陳子龍、夏完淳雖抗清殉難，而李雯、宋徵輿亦出仕新朝，雲間詞派遂終其局。然其餘韻支脈則嗣響不絕，詞學新生之契機實已寓焉。

及順、康年間，雲間聲響漸寢之際，以地域為別，結群而起之詞派，則揚芬競爽，蔚然稱勝。詞家論此，莫不歸本於雲間，咸以：西泠詞人群、柳州詞人群、蘭陵詞人群、揚州詞人群，為雲間四大支脈（註一）。茲就其流衍，略述其概：

一、西泠詞派：

杭州古稱西泠或西陵（註二）。崇禎、順治年間，籍隸杭州之詞壇名家：陸圻、柴紹炳、張丹、孫治、陳廷會、毛先舒、丁澎、吳百朋、沈謙、虞黃昊諸人，揚芬並軌，時稱西泠十子。其聲名既著，交游復廣，因以西泠為地域中心，形成詞家西泠一派。而西泠十子皆出臥子先生之門，步武雲間，清初咸以西泠派即雲間派也。如揚鍾羲《雪橋詩話．初集》卷一云：

> 陳臥子司理紹興，詩名既盛，浙東西人無不遵其指授。「西泠十子」，皆雲間派也。

吳偉業〈致孚社諸子書〉亦云：「西陵，繼雲間而作者也。」（《梅村家藏稿》卷五十四）西泠十子既承臥子先生之學，雖未殉明，亦頗以氣節為重。甲申變後，除丁澎、吳百朋及虞黃昊應第出仕外，多砥節勵行，以隱逸終老。惟人品既高，詞名亦盛，弟子門生群起效之，主盟浙中詞壇甚久。及康熙二年莊廷鑨「明史案」發，陸圻以列名參校受株連（註三），後雖僥倖獲免，然陸氏恥於苟全，因於康熙六年棄家出走，不知所終。逮康熙九年，柴紹炳、沈謙、虞黃昊相繼殂謝，西泠俊彥凋零將半，從此聲氣漸歇。

二、柳州詞派：

柳州，即今浙江嘉善縣（魏塘）一帶，外延可及今屬上海市之金山、松江部分地區。明末清初西泠派振起於詞壇之際，柳州詞人亦先後振藻，蔚為一派。柳州派論詞屬雲間一翼，詞人則概括前明名宦、殉明先正，及「近社名公」。鄒祇謨《遠志齋詞衷》云：

詞至柳州諸子，幾二百餘家，可謂極盛。無論袁（袁仁、袁黃）、錢（錢梅、錢棅）、戈（戈止）、支（支大倫、支如增）諸先輩，吐納風流；如爾斐（錢繼章）、子顧（曹爾堪）、子更（陳增新）、子存（魏學渠）、卜臣（魏允枚）、古喤（孫錄）諸家，先後振澡。飆流符會，實有倡導之功。要之，阮亭所云：「不纖不詭，一往漫貼」，則柳州詞派盡矣。（《詞話叢編》冊一，頁六五七）

證以錢熯、戈元穎、錢士奔、陳謀道所輯《柳州詞選》，屬前朝「先正」者四十一家，屬「近社名公」（即清初該派作家）者一百十七家，其聲勢蔚然可觀。及甲申變後，諸子或隱或出，而騰躍於清初詞壇者，則以曹爾堪兄弟父子及錢繼章、魏學渠為主。其中曹爾堪聲譽尤高，允為一派宗主。朱彝尊嘗美之云：

崇禎之季，江左漸有工之者（案：指詞）。吾鄉魏塘諸子和之，前輩曹學士子顧，雄視其間。守其派者，無異豫章詩人之宗涪翁也。（《曝書亭集》卷四十〈柯寓匏振雅堂詞序〉）

而清初詞壇之三大唱和活動：江村唱和、紅橋唱和、秋水軒唱和，曹氏或為發起者，或為主要參與者，於清初詞風之復振，實有倡導之功。康熙十八年，曹氏亡逝之後，柳州「風氣漸為秀水所融」（嚴迪昌《清詞史》，頁四十六），易以清空醇雅為尚，斯派遂漸寢聲。

三、蘭陵詞派：

常州古稱毗陵，又稱蘭陵，即今江蘇武進。清初西泠、柳州振起之際，文名並稱之蘭陵四才子：陳維崧、黃永、鄒祇謨、董以寧亦以詞名家，從而興起詞家蘭陵一派。王士禎〈歲暮懷人絕句〉，嘗詠其事：

> 籍籍蘭陵四才子，陳黃鄒董各名家。難忘雪夜吳兒曲，簷角寒梅正作花。（《帶經堂全集・漁洋詩集》卷十二）

陳維崧自述諸子從游之事云：

> 憶在庚寅、辛卯間（順治七、八年），與常州鄒、董游也，文酒之暇，河傾月落，杯闌燭暗，兩君則起而為小詞。方是時，天下填詞家尚少，而兩君獨矻矻為之，放筆不休，狼籍旗亭北里間。（〈任植齋詞序〉，《詞籍序跋萃編》頁五六三）

四子論詞亦與雲間聲氣相通。如陳維崧早年受詩業於陳子龍[註四]，其「詩餘」淵源自亦同之。而鄒、董、黃諸人，亦雲間之追隨者。鼎革之後，除董以寧以「明諸生」終老外，多參與新朝科考，應試中第，惟皆沉淪下僚。如黃永為順治十二年（一六五五）進士，官至刑部員外郎，順治末罹「奏銷案」[註五]，黜罷退歸；鄒祇謨為順治十五年（一六五八）進士，亦因「奏銷案」革除功名。至若陳維崧，則窮愁潦倒，客遊四方，度其所謂「風打孤鴻浪打鷗，四十揚州，五十蘇州」（〈一剪梅〉）之寄寓生涯。諸子境遇既悲，感慨遂深，重以漫游四方，與他郡名家，多所往來，眼界遂廣。如鄒祇謨、董以寧與王士禎相好無間，王氏主盟揚州詞壇時，俱從之游，唱和不休，而陳維崧斯時避地如皋，亦為雅聚修禊之要角。是以四子雖承襲雲間，而不限於雲間；振起於蘭陵，而不限於蘭陵。逮康熙八、九年間，鄒、董相繼謝世，陳維崧倦遊廣陵歸，專力填詞者十載，而宗風漸變。其論詞，棄《花間》而宗蘇、辛，所為詞則以「氣魄絕大，骨力絕遒」（陳廷焯《白雨齋詞話》卷三）著稱，學者靡然從風，號「陽羨詞派」，蘭陵詞派遂告易幟矣。

四、揚州詞派：

自順治十七年（一六六〇）迄康熙四年（一六六五），王士禛任揚州推官凡五年有餘，亦總持揚州詞壇五載。斯時詞苑名流，本郡者如吳綺、汪懋麟、宗元鼎、冒襄、孫枝蔚，自參與其勝。至若外郡詞流，如山東宋琬、王士祿（王士禛兄），通州陳世祥，柳州曹爾堪，蘭陵陳維崧、鄒祇謨、董以寧，海鹽彭孫遹，及安徽孫默等，或任官，或流寓，或從游，亦薈萃揚州，遂形成揚州詞人群體。王士禛「晝了公事，夜接詞人」（吳偉業語，見《居易錄》），遂掀起清初詞學高潮。既有題青溪遺事畫冊、紅橋唱和等創作盛事（註六）；亦有鄒祇謨輯選時人詞選——《倚聲初集》，及孫默彙刻時人合集——《國朝名家詩餘》等選壇盛事。故沈雄云：

詞家舊推雲間，次數蘭陵，今則廣陵亦稱極盛。（《古今詞話》下卷引吳綺語，《詞話叢編》冊一，頁八一七）

可見揚州詞壇之盛。又汪懋麟云：

本朝詞學，近復益盛，實始於武進鄒進士程村《倚聲集》一選。（〈棠村詞序〉，《詞籍序跋粹編》頁五四四）

顯見清初詞家已脫出「以古為選」之「花草」迷思，轉而重視時人之作。是知王士禛數載廣陵，總持斯道，不獨煽起填詞風氣，詞人在相與切磋激蕩中，詞學新變及繁榮之契機，實已孕育其中。是以康熙四年（一六六五），揚州詞壇雖因王士禛離任而星散，然不數年，陽羨派、浙西派遂能相繼崛起，開啟新聲。

由是可知，自明崇禎二年，陳子龍於松江創立幾社，即已開啟詞學復興之新機。雲間以南唐北宋為宗，以「花間」代「草堂」，擬復古溯源，以求詞之本色。此詞學觀籠罩詞壇，繼而興起之西泠、柳州、蘭陵、揚州等四大地域群體，大抵亦循其門徑。惟此四大雲間支脈，雖以地域分為別派，卻不侷促於地域派別。彼此影響鼓勵，共煽詞風，新風氣因之滋衍，新派別於焉滋長。如陽羨派宗主陳維崧，早年受業於雲間陳子龍，與鄉里詞人鄒祇謨、董以寧遊，號「蘭陵一支」。順治十五年（一六五八）客居如皋冒襄門下，順治十七年（一六六〇）王士禛開詞壇於揚州，陳維崧因與王氏唱和而加盟該詞人群。後王氏北歸，鄒、董下世，陳維崧乃歸鄉里，居家十載，專力為詞，遂變易宗風。嘗云：

> 今之不屑為詞者，固無論，其學為詞者，又復極意《花間》，學步《蘭畹》，矜香弱為當家，以清真為本色。神瞽審聲，斥為鄭、衛，甚或爨弄俚詞，閨襜冶習，聲如濕鼓，色若死灰，此則嘲詼隱廋，恐為詞曲之濫觴。（〈詞選序〉，《詞籍序跋萃編》頁七六一）

又論時風云：

> 余曰今天下詞亦極盛矣，然其所為盛，正吾所謂衰也。家溫、韋而戶周、秦，抑亦《金荃》、《蘭畹》之大憂也。（〈蝶庵詞序〉引史惟圓語，同前引，頁五六二）

是以推尊蘇、辛，創為陽羨一派，以矯《花間》香弱之習。至其詞則壯柔並妙，長短俱佳，朱彝尊〈賈陂塘・題其年題詞圖〉云：「擅詞場、飛揚跋扈，前身可是青兕？風煙一壑家陽羨，最好竹山鄉里。」指出其宗法辛、蔣之特點。是知陳維崧由「花間」、「雲間」入，歷經蘭陵、揚州時期之陶冶鍛鍊，終融鑄新意，脫出前人之範疇，而開宗立派。至如浙西派宗主朱彝尊，與同郡柳州一派曹爾堪諸子，雖無詞學淵源。然秀水與雲間近在咫尺，而詞學風氣既開，故雖以詩名于前，轉而卻以「浙西」一派宗師稱盟于詞壇。誠如吳宏一所云：

> 清代詞學之極盛，正由王士禛等人開其端緒，後來所謂浙派、常派之詞學，莫不承其餘響而加以發揚光大，因而才能開門立戶的。（《清代詞學四論・王士禛的詞集與詞論》，頁四三）

然則清詞之復振，實由雲間幾社啟其機，由地域詞派鼓蕩其風，遂有陽羨、浙西之開啟新猷也。

貳、詞學風氣

崇禎末康熙初，詞學流派百家騰躍，於繁榮紛爭中，開啟一代詞學中興之始。惟百脈同源，故溯其中興之幾，大抵啟於雲間一派。而雲間論詞之旨，則源於反思明詞之不振。誠如龍沐勛所云：

> 詞學衰於明代，至子龍出，宗風大振，遂開三百年來詞學中興之盛。（《近三百年名家詞選》，頁四）

所謂「詞學衰於明代」，明中葉詞家已然病之（註七），陳子龍亦深致不滿，嘗云：

> 明興以來，才人輩出，文宗兩漢，詩儷開元，獨斯小道，有慚宋轍。其最著者為青田（劉基）、新都（楊慎）、婁江（王世貞）。然誠意音體俱合，實無驚魂動魄之處；用修以學問為巧，使如明眸玉屑，纖眉積黛，只是累耳；元美取境似酌蘇柳間，然如鳳凰橋下語，未免時墮吳歌。此非才之不逮也，巨手鴻筆，既不經意，荒才蕩色，時竊濫觴；且南北九宮既盛，而綺袖紅牙不復按度，其用既少，作者自稀，宜其鮮工也。（〈幽蘭草詞序〉，《詞籍序跋粹編》頁五〇五—五〇六）

陳氏疵詆明詞，「有慚宋轍」。名家如劉基、楊慎、王世貞輩，或失之庸，或失之累，或失之俗，要皆各有所短，不稱其才。其所以然者，蓋有二端：一、詞體不尊：視詞為小道，創作態度不免輕蔑，故「巨手鴻筆，既不經意，荒才蕩色，時竊濫觴」。二、音譜失傳：詞本為倚聲之用，惟音譜既亡，綺袖紅牙不復按度，其地位已為南北曲取代。是以「其用既少，作者自稀」也。後繼者論詞，多奠基於此。舉其著者，如王士禎《花草蒙拾》云：

> 宋諸名家，要皆妙解絲肉，精于抑揚抗墜之間，故能意在筆先，聲協字表。今人不解音律，勿論不能創調，即按譜徵詞，亦格格有心手不相赴之病，故欲與古人較工拙于毫厘，難矣。（《詞話叢編》冊一，頁六八四）

鄒祇謨《遠志齋詞衷》云：

> 今人好摹樂府，句櫛字比，行數墨尋，而詞律之學棄如秋蔕。間有染指，不過草堂遺調，率趨易厭難之故，豈欲盡理還之日耶？（同前引，頁六四六）

又云：

> 今人作詩餘，多據張南湖《詩餘圖譜》，及程明善《嘯餘譜》二書。南湖譜平仄差核，而用黑白及半黑半白圈以分別之，不無魚豕之訛。……至《嘯餘譜》則舛誤益甚。……成譜如是，學者奉為金科玉律，何以迄無駁正者邪？（同前引，頁六四三）

王、鄒之論，指出由明及清，詞壇音律舛錯，步趨《草堂》之弊。至如毛先舒則抨擊明人之「小道觀」，嘗云：

> 世之論者徒以詞多昵昵之音，于大雅或乖。余謂填詞變而為曲，曲變而為吳歌，為桂枝，流蕩極矣，而終有不能廢。（註八）

又云：

> 《詩藪》云：「宋以詞自名，宋所以弗振也；元以曲自喜，元所以弗永也。」予以為非也。夫格由代降，體鶩日新，宋、元詞曲，亦各一代之盛製。必謂律體以下，舉屬波流，則漢宣論賦，已比鄭、衛；李白舉律，亦自俳優。是則言必四而篇必《三百》，迺為可耳。且嗣宗斥三楚秀士，亦云荒淫，是楚辭且應廢，況下耶！（《詩辨坻》卷四）

毛氏由詞體言情之功能立論，以詞雖多昵昵之音，流蕩極矣，而終不能廢。且因「格由代降，體鶩日新」之觀念，以為詞體當與他體等尊。較諸陳子龍「詞雖小道，工之實難」，又進一層。至若丁煒，則因明代「花草」獨尊之局面，探察明詞卑弱之根由。其言云：

蓋詞既中熄于明，劉、高、楊、瞿而後，鮮有繼軌。諸凡《蘭畹》、《金荃》之刻，藏棄寥寥，捃摭無資。僅取《花間》、《草堂》注中一二雋評韻事，合諸里巷瑣談，以災梨棗；考證不精，則謬訛相襲；體裁罔辯，則俚雅雜收；欲成千百年未見之書以詒來者，不嘎嘎其難哉！（《詞苑叢談・序》）

由是可知，斯時詞家持論雖各有所重，要皆能諦審明詞「托體不尊」、「音律不明」之弊，可謂卓有見地。

詞家既體察明詞守律不嚴、體制不明、詞體不尊之弊，是以振起詞風之際，亦多著眼於此。或撰述詞論，以為門徑；或剞劂詞籍，擴展眼界；或擬韻制譜，以嚴音律，因之斯時詞壇，人各有集，派各有選。無論填詞創作、詞學批評、譜律之學，皆蔚然大盛。茲就其大要，略述如次：

一、撰述詞論

此期詞家鑑於明代詞曲混淆、詞格卑下之弊，多援「辨詞體」、「覓詞統」以開展其說。重以音譜失傳，詞體之音樂性已然喪失，是以論詞多著眼於「抒情性」。如雲間宗主陳子龍以為「風騷之旨，皆本言情，言情之作，必托于閨襜之際」，而寫閨襜之際，則「托貞心於妍貌，隱摯念於佻言」（〈三子詩餘序〉，《詞籍序跋萃編》頁五〇七—五〇八），既肯定詞體之抒情功能，復由此上溯「風騷」，以尊詞體。論其體性，則云「其為體也纖弱，所謂明珠翠羽，尚嫌其重」，「其為境也婉媚，雖以警露取妍，實貴含蓄」（〈王介人詩餘序〉，《詞籍序跋萃編》頁五〇六），因之偏嗜婉約一體。復推崇自然高渾之格，遂以南唐北宋為宗，其言云：

> 晚唐語多俊巧，而意鮮深至，比之于詩，猶齊梁對偶之開律也。自金陵二主，以至靖康，代有作者，或穠纖婉麗，極哀豔之情；或流暢澹逸，窮盼倩之趣。然皆境由情生，辭隨意啟，天機偶發，元音自成，繁促之中，尚存高渾，斯為最盛也。南渡以還，此聲遂渺，寄慨者亢率，而近於傖武；諧俗者鄙淺，而入於優伶；以視周李諸君，即有彼邦人士之嘆。（〈幽蘭草詞序〉，《詞籍序跋粹編》頁五〇五）

後繼者如蔣平階、周積賢諸人，直以「五季猶有唐風，入宋便開元曲」（沈億年《支機集・凡例》），從而屏去宋調，直追《花間》。擬循《花間》以追本溯源，接續詞統，根除明詞積習。

陳氏倡古道以矯時流，力挽「詞統」於既墜，重覓失卻百年之「宗風」，既授與時人創作之法式，且開啟當代論詞之法門，實有繼絕存亡之功。惟以「範古為美」，而廢南宋；以「婉媚」為體，而抑豪放，則不免狹隘。因之清初學者論詞，固承襲雲間，亦頗出新意，時有批評。如曹禾云：

雲間諸公論詩宗初盛唐，論詞宗北宋，此其能合不能離也。夫離而得合，乃為大家。若優孟衣冠，天壤間只生古人已足，何用有我？（《珂雪詞・詞話》）

王士禛云：

近日雲間作者論詞有云：「五季猶有唐風，入宋便開元曲，故專意小令，冀復古音，屏去宋調，庶防流失。」僕謂此論雖高，殊屬孟浪。廢宋詞而宗唐，廢唐詩而宗漢魏，廢唐宋八大家之文而宗秦漢，然則古今文章，一畫足矣，不必三墳八索，至六經三史，不幾幾無贅疣乎？（《花草蒙拾》，《詞話叢編》冊一，頁六八六）

前者立足於獨造創新，後者奠基於時勢推移，明確揭示雲間因復古而缺乏「通變」，因偏嗜某體某派而自限一境之失。至如鄒祇謨尤開張境域，不專主南唐北宋，而兼及南宋不同流派詞家，其言云：

〈惱公〉〈懊儂〉之曲，《金荃》《蘭畹》之編，其源始於采苻戈雁，其流濬於美人香草，言情之作，原非外篇。揆諸北宋，家習諧聲，人工綺語。楊花謝橋之句，見許伊川；碧雲紅葉之調，共推文正。其餘明儒碩彥，標新奏雅，染指不乏。必欲以莊辭為正聲，是用《尚書》〈禮運〉而屈〈關雎〉〈鵲巢〉也。至于南宋諸家，蔣史姜吳，警邁瑰奇，窮姿構彩；而辛劉陳陸諸家，乘間代禪，鯨呿鰲擲，逸懷壯氣，超乎有高望遠舉之思。

譬諸篆籀變為行草，寫生變為皴劈，而雲書穗跡、點睛益頰之風，頹焉不復。非前工而後拙，豈今雅而昔鄭哉。（《倚聲集・序》）

鄒氏脫出摹古之範疇，以書畫之有篆籀、行草；寫生、皴劈，其故在「變」，而非「前工後拙」、「今雅昔鄭」。譬諸文體之變，詞體既得與《尚書》〈禮運〉等齊，而南宋諸流派，無論「警邁瑰奇，窮姿構采」，或「鯨呿鰲擲，逸懷壯氣」，亦皆各得其位。顯見清初詞家反思明詞衰頹，建構詞學理論之際，亦能脫出雲間桎梏，緣「變」以觀詞，為詞學發展注入源頭活水。

至若批評之形式，雲間之詞學觀點僅見於詞籍序跋之中。及順康之際，序跋固得見詞家之詞學觀點，而詞話專著尤稱繁富。斯時名家各有主張，各有論述。如：李漁《窺詞管見》、毛奇齡《西河詞話》、王又華《古今詞論》、劉體仁《七頌堂詞繹》、沈謙《填詞雜說》、鄒祗謨《遠志齋詞衷》、王士禛《花草蒙拾》、賀裳《皺水軒詞筌》、彭孫遹《金粟詞話》、毛先舒《填詞名解》等，或因枝以振葉，或沿波而討源，或創說以開宗，或博采而立言，琳琅滿目，彬彬大盛。綜觀諸家詞論，除接續前賢，論起源、創作、正變之外，幾乎無人不言詞曲體性之別、當行本色之論。如劉體仁《七頌堂詞繹》云：

詞須上脫香奩，下不落元曲，乃稱作手。（《詞話叢編》冊一，頁六二一）

又云：

柳七最尖穎，時有俳狎，故子瞻以是呵少游。若山谷亦不免，如「我不合太撋就」類，下此則蒜酪體也。惟易安居士「最難將息，怎一箇愁字了得」，深妙穩雅，不落蒜酪，亦不落絕句，真此道本色當行第一人也。（同前引，頁六二二）

沈謙《填詞雜說》云：

承詩啟曲者，詞也。上不可似詩，下不可似曲。然詩曲俱可入詞，貴人自運。（《詞話叢編》頁六二九）

又云：

男中李後主，女中李易安，極是當行本色。（同前引，頁六三一）

王士禛《花草蒙拾》云：

或問詩詞、詞曲分界，予曰：「無可奈何花落去，似曾相識燕歸來」，定非香奩詩。「良辰美景奈何天，賞心樂事誰家院」，定非草堂詞也。（同前引，頁六八六）

又云：

名家當行，固有二派。蘇公自云：「吾醉後作草書，覺酒氣拂拂，從十指間出。」黃魯亦云：「東坡書挾海上風濤之氣。」讀坡詞當作如是觀。瑣瑣與柳七較錙銖，無乃為髯公所笑。（同前引，頁六八一）

諸子或舉名家，或據名句；或緣詞體語言，或因詞體派別，闡述詞體本色。其詞學觀雖或有別，然嚴分詩、詞、曲之體性，則為詞家論詞之共識。由是可知，自明末迄清初，詞家論詞之旨，大抵著意於「辨詞體」與「覓詞統」。而清初詞家尤在前賢論詞之基礎上，開創新意。或不主一格，如王士禛不軒輊婉約豪放；或不尊一代，如鄒祇謨不專尚南唐北宋，為詞學批評開境拓域。至如詞學批評風氣大盛，幾至人各有論，誠乃孕育詞壇宗師之溫床。嗣後陽羨、浙西相繼崛起，各成一派之學，殆亦奠基於此。

二、剞劂詞籍

明代自永樂以後，前代詞籍漸至湮淪不顯，唯《花間》、《草堂》二選，獨盛一時。萬曆年間溫博序《花間集補》即如是云：「古今詞選，無慮數家，而《花間》、《草堂》二集為最著也。」清初王昶序《明詞綜》亦云：「及永樂以後，南宋諸名家詞，皆不顯於世，唯《花間》、《草堂》諸集盛行。」而據蕭鵬《群體的選擇——唐宋人選詞與詞選通論》一書統計，明代刻板、傳鈔唐宋人詞選五十二種（今存見者），「花草」即佔其中三十五種。而「花草」二選，尤以《草堂詩餘》倍受青睞，其書「流遍人間，棗梨充棟」。明人鈔刻《草堂》之餘，甚至據《草堂》「奪胎換骨」，或縮編，如張綖《草堂詩餘別錄》；或重編，如陳鍾秀《精選名賢詞話草堂詩餘》；或擴編，如陳耀文《花草粹編》；或續編，如陳霆《草堂遺音》，凡此類編本，其數竟至二十餘種。由於「花草」獨顯，明人不獨選詞與詞選依倚於「花草」之下，且無論創作或批評，皆深受影響。就創作言，摹擬「花草」蔚為風氣，如陳鐸遍和《草堂詩餘》；就詞論言，以「花草」為批評之依據，如王士禎《花草蒙拾》係讀「花草」之心得，「花草」之盛行，斯可概見。明末詞人徐士俊云：「《草堂》之草，歲歲吹青；《花間》之花，年年逞豔」（馮金伯《詞苑粹編》卷八引徐士俊語），殆非虛語也。

明人趨步「花草」，而明詞衰頹。明清之交，詞家反思明詞所以衰落，往往見及於此。如毛晉〈草堂詩餘跋〉云：

> 宋元以來詞林選本幾屆百指，惟《草堂詩餘》一編，飛馳幾百年來，凡歌欄酒榭絲而竹之者，無不撫髀雀躍，及至寒窗腐儒挑燈閒看，亦未嘗欠伸魚睨，不知何以動人至此也。（《詞籍序跋粹編》頁六七〇—六七一）

毛氏為東南藏弆刻書之巨擘，家有汲古閣，得閱歷代詞籍。有鑑於唐宋詞籍流傳未廣，而《草堂》取徑偏狹，乃盡私家之藏，復搜殘輯佚，於崇禎年間編輯校刊出版《宋六十名家詞》（註九）。凡所選錄，旨在存史，故自晏殊《珠玉詞》迄盧炳《烘堂詞》，凡六集六十一家，大抵隨得隨刊，未依時代序列。惟所輯六十一家詞，除卻晏殊父子、歐陽修、柳永、蘇軾、黃庭堅、秦觀、周邦彥、謝逸、李之儀、杜安世、晁補之、陳師道諸家而外，其餘俱為南宋詞家。顯見毛氏選詞不廢北宋，而尤著意於南宋之詞，蓋為擴大時人視野，以扭轉明代中葉以來唯《草堂》是尊之積習。又毛晉於所收六十一家詞逐一敘寫跋語，或介紹作者，或考訂版本，或評論作品，以為讀詞參考。此書之刊行，不獨啟迪清人整理、刊刻詞籍之風氣，更為詞壇展現寬廣之宋詞世界，為詞人提供填詞之門徑與論詞之依據。唐圭璋謂「後人網羅散失，彙刻宋詞，以明毛晉之功為最偉」（《詞學論叢・宋詞版本考》頁一一二），而蕭鵬則云「崇禎年間常熟毛晉刻《宋六十名家詞》，與雲間陳子龍創立幾社，是詞壇上的兩個重要事件」（《群體的選擇——唐宋人選詞與詞選通論》頁二三〇），然則毛晉刊刻之功可知也。

逮及清初，創作風氣大盛，伴隨詞學觀念漸變，刊刻詞籍遂亦脫出「復古」之藩籬，不以「花草」自限。就別集言，斯時詞家創作至繁，幾至人各有集。舉其要者，如：李雯《蓼齋詞》、吳偉業《梅村詩餘》、金堡《遍行堂詞》、宋琬《二鄉亭詞》、龔鼎孳《定山堂詩餘》、曹爾堪《南溪詞》、梁清標《棠村詞》、沈謙《東江別集》、毛際可《浣花詞鈔》、毛奇齡《毛翰林詞》、丁澎《扶荔詞》、陳維崧《湖海樓詞》、王士祿《炊聞詞》、朱彝尊《曝書亭詞》、彭孫遹《延露詞》、王士禎《衍波詞》、鄒祇謨《麗農詞》、董以寧《蓉渡詞》等，林林總總，蔚為大觀。明代受《草堂》影響，以「詩餘」名集者，為歷代之冠（註十）。然詞為「詩餘」之說，終不免貶抑詞體之文學地位。清初詞家提倡尊體，上溯詩騷，義同比興，以「詩餘」名集者，遂漸趨式微。若前舉名家之詞，以「詞」名集者多，以「詩餘」名集者少，適足以反映詞體觀之演變。

至若總集、選集之刊行，明末已由鈔刻「花草」，逐漸側重南宋之詞、時人之作。如陸雲龍輯《詞菁》，自李白至明代詞人，均有選錄。潘遊龍輯《古今詩餘醉》，所選古今詞作，以明詞為多。沈際飛輯《草堂詩餘四集》，其《別集》偏重南宋詞、《新集》專錄明詞。卓人月、徐士俊輯《古今詞統》，旨在擴編《草堂詩餘》，亦兼收明人之作。及清初，匯選時人之詞，尤蔚然成風。或合輯當代別集於一編，如孫默《國朝名家詩餘》，輯錄清初詞人鄒祇謨、彭孫遹、王士禎、曹爾堪、王士祿、尤侗、陳世祥、陳維嵩、董以寧、董俞、吳偉業、梁清標、龔鼎孳、宋琬、黃永、陸求可等十六家詞，又稱《十六家詩餘》；或選輯時人之作，如鄒祗謨、王士禎同選《倚聲初集》，共選明末清初詞四百六十餘家，一九一四闋，可謂極一時之盛。其尤可注意者，即因地域詞派興起，地域詞人群體之選亦蔚然興盛，雲間及其支脈，要皆各有其選。如張淵懿、田茂遇輯《清平初選》二十卷，為明末清初雲間詞派之總結性詞選（註十一）；陸進、俞士彪合纂《西陵詞選》八卷，乃西陵詞人群體之選（註十二）；錢煐、戈元穎、錢士賁、陳謀道等輯《柳州詞選》六卷，係柳州詞人群體之選（註十三）。此外，以「今人」為主之詞選，亦不乏見，如陳維崧、吳本嵩、吳逢原、潘眉合輯《今詞苑》，計選錄清初一三二家，四百六十餘闋詞；顧貞觀、納蘭性德合選《今詞初集》二卷，錄清建國三十年間，錢謙益以下一八四家，六百餘闋詞。揆諸明末清初詞選，由追隨「花草」而兼及南宋，進而側重近代、當代，至專主「今」人之作，顯見詞壇已漸擺落「倣古」之習，肯定當代詞家之成就。

然清初詞壇固擺落鈔刻「花草」之習，致力於「今選」之刊行，惟其選旨大抵仍未脫「花草」遺意。即以清代第一部大型詞選《倚聲初集》言之，王士禎自序云：

> 《詞統》一編稍撮諸家之勝，然亦詳於隆、萬，略於啟、禎。鄒子與予蓋嘗歎之，因網羅五十年來薦紳、隱逸、宮閨之製，彙為一書，以續《花間》、《草堂》之後，使夫聲音之道不至湮沒而無傳，亦猶尼父歌弦之意也。

王氏緣尊體之說，以為傳揚「聲音之道」，亦猶「尼父歌弦」之意。然其備存天啟、崇禎、順治年間之詞，旨在「續《花間》、《草堂》之後」，是其「聲音之道」，蓋即「花草」之道也。至如雲間詞派之《清平初選》、西陵詞人群之《西陵詞選》、柳州詞人群之《柳州詞選》，皆以當代該派詞人為選源，旨在備存一派之詞。故其選錄標準，大抵等同雲間一脈之主張，以《花間》之風為軌轍（註十四）。是知清初選壇，由倣古轉而重視時人之選，雖為選輯時人之作開啟風氣，然猶未盡脫「花草」之遺也。

及康熙十七年（一六七八），浙西派宗主朱彝尊痛砭《草堂》，以為詞林選本「獨《草堂》所收最下最傳，三百年來學者守為兔園冊。無惑乎詞之不振也」（《詞綜・發凡》）。因成《詞綜》一書，以洗《草堂》之陋，而倚聲者知所宗矣。其書之成也，因求詞書之全，故「覽觀宋元詞集一百七十家，傳紀、小說、地志共三百餘家」（汪森《詞綜·序》），歷歲八稔，選輯唐宋金元詞六百五十餘家，二千二百餘闋；為求詞品之雅，凡所選錄以「雅正」為標準，而尤推尊姜夔，以為「詞莫善于姜夔」，選為冠軍。又著〈發凡〉十六則，申明其詞學主張，提出「詞至南宋始極其工，至宋季始極其變」，並推崇姜夔、張炎為詞家正宗。以南宋騷雅清空之格，以救明詞纖靡淫哇之失，自是選壇遂為《詞綜》所籠罩，風氣盡變矣。

三、擬韻制譜

詞本倚聲而作，由樂以定詞，依曲以定體。故其創作，須按律制譜，依譜填詞，即「前人按律以制調，後人按調以填詞」，依音譜所定之樂段樂句與音節聲調，制詞相從。惟自元而後，詞樂失傳，音聲不可復聞，詞、樂逐漸分離。詞人無樂律可尊，所謂「填詞」，但依前人文字格律而已，漸失倚聲之意。是以明清以降，「音律之事變為吟詠之事，詞遂為文章之一種」（《宋名家詞提要》，《四庫全書總目》卷二〇〇）。

然詞樂亡失，南北曲代興，明人既不解音律，詞律遂為之混淆。誠如鄭騫先生所云：

> 明人填詞，既無精確的譜律可以遵循，詞的唱法又已失傳，他們只習於曲的音節格律，以這種手眼習慣來填詞，當然無怪其顛倒錯亂，不合規矩。（〈論詞衰於明曲衰於清〉，《景午叢編》上集，頁一六六）

所謂「填詞之大要有二，一曰律，二曰韻」（戈載《詞林正韻·發凡》），故詞體失律，實乃明詞衰頹之重要原因。惟律、韻相表裏，詞律既因失樂而顛倒錯亂，詞韻亦隨之依違無端。蓋唐宋詞本「由聲得韻」，故其用韻，取便歌唱，唯求諧協。逮及明、清，詞由「樂律之文」，漸變為「寓目之文」；韻從「由聲得韻」，以至「與律相輔」，而「亡聲」之韻，遂亦迷惘失途矣。是以明、清以還，詞家反思明詞不振之根源，除體認一代文風及歸罪「花草」之影響外，亦以詞樂失傳為重要原因。因之，詞家致力創作、探討詞論、剞劂詞籍之餘，復研究詞律、詞韻之學，試圖為失樂之詞尋一門徑。

就詞律言，萬曆年間張綖運用四聲平仄，據唐宋詞例，探索詞之創作規律，創為《詩餘圖譜》三卷，使詞之格律始著於譜，開「依譜填詞」之先聲。是書之作，以圖列于前，詞綴於後，韻腳句法，犁然井然。萬曆二十二、三年間（一五九四、一五九五）刊行後，深為時人所重，詞家多據之填詞。繼而增補者，如明謝天瑞撰《詩餘圖譜補遺》十二卷，有萬曆二十七年（一五九九）刊本。明游元涇又作《增正詩餘圖譜》三卷，有萬曆二十九年（一六〇一）刊本。倣作者，如明程明善《嘯餘譜》十卷，有明萬曆二十三年刊本。及明末清初，詞家接續前賢，不僅於詞話中探討詞律，亦頗有具體作為。如崇禎年間毛晉《詩餘圖譜補略》、萬惟檀《詩餘圖譜》，康熙年間沈謙《詞譜》、賴以邠《填詞圖譜》等皆是也。至如沈際飛《草堂詩餘》四集，旨在替代《詩餘圖譜》，故其評點「以一調為主，參差者註明字數多寡，庶定格自在，神明惟人，即是此譜，不煩更覓圖譜矣」（《草堂詩餘・發凡》）。由於明、清詞家之啟發與研究，至康熙二十六年（一六八七）萬樹撰《詞律》、康熙五十四年（一七一五）王奕清等奉敕撰《詞譜》，終總其成。

就詞韻言，南宋朱敦儒始擬應制詞韻十六條，惜其書不傳。明萬曆年間胡文煥編《文會堂詞韻》，據周德清《中原音韻》，分為十九韻，以入聲配隸平上去三聲，復以《洪武正韻》之入韻補為附卷，以備入聲獨用。胡氏不明詞之體性，混曲韻與詞韻為一，其分合標準不一，與宋人押韻相違，深為後世所詬病。如崇禎年間沈際飛《草堂詩餘四集・發凡・研韻》即疵之云：「錢唐胡文煥有《文會堂詞韻》，似乎開眼，乃平上去三聲用曲韻，入聲用詩韻，居然大盲，世不復考。將詞韻不亡於無而亡於有，可深嘆也。願另為一編正之。」顯見沈氏已能體認詩、詞、曲體性之別，惟其「另為一編」之願終未能成。及明清之際，詞體日尊，沈謙本諸詩、詞、曲有別，謂「近古無詞韻，周德清所編（《中原音韻》），曲韻也」，以為「胡文煥所錄韻，雖稍取《正韻》附益之，而終乖古奏；索宋、元舊本，又渺不可得」，因博考宋詞，探索詞韻規律，製定《沈氏詞韻》，於順治五年（一六四八）刊布。其韻部雖分為十九，而實按宋詞實際用韻，因與《中原音韻》有殊。其體例循宋詞「平入獨押，上去通押」之原則，每部以平統三聲、明分平仄；入聲獨立分為五部，故與詩韻、曲韻皆別也。自是，詞韻與詩韻、曲韻分途，不獨糾前代韻書之謬，亦開「依韻填詞」之先聲。後繼者從其軌轍，分韻或從寬，或從嚴，至于戈載《詞林正韻》，而總其成。

要之，詞體由音樂文學蛻變為古典格律詩體，律、韻之學，厥為鍵鑰。誠如張璋所云：

> 詞樂之失傳，是詞「中衰」的重要原因；而詞譜、詞韻的誕生，則是詞——這一特殊形式的韻文體裁，得以「中興」和賡續發展的重要條件。（註十五）

清初詞家承繼唐宋詞之聲韻格律，致力於擬韻制譜，使詞體格律趨於規範化，雖失樂律之美，而猶存音節韻律之美。不獨使失樂之詞不致混淆失措，且使詞體由音樂文學過渡為古典格律詩體，為詞學之發展開啟新機。

四、填詞創作

自雲間倡南唐北宋之體，以接續詞統，力矯《草堂》淫哇之習，後繼者沸沸揚揚。而理論引導創作，陳子龍論詞標舉「風騷」，主張「託貞心於妍貌，隱摯念於佻言」（〈三子詩餘序〉）。以「其為體也纖弱」、「其為境也婉媚」（〈王介人詩餘序〉）範圍詞體，又論創作云：「思極于追逐，而纖刻之辭來；情深于柔靡，而婉孌之趣合；志溺于燕惰，而妍綺之境出；態趨于蕩逸，而流暢之調生。」（〈三子詩餘序〉）故其詞恪守綺豔妍婉之「正統」，詞風以「風流婉麗」著稱。以是雲間一派之詞，大抵以婉麗流暢為美，如鄒祇謨云：「麗語而復當行，不得不以此事歸之雲間諸子。」（《遠志齋詞衷》）陳子龍評李雯、宋徵輿云：「李子之詞麗而逸，可以昆季璟、煜，娣姒清照。宋子之詞，幽以婉，淮海、屯田肩隨而已。」（〈幽蘭草詞序〉）影響所及，綺靡婉豔之風盛極一時。如西泠詞壇沈謙之詞「率從屯田、待制浸淫而出，言情最為濃摯，又必據秦、黃之壘以鳴得意」（沈雄《古今詞話．詞評》卷下）；丁澎之詞「骨肌細柔，恰似當年十七八女郎」（《百名家詞鈔》附宗元鼎評語）。蘭陵詞壇鄒祇謨「以冠絕人天之才，凡所為不弁盛事，無不陵轢今古。即詩餘一道，遂已小語曲致，盡態極妍，直可上接青蓮〈菩薩蠻〉諸語，下睨弇州鳳凰橋下語諸調，豈特飛卿以下十八人，共作輿臺，抑亦南唐而後數百家，難矜香豔也」（宗元鼎《麗濃詞・序》）。廣陵詞壇王士禎「束其鴻博淹雅之才，作為《花間》雋語，極哀豔之深情，窮倩盼之逸趣」（唐允甲《衍波詞・序》）；彭孫遹以為「詞以豔麗為本色，要是體制使然」（《金粟詞話》），所為詞則「啼香怨粉，怯日淒花，不減南唐風格」（徐珂《清代詞學概論》引嚴繩孫語）。

然雲間詞風盛行之際，亦明、清易代動盪之時。詞人身處風雲詭譎之歷史時期，或抗清殉明，如夏允彝、陳子龍、夏完淳、張煌言等；或事敗遁避，如屈大均、金堡、方以智、王夫之等；或隱逸終老，如彭孫貽、朱一是、西泠十子（除丁澎、吳百朋、虞黃昊以外）等；或應第出仕而罹案獄，如丁澎、曹爾堪、宋琬、王士祿等。其出處雖或不同，惟戰亂頻仍，家國破敗；山河易主，案獄迭起；詞人值此舊巢傾敗、新枝難棲之世，無不蘊懷家國身世之感。因之，斯時詞風固以婉媚為主，亦不乏豪放慷慨之辭；雖寫閨情豔語、惜春傷別之篇，或亦寓寄憂時睠國之懷。即以奮起抗清之詞人為例，如陳子龍主張「風騷之旨」，以為「凡憂時睠國之懷，多托於閨人思士之語」（《安雅堂稿》卷二〈沈友夔詩稿序〉）。故所為詞章，乃寓幽約怨悱之情，於輕靈細巧之境，以淒麗哀婉之辭，寫忠國志士之懷。洎乎清人入關，抗清事敗而遁避山林之士，其孤臣孽子之悲慨，往往傾洩而出，以是所為詞或有香草美人之遺，而尤多風雲怒張之氣。如金堡為明末進士，乙酉後入閩事唐王，再事永曆帝，桂林破城後，變服換名，半生侘傺，乃擺落浮豔之風，而以悲涼慷慨之音傳其苦寂落寞之情。沈皞日評其詞云：「出其餘思以為辭，則豪而為銅琵琶、鐵綽板，細而為曉風殘月，秦、蘇、辛、柳不多讓焉。」（《遍行堂集・序》）嚴迪昌云其「好次稼軒、竹山韻，而比辛棄疾多苦澀味，較蔣捷為辛辣」（《清詞史》頁九十一），其詞之蒼勁淒厲可知也。而王夫之亦曾仕永曆朝，後知事不可為，遂歸隱衡陽石船山。然猶不忘故國，自稱「從不作豔詞」，故其詞承芳菲纏綿之風調，而「字字楚騷心」（朱祖謀《彊村語業》卷三），特以曲隱寄托情味。葉恭綽評其〈摸魚兒・東州桃浪〉云：「故國之思，體兼騷禪。船山詞言皆有物，與並時批風抹露者迥殊。」(《廣篋中詞》卷二)至如屈大均,抗清失敗後,時釋時儒,或游或隱,嘗遠涉秦、趙、燕、代,慨然有復興之志,以是多風雲怒張、豪邁縱橫之詞。葉恭綽評其〈長亭怨・冬季與李天生宿雁門關作〉云:「縱橫排蕩,稼軒神髓。」(《廣篋中詞》卷二)嚴迪昌則云:「大均詞的風格,可借陳維崧『讀屈翁山詩有作』〈念奴嬌〉中『豪氣軼于生馬』之句作概評。」(《清詞史》頁九九)是知時危世亂之際,憂時憤世之詞家,所為詞或托志帷房,睠懷君國;或曲盡淋離,沉雄憤鬱,豪放之風,寄托之旨,於焉滋衍。

至若仕身新朝者,由於清廷大起獄,往往罹遭橫禍,顛躓道途。詞家流離轉徙,往來南北詞壇之間,與同道互為唱和,藉以抒發抑鬱悲涼之慨。即以清初波瀾壯闊之「江村唱和」及「秋水軒唱和」言之,其流派宗尚雖或不一,然因時代際遇相近,以是能默契和諧,同聲齊唱:

(一)江村唱和:

康熙四年乙巳(一六六五),曹爾堪、宋琬及王士祿,齊聚杭州,互為酬和。各填〈滿江紅〉八首,合為二十四篇。因聚合於杭州,故又稱「湖上唱和」。嗣後南北詞人應聲而和者數十,大抵借題發揮,抒發胸臆,影響詞風頗巨。徐士俊云:

> 蓋三先生胸中各抱懷思,互相感嘆,不托諸詩,而一一寓之于詞,豈非以詩之謹嚴,反多豪放,詞之妍秀,足奈幽尋者乎?(《雁樓詞・序》)

就三子之詞風觀之,曹爾堪早期以「清逸清曠」著聞,晚期趨於「清雄健舉」;宋琬前期以綿麗見長,後期則多淒怨之聲;王士祿擅以短章寫豔情閨思,唱和則曲隱以寄意。而三子唱和之際,正值縲絏之後,沉淪之時,可謂遭際相同。故唱和之篇,調寄〈滿江紅〉,淒愴激宕,實乃遷謫之客感極而發者也。嚴迪昌嘗例舉諸子唱和之詞,以為曹爾堪「幸能脫刀砧而返顧『踏險』情景,語勢以綿絲裹針芒,不多鋒銳意」。評宋琬則云:「在詞中直抒『罪官』、『廢人』胸臆的詞固然歷來罕見，如此怨而且怒的筆調尤為少有，宋琬僅以此類詞章即可奠定其詞史的。」而三家詞中「王士祿最見溫和，八章和詞大抵均以湖光山色和笑傲煙霞的語調掩蓋心底的波瀾。」（《清詞史》頁四九）所評確然。就三子唱和詞觀之，其詞或幽或怒，而「各抱懷思，互相感嘆」，與前期詞風迥然殊異，正反映詞人於激烈動盪之世局中，心境及詞風之轉變。

（二）秋水軒倡和：

「秋水軒倡和」，事起於康熙十年辛亥（一六七一）秋。時周在浚僑居京師孫承澤之「秋水軒」，詞壇名流如曹爾堪、龔鼎孳等，「無日不來，相與飲酒嘯詠為樂」（汪懋麟《百尺梧桐閣集》卷三〈秋水軒詩集序〉）。曹爾堪見壁間酬唱之詩，因賦〈賀新涼〉一闋，廁名其旁。龔鼎孳等相繼和韻，且推波助瀾，南北詞人應聲和之，至「一韻累百」，世稱「秋水軒倡和」。汪懋麟〈詞序〉嘗記其始末云：

及讀《秋水軒倡和詞》一編，始于南溪學士（曹爾堪），而廣于合肥宗伯（龔鼎孳），縱橫排宕，若瑜亮用兵，旗鼓相敵。一時名流相與爭奇奪險，愈出愈工。如槩子（紀映鍾）、方虎（徐倬）、伯通（龔士稹）、雪客（周在浚）、古直（案：侯考）、緯雲（陳維岳）、湘草（杜首昌）諸君，俱各揮洒流暢，妙極自然，無復押韻險澀之跡；而西樵考功（王士祿）最後成六闋以為之殿……詞非一題，成非一境，統冠之以「秋水軒」者，大都登壇樹幟，鼓諸軍之氣，而卒以奏成功者，雪客之力為多也。稱「秋水」，不忘所自云爾。（引自嚴迪昌《清詞史》頁一一六）

是知「秋水軒倡和」，始於曹爾堪「剪」字韻〈賀新郎〉詞，龔鼎孳響應並推波助瀾，經周在浚主持其事，且廣徵輯錄，成《秋水軒唱和詞》一編（註十六）。最初參與唱和者，以寄居龔鼎孳幕下遺逸之輩及故家子弟為主。至若首倡者曹爾堪及支持者龔鼎孳，以困蹇仕途，遂藉豪壯之音以瀉憤懣之思，繼之者鼓湧唱和，率以「心骨俱清」為貌，「縱橫排宕」其神。如曹爾堪是時入京，乃為了結案情，心境之感慨、憤懣可知；所作〈賀新郎〉七闋，遂覺清峭勁拔。龔鼎孳於順治初迫降，而仕途乖舛，多次被黜，其詞風遂由綺麗悱惻之調，漸變為「蒼潤清腴而多勁急味」（嚴迪昌《清詞史》頁一〇九）。所為「剪」字韻〈賀新郎〉二十三闋，詞題雖或不一，然大多抒發其久經浮沉之感，及與遺逸故交憶念舊事。詞情「或蕭瑟、或清曠、或郁勃、或深沉，皆以氣勢馭才情，功力至深」（嚴迪昌《清詞史》頁一一〇），正反映其暮年心態。至如主其事者周在浚，則好以史家之筆寓注詞中，筆致勁拔蒼遒。其論詞主張直抒性情，尤以「稼軒風」為填詞門徑，嘗云：

> 所謂情者，人之性情也。上自《三百篇》以及漢魏、三唐樂府詩歌，無非發自性情。故魯不同于魏，卿大夫之作，不能同于閭巷歌謠。即陶、謝揚鑣，李、杜分軌，各隨其性情之所在。古無無性情之詩詞，亦無捨性情之外別有可為詩詞者。（徐釚《詞苑叢談》卷四引周在浚語）

又云：

> 辛稼軒當弱宋末造，富管、樂之才，不能盡展其用。一腔忠憤，無處發洩，觀其與陳同父抵掌議論，是何等人物！故其悲歌慷慨抑鬱無聊之氣，一寄之于詞。今乃欲與搔頭傅粉者比，是豈知稼軒者？王阮亭謂石勒云：「大丈夫磊磊落落，終不學曹孟德、司馬仲達狐媚。稼軒詞當作如是觀。」予謂：「有稼軒之心胸，始可為稼軒之詞，今粗淺之輩，一切鄉語猥談，信筆塗抹，自負吾稼軒也，豈不令人齒冷。」（同前引）

故其主持唱和，誠如嚴迪昌所云「意在掀起意氣跌宕的『尤多商羽之聲』的『新情振起』的詞風，乃是周在浚的理想境界」（《清詞史》頁一二四）。因之，由王夫之諸人引導之「稼軒詞風」，遂因「秋水軒倡和」，而由京師延及南北詞壇，終鼓蕩成風。

綜上所述，是知明末清初之詞壇，經由反思明詞，探究詞學積弱之根由。並針對：守律不嚴、體制不明、詞體不尊之弊，或致力於撰述詞論，以「覓詞統」、「辨詞體」；或專意於剞劂詞籍，以擴展時人眼界，提供填詞門徑；或窮首於擬韻制譜，以正律韻之謬，以供吟嘯之需，遂掀起清初詞學之高潮。至於詞風之遞嬗，其始也，因雲間而循晚唐五代門徑，以是多婉豔纏綿之體。然世局動盪，案獄迭起，詞人藉豔體隱寄者漸夥，而稼軒詞風亦逐漸張揚。誠如葉恭綽所云：

> 清初詞派，承明末餘波，百家騰躍。雖其病為蕪獷，為纖仄，而喪亂之餘，家國文物之感，蘊發無端，笑啼非假。其才思充沛者，復以分途奔放，各極所長。故清初諸家，實各具特色，不愧前茅，遠勝乾、嘉間之膚庸淺薄，陳陳相因者。（《廣篋中詞》卷一）

是知明詞勦襲僵化之弊，因清初特殊之時代背景，詞家「笑啼非假」、「分途奔放」，遂而革除，且為清詞蘊蓄生機。嗣後陽羨派張揚蘇、辛；浙西派推尊姜、張，莫不肇始於此。張璋謂明代詞「前存宋元遺響，後開清代先河，形成了千年詞史的轉折期」（〈聽我說句公道話——論明代的詞及全明詞的編纂〉，《國文天地》六卷二期，頁四〇）。果然，則明末清初詞壇，尤為轉折之關鍵也。

沈謙處此關鍵時期，浸染時代風尚，凡詞論、詞籍、韻譜及創作皆有建樹，且能脫出桎梏，開啟新機。就詞論言，所撰《填詞雜說》簡要精當，不獨開示作詞要訣，復本諸「移情」之旨，以詞為「全功」，脫出「小道觀」之藩籬；就詞籍言，所輯《古今詞選》雖已不傳，然既以「古今」名籍，顯已擺落「花草」迷思，兼重「古今」；就韻譜言，操律比韻，特見精妙，所擬《詞譜》雖未梓行，而《沈氏詞韻》勘謬正訛，不獨為詞韻之濫觴，亦填詞用韻之指南；就詞作言，其《東江別集》既以語真、情幽見長，亦以香奩、淺俗見譏，正反映明、清詞風之轉變。故沈謙雖非一代宗師，然前承雲間遺響，益以個人之識見與才學，而下啟清詞之新機，其地位實乃轉折期之關鍵也。

附註

註一：如蕭鵬云：「當雲間派活躍於詞壇的同時或稍後，它附近的詞鄉衍出四大雲間支脈。它們是：以嘉善為地域中心、曹爾堪為群體領袖的柳州詞人群；以常州為地域中心、「陳黃鄒董」四才子為主體的蘭陵詞人群；以杭州為地域中心、「西泠十子」為主體的西泠詞人群；以及以揚州為地域中心、王士禎為盟主的揚州詞人群。」（蕭鵬《群體的選擇——唐宋人選詞與詞選通論》，頁二三〇—二三一）

註二：西泠或稱西陵，本指西湖孤山西泠橋一帶。案：西泠橋，位浙江杭縣西湖孤山下，為後湖、裏湖之界。又名西陵、西林。即古時「西村喚渡」處。是以文人或逕稱杭州為西陵、西泠。如沈謙（仁和）與陸圻（錢塘）、柴紹炳（仁和）、陳廷會（錢塘）、毛先舒（仁和）、丁澎（仁和）、吳百朋（錢塘）、孫治（仁和）、張綱孫（錢塘）、虞黃昊（錢塘）諸子，或籍仁和；或籍錢塘，而并屬杭州府治，因號稱「西陵十子」。又如陸進、俞世彪輯《西陵詞選》、丁丙輯《西泠詞粹》，而毛先舒〈沈去矜墓誌銘〉曰「西陵十子」（《東江集鈔》附錄）、《清詩記事初編》曰「西泠十子」，所謂「西陵」、「西泠」，皆指杭州言之也。是以本文凡引自原典者，皆從其原文；若乃作者行文，則逕以「西泠」為稱。以下倣此。

註三：明天啟年間，湖州李國禎作《明史概》（又名《明書》），斯時付刻之內容有：〈明書大事記〉、〈大訓記〉，而未刻之稿則有：〈列朝諸臣傳〉、〈開國遜國諸臣〉二列傳。後湖州莊廷鑨得朱氏未刻稿件，因延名家編輯，更名為《明史輯略》。所請編纂者，據楊鳳苞《秋室集‧記莊廷鑨史案本末》云：「書成而廷鑨死，允城痛傷之，為乞禮部主事李令晢撰敘，列吳越名士十八人為參閱。十八人者，歸安茅元銘、吳之銘、吳之鎔、令晢子礽燾、元銘子次萊，烏程吳楚、唐元樓、嚴雲起、蔣麟徵、韋全祐、全祐子一□，吳江張雋、董二酉、吳炎、潘檉章，仁和陸圻，海寧查繼佐、范驤也。……順治十七年冬刊成（一六六〇），頗行于世。」後烏程令吳之容以勒詐不遂，首先告訐，案發之後，除查繼佐、范驤、陸圻，以事前自請檢舉，未及於難。是獄自順治辛丑（一六六一）發生，至康熙癸卯（一六六三），將全書編纂人及其昆弟子女年十五以上者，全部斬決，妻女配瀋陽披甲為奴，株連不下一二百人。

註四：陳維崧自述云：「憶余十四五時，學詩于雲間陳黃門先生，于詩之情與聲，審其六七矣。」（《迦陵文集》卷一〈許漱石詩集序〉）

註五：案發於順治十八年（一六六一）。《清聖祖仁（康熙）皇帝實錄》卷三載云：「（十八年六月）庚辰，江寧巡撫朱國治疏言：蘇、松、常、鎮四府屬，并溧陽縣未完錢糧，文武紳衿共一萬三千五百一十七名，應照例議處；衙役人等二百五十四名，應嚴提究擬。得旨：紳矜抗糧，殊為可惡，該部照定例嚴加議處！」至於嚴處方式，董含《三岡識略》記云：「悉列江南紳衿一萬三千餘人，號曰『抗糧』。既而盡行褫革，廢本處枷責，鞭扑紛紛，衣冠掃地。」當時法定凡例，列名于欠逋之冊之秀才、舉人、進士，皆革去功名出身，現任官員則降二級調用。

註六：案：一、題青溪遺事畫冊：事見《漁洋山人自撰年譜》卷上：「順治十八年辛丑（一六六一），二十八歲。在揚州。……三月，有事至金陵。居秦淮邀笛步，賦秦淮雜詩。」惠棟註云：「又屬好手畫《青溪遺事》一冊，陽羨陳其年（維崧）為題詩。山人復成小詞八闋，摩畫坊曲瑣事，盡態極妍，諸名士和者眾。」又馮金伯《詞苑粹編》卷十七引漁洋山人語云：「僕曩居秦淮，聽友人談舊院遺事，不勝寒煙蔓草之感，因屬好手畫《青溪遺事》一冊。陽羨生為題詩，僕復成小詞八闋，程村倚和，春夜挑燈，迴環吟歎，覺菖蒲北里，松柏西陵，風景宛然在目。使潘髯、王百穀諸人，身在莫愁桃葉之間，未必有此寫照也。」（《詞話叢編》冊一，頁二一一八—二一一九）是知王士禎〈菩薩蠻・詠清溪遺事畫冊同羨門程村其年作〉八闋，作於順治十八年辛丑（一六六一），而和者甚眾。除前舉陳維崧、鄒祇謨外，如彭孫遹、董以寧及沈謙，皆見和作。二、紅橋唱和：康熙元年壬寅（一六六二），王士禎與「袁于令（籜庵）諸名士：杜于皇（濬）、邱季貞（象隨）、蔣釜山（階）、朱秋　（克生）、張山陽（養重）、劉玉少（梁嵩）、陳伯璣（允衡）、陳其年（維崧）修禊紅橋，有《紅橋倡和集》。」（《漁洋山人自撰年譜》卷上）惠棟註云：「山人作〈浣溪紗〉三闋，所謂『綠楊城郭是揚州』是也。和者自茶　而下數君，江南北頗流傳之。或有繪為圖畫者，于是過揚州者多問紅橋矣。」可見其事之盛。

註七：如陳霆疵議明詞之病云：「我朝文人文士，鮮工南詞，間有作者，病其賦情遺思，殊乏圓妙；甚則音律失諧，又甚則語句塵俗，求所謂清楚流麗，綺靡蘊藉，不多見也。」（《渚山堂詞話》卷三）王世貞云：「我朝以詞名家者，劉誠意伯溫穠纖有致，去宋尚隔一層；楊狀元用修好入六朝麗事，似近似遠；夏文愍公謹最號雄爽，比之辛稼軒，覺少精思。」（《藝苑卮言》）

註八：語見《四子西湖竹枝・序》，惟是書臺灣未見。序文徵引自陳水雲：〈崇禎末至康熙初年的詞學思潮〉，《湖北大學學報・哲學社會科學版》（一九九六年第二期），頁九五。

註九：案：此書乃現存刻印最早之一部宋詞總集。原六集，九十一卷，每集刻十家，而第六集為十一家，故實為六十一家。第一、二集分別有明夏樹芳與胡震亨序。夏樹芳為萬曆舉人，胡震亨序落款「庚午夏之朔」。「庚午」

為崇禎三年（一六三〇），則毛晉刻印此書之年代大體可以推見。

註十：案：趙尊嶽《明詞彙刊》所錄二六八家詞，以「詩餘」名集者，有曾燦《六松堂詩餘》等六十四家，約佔百分之二十三。揆諸歷代重要詞集，如：宋陳振孫《直齋書錄解題》卷二十一〈歌詞類〉錄一〇七家詞，以「詩餘」名集者僅三家；清聶先、曾王孫同輯《百名家詞鈔》錄一百家詞，以「詩餘」名集者僅九家；陳乃乾輯《清名家詞》錄一百家詞，以「詩餘」名集者僅六家。足證明人普遍接受詞為「詩餘」之觀念，並以此為詞之又名，而以之名集。

註十一：據《清平初選後集．凡例》云：「是選分前後兩集，啟、禎以前為一集，本朝諸家為一集，有詞名最著而此選不及者，概登前集。」是知《清平初選》原刻二十卷，分為「前集」、「後集」，惟「前集」未見之于公私藏家著錄。而陳子龍、夏完淳等「詞名最著」者，疑屬于「啟禎以前」人物，是以「後集」未見選錄。今存《清平初選後集》十卷，清末石印本又名《詞壇妙品》。是書成於康熙八年己酉（一六六九）至十七年戊午（一六七八）間，歷歲十稔。全書錄清初三百十九家詞，計二百九十四調、一千一百四十餘闋。參訂者有錢芳標、曹爾堪、王士禎、彭孫遹、董俞、陳其年、尤侗諸人，皆名重一時。選錄詞家以雲間籍居多，有功於鄉邦文獻之保存，係研究雲間詞人之重要資料。案：此書臺灣未見。參嚴迪昌《清詞史》頁二十七，及王步高《金元明清詞鑑賞辭典》附錄四：尹志騰、吳永坤〈清代詞籍簡介〉頁一四一六—一四一七。

註十二：《西陵詞選》，約成於康熙十二年至十四年（一六七三—一六七五）間。全書選錄清初杭郡一百七十三家詞，計小令七十八調二九五闋，中調七十二調一六八闋，長調六十七調一九四闋。另有〈宦游詞選〉一卷冠首，錄宋琬等十家，計三十五調八十八闋。案：此書臺灣未見。所據版本，乃影印北京圖書館藏清康熙刻本。

註十三：《柳州詞選》輯錄明清之交，及順治至康熙初浙江嘉善地區一百六十二家，幾近五百闋。且其書收錄之作家，多數未見于清初其他選本，為研究《柳州詞派》之重要史料。案：此書臺灣未見。參王步高《金元明清詞鑑賞辭典》附錄四：尹志騰、吳永坤〈清代詞籍簡介〉頁一四二二。

註十四：如計南陽序《清平初選後集》云：「於是掇其穠華，擷其英異，意欲其曲而婉，思欲其巧而俊，采欲其豔而纖，調欲其變而雅。吐納乎《香奩》、《金荃》之腴，而進退乎李、晏、秦、柳之度。」然則斯選纂輯之旨皭然可知也。

註十五：張璋：〈聽我說句公道話——論明代的詞及全明詞的編纂〉，《國文天地》六卷二期（一九九〇年七月），頁四〇。案：以下徵引張氏此文，為免詞費，僅註明刊期、卷數，不令為附註。

註十六：最早唱和者為曹爾堪、龔鼎孳、紀映鍾、徐倬、陳維岳、周在浚諸家，王士祿、杜首昌等繼之，而漸次擴大。據今存「遙連堂」版《秋水軒唱和詞》，凡錄二十六家，詞作一七六闋：曹爾堪七闋，梁清標二闋，龔鼎孳二十二闋，紀映鍾十七闋，徐倬二十二闋，王豸來十二闋，陳維岳十二闋，沈光裕二闋，宋琬一闋，王士祿六闋，龔士稹八闋，陳祚明三闋，張　三闋，曹貞吉四闋，吳之振一闋，汪懋麟二闋，杜首昌四闋，周在浚十五闋，王概四闋，王蓍五闋，宗元鼎四闋，蔣文煥六闋，馮肇杞五闋，吳宗信一闋，黃虞稷六闋，張芳二闋。可謂極詞場一時之盛。案：《秋水軒倡和詞》臺灣未見，所錄據嚴迪昌《清詞史》，頁一一六。

第二節 沈謙之家世

沈謙，字去矜。杭州府仁和縣臨平鎮人(註一)。居傍臨平湖，《水經注》又名東江，因築東江草堂，自號東江子。生于明萬曆四十八年庚申（一六二〇）正月十九日，卒于清康熙九年庚戌（一六七〇）二月十三日，享年五十有一。(註二)

杭州以湖山秀麗、人文薈萃著稱，自古孕育無數才士。明正德年間仁和詩人張杰〈西湖〉詩云：「今古有詩難絕唱，乾坤無地可爭奇。」清初《西陵十子詩選・序》云：「西陵，故吳越一都會也。襟江帶湖，人文濬發，號稱闤闠詩書矣。」(註三)正說明杭州造化之奇，文風之盛。沈謙家族，自宋末沈之傑遷居仁和，即以孝節忠規著聞。及明末沈謙出，尤以博學多才，幽貞孝節，為世所稱。古云「地靈人傑」、「家學淵源」，沈謙生於杭州，習染翰墨，文行並高；蓋沾馥前賢，靈氣所鍾，兼而有之也。

壹、山川形勝　翰墨緣深

浙江素稱人文薈萃，著述斐然之邦。杭州位於錢塘江下游北岸，京杭運河南端，西湖之濱，襟江帶湖，不獨山水之美甲于海內，亦為水陸交通之要衝。北宋時，浙江之經濟已然「兩浙之富，國用所恃」（《蘇東坡奏議集》卷九〈進單鍔吳中水利書狀〉），益以西湖勝景播揚宇內，杭州遂有「地有湖山美，東南第一州」(註四)之美譽。四方文士勝流，麇集遊賞，新詞豔曲，疊出不窮。如柳永〈望海潮〉詞，因地理形勢、山川風物與繁華景象，謳歌杭州都會之富，西湖風光之美，極為傳神：

東南形勝，三吳都會，錢塘自古繁華。煙柳畫橋，風簾翠幕，參差十萬人家。雲樹遶堤沙。怒濤卷霜雪，天塹無涯。市列珠璣，戶盈羅綺競豪奢。重湖疊巘清嘉。有三秋桂子，十里荷花。羌管弄晴，菱歌泛夜，嬉嬉釣叟蓮娃。千騎擁高牙。乘醉聽簫鼓，吟賞煙霞。異日圖將好景，歸去鳳池誇。（《全宋詞》冊一，頁三九）

柳永以彩筆渲染杭州，有聲有色，宛如名都畫卷，引人入勝。據云此詞流播廣遠，金主亮聞「三秋桂子，十里荷花」之句，欣然起投鞭渡江之意（註五）。古云「當奇境而有奇文」，「江山明秀發詩情」，柳詞之引人豔羨若是，固緣於擅為「奇文」，而斯時杭州之「奇境」，亦可想見矣。及建炎三年（一一二九），宋高宗南渡，駐蹕杭州，詔以州治為行宮，稱行在所，升杭州為臨安府。紹興八年（一一三八），正式定都臨安（《咸淳臨安志》卷一《駐蹕次第》）。杭州躍為一朝帝都，為全國政治、經濟、文化之中心，「四方之民，雲集兩浙，百倍常時」（李心傳《建炎以來系年要錄》卷七），西北士大夫多在錢塘，北宋還只「參差十萬人家」，至此則為「一色樓臺三十里，就中無處覓孤山」（註六），由「東南第一州」，晉升為「全國第一州」。著名之「西湖十景」及「上有天堂，下有蘇杭」（當時稱「天上天堂，地下蘇杭」）之諺語，亦於此時形成。

元明清時期，杭州仍為「東南財賦地，江浙人文藪」，文風鼎盛。蓋山川之勝，翰墨之緣，杭州西湖，周圍三十里，風景名勝，指不勝屈，尋幽訪古，俯拾即是。有山水石泉，堤橋峰洞，廟塔墓坊，名士遺跡。古來騷人墨客莫不流連忘返，因境生情，因情生文。如唐長慶中，白居易守杭，酷愛湖山，眈睨雲樹，其《湖上春行》、《春題湖上》、《餘杭形勝》諸詩，已曲盡風物之勝。既去任，猶不勝回戀，有《留題天竺靈隱》、《留別西湖》、《思杭州舊游》、《憶杭州梅花》、《答客問杭州》諸篇。其〈憶江南〉詞云：

江南好，風景舊曾諳。日出江花紅勝火，春來江水綠如藍。能不憶江南。

江南憶，最憶是杭州。山寺月中尋桂子，郡亭枕上看潮頭。何日更重遊。

其後北宋熙寧、元祐中蘇軾兩任杭州，篇什之豐，過於樂天。蘇轍曾云：「昔年蘇夫子，杖履無不之；三百六十寺，處處題清詩。」（註七）凡所詠西湖詩，尤膾炙人口，如：

水光瀲灩晴方好，山色空濛雨亦奇。若把西湖比西子，淡粧濃抹總相宜。

白、蘇文名震撼一世，杭州西湖經其品題，聲價自必百倍。蓋自此而後，西湖遂為世人所周知。前人每謂「杭州巨美，自白、蘇而益彰」，洵屬知言。宋郭熙云：「欲奪其造化，則莫神于好，莫精于勤，莫大於飽游飫看。」（《林泉高致・山水訓》）騷人名士因飽游飫看杭州巨美，而有奇文；杭州復因奇文遺跡，而愈增其色，愈顯其名，人文與自然，相得益彰，遂為人物之都會，翰墨之隩區。明末清初，浙杭人才輩出，即以詞家言，有沈謙等西泠十子稱譽浙中，殆亦名山勝水，產靈育秀也。

沈謙所居臨平鎮，在杭州東五十里，亦山水之窟，往來要衝（註八）。沈氏家族，自明洪武初沈之傑遷居臨平桂芳橋側，遂世居焉（註九）。其地丘壑妍美，「有形勝足以入詠者，亦有古蹟足以致懷者」（沈謙《臨平記》卷四），故雖蕞爾之地，而往來遊覽者，諷吟不絕。即以臨平山為例，宋蘇軾有〈過臨平次韻〉詩云：

餘杭門外葉飛秋，尚記居人挽去舟；一別臨平山上塔，五年雲夢澤南州。淒涼楚些緣君發，邂逅秦淮為子留；寄謝西湖舊風月，故應時許夢中遊。

又有〈南鄉子・送述古〉詞云：

回首亂山橫。不見居人只見城。誰似臨平山上塔，亭亭。迎客西來送客行。　臨路晚風清。一枕初寒夢不成。今夜殘燈斜照處，熒熒。秋雨晴時淚不晴。

再如臨平山下之臨平湖，以吳寶鼎出著聞，故名鼎湖，一名東湖，一名東江湖。(註十)沈謙傍湖而居，因築東江草堂，自號東江子。嘗云：「遊臨平湖，莫美于夜泛。月光靈爽，水影淪漣。置身其間，真有鏡中天上之歎。」(《臨平記》卷四)斯湖之美，可以想見。故文人過往，睹境生情，莫不發為歌詠。如宋釋道潛〈過臨平〉詩，素富豔稱：

風蒲獵獵弄輕柔，欲立蜻蜓不自由；五月臨平山下路，藕花無數滿汀洲。(《臨平記》卷四)

又如張光弼〈過臨平湖〉詩云：

船過臨平欲住難，藕花紅白水雲間；只因一霎溟濛雨，不得分明看好山。(同前引)

顯見臨平之山色湖光，藕花水雲，遙相映襯，的為至美。沈謙云「東湖之勝，為吾鄉之冠」(《臨平記》卷三)，良有以也。

而據沈謙之鑑賞，臨平一地可詠者凡三十，如：安平泉、黃犢嶺、劍池、甘露泉、讀書堆、永和塘、寶幢、塔基、渥桂泉、大安寺、景星觀、淨慧寺、石筧、像光湖、明因寺、冰谷泉、安隱寺、細礪洞、向上庵、臨平湖、月華庵、白龍廟、瓶山、藕花州、曲竹塢、桐扣山、龍興寺、丁姥冢、桂芳橋、廣嚴寺等皆是。沈謙以為「往牒長留，既積玉以交光，已懷鉛而博采矣。然而文思日異，風景不殊，登高而作賦，何讓古人？」(〈徵臨平三十詠啟〉，《臨平記・附錄》)是以徜徉山水名蹟之間，撫境緣情，清音不斷。(註十一)甚且廣徵新聲，輯為「臨平三十詠」，欲踵芳馨於前賢。是知沈謙得享一代文名，固緣於自身之才學，而所居臨平，實亦具「產靈育秀」之功也。

惟沈謙不僅因臨平之美，而孕育文才；且因臨平之善，而品節自高。如毛先舒云：

臨平鎮在杭州東五十里，其地有瓶山、黃犢、東湖諸名勝。風土清曠而渾樸，往往工文持高節之士出焉。如唐邱丹、宋沈文直皆是也。余友沈去矜，家臨平，高士也。(〈沈去矜墓誌銘〉，《東江集鈔》附錄)

蔣平階《東江集鈔序》：

沈子所居為臨平湖，其山以唐高士丘丹得名，而褚無量亦讀書其上。

案：臨平山亦曰「丘山」，以唐丘丹得名（註十二）。上有龍洞、天井，旱未嘗涸，下有東嶽廟、景星觀、龍王廟，又下為臨平湖。臨平湖中有「讀書堆」，蓋唐舒國公褚無量讀書處也（註十三）。沈謙傍山依湖而居，既流連於勝景，亦仰止於前賢。嘗褒美邱丹云：

邱丹隱於臨平山，故有邱山之名，所謂地因人重也。其清高之氣，固足頻視凡流，而文筆之佳，亦不在蘇州以下。後卒化去，豈非仙才也哉？（《臨平記》卷四）

稱道褚無量云：

舒國立朝，克盡臣職，又復哀馴鹿，孚及無知。古稱求忠於孝，洵不誣矣。（同前引）

又轉引陳善語云：

無量有功經籍，非特擅藻詞林已也。諤諤正言，無所阿附，姚崇諸人必多愧色，賢於褚希明遠矣。（同前引）

且以韜光於臨平者，自邱丹而下，代不乏人。如丁蘭、韓世忠、文天祥、沈友直等十九人，或以孝義，或以忠貞，足資後人景企。（註十四）然則沈謙亦韜光此中者，是以躡履前賢，不讓專美，亦以工文高節，而聲名籍籍。其子沈聖昭，緬懷典型，以為「無愧褚曹之盛」。其言云：

臨平自褚舒國、曹太傅以理學功名重于時，而高隱立言者，則首推丘員外丹綠。唐至於今，五百餘歲，清音既遠，嗣響寥寥，述作雖多，無當於古作者矣。乃吾大人，崛起東江，游心墳典，出風入雅，伐鼓考鐘，犢嶺斯芳，斯為過之，併無媿于褚曹之盛。（《東江集鈔・跋》）

揆諸時人楊詠嘉以安平泉與沈謙詩為東江二絕（十五），蔣平階亦贊之曰「文行並高」（《東江集鈔・序》）。而杭州佳城，蔥蔥鬱鬱，沈謙得靈秀所鍾，以文行不顯，亦足為杭州增色。然則沈聖昭讚語，當非過譽也。

貳、仰承先武　嗣響清音

一、父祖

沈謙先祖，原為湖州武康（今浙江省德清縣）人，及宋末，十五世祖沈友直（字汝正）遷居仁和（今分屬杭州市與餘杭縣），元末沈之傑（字奇英）復遷臨平（今餘杭縣臨平鎮），遂世居焉。至於沈氏宗譜，據沈聖昭〈先府君行狀〉所載，大抵溯源至宋朝之建昌侯裔，其言云：

> 先考諱謙，字去矜，東江則其號也。世籍湖州武康縣。溯源為建昌侯裔。譜牒散佚，不能考悉。宋末有汝正公者遷仁和，宋亡，高隱不仕，學者稱貞白先生。史官高季迪啟為作傳。三傳為謹之公，舉賢良，除四明提舉。四傳為奇英公，洪武初始遷臨平，因世居焉。六傳為竹軒公，以儒術顯，官光祿丞，遷九江府同知。十一傳為復春公，生三子，長曰怡春公，耽畫善詩，有《嘉遠堂集》，藏於家，即先君之王父也。公生三子，長獻廷公，萬曆末為遊洋將軍，已罷官，遂以醫名吳越間。公生四子，長諱偉，次諱英，俱早世；又次諱誠，先君乃公之第四子也。（《東江集鈔・附錄》）

是知沈氏譜系，因譜牒散佚，難以考悉。而沈氏後人考其先祖，莫不溯源宋末之沈友直。蓋以沈友直不僅自世籍地湖州武康徙居杭州仁和，且入元不仕，得謚「貞白」，至史官高啟為作傳誌，而流芳百世。其人既為沈氏先祖始見於記載者，亦為後世子孫仰承之典型，沈聖昭因推為第一代祖，沈謙則念茲在茲，以為義節之典型。其《臨平記》嘗記其事云：

> 甲辰（元至正二十四年），故宋貞白先生臨平沈友直卒。《臨平沈氏族譜》：「字汝正，生宋景定甲子。仁慈孝友，天性自然，入元不仕，享年百有二歲，謚貞白。洪武四年，史官高啟為作傳誌，謚曰完貞。」謙曰：貞白公為予第十五代祖，況高啟傳稱「安仁鄉而植節若此」，洵吾宗之望，吾里之賢。更讀史官之謚傳，真見榮金玉，義切典型矣。（卷二〈事記第二〉）

沈謙褒美「貞白先生」為「吾宗之望，吾里之賢」，乃「見榮金玉，義切典型」，而自身於明清鼎革之際，能持節守貞，隱居東江，殆亦仰承先武，「安仁鄉而植節」也。

至若臨平沈氏世系，沈謙撰有《臨平沈氏族譜》一書，惜未能梓行，今且散佚。惟據其《臨平記》引錄《臨平沈氏族譜》之言，知沈謙以沈之傑（奇英公）為臨平沈氏第一代祖，其時則為「元末」。此與沈聖昭以沈友直始遷仁和，為第一代祖，而「四傳為奇英公，洪武初始遷臨平」之說，稍見差異。其言云：

> 沈之傑遷居臨平。《臨平沈氏族譜》：「字奇英，元末贅于臨平韓杲女。生一子，曰道安，遂家臨平之桂芳橋側。」謙曰：「余作《臨平沈氏譜》，以奇英公為第一代，重始遷祖也。作先朝事記，而以奇英公終者，明余得作記之由也。余得奇英而生，臨平得余而記，追源溯本，是役固當記矣。」（《臨平記》卷三〈附記〉）

沈謙《臨平記》作先朝事記，始於「後漢後皇帝延熙十二年（吳主權赤烏十二年），夏，六月，吳寶鼎出臨平湖」事，終於元代「沈之傑遷居臨平」事。據其自註，以「奇英公」終者，蓋追源溯本也。而以「奇英公」為第一代，則重始遷之祖也。若乃遷居臨平事，既明言沈之傑於「元末贅于臨平韓杲女」，遂「家臨平之桂芳橋側」，所敘本末甚詳，其說可從。

由是歸納沈謙先祖，可溯源至宋代建昌侯裔，而事跡可考者，首推宋末沈友直（汝正公）。據此譜系，則三傳為謹之公。四傳為奇英公，元末遷居臨平。六傳為竹軒公，官九江府同知。十一傳為沈謙之曾祖復春公，生三子，長子怡春，即沈謙祖父。怡春亦生三子，謙父為長，名士逸，字獻廷，號逸真。生于明萬曆十二年甲申（一五八四），卒於清順治七年庚寅（一六五〇）。嘗為游洋將軍，後以醫名家。其傳記見載於王國安《浙江通志》卷四十二〈方伎〉：

> 沈士逸，字逸真，仁和人，善醫知名。少時嘗獻書經略邢公，邢奇之，置為裨將，令督兵海上，以功，為遊洋將軍。父祖相繼沒，母孀弟幼，遂絕意疆場，奉母滫瀡，而產日落。乃發篋讀禁方，盡得要秘。數年，名大起，日造請者數十百家，全活不可勝數。既老，搆園池，多樹竹菱芡，日抱琴書，坐臥其中。賢士大夫，軒車到門，多不時出。而以疾來者，則率爾命駕，無問近遠。年六十六，疾瘧卒。所著《海外紀聞》、《翌世元機》、《清乘》、《簡園集》若干卷。

沈氏素以忠孝傳家，沈士逸繼之，不獨文才武略兼具，亦以仁孝見稱。以才言之，進，能將兵建功；退，能讀書醫病，可謂文武兼備。顯見沈謙之幽貞孝節，以醫名家者，殆亦淵源有自也。

二、兄弟

據沈聖昭〈先府君行狀〉所載，沈士逸生有四子，沈謙最幼：

> 公生四子，長諱偉，次諱英，俱早世。又次諱誠，先君乃公之第四子也。（《東江集鈔》附錄）

沈謙兄沈偉、沈英俱早世，其生年不可考，而其事見於記載者大抵有二：

其一，崇禎三年庚午（一六三〇），沈一先補刻蘇軾安平泉詩。安平泉，在臨平鎮西二里，安隱寺前。泉水甘香清冽，為東江一絕。宋蘇軾嘗題詩以美之，其詩曰：

> 策杖徐徐步此山，撥雲尋徑興飄然；鑿開海眼之何代，種出菱花不記年。煮茗僧誇甌泛雪，鍊丹人化骨成仙；當時陸羽空收拾，遺卻安平一片泉。（〈題安平泉〉，沈謙《臨平記》卷四〈詩記〉）

蘇詩真跡舊藏于安隱寺中，為臨平墨寶，後不知所終。沈一先（道傳）深憾名跡煙消，乃於崇禎三年庚午（一六三〇），集蘇字以成詩，勒石於泉上。（註十六）自跋云：

> 里西安平泉，澄泓清冽，近揖虎跑，遠交錫惠。余童而甘焉，每以從前著水經傳茗事者，品外置之，真為孟浪。及讀蘇詩，始知此泉原有不朽之者。舊有文忠碑刻失去，名跡煙消，深足抱愧，爰集蘇字，壽此詩於石，誌毋諼也。（張大昌《臨平記補遺》卷二）

沈謙《臨平記．詩記》錄蘇軾〈題安平泉〉詩，附註云：

> 東坡真跡，舊藏於安隱寺中，為臨平墨寶，夫何為白氏所得，不知所終矣。余先兄道傳，諱一先者，博物好古，悲其失真，乃于崇禎三年集蘇字成詩，勒石于泉上，自跋以道意焉。遊者每為稱快，後十年化去，余每覽碑，輒為墮淚，阿兄風流頓盡矣。

張大昌《臨平記補遺》亦載其事云：「道傳為去矜之兄」（卷二），是知沈一先（道傳）為沈謙兄，約逝於崇禎十三年庚辰（一六四〇），惟不知序次。如據「一先」名義推測，當即沈謙長兄沈偉也。

其二，崇禎十六年癸未（一六四三）南園遭焚掠。應撝謙〈東江沈公傳〉云：

> 沈謙……崇禎壬午（一六四二）補縣學生。父以年老，分宅居三子。會遭家難，兩兄南園焚掠幾盡，獨不及君居，君即割宅畀之。千金之資，不以己析稍有吝色。（《東江集鈔》附錄）

沈聖昭〈先府君行狀〉云：

崇禎壬午補諸生，明年家難起，南園焚掠幾盡，即兩伯所居之地也。先君割宅之半，畀兄居焉，先王父深嘉之。（《東江集鈔》附錄）

又沈謙〈靈暉館梧桐記〉云：「癸未冬，予侍先君居後宅。」（《東江集鈔》卷六）是知謙父「因年老分宅居三子」事，約在崇禎壬午、癸未間（一六四二—一六四三），時沈偉已逝。而崇禎十六年癸未（一六四三），「兩兄南園焚掠幾盡」事，殆即指沈英、沈誠所居之地。推測沈英亡逝，當係崇禎十六年癸未（一六四三）以後之事也。

至於沈誠（字羽階），其生卒年雖亦不可考，然據文獻所載，知其兄弟情誼至篤，常並肩登臨遊賞。如清康熙二年癸卯（一六六三），沈謙偕兄與姪輩遊臨平佛日寺，并作〈遊佛日寺記〉以記其事。有云：

予向與雲濤法師，期為黃鶴之遊。癸卯二月十九日，謀之家兄舍姪輩，將踐其約。同出西關，取徑至安隱。（《東江集鈔》卷六）（註十七）

又張大昌《臨平記補遺‧詩記》嘗記沈謙遊臨平湖云：

沈謙與兄誠，子盛昭、潘夏珠游臨平湖。作〈秋夜泛臨平湖序〉。（卷三）

臨平本饒巖壑之美，古跡之勝。文人登高泛流，憑吊遺跡，往往逸興遄發，清音不斷。沈謙遊蹤所至，有不得不發之情，輒為詩文記之。沈誠固富才情，徜徉山水名跡之間，自不能不發為吟詠。如其〈寶幢〉詩云：

李唐開勝蹟，迴立自蒼蒼；鳥跡千年祕，龍文五色光。風雲迷紫翠，日月露微茫；燈繼昏衢耀，靈標照十方。（沈謙《臨平記‧附錄》）

足見沈誠文名雖不若沈謙，而文章世家，素富才學，亦可謂善詩者也。

要之，沈謙之兄沈偉、沈英、沈誠，其生平雖不能盡考，然就今存資料觀之，沈偉既因博學好古，而有輯刻蘇軾〈題安平泉〉詩之事；沈誠既數見於沈謙詩文之中，且有吟詠臨平之詩篇傳世。是知沈謙兄弟，濡染家風，要皆博學能文。至論兄弟情誼，崇禎年間沈英、沈誠所居南園被焚，沈謙既嘗割宅畀兄，傳為佳話。及沈偉、沈英逝去，沈謙哀歎傷悼之餘，與沈誠感情益篤。兄弟相濡以沫，相偕以遊，其才情雖不若蘇軾、蘇轍，然其友愛之情，殆亦直追二蘇也。

三、妻妾

沈謙妻徐氏，其名諱、生年俱不可考。據沈謙〈先妻徐氏遺容記〉所載，乃因瘵瘵，卒于清順治十六年己亥（一六五九）二月十九日。而自崇禎十一年戊寅（一六三八）于歸，迄其病亡，結褵凡二十一載，夫妻恩愛逾恆。故徐氏亡故，沈謙不勝痛悼，其沉摯哀思，或托諸詩文，如七言古詩〈夢亡婦作〉、五言排律〈夏夕竹林憶去年與亡婦遲月于此〉、記〈先妻徐氏遺容記〉；或寄情詞曲，如〈晝夜樂・亡婦遺釵有火珠一顆今失所在悵然賦此〉、〈海棠春・春日悼亡〉、北曲小令〈正宮・倘秀才・悼亡〉、北曲套數〈中呂・除夜悼亡〉，莫不悽惋感人。

由於悼亡，乃以抒發生者之懷思哀感為主，是以沈謙悼亡之作固繁，而涉及徐氏之生平事蹟者蓋寡。重以史籍方志，俱未見載，故徐氏雖為沈謙感情之所寄，而其生平則頗難考悉。如就沈謙《東江集鈔》鉤稽，可得而言者，蓋有二端：其一，黽勉勞瘁：沈謙〈祭亡兒聖旭文〉云：

> 吾年十九娶汝母，二十一生汝，……（沈聖旭）六歲，遭家難。轉徙流離，汝如成人，常有憂色，不與群兒戲。十一歲，汝祖卒；十六歲，祖母卒。家室破碎，接遘兩喪，拮据之苦可知矣！吾病廢，食貧落魄，不事生產，事無鉅細，一以委汝。壼以內，則汝母主之。吾得優游墳典，朝夕吟哦，樂而忘老。十九歲，汝娶御兒姚氏。明年二月，汝母又以瘵死。而吾之貧廢益甚，并內外俾汝矣！（《東江集鈔》卷八）

案：沈謙所云「家難」，當即崇禎十六年癸未（一六四三）南園遭焚掠事。蓋自此而後，家境漸趨困窘，而接遘考妣之喪，皆廢產稱貸，以期如禮，終至拮据貧苦。沈謙既病廢不事，委由妻、子（聖旭）分主內外，遂得「優游墳典，朝夕吟哦，樂而忘老」。然則徐氏之黽勉勞瘁可知也。

其二，知深情厚：沈謙〈先妻徐氏遺容記〉云：

> 先妻徐氏遭亂，寢疾十餘年，病且亟，余欲令人寫妻照。乃撫床嚮之泣，將言，不忍言也。妻曰：「生死聚散，定數在天，君毋過慟。今囁嚅者，豈欲貌妾而難言耶？昔李夫人且死，不肯轉面一見漢武帝，彌留數言，揣人胸臆。雖深于窺帝，實淺于待帝，心嘗鄙之。妾自崇禎戊寅得侍巾櫛，積有歲年。顧葑菲之質，不足以當君子。然生事之，死不可無所遺。苟君高厚，不諱也。」遂強起端坐，敕婢稍為梳洗。甫竟而畫工至，啟窗摹之。（《東江集鈔》卷六）

案：李夫人緣「以色事人者，色衰而愛弛，愛弛則恩絕」，以顏色非故，終不肯面見漢武，遺其圖形。（事見《漢書》卷九十七上〈外戚傳第六十七上〉）及死，漢武帝不得所遺，悼念無著，愈益相思悲感。此徐氏所以云「雖深于窺帝，實淺于待帝」也。徐氏以德事人，故其病亟，沈謙欲寫其遺容，將言而不忍言，徐氏已然窺其心意，足證相知之深也。既窺其心意，而體恤生者之情，坦然面對死事，以為當有所遺，以慰生者，亦足證相待之厚也。徐氏既能揣測沈謙之意於未言之先，尤能體恤生者之情，其知深情厚，真可想見矣。

徐氏亡後，其友毛先舒嘗勸其續娶，未果。惟顧諸兒幼弱，因置側室江氏。沈聖昭〈先府君行狀〉嘗記其緣由云：

> 先母徐氏亡，先君心益苦。顧諸兒幼弱，欲娶繼室，恐虐前子，因置側室江氏。（《東江集鈔》附錄）

案：《東江集鈔》言及江氏者，僅此一見，故其生平不可考。惟據沈謙〈第四子聖旦墓誌銘〉及〈注生延嗣經序〉皆云徐氏「六舉丈夫子」，而沈謙生子凡七，推測幼子聖暉當即江氏所出也。

四、子孫

沈謙子孫頗為繁茂，據沈聖昭〈先府君行狀〉所載，凡子七、孫五、女孫二：

> 先君生孤等七人：長聖旭，夭。次聖昭，娶陳氏。次聖時，娶鮑氏。次聖旦，殤。次聖曜，娶張氏。次聖曆，娶陳氏。次聖暉，未聘。孫五：廣聞，聖昭出。廣大、廣泰，聖時出。廣文，聖曜出。廣寧，聖曆出。女孫二，聖昭出。（《東江集鈔》附錄）

覈沈謙嘗云：「予娶徐氏，凡六舉丈夫子，聖旦其第四子也。」（〈第四子聖旦墓誌銘〉，《東江集鈔》卷八）又其〈注生延嗣經序〉云：

> 謙嘗撰《沈氏族譜》，喟然撫几而嘆曰：「夫鼻祖耳孫，繩繩蟄蟄。自天之始生人，而迄于謙也。邈哉寥乎！謙以藐躬，仰承先武，時以隕越自懼。今乃有六丈夫子，天之畀我匪薄，要惟修德足以保之。」（《東江集鈔》卷六）

是知聖旭（字輔升）、聖昭（字宏宣）、聖時（字會寧）、聖旦、聖曜（字御和）、聖曆（字治民）諸子，殆即正室徐氏所舉「六丈夫子」，至若聖暉（字文遠），疑乃側室江氏所出。蓋自徐氏亡故，沈謙憫諸兒幼弱，乏人照護，欲娶繼室，恐虐前子，因置側室江氏。沈謙既明言徐氏「六舉丈夫子」，然則幼子聖暉，當即側室江氏所生也。

而諸子之中，長子聖旭，年二十五而夭。四子聖旦，八歲而殤。沈謙慟哭二子之隕越，或為墓誌，或為詩文，以記逝者之事，以抒生者之哀。於此，亦可窺見二子生平之大略。如〈第四子聖旦墓誌銘〉云：

> 予娶徐氏，凡六舉丈夫子，聖旦其第四子也。在諸子中獨敏異，五歲能辨四聲。從館師學，師或故謬其音，旦輒曰：「此平也，此上去入也。」未嘗少誤，見者咸歎異之。性又堪勞苦，每亢旱祈雨，旦或徒跣跽赤日中，經二三時不起。予見而訶之，對曰：「童子欲露禱以澤世耳。」予家貧，至不能延師，旦遠赴學所，雖單衣凌

寒，足履冰霜，曾不敢怠。或同學富兒遺之果餌，必懷以奉母。母即拒之，必托他故，潛置袖中而去。每夕為父搔背癢摀腳，必先諸兄，其天性也。今夏避兵湖上，旦或驚竄走風雨中，竟以滯下死。（《東江集鈔》卷八）

是知聖旦生于順治五年戊子（一六四八），而于順治十二年乙未（一六五五），因避兵亂，驚竄走風雨中，至以滯下（痢疾）死。沈謙「六歲能辨四聲」（應撝謙〈東江沈公傳〉），而聖旦「敏異」，竟至「五歲能辨四聲」，可謂青出於藍。復秉承仁孝之天性，不獨事父母以孝，且以稚齡，欲露禱以澤世，堪稱孝而慧之典型。宜乎沈謙「日望汝之有成」也。至若聖旭，壯年而死，生者尤不堪其慟。沈謙〈祭亡兒聖旭文〉泣訴哀慼，所敘生平事蹟頗詳。茲節錄於次：

父告亡兒聖旭。吾年十九娶汝母，二十一生汝。吾為汝祖之季子，汝為吾之長男。汝祖父母以幼子得孫，歡喜倍常。……六歲，遭家難，轉徙流離，汝如成人，常有憂色，不與群兒戲。十一歲，汝祖卒；十六歲，祖母卒。家室破碎，接遘兩喪，拮据之苦可知矣！吾病廢，食貧落魄，不事生產，事無鉅細，一以委汝。壼以內，則汝母主之。吾得優游墳典，朝夕吟哦，樂而忘老。十九歲，汝娶御兒姚氏。明年二月，汝母又以瘵死。而吾之貧廢益甚，并內外俾汝矣！始，汝祖父亡，而汝母在；汝母亡，而汝在。今汝又亡，汝諸弟俱尚小，而誰復佐吾者？嗚呼！人生幾何？喪父母，送妻子，何事也？而疊見于十五年之中耶？解我者曰：「君年四十五耳，才富力彊，有子五人，俱漸成立，此可無慟。」嗚呼！汝年二十有五而死，是壯且不保矣！而篤疾沉憂，頭童齒豁者，反得長命耶？汝昏就業成而死，此爭梨索栗、竹馬風鳶者，遽可為家督耶？而況汝妻，日哭于空閨，并乏遺孤可撫，此又死不瞑目，生者尤斷腸也。（《東江集鈔》卷八）

是知聖旭生于崇禎十三年庚辰（一六四〇），卒于康熙三年甲辰（一六六四）。十九歲娶御兒（今浙江省桐鄉縣崇福鎮）姚氏，死時尚無子嗣。由於身為長子，且自幼遭逢家難，轉徙流離，造就沉著穩重之性格。故少時即與其母徐氏分主內外，及徐氏亡故，內外之事并皆任之。沈謙云「今汝又亡，汝諸弟俱尚小，而誰復佐吾者？」可見聖旭管事之才，沈謙倚重之深也。

至若聖昭、聖時、聖曜、聖曆、聖暉諸子，其生平雖或不詳，大抵承傳家學，或以醫，或以文，或以藝，顯名于當世。如沈謙〈示兒聖時〉云：

學之與業，二事也。非業無以養生，非學無以顯名。即磨鏡補鍋，亦皆可為，況汝之畫，汝兄之醫乎？不然，業鍋鏡者何限？而二子獨顯名于後世也。（《東江集鈔》卷七）

是知聖時以善畫著名，其兄（聖旭或聖昭）則以醫術顯。又如《國朝杭郡詩續輯》卷二云：

沈聖昭，字宏宣，仁和人。謙子，有《蘭皋集》。宏宣少時耽畫，善書。又以其書法潦草之意，移而畫竹。故時人謂宏宣多技，毛稚黃亦有生子當如沈宏宣語。為張丹著籍弟子。（引自章培恆《洪昇年譜》頁一〇八）

顯見以才學而論，沈謙諸子之中，聲名最著者，當屬聖昭。蓋聖昭不僅以書畫著稱於世，其詩詞亦饒富盛名。斯時選集，如《西陵詞選》、《國朝杭郡詩續輯》等，皆見著錄。且自聖旭亡後，仲子聖昭肩負長子之責，尤以竭力為亡父刻生平遺書，而倍受稱揚。如毛先舒〈沈去矜墓誌銘〉云：

去矜嘗云：「著作須手定自刻，庶保垂遠。若以俟子孫，恐故紙觔不足當二分直也。枯心落鬚，辛苦大極，已作北邙土，安能復知身後名耶？」語罷太息。今聖昭與諸弟竭力為亡父刻平生遺書，真可謂孝子也。（《東江集鈔》附錄）

案：沈謙以為「非業無以養生，非學無以顯名」，是以極重視述作。惟其有生之年，雖手定平生之學，名曰《東江集鈔》，卻因家貧而無力付梓。聖昭深體先父遺志，率諸弟及其父門生，較定其書，補其未備。雖窮困日甚，仍憚竭心力，於康熙十五年（一六七六）剞劂成書，布之通邑。沈謙遂得以傳其學，揚其名；而沈氏諸子之孝行，亦因之彰顯也。

綜觀臨平沈氏一族，自宋末沈友直（汝正公）高隱不仕以降，即以孝節忠規傳家。而自明末沈謙父沈士逸「發篋讀禁方，盡得要秘」之後，遂以醫名家。重以代有才人出，或以儒術顯，如竹軒公；或以詩畫著，如怡春公。沈謙濡染家學，仰承家風，其幽貞孝節，既世所傳頌，而博學多才，尤為世所稱。至其子嗣，亦仰承先武，以孝著稱。且於醫業、學問，皆有所繼，可謂清音綿延，嗣響不絕也。至若沈謙世系，因譜牒散佚，不能盡考。而歸納前述考析，其脈絡亦可概見。茲以簡表，序列如次：

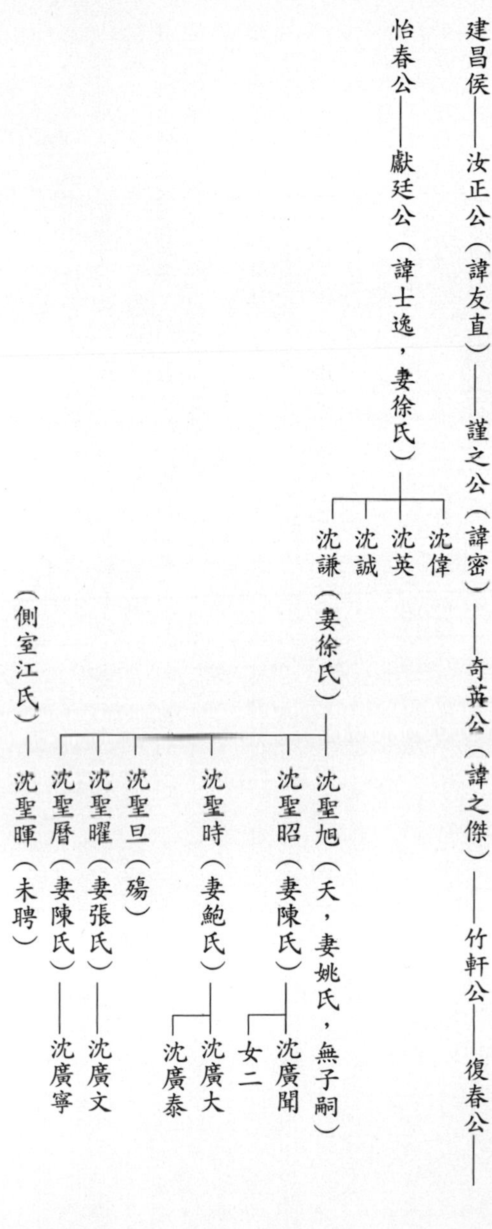

附註

註一：一、杭州府：明太祖丙午年（一三六六）改杭州路為府。同年置浙江行中書省于此（後改浙江承宣布政使司），為省治。府治錢塘、仁和，轄錢塘、仁和、海寧、富陽、餘杭、臨安、于潛、新城、昌化九縣。清又為杭嘉湖道駐地。民國元年（一九一二）府廢。二、仁和縣：北宋太平興國四年（九七九），改錢江縣置。與錢塘縣同城，并為杭州府治。自南宋至清，與錢塘縣歷為臨安府、杭州路、杭州府治所。民國元年（一九一二）與錢塘縣合併，改置杭縣。三、臨平鎮：以鎮西臨平湖得名。顧祖禹《方輿記要》卷九十：「唐置臨平監于山下，後為臨平鎮。」北宋端拱元年（九八八）設鎮，自古為浙北要地。初屬仁和縣，民國後屬杭縣。一九五三至一九五七年為杭縣治。一九六一年後為餘杭縣治。是知若以現今輿圖為準，則沈謙籍屬浙江省餘杭縣臨平鎮。惟仁和本為錢江，而錢江乃五代梁武德三年（九二二），吳越析錢糖、鹽官兩縣地及富春之長壽、安吉兩鄉置。以錢塘江得名，與錢塘縣同城，并為杭州治。北宋太平興國四年（九七九），改置仁和縣。（以上據陳橋驛主編《浙江古今地名詞典》──浙江：浙江教育出版社，一九九一年九月，頁三八二、一一一──一一二、五二四、四六四──四六六。）是以文人往往以古為稱，如沈謙校閱《倚聲初集》卷二十，自署「錢塘沈謙去矜參閱」，即其例也。

註二：清代以「沈謙」為名者，不獨仁和沈去矜而已。是以後人輯錄「沈謙」資料，往往混同。為確定本文研究之對象，茲就所見，考析如次：一、長洲沈謙：按《清代傳記叢刊》，將里籍「長洲」，字「去爭」，號「也山」之沈謙，與里籍仁和字去矜號東江之沈謙視同一人，而混同二人之傳記資料於沈謙之名，顯係有誤。《皇清書史》卷二十六：「沈謙字去爭，號也山，長洲人。雍正七年舉人，官內閣中書，書學顏魯公，尤負盛名於時。」（陸耀撰墓志）可見此長洲沈謙絕非仁和沈謙，其證有二：（一）時代不同：仁和沈謙為明末清初人（明萬曆四十八年──清康熙九年），而長洲沈謙則為清康熙雍正七年（一七二九）舉人，二者絕不相侔。（二）里籍不同：一為浙江仁和人，今浙江杭州；一為長洲人，今江蘇吳縣。二、蕭山沈謙：《中國叢書綜錄》列沈謙著作有：《臨平記》、《東江子》、《學海蠡測》、《紅樓夢賦》、《填詞雜說》等，其中《臨平記》、《東江子》、《填詞雜說》三書，確為仁和沈謙之作，而《學海蠡測》一卷，見存於《昭代叢書》（道光本）已集廣編卷二十二。其書卷末有「乾隆甲辰夏日長洲戴延年跋」及「孫中梓爰琴校字」題語，就里籍與時代觀之，此沈謙當即《皇清書史》卷二十六所載之長洲沈謙，非仁和沈謙也。至於《紅樓夢賦》一卷，見存於清蟲天子輯《香豔叢書》

第十四集。其正文卷端題「蕭山青士沈謙著」，卷前自敘云：「紅樓夢賦二十首，嘉慶己巳年作」題「道光壬午中秋前十日青士沈謙自敘于京寓之留香書塾改名錫庚」。按蕭山即今浙江蕭山縣，其書成於嘉慶十四年（一八〇九），敘於道光二年（一八二二），距仁和沈謙卒年（康熙九年，一六七〇）約百餘年，里籍、年代俱不相符。又與長洲沈謙亦非同人，蓋長洲沈謙為雍正七年舉人（一七二九），其《學海蠡測》一書敘成於乾隆四十九年（一七八四），上距蕭山沈謙之自敘《紅樓夢賦》（一八二二），約三十八年，如係同人則其歲百餘而猶能文章，又留寓於京，顯非百餘歲人瑞所能者也。故仁和沈謙、長洲沈謙、蕭山沈謙，非為一人，乃清代同名而不同時之三人，而《學海蠡測》、《紅樓夢賦》亦非仁和沈謙之作。《中國叢書綜錄》不查斯人之別，混仁和沈謙、長洲沈謙、蕭山沈謙為一人，誤矣。

註三：此書臺灣未見，序文轉引自王國安《浙江通志》卷之四十九〈藝文〉。

註四：北宋嘉祐二年（一〇五七），龍圖閣學士梅摯出守杭州，仁宗皇帝賜詩赴行，詩曰：「地有湖山美，東南第一州。」（《淳祐臨安志》卷五〈舊治古蹟・有美堂〉）

註五：據羅大經《鶴林玉露》卷十三云：「此詞流播，金主亮聞歌，欣然有慕於『三秋桂子，十里荷花』，遂起投鞭渡江之志。」

註六：此詩見明田汝成《西湖遊覽志餘・委巷叢談》卷二三引。

註七：蘇轍《欒城集》未錄此詩，徵引自方鳳揚〈詠西湖的詩詞〉頁三十一。

註八：杭州府仁和縣臨平鎮，建于宋太宗端拱元年（九八八）。南宋時，臨安為首都，「一時貨物咸走集」（康熙《杭州府志》卷二〈市鎮〉）吳自牧《夢粱錄》云：「臨平、湯村諸鎮市，因南渡以來杭為行都，二百年戶口蕃盛，商賈買賣者十倍于昔，往來輻輳，非他郡比也。」斯時臨平鎮之繁榮可見一斑。尤其臨平為運河所經，居杭州、嘉興之間往來要道，所謂「運河百里，龍輦運省覲之衢」（沈謙《臨平記》卷二〈事記〉）元末張士誠由塘棲伍臨港開運河至杭州武林門外北新橋界；明正統七年巡撫周忱開闢陸道，自北新橋至崇德縣界，漕運、馳驛由臨平移至塘棲，臨平之地位逐漸下降。然明清兩代，臨平仍不失為大鎮，水利尤不可或缺，時人有云：「臨平水利為仁和、海寧兩域要區。」（張大昌《臨平記補遺》卷二〈事記〉）故交通樞紐雖由臨平移至塘棲，然臨平鎮猶持續發展。正如萬曆《杭州府志》：「杭為水陸要衝，蓋中外之走集而百貨所輳會也。自宋南渡來，市鎮繁饒，頗聞宇內。近雖有消歇，然此衰彼盛，以實計之，倍蓰疇曩矣」。（卷三十四〈市鎮〉）沈謙云臨平鎮「地不滿十里，戶不滿萬人」（《臨平記》卷一〈事記〉第一）可見其規模誠然有限，卻頗為繁榮。有清一代，人材濟濟，俞樾稱之為「國朝二百年來史翰林之故里，孫文靖之舊居」（《臨平記補遺‧序》）；而俞樾自四歲起，亦由德清舊廬遷居此鎮。以上參考樊樹志：《明清江南市鎮探微》（上海：復旦大學出版社，一九九〇年九月），頁四〇四—四〇七。

註九：沈謙《臨平記》卷二云：「桂芳橋以宋太學兄弟三人（徐宣、徐寅、徐垓），同登進士而得名。前此，蓋名茅橋也。」據沈廣震（沈謙孫）〈桂芳橋〉詩自註，橋北即沈謙之「東江草堂」。其言云：「（桂芳橋）在鎮中，舊名茅橋。宋時里人徐宣與弟寅、垓，同太學數十人，伏闕上書供賈似道。後同登進士，垓居榜首，鄉人號曰一門三秀，更今名。元大德九年重建，其北為余東江草堂。」（《臨平記‧附錄》）

註十：臨平湖在今餘杭縣臨平山東南。據《三國志‧吳書‧吳主傳第二》所載，吳赤烏十二年六月戊戌，寶鼎出臨平湖。《三國志‧吳書‧三嗣主傳第三》則云：「天璽元年，吳郡言臨平湖自漢末草穢壅塞，今更開通。長老相傳：此湖塞，天下亂；此湖開，天下平。」

註十一：以詩而論，沈謙《東江集鈔》中，因臨平風物入詠者，即有〈靈泉井〉、〈禱鐘詞〉、〈石鼓亭晚步〉、〈同張氏兄弟登臨平山〉、〈同潘美含鼎湖眺望〉、〈孟姜泉精舍〉、〈自安隱東山至大慈院作〉、〈平泉小集〉、〈九日風雨登廣嚴寺樓〉、〈安隱渡河即事〉、〈月華庵訪石公不遇〉、〈安隱暮歸即景〉、〈題雲濤法師泉眼〉、〈集鼎湖精舍〉、〈登蝦蟆峰弔胡侍御墓〉、〈答歸安吳旦生游安平泉見證〉、〈新橋〉、〈長橋宴集觀荷〉、〈出鶴峰憩留月泉〉、〈晚過廣嚴寺悼馬侯玉〉、〈過冰谷泉尋郭伯翼太學山舟故址〉、〈月華寺同洪昉思作〉、〈晚同毛稚黃游景星觀〉、〈徐子大寄鼎湖雪泛詩遙有此答〉、〈夏日游景星觀〉、〈同徐襲祥鮑芝蕃集鼎湖精舍〉、〈潘公閘觀漲〉、〈山曉禪師至佛日過訪有贈〉、〈臨平竹枝詞〉、〈新晴同鍾師夏過安隱寺〉等，吟詠綦繁。

註十二：唐丘丹嘗隱于臨平山，故名。惟丘丹籍屬，歷來說法不一。如計有功《唐詩紀事》及郭紹孔《萬性統譜》，皆以丘丹為臨平人。沈謙承此說，佐以丘丹與韋蘇州往還，有「歸臨平山居」之語，以為「在唐當是鹽官，今為仁和人，無可疑者。」（《臨平記》卷四）而張大昌《臨平記補遺》則據《全唐詩》，以為丘丹乃蘇州嘉興人，而流寓臨平。其言云：「沈記以丘丹為臨平人，考《全唐詩》云：『丘丹，蘇州嘉興人，諸暨令，歷尚書郎，隱臨平山。』則臨平乃其流寓，而非土著也。」（《臨平記補遺》卷四）

註十三：沈謙《臨平記》卷一轉引《仁和縣志》云：「褚無量，字宏度，臨平人。初屬鹽官，今屬仁和。」又卷三「褚無量故居在臨平」條云：「史稱舒國鹽官人，家近臨平湖側，為臨平人無疑。今其故址尚在。」褚無量為臨平人，當無誤。據《舊唐書‧列傳第五十二》云：「褚無量幼孤貧，近臨平湖。湖中有龍鬥，傾里閈就觀之。

無量時年十二，讀書晏然不動。及長，尤精《三禮》及《史記》。」後封舒國公。是讀書堆者，因褚無量讀書其上而得名也。

註十四：沈謙云：「臨平邱壑妍美，山苦不深。然韜光此中者，自邱丹而下，代不乏人。而李貞當靖難兵起，以湖廣道監察御史，長蹈此山，其忠節為尤著也。今雖崇祀鹽官，在吾里亦所當致享者。謙每欲卜地葺祠以奉漢孝子丁蘭；吳臨平侯褚泰；晉參軍范明；唐右散騎常侍兼國子祭酒舒國公褚無量、臨平鎮將曹信、梁浙西營田副使檢校太傅曹圭、吳越丞相曹仲達；宋尚書左僕射同平章事兼知樞密院事呂頤浩、少傅江淮安撫使魏國公張浚、知樞密院事蘄王韓世忠、江東宣撫使劉光世、節制司參議官馮轓、少保樞密使信國公文天祥、進士徐宣、徐寅、徐垓、貞白先生沈友直及丹貞，凡十九人。或以孝義，或以忠貞，咸可為後來所景企。營蕭之薦顧不當邪！吾黨好義之士，倘有聞聲而襄力者乎？」（《臨平記》卷四）

註十五：其事見沈謙〈與楊詠嘉書〉：「足下以安平寺泉及去矜之詩為東江二絕，嗟乎！僕詩何足當此泉哉？水味甘香勝乳，故里人嗜之。吾所作詩，皆辛且苦，宜世之喬舌而搖手也。足下入國問禁，酌其泉可矣。」（《東江集鈔》卷七）

註十六：沈謙《臨平記》卷四所錄沈一先所輯蘇軾〈題安平泉〉詩，起句作「聞說山根別有源」，而注云：「近友人唐又尹以東坡舊搨示余，其詩字句微有小異。欲重刻寺中，附以後人之詩，倘亦先兄興滅繼亡之所同心也。」其所附錄原詩，起句作「策杖徐徐步此山」。覈以王文誥《蘇文忠公詩編註集成》所錄（卷十一），亦與此同，故從舊搨。

註十七：案：沈文未署其兄名諱，而張大昌《臨平記補遺・事記》則云：「僧雲濤約沈謙及其兄誠與姪，遊臨平佛日寺。沈謙作游佛日記。」且就其年按之，沈謙時已四十四歲，而長兄沈偉、次兄沈英已逝，所云「家兄」當即沈誠。

第三節　沈謙之生平

沈謙生於明萬曆四十八年庚申（一六二〇），卒於清康熙九年庚戌（一六七〇），正橫跨明、清兩代。故崇禎十七年甲申（一六四四），明、清鼎革，厥為沈謙一生之分水嶺。前期正值慘綠少年，明祚雖已敗象顯露，而緣家境豐饒，猶能悠遊書翰園林，意氣風發。後期遭逢國變，產業破碎，父母、妻子，亂離喪亡，遂困厄苦愁，鬱鬱以終。然沈謙於明朝，嘗補諸生，本富經世之志；於清代，則跡違塵坱，以醫業養生，著述終老。其守貞不仕之情操，恆為後世所景仰。是以本節探討沈謙生平，乃因其進退，分為「明末諸生」、「清初隱士」兩期。

壹、明末諸生

明萬曆四十八年庚申（一六二〇）沈謙出生，至明崇禎十七年甲申（一六四四）國變止，為沈謙一生最豐饒無憂之時期。此期，沈謙居家苦讀二十載，遂奠定其學術基礎，且弱冠即以文章交譽四國，廁身西泠十子之列。

一、家境豐饒　天資穎異

沈謙父沈士逸，嘗為遊洋將軍，然書香世家，退亦能文。晚年隱醫，構築園林，日抱琴書，坐臥其間。吳大昌嘗記其事云：

> （沈士逸）闢園一區，有章慶堂、晚娛樓、瑞竹堂、延賞樓、黃石庵、浮月廊、雲邱石槎、此君軒、獨醒居、疑舫閣、芙蓉嶺、宛在亭、雲華館、雪竇、狎鷗灘、采珠臺諸勝。一時名公卿題詠甚眾，有《簡園詩集》。（《臨平記補遺》卷三）

揆其園林，以區區「簡園」，至有十六勝景，規模之盛，可見一斑；而「一時名公卿題詠甚眾」，則沈士逸雅好詩文、交游之廣，亦可概見。是知沈謙雖生於亂世，然少時家境豐饒，因得悠游書香與園林之間，奠定學術基礎。

至若沈謙之秉賦與學習，據沈聖昭〈先府君行狀〉云：

> 生而穎異，六歲能辨四聲，先王父奇愛之。甫就外傅，群兒皆號誦，先君則默然端坐。及詰朝，背讀無遺。時藝動若宿搆，旁及詩賦古文詞。每攬古人行事，便浩然有興起之志。篤志好學，篝燈誦書，或雞鳴始罷。坐臥南樓，垂二十年。

又應撝謙〈東江沈公傳〉云：

> 幼穎異，六歲能辨四聲。入鄉塾，群兒喧誦，君獨坐默然，詰朝責課，則朗朗無遺，師甚異之。九歲作時藝，涉筆便佳。家初頗饒，遇童子試，父欲從事干請，君輒自引咎不願。篝燈夜誦，率雞鳴始罷，坐臥所為南樓者二十年。崇禎壬午補縣學生。（《東江集鈔》附錄）

是知沈謙生有異資，六歲能辨四聲，九歲能作時藝。而篤志勵學，居南樓苦讀二十年，崇禎十五年壬午（一六四二）補縣學生，時年二十三歲。由是推估，則六歲至二十三歲，實乃沈謙學問之養成期。沈父以其天賦穎異，絕奇愛之，故寄望頗殷，教養不遺餘力：

（一）讀書靈暉館：

崇禎二年己巳（一六二九）迄崇禎十五年壬午（一六四二），沈謙十歲至二十三歲，讀書靈暉館之中。事見沈謙〈靈暉館梧桐記〉：

獨醒居之東偏，有館曰靈暉者，其上重樓複軒，故冬不沍寒，夏不酷熱，夕則先月，晝則來風。館僅盈尺，堊之如玉，八窗俱東焉。予年十歲，讀書其中。先君懼明損目也，乃手植梧桐，使搖綠布陰，以葆予光。且曰：「桐之為物也，春翠夏風，月臨于秋，遇冬則脫葉而進陽，固罔不宜矣。」乃予發篋下幃，朝夕吟諷，臥起必以桐影上下為期，俄花而子，歲密月繁，與年俱長，凡十三年相對如友。癸未冬，予侍先君居後宅，束裝之日，予依依焉。（《東江集鈔》卷六）

沈謙此文署「壬寅月丁未」，時距沈士逸故去已十三年，故其筆墨之間充滿孺慕之思。文寫其父使讀於「重樓複軒」、「冬不沍寒，夏不酷暑」之靈暉館，又手值梧桐，使搖綠布陰，以葆其光，其鍾愛照護之情躍然可見。而沈謙自十歲讀書其中，迄二十三歲遷居後宅，凡十三年，切切以父志為念，朝夕吟誦，臥起以桐影上下為期，此中體現之孝思、勵學，殆亦具體可感。

（二）延祀文襄為師：

崇禎十一年戊寅（一六三八），沈謙時年十九，娶妻徐氏。是年其父延祝文襄為師，沈謙始從之游。事見祝文襄《臨平記・序》：

臨平乃浙杭一鄉聚耳，界于仁和、海鹽二縣。……予自戊寅首春應獻廷沈公之招，命其幼子謙從予游。朝嵐夕月，瀹茗論文者，四易寒暑。

又《東江集鈔・序》云：

吾始見沈子，年纔十九齡耳，為戊寅之春。

案：祝文襄，字天順，號慎庵，鹽官人（今浙江海寧縣），其生卒年不可考。據前所述，知沈謙自崇禎十一年戊寅（一六三八）春，迄崇禎十五年壬午（一六四二），從祝文襄學，凡四載。師生情誼至篤，壬午以後，猶頻頻過往。如崇禎十五年壬午沈士逸讌集章慶堂、順治元年甲申冬月沈謙《臨平記》成書、順治五年戊子沈謙之母壽誕，祝文襄皆嘗來集，且為序《臨平記》。又順治九年壬辰夏五月，師生同遊鹽官寺，同時，祝文襄為序《東江集鈔》。沈謙〈與祝同山世兄〉一文，嘗記其事云：

慎庵先生天才敏妙，凡作為詩文，倚馬立成，都不自愛。僕從游最久，屢勸存稿，先生終不欲存。……及壬辰之夏，與僕登鹽官浮圖，憑空遠眺，始以功名不立為恨。漸次收拾散文，布之通邑，征車在道，匆匆未能已。而北遊燕趙，嘗寓書僕云：「有著述，將成大編。」僕未之見，又三年，而先生下世矣！（《東江集鈔》卷五）

是知祝文襄天賦妙才，惜不自愛其文，以是存世者少。而自壬辰聚遊後，即北遊燕趙，自是會面漸稀。沈謙有〈秋日得祝慎庵先生山東書〉詩：

衡門秋草已斜曛，忽報緘書憶故群。旅食中原愁朔吹，思家南國見浮雲。人堪玩世真誰讓，客有談天可再聞。宋玉未能陳九辯，幾時歸到更論文。（《東江集鈔》卷四）

觀其詩情，想即是年秋日所作。故祝氏卒年雖不明確，然據壬辰下推三年，則在順治十二年乙未。

（三）開章慶之堂：

崇禎九年丙子（一六三六），沈謙時年十七，其父築章慶堂成。[註一] 嗣後且延文學士館課其間，沈謙因得與四方名士切磋詩文，論議時事；尤得陸圻之點撥，而增益其學。其事見毛先舒〈沈去矜墓誌銘〉：

己卯庚辰之間，流賊躪蜀豫，轉入三晉，時遣重臣將兵出，率挫創遁逃，西北勢已危。而大江以南，蜚蝗從北蔽天來。米一石值六七緡錢，饑饉連數歲，道殣如麻。士大夫方扼腕慷慨，指陳時事，聯絡風聲，互相推與，懷古人攬轡登車之思焉。是時逸真先生亦開章慶之堂，多延文學士與去矜為周旋。陸景宣為東南士類之冠冕，館於沈氏，與諸公賦詩悲歌，飲酒連日達夜。余時臥病不得與，然心想而馳，蓋意氣猶壯也。（《東江集鈔》附錄）

案：明代自世宗而後，加徵田賦、徵斂雜稅，人民生計已然艱困。及崇禎年間，內外動亂不息，各地天災頻仍，民生凋敝，而西北地曠土瘠，尤饑饉不堪。飢民不能自養，或不甘困死，相結滲入流寇；或乞食流散，迫而降匪為盜；甚至邊兵苦饑，亦相率落寇。崇禎元年，安塞馬賊高迎祥自稱闖王，嗣後延安張獻忠與米脂李自成亦相繼稱王響應，遂輾轉蔓延，竄流四方。斯時東北有滿族相犯，流寇、滿州內外交逼，思宗雖先後以楊鶴、洪承疇、陳奇瑜、盧象昇、熊文燦等主持勦匪，然旋撲旋炙，其勢不止。毛氏所謂「己卯庚辰之間」，即崇禎十二年己卯（一六三九）至崇禎十三年庚辰（一六四〇）之間，時張獻忠「以走致敵」，轉戰川境，明軍疲於奔命。李自成則入河南，值當地旱饑，乃以「迎闖王，不納糧」為號召，饑民爭相從之，至此流寇遂不能制，國勢危殆。是時沈士逸開章慶之堂，陸圻館於其間，遂與沈謙等慷慨悲歌。

而臨平僻處杭州一隅，國勢雖危，志士固憂，然禍亂猶未及之。故崇禎十五年壬午（一六四二），沈謙補諸生。秋，其父張筵歌舞，大會賓客於章慶堂。沈謙為作〈章慶堂讌集記〉以記其勝：

堂落成之六年，歲在壬午，予師祝慎庵先生至，自海寧；黃平立自檇李，驤武、景宣二陸子，宇台孫子至，自郡城；南鄰郎季千俱翩然來集也。家君以群賢萃止，遂張歌舞之筵。予兄弟持觴勸客，酬酢燕笑，極為愉快。時維秋暮，玉露既零，金花特盛，一堂之內，煥若春陽。已而白月東升，列炬如晝，簾幙低垂，表裏映徹。……景宣起曰：「茲會偶爾，然皆一時之彥，南北東西，又詎得常聚？諸公能無一言以志其盛？」賓主十人先為柏梁體一篇，繼各賦七言律詩一首，而祝先生為之序，尊齒也。明日，家君命予總錄，都為一集，藏之篋笥，備觀覽焉。（《東江集鈔》卷六）

沈氏父子與祝文襄、黃平立、陸圻、陸彥龍、孫治、郎季千等四方俊彥，麇集一堂，詩酒流連，誠可謂一時風流韻事也。及癸未年間臨平盜起，章慶堂焚，章慶堂客皆散去，此間勝事，頓為陳跡。逮甲申變起，沈氏家族顛沛流離，漸次殞越，沈謙優裕之少年生活，遂告終響矣。

二、西泠十子　唱和切磋

西泠風物絕美，產靈育秀。沈謙與同郡才士：陸圻、毛先舒、張丹、孫治、吳百朋、陳廷會、虞黃昊、柴紹炳、丁澎等，弱冠即以文章交譽四國。崇禎年間文社四起，十子亦結社賦詩，振藻西泠。趙爾巽《清史稿・列傳》云：

先是陳子龍為登樓社，圻、澎及同里柴紹炳、毛先舒、孫治、張丹、吳百朋、沈謙、虞黃昊等並起，世號「西泠十子」。（〈列傳二百七十一・文苑一〉）

據郭紹虞〈明代文人結社年表〉所考，登樓社之創始，約於崇禎十年至十五年之間（《照隅室古典文學論集・上編》頁五一一），推測世號「西泠十子」，亦當其時也。而十子所作詩文，淹通密藻，符采爛然，時稱「西泠十子體」。嗣後柴紹炳、毛先舒共訂《西泠十子詩選》，朋友門生唱和綦繁，聲勢日盛，影響漸廣，遂亦蔚為「西泠派」。

至若沈謙與諸子之交誼，因年齡相若，居處相近，故少即相慕，長而定交。自弱冠迄沒世，相互砥勵，切磋唱和。其中聲氣尤合，過從尤密者，當屬亦師亦友之陸圻，及同稱「南樓三子」之毛先舒與張丹：

（一）陸圻：

陸圻（一六一四—？），字麗京，一字景宣，錢塘人。與其弟培並有盛名，崇禎年間，陸圻兄弟與友人共結登樓社，世稱西陵體。乙酉之難，陸培自經里居，陸圻隱匿海濱，尋至越中，復至福州，薙髮為僧。其母作書趣歸，時尚輾轉兵甲之間，思得一當，事去乃返。雅善醫術，遂藉以養親。康熙元年莊廷鑨史事發，詞連陸圻與查繼佐、范驤三人於史固無豫，莊氏以其名高，故列之卷首，械繫按察司獄。及康熙二年五月，事白得釋。以母既逝，遂貽書友人，封還月旦，不知所終。所著有《威鳳堂集》、《詩禮二編》、《陸生口譜》、《靈蘭堂墨守》等。

陸圻文行彪炳，論者或譽為「東南士類之冠冕」（毛先舒〈沈去矜墓誌銘〉），或稱為「西泠十子之冠」（王士禎《漁洋詩話》）。由於早歲活躍於社集之間，與陳子龍過往尤密，西泠諸子響應雲間風氣，陸氏堪稱居間推介者。據毛先舒〈沈去矜墓誌銘〉所載，崇禎己卯、庚辰間，沈士逸開章慶之堂，時陸圻即館於其間。又崇禎壬午（一六四二）章慶堂讌集，陸圻亦嘗參與其盛。甲申亂後，客皆散去，自是陸圻即崎嶇兵甲之間。故推測陸圻之為「章慶堂客」，約自崇禎九年丙子（一六三六）章慶堂成，迄崇禎十七年甲申國變之間。《今世說》卷三云：

> 陸麗京持己端潔。嘗教授臨平沈氏，有伎為主人所索，就匿陸帳中。陸危坐讀書，就帳外書瓜田李下四字。去矜披帷見之，頗相欽嘆。

所述即陸圻客居章慶堂之軼事。而館課期間，沈謙不獨慕其行，即其學亦頗受啟發。如陸圻序《東江集鈔》云：

> 沈子去矜九歲能為詩，度宮中商，投頌合雅，其天性然也。乃其風氣，間喜溫、李兩家，崇禎辛巳，予以華亭陳給事詩授之。沈子特喜，于是去溫李之綺靡，而效陳給事所為。即沈子詩益工，尋漢魏之規矩，蹈初盛之風致。內竭忠孝，外通諷諭，洵詩人之隩區也。

可證沈謙詩學，少時本以溫李為宗，及崇禎十四年辛巳（一六四一），因陸圻引薦陳子龍詩，遂循其復古主張，「尋漢魏之規矩，蹈初盛之風致」。然則沈、陸二子之交情，可謂亦師亦友也。

（二）毛先舒：

毛先舒（一六二〇—一六八八），初字馳黃，更名騤，字稚黃，仁和人。工詩詞古文，好談韻學。十八歲著《白榆堂詩》，陳子龍見而奇賞之，因師子龍。又從劉宗周講學，文不一格，而必本經術。其詩音節瀏亮，文以雅贍見稱，詞則步趨「雲間」而闌入「花間草堂」門徑。與毛奇齡、毛際可齊名，時稱浙中三毛、文中三豪。本為明代諸生，明亡，棄舉業，不求聞達，全心著述。所著有《思古堂集》十四種：《思古堂集》四卷、《巽書》八卷、《東苑文鈔》二卷、《東苑詩鈔》一卷、《小匡文鈔》一卷、《蕊雲集》一卷、《晚唱》一卷、《南唐拾遺記》一卷、《格物問答》三卷、《螺峰說錄》一卷、《匡林》二卷、《詩辯坻》一卷、《聲韻叢說》一卷、《韻白》一卷、《鸞情集選》一卷、《填詞名解》四卷、《南曲入聲客問》一卷。另有《韻學通指》一卷。

沈謙與毛先舒同齒而生，同郡而居，互引為終生知己，所謂「稚歲聞聲即相慕，稍長定交，蓋三十餘年不違好也。」（毛先舒〈沈去矜墓誌銘〉，《東江集鈔》附錄）二子相知相惜，不獨為談詩論文之文友，樂山樂水之遊伴，亦為砥節勵行之諍友。其情誼摯厚，可由二事見及。其一，邀友共居：崇禎十二、三年間，流寇禍亟，蝗蟲肆虐，饑民遍野。沈謙以時亂，而毛氏苦於貧病，因邀友共居。事見毛先舒《東江集鈔．序》：

> 東江沈謙去矜，與予年相若，當卯辰間，兩人俱弱冠……一日，過把余臂曰：「時殆矣！予家東鄉，有園林池臺之勝，足可遊陟；藏書百卷，足可自娛；種魚賣藥，可以養生；俗樸而信，可以為城，予且治十畝之桑，聊與子逝。行有緩急，其毋忘予所云東鄉焉。」

後因臨平盜起，縱火焚掠，沈謙所云園林池臺者，化為煙灰，邀友共居事，終不能成。然臨危扶持之情義，由此亦可概見也。其二，為友刻書：沈、毛二子皆不慕功名，而極重著述。惜因家貧，著作雖繁，往往無力付梓。如徐承禮《小腆紀傳補遺》卷四云：

家甚貧，嘗欲賣田刻所著書，意未決，友人諸匡鼎曰：「產去則免役，紙貴可操贏，有兩得無兩失也。」先舒然之。

毛氏之困窘可知也。而十子中，沈謙、毛先舒及柴紹炳皆長於韻學，《清史稿・列傳二百七十一・文苑一》嘗載其事云：

謙與柴紹炳、毛先舒皆長於韻學。紹炳作《古韻通》、先舒作《南曲正韻》、謙作《東江詞韻》，皆為時所稱。陸圻歎曰：「恨孫愐、周德清曾無先覺。」

實則柴紹炳《古韻通》、沈謙《東江詞韻》，皆因毛先舒為之括略，并刻於《韻學通指》一書中，遂得流傳於世。毛先舒嘗自敘始末云：

戊子歲杪，先舒撰《唐人韻四聲表》及《南曲正韻》既成，適同郡柴子虎臣撰《柴氏古韻通》、沈子去矜撰《沈氏詞韻》、錢雍明撰《中原十九韻說》。……而虎臣、去矜與予書皆百十餘紙，苦于食貧，未能流布。茲先櫽括其略問世，匪棘見長，亦以有意于斯道者，苟欲範馳驅，實可備采擇耳。（《韻學通指・序》）

沈謙《沈氏詞韻》為詞韻之濫觴，是書之出也，既開依韻填詞之先聲，亦為詞韻研究開啟法門，其成就世所共推。然則毛先舒身處困頓，猶為友剞劂成書，不獨見其相知之明，亦可見其相惜之情。

（三）張丹：

張丹（一六一九—？），初名綱孫，字祖望，號秦亭，別號竹隱君，錢塘人。美鬚髯，手足胸背皆有毫寸許。夏月好袒腹大樹下，視富貴若不介意。性恬淡，喜山水，深溪邃谷，不避險阻，每得意，長嘯而返。好為詩古文詞，其詩悲涼沉遠，有小雅之遺。論詩謂少陵七律，能用比興，他人雖極工鍊，不過賦耳。其詞固有西泠雅麗之風，而悲慨之調尤多。著有《秦亭詩集》十二卷，詞名《從野堂詩餘》，一名《秦亭詞》。

就容止言，沈謙「形弱不勝衣」、「生平無疾顏遽色」，與張丹之鬚髯怒張、袒腹佯狂，相異何止千里。至若詩詞風格，沈謙以巧弄機杼，溫麗綺靡著聞；張丹則以矯然不群，波瀾老成稱勝，可謂迥然殊異。然沈謙骨高氣挺，淡泊不慕名利，正與張丹意氣相投。故張丹雖不樂交遊，與沈謙則往來頻繁，友誼極篤。如張丹〈夏日宿沈氏園〉詩云：

> 高閣響荷露，曲徑幽且深；新月映歸翼，涼扉生夕陰。檀欒影池竹，阡眠散簷林；解矜酌清夜，吐辭揚德音。佳趣誠難忘，淹留賞寸心。（王士禎《感舊集》卷十四）

沈氏園林之美，知交相聚之樂，於焉可見。而沈謙嘗為〈二子詩〉，以讚其友人逸倫絕群，亦足傳頌。詩云：

> 祖望有琦行，高帽露廣額；戰勝體自肥，虬髯壯如戟。觀象夜不眠，目射星漢碧；自許廉藺徒，超距時作劇。龍精不在掌，氣已凌疆場；酒酣忽長嘯，似苦天地窄。奈何耽詩騷，隱義日夜索；沉思頭拄案，句出如拱璧。依人常遠遊，南北未暖席；浮名走眾夫，誤用良可惜。（《東江集鈔》卷二）

詩寫張丹之形神與文行，而盡括於寥寥數語，的為知交之詠嘆也。

綜觀沈謙與西泠諸子，俱一時詞賦之才，西湖一社，誠可謂風流韻事也。惟結社之始，正值明朝傾覆前夕，內有魏閹亂政、流寇紛擾，外有滿族侵逼，國勢阽危。是以知交萃集，詩酒流連，固為賞心樂事。然時危勢亂，諸子處境，正所謂「幸藉二三友，秉燭讌良席；何以慰所思，清言庶悅懌。」（張丹〈廢園郎季千、沈去矜夜坐〉）故詩酒讌集，登高望遠之際，感時傷事，自多行吟澤畔之音。如沈謙〈同柴虎臣、張祖望、毛馳黃、虞景明登張氏樓晚眺〉詩云：

張氏樓高暮色深，諸公閒日暫登臨；沙邊雁落依春渚，雨外龍歸帶夕陰。湖海漫窮千里目，干戈難寄百年心；坐中誰是多愁客？苦對東風作楚吟。（陳田輯《明詩記事・辛籤》卷二十八）

所謂「坐中誰是多愁客，苦對東風作楚吟」，不獨為沈謙之愁苦，想亦道盡天下文士之心聲矣。

貳、清初隱士

崇禎十七年甲申（一六四四）三月，李自成攻陷北京，崇禎帝自縊於煤山。同年四月，清兵入關，擊退李自成，定鼎中國。五月，福王即位於南都，開啟顛沛流離之南明政局。期間雖有史可法、陳子龍、張煌言等忠愛之士，奮勇抗清。然諸王昏庸，掣肘奸小，政治腐敗，誠如陳子龍所云：「木瓜盈路，小人成群，海內無智愚，皆知顛覆不遠矣。」（《陳子龍年譜》卷中）故一息餘祚，至康熙元年（一六六二）吳三桂執殺桂王、魯王於金門，終亦滅絕。而緣家國之變，沈謙亦棄諸生，隱居東江，以醫業養生。自是，國難、家難交纏，貧病困厄紛擾，遂步入後半生苦愁時期。

一、托跡岐黃　寄情翰墨

明清易代，世局危亂之際，章慶堂客皆散去，沈謙與毛先舒、張丹等知己，則齊集南樓，抒嘯高吟，時稱「南樓三子」。毛先舒〈沈去矜墓誌銘〉嘗記其事云：

天下亂，（章慶堂）客皆散去。于是去矜遂自托跡方技，絕口不談世務，日與知己者余與張祖望登南樓，抒嘯高吟。樓東眺海，西望臯亭，群峰蒼然，大河南流，酹酒臨風，憑弔千古，時稱為南樓三子。（《東江集鈔》附錄）

又沈謙〈與張祖望〉書云：

> 南樓之盟，足下與稚黃不皆夙夜相聚哉？雪風較獵，花月徵歌；驤首論心，通宵秉燭。時雖小創，意氣尚豪，一時翕然，稱為三家，比于西園竹林之盛。（《東江集鈔》卷七）

由是可知，鼎革之初，沈謙雖絕口不談世務，然目睹家國破敗，山河變色，其憂時之懷，遺民之憤，誠難自已。遂與毛、張二子盟于南樓，夙夜相聚，酹酒臨風，憑弔千古。其意氣之豪，心境之悲，固可想見矣！

順治二年乙酉（一六四五），南都弘光政權敗亡，江南初定。順治三年丙戌（一六四六），清廷舉行殿試；秋，舉行鄉試；順治四年丁亥（一六四七），舉行會試。至此，南明顛覆之局已定，清南北二闈既開科取士，文人士子亦掙扎於進退之間。而西泠十子以文采、氣節相尚，唯丁澎、吳百朋、虞黃昊事進取（註二），餘皆退隱不仕。如張丹於明亡後，初與沈謙、毛先舒登南樓抒嘯高吟，後則南轅北馬，「再遊京闕，歷覽西山，穿虎豹之荒林，跳狐兔之叢窟，先朝十二陵，一一伏謁……為文記其遊歷而返。歸臥秦亭山下，喟然嘆曰：余老死不渡黃河矣！」（王嗣槐〈張秦亭先生傳〉，引自章培恆《洪昇年譜》頁四八—四九）丹之心繫明室，固歷歷可見也。再如柴紹炳，素為海寧吳麟徵、山陰劉宗周、蕭山倪元璐、漳浦黃道周所器，及諸人先後殉難，依宋子俊遇郭有道故事，服心喪期年。遂隱居南屏山，授徒賣藥自給，有餽餉，輒麾去。康熙己酉，詔舉山林隱逸之士，巡撫范承謨欲以紹炳應薦，固辭。又刊行所著書，亦卻之，承謨歎息而止（見徐承禮《小腆紀傳補遺》卷四）。又如陳廷會，先是浙江左布政使張縉彥愛其文，欲見焉，廷會固辭之。知府嵇宗孟屏騶從至門請見，廷會辭以病不出。尋遣錢塘知縣至門，持幣物請修府誌，廷會稱病篤。後詔開博學鴻儒科，其故人為吏部尚書，欲薦之，廷會寓書固辭（見錢儀吉《碑傳集》卷一百二十四）。至如陸圻，則參與義師，乙酉難後，剃度為僧。繼因夢戀庭闈，仍返故廬，托身醫術。及莊史難後，飄然遠引，不知所終，其志節固不待言。若乃孫治、毛先舒亦確然遠引，講學授經，終身困約，不少怨悔。

沈謙素慕先祖貞白先生之節操，鼎革之後，即棄諸生，寄情翰墨，不求聞達。比歲事稍定，且「修復故廬，讀書養魚，兼通靈素之術自活」（毛先舒《東江集鈔．序》），每當鬱鬱，輒托諸歌詠。而是時文士皆窘生計，如沈謙〈答應嗣寅書〉云：「同學二三子從事歧黃業，僕亦黽勉家學，業未遜于群醫，皆屋而不行。」又〈與張祖望〉書云：「僕則疊遘家艱，產業破碎。」皆可證也。然沈謙雖處困厄，不獨持己端潔，且以之與友朋共勉。如應撝謙苦于生徒之眾，欲徙家東江，筮易為業。沈謙以「此等純以術籠人，非薦則泥，養高必殆」，若貶節諧俗，非儒生所當為，期期以為不可。因與書云：

> 足下抱王佐之才，明經世之略，達則兼善，窮則善身。然僕謂朋來徒聚，敬業樂群，窮亦可兼也，舍此而徙業，僕未見其可也。……僕南園一區，有樓有堂，土阜可花，曲池可魚，謹令豚犬糞除以待，僕亦將日奉笑言，仰就足下也。（〈與應嗣寅書〉，《東江集鈔》卷七）

據羅以智《應潛齋先生年譜》載，順治十二年乙未冬，應撝謙「卜居臨平，依沈東江南園以居者四年，東江諸子輔升（聖旭）、宏宣（聖昭）及從孫武定（廣震）從受學」，所云當即此事也。是知沈謙秉於志節，篤於友誼，不獨說之以理，復援之以手。證諸應撝謙〈東江沈公傳〉云：「不喜飲，顧好客，時即甚貧，或賓朋過從，必質衣治具，歡笑達曙。」（《東江集鈔》附錄）然則所謂「達則兼善，窮則善身」、「敬業樂群，朋來徒聚，窮亦可兼」，斯亦沈謙隱居時期之寫照也。

由於沈謙文行並高，令聞遠播，慕交者至廣。毛先舒〈沈去矜墓誌銘〉嘗形容云：「僻處杭之東偏，而聲名籍籍，吳越齊楚之士過鼓村，車轍恆滿。」（《東江集鈔》附錄）故沈謙雖屏居山野，四方名士，如鄒祇謨、孫默、蔣平階等既嘗往訪，與王士禎亦遙相酬對。如蔣平階序《東江集鈔》云：

自吾黨諸子，以文章交譽於四國，四國賢豪莫不起而應之。而風尚之尤合者，無如西陵。故雖相去三百里，而遙相酬對，若在几席。世變後，尤致力於古文詞，厥有西陵十子與予特善，沈子去矜則其一也。猶憶壬辰、癸巳（順治九、十年）間，張筵高會，去矜幅巾方領，揚觶登壇，姿度閒暢。嗣後予頻年訪道，而麗京亦逃禪入粵，荏苒二十載，離群興歎，良會永乖。

由是不獨可見西泠派與雲間派密切相關，亦可見沈謙雖不出里門，然聲滿遐邇，好學談藝者過訪綦繁，故其交游非僅止於西泠一地也。又如〈與王阮亭〉書云：

僕偃伏江左，蓬蒿滿門，亦知濟南有阮亭先生者。才大德隆，震竦一世，皆以為于鱗、稼軒再來。愛而不見，可勝反側，豈意佐郡維揚，僅一江之限也。祖望南還，持足下書至，兼之名集種種，文氣岸特，時輩罕儔。知足下與辛、李二公，亦偶同其地耳。而詩詞品目，寧遽遜之？僕不覺憮然，有積薪之歎矣。沁園再奏，不足追步雅篇，聊寄相思，兼以請益。冰堅雪甚，欲渡無梁，未審何時得瞻矩範，續紅橋之勝遊也。（《東江集鈔》卷七）

康熙三年甲辰（一六六四）春，王士禎與張丹諸名士修禊紅橋，堪稱一時勝事（《漁洋山人自撰年譜》卷上）。沈謙未嘗與會，觀王士禎委由張丹攜書及文集種種，亦可見其互慕之情也。

至如沈謙門生，為數頗眾，列名《東江集鈔》、《東江別集》較閱姓氏者，即有：潘雲赤（夏珠）、沈豐垣（遹聲）、俞士彪（季瑮）、張台柱（砥中）、王升（東曙）、王紹曾（孝先）、唐弘基（子翼）諸子。而沈謙得天下英才，或與之同遊唱和，或教導文章，或點撥道理，可謂循循善誘。即以潘雲赤為例，如〈春暮郊行同潘雲赤作〉：

東麓尋精舍，偕遊愛爾才；村晴蠶子出，風暖豆花開。白骨聚新隴，丹爐坼古臺；存亡無限意，山笛暮吹哀。

（《東江集鈔》卷三）

〈與潘雲赤〉：

文字不嫌屢改，由淺而深，由繁而簡，由塞而通，如揀金琢玉，麤者一分不盡，則精者一分不出也。歐公作文，必先貼於壁，臥思竄定，至有終篇不留一字者，而況不若歐公者乎？自古疾行無善步，苟非天縱，不能涉筆便佳也。（同前引，卷七）

〈答潘雲赤〉：

士以博學為飽，蜚聲為溫，豐此嗇彼，天所衡量。既富于德，焉辭饑凍乎？忘累世之清華，戀一朝之赫奕，想智者必不以此易彼。（同前引）

沈謙與門弟子偕遊、論文、說道，而傳道之樂、師生之情，於焉可見。其尤可注意者，即清初曲學巨擘洪昇，十五歲師從毛先舒，並與西泠十子游，而與沈謙交往尤密。章培恆編《洪昇年譜》，嘗謂「沈謙集中，涉及昉思者甚多，昉思集中亦多關涉沈謙之詩，足徵二人交遊甚密。」（頁四六）覈諸沈謙本集、別集，涉及洪昇者有：〈訊洪昉思臥疾〉、〈月華寺同洪昉思作〉、〈寄徐武令、張砥中、俞璥伯、洪昉思兄弟〉、〈寄洪昉思〉、〈寄諸虎男兼懷昉思〉、〈寒夜戲贈昉思〉諸詩，另有〈與洪昉思〉書及〈空亭日暮・寄洪昉思時客薊門〉、〈滿江紅・讀沈豐垣新詞次洪昉思韻〉、〈丹鳳吟・答洪昉思夢訪之作〉諸詞。而洪昇《嘯月樓集》關涉沈謙者亦有：〈新歡曲四首，同沈去矜先生作〉、〈夜集廣嚴寺，同沈去矜、吳允哲、沈遹聲作〉、〈夏日答沈去矜先生暮冬見懷〉、〈為沈去矜先生悼亡〉四首、〈同陸藎思、沈遹聲、張砥中宿東江草堂哭沈去矜〉二首等詩。即以哭沈去矜詩為例：

〈同陸藎思、沈遹聲、張砥中宿東江草堂哭沈去矜〉

慟哭西州淚不乾，一堂寥落白衣冠；愁鴟啼殺空山夜，月黑楓青鬼火寒。

又

忽然夢醒草堂中，唧唧蛩吟四壁空；我向穗帷呼欲出，寒燈一焰閃西風。

案：康熙九年庚戌（一六七〇）二月十二日沈謙卒，洪昇既為謙子聖昭所撰〈先府君行狀〉填諱。是年秋，復與沈謙友人陸進、門人沈豊垣、張台柱等慟哭於東江草堂。讀其詩，悲悼痛念，情同及門弟子，是章培恆謂洪昇與沈謙「交往尤密」，的非虛語。

二、長愁致病　不樂損年

沈謙自甲申之變始，至五十一歲歿世為止，凡二十六年間，緣國難、家難繼起，以困厄苦愁而終。先是崇禎癸未，臨平盜起，南園焚掠幾盡。甲申之際，沈謙雖仍與毛先舒、張丹登南樓，然順治二年乙酉清兵破揚州，南下杭州之後，亦飽嘗流離之苦：

（一）順治乙酉泛棹蘇、常：

《仁和縣志》卷二十七〈記事〉云：

> 乙酉端陽日，群言籍籍。知大兵已下金陵，弘光帝出走。至六月初旬，遣兵至浙，領兵者為貝勒王，為撫軍張存仁。先期合城，士民畏兵如虎，紛紛保抱，攜厥婦子，四鄉逃避。或渡江而東，或藏匿外縣之深山。流離辛苦，溽暑炎熱，霍亂瘧痢，受病非一。（引自章培恆《洪昇年譜》頁二二－二三）

所述正順治乙酉之難，仁和縣境百姓流亂之景象。而據沈謙自序《臨平記》云：

> 謙撰此書，經始於崇禎癸未三月，告成於甲申十二月。……其間或困於疾厄，或疲於離亂，墨突孔席，幾無一息之暇。每當兵火倉卒中，輒恐此稿散失。乃於愁病之餘，勉峻厥事。

又梁紹壬《兩般秋雨盦隨筆》卷二云：

丙戌至京，寓全浙會館，塘栖姚境生孝廉出卷子屬題，則西泠十子沈去矜先生謙手書詩卷也。先生于順治乙酉泛棹蘇、常，時南都新破，百姓流離，目擊情形，淒然有感，取是年所作之詩，寫成長卷，計古今體詩四十餘篇，末綴小跋，字畫蒼勁，詩格渾成，允為名跡。余為填詞南北曲一套云。（引自莊一拂《明清散曲作家匯考》頁二〇八）〔註三〕

又沈謙〈祭亡兒聖旭文〉謂聖旭「六歲遭家難，轉徙流離」（《東江集鈔》卷八），考聖旭六歲，時在甲申。推測沈謙於甲申六月，攜老扶幼逃離杭州，泛棹蘇、常。考祝文襄序《臨平記》云：「甲申冬月，以事至臨平，謙且疏古事、古詩，稱《臨平記》。」則沈謙於甲申冬月，當已終止流離，回返故園。期間雖困於疾厄，疲於離亂，著述猶未嘗中輟，而目睹時局，淒然有感，則寄情翰墨。故《臨平記》遂得於是年十二月告成，又有手書詩卷，凡四十餘篇。

（二）順治乙未避兵湖上：

毛先舒序《東江集鈔》，嘗謂：「今去矜且修復故廬，讀書養魚，兼通靈素之術自活」，署「順治乙未春日」。又沈謙〈第四子聖旦墓誌銘〉云：

今夏避兵湖上，旦或驚竄走風雨中，竟以滯下死。……聖旦生于順治戊子二月十五日丑時，卒于乙未七月十二日辰時。（《東江集鈔》卷八）

是知順治十二年乙未春，沈謙之生活已漸次安定。然兵事未定，同年夏日，沈謙家族再度因避兵而流離。沈聖昭時方八歲，不堪風雨驚竄之苦，遂罹痢疾而死。

由於連年亂離，沈謙不獨家園破敗，家計益落，且其父、母、妻、子，或不堪顛沛，以致困於疾厄，相繼殞越。由順治七年至康熙三年，十餘年間，疊遘五喪：

順治七年庚寅：其父沈士逸卒。

順治十二年乙未：其母王氏卒，四子聖旦亦殤。

順治十六年己亥：其妻徐氏卒。

康熙三年甲辰：長子聖旭卒。

自是，沈謙悲悼過深，漸至成疾。遂於康熙九年二月十三日，因腳氣、傷寒不治，齎志以歿，享年五十一。

附註

註一：沈謙〈章慶堂讌集記〉云：「堂落成之六年，歲在壬午。」據壬午年上溯六載，知章慶堂成於崇禎九年丙子。（《東江集鈔》卷六）

註二：丁澎，字飛濤，號藥園，順治乙未進士，官禮部郎中。吳百朋，字錦雯，崇禎十五年舉人，入清朝，謁選，官南和知縣。虞黃昊，字景明，康熙五年舉人，官臨安教諭。

註三：張增元〈清代戲曲作家考論〉一文，謂沈謙「順治三年（一六四五），到北京，寓居土地廟下斜街的全浙會館。」（《揚州師院學報・社會科學版》一九九五年第二期，頁八四）疑張氏所本，即梁紹壬《兩般秋雨盦隨筆》卷二所云「丙戌至京寓全浙會館」語，是張氏將梁紹壬自述之語，誤植為沈謙行誼也。又張氏繫年沈謙「順治七年（一六五〇）四月二十三日，南還經寒山寺，流屍觸船，悲愴欲絕，作詩聊以當哭，云：『鼓鼙孤客淚，書札故人心；孤冢兒啼哭，空庭馬跡深。白髮悲行役，青山厭亂離；苦霧沉荊棘，清燐見髑髏。』淒婉之音，催人淚下。」是沈謙於順治七年嘗過寒山寺，惟張氏未列出處，稽考無據，姑備於此。

第四節　沈謙之學行

壹、孝友天成　骨高氣挺

一、天生孝友　仁厚醇良

臨平沈氏家族，代以忠孝傳家。如沈謙之父沈士逸，本為遊洋將軍，因父祖相繼殂沒，遂絕意疆場，奉母瀡瀡，以醫名吳越間。及居家娛老，「賢士大夫，軒車到門，多不時出。而以疾來者，則率爾命駕，無論近遠。」（王國安《浙江通志》卷之四十五〈方伎〉）其仁孝遠近稱揚。沈謙幼習儒學，濡染家風，亦以孝友仁厚為世所稱。凡史籍傳誌，敘及沈謙其人者，無不稱頌。而以其友應撝謙、其子沈聖昭所敘事蹟最詳，茲節錄於次，以為參照：

應撝謙〈東江沈公傳〉：

崇禎壬午補縣學生，父以年老，分宅居三子。會遭家難，兩兄南園焚掠幾盡，獨不及君居，君即割宅界之。千金之資，不以己析稍有吝色。後家計零落，終肆力詩古文，口不談世務，亦不求仕進。父疾，旦夕祈禱，衣不弛帶。居二喪，毀瘠嘔血……君天性孝友，素志長厚，生平無疾言遽色。故舊族戚，睦以至情，及門之士，每欣提攜。頗自澹治，飲疏衣布，晏如也。室內常躬自洒掃，性不喜飲，顧好客。時即甚貧，或賓客過從，必質衣治具，歡笑達曙。（《東江集鈔》附錄）

沈聖昭〈先府君行狀〉：

（沈謙）崇禎壬午補諸生。明年家難起，南園焚掠幾盡，即兩伯所居之地也。先君割宅之半畀兄居焉，先王父深嘉之。嗣後家計益落，風鶴屢驚，先君乃托跡方技，寄情翰墨，絕口不談世務，亦無欣慕仕進之意。入侍先王父母，出與二三知己，如毛稚黃、張祖望兩夫子，登南樓長嘯賦詩，憑弔千古……庚寅八月，先王父患瘧，先君旦夕祈禱，願以身代。每痰嗽鬱塞，輒以口吮之，衣不弛帶者五月。至十二月二十一日，王父沒，先君毀瘠過禮，至嘔血。乙未，王母又沒，哀毀如喪王父。……先君天性孝友，與人言無疾言遽色，親族故舊，以至里黨，皆篤以恩誼，推獎後輩，唯恐不及。歲時薦食，往往流涕。甘澹薄，布衣疏飯，晏如也。室中常躬自洒掃，不使塵垢。不喜飲，顧好客，即貧甚，或賓朋相過，必典衣酤酒，談笑達曙忘倦。（《東江集鈔》附錄）

子曰：「弟子入則孝，出則弟，謹而信，汎愛眾，而親仁。行有餘力，則以學文。」（《論語・學而》）觀沈謙孝親，由侍病之祈禱吮痰，至喪弔之毀瘠嘔血，生死之間，無不如禮；其友愛，由割宅畀兄，而親族故舊、鄰里鄉黨，親疏之際，無不篤愛。是其行誼，於出、入之間，與儒家仁德之旨皆合。應撝謙讚之「天性孝友，素志長厚」，誠相知之語也。

二、骨高氣挺　志慕幽貞

沈謙少富才學，本懷經世之志。當明季末造，「尚論古昔，泱然自任，而平居常不自快意」（毛先舒〈沈去矜墓誌銘〉）。惜勢不可為，國變後，遂自託方技，絕口不談世務，日與知己，抒嘯高吟。康熙年間，清廷復行科考，文人士子趨之若鶩。沈謙仍固窮守節，以善自律，有所不為。據沈聖昭〈先府君行狀〉所載，沈謙座右多書格言以自警，嘗訓聖昭等曰：「修德保身，不外懲忿窒慾四字，汝輩宜書紳。」又書〈示兒聖昭〉云：

古人功名之盛者，富貴稱伊周，貧賤稱孔孟，非若今人但以科第為功名也。功之既成，名亦隨立，彼僨事殞身者，其功與名竟復何在？故雖處阨窮，皆可自勉。魯仲連、毛遂輩，獨非布衣之士哉？（《東江集鈔》卷七）

孔孟嘗謂君子之用舍行藏，以為「可以仕則仕，可以止則止」，「達則兼善天下，窮則獨善其身」。如孟子云：「得志，與民由之；不得志，獨行其道。富貴不能淫，貧賤不能移，威武不能屈，此之謂大丈夫。」孔子曰：「士志於道，而恥惡衣惡食者，未足與議也。」（《論語・里仁》）顯見沈謙志慕孔孟之道，舍仕即隱，固窮修德，安貧樂道。又其〈答潘雲赤〉書云：

> 士以博學為飽，蜚聲為溫。豈此啻彼，天所衡量。既富于德，焉辭饑凍乎？忘累世之清華，戀一朝之赫奕，想智者必不以此易彼。（《東江集鈔》卷七）

可見其念茲在茲者，厥在於「德」，故能不辭饑凍，樂在其中。而此「安貧樂道」之思，不獨為沈謙堅守三十年之內在力，亦具體實踐於隱居生活之中。如其〈山居〉詩云：

> 昨辭郡逸遊，歸就田園居；早穫既已畢，比舍停役車。天澤幸不偏，大小各有儲；蒼茫十月交，霜寒林木疏。墟煙暮曖曖，落日照我閭；床頭酒應熟，喚婦羅前除。彈我匣中琴，讀我枕上書；亦知為農樂，富貴復何如？（《東江集鈔》卷二）

又〈春日齋中讀書〉詩云：

> 獻歲寡人事，靜坐掩柴荊；吾性樂文史，不慕肥隱名。惠風扇陽和，已聞黃鳥聲；河柳總翠絲，園桃有紅英。鶉衣顯原氏，陋巷發顏生；曠觀達妙理，不以寵辱驚。先民垂遺軌，詎止用代耕；被褐以懷玉，悠然獲我情。（同前引）

沈謙以一介書生，戀戀故國，堅守君子固窮之節操，而「曠觀達妙理，不以寵辱驚」。故身處貧賤，而聲名甚著，慕者絡繹於途。毛先舒云：「雖僻處杭之東偏，而聲名籍籍，吳越齊楚之士過鼓村，車轍恆滿。」（〈沈去矜墓誌銘〉）沈謙聲譽之高，由此可見。

惟沈謙所以能守貞三十年，居山食貧，不改其樂，固緣於志道慕賢，而其性格剛挺不拔，實亦重要原因。如毛先舒論其容止，生動傳神，足可窺其消息。其言云：

去矜形弱不勝衣，而骨性剛挺。平時與人語，氣纔屬，及發辨議，則電閃霆激，摧屈一座。（〈沈去矜墓誌銘〉，《東江集鈔》附錄）

是知沈謙雖形弱色溫，生平無疾言遽色，然「骨性剛挺」。因之，其辨論議理，恆執道守善，而「摧屈一座」；其仕、隱、進、退，亦行所當行，確乎卓爾不群。蔣平階《東江集鈔．序》云：

去矜文行並高，刻勵向學，擇交取友，皭然異於流俗，守不字之貞者三十年。易稱乾之初九，確乎不可拔者，去矜有焉。今其述作雖存，而典型已邈，吾黨同好，所為呼告巫咸，而重為之傷悼者也。

案：〈乾初九象傳〉釋乾卦初九爻云：「潛龍勿用，陽在下也」。是蔣氏以「陽之初九」為喻，蓋深知沈謙剛毅不屈之性格，以其潛隱退藏，「確乎不拔」，乃君子明道固守之表徵。而觀乎沈謙一生，不慕浮名，孜孜向學，固守善道，蔣氏譬之為「文行並高」，良有以也。

貳、多才博學　尤擅倚聲

沈謙博學多才，性耽著述。嘗示其子聖時曰「學之與業，二事也。非業無以養生，非學無以顯名」（《東江集鈔》卷七〈示兒聖時〉）。故終其一生守貞不仕，皓首窮學，既承家學以醫術顯，復淹通時藝、詩文詞曲，「自天人性命經史之學，以及諸子百家，陰陽醫卜之書，無不該覽」（沈聖昭〈先府君行狀〉，《東江集鈔．附錄》）。故雖自絕於仕途，而能揚芬於文壇。

就清初之文壇言，沈謙文名與「西泠十子」等齊，或謂之「西泠派」。蓋自明末陳子龍續振後七子遺緒，宗古法，尚格調，主張「情以獨至為真，文以範古為美」。而以「文高兩漢，詩軼三唐」，睥睨一世，「浙東西人無不遵其指授」（楊鍾羲《雪橋詩話》卷一）。沈謙之學，同於西泠一派，大抵直承雲間陳子龍而來。如陸圻《東江集鈔・序》云：

沈子去矜，九歲能為詩，度宮中商，投頌合雅，其天性然也。乃其風氣，間喜溫李兩家。崇禎辛巳（一六四一），予以華亭陳給事詩授之，沈子特喜，于是去溫李之綺靡，而效給事所為。即沈子詩益功，尋漢魏之規矩，蹈初盛之風致。內竭忠孝，外通諷諭，洵詩人之隩區也。乃今彙其所撰詩文，號為《集鈔》。其意貞而不濫，其聲和而不肆，蓋雅之未降，而風之未變者，是沈子之詩之所托也。

是知沈謙初喜溫李，後緣其師陸圻引薦，遂效法陳子龍。因棄溫李之綺靡，而「尋漢魏之規矩，蹈初盛之風致」。毛先舒《西陵十子詩選序》云：「去矜吟詠最勤，少多豔情，瑕瑜不掩，近更一變，篇體瑰卓。」可見沈謙詩學之轉折。今觀《東江集鈔》所錄，實多「內竭忠孝，外通諷諭」之篇。如：

〈西陵〉

蘇小姑墳不可尋，青驄油壁悵同心；花開躑躅亭臺古，露冷鴛鴦浦潊深。落日迴塘曾盪槳，千秋殘碣更沾襟；春來長盡新松柏，猶帶南朝數里陰。

〈九日言懷〉

九月九日意不愜，杖藜扶病登高臺；盈樽綠酒此時醉，舊國黃花何處開。金管玉簫潊霜霰，銅駝鐵鳳生莓苔；望鄉不見遠山盡，蕭瑟江山歸去來。

要皆為忠愛悱惻之篇。而沈謙既承陳子龍詩學，上溯《詩》、《騷》，故特重忠孝諷諭之旨。其晚年手定平生著作，刪「豔情」存「忠愛」，且以摩《詩經》者為「風雅體」，正可見其「詩言志」之體性觀也。惟沈謙既從溫、李入，且精於音律，每自云：「子美晚節漸於詩律細，余何敢以麤心掉之？」（毛先舒〈沈去矜墓誌銘〉）以是其詩文特富辭采音律之美。朱彝尊評云：「西泠十子以格調自高，去矜采組六朝，故特溫麗。」（《文獻徵存錄》卷六）毛先舒亦云：「其為文章，遙澹秀鬱，錯以綺麗，商略輕重，不失銖黍。」（〈沈去矜墓誌銘〉）。又云：

> 去矜志潔行芳，而骨體修雋，故吐詞清拔，時復綺思。其體則上溯漢獬，下泛唐波。操律比韻，卓然先軌；宛轉幽詣，復見新妙。予向論如是，亦人人共推之也。（《東江集鈔・序》）

要皆能見沈謙詩文內容、形式及風格之特色，而陸圻「意貞而不濫，聲和而不肆」之評，殆最得其要也。

至如詞、曲之作，沈謙循「詩言志」、「詞言情」之體性觀，因與詩文分途。既以「言情」為體，且別於本集，另為一編，名曰《東江別集》。其詞名甚著，與「西泠十子」並稱，而時人咸稱西泠之最。復與李雯、陳維崧、宋徵輿、錢芳標、彭孫遹、王士禎、顧貞觀、沈豐垣、納蘭性德等，並稱清詞前十家。又其詞論——《填詞雜說》，雖僅三十二則，而簡潔精當；其詞韻——《沈氏詞韻》，雖僅存綱目，而始創詞韻輪廓，深為學者所重。故沈謙詞學，為本論文之主題，俟後各有專章闡述，姑略於此。若其曲論，見存於〈與袁令昭先生論曲譜書〉、〈與李東琪書〉、〈美唐風傳奇自序〉諸文；另有《譜曲便稽》及《南曲韻》、《南曲譜》，惜皆不傳，無法窺其全豹。而概括其要，大抵有二：（一）詞曲猶之乎詩文：視戲曲之藝術價值，與詩文等觀，有「詞曲猶之乎詩文也」、「人或謂之剩技，予獨謂之全功」諸語。劉輝〈清代曲家沈謙〉一文，以為「在清初的劇壇，唯他和李漁有此卓見」[註一]。（二）情文相生：明末傳奇大盛，而沈璟吳江一派「守法」，湯顯祖臨川一派「尚趣」，兩派論爭，幾為冰炭。沈謙論此，以為「守譜者窘文，騁詞者違法」（《東江集鈔》卷七〈與李東琪書〉），主張內容與形式，文辭與音律，相輔相生，渾然一體。嘗云：「至于情文相生，著述甚爾，浮言臚事，淘汰當嚴。作于詩文亦然，非特填詞而異矣。」（《東江集鈔》卷七〈答毛稚黃論填詞書〉）所論卓有見地。至其曲作，《東江別集》僅存南、北曲各一卷，而瑕瑜互見。其南曲小令，多翻「詩餘」、「北曲」之作，盧前嘗評之云：

不顧文辭，但就聲律，未免削足適履之譏耳。然北詞清新俊逸，不讓喬、張。求之晚明，何能多得？以謙所詣，固可躋諸作者，名一家矣。（註二）

顯見其作雖未能盡符其論，惟其成就，猶足譽為一代名家。而徵考文獻，沈謙另有六部傳奇、一部雜劇。劇本今雖不傳，然據沈謙〈與李東琪書〉所云，知斯時「布于旗亭者有《胭脂婿》、《對玉環》等曲」，乃其作品為場中之歌，非案頭之書也。

綜上所述，可見沈謙詩、文、詞、曲並工，皆佔壇坫一席，係清初以兼善眾藝著聞之文學家。若其著作，緣「博學多才」、「性耽著述」之故，可謂「鉅東盈數尺」。惟或未梓行，或已散佚；且其本集——《東江集鈔》流播未廣，後世學者難以考稽，故論述頗為紛歧，時見舛誤。今幸得閱北京圖書館藏康熙十五年《東江集鈔》原刻，因據其子沈聖昭〈先府君行狀〉、其友應撝謙〈東江沈公傳〉，復參諸本集所論，鉤稽其學，雖未能盡其全豹，要能得其確實也。

沈聖昭〈先府君行狀〉云：

（沈謙）所著《東江集》，凡詩賦二十一卷、文十卷、詞曲十二卷外，復有傳奇六、《詞韻》、《南曲譜》、《古今詞選》、《臨平記》、《安隱寺誌》、《沈氏族譜》諸書。每以貧不能刻為恨，嘗寓書毛夫子曰：「文集必須手自定刻之，若謂子孫門生可托，恐飽脈望腹，政有日耳。」

又應撝謙〈東江沈公傳〉云：

（沈謙）所著《東江集》，有詩賦二十一卷、文十卷、詞學十二卷，共四十三卷行於世。又有《詞韻》、《詞譜》、《南曲譜》、《古今詞選》、《沈氏族譜》諸書未梓。《臨平記》已梓，板燬及半，未行。嘗寓書其友毛先舒曰：「文集必須手自較定，若謂多子孫門下士，可以托之使傳，全不知一字未安，枯髯欲斷之苦。」

就沈、應二子之文歸納，沈謙所著有：《東江集》（凡詩賦二十一卷、文十卷、詞曲十二卷）（註三），復有傳奇六、《詞韻》、《南曲譜》、《古今詞選》、《臨平記》、《安隱寺誌》、《沈氏族譜》諸書。準此以觀，「博學多才」之譽，沈謙確足以當之也。惜因家貧，故其述作雖多，往往無力付梓，以是見存者鮮。茲就上述諸書之存佚及藏　，縷述如次：

一、見存著作：

（一）《東江集鈔》九卷、《別集》五卷、〈附錄〉一卷：

沈謙極重視述作，嘗與其友毛先舒言：「著作須手定自刻，庶保垂遠，若以俟子孫，恐故紙觔不足當二分直也。枯心落鬢，辛苦大極，已作北邙土，安能復知身後名邪？」（毛先舒〈沈去矜墓誌銘〉）故自順治七年（一六五〇）而後，即手定平生著作，名曰《東江集》。據沈聖昭〈先府君行狀〉所載，其內容原有「詩賦二十一卷、文十卷、詞曲十二卷」，共四十三卷。惜貧而不能刻，因漸刪汰。沈聖昭云：

《東江集鈔》者，先大人手輯之書也。自庚寅而後，凡五易稿。大率艱于梓即嚴于選，故茲刻僅什一耳。惟甲辰後之詩文未附者，聖昭與潘子雲赤稍為商定，補之。（《東江集鈔．跋》）

是知沈謙輯選本集，自庚寅至甲辰，凡十五年而五易稿，其故在於「艱于梓」，遂「嚴于選」。是以沈謙「每以貧不能刻為恨」，易　之際，謂其子曰：「古之所為不朽者二，惟文與子耳。今吾文與子俱有之，而不能必其不朽者，其任在子。」（沈聖昭《東江集鈔．跋》）及康熙九年（一九七〇）沈謙故去，沈聖昭雖更貧窶，力不逮心，猶殫竭心力，以圖剞劂。並校其先父遺編，補「甲辰以後之詩文未附者」，終於康熙十五年（一六七六）刻成《東江集鈔》九卷、《別集》五卷、附錄一卷，刊行於世。

故沈謙本集，今存最早者即康熙十五年沈聖昭、沈聖暉所刻《東江集鈔》九卷、《別集》五卷、附錄一卷。北京圖書館、南京圖書館俱見庋藏。其內容為：

《東江集鈔》九卷：詩五卷、文三卷、雜說一卷。

《東江別集》五卷：詞三卷、北曲一卷、南曲一卷。

「附錄」一卷：應撝謙〈東江沈公傳〉、毛先舒〈沈去矜墓志銘〉、于懋榮〈像贊〉、沈聖昭〈先府君行狀〉、沈聖昭〈跋〉。

又書前有陸圻、毛先舒及祝文襄序。而祝序云：

> 沈子自鈔其文集，問序于予。予曰：「子文上溯騷賦，下迨填詞，鉅束盈數尺矣，寧止于是乎？」沈子曰：「文之美惡不在多寡，古有累牘致譏，一言見賞。愚鄙自審來賢正槃，某於此有懼焉矣！」

顯見沈謙述作極繁，其著作所以由「鉅束盈數尺」，刪汰為四十三卷；復由四十三卷，削減為今傳之十四卷本（附錄一卷不計），除艱于付梓外，精選嚴汰，實亦重要原因。

至若詞曲之作——《東江別集》，由於沈謙詞名甚著，詞壇傳鈔者繁，遂而別行。如民國二十二年趙尊嶽《明詞彙刊》本，輯刊《東江別集》三卷，所據即清代流傳之鈔本。趙氏校其版本云：

> 《別集》一卷，為填詞南北曲。《四庫存目》著錄之，然絕罕覯。泉唐丁氏嘗有傳鈔本，既而歸之金陵盋山。書藏凡詞三卷，曲二卷，燦然大備矣！歲在己未，歸安姚虞琴社兄景瀛以別集無他本，重為排印，其書始顯。拙藏則亦傳鈔丁本，與姚刻同源者也。

是知《東江別集》之流布，因刻本流播未廣，多為傳鈔本。即丁丙、趙尊嶽所藏，亦皆為清代鈔本。而此鈔本，就所知見，北京圖書館、南京圖書館及國家圖書館皆有庋藏。至於據鈔本排印者，則有：民國八年姚景瀛排印本及民國二十二年趙尊嶽惜陰堂彙刻明詞本，前者據南京圖書館藏本（即江南圖書館，原丁丙藏書）；後者則據傳鈔丁本，重為編排付梓。案：《東江別集》版本源流，詳見第參章第一節，此不贅述。

（二）《沈氏詞韻》：

沈謙《詞韻》約成於順治四、五年間，其書始創詞韻輪廓，惜因家貧無力付梓。今流布於詞壇者，乃毛先舒為之括略并註之《沈氏詞韻略》，刊行於清順治五年戊子（一六四八），毛先舒所輯《韻學通指》一書中。是書雖僅得其綱要，而深為詞壇所重，引為填詞用韻之指南。故其版本，除《韻學通指》本外，或附錄於詞選，或輯錄於詞話，而廣為流傳。如鄒祇謨、王士禎《倚聲初集》、蔣景祁《瑤華集》，集後皆附錄《沈氏詞韻略》一卷；馮金伯《詞苑萃編》卷十九收錄《沈氏詞韻略》一卷；吳綺、程洪輯《記紅集》、《四庫全書》著錄《選聲集》，集後所附《詞韻簡》一卷，皆採自《沈氏詞韻略》。案：《沈氏詞韻》版本源流，詳見下篇《沈氏詞韻》研究，第貳章第一節，此不贅述。

（三）《填詞雜說》一卷：

沈謙詞話三十二則，原輯存於《東江集鈔》第九卷〈填詞雜說〉之目。民國二十三年唐圭璋輯《詞話叢編》，據《東江集鈔》收錄沈謙《填詞雜說》一卷，凡三十二則，遂有別行之本。今有大陸中華、臺灣廣文及新文豐等書局印行本。

（四）《臨平記》四卷附錄一卷：

據應撝謙〈東江沈公傳〉所載，「《臨平記》已梓，板燬及半，未行。」惟其說實有未安，蓋至光緒年間，書家猶有藏是書者。如清光緒九年癸未（一八八三）至十年甲申（一八八四）間，張大昌循《臨平記》體例，繼作《臨平記補遺》四卷續一卷，以備存臨平文獻。張氏自述其書之體例云：

東江舊例，凡事之有年月可稽者，依年月編之為〈事記〉，無年月，則入附記，皆至元代而止。明代事僅見辨論中。今〈事記〉以東江作《臨平記》為止，〈附記〉以東江墓為止。詩詞亦均終以東江。……東江後事，概弗羼入。

又俞樾序云：

臨平故有勝國沈東江先生所撰《臨平記》，亂後猶有藏是書者。錢塘丁氏刻入《武林叢書》，而張小雲明經又補其未備，為《臨平記補遺》四卷。……從臾丁氏并刻其書以附沈志之後。惟東江乃勝國人，故所記載，止於元末，小雲補遺，止於明末，亦循其例。

案：張氏既循「東江舊例」，以補其未備。又丁丙輯《武林掌故叢編》，第十集并刻沈謙《臨平記》四卷附錄一卷（光緒十年刊）、張大昌《臨平記補遺》四卷（光緒十一年刊），足證光緒年間沈謙《臨平記》猶流布於世。而今存版本，就所知見，即以丁丙《武林掌故叢編》本為最早。嗣後輯本，如民國七十八年新文豐版《叢書集成續編・史地類》，第二三三冊，及一九九二年上海書店版《中國地方志集成・鄉志專輯》十八，所錄《臨平記》，咸據清光緒十一年（一八八五）錢塘丁氏嘉惠堂刻《武林掌故叢編》第十集本影印。至如《臨平記》成書之始末，沈謙自述云：

謙撰此書，經始於崇禎癸未（一六四三）三月，告成於甲申（一六四四）十二月。歲凡再閱，稿用三更。其間或困於疾厄，或疲於亂離，墨突孔席，幾無一息之暇。每當兵火倉卒中，輒恐此稿散失，乃於愁病之餘，勉竣厥事。（《臨平記》卷一）

又其師祝文襄序云：

甲申（一六四四）冬月，以事至臨平。謙且疏古事古詩，稱《臨平記》。其書自漢至元，凡四卷，曰事記二，附記一，詩一。蒐剔甚　，辨論亦博，準之陳風，信古之義，良有取焉。

是知《臨平記》之作，始於癸未（一六四三）成於甲申（一六四四），正值明清易代動蕩之際。覈祝文襄作序，署「順治戊子（一六四八）新秋」，則《臨平記》之剞劂流布，約當其時也。至若著錄之內容，沈謙擇采舊文，精研古志，編年紀事，全書徵錄臨平文獻，自漢至元凡百有六則，都為四卷：事記二、附記一、詩一，又附錄一卷，為「臨平三十詠」。是書之成也，不獨保存鄉里文獻，亦見其淹雅之才。祝文襄云「東江文獻賴以弗亡」，所評確然。

（五）《東江子》一卷：

清康熙三十四年（一六九五），王　、張潮輯《檀几叢書》，其第二帙〈壁〉，著錄「沈謙《東江子》一卷」。考其內容，乃自《東江集鈔》第九卷〈東江子雜說〉（九十七則），輯錄二十八則，定為一卷，名曰《東江子》。是知《東江子》一卷，乃因王、張《檀几叢書》輯錄而別行。嗣後如民國七十八年新文豐版《叢書集成續編》；第二十五冊總類所錄《東江子》一卷，亦據清康熙三十四年新安張氏霞舉堂刊本刻入。

二、亡佚著作：

（一）未梓著作：

據應撝謙〈東江沈公傳〉所載，沈謙未梓之作「有：《詞韻》、《詞譜》、《南曲譜》、《古今詞選》、《沈氏族譜》諸書」，其中《詞韻》一書，因毛先舒刻入《韻學通指》而得存於世，餘皆不傳。

（二）《安隱寺誌》：

沈謙嘗徵錄「臨平三十詠」，「安隱寺」即臨平三十名勝之一（註四）。張大昌《臨平記續補遺》繫「沈謙撰《安隱寺志》」於崇禎末年，註云：「大昌曰：此志今尚有流傳本，惜闕其半，未窺全豹。而《東江集》所附錄墓誌，亦未載此種。」考《臨平記補遺》成於甲申，其書記安隱寺事，引自《安隱寺誌》者頗繁。張氏《續補遺》一書雖未署年月，推測當稍後於前書。據此，則沈謙《安隱寺誌》約成於崇禎末，甲申年間尚存其半，甲申後逐漸佚失，今則不傳矣。

沈謙係清初著名之曲家，除《別集》輯錄之南北曲小令、套數外，據沈聖昭〈先府君行狀〉所載，沈謙著有傳奇六種。又《清吟閣書目》著錄沈謙《莊生鼓盆》雜劇一種，則沈謙戲曲之作，有傳奇六種，雜劇一種。而確有名目可考者凡六：

（三）戲曲之屬：

《莊生鼓盆》：雜劇，瞿世瑛《清吟閣書目》著錄。

《興福宮》：傳奇，見《東江集鈔》卷四七言律詩〈以所撰興福宮劇本授吳伶因寄伯揆商霖〉。

《美唐風》：傳奇，見《東江集鈔》卷六〈美唐風傳奇序〉。

《胭脂婿》：傳奇，見《東江集鈔》卷七〈與李東琪書〉：「僕學詩無成，卑而學詞，昧昧猶之詩也。布于旗亭者有《胭脂婿》、《對玉環》等曲。吳伶不知因律，取其學淺，便入齒牙，多習而演之。足下豈未見之耶？……日下方撰《美唐風》一詞，用反崔、張之案，以維世風。此雖小技，亦不欲空作。足下傳屈、宋事，何時可成？義或同之。」

《對玉環》：傳奇，其名目出處，同前引《東江集鈔》卷七〈與李東琪書〉。

《翻西廂》：傳奇，見《東江別集》卷四北曲套數〈集伯揆商霖是日演予新劇翻西廂〉。（註五）

至若戲曲理論專著，其名目可考者有二：

《南曲譜》：未梓，見沈聖昭〈先府君行狀〉。

《譜曲便稽》：見《東江集鈔》卷七〈與袁令昭先生論曲譜書〉：「今僕嘗作《譜曲便稽》一書，備列時人所常用者，似不可不補入也。」

三、詞作繫年

綜觀沈謙一生，持守善道，志慕幽貞，以「立言」為功名。國變前固「坐臥南樓垂二十年」，甲申後亦跡違塵坱，孜孜矻矻於立言。以詞作言，早年生活優裕，多纖仄言情之調；晚年流離困厄，多危亂哀痛之音，此其大較也。然沈謙論詞，以言情為體、婉媚為正，國變後猶有言情婉媚之作；又未嘗出仕，遊處以杭州為主，固難以內容、風格斷之。是以本節敘述沈謙之學行，乃就確然可考之詞篇繫年如次，以資參照：

〈歲寒三友・南樓月夜寶鐙紅〉詞題云：「夜雨留別張祖望、毛稚黃。」據前考述，順治元年甲申國變之際，沈謙與張丹、毛先舒登南樓抒嘯高吟，時稱南樓三子。嗣後，張丹即南轅北馬，作客依人。此詞有「南樓月夜寶鐙紅」、「南北西東，雨黑今宵話別」諸語，當即南樓送別之作。揆諸沈謙於是年六月，因清兵下杭州，而泛棹蘇、常。推測此詞約成於順治元年甲申四、五月間。

〈菩薩蠻・迴塘水綠春如畫〉詞題云：「戲和王阮亭使君題青谿遺事畫冊。」據吳宏一《清代詞學四論・王士禛的詞集與詞論》考證，王士禛〈菩薩蠻〉「詠青谿遺事畫冊」八闋，作於順治十八年辛丑。則沈謙和韻之作，約當於其時，或稍後之。

〈西河・春事晚〉詞題云：「同袁令昭先生集湖上。」毛先舒《巽書》卷一〈贈袁籜庵七十序〉云：「吳門袁籜庵先生，今年壽齊七十。始，戊戌來西湖，余與一再會面，即別去，未由談讌。然先生頗亦有以賞余。今年復來，……。」據章培恆《洪昇年譜》所考，袁于令於順治十五年戊戌及十八年辛丑，皆嘗至杭。然十五年時，毛先舒與袁于令僅「一再會面，即別去，未由展談讌。」（頁五二）推測沈謙亦復如是，則此詞當成於順治十八年辛丑。

〈沁園春・不斷長江〉詞題云：「用蔣勝欲體，寄贈王揚州阮亭，即用其偶興韻。」據《漁洋山人自撰年譜》載，康熙三年甲辰（一六六四），王士禛「在揚州・春與林古度（茂之）、杜濬（于皇）、張綱孫（祖望）、孫枝蔚（豹人）諸名士修禊紅橋。」而沈謙〈與王阮亭〉書云：「祖望南還，持足下書至，兼之文集種種。……〈沁園〉再奏，不足追步雅篇，聊寄相思，兼以請益。冰堅雪甚，欲渡無梁，未審何時得瞻矩範，續紅橋之勝遊也。」（《東江集鈔》卷七）是知康熙三年春，張丹與王士禎修禊紅橋，後張丹南還，攜回王阮亭寄沈謙書信，沈謙乃酬和〈沁園春〉詞。覈沈詞有「瓊華寄我難酬」之語，當即文中所云追和紅橋勝遊之〈沁園春〉也。又沈文有「冰堅雪甚」之語，知此詞約成於康熙三年冬月。

〈探春慢・一樹瓊花〉詞題云：「孫無言徵刻予詞于揚州，遙有此寄。」又自註云：「無言嘗刻鄒程村、彭羡門、王阮亭三家詩餘。」考孫默《三家詩餘》梓行於康熙三年甲辰，《六家詩餘》梓行於康熙六年丁未，是此詞成於《三家詩餘》刻成後；《六家詩餘》續刊前，約當康熙四、五年間。

〈氐州第一・萬古錢唐〉詞題云：「送鄒程村之江西。」又〈玉女剔銀燈・天氣初寒〉詞題云：「夜閱《倚聲集》懷鄒程村。」自註云：「程村時客江西。」知兩詞前後相承：前者送別，後者懷友。考鄒、王序《倚聲集》署順治十七年庚子，通稱為順治十七年大冶堂刊本。惟王士禎《香祖筆記》卷九云：「四十年前在廣陵與鄒訏士祇謨同訂《倚聲集》。」吳宏一因據之推論云：「王士禎撰寫《香祖筆記》時，年六十九，文中既云『四十年前』，則王氏編輯《倚聲集》時，約二十九歲左右，即康熙元年前後。」（《清代詞學四論・王士禎的詞集與詞論》頁三八）而嚴迪昌亦以為「成書已在康熙之初，書中各家評語中時有康熙四年前一些記事，可證是隨刻隨補選補評而成的。」（《清詞史》頁六一）是《倚聲集》之刊布約在康熙四年左右。吳氏又考證鄒氏之行跡云：「鄒祇謨和彭孫遹先後在順治十七、八年來到揚州，和王士禎一起飲酒賦詩，論文談藝；又先後在康熙三、四年間離開揚州，鄒氏赴雲陽，而彭氏赴粵。」（《清代詞學四論・王士禎的詞集與詞論》頁二六）綜上考述，推測沈謙贈別、懷友之詞，當在《倚聲集》刊成，鄒氏離開揚州之後，約在康熙四、五年間。

〈點絳脣・巧鬟輕籠〉、〈點絳脣・篆裊金猊〉、〈點絳脣・憶昔垂髫〉、〈點絳脣・捏粉搓香〉、〈菩薩蠻・塗銀袖裏搖雙釧〉、〈菩薩蠻・碧窗人靜涼初透〉、〈青玉案・卷簾深坐苔痕淺〉、〈青玉案・滿堂佳麗秋波凝〉、〈青玉案・柔荑膩滑明如雪〉、〈青玉案・雙鉤巧疊蟬紗膩〉、〈沁園春・掠霧輕攏〉、〈沁園春・夢想容輝〉、〈沁園春・染袖爭憐〉、〈沁園春・輕要雲支〉、〈美人鬟・銀燈低照眉山綠〉等詠美人詞，凡十六闋。沈謙論其緣起云：「近晤毗陵鄒程村貽予《倚聲集》，得俞右吉詠耳詞，及董文友詠鼻、詠肩兩首。……吾老矣，久不作豔想，忽欲其全，遂撰十六章。」（〈雲華館別錄自序〉，《東江集鈔》卷六）是其十六闋詠美人詞，乃因鄒祗謨贈《倚聲集》，得閱俞、董之美人詞，遂起而作之。故其詞雖非一時之作，然當在《倚聲集》刊成之後，約康熙四、五年前後。

〈滿江紅・落魄誰憐〉詞題云：「讀沈豐垣新詞，次洪昉思韻。」（註六）據章培恒《洪昇年譜》所考，康熙六年丁未沈豐垣往遊蘇州，洪昇有〈滿江紅・君去吳門〉「送沈遹聲之吳門」詞贈行（註七）。昉思詞既有「捲地楊花如雪」之語，則沈豐垣當於二三月間赴吳。覈沈詞用韻，與昉思「送沈遹聲之吳門」詞悉同，是沈謙次韻，當即此詞。又《東白堂詞選》卷十沈豐垣〈滿江紅・醉讀離騷〉「五日感懷寄洪昉思」詞（註八），與昉思「送沈遹聲之吳門」皆用〈滿江紅〉詞牌，而詞選之編列亦相先後，二詞似有關聯。且詞云「他鄉重五」，足徵沈豐垣是時不在杭州，詞首句云「醉讀離騷」，結句又云「漫題書」，而沈謙詞云「再休將醉墨寫相思」，與沈豐垣詞恰相呼應。沈豐垣以春日離杭，時既重五，亦與沈謙詞「時序改」語相合。疑此詞即沈豐垣客吳門時作，而沈謙詞所謂「讀沈遹聲新詞」，即指此而言。然則沈謙此詞，約當作於康熙六年丁未重午之後。

〈空亭日暮・空亭日暮〉詞題云：「新翻曲，〈意難望〉用仄韻。寄洪昉思，時客薊門。」據章培恒《洪昇年譜》，洪昇於康熙七年戊申春初，赴北京國子監肄業，迄明年秋末即返杭。詞既云「江南酷暑」，知詞成於夏；又云「纔轉眼」，似非明年夏作。故此詞當成於康熙七年戊申夏日。

〈丹鳳吟・別後相思一樣〉詞題云：「答洪昉思夢訪作」。據章培恒《洪昇年譜》考述，洪昇時寓京師，沈謙前闋寄昉思〈空亭日暮〉詞，作於康熙七年戊申酷暑；詞中縷述別時情景，似為別後初次寄贈昉思之作。故此詞當作於〈空亭日暮〉後，詞中既有「石榴半吐」語，自為康熙八年春夏間所作。

〈東湖月・甚鍾靈〉詞題云：「己酉生日，潘生雲赤以自度曲壽予，覽次有感，依韻答之。」是此詞當作於康熙八年己酉，時年五十。

附註

註一：見《戲曲研究》第六輯（北京：文化藝術出版社，一九八二年七月），頁二二二。

註二：語見盧前《東江別集・跋》。斅盧氏跋語云：「曰《別集》者，蓋散曲也。南北小令、套數，秩序井然。前校刻為四卷，第三卷南曲小令，多改詩餘北詞，號『翻譜體』，是隆、萬以後風氣。不顧文辭，但就聲律……」推測盧氏所曰《別集》散曲四卷，乃汰詞存曲之本，惟此書臺灣未見。引文據張增元：〈清代戲曲作家考論〉，《揚州師院學報》社會科學版（一九九五年第二期），頁八十四。

註三：案：鄧之誠《清詩紀事初編》卷二謂沈謙「全集詩二十一卷、文十卷、詞四十二卷，選刻者僅三分之一，餘俱散佚。」（頁二五九）所云「詞四十二卷」，不知何據？疑乃「曲」、「四」形近而訛。今據沈、應之文，皆載「詞曲十二卷」，因以正之也。

註四：徐忠振〈安隱寺〉詩序云：「在臨平鎮西二里臨平山。南唐清泰元年，吳越王錢元瓘建，名安平。舊名永興，宋治平二年改今額。其東為一清、慧空、日炤、大慈等庵，西為圓教寺、象光寺，南為掃花居，為家濱植梅之所。」（見沈謙《臨平記・附錄・臨平三十詠》）

註五：案：《今樂考證》、《曲考》、《曲海目》、《曲錄》並見著錄《賣相思》、《翻西廂》，俱題「研雪子撰」。莊一拂《古典戲曲存目彙考》卷十一，謂沈謙別署「研雪子」，因繫此二劇為沈謙作品。張增元〈清代戲曲作家考論〉，則以為《賣相思》、《翻西廂》傳奇為秦之鑒作品，諸家持論不一。若就署名言之，沈謙別署「東江子」，斅其生平，未見別署「研雪子」。故僅據「研雪子」之題，而斷為沈謙之作，證據似嫌不足。惟《翻西廂》一劇，沈謙曲題既明云：「是日演予新劇《翻西廂》」，而曲文亦記其事，有云：「俺將這《西廂》業案平反盡，費幾許移花鬥筍。止不過痛惜那雙文，根究出微之漏網原因。則要蓋世間女子防沾露，普天下男兒盡閉門。」然則《翻西廂》為沈謙之作，其證昭昭矣。

註六：其詞云：「落魄誰憐，纔幾日、鬢中堆雪。則除是、猧兒曾見，鸚哥能說。過眼花隨流水去，斷腸人向西風別。助淒涼、枕上笛聲悲，鐙明滅。情已盡，猶啼血。言不盡，空存舌。似殘鶯宛轉，冷泉幽咽。夢醒忽驚時序改，愁來不信乾坤闊。再休將、醉墨寫相思，生綃裂。」（《東江別集》卷二）

註七：其詞云：「君去吳門，正捲地、楊花如雪。歷幾載、牢愁激楚，對誰堪說。寶劍空留身骯髒，黃金散盡人離別。怪隱然、五嶽起胸中，殊難滅。拚飲盡，啼鵑血。思截取，鸚哥舌。怪笛聲何處，晚來嗚咽。數盞村醪春月淡，半肩行李煙波闊。向要離、塚畔哭吳雲，天應裂。」（《東白堂詞選》卷十）

註八：其詞云：「醉讀離騷，又安問、他鄉重五。空自對、新蒲細柳，感懷湘浦。抽思知君佳句好，遠遊笑我癡情誤。歎萬山、深處一行人，迷歸路。花影瘦，鷹無語。鏡影缺，鸞空舞。總排雲可叫，此懷難訴。十載春遲悲杜牧，去年門掩留崔護。漫題書、倩爾賦招魂，增淒楚。」（《東白堂詞選》卷十

第貳章　沈謙之詞論——《填詞雜說》

明末清初係詞學批評復興之前奏，亦為詞體由音樂文學轉換為純文學之過渡期。詞家論詞，或反思明詞衰頹之原因，或針對詞樂失傳之現象；或就詞體之律韻規矩，或就詞篇之體製風格，為文立說，汲汲以重建詞學理論為職志。沈謙為西泠十子之一，其詞學承繼陳子龍雲間一派，益以個人之識見與才學，頗能自出機杼。其《填詞雜說》以闡釋作法及欣賞品評為主，雖無體系理論以成一派之學，然探究其說，益以當時往來名家詞論度之，知其觀點，無論就詞體內容功用立論之「移情」說；或就形式技巧立說之「本色」論，要皆為辨體而設，與當時重建詞學理論之風氣正相符合。

至若《填詞雜說》一書，原輯存於《東江集鈔》，而世所罕見。自唐圭璋輯入《詞話叢編》而廣為流布。茲臚列其版本如次：

一、清康熙十五年沈聖昭、沈聖暉《東江集鈔》刻本

清康熙十五年沈聖昭、沈聖暉刻《東江集鈔》九卷，前八卷為詩文，後為雜說一卷，二篇，一百二十九則。其中詞話輯為一篇，名曰〈填詞雜說〉，凡三十二則。所論簡潔精當，惜《東江集鈔》流播未廣，《填詞雜說》亦因之湮淪不顯。

二、民國唐圭璋輯《詞話叢編》本

民國二十三年唐圭璋輯《詞話叢編》，據《東江集鈔》收錄沈謙《填詞雜說》一卷，凡三十二則，自此其書始顯。有北京中華書局、臺北新文豐等書局印行本。

以上兩種版本，源流相同，內容亦無殊異。然沈謙詞論，亦散見於《東江集鈔》之書、序中，是以本章係以《填詞雜說》三十二則為主，復據《東江集鈔》鉤稽其詞學觀，而概括為「移情說」、「本色論」兩目，期能溯源竟委，探析其論詞之真諦。

第一節　移情說

「情」為文學創作之本源，而詞為音樂文學，其所以能於失樂之後，再度綻放於清代文壇，由豔科小道晉身于正統文學之列，實乃文人重視其文學抒情之功能所致。誠如方智範所言：

> 詞作為音樂文學，其屬性與功能都是雙重的。詞除了其音樂本性外，同時還具備著文學本性。自蘇軾變易詞風以來，下迄金、元，詞論家們在詞的文學抒情性問題上多有闡述，這種傾向與詞的發展進程中詞、樂分離的趨勢適相符合。（《中國詞學批評史》，頁一六二）

沈謙詞學，針對詞樂失傳，著有《沈氏詞譜》、《沈氏詞韻》以為守譜嚴律之用。至若《填詞雜說》所論，則未及格律，而多為品鑑與作法。惟其品鑑，旨在辨明詞之體性，所本亦在「情」字。故其批評，著重深情豔思，傾向「以情論詞」，復因個人之體悟，多有「以詞移情」之論，前者因襲傳統；後者自出機杼。是以本節探討詞體之文學抒情性，乃概括為「移情說」，取其意新也。

壹、以情論詞

沈謙生當詞風興盛之順康時期，與當時詞壇名家多所往來，互為推轂，相與發明。尤以摯友毛先舒，不獨精通音律，論詞亦卓有見地。二子時以書信往還，論辨析疑。因之《填詞雜說》或有未涉者，觀其書信往往昭然明晰。如毛先舒〈與沈去矜論填詞書〉云：

詞句參差本便旖旎，然雄放磊落，亦屬偉觀。成都、太倉稍臚上次，而足下持厥成言，又益增峻。遂使大江東去，竟為逋客；三逕初成，沒齒長竄，揆之通方，酷未昭晰。借云詞本卑格，調宜冶唱，則等是以降，更有時曲。今南北九宮，猶多鞺鞳之音。況古創茲體，原無定畫。何必抑彼南轅，同還北轍，抽兒女之狎衷，頓壯士之憤薄哉！（王又華《古今詞論》引，《詞話叢編》冊一，頁六一〇）

沈謙〈答毛稚黃論填詞書〉云：

僕惟填詞之源，不始太白，六朝君臣賡色頌酒，朝雲龍笛，玉樹後庭，厥惟濫觴。流風不泯，三唐繼作，此調為多。飛卿新製，號曰金荃，崇祚花間，大都情語，豔體之尚，由來已久，悉俟成都太倉始分上次？及夫盛宋，美成就官考譜，七郎奉旨填詞，徑闢歧分，不無閒入。甚至燔柴夙駕，慶年頌治，下及退閒高詠，登眺狂歌，無不尋聲按字，雜然交作，此為詞之變調，非詞之正宗也。至夫蘇辛壯采，呑跨一世，何得非佳，然方之周柳諸君，不無傖父。而大江一詞，當時已有關西之諷，後山又云：「正如教坊雷大使舞，雖極天下之工，要非本色。」小吏不諱于面譏，本朝早定其月旦。秦七雅詞，多屬婉媚，即東坡亦推為今之詞手。他如子京紅杏，一時傳誦，豈皆激厲為工，奧博稱絕哉？（《東江集鈔》卷七）

毛氏批駁沈謙承楊慎（四川新都人，書中則以「成都」稱之）、王世貞（江蘇太倉人，故書中逕以「太倉」稱之）餘緒，軒輊「婉約」、「豪放」風格，發為「正變」優劣之論，沈謙答辨其說，而又涉及詞之起源與體性。是以尋繹其應答，參覈楊、王之相關論述，不獨可見沈謙之詞學觀，亦得窺知其淵源脈絡也。茲就前文所引，復鉤稽《填詞雜說》所論，歸納分析如次：

一、詞之起源與體性：

自南宋迄清，論詞之起源者，或因詞之長短句形式，以為源於詩經、古詩，或六朝雜歌；或本諸詞之音樂性，以為源於樂府、絕句，或由泛聲填實字而成，詞壇聚訟紛紜，擾攘不休。沈謙論此，大抵承明人餘緒，而尤脫胎於楊慎、王世貞之持論。如楊慎《詞品》序云：

在六朝，若陶宏景之〈寒夜怨〉，梁武帝之〈江南弄〉，陸瓊之〈飲酒樂〉，隋煬帝之〈望江南〉，填詞之體已具矣。（《詞話叢編》冊一，頁四〇八）（註一）

至若王世貞《藝苑卮言》則直指六朝為濫殤之始：

詞者，樂府之變也。昔人謂李太白〈菩薩蠻〉、〈憶秦娥〉，楊用修又傳其〈清平樂〉二首，以為詞祖。不知隋陽帝已有〈望江南〉詞。蓋六朝諸君臣，頌酒賡色，務裁豔語，默啟詞端，實為濫觴之始。（《詞話叢編》冊一，頁三八五）

楊、王之論，固能著眼於長短錯落之形式特徵，惟就音樂言，六朝樂府為清商樂，詞體為燕樂；就時代言，詞體之律化必在詩體律化之後。凡此論證之謬誤，前賢時修辨之甚詳，姑不具論。沈謙云「填詞之源，不始太白，六朝君臣賡色頌酒，朝雲龍笛，玉樹後庭，厥惟濫觴」，審其語意例證，顯由楊、王之說而來，其誤同之，自不待言。其尤可注意者，在於楊、王之說，不獨由於形式、音樂立論，亦注意及六朝樂府與詞體之內質神韻及功用近似。故楊慎云：「大率六朝人詩風華情致，若作長短句，即是詞也。宋人長短句雖盛，而其下者有曲詩、曲論之弊，終非詞之本色。予謂填詞必泝六朝，亦昔人窮探黃河源之意也。」（《詞品》卷一，《詞話叢編》冊一，頁四二五）王世貞以為「六朝諸君臣，頌酒賡色，務裁豔語，默啟詞端。」皆就兩者言情之內容、綺靡之風格以及歌酒侑觴之功用言之也。沈謙繼之，尤著意於此；既因言情而推本於六朝豔體，復本諸「情語」、「豔體」以論詞之體性。試觀其言：

……流風不泯，迨後三唐繼作，此調為多。飛卿新製，號曰金荃，崇祚花間，大都情語，豔體之尚，由來已久，悉俟成都太倉始分上次？

沈謙溯源六朝樂府，而以三唐、花間皆其流風繼作，進而拈出「情語」、「豔體」，乃其宗尚，突出「情」與詞體之關係。而就情與詞體之關係言，傳統詩言志、詞言情之說，因明代主情理論思想高張，詞論對人情之重視亦超軼前代。如楊慎論韓琦、范仲淹詞云：

大抵人自情中生，焉能無情？但不過甚而已。宋儒云：「禪家有為『絕欲』之說者，欲之所以益熾也。道家有為『忘情』之說者，情之所以益蕩也。聖賢但云寡欲養心，約情合中而已。」予友朱良矩嘗云：「天之風月，地之花柳，與人之歌舞，無此不成三才。」雖戲語，亦有理也。（《詞品》卷之三，《詞話叢編》冊一，頁四六七）

王世貞云：

故詞須宛轉綿麗，淺至儇俏，挾春月煙花於閨襜內奏之，一語之豔，令人魂絕，一字之工，令人色飛，乃為貴耳。至於慷慨磊落，縱橫豪爽，抑亦其次，不可作耳。作則寧為大雅罪人，勿儒冠而胡服也。（《藝苑卮言》，同前引，頁三八五）

又云：

花間以小語致巧，世說靡也；草堂以麗字取妍，六朝喻也。即詞號稱詩餘，然而詩人不為也，何者？其婉孌而近情也，足以移情而奪嗜；其柔靡而近俗也，詩嘽緩而就之，而不知其下也。（同前引）

楊慎以風月歌舞為人情之必不可免，故韓、范二公雖動德重望，亦愛小詞。王世貞進而歸納詞之特點為「婉轉綿麗，淺至儇俏」，因「婉孌」故近情，易于感動讀者；因「柔靡」故「近俗」，遂得讀者喜好。要皆強調詞體婉孌言情之特質。

復就詞學流派言，沈謙所屬西泠派乃承雲間派支脈，而雲間盟主陳子龍論詞亦有「言情」之說。其〈三子詩餘序〉云「夫風騷之旨，皆本言情。」（《詞籍序跋粹編》頁五〇七）論及宋詞之所以繁盛，則歸諸於詞體之言情功能，其言云：

> 宋人不知詩而強作詩，其為詩也，言理而不言情，故終宋之世無詩焉。然宋人亦不免於有情也，故凡其歡愉怨愁之致，動於中而不能抑者，類發於詩餘，故其所造獨工，非後世可及。（〈王介人詩餘序〉，《詞籍序跋粹編》頁五〇六）

陳氏以「言情」為詞體之基本特徵，惟其「言情之作，必托於閨襜之際」，強調比興寄托，所謂「托貞心於摯貌，隱摯念於佻言」（〈三子詩餘序〉，《詞籍序跋萃編》頁五七—五〇八）是也。沈謙則不然，如論黃庭堅豔詞云：

> 山谷喜為豔曲，秀法師以泥犁嚇之，月痕花影，亦坐深文，吾不知以何罪待讒諂之輩。

黃庭堅為江西詩派領袖，以詩名于世。其所作詞，因內容多為兒女之情；遣辭用語近乎俚俗，嘗為秀法師訶為惡道。（註二）沈謙論詞雖承雲間一派，因兼擅曲學，而當時曲論主情，如湯顯祖言：「愛惡者情也」（《湯顯祖集・詩文集》卷五十〈沈氏戈說序〉）；孟稱舜直言「性情所鍾，莫深於男女。」（《嬌紅記》卷首〈題詞〉）亦即視男女情愛為人性中自然而然之特質，批評視野已不再拘守道學禮防之言，故沈謙亦不以「月痕花影」為惡，乃在詞論中為之辯解；其所作詞，亦多香奩之體。嘗云：

彭金粟在廣陵，見予小詞及董文友《蓉渡集》，笑謂鄒程村曰：泥犁中皆若人，故無俗物。夫韓偓、秦觀、黃庭堅及楊慎輩，皆有鄭聲，既不足以害諸公之品，悠悠冥報，有則共之。

此事亦見于鄒祇謨《遠志齋詞衷》：

廣陵寓舍，一日，彭十金粟雨中過，集讀《雲華》、《蓉渡》諸詞（註三）曰：「此非秀法師所訶耶？如此泥犁安得有空日？」又曰：「自山谷來，泥犁盡如我輩，此中便無俗物敗人意。」為之絕倒。（《詞話叢編》冊一，頁六五七）

案：沈謙與王士禛為首之廣陵詞人群頗有唱和，董以寧《蓉渡詞》素以香奩豔詞著稱，王士禛稱之為「豔情中繪鳳手」。彭孫遹以沈謙與韓偓、秦觀、黃庭堅、楊慎、董以寧等情詞作手并舉，沈謙聞而記之，意甚自得。究其鍵鑰，在于「鄭聲既不足以害諸公之品」，顯見沈謙不獨承襲明代詞家以「言情」為詞體之特徵，並本諸曲家之男女情觀正視人「嗜好情欲」之本性，以出乎真情者即為至文。故其論「情」，非僅是「托興」之情，尤在於男女之情。如評晏幾道〈鷓鴣天・小令尊前見玉簫〉詞云：

「又踏楊花過謝橋」，即伊川亦為歎賞，近于我見猶憐矣。（註四）

評辛棄疾〈祝音臺近・寶釵分〉詞云：

稼軒詞以激揚奮厲為功，至「寶釵分，桃葉渡」一曲（註五），昵狎溫柔，魂銷意盡，才人技倆，真不可測。昔人論畫云，能寸人豆馬，可作千丈松，知言哉。

沈謙肯定辛詞以「激揚奮厲為功」，而又標舉「寶釵分，桃葉渡」一曲，極稱其「技倆深不可測」。觀其詞寫閨中少婦惜春懷人之情，全詞章法綿密，轉折特多，由南浦贈別，怕上層樓，花卜歸期，至哽咽夢中語，紆曲遞轉，逐層迭出新意。尤其「鬢邊覷，試把花卜歸期，才簪又重數。」寥寥數筆，而「占卜」之心境，歷歷呈現，只一句夢中語「是他春帶愁來，春歸何處？卻不解、帶將愁去。」癡情人之內心和盤托出，出之以深情，托之以夢囈，悱惻纏綿，細膩傳神。評者或以為「托興深切」，而沈謙則賞之云「昵狎溫柔，魂銷意盡」，顯見沈氏乃緣情而論也。

明人重情，寧作大雅罪人，不棄情字；沈謙亦寧墮泥犁，不廢豔曲。故其品賞名家詞，尤著意於真情實感，強調詞中之纏綿深情：

「天便教人，霎時廝見何妨」，「花前月下、見了不教歸去」（註六），卞急迂妄，各極其妙。美成真深于情者。

「天便教人，霎時廝見何妨。」語出周邦彥〈風流子・新綠小池塘〉；「花前月下、見了不教歸去。」語出周邦彥〈法曲獻仙音・蟬咽涼柯〉，二調技巧相似，全詞由景及情，抒情由隱而顯，通篇舊情難續；無由相見之悵恨，層層蘊蓄，至末結始迸洩而出，嘎然而止。「天便」、「花前」二句因坦直表露，論者多有非難，以為有失雅正。如張炎《詞源》卷下舉「天便教人，霎時廝見何妨。」一句，本詩教溫柔敦厚之旨，而非難之云「一為情所役，則失其雅正之音」，「所謂淳厚日變成澆風也。」（《詞話叢編》冊一，頁二六六）所謂「苦極呼天」，此二句雖出之於無理，實乃情急之語，故沈謙本於尊情之觀點，品其詞之情韻，而賞其「卞急迂妄」之妙，亟稱美成深情，所言頗為通達。張、沈二人因詞學觀不同，而所論異趣，況周頤云：「元人沈伯時作《樂府指迷》，于《清真詞》推許甚至。唯以『天便教人，霎時廝見何妨』、『夢魂凝想鴛侶』等句為不可學，則非真能知詞者也。……此等語愈樸愈厚，愈厚愈雅，至真之情，由性靈肺俯中流出，不妨說盡而愈無盡。」（《蕙風詞話》卷二，《詞話叢編》冊五，頁四四二八）其言情觀與沈謙近似，正可為沈謙之說添一註解。

詞之結構特色，在於情與景之關係，此亦歷代詞話頗為重要之話題。所謂「鉛汞交鍊而丹成，情景交煉而詞成。」（先著《詞潔發凡》引「前人」云，《詞話叢編》冊三，頁一三三〇）詞之內容，不外情景二事，李漁「論情景須分主客」云：

> 詞雖不出情景二字，然二字亦分主客。情為主，景是客，說景即是說情，非借物遣懷，即將人喻物。有全篇不露秋毫情意，而實句句是情，字字關情者。切勿泥定即景詠物之說，為題字所誤，認真做向外面去。（《窺詞管見》，《詞話叢編》冊一，頁五五四）

其說頗能代表清初詞家重情之觀點。沈謙「以情論詞」，於情景之關係與抒情之技巧，雖無具體之理論陳述，但品評名篇以為創作範式，亦多具眼之見。如評蘇軾〈水龍吟・似花還似非花〉云：

> 東坡「似花還似非花」一篇，幽怨纏綿，直是言情，非復賦物。徽宗亦然。（註七）

詠物之作，在于托物言志，借物抒情，故物與情當在離即之間。蓋不離，方能不外於物；不即，方能不滯於物。蘇軾深諳此道，故其楊花詞通篇人與花、物與情，在離即之間，花與人渾化無跡，情致惝恍迷離。沈謙評之曰「幽怨纏綿，直是言情，非復賦物。」可謂直探本心，最能道出蘇詞次韻而壓倒原作之妙處。沈氏舉名篇佳句，以見無論賦物或寫景，皆為言情而設。於此，亦可見沈氏持論立說，殆本乎「情」也。

二、詞之風格與正變

就詞學批評言，自北宋蘇軾變易詞風以降，南宋辛棄疾繼軌揚波，以風格論正變者，即已開其端緒。故王師偉勇〈試述當行本色在詞壇上之應用〉一文即如是說：

> 自陳師道《後山詩話》評蘇軾以詩為詞，如「教坊雷大使之舞，雖極天下之工，要非本色。」及李清照詞論立下規矩，謂「詞別是一家」以還，一般以風格論正變之批評與實踐，實已展開，特未標「正」、「變」之字眼耳。前舉王灼《碧雞漫志》、楊纘《論詞五要》、張炎《詞源》、沈義父《樂府指迷》等，顯然以符「雅正」標準之詞作為「正」，餘者為「變」。而曾慥《樂府雅詞》、周密《絕妙好詞》、無名氏《樂府補題》等詞選專書，盡錄典雅委婉之作，則其「正」、「變」之觀點，豈非昭然若揭！誠然無正變之名，而有正變之實也。……

而後世以「當行」、「本色」論風格、正變者，率順此勢而發展也。（《中國文學理論與批評論文集》頁二一二—二一三）

至若標舉「婉約」、「豪放」者，則始於明代。如明萬曆間徐師曾《文體明辨・附錄・詩餘》序云：

至論其詞，有婉約者，有豪放者。婉約者欲其辭情蘊藉，豪放者欲其氣象恢弘，蓋雖各因其質，而詞貴感人，要當以婉約為正。否則雖極精工，終非本色，非有識者之所取也。

張綖《詩餘圖譜》，其「凡例」後附按語云：

按詞體大略有二：一體婉約，一體豪放。婉約者欲其詞情蘊藉，豪放者欲其氣象恢弘。蓋亦存乎其人。如秦少游之作，多是婉約；蘇子瞻之作，多是豪放。大抵詞體以婉約為正，故東坡稱少游今之詞手；后山評東坡詞雖極天下之工，要非本色。今所錄為式者，必是婉約，庶得詞體，又有惟取音節中調、不暇擇其詞之工者，覽者詳之。（註八）

徐、張之說，皆以詞體風格有婉約、豪放之別，雖「各因其質」、「存乎其人」，要當以婉約為正。至於舉「婉約」為正宗；「豪放」為變體者，則始於王世貞《藝苑卮言》，其言云：

之詩而詞，非詞也。之詞而詩，非詩也。言其業，李氏、晏氏父子、耆卿、子野、美成、少游、易安至矣，詞之正宗也。溫、韋豔而促，黃九精而險，長公麗而壯，幼安辨而奇，又其次也，詞之變體也。詞興而樂府亡矣，曲興而詞亡矣，非樂府與詞之亡，其調亡也。（《詞話叢編》冊一，頁三八五）

又云：

溫飛卿所作詞曰《金荃集》，唐人詞有集曰《蘭畹》，蓋皆取其香而弱也。然則雄壯者，固次之也。（同前引，頁三八六）

王世貞標舉「宛轉綿麗，淺至儇俏」為詞體之基本特質，推尊香而弱之閨襜情詞，而以縱橫豪爽，慷慨磊落之壯詞為次。復舉李璟、李煜、晏殊、晏幾道、柳永、張先、周邦彥、秦觀、李清照等人為詞之正宗，而以溫庭筠、韋莊、黃庭堅、蘇軾、辛棄疾諸人為詞之變體。其說正如毛先舒所云「抽兒女之狎衷，頓壯士之憤薄」，頗為學者所疵。竊疑其失，大抵有二：(一)取徑偏狹：詞之為體固宜於言情，然一味囿於兒女情懷，而以香弱軟媚範圍其風格，以春月閨襜侷限其內容，必使詞體難以發展，陷於卑弱。又就風格言，一般均以為詞之發展，先有婉約，後有豪放，是以推本溯源，要以婉約為正，豪放為變，此觀念固無不可；然以之分優劣，則不免偏狹。誠如梁榮基所云：「詞從它的發展源流來講，可以有正、變之分，那是屬於文學史的問題；但從文學批評的觀點來說，以正變定優劣的理論，是不合文學評論的原則的，那只是一種先入為主，傳統上主觀的偏見。」(《詞學理論綜考》第四章)(二)取譬失當：以「麗而奇」概括溫、韋之詞風，而與蘇、辛並舉，歸於一類，殊屬孟浪。清初王士禎批評云：「弇州謂蘇、黃、稼軒為詞之變體，是也；謂溫、韋為詞之變體，非也。夫溫、韋視晏、李、秦、周，譬賦有〈高唐〉、〈神女〉，而後有〈長門〉、〈洛神〉，詩有古詩錄別，而後有建安、黃初、三唐也。謂之正始則可，謂之變體則不可。」(《花草蒙拾》，《詞話叢編》冊一，頁六七三)正道出王世貞論詞未諳源流遞嬗之失也。

毛先舒主張「詞句參差本便旖旎，然雄放磊落亦屬偉觀」，疵議王世貞軒輊之說，尤反對沈謙「持蹶成言，又益增峻」。然揆諸《填詞雜說》，並未涉及此，茲就〈答毛稚黃論填詞書〉所載，以窺其一斑：

及夫盛宋，美成就官考譜，七郎奉旨填詞，徑闢歧分，不無闌入。甚至燔柴凤駕，慶年頌治；下及退閒高詠，登眺狂歌，無不尋聲按字，雜然交作，此為詞之變調，非詞之正宗也。至夫蘇辛壯采，呑跨一世，何得非佳？然方之周柳諸君，不無傖父。而大江一詞，當時已有關西之諷，後山又云：「正如教坊雷大使舞，雖極天下之工，要非本色。」小吏不諱于面譏，本朝早定其月旦。秦七雅詞，多屬婉媚，即東坡亦推為今之詞手。他如子野秋千，子京紅杏，一時傳誦，豈皆激厲為工，奧博稱絕哉？(《東江集鈔》卷七)

沈謙標舉言情為詞之體性特徵，以「婉媚」為宗，凡詞非言情，體非婉媚者，則為變調。復舉周邦彥、柳永、秦觀等人為準尺，以為蘇、辛壯詞雖佳，然以「婉媚」風格、「雅詞」標準衡之，不無「傖父」。其說大抵同於王世貞，病亦同之。惟沈謙尤強調「情」乃文學之本源，所謂：「情文相生，著述皆爾，浮言臚事，淘汰當嚴。」（〈答毛稚黃論填詞書〉《東江集鈔》卷七）是以「退閒高詠，登眺狂歌」之作固為變調，即「燔柴夙駕，慶年頌治」之作，因屬浮言臚事，亦在淘汰之列。

綜上所述，是知沈謙論詞，係推本於六朝樂府。循此展衍，論體性，則以情語豔體為尚；論風格，則以婉媚為正；至其批評，則本乎「情」字以論詞。然似此以「言情」為體，「婉媚」為正之主張，確嫌偏執一隅，宜乎毛先舒譏其不當也。惟毛氏以沈氏持說，乃承楊慎、王世貞陳言，似又屬一隅之論。蓋詞論乃文學批評之一部份，其發展既與文學思潮及詩歌散文之批評息息相通，亦與前代詞學批評及當時詞風密切相關。是以如就沈謙持論，旁徵時人之說，溯源前賢之論，推測沈謙係因襲楊、王之說，雖有其道理，然絕非唯一因素；蓋沈謙亦深受時代風尚所影響，而下列兩端尤為顯著：

（一）復古意識：

明代中葉以降，前後七子繼出，以「學古」為尚，倡言「詩必盛唐，文必秦漢」，文壇「復古」風氣熾盛，不獨詩文以範古為則，流風所被，詞壇亦以溯源求宗為尚。是以溯其源，則祖述詩經、古詩或六朝樂府；求其宗，則憲章唐、五代及北宋詞。及明季，公安派、竟陵派相繼以「求真」為尚，倡言「獨抒性靈，不拘格套」，力矯擬古之弊。雲間派陳子龍則復燃前後七子餘燼，倡言「情以獨至為真，文以範古為美」（《佩月堂詩稿・序》），雖亦強調抒寫真情實感，然仍以「範古」為藝術法則。故於詩文標舉「文宗兩漢，詩儷開元」；於詞則推崇南唐、北宋，其言云：

晚唐語多俊巧而意鮮深至，比之于詩，猶齊梁對偶之開律也。自金陵二主以至靖康，代有作者，或穠纖婉麗，極哀豔之情；或流暢淡逸，窮盼倩之趣。然皆境由情生，辭隨意啟，天機偶發，元音自成，繁促之中尚存高渾，斯為最盛也。南渡以還，此聲遂渺。寄慨者亢率而近于傖武，諧俗者鄙淺而入于優伶，以視周李諸君，即有彼邦人士之嘆。元濫填詞，茲無論焉。明興以來，才人輩出，文宗兩漢，詩儷開元，獨斯小道，有慚宋轍。（〈幽蘭草詞序〉，《詞籍序跋粹編》頁五〇五）

又云：

其為體也纖弱，所謂明珠翠羽，尚嫌其重，何況龍鸞？必有鮮妍之姿，而不藉粉澤，則設色難也。其為境也婉媚，雖以警露取妍，實貴含蓄，有餘不盡，時在低回唱嘆之際，則命篇難也。（〈王介人詩餘序〉，同前引，頁五〇六）

陳氏秉持「文以範古為美」，嚴守南唐北宋家法，溯源正體，劃清詞、曲之界限。既言「寄慨者亢率而近于傖武，諧俗者鄙淺而入于優伶，以視周李諸君，即有彼邦人士之嘆」，復以「纖弱」為體，「婉媚」為境，是知其論詞主「婉約」，第無「正變」之語而已。

由於陳子龍文行並高，晚明從其門徑者沸沸揚揚，沈謙即因其師陸圻引介，而循雲間之法門。陸圻云：

沈子去矜，九歲能為詩，度宮中商，投頌合雅，其天性然也。乃其風氣，間喜溫李兩家。崇禎辛巳（一六四一），予以華亭陳給事詩授之，沈子特喜，于是去溫李之綺靡，而效給事所為。即沈子詩益工，尋漢魏之規矩，蹈初盛之風致。內竭忠孝，外通諷喻，洵詩人之隩區也。（《東江集鈔．序》）

沈謙詩因陳氏之啟發，棄晚唐溫、李，而上溯漢魏、初唐，其詞自不能不受影響。觀其論詞云「詞要不亢不卑」，又云「蘇辛壯采，吞誇一世，何得非佳，然方之周柳諸君，不無傖父」，的似自陳子龍語化出。顯見沈謙推本六朝樂府，詞宗南唐、北宋，以婉媚為正，實亦沾染斯時雲間一脈之復古風氣，為探本溯源之故也。

（二）主情思想：

明代因理學「存天理、滅人欲」之桎梏，反促使文學批評中情性論之湧動。而明末李贄倡童心說，以為「天下之至文，未有不出於童心焉者也。」（《焚書》卷三〈童心說〉）並主張「聲色之來，發於情性，由乎自然」（《焚書》卷三〈讀律膚說〉），於焉更確立以表現自然人性為根本目的之文學本體論原則。而師從李贄之公安三袁則將此思想貫徹至文學領域，如袁宏道論詩主張「獨抒性靈，不拘格套，非從自已胸臆流出，不肯下筆。」以為「任性而發，尚能通于人之喜怒哀樂嗜好情欲，是可喜也。」（《敘小修詩》）傳統「詩言志」之說，遂為公安派「言情說」所取代。而據方智範《中國詞學批評史》論析，其所言之情超乎前代者有二：一是「從自已胸臆流出」、「任性而發」，不拘守理性之規範；二是不止於「喜怒哀樂」，亦包括人之「嗜好情欲」，尤著重表現人「與生俱來之自然本性」。

晚明創作論中之自然情性論，因晚明文士熱衷於戲劇，重視戲曲小說之價值，益形彰顯。而湯顯祖臨川一派，尤強調「至情」，以為「志也者，情也。」（《湯顯祖集・詩文集》卷五十〈董解元西廂記題詞〉）並視「情」為文學之本體，故曰「白太傅、蘇長公終是為情使耳。」（〈寄達觀〉，同前引，卷四十五）而其本身亦「為情作使，劬于伎劇。」所作〈耳伯麻姑游詩序〉即如是云：

> 世總為情，情生詩歌，而行于神。天下之聲音笑貌，大小生死，不出乎是。因以憺蕩人意，歡樂、舞蹈、悲壯，哀感鬼神，風雨鳥獸，動搖草木，洞裂金石。其詩之傳者，神情合至，或一至焉；一無所至，而必曰傳者，亦世所不許也。（《湯顯祖集・詩文集》卷三十一）

湯氏歸結文學之起源，在於人之有「情」；而「情」乃創作之動力，作品之內容，亦為欣賞品鑑之準尺。此種「唯情是尚」之曲論觀點，因晚明文士多兼擅詞、曲，而廣被詞壇。（註九）沈謙生活於戲曲繁花錦簇之興盛期，由於博學多才，故不獨以詩、詞名家，在曲壇亦佔有一席之地，自不能不深受影響。

貳、以詞移情

傳統「詩言志，詞緣情」之說，因明代主情理論思潮高張，使明人對詞體之情感特徵有更明確深入之認識。故沈謙論詞除循「緣情」觀，以「情」為詞之本體特色外，並以自家體會所得，以為詞「貴于移情」：

> 詞不在大小淺深，貴於移情。「曉風殘月」、「大江東去」（註十），體製雖殊，讀之皆若身歷其境，惝怳迷離，不能自主，文之至也。

以「曉風殘月」、「大江東去」對舉，見宋俞文豹《吹劍錄》：

> 東坡在玉堂日，有幕士善歌，因問：「我詞何如耆卿？」對曰：「郎中詞，只好十七八女子，執紅牙板，歌『楊柳岸，曉風殘月』；學士詞，須關西大漢，鐵綽板，『唱大江東去』。」東坡為之絕倒。

是知沈氏以為柳永〈雨霖鈴〉、蘇軾〈念奴嬌〉兩闋詞體製雖殊，其文學感染力則一，故皆為天下之至文。可證沈謙論「情」重點已由詞體是否言情，轉移至作品感動讀者之深淺，以「移情」評斷一詞之優劣，遂與宋元以來之「緣情」說、明代之「傳情」說，以及清初詞家之「寄情」說異趣也。

緣情、傳情之說，著重於辨明「情」與詞體之關係，移情、寄情之說，則就詞體之功用言之。清初詞家論詞大抵本於「寄情」一說，強調「醇雅」、「風雅」、「比興」，視詞為風雅比興寄托之工具，涉淫豔者輒斥之。如浙西派朱彝尊云：

> 詞雖小技，昔之通儒巨公往往為之，蓋有詩所難言者，委曲倚之于聲，其辭愈微而其旨益遠。善言詞者假閨房兒女之言，通之于離騷、變雅之義，此尤不得志于時者，所宜寄情焉耳。（〈陳緯雲紅鹽詞序〉，《曝書亭集》卷四十）

以「寄情」論詞，故詞體本身所抒之情，並不重要；情特為手段，詞之最終功用，亦無關乎動情或移情，而係以言傳意而已。正如常派大家陳廷焯所云：「詩詞所以寄慼，非以徇情也。不得旨歸，而徒逞才力，復何足重。」（《白雨齋詞話》卷八，《詞話叢編》冊四，頁三九七三）常、浙派詞家，為推尊詞體而一以「寄情」論詞，偏向教化功用，忽略詞體特具之抒情功能，持論似有失偏頗。

沈謙論詞則頗能擺脫教化論之桎梏，本於明代自然情性論之旨，沿用李贄〈童心說〉中「至文」概念，以為至文無大小，苟能生香真色，即能感人以情，動人以魄，故其品評之標準在於詞篇之真情實感，復本諸一己之美感經驗，以「移情」論詞。如評柳永〈爪茉莉・每到秋來〉一詞云：

> 柳屯田「每到秋來」一曲（註十一），極孤眠之苦。予嘗宿禦兒客舍，倚枕自歌，能移我情，不知文之工拙也。

評康與之〈女冠子・火雲初布〉云：

> 草堂靜坐，林月漸高，忽憶康伯可女冠子詞云：「去年今夜，扇兒扇我，情人何處。」（註十二）心不能堪，但覺竹聲螢焰，俱助淒涼也。

案：沈謙壯年（四十歲）喪偶，未再續娶，其一腔繾綣深情，由《東江別集》所錄悼亡詞可窺其一二。由於沈謙正視閨房兒女之情為人性之自然，從文學欣賞之角度觀詞，往往能探得作者之本心，體會詞篇之情韻。故其詞論，雖有理論之陳述，而批評者之感情亦時洋溢其間。是以評柳永「每到秋來」一曲，有「極孤眠之苦」之體會，故云「倚枕自歌，能移我情」。而憶及康與之「去年今夜，扇兒扇我，情人何處。」則有「心不能堪，但覺竹聲螢焰，俱助淒涼」等「移情」之語。於此，不獨可見沈謙之鶼鰈情深，亦可知其論「情」之重點。又如：評鄒祇謨〈山花子・淡白煙花信齊〉云：

「小雨三更歸夢濕，輕煙十里亂愁迷。」（註十三）此是程村俊語、情語，予每誦之，凝思終日。

評謝逸〈江神子・杏花村館酒旗風〉云：

黃州驛卒苦于索筆，泥塗無逸之詞，此正奴隸事。（註十四）知者遇之，如獲珍奇，無足怪也。然「望斷江南山色遠，人不見，草連空」（註十五），故是銷魂之語。

沈謙以「俊語」、「情語」評「小雨三更歸夢濕，輕煙十里亂愁迷。」句，每誦之輒凝思終日；知賞「望斷江南山色遠，人不見，草連空」句，視為「銷魂之語」。明顯可見詞情與讀者之情交融合一。凡此評論，既有詞論之陳述，亦有主體情感之表達，可謂合理論與批評者之情感體會於一爐，究其所以，殆本於一腔深情，以「移情」論詞故也。

以「移情」論詞，其關鍵在主體之情感體會，故不免有所偏嗜。然沈謙雖側重男女之情，尤以「至文」為歸，著重文學之感發作用，而所論並不拘限於男女情愛。所謂「懷其時則謂之志，感其物則謂之情」（邵雍《伊川擊壤集・序》），情志相通，內涵雖各有側重，惟懷時言志之歌；感物抒情之詞，其善者所具之「移情」作用則同，此沈謙所以云「詞不在大小淺深」也。是知沈謙本「移情」論詞，故柳永「曉風殘月」之纏綿蕩往，蘇軾「大江東去」之雄渾超曠，二者風格雖有不同，而「移情」之功則一，皆天下之至文也。然此「移情」一則，以「曉風殘月」、「大江東去」並舉為移情之例，至文之則，而前〈答毛稚論填詞書〉則以「大江東去」要非本色，似又前後矛盾。竊疑所以然者，蓋因詞學觀與時推移故也。觀沈謙「言情」、「婉媚」之說，顯然襲自傳統、沾染時風，而其「移情」之論，則洋溢個人情感之體會。且夫詞家風格本非一格可限，即沈謙之詞，亦多豪放之風。倘限於婉媚一體，而以風格論正變，允非的當。沈謙友人毛先舒既譏彈甚力，王士禛亦已脫出時論，以婉約為正宗、豪放為變體，卻不分左右袒。其言云：

詞家綺麗、豪放二派，往往分左右袒。予謂：第當分正變，不當分優劣。（《香祖筆記》卷九）

又云：

> 溫、和生而《花間》作，李、晏出而《草堂》興，此詩之餘而樂府之變也。詩餘者，古詩之苗裔也。語其正，則環、煜為之祖，至漱玉、淮海而極盛，高、史其大成也。語其變，則眉山導其源，至稼軒、放翁而盡其變，陳、劉其餘波也。有詩人之詞，唐、蜀、五代諸君子是也；有文人之詞，晏、歐、秦、李諸君子是也；有詞人之詞，柳永、周美成、康與之之屬是也；有英雄之詞，蘇、陸、辛、劉之屬是也。（《倚聲集・序》）

王氏持說已就詞之發展源流而論其正變，以為各有所長，未加軒輊。推測沈謙既由「言情」轉而著重詞體「移情」之功，由溯源正體轉而重視情感之體會，其風格優劣之論，或亦因之推移也。

就傳統文體觀言，詩文向為正宗，而詞曲、小說則被視為雕蟲剩技。斯論陳陳相因，循循成規，即明代著名戲曲理論家王驥德亦謂「詞曲小道」（《曲律・雜說》）。而明代詞體不振，雖有一二才人致力於詞統之延續，然大抵以「小道」視之，如陳霆《渚山堂詞話・序》云：「嗟乎！詞曲於末道矣」；俞彥《爰園詞話》云：「詞於不朽之業，最為小乘」；王世貞《藝苑卮言》亦以「花草」代詞，以為詞體婉孌柔靡，故詩人不為也。其說雖偏執一隅，卻頗能代表明代詞人之看法。至若晚明雲間派盟主陳子龍，其詞「能以穠豔之筆，傳淒婉之情」（陳廷焯《白雨齋詞話》卷三），允為明代第一，惟論及詞體仍不免囿於傳統觀點。其〈王介人詩餘序〉云：「物有獨至，小道可觀也。」（《詞籍序跋萃編》頁五〇六）〈三子詩餘序〉云：「是則詩餘者，匪獨壯士之所當疾，抑亦風人之所宜戒也。」（《詞籍序跋萃編》頁五〇七）而〈幽蘭草詞序〉云：「明興以來，才人輩出，文宗兩漢，詩儷開元，獨斯小道，有慚宋轍。」又云：「作為小詞，以當博弈。」（《詞籍序跋萃編》頁五〇五—五〇六）雖肯定小道言情之特質，有不可廢者，然終未能脫出「小道」觀之藩籬。

沈謙詩、文承雲間派家法，「循漢魏之規矩，蹈初盛之風致」，（陸圻《東江集鈔・序》）論詞曲之文學地位亦依循傳統小道觀，以「瑣事」視之。其言云：

至于填詞，僕當垂髫之年，間復游心，音節乖違，纏綿少法。……「曉風殘月」，累德實多，陽五伴侶，必且為當世所唾耳。此後既人事日繁，即文史無暇該覽，況茲瑣事。……人生旦暮，不朽有三，瑣詞不足語耳。僕之向與足下論及者，正以宋世寡識，謬以里巷鄙音，設官立府，幾隸太常，將與咸池、韶濩相上下，鄭聲亂雅，莫此為甚，又何文質之足譏也哉！（〈答毛稚黃論填詞書〉，《東江集鈔》卷七）

觀沈謙《東江集鈔》所載詩、文，亦以載道言志為主；至於《東江別集》所錄詞曲，則以閨襜豔情為夥，詩文與詞曲之內容顯然歧分二路。是知沈氏秉持傳統「詩莊詞媚」之體性觀，以為「詩言志」、「詞緣情」，各有專司。故其論詞，既歸諸豔體卑格，而情發於衽席之間，思極於閨閣之內，寧墮泥犁，不廢豔曲；復本諸傳統教化功用觀，以大雅之義、不朽之業衡度「言情豔體」之詞，而忌其累德，譏為鄭聲，顯見其矛盾心態。

然沈謙論詞，就不朽之業言，固受傳統詩教觀之影響，視之為「瑣詞」；就藝術價值言，則視之為「全功」，其言云：

然予謂：詞曲猶之乎詩文也。有龍門劍閣之奇，即有茂苑秦淮之麗；有日華星采之瑞，即有微雲疏麗之幽，安見《桃葉》、《竹枝》不可媲美《關雎》、《卷耳》也！且自能者視之，氣至音成，各臻其妙，辟之鴻鐘遇叩，大小齊鳴，此蓋器詎用周，發必鈞美，有可有小可者，皆非才之至矣。……人或謂之剩技，予獨謂之全功。（〈陸蓋思詩餘序〉，《東江集鈔》卷六）

沈氏以〈關雎〉〈卷耳〉代詩文，譬以龍門劍閣之奇、日華星采之瑞；而以〈桃葉〉〈竹枝〉代詞曲，譬以茂苑秦淮之麗、微雲疏麗之幽。視詞曲之藝術價值與詩文等齊，以為「有可有小可者，皆非才之至」，進而以填詞之技為「全功」，反對以餘事剩技視之。蓋詞為豔體，本諸傳統教化功用論之，自違乎大雅之義、不朽之盛事，然由乎詞宜於言情之特質，其抒情功能亦不宜偏廢。尤其晚明之際，受自然情性論影響，視男女之情為人情之常，詞體之抒情功能漸受肯定。故沈謙雖視詞為豔體，尤強調「豔思深情」，主張「情文相生」，凡浮言臚事、謔浪遊戲之作，皆在摒除之列。

由於視詞為「全功」，故創作態度亦要求謹嚴，強調真情實感，傾注心力。如評秦觀寫曉景佳云：

> 秦淮海「天外一鉤殘月、照三星」，只作曉景佳。若指為心兒謎語，不與「女邊著子，門裏挑心」，同墮惡道乎？（註十六）

案：秦觀「天外一鉤殘月、帶三星」句，調寄〈南歌子・玉漏迢迢〉，《花庵詞選》及毛晉刊《淮海詞》，調下題作「贈陶心兒」。是以詞家解釋「天外」句，多以為隱一「心」字。如胡仔《苕溪漁隱叢話・前集》卷五十引《高齋詩話》云：「少游在蔡州……又『贈陶心兒』詞云：『天外一鉤橫月、帶三心』謂『心』字也。」楊慎《詞品》卷三：「又〈贈陶心兒〉『一鉤殘月帶三星』，亦隱『心』字。山谷贈妓詞：『你共人、女邊著子，爭知我、門裏添心』亦隱『好悶』二字云。」（《詞話叢編》冊一，頁四七五）他如《古今詞統》、《詞苑叢談》、《七頌堂詞繹》、《靈芬館詞話》、《詞則・閑情集》等（註十七），皆以為其句屬雙關巧合、才人戲劇。凡此取娛一時之作，大抵源於詞人輕視詞體，以詞為小道剩技故也。尤其明詞不振，明人創作態度之不屑，或掉以輕心，實乃重要因素。陳子龍〈幽蘭草詞序〉即嘗以「鉅手鴻筆，既不經意；荒才蕩色，時竊濫觴」（《詞籍序跋萃編》頁五〇五）疵之。沈謙論詞既以「移情」為貴，又以詞為「全功」，視詞之藝術價值與詩文等齊，故頗反對遊戲之作。因疵詆黃庭堅「女邊著子，門裏挑心」為「惡道」，又一反傳統之見，以秦觀「天外一鉤殘月、帶三星」，只作曉景則佳，若指為「心兒謎語」亦墮入惡道。就《填詞雜說》之評論方式觀之，大抵溫柔敦厚，極少禁制之語，而以「惡道」痛砭戲謔之作，訝為僅見。足徵沈謙創作態度謹嚴，極為重視詞體之藝術價值。

要之，詞自濫觴以來，文人多以豔科小道視之。詞之作用無非「析酲解慍」、「為一笑樂」（晏幾道《小山詞序》）而已；詞之地位，「方之曲藝，猶不逮也」（胡寅《酒邊詞序》）；與明道、載道之文，言志、致用之詩，更不可同日而語。故搦筆填詞，往往謔浪遊戲，率意為之，甚至恐累德譽，而「自掃其跡」（胡寅《酒邊詞序》）。沈謙論詞，由言情而移情，由小道而全功，既承襲傳統言情小道觀，以詞為鄭聲，累德實多；復本諸文藝價值功能，以「移情」「全功」論詞，雖見其矛盾，適足以反映清初詞體之文學抒情功能已漸受肯定。

附註

註一：叢楊慎此說，實本諸南宋朱弁《曲洧舊聞》：「詞起於唐人，而六代已濫觴矣。梁武帝有〈江南弄〉，陳後主有〈玉樹後庭花〉，隋陽帝有〈夜飲朝眠曲〉，豈獨五代之主，蜀主之王衍、孟昶，南唐之李璟、李煜，吳越之錢俶，以工小詞為能文哉！（案：今通行知不足齋本《曲洧舊聞》無此條，此據馮今伯《詞苑粹編》卷一引）

註二：事見釋惠洪《冷齋夜話》卷十：「法雲秀關西，鐵面嚴冷，能以理折人。魯直名重天下，詩詞一出，人爭傳之。師嘗謂魯直曰：「詩多作無害，豔歌小詞可罷之。」魯直笑曰：「空中耳語，非殺非偷，終不至坐此墮惡道。」師曰：「若以邪言蕩人淫心，使彼逾禮越禁，為罪惡之由，吾恐非止墮惡道而已。」

註三：案：沈謙《東江別集》原名《雲華詞》，董以寧（文友）有《蓉渡集》，彭孫遹與鄒祗謨所談論者，即沈、董之作。

註四：「又踏楊花過謝橋」語出晏幾道〈鷓鴣天〉詞：「小令樽前見玉簫。銀燈一曲太妖嬈。歌中醉倒誰能恨，唱罷歸來酒未消。春悄悄，夜迢迢。碧雲天共楚宮遙。夢魂慣得無拘檢，又踏楊花過謝橋。」（《全宋詞》冊一，頁二二六─二二七）據邵博《邵氏聞見後錄》載，與晏幾道同時之道學家程頤，聽人誦及「夢魂慣得無拘檢，又踏楊花過謝橋」兩句時，笑云：「鬼語也！」意甚賞之，足見其感人之深。

註五：辛棄疾「寶釵分，桃葉渡」一曲，調寄〈祝音臺近〉：「寶釵分，桃葉渡。煙柳暗南浦。怕上層樓，十日九風雨。斷腸片片飛紅，都無人管，更誰勸、啼鶯聲住。鬢邊覷。試把花卜歸期，纔簪又重數。羅帳燈昏，哽咽夢中語。是他春帶愁來，春歸何處。卻不解、帶將愁去。」（《全宋詞》冊三，頁一八八二）

註六：周邦彥「天便教人」句，調寄〈風流子〉：「新綠小池塘。風簾動、碎影舞斜陽。羨金屋去來，舊時巢燕，土花繚繞，前度莓牆。繡閣鳳帷深幾許，曾聽得理絲簧。欲說又休，慮乖芳信，未歌先咽，愁近清觴。遙知新妝了，開朱戶，應自待月西廂。最苦夢魂，今宵不到伊行。問甚時說與，佳音密耗，寄將秦鏡，偷換韓香。天便教人，霎時廝見何妨。」（《全宋詞》冊二，頁五九五）：「花前月下」句，調寄〈法曲獻仙音〉：「蟬咽涼柯，燕飛塵幕，漏閣籤聲時度。倦脫綸巾，困便湘竹，桐陰半侵朱戶。向抱影凝情處。時聞打窗雨。　耿無語。歎文園、近來多病，情緒懶，尊酒易成間阻。縹渺玉京人，想依然、京兆眉嫵。翠幕深中，對徽容、空在紈素。待花前月下，見了不教歸去。」疑落一「待」字，今據《全宋詞》正為「待花前月下，見了不教歸去。」（《全宋詞》冊二，頁六〇二）案：《填詞雜說》作「花前月下，見了不教歸去。」疑落一「待」字，今據《全宋詞》正為「待花前月下」，下倣此。

註七：蘇軾「似花還似非花」，調寄〈水龍吟〉：「似花還似非花，也無人惜從教墜。拋家傍路，思量卻是，無情有思。縈損柔腸，困酣嬌眼，欲開還閉。夢隨風萬里，尋郎去處，又還被、鶯呼起。不恨此花飛盡，恨西園，落紅難綴。曉來雨過，遺蹤何在，一池萍碎。春色三分，二分塵土，一分流水。細看來，不是楊花，點點是離人淚。」（《全宋詞》冊一，頁二七七）沈謙所云「徽宗亦然」者，指趙佶（宋徽宗）〈燕山亭・裁剪冰綃〉一闋，亦若東坡「似花還似非花」一篇，幽怨纏綿，直是言情，非復賦物。其全詞為：「裁剪冰綃，打疊數重，冷淡燕脂勻注。新樣靚妝，豔溢香融，羞殺蕊珠宮女。易得凋零，更多少、無情風雨。愁苦。閒院落淒涼，幾番春暮。憑寄離恨重重，這雙燕，何曾會人言語。天遙地遠，萬水千山，知他故宮何處。怎不思量，除夢裏、有時曾去。無據。和夢也、有時不作。」（《全宋詞》冊二，頁八九八）

註八：王象晉序《詩餘圖譜》云：「南湖張子，創為《詩餘圖譜》三卷，圖列於前，詞綴於後，韻腳句法，犁然井然。一披閱而調可守，韻可循，字推句敲，無事望洋，誠詞家南車已。萬曆甲午、乙未間，予兄霽宇刻之上谷署中，見者爭相玩賞，竟攜之而去。」是《詩餘圖譜》刊行於萬曆二十二、二十三年間（一五九四—一五九五）。考徐師曾《文體明辨・序》云：「文體明辨六十一卷、綱領一卷、目錄六卷、附錄十四卷、目錄二卷，通八十四卷。始嘉靖三十三年甲寅（一五五四）春，迄隆慶四年庚午（一五七〇）秋，凡十有七年。」題「萬曆改元歲在癸酉（一五七三）三月朔旦吳江徐師曾序」，則《文體明辨》之成書先於《詩餘圖譜》。惟徐師曾《文體明辨・附錄・詩餘》序云：「……此《太和正音》及今《圖譜》之所為作也。然《正音》定擬四聲，失之拘泥；《圖譜》圈列黑白，又易謬誤。」所謂「圖譜」，似指《詩餘圖譜》言之。故「婉約」、「豪放」之分，究係誰創？頗難斷定，今并列徐、張之說，以俟高明。案：今通行之明汲古閣本《詩餘圖譜》無凡例，其〈凡例〉及按語僅見於北京圖書館藏明萬曆二十九年游元涇校刊之《增正詩餘圖譜》。此按語轉引自謝桃坊《中國詞學史》第一〇三頁，一九九三年巴蜀書社出版。又張綖所云「體」者，體貌也，相當于「風格」。「然亦存乎其人」，與劉勰《文心雕龍・體性》說完全一致，指作家之才性或創作個性，必將影響其風格之形成。

註九：如沈際飛主張為文之道在「緣情而著體」（《湯顯祖・詩文集・補遺》沈際飛〈題南柯夢〉）其所評選《草堂詩餘四集》即以「傳情」為品評及選詞之標準，而視「言情」為詞體之基本藝術特質。其言云：「說者又曰：通乎詞者，言詩則真詩，言曲則真曲，斯為平等觀歟！……于戲，文章殆莫備於是矣！非體備也，情至也。情生文，文生情，何文非情？而以參差不齊之句，寫鬱勃難狀之情，則尤至也。」沈氏以詩、文、詞、曲等量齊觀，以詞體表達「鬱勃難狀」之情，尤能委曲盡致。並直指「鬱勃難狀之情」為男女之情，而男女之情則是人情之「極」：「甚而遠方女子，讀淮海詞，亦解膾炙，繼之以死，非針石芥珀之投，曷繇至是！雖其鐫鏤脂粉，意專閨襜，安在乎好色而不淫？而我師尼氏刪國風，逮仲子狡童之作，則不忍抹去。曰：人之情，至男女乃極。未有不篤于男女之情，而君臣、父子、兄弟、朋友間，反有鍾吾情者。……故詩餘之傳，非傳詩也，傳情也；傳其縱古橫今，體莫備於斯也。余之津津焉評之而訂之，釋且廣之，情所不自已也。」（〈草堂詩餘序〉，《詞籍序跋萃編》頁六六七—六六八）沈氏否定《國風》好色而不淫之說，為篤于男女之情者申辨，甚至視男女之情為人在社會關係中產生感情之基礎。晚明卓人月、徐士俊編輯《古今詞統》，亦以「情」為選錄之標準，孟稱舜《古今詞統序》云：「蓋詞與詩曲，體格雖異，而本於作者之情。古來才人豪客，淑姝名媛，悲者喜者，怨者慕者，懷者想者，寄興不一，或言之而低徊焉，宛戀焉；或言之而纏綿焉，淒愴焉；又或言之而嘲笑焉，憤悵焉，淋漓痛快焉。作者極情盡態，而聽者洞心聳耳，如是者皆為當行，皆為本色。」又云：「予友卓珂月，生平持說，多與予合。己巳秋，過會稽，手一編示予，題曰《古今詞統》。予取而讀之，則自隋唐宋元，以迄於我明，妙詞無不畢具，其意大概謂詞無定格，要以摹寫情態，令人一展卷而魂動魄化者為上，他雖素膾炙人口者弗錄也。」卓人月、徐士俊以為「情」是文學之本源，亦是文學批評之主要條件，是以凡「作者極情盡態，而聽者洞心聳耳」者，即為詞中之「當行本色」。故其《古今詞統》一編乃以「情」為選詞標準。

註十：柳永「曉風殘月」，調寄〈雨霖鈴〉：「寒蟬淒切。對長亭晚，驟雨初歇。都門帳飲無緒，方留戀處、蘭舟催發。執手相看淚眼，竟無語凝噎。念去去、千里煙波，暮靄沉沉楚天闊。多情自古傷離別。更那堪、冷落清秋節。今宵酒醒何處，楊柳岸、曉風殘月。此去經年，應是良辰、好景虛設。便縱有、千種風情，更與何人說。」（《全宋詞》冊一，頁二一）；蘇軾「大江東去」，調寄〈念奴嬌〉：「大江東去，浪淘盡，千古風流人物。故壘西邊，人道是、三國周郎赤壁。亂石穿空，驚濤拍岸，捲起千堆雪。江山如畫，一時多少豪傑。遙想公瑾當年，小喬初嫁了，雄姿英發。羽扇綸巾，談笑間、檣櫓灰飛煙滅。故國神遊，多情應笑我，早生華髮。人間如夢，

一尊還酹江月。」(《東坡樂府箋》卷二，頁一五二)

註十一：柳永「每到秋來」，調寄〈爪茉莉〉：「每到秋來，轉添甚況味。金風動、冷清清地。殘蟬噪晚，甚聒得、人心欲碎，便休道、宋玉多悲，石人、也須下淚。衾寒枕冷，夜迢迢、更無寐。深院靜、月明風細。巴巴望，怎生捱、更迢遞。料我兒、只在枕頭根底，等人來、睡夢裏。」(《全宋詞》冊一，頁五四)

註十二：康與之「去年今夜」句，調寄〈女冠子〉：「火雲初布。遲遲永日炎暑。濃陰高樹。黃鸝葉底，羽毛學整，方調嬌語。薰風時漸動，峻閣池塘，芰荷爭吐。畫梁紫燕，對對銜泥，飛來又去。想佳期、容易成辜負。共人人、同上畫樓斟香醑。恨花無主。臥象床犀枕，成何情緒。有時魂夢斷，半窗殘月，透簾穿戶。去年今夜，扇兒搧我，情人何處。(《全宋詞》冊一，頁五四)案：顧從敬《類編草堂詩餘》卷四錄此闋，題為康伯可作。唐圭璋《全宋詞》則載為柳永詞，唐注云：「案此首或作康與之詞，見沈際飛《草堂詩餘》正集卷六。」而柳永《樂章集》未錄此闋，姑列之為互見詞。

註十三：鄒祗謨「小雨三更歸夢濕」句，調寄〈山花子〉：「淡白煙花信齊。黃蜂到處冒花絲。自是淒涼渾不管，總難支。小雨三更歸夢濕，輕煙十里去愁迷。幸得子規還解事，未曾啼。(《瑤華集》頁一六七)

註十四：胡仔《苕溪漁隱叢話・後集》卷三十三引《復齋漫錄》云：「無逸嘗過杏花村館。題〈江城子〉於驛壁。過者索筆於館卒。卒苦之，因以泥塗焉。其為重如此。」沈謙所云「泥塗無逸之詞」，即指此事。

註十五：謝逸「望斷江南山色遠」句，調寄〈江神子〉：「杏花村館酒旗風。水溶溶。颺殘紅。野渡舟橫，楊柳綠陰濃。望斷江南山色遠，人不見，草連空。夕陽樓外晚煙籠。粉香融。淡眉峰。記得年時，相見畫屏中。只有關山今夜月，千里外，素光同。」(《全宋詞》冊二，頁六五〇)

註十六：秦觀「天外一鉤殘月、帶三星」句，調寄〈南歌子〉：「玉漏迢迢盡，銀潢淡淡橫。夢回宿酒未全醒。已被鄰雞催起、怕天明。臂上妝猶在，襟間淚尚盈。水邊燈火漸人行。天外一鉤殘月、帶三星。」(《全宋詞》冊一，頁四六八)案：「天外」句，《填詞雜說》作「天外一鉤殘月、照三星」，今據《全宋詞》正為「天外一鉤殘月帶三星」，下倣此。「女邊著子，門裏挑心」原句作「你共人、女邊著子，爭知我、門裏挑心」，為拆字格，隱「好」、「悶」二字。語出黃庭堅〈兩同心〉：「一笑千金。越樣情深。曾共結、合歡羅帶，終願效、比翼紋禽。許多時，靈利惺惺，驀地昏沉。自從官不容針。直至而今。你共人、女邊著子，爭知我、門裏挑心。記攜手，小院回廊，月影花陰。」又：「秋水遙岑。妝淡情深。儘道教、心堅穿石，更說甚、官不容針。霎時間，雨散雲歸，無處追尋。小樓朱閣沉沉。一笑千金。你共人、女邊著子，爭知我、門裏挑

心。最難忘，小院回廊，月影花陰。」（《全宋詞》冊一，頁四〇一）

註十七：沈雄《古今詞統》卷七：「『你共人、女邊著子，爭知我、門裏挑心』，對此則醜。」；徐釚《詞苑叢談》卷三：「少游贈歌妓陶心兒〈南歌子〉詞云……末句暗藏『心』字，子瞻誚其恐為他姬廝賴也。」；劉體仁《七頌堂詞繹》：「詞中如『玉珮丁東』，如『一鉤殘月帶三星』，子瞻所謂恐他姬廝賴，以取娛一時可也。乃子瞻〈贈崔廿四〉，全首如離合詩，才人戲劇，興復不淺。」；郭《靈芬館詞話》卷二：「以人名字隱寓詞中，始於少游之『一鉤斜月帶三星』。」；陳廷焯《詞則・閑情集》卷一：「（結句）雙關巧合，再過則傷雅矣。」

第二節　本色論

就詞學批評史觀之，詞壇辨體之論可溯源至宋李清照《詞論》。李氏「詞別是一家」說，本諸詞體之音樂性，以協音律為首要，復兼及詞體之文學性，提出尚高雅、渾成、情致、典重、故實、鋪敘等規矩（註一），以維護詞體之風格特色與表現手法。至若以「本色」概念施諸詞論者，殆始於宋陳師道《后山詩話》：

退之以文為詩，子瞻以詩為詞，如教坊雷大使之舞，雖極天下之工，要非本色。今代詞手，惟秦七、黃九耳，唐諸人不逮也。

爾後吳曾《能改齋漫錄》卷十六載晁補之評語，則以「當行」論詞：

黃魯直間作小詞，固高妙，然不是當行家語，自是著腔子唱好詩。

前者舉蘇軾「以詩為詞」，要非本色；後者舉黃庭堅「著腔子唱好詩」，不是當行家語，皆針對詩、詞界限之混淆而發，旨在辨明詩、詞異體。吾師王偉勇先生〈試述當行、本色在詞壇上之運用〉一文，述及宋代詞家所以嚴於詩、詞之辨，嘗究其原委，其言云：

蓋詞體入宋之後，「詩化」之現象每下愈況，晏殊、歐陽脩所作，「皆句讀不葺之詩爾」，晏幾道之樂府，亦「寓以詩人句法」，柳永所作雅詞，「用六朝小品文賦作法，層層鋪敘，情景兼融」；降而至蘇軾「以詩為詞」，黃庭堅「著腔子唱好詩」，賀鑄《東山樂府》「多於溫庭筠、李長吉詩中來」，周邦彥《清真詞》「多用唐人詩語，檃括入律」，風尚如此，無怪乎其時立論者亟欲釐清其體製。（《中國文學理論與批評論文集》頁一九三）

其說深中肯綮。宋代詞壇「本色」理論之起，源於詞家反對詞體之「詩化」，明代以降「本色」理論之再盛，則肇因於詞體之「曲化」，誠如吾師王偉勇先生所云：

元之滅宋，攜北曲入關；明之滅元，倡南曲之音。於焉「曲」亦擺脫「詞餘」之名，而卓然自立門戶，遂與「詩」、「詞」分庭抗禮。王驥德云：「詞不快北耳而后有北曲，北曲不諧南耳而后有南曲」（《曲律》卷四雜論第三十九下）即兼「時」、「勢」言之也。至此，詩、詞、曲之辨，亦成文學批評之課題；「本色」、「當行」之應用，遂亦及之。（同前引，頁一九六）

由於詩、詞、曲同源異趨，其體雖別而作者往往混之；尤其明代詞學不振，益以南北曲勢盛，益形混淆。明末清初詞家亟思振興詞學，是以辨體之論，尤超軼前代。論者或據詞篇體製，或據填詞規矩，或據藝術風格，或舉名家名詞，抒發詞體「本色」理論，其旨固在為詞體定一文學體性，糾正詞、曲不分之現象，而其意尤在為詞體爭一文學地位也。

壹、以「自然」「渾成」為本色

宋人「本色」理論因宋詞之「詩化」而發，大抵止於釐清詩、詞之異。明清詞家論詞之「本色」，鑑於明詞「曲化」之弊，多兼賅詩、詞、曲三者言之。沈謙《填詞雜說》論詩、詞、曲之畛域，即有簡要精到之概括：

承詩啟曲者，詞也，上不可似詩，下不可似曲。然詩曲又俱可入詞，貴人自運。

案：詩、詞、曲三者源流相繼，而其體各殊；不獨在音樂、體製、韻律、內容、風格等方面，即語言、作法亦自有別。故詞體雖承詩啟曲，但自有其特殊性質，上不可似詩，下不可與曲相混。沈謙文友亦多有相近之論，如王士禛《花草蒙拾》云：

或問詩、詞、曲界限。予曰：「無可奈何花落去，似曾相似燕歸來。」定非香奩詩；「良辰美景奈何天，賞心樂事誰家院。」定非《草堂》詞也。（《詞話叢編》冊一，頁六八六）

董以寧《蓉渡詞話》云：

嚴給事與僕論詞云：近日詩餘，好亦似曲。僕謂詞與詩曲，界限甚分，似曲不可，似詩仍復不佳。譬如擬六朝文，落唐音固卑，侵漢調亦覺傖父。（徐釚《詞苑叢談》卷一引）

是知詞人因明詞詩化、曲化之弊，或藉實例說明，或就雅俗立論，旨在辨明詞自有體製，自有本色而已。而所以持論，殆奠基於重視詞體之文學地位。顯見辨明詞之體性，為清初詞家之共同課題。

而詞雖獨立為體，「上不可似詩，下不可似曲」，然「最工之文學，非徒善創，亦且善因。」（王國維《人間詞話》）若善於借鑑與學習前人優秀之文學遺產，使詞體益臻妙境，不失為振興詞學之一途。故沈謙云「詩曲俱可入詞」，惟其關鍵在於詞人之取鑑是否得法，是以又云：「貴人自運」。所謂「詩曲俱可入詞」，乃就語言之借鑑與翻新言之；宋代詞論家亦曾如是立論，如張炎即曾為「本色語」定一法則，其言云：

句法中有字面，蓋詞中一個生硬字用不得。須是深加鍛煉，字字敲打得響，歌誦妥溜，方為本色語。如賀方回、吳夢窗，皆善於鍊字面，多於溫庭筠、李長吉詩中來。字面亦詞中之起眼處，不可不留意也。（《詞源》卷下〈字面〉，《詞話叢編》冊一，頁二五九）

詞人取鑑於詩、曲，其佳者固可收推陳出新之妙，其下者則有詩、詞、曲混淆之譏。如明楊慎《詞品》卷之一云：

宋人長短句雖盛，而其下者，有曲詩、曲論之弊，終非詞之本色。（《詞話叢編》冊一，頁四二五）

蓋宋人以詩為詞、以議論入詞，有曲詩、曲論之弊；而明人取鑑於曲，其下者易流於俚俗淺直，字面往往混入曲子。顯見取鑑得法可增其美，如失其規矩則徒增其弊，此沈謙所以特為標舉取鑑一義，以明詞體可以取材詩、曲，至於是否臻於妙境，端在作者之運用而已。沈謙前舉「上不可似詩，下不可似曲」，以定其體；後云「詩曲俱可入詞，貴人自運」，以明有法；而明於體製、合於規矩，自可得詞體之本色。誠如吾師王偉勇先生所云：

> 當辨體論萌起之際，「立規矩」，即成詞論家重要之課題。蓋唯有辨體，才能亟思規矩之所在；亦唯明其規矩，方能使詞體獨立於詩，而別立門戶，其相輔相成之關係，皦然可見。（〈試述當行、本色在詞壇上之運用〉，《中國文學理論與批評研論文集》頁一九八）

由是可知詞人對詞體之瞭解，關乎取鑑詩、曲之得法與否；而詞體因取鑑詩、曲而有詩化、曲化之弊，均源於體性認識不足所致，洵非「取鑑」之罪也。沈謙此論乃賅括體製與規矩言之，可視為《填詞雜說》「本色」理論之總綱領。

要之，文各有體，詞之為詞，貴在「上不可似詩，下不可似曲」。就沈謙《填詞雜說》觀之，其論詞之主旨在於辨明詞之體性，故其內容多涉作詞要訣，既由此開示作詞之法則，亦可見沈氏論詞體之「規矩」。茲就其內容所涉「本色」之論，及所述相關作法，歸納分析如次：

一、語言風格

就語言風格言，詩貴典雅溫厚，詞貴委婉含蓄，曲則不妨取之街談巷議，尤不忌大量使用口語，對此，李漁嘗辨之云：

> 詩文之詞采貴典雅而賤麤俗，宜蘊藉而忌分明；詞曲不然，話則本之街談巷議，事則取其直說明言。（《閒情偶寄》卷二〈詞采第二・貴淺顯〉）

詩、詞、曲雖同為韻文，其語言特色卻大相逕庭。就文體之作者與欣賞者言之，曲或出自勾欄藝人，或成於民間文人，因須搬演於舞臺之上，故必須「聲調諧和，俗雅感動」，臻于「堂上之高客解頤，堂下之侍兒鼓掌」（丁耀亢《赤松遊・題辭》）。故其語言以淺顯、質樸、俚俗為貴，以質樸白描為本色。詩則多出於廟堂文人之手，乃載道言志之體，又為文人學士自吟自詠之事，故不忌點染詞華，而以典雅莊重為特色。詞則既異於詩之為廟堂文學；亦異於曲之為勾欄文學，故於遣詞造句時，用語不妨新巧，然又不可流於俚俗。惟其間毫釐，非深明詞體性質者，實難掌握。明詞即因語言風格之曲化，為世所譏。如清初吳衡照云：

> 蓋明詞無專門名家，一二才人如楊用修、王元美、湯義仍輩，皆以傳奇手為之，宜乎詞之不振也。其患在好盡，而字面往往混入曲子。昔張玉田論兩宋人字面，多從李賀、溫岐詩來，若近俗近巧，詩餘之品何在焉。又好為之盡，去兩宋蘊藉之旨遠矣。（《蓮子居詞話》卷三，《詞話叢編》冊三，頁二四六一）

近人趙尊嶽云：

> 詞曲於句字之間，毫釐便當千里，曲家自命多能，偶填短調，比之雜序，初不知塗轍之乖違，於是短促者似金元之散套，婉約者為脂粉之俳文。以跡象言之，則俚語方言，不暇辨擇；以意境言之，則蘭荃亦穢，粉列雜揉。蓋其浸淫者日深，則染習者難拔，托體日卑，幹骨日脆。明詞不尚，實惟南北曲有以掩其盛名，亦正惟南北曲有以亂其風格耳。（〈惜陰堂明詞叢書敘錄〉，《明詞彙刊》附錄）

詞家論明詞之不振，咸以語言風格之曲化，為重要之因素。故釐清詞體之語言風格，遂亦成為清初詞家本色論之重要內容。

然「本色」一詞，自宋代延入詞學理論後，詞論家乃競言本色，惟因詞學觀點有異，「本色」之內涵亦言人人殊。詞體語言之本色，因詞家各本其學，見解亦異。如宋代張炎以「詞中一個生硬字用不得。須是深加鍛煉，字字敲打得響，歌誦妥溜，方為本色」（《詞源》卷下）。明代陳霆論楊基作禁體雪詞亦云：「於法宜取古人成語，匀之句中，使人一覽見雪，乃為本色」（《渚山堂詞話》卷二）。論者大抵強調鍛煉字面，方為詞體之「本色語」。至於明末陳子龍則強調「自然」，以「鏤裁至巧而若出自然，警露已深而意含未盡」（〈三子詩餘序〉，《詞籍序跋叢編》頁五〇七）為尚。沈謙及其文友亦多宗尚「雕琢而出以自然」，如王士禎《花草蒙拾》云：

前輩謂史梅溪之句法，吳夢窗之字面，固是確論。尤須雕組而不失自然，如「綠肥紅瘦」、「寵柳嬌花」，人工天巧，可稱絕唱。若「柳腴花瘦，蝶凄蜂慘」，即工，亦巧匠琢山骨矣。（《詞話叢編》冊一，頁六八三）

又彭孫遹《金粟詞話》云：

詞以自然為宗，但自然不從追逐中來，便率易無味。如所云絢爛之極，乃造平澹耳。若使語意澹遠者，稍加刻畫；鏤金錯繡者，漸近天然，則駸駸乎絕唱矣。（《詞話叢編》冊一，頁七二一）

又云：

詞以豔麗為本色，要是體製使然。（同前引，頁七二三）

王、彭兩人均主張詞體以豔麗為本色，然須通過追逐，達於自然之境，斯為上乘。沈謙論此，則承「下字欲其雅」之傳統詞學觀，拈出「設色貴雅」之概念，總綰詞體之風格，以別於他體。進而提出「離即」之說，作為詞體語言風格之規矩，所謂：

白描不可近俗，修飾不得太文，生香真色，在離即之間，不特難知，亦難言。

是知詞體之風格，就修辭技巧言，略可分為自然與雕琢兩大類。自然一派，出于真率之性情；雕琢一派，出于學力。惟尚自然或尚雕琢，雖各盡其理，各有所宗，然就文學本質言，自然與雕琢一體，合則雙美，離則兩傷。故劉勰《文心雕龍‧明詩篇》既云：

人稟七情，應物斯感，感物吟志，莫非自然。

〈事類篇〉復云：

夫以子雲之才，而自奏不學；及觀書石室，乃成鴻采，表裏相資，古今一也。……夫山木為良匠所度，經書為文士所擇，木美而定于斧斤，事美而制于刀筆；研思之士，無慚匠石矣。

斯即不偏一執以立論也。沈謙持論亦同於此，既云「情文相生」，又曰「白描不可近俗，修飾不得太文」，以「離即之間」為最高境界；凡臻此渾成之境者，即為詞體「生香真色」之語。可見沈謙論詞，亦宗於「自然」一派，惟務調和「白描」與「鍛鍊」，期臻「鍛鍊而出以自然」之境。故評賞詞壇稱頌之名句，時有獨到之見解。如沈祥龍《論詞隨筆》云：

詞以自然為尚。自然者，不雕琢，不假借，不著色相，不落言詮也。古人名句如「梅子黃時雨」、「雲破月來花弄影」，不外自然而已。（《詞話叢編》冊五，頁四〇五四）

沈謙則云：

「紅杏枝頭春意鬧」、「雲破月來花弄影」，俱不及「數點雨聲風約住，朦朧淡月雲來去」。予嘗謂李後主拙于治國，在詞中猶不失為南面王，覺張郎中、宋尚書，直衙官耳。（註二）

又云：

> 賀方回〈青玉案〉：「試問閒愁知幾許，一川煙草，滿城風絮，梅子黃時雨。」不特善于喻愁，正以瑣碎為妙。（註三）

沈祥龍以自然為尚，論「梅子黃時雨」、「雲破月來花弄影」二句皆由直尋。然大抵傳頌之作，乍看似自然直尋，卻往往從追逐中來，此所謂以工力造平淡，於精煉處見自然也。沈謙殆深明此理，故稱賞「梅子黃時雨」詞之善喻，以其極鍊如不鍊也；而以「雲破月來花弄影」不及李煜「數點雨聲風約住，朦朧淡月雲來去」，以其猶未泯刻劃之痕跡也。

白描之語可得自然天成之妙，修飾之文可得典雅精煉之功；然過於雕琢鍛煉，不免失之自然，過於質樸自然，亦不免失之淺俗。是以沈謙主張「生香真色」，須在不離不即之間。惟其中境味，「不特難知，亦難言」也。且因批評家個人好尚不同，其評騭亦自有別。如「紅杏枝頭春意鬧」一句，清賀裳《皺水軒詞筌》以為「安排一個字（鬧），費許大力氣」；王又華《古今詞論》則評之云「一鬧字卓絕千古」。故沈謙抒論，往往列舉名篇或名句，以為體悟之憑藉，說明其心目中之本色語：

> 秦少游「一向沉吟久」，大類山谷〈歸田樂引〉，鏟盡浮詞，直抒本色。而淺人常以雕繪傚之。此等詞極難作，然亦不可多作。

按；秦觀「一向沉吟久」詞，調寄〈滿園花〉：

> 一向沉吟久。淚珠盈襟袖。我當初不合、苦撋就。慣縱得軟頑，見底心先有。行待癡心守。甚捻著脈子，倒把人來僝僽。近日來、非常羅皁醜。佛也須眉皺。怎掩得眾人口。待收了孛羅，罷了從來斗。從今後。休道共我，夢見也、不能得勾。（《全宋詞》頁四五九）

此詞以質樸白描之手法，摹寫情人嘔氣之心理轉折，有怨、有戀、有嬌羞、有期望，語語如在目前，情態極為傳神。而全詞皆出之以方言口語，合於小兒女之聲口，表達情感尤為自然真切，誠可謂辭情相稱也。至若黃庭堅〈歸田樂引〉則有「暮雨濛階砌」、「對景還銷瘦」兩闋：

> 暮雨濛階砌。漏漸移、轉添寂寞，點點心如碎。怨你又戀你。恨你惜你。畢竟教人怎生是。前歡算未已。奈向如今愁無計。為伊聰俊，銷得人憔悴。這裏誚睡裏。夢裏心裏。一向無言但垂淚。（《全宋詞》冊一，頁四〇七）

又：

> 對景還銷瘦。被箇人、把人調戲，我也心兒有。憶我又喚我，見我嗔我，天甚教人怎生受。看承幸廝勾。又是樽前眉峰皺。是人驚怪，冤我忒撋就。拚了又捨了，定是這回休了，及至相逢又依舊。（同前引）

兩詞皆以直抒胸臆之手法，通俗直率之語言，表現小兒女怨、戀、嗔、癡之情。詞中主人公複雜、矛盾之感情與心理狀態，亦因口語方言之巧妙運用，與所要表達之感情融合無間，而情態躍然，確與秦觀「一向沉吟久」詞大類。沈謙以為此乃剷盡浮詞之本色語，劉體仁《七頌堂詞繹》亦評之云：

> 柳七最尖穎，時有俳狎，故子瞻以是呵少游。若山谷亦不免，如「我不合太撋就」類，下此則蒜酪體也。（《詞話叢編》冊一，頁六二二）

是知沈謙舉秦、黃二家以淺寫深，以直抒曲之作，旨在揭示其「白描不得近俗」之規矩。蓋此等剷盡浮詞之作，偏重真情實感，修辭目的在自然傳神，故其長處在切摯動人，短處在淺陋凡盡，非有真情實感者不易下筆，是以特重體會。

惟善體會者斯能恰到好處，蓋專恃工力者僅能得其形式之自然，內容苟不深美，雖形式自然，難免淺陋凡近。故沈謙云「此等詞極難作，然亦不可多作」，劉體仁云「下此即蒜酪體」也。

黃庭堅論詩主張「以俗為雅，以故為新」（註四），施之於詞，則好以方言俚語入詞，引起詞壇諸多爭議。（註五）然沈謙既主張自然，而又身為曲家，顯然極為稱賞黃庭堅〈歸田樂引〉，言文合一，「俗而不俗」之技巧。因之既賞其「直抒本色」，又為之仿作：其《東江別集》即有〈歸田樂引〉，註云：「用黃庭堅『砌雨濛階體』」：

> 眉細元非皺。臉如花、天然焦媚，只是芳年小。許了又悔了。去了來了。弄得人心喜還惱。　寄書都不報。卻傍花屏低聲笑。柔腸縈損，爭是無情好。是了已悟了。罷了丟了。驀地腮邊淚珠掉。

此詞所描寫之題材與黃庭堅詞相近，語言自然清新，亦淺語而有致者也。又《填詞雜說》中另有以「傳神」論詞者，如：

> 「喚起兩眸清炯炯」、「閒裏覷人毒」、「眼波才動被人猜」、「更無言語空相覷」，傳神阿堵，已無剩美。彭金粟「小語怯聽聞，嬌波橫覷人」，王阮亭「目成難去且徐行」，又別開一生面。予之「定睛斜睨，寂寂簾垂地」，瞠乎後矣。（註六）

上述詞語皆摹寫女子顧盼之情態，沈謙以其辭愈樸質、情愈真實，讀之使人生真實之感，故賞之為「傳神」。觀其語言自然活潑，摹寫極為出色，與前舉秦、黃之詞有異曲同工之妙。由此殆可窺知沈謙「生香真色」之內涵。

再者，自文人假手詞作以來，「尚雅忌俗」恆為詞家視為創作之準則，柳永雖造成「有井水處，皆能歌柳詞」之盛況，卻因「詞語塵下」，倍受譏彈。尤其南宋復雅理論高張，「雅正」遂為品鑑詞篇優劣之準尺。自是詞家或據內容，或據形式，抒論雅俗之別，「雅」遂為詞體特色之一。逮及明代，因詞曲風格之互化，明末清初詞家，或消極指陳「俗化」之弊，或積極尋求「復雅」之途，雅俗之別遂與詞曲之別綰合。就詞語之本色言，雅俗之辨幾等同於詞曲之別，沈謙「白描不可近俗，修飾不得太文」，亦在為雅俗立一分際。由於使事用典可得典雅精鍊之功，故自宋以來論者或有藉之作雅俗之辨者。如張炎評《清真詞》云：

美成負一代詞名，所作之詞渾厚和雅，善于融化詩句。（《詞源》卷下，《詞話叢編》冊一，頁二五五）

又云：

句法中有字面，蓋詞中一個生硬字用不得。須是深加鍛煉，字字敲打得響，歌誦妥溜，方為本色語。如賀方回、吳夢窗，皆善於鍊字面，多於溫庭筠、李長吉詩中來。字面亦詞中之起眼處，不可不留意也。（同前引，頁二五九）

王灼亦云：

柳耆卿《樂章集》，世多愛賞。……惟是淺近卑俗，自成一體，不知書者尤好之。（《碧雞漫志》卷一，《詞話叢編》》冊一，頁八四）

論者顯然以用典與否，定一詞之雅俗；復以雅俗論定是否合乎本色。由於沈謙論詞本乎自然，以「離即之間」為歸，故既稱賞自出新意者，如：

徐師川「門外重重疊疊山，遮不斷、愁來路」，歐陽永叔「強將離恨倚江樓，江水不能流恨去」，古人語不相襲，又能各見所長。（註七）

而於巧用典故，推陳出新者，亦頗稱賞。如：

東坡「破帽多情卻戀頭」，翻龍山事，特新。山谷「風前橫笛斜吹雨，醉裏簪花倒著冠」，尤用得幻。（註八）

又稱賞融詩入詞者，如：

「雲想衣裳花想容」，此是太白佳境。柳屯田「擬把名花比，恐旁人笑我，談何容易」，大畏唐突，尤見溫存，又可悟翻舊為新之法。（註九）

再如：

「夕陽如有意，偏傍小窗明」，不若晏同叔「一場愁夢酒醒時，斜陽卻照深深院」，更自神到。（註十）

案：晉孟嘉龍山落帽事，詩詞家頗好引用。杜甫七律〈九日藍田崔氏莊〉詩有「羞將短髮還吹帽，笑倩旁人為正冠。」一聯，蘇詞〈南鄉子〉「破帽」句顯係用孟嘉事，且反用杜詩吹帽之意。（註十一）故沈謙賞其「特新」。黃庭堅詞用龍山事者，另有「翰林本是神仙謫。落帽風流傾座席。」（〈木蘭花令・翰林本是神仙謫〉）、「龍山落帽千年事，我對西風猶整冠。」（〈鷓鴣天・塞雁初來秋影寒〉）二句，沈謙獨賞其「風前」句，以其妙脫原意，清迥獨出，直逼東坡故也。李白「雲想衣裳花想容」句，以雲與花比楊妃衣裳容貌之美，設色濃豔。柳永「擬把」句翻新其意，語言自然渾成。至若陳後主「夕陽如有意，偏傍小窗明」，寫情莊而雅；晏幾道「一場愁夢酒醒時，斜陽卻照深深院。」反用其意，而纏綿蕩往，此沈謙所以譽之為神到也。綜觀前述例句，凡用典者，能「用事而不為事使」；凡化用詩語者，能入於詩而出以詞中語言，要皆能推陳出新，自出新意，確可為取材之範則。由是可知取材前人者，苟能渾化無跡，而運之以詞中語言，則曲語亦可入詞，此沈謙「詩曲俱可入詞，貴人自運」之本意也。

揆諸上述沈謙推賞之詞篇或詞句，其特色可以「自然真切」概括。蓋「自然」者，乃就寫作技巧言之，要恰到好處，不可過於雕琢；而真切者，乃就作品內容言之，須情感真摯，不可虛浮。參證其「白描不可近俗，修飾不得太文，生香真色，在離即之間」，乃以「大巧之樸」為最高境界，是其所指「本色」語者，當即「自然渾成」之語也。

二、藝術技巧

就詞統之承繼言，清初「西泠派」即「雲間派」，陳子龍〈王介人詩餘序〉嘗藉闡明作詞之「四難」：用意難、鑄調難、設色難、命篇難，提出詞體「本色」之標準。沈謙《填詞雜說》論詞之創作，亦提出「四貴」說：立意貴新、設色貴雅、搆局貴變、言情貴含蓄，闡明「本色」之規矩。其言云：

詞要不亢不卑，不觸不悖，驀然而來，悠然而逝。立意貴新，設色貴雅，搆局貴變，言情貴含蓄，如驕馬弄銜而欲行，粲女窺簾而未出，得之矣。

此說乃概括詞體之謀篇、寫作而言，可視為《填詞雜說》作法論之總綱。是以本節乃就「立意」、「設色」、「搆局」、「言情」四目，闡析其要旨如次：

（一）立意貴新

藝術境界之構成，首在立意。立意即決定主旨，明黃子肅云：「大凡作詩，先須立意。意者，一身之主也。」（《詩法》）清沈德潛亦云：「寫竹者必有成竹在胸，謂意在筆先，然後著墨也。慘澹經營，詩道所貴也。」（《說詩晬語》）蓋決定主旨，乃創作之基礎，基礎佳勝，全篇生色，不獨詩、畫如此，凡文學莫不如此。

沈謙云「立意貴新」，即要求立意要新穎。就創作技巧言，詞家論詞篇之命意，以「意新」為尚者，如楊纘〈作詞五要〉云：

第五要立新意，若用前人詩詞意為之，則蹈襲無足奇者。須自作不經人道語，或翻前人意，便覺出奇。（《詞源》附錄，《詞話叢編》冊一，頁二六八）

張炎《詞源》卷下云：「詞以意趣為主，不要蹈襲前人語意。」沈義父《樂府指迷》云：「作小詞只要些新意，不可太高遠。」諸家或就篇意、或就語意立言，以為無論自鑄之語，或翻用前人之意，皆宜力避平庸陳腐，以「立新意」為貴。至於明、清，詞家仰紹前賢「意新」之說，而闡析尤為深入，如俞彥云：

> 遇事命意，意忌庸，忌陋，忌襲。立意命句，句忌腐、忌澀、忌晦。（《爰園詞話》，《詞話叢編》冊一，頁四〇〇）

俞氏之論，兼及煉意與煉句，不僅要求全篇之命意，即句意亦追求新穎警策，不同凡庸，反對陳腐、晦澀，蹈襲前人。而沈謙文友，亦不乏以「意新」命篇者，如彭孫遹《金粟詞話》云：

> 作詞必先選料。大約用古人之事，則取其新穎，而去其陳因；用古人之語，則取其清雋，而去其平實；用古人之字，則取其鮮麗，而去其淺俗。（《詞話叢編》冊一，頁七二四）

強調用古事古語，務須「推陳出新」。又如李漁《窺詞管見》云：

> 文字莫不貴新，而詞為尤甚。不新可以不作，意新為上，語新次之，字句之新又次之。（同前引，頁五五一）

又云：

> 意新、語新而又字句皆新者，是謂諸美皆備，由武而進於韶矣。（同前引，頁五五二）

又云：

> 琢句鍊字，雖貴新奇，亦須新而妥，奇而確。妥與確，總不越一理字，欲望句之驚人，先求理之服眾。（同前引，頁五五三）

李氏推闡詞貴求新之理，兼賅「意新」、「語新」、「字句之新」言之，較諸前賢，更為詳悉明暢。是知沈謙「立意貴新」之觀點，顯然襲自傳統，而在清初詞家爭鳴之際，其說僅提綱挈領，捻出要訣，實不若李漁之論周全詳備也。

然沈謙論詞，以擇評詞人之優劣得失，確立詞學之正鵠為要務，故循其評賞名家之論，亦可窺其「意新」之內涵。如「古人語不相襲」一則云：

> 徐師川「門外重重疊疊山，遮不斷、愁來路」，歐陽永叔「強將離恨倚江樓，江水不能流恨去」，古人語不相襲，又能各見所長。

案：徐俯「門外重重疊疊山，遮不斷、愁來路」（〈卜算子・天生百種愁〉），妙喻天成，蘊藉風流，胡仔《苕溪漁隱叢話》以之與趙令畤「重門不鎖相思夢，隨意繞天涯」（〈烏夜啼・樓上縈簾弱絮〉）對舉；（註十二）沈謙則視之與歐陽修「強將離恨倚江樓，江水不能流恨去」（〈玉樓春・豔冶風情天與措〉）等齊。蓋三者皆寫離愁別思：歐氏怨江水流不去離別之恨；趙氏怨鎖不住相思之夢；徐氏怨重山遮不斷愁來之路，其意相類，而造語有殊，然皆思新語妙，傳誦千古，沈謙云「古人語不相襲，又能各見所長」，實稱其能「自鑄新語」也。

至若翻用典故陳語，則強調推陳出新，如「坡谷翻龍山事」一則云：

> 東坡「破帽多情卻戀頭」，翻龍山事，特新。山谷「風前橫笛斜吹雨，醉裏簪花倒著冠」，尤用得幻。

又「柳詞翻舊為新」一則云：

> 「雲想衣裳花想容」，此是太白佳境。柳屯田「擬把名花比，恐旁人笑我，談何容易」，大畏唐突，尤見溫存，又可悟翻舊為新之法。

案：蘇軾之「破帽多情卻戀頭」（〈南鄉子・霜降水痕收〉），將孟嘉落帽之典故，渾化於身世感慨之詞境中，典中有情；黃庭堅之「風前橫笛斜吹雨，醉裏簪花倒著冠」（〈鷓鴣天・黃菊枝頭生曉寒〉），則用孟嘉落帽之事，抒其不平傲世之心，清迴獨出；柳永之「擬把名花比，恐旁人笑我，談何容易」（〈玉女搖仙珮・飛瓊伴侶〉），融化李白〈清平調〉詩句，而語淺情深，如出己意。諸家據熟事熟語，而運以奇思巧構，遂洋溢新意，均成清新，與自出新意者無異。沈謙或謂之「特新」；或云「尤用得幻」；或曰「尤見溫存」，蓋皆稱其「翻舊為新」之妙也。

綜上所述，可見沈謙論詞，雖貴意由己出，語不相襲。然引用古事古語，苟能圓轉貼切，渾化無跡，亦不失為「清新」。是其「立意貴新」之旨，乃兼賅「自鑄新語」、「翻舊為新」兩端言之。至若理論之闡述，沈氏所云雖不出前輩詞家之範疇，亦不若李漁諸人之縝密，然所舉詞例，因摘句拈字頗為精當，亦堪供體悟「立意貴新」之憑藉也。

（二）設色貴雅：

所謂「設色」，即文采辭藻之敷設。昔劉勰論文有云：「鉛黛所以飾容，而盼倩生於淑姿；文采所以飾言，而辯麗本於情性。」（《文心雕龍・情采》）填詞設色亦同，「大抵須與情思相發，所謂『連情發藻，侔色揣稱』也」（劉永濟《詞論》，頁一三〇）。若乃敷色之濃淡，則因詞家好尚之別，性靈之異，或以情真思深為極致；或以藻麗工細為準繩，各有斟酌。如明清之際，「本色」理論雜然交作，著眼於「設色」以辨體者，即同源共脈之詞家，持論亦自不同。如陳子龍〈王介人詩餘序〉云：

> 其為體也纖弱，所謂明珠翠羽，尚嫌其重，何況龍鸞。必有鮮妍之姿，而不藉粉澤，則設色難也。（《詞籍序跋粹編》頁五〇六）

王士禎《花草蒙拾》云：

> 《花間》字法最著意設色，異紋細豔，非後人纂組所及。（《詞話叢編》頁六七三）

陳氏以綺靡纖弱為詞體之本色，因要求「必有鮮妍之姿」；王氏則承「花草」之餘，以「異紋細豔」、「蹙金結繡」為美，要皆以「藻麗」為本色，第須出以自然而已。沈謙論詞體之語言，雖亦要求自然，惟其既以「白描不可近俗，修飾不得太文，生香真色在離即之間」，界定雅俗之分際，衍而論詞篇之設色，亦以「雅」為規矩，因云「設色貴雅」。是其設色，乃「自然」而「雅」，與前述「自然」而「麗」者有別也。

至若「雅」之意蘊，沈謙《填詞雜說》並無具體論證，惟尋繹其品鑑，亦可窺其消息。如「美成真深于情」一則云：

「天便教人，霎時廝見何妨」，「花前月下、見了不教歸去」，卞急迂妄，各極其妙。美成真深于情者。

由於沈謙「以情論詞」、「以詞移情」，強調至真之情，由性靈肺腑中流出，是以「天便」、「花前」兩句，雖因率直坦露，質樸無華，頗以鄙俗見譏。然沈氏不忌淺俗，而賞之云「各極其妙」，蓋以此等情真致語，愈樸愈厚，愈厚愈雅也。又如李煜詞真情實說，不尚粉澤，所謂「粗服亂頭，不掩國色」，沈謙尤賞愛之，推崇為「詞中南面王」：

「紅杏枝頭春意鬧」、「雲破月來花弄影」，俱不及「數點雨聲風約住，朦朧淡月雲來去」。予嘗謂李後主拙于治國，在詞中猶不失為南面王。

「紅杏」、「雲破」兩句，嬌妍麗質，搖曳生姿；「數點」、「朦朧」兩句，自然淡雅，煙水迷離，沈謙並舉為例，以見李煜為詞中南面王。由此推知沈謙所云設色之「雅」，殆以情真自然為依歸，不以藻麗工細為準繩也。觀夫《填詞雜說》稱賞之詞句，如：賀鑄「試問閒愁知幾許，一川煙草，滿城風絮，梅子黃時雨」、范仲淹「珍珠簾卷玉樓空，天淡銀河垂地」及「芳草無情，又在斜陽外」、晏殊「一場愁夢酒醒時，斜陽卻照深深院」等，要皆情深而不落言筌；自然而不著色相，於此亦足諦審「設色貴雅」之義也。

要之，沈謙「設色貴雅」之說，大抵緣於斯時「字面往往混入曲子」之弊，而自沈義父「下字欲其雅，不雅則近纏令之體」（《樂府指迷》）化出，旨在界分雅俗，闡明「本色」。至其要旨，大抵要求色澤因情思而發，白描與設色當在「離即之間」，側重「自然」之美，而不以麗字取妍。清沈祥龍《論詞隨筆》云：

> 詞不宜過於設色，不宜過於白描，設色則無骨，白描則無采。如粲女試妝，不假珠翠，而自然濃麗；不洗鉛華，而自然淡雅，得之矣。

其言與沈謙「貴雅」之論、「離即」之說，異曲而同工，殆深得其奧蘊者也。

（三）搆局貴變：

詞之結構與詩、曲不同，其布局方式亦自有異。如陸輔之《詞旨》云：「制詞須布置停匀，血脈貫穿，過片不可斷了曲意，如常山之舌，救首救尾。」（《詞話叢編》冊一，頁三〇三）要求布局之匀整。沈謙云：「搆局貴變」，強調布局之變化，係概括而言之。若論詞章之結構，宜重視起、結、過拍，蓋一篇之精神振起在起句，一曲之餘音裊裊在結句，而過片則為前後闋之間，事斷意續，意盡情生之關鍵。是以詞家論布局，多著墨於此。沈謙云：「詞要不亢不卑，不觸不悖，驀然而來，悠然而逝。」所謂「驀然而來」即指起句倏乎而來，使人急欲觀其下文。如：

李煜：多少恨，昨夜夢魂中。〈望江南〉

李清照：尋尋覓覓，冷冷清清，悽悽慘慘戚戚。〈聲聲慢〉

二李之詞猶未著筆之際，似已蘊蓄無限情思，起處彷彿從千回百轉中突然而發，最能振起精神，斯亦「驀然而來」之佳例。所謂「悠然而逝」指結句語盡意不盡，而餘韻悠長，使人回味無窮。蓋詞起結最難，而結尤難於起，故沈謙另有說明：

填詞結句，或以動蕩見奇，或以迷離稱雋，著一實語，敗矣。康伯可「正是銷魂時候也，撩亂花飛」、晏叔原「紫騮認得舊遊蹤，嘶過畫橋東畔路」、秦少游「放花無語對斜暉，此恨誰知」，深得此法。（註十三）

沈氏強調填詞結句須有餘不盡，故須含蓄曲折，以著實語為忌。所舉康伯可「正是銷魂時候也，撩亂花飛」、晏叔原「紫騮認得舊遊蹤，嘶過畫橋東畔路」，結尾宕開一筆，或寓情於景，或託物寄情，以離合見動盪之致；秦少游「放花無語對斜暉，此恨誰知」，寫迷離之況，虛中有實，尤稱雋永。是皆得「不愁明月盡，自有月珠來」之妙（劉體仁《七頌堂詞繹》），沈謙賞其得法，而其說尤為善識也。

由於詞調體製有長短之別，其布局亦因之而異。如牛承爵《存餘堂詩話》云：

詩詞雖同一機杼，而詞家意象與詩略有不同。句欲斂，字欲捷，長篇須曲折三致意，而氣自流貫。（王又華《古今詞論》引，《詞話叢編》冊一，頁六〇三）

蓋自明顧從敬分詞調為「小令」、「中調」、「長調」以來，詞家論詞之布局，大抵沿顧氏之說。如《填詞雜說》論各調作法云：

小調要言短意長，忌尖弱。中調要骨肉停勻，忌平板。長調要操縱自如，忌粗率。能于豪爽中著一二精緻語，綿婉中著一二激厲語，尤見錯綜。

詞之小令，體製短，貴婉轉委曲，蓋婉轉則含蓄味長，委曲則情深意邈；所謂「宜曲不宜直」，短調尤甚。中調體製介於長、短調之間，故須布置停勻，切忌平板。長調體製最長，何妨敷敘，然總以局勢變換而氣脈貫串為要則，切忌粗率冗漫。要之，短調貴含蓄，長調貴排蕩，皆因體製有以致之也。

然短調或有以排蕩見長，長調亦有以婉曲取勝者，沈謙云：

小令中調有排蕩之勢者，吳彥高之「南朝千古傷心事」、范希文之「塞下秋來風景異」是也。長調極狎昵之情者，周美成之「衣染鶯黃」、柳耆卿之「晚晴初」是也。于此足悟偷聲變律之妙也。

案：吳激「南朝千古傷心事」，調寄〈人月圓〉：

南朝千古傷心事，猶唱後庭花。舊時王謝，堂前燕子，飛向誰家。恍然一夢，仙肌勝雪，宮髻堆鴉。江州司馬，青衫淚濕，同是天涯。（《全金元詞》上，頁四）

范仲淹「塞下秋來風景異」，調寄〈漁家傲〉：

塞下秋來風景異。衡陽雁去無留意。四面邊聲連角起。千嶂裏。長煙落日孤城閉。濁酒一杯家萬里。燕然未勒無歸計。羌管悠悠霜滿地。人不寐。將軍白髮征夫淚。（《全宋詞》冊一，頁十一）

周邦彥「衣染鶯黃」，調寄〈意難忘〉：

衣染鶯黃。愛停歌駐拍，勸酒持觴。低鬟蟬影動，私語口脂香。簷露滴，竹風涼。拚劇飲淋浪。夜漸深，籠燈就月，子細端相。知音見說無雙。解移宮換羽，未怕周郎。長顰知有恨，貪耍不成妝。些箇事，惱人腸。試說與何妨。又恐伊、尋消問息，瘦減容光。（《全宋詞》冊二，頁六一六）

柳永「晚晴初」，調寄〈十二時〉：

晚晴初，淡煙籠月，風透蟾光如洗。覺翠帳、涼生秋思。漸入微寒天氣。敗葉敲窗，西風滿院，睡不成還起。更漏咽、滴破憂心，萬感並生，都在離人愁耳。天怎知、當時一句，做得十分縈繫。夜永有時，分明枕上，覷著孜孜地。燭暗時酒醒，元來又是夢裏。睡覺來、披衣獨坐，萬種無憀情意。怎得伊來，重諧雲雨，再整餘香被。祝告天發願，從今永無拋棄。（《全宋詞》冊一，頁五五）

吳、范之詞，以小令抒慨唱歎，或抒故國之思、身世之慨，或嘆邊鎮之勞、思鄉之情，格調蒼涼悲壯，音節流利頓挫。周、柳之詞，以長調寫思婦怨情，旖旎纏綿，體度婉豔。小令之調而有排蕩之勢；長調之體而極狎昵之情，與傳統體製觀點有別，是以沈謙稱之為「偷聲變律之妙」也。

（四）言情貴含蓄：

言情之作，所以感人，全在於「真切」與「含蓄」。蓋情感愈真切，則感人愈深；設若出之以含蓄，則尤能令人盪氣迴腸。劉勰《文心雕龍・隱秀》篇云：「夫隱之為體，義主文外，秘響旁通，伏采潛發，譬爻象之變互體，川瀆之韞珠玉也。故互體變爻，而化成四象；珠玉潛水，而瀾表方圓。」所謂「隱」即「含蓄」，指文章之情理內蘊，餘味無窮。姜夔《白石道人詩說》論「含蓄」云：

> 詩貴含蓄。東坡云：「言有盡而意無窮者，天下之至言也。」山谷尤謹於此。清廟之瑟，一唱三嘆，遠矣哉！後之學詩者，可不務乎？若句中無餘字，篇中無長語，非善之善者也；句中有餘味，篇中有餘意，善之善者也。

姜氏「含蓄」一則雖以論詩，而前人固視其詩論為詞論（註十四）；所云「句中有餘味，篇中有餘意」，用以論詞，亦見崇尚含蓄之真諦。

沈謙論詞，重言情，喜深婉，尤標舉「言情貴含蓄」，以為當如「驕馬弄銜而欲行，粲女窺簾而未出」，若隱若現，欲露不露，反復纏綿，終不許一語道破。其《雲華館別錄》自序，亦據「龍以不見為神」，以「若滅若沒」闡明含蓄之旨。其言云：

> 畫龍必雲，或露鱗甲爪尾，若滅若沒者，其中皆龍也。（《東江集鈔》卷六）

取譬的當，可謂片言中的。至若婉曲生情，餘味雋永之名家詞，《填詞雜說》中亦不乏論例。如稱賞以景寓情之妙云：

范希文「珍珠簾卷玉樓空，天淡銀河垂地」及「芳草無情，又在斜陽外」，雖是賦景，情已躍然。(註十五)

范仲淹〈御街行・紛紛墮葉飄香砌〉、〈蘇幕遮・碧雲天〉兩闋，向以情語入妙為詞家所稱許。且皆寫離懷愁思，其抒情技巧，俱上片寓情於景，下片則由景及情。沈謙所舉「珍珠」、「芳草」句，正由景及情之自然過渡：「珍珠簾卷玉樓空，天淡銀河垂地。」藉空曠寂寥之秋園夜景，寓月圓人離之悵恨，而翻出下片「愁腸已斷無由醉，酒未到、先成淚。」之愁思。「芳草無情，更在斜陽外。」則藉芳草天涯之景物，隱逗悠悠思鄉之離情，從而觸發「黯鄉魂，追旅思」之淒愴愁緒。兩詞寫來，毫不著跡，而悠悠離情，已引人魂斷。沈謙評云：「雖是賦景，情已躍然。」可謂善評鷺者也。又如褒美婉曲言情之致云：

「馬滑霜濃，不如休去，直至少人行。」言馬言他人，而纏綿俱倚之情自見。若稍涉牽裾，鄙矣。(註十六)

此詞寫情人幽會，上片記橙香笙語，相見情事；下片寫勸留之言，依戀之情。結句：「馬滑霜濃，不如休去，直至少人行。」不直道休去，只說夜深、路難、少人行，而無限依戀之情皆見於言外，確較直說、實說更為動人。其詞情昵狎溫柔，而曲折含蓄，故沈謙稱道「言馬言他人，而纏綿俱倚之情自見。若稍涉牽裾，鄙矣。」周濟賞之云：「此亦本色佳製也。本色至此便足，再過一分，便入山谷惡道矣。」由此正可體悟沈氏含蓄之旨、本色之意也。

要之，沈謙「四貴」之說，如「立意貴新」、「設色貴雅」，雖為詞體而發，然此標準放諸詩、文、詞皆準。至若「搆局貴變」、「言情貴含蓄」，前者針對詞體特殊體製而論，簡潔精當；後者雖承「詩貴含蓄」之旨，而尤側重詞體之抒情特色。推其立論，殆本於詞非剩技，乃為全功之觀念，故能本諸文學理論，而推諸詞體之獨特性，所闡明者，厥為作詞之通則也。

就形式言，沈謙論小令、中調、長調之布局雖有別，而概括於「能於豪爽中著一二精緻語，綿婉中著一二激勵語，尤見錯縱」，此即曲中有直，直中有曲。曲直互用，更耐人尋味。

就風格言，沈謙論婉約與豪放有別，而概括於「貴于移情」，以『曉風殘月』、『大江東去』，體製雖殊，讀之皆若身歷其境，惝恍迷離，不能自主，文之至也。」又云：「學周柳不得見其用情處，學蘇辛不得見其用氣處，當以離處為合。」是周柳之婉約抒情，蘇辛之豪放抒志皆可學，惟其用情使氣處，傷於刻露無餘，失卻詞體蘊藉含蓄之美，故「當以離處為合」也。

由是亦可知，沈謙所云：「詞要不亢不卑，不觸不悖，驀然而來，悠然而逝。……言情貴含蓄，如驕馬弄銜而欲行，粲女窺簾而未出，得之矣。」又云：「句中有餘味，篇中有餘意」之規矩，乃作詞之通則。準此，推測沈謙論詞，在風格上，不限於豪放與婉約；在形式上，不限於小令或長調，皆以「曲折深韻」為美。葉嘉瑩〈從中國詞學之傳統看詞之特質〉云：

> 第一類歌辭之詞，其下者固在不免有淺俗柔靡之病，而其佳者則往往能在寫閨閣兒女詞中具含一種深情遠韻，且時時能引起讀者豐富之感發與聯想；第二類詩化之詞，其下者固不免有浮率叫囂之病，而其佳者則往往能在天風海濤之曲中，蘊含有幽咽怨斷之音，且能於豪邁中見沉鬱，是以雖屬豪放之詞，而仍能具有曲折含蘊之美；至於第三類賦化之詞，則其下者固在不免有堆砌晦澀而內容空乏之必病，而其佳者則往往能於勾勒中見渾厚，隱曲中見深思，別有幽微耐人尋味之意致。……而此三類詞之佳者莫不以具含一種深遠曲折耐人尋繹之意蘊為美。（《中國詞學的現代觀》頁十一—十二）

葉氏歸納詞體之發展，以唐、五代及北宋初歌筵酒席之作為「歌辭之詞」；蘇、辛等言志抒情之作為「詩化之詞」；周、姜等鋪陳勾勒之作為「賦化之詞」，而此「三類詞之佳者莫不以具含一種深遠曲折耐人尋繹之意蘊為美」。論述精妙通達，正可為「詞之言長」作一註腳。

貳、以「後主」「易安」為當行

沈謙《填詞雜說》歷評諸公之詞，或摘其佳作；或評比優劣，而皆就詞篇立言。其就詞家臧否者，獨推重李煜、李清照為當行本色，其言云：

男中李後主，女中李易安，極是當行本色。

又推崇「李後主為詞中南面王」：

予嘗謂李後主拙于治國，在詞中猶不失為南面王，覺張郎中、宋尚書，直衙官耳。

可謂善鷩者也。其後王又華《古今詞論》與張德瀛《詞徵》相繼引用（註十七），近人王鵬運《半塘老人遺稿》亦賞李煜詞之高華云：

蓮峰居士（後主別號）詞，超逸絕倫，虛靈在骨。芝蘭空谷，未足比其芳華；笙鶴瑤天，詎能方茲清怨。後起之秀，格調氣韻之間，或日月至，得十一於千百。若小晏，若徽廟，其殆庶幾。斷代南渡，嗣音闃然，蓋閒氣所鍾，以謂詞中之帝，當之無愧色矣。（註十八）

知音者封李煜為詞國南面王，今人繼沈謙「男中李後主，女中李易安」之說，莫不慨譽李清照為詞國皇后。二李並稱，一王一后，幾成定論。

李煜、李清照雖時隔一百餘年，地位懸殊，性別有異，而天才橫溢、家學淵源、時代際遇相近，兩人之藝術成就亦在伯仲之間。二李之詞雖各有特色，而俱以淺近之語，發深情之思，為詞林所稱。如覈以沈謙之詞學觀，推測其視二李為當行本色者，蓋有二端：其一，就思想內容言，二李之詞皆能以「情真」動人；其二，就藝術技巧言，二李之詞俱能臻于「自然」妙境，故為沈氏所推舉也。茲試為分析說明如次：

一、情真：

沈謙論詞以「移情」為貴，強調詞體藝術之感染力。而詞篇所以能引起共鳴，除精妙之表達技巧外，尤須出之以「真情實感」。二李之詞，無論早期之綺豔、歡樂，或晚期之哀婉、悲苦，無不真情流露，誠摯動人。即以李煜詞為例，如：

> 花明月暗籠輕霧。今宵好向郎邊去。襪步香階。手提金縷鞋。畫堂南畔見。一向偎人顫。奴為出來難。教郎恣意憐。（〈菩薩蠻〉，《全唐五代詞》卷九，頁四七一）

此詞直抒豔情，真情實說，毫不掩飾，其不同於《花間集》者，即在於「真」字。正如清許昂霄云：「情真，景真，與空中語自別。」（《詞綜偶評》）國變之後，李煜淪為臣虜，尤以不可遏抑之真情，抒發故國之思、亡國之恨。如〈破陣子・四十年來家國〉、〈相見歡・林花謝了春紅〉、〈浪淘沙・往事只堪哀〉、〈浪淘沙・簾外雨潺潺〉、〈虞美人・春花秋月何時了〉等，其哀傷真摯，有如血淚凝聚而成。王國維《人間詞話》云：「尼采謂：一切文學，余愛以血書者。後主之詞，真所謂以血書者也。」又云：「詞人者，不失其赤子之心者也。故生於深宮之中，長於婦人之手，是後主為人君所短處，亦即為詞人所長處。」又云：「客觀之詩人不可不多閱世，閱世愈深則材料愈豐富愈變化，《水滸傳》《紅樓夢》之作者是也。主觀之詩人不必多閱世，閱世愈淺則性情愈真，李後主是也。」正因李煜閱世不深，純以一片赤子之心，重以先天秉賦之慧質，故其詞情感真率自然，感人至深。葉嘉瑩〈論李煜詞〉云：

> ……李煜之所以為李煜，與李煜詞之所以為李煜詞，在基本上卻原有一點不變的特色，此即為其敢於以全心去傾注的一份純真深摯之感情。在亡國破家之前，李氏所寫的歌舞宴樂之詞，固然為其純真深摯之感情的一種全心的傾注；在亡國破家之後，李氏所寫的痛悼哀傷之詞，也同樣為其純真深摯之感情的一種全心的傾注。（《靈谿詞說》，頁八九－九〇）

葉氏之說，頗能道出李煜詞情感之特色，動人之原因。而此「情真」之特色，歷來學者大抵以為在中國文學史上，唯有屈原、曹植、陶淵明等足以與之媲美。

至若李清照，其至情至性、天才橫溢，一如李煜，而身為女性，尤細膩善感。發之於詞，在前期，既能坦率真誠寫其夫婦之愛、相思之苦；及南渡後，亦能深刻表達流亡之苦、悼亡之痛，無不言真情摯，傳誦不衰。王灼云其「作長短句能曲折盡人意」（《碧雞漫志》卷第二），吳衡照說易安詞「善于言情」（《蓮子居詞話》），孟瑤云：「清照晚年作品，直追後主哀切，讀之可以下淚。」（《中國文學史》頁四二四）劉瑞蓮則直指李清照詞之思想內容與藝術風格，乃受屈原、陶潛、李白、杜甫與李煜之影響，且分析云：

> 在文學創作上，陶淵明對李清照也有重要的影響。那就是她父親李格非所推崇的一個「誠」字。李格非認為陶的〈歸去來辭〉「字字如肺肝出，遂高步晉人之上，其誠著也。」李易安的詞之所以感人，也正在于她的詞「字字如肺腑出」，也在于她的誠。（《李清照新論》頁一五六）

顯見李清照遠紹陶淵明，近承李煜，以「情感真摯」備受肯定。而沈謙以其睇視李煜，並舉為「當行本色」，所本亦在於「真」字。即以〈浣溪沙〉詞為例：

> 繡面芙蓉一笑開。斜飛寶鴨襯香腮。眼波纔動被人猜。一面風情深有韻，半牋嬌恨寄幽懷。月移花影約重來。
>
> （《全宋詞》冊二，頁九三四）

此詞摹寫嬌態，曲盡如畫。「眼波纔動被人猜」一句傳神，女子沉浸於愛情之心理神態躍然紙上，沈謙賞之云「傳神阿堵，已無剩美」，而所以傳神，殆亦源於真切也。蓋李清照攄寫性情，坦率真摯，喜怒哀樂，皆本至誠，與生活合一，生命相融。正如王熙元所云：

清照是一個有真性情的人，歡樂的時後歡樂，愁苦的時候愁苦，從來不隱藏、也絲毫不掩飾內心的情感，她的詞，既不矯柔造作，更不無病呻吟，完全表現出真實的心情。（註十九）

是以早期生活閒適美滿，李清照亦毫不隱飾其真情實感，因有前舉〈浣溪沙〉及〈如夢令．常記溪亭日暮〉、〈點絳脣．蹴罷秋千〉、〈減字木蘭花．賣花擔上〉、〈采桑子．晚來一陣風兼雨〉等歡樂愛戀之詞。南渡後，飽嘗寡居流徙之苦，以是多愁苦之音，如〈聲聲慢．尋尋覓覓〉、〈武陵春．風住塵香花已盡〉、〈孤雁兒．藤床紙帳朝眠起〉、〈永遇樂．落日熔金〉等，或述流離之苦，或吟悼亡之痛，或發故國之悲，皆充分流露其自然真摯之個性與情感，寫來淋漓盡致，教人不忍卒讀，淒然下淚。茲以〈武陵春〉詞為例：

風住塵香花已盡，日晚倦梳頭。物是人非事事休，欲語淚先流。聞說雙溪春尚好，也擬泛輕舟。只恐雙溪舴艋舟。載不動、許多愁。（《全宋詞》冊二，頁九三〇）

此詞乃避亂金華所作，全詞婉轉哀啼其亡國之恨、飄零之苦、寡居之悲，感情深切真摯，而構思新穎，語言淺近，讀來如見其人，如聞其聲。李清照詞之真摯動人，正可於此間體會。

要之，感情之真實自然，乃感發讀者最主要之力量。李煜、李清照，從不為無病呻吟之音，刻畫藻飾之辭；樂則寫樂，哀即寫哀，一任真情至性傾注於詞中，具有強烈之藝術感染力，深契沈謙「剷盡浮辭，直抒本色」之論、「詞貴于移情」之理，故見推為詞中之「王」與「后」也。

二、自然：

沈謙本色論中所立之規矩，強調「自然渾成」，極鍊如不鍊，嘗舉李煜「數點雨聲風約住，朦朧淡月雲來去」，以見宋祁「紅杏枝頭春意鬧」、張先「雲破月來花弄影」之落於斧鑿。就抒情藝術言，李煜善作深入淺出之描寫：以質樸語言，白描手法，融合美好韻律，表達至深之情。而其詞篇所以傳誦千古，無人不愛，除「情真」以勝人；清新自然之語言風格，實亦引起讀者共鳴之重要因素。如胡應麟《詩藪雜編》云：

後主目重瞳子，樂府為宋人一代開山。蓋溫韋雖藻麗，而氣頗傷促，意不勝辭。至此君方是當行作家。清麗宛轉，詞家王孟。

周濟《介存齋論詞雜著》云：

毛嬙、西施，天下美婦人也，嚴妝佳，淡妝亦佳，粗服亂頭，不掩國色。飛卿，嚴妝也；端巳，淡妝也；後主則粗服亂頭矣。（《詞話叢編》冊二，頁一六三三）

所謂「詞家王孟」、「粗服亂頭不掩國色」，皆就其不假雕琢、質樸白描之語言風格言之。惟其「自然」，乃其詞篇最見功力處，亦即沈德潛所云「正從不著力處得之」也（《唐詩別裁集》）。吾師王偉勇先生〈人生長恨水長東—南唐中主、後主的淒美詞境〉一文，論及後主之遺詞用字、表達技巧，嘗舉〈破陣子・四十年來家國〉、〈相見歡・林花謝了春紅〉、〈浪淘沙・往事只堪哀〉、〈浪淘沙・簾外雨潺潺〉、〈虞美人・春花秋月何時了〉諸詞，以為後主能以尋常之景物，明淨練達之語言，自然表達真摯之情，看似不經意，卻有深厚之內涵，臻于不即不離之高妙境界。即以〈相見歡〉詞為例：

林花謝了春紅。太匆匆。無奈朝來寒雨晚來風。胭脂淚，相留醉，幾時重。自是人生長恨水長東。

詞以白描手法，大筆鉤勒內心之真切感受，直似脫口而出，隨筆而成，具「自然渾成」之美。譚獻譽為「濡染大筆」（譚評《詞辨》），王師偉勇則具體分析其語言技巧云：

這闋詞，乍讀之下，與一般泛泛傷春抒情之作，並無二致。只是多用了「了」、「太」、「無奈」、「自是」等虛詞作呼喚，使它產生了跌宕的起伏變化，而有著衰敗、急切、低迷、激動的感覺。……至於整闋詞的措辭，除了「胭脂淚，相留醉」兩句稍著痕跡外，其他的字句，可以說幾近口語白話，自然妥溜，一瀉到底。但在這尋常的景物、平淺的字句中，為甚麼會令人產生深刻的印象？那全在於此詞有著充滿的內涵，強烈的概括了後主的遭遇。

又歸納李煜詞之語言成就云：

藉著生花妙筆，自然明白而又精確真實的表達出來，達到「化腐朽為神奇」的境地。也因此，讓人讀了，心有戚戚，感同身受，而能引起深深的共鳴。(註二十)

其言精微切要，正可為沈謙所云「生香真色，在離即之間」作一註腳。是知李煜詞精鍊而不雕飾，明淨而不淺露，自然而不拙直之語言特色，合於「白描不可近俗，修飾不得太文」之本色規矩，此沈謙所以稱賞李煜詞，推為「當行本色」也。

至於李清照，素以長於語言文藻而有「詞采第一」之譽(註二一)。以明白如話之語抒寫真情實感之風格，與李煜有類似之處，詞家往往以其為李煜之承繼者。如清馮煦〈論易安詞〉詩云：

金石遺文迥出塵，一絹漱玉亦清新。
玉簫聲斷人何處？合與南唐作朋人。（《古今詞辨》）

闡明二李之詞風相近。而精鍊之語言與準確之表情達意，密不可分，最足以表現李清照語言之妙，修辭之精者，厥為〈聲聲慢〉詞：

尋尋覓覓。冷冷清清，悽悽慘慘戚戚。乍暖還寒時候，最難將息。三盃兩盞淡酒怎敵他、晚來風急。雁過也，正傷心，卻是舊時相識。滿地黃花堆積。憔悴損，如今有誰堪摘。守著窗兒、獨自怎生得黑。梧桐更兼細雨，到黃昏、點點滴滴。這次第，怎一箇愁字了得。（《全宋詞》冊二，九三二）

此詞千古傳誦，譽為絕唱。沈謙嘗云：

予少時和唐宋詞三百闋，獨不敢次尋尋覓覓一篇，恐為婦人所笑。

沈氏以其造詣精微，而不敢和之。歷來詞家分析李清照〈聲聲慢〉詞之妙，主要在於：

（一）善用疊字：此詞運用疊字，意音俱佳，奇巧卓絕，歷代詞家贊不絕口。如南宋張端義云此詞「尋尋覓覓」三句：「乃公孫大娘舞劍手，本朝非無能文之士，未曾有一下十四疊字者。……後疊又云：『梧桐更兼細雨，到如黃昏、點點滴滴。』又使疊字，俱無斧鑿之痕。」（《貴耳集》卷上）羅大經亦贊此詞云：「起頭連疊七字。以一婦人，乃能創意出奇如此。」（《鶴林玉露》卷十二）夏承燾先生嘗指出，凡此疊字中，「尋尋、清清、悽悽慘慘戚戚」俱為齒聲，「點點滴滴」是舌聲。而詞中用舌聲者凡十五字，用齒聲者凡四十二字，「全詞九十七字，而這兩聲卻多至五十七字，……這應是有意用嚙齒叮嚀的口吻，寫自己憂鬱惝恍的心情。不但讀來明白如話，聽來也有明顯的聲調美，充分表現樂章的特色」（《月輪山詞論集．李清照詞的藝術特色》）。充份體現李清照填詞在用字組合與音律調配方面之創闢才能。

（二）以尋常語度入音律：李清照不但能汲取文學遺產，鑄為新辭，化為新意，亦能運用尋常之語，化俗為雅。明楊慎《詞品》云：「山谷所謂以故為新，以俗為雅者，易安先得之矣。」填詞運用尋常口語，如能恰到好處，並非易事。需要精心洗鍊，既能曲達情思，又要巧合音律，較之運用典故辭采尤為不易，而李清照尤擅於此。張端義評之云：「……晚年賦元宵〈永遇樂〉詞云：『落日鎔金，暮雲合璧』，已自工緻。至於『染柳煙輕，吹梅笛怨，春意知幾許』，氣象更好。後疊云：『於今憔悴，風鬟霧鬢，怕見夜間出去。』皆以尋常語度入音律。鍊句精巧則易，平淡入調者難。且秋詞〈聲聲慢〉……更有一奇字云：『守定窗兒，獨自怎生得黑。』『黑』字不許第二人押。婦人中有此文筆，殆間氣也。」（《貴耳集》卷上）凡此「用淺俗之語，發清新之思。」（彭孫遹《金粟詞話》）者，李清照詞中俯拾皆是。〈聲聲慢〉一詞即以明白如話之語，抒發真摯深刻之思，其語既經鍛鍊又出于自然清新，使詞章臻于「極鍊而不鍊，出色而本色」（劉熙載《藝概》）之境界，卓絕千古。劉體仁云：「易安居士：『最難將息』『怎一個愁字了得』深妙穩雅，不落蒜酪，亦不落絕句，真此道本色當行第一人也。」（《七頌堂詞繹》）適足為沈謙云「女中李易安，最是當行本色」，作一註腳。

李清照以高妙之語言藝術，抒寫一己之真情實感，出類拔萃，因之形成所謂「易安體」。如南宋辛棄疾曾有專注「效李易安體」之詞篇，其〈行香子・好雨當春〉中用口語：「霎時陰，霎時雨，霎時晴。」顯然脫胎于李清照〈行香子・草際鳴蛩〉：「霎兒晴，霎兒雨，霎兒風。」沈謙不敢和「尋尋覓覓一篇」，其《東江別集》則有〈醉花陰・用李易安體〉詞兩闋：

> 聽盡潺潺簾外雨。一夜愁如許。繡帳隱殘燈。炯炯雙眸，沒個安排處。鶯啼僥倖天將曙。見落紅無數。淚點更多些，彈與東風，總把春交付。

又：

> 永晝空階蟲語咽。趲得頭如雪。無耐又重陽。不見黃花，瞞過愁時節。佳人浪作經年別。便夢來江截。何處最關情，涼透紗廚，酒暖鵝笙熱。

沈謙所作乃效李清照〈醉花陰・薄霧濃雲愁永晝〉詞：

> 薄霧濃雲愁永晝。瑞腦消金獸。佳節又重陽，玉枕紗廚，半夜涼初透。東籬把酒黃昏後。有暗香盈袖。莫道不銷魂，簾捲西風，人似黃花瘦。（《全宋詞》冊二，頁九二九）

李清照既擅以俗為雅，亦長于以故為新。言其用俗，乃清新如「清水出芙蓉，天然去雕飾」（李白〈經離亂後天恩流夜郎憶舊游書懷贈江夏韋太守良宰〉）；言其襲故，乃渾化如水中著鹽，但覺鹽味，不見鹽形。即以〈醉花陰〉下闋為例，五句中，「東籬」句出自陶潛〈飲酒〉詩：「采菊東籬下」。「有暗香盈袖」化用古詩「馨香盈懷袖，路遠莫致之」（〈庭中有奇樹〉）及林逋「暗香浮動月黃昏」（〈梅花〉）。「莫道不銷魂」出自江淹〈別賦〉：「黯然消魂者，唯別而已矣。」暗點此詞「傷別」之主題。是知李清照雖用典故，而能融以真情實感，渾化如直抒胸臆。又全詞采用賦筆，只結句「人似黃花瘦」，采用比喻，一字而傳神，統攝全篇，使此詞成為千古名篇。沈謙所作〈醉花陰・用李易安體〉兩闋，雖有質樸之語，然乏入妙之功，渾脫之境，終有趙明誠之憾（註二）。雖然，藉此可見李清照精鍊而自然之藝術造詣，亦得體悟沈謙本色論之真諦，似又無憾矣。

附註

註一：龍沐勛嘗歸納其說為「歌詞之最高標準」：一、協律。二、鋪敘。三、典重。四、情致。五、故實。（見〈漱玉詞敘論〉，《詞學季刊》第三卷第一號，頁一—一〇）夏承燾更為申論，云：「綜括這篇文字對詞之要求，約有下列幾點：一、高雅，不滿柳永『詞語塵下』；二、渾成，不滿張先、宋祁諸家『有妙語而破碎』；三、協樂，要分別五音、六律和清濁輕重，不滿晏殊、歐陽修、蘇軾的詞只是『句讀不葺之詩耳』；四、典重，不滿賀鑄的『少典重』；五、鋪敘，不滿晏幾道的『無鋪敘』；六、故實，不滿秦觀『專主情致而少故實』，黃庭堅『尚故實而多疵病。』」（見〈評李清照的詞論〉，《月輪山詞論集》頁九—十三）

註二：「紅杏枝頭春意鬧」語出宋祁〈玉樓春〉：「東城漸覺風光好。縠皺波紋迎客棹。綠楊煙外曉寒輕，紅杏枝頭春意鬧。浮生長恨歡娛少。肯愛千金輕一笑。為君持酒勸斜陽，且向花間留晚照。」（《全宋詞》冊一，頁一一六）；「雲破月來花弄影」語出張先〈天仙子〉：「水調數聲持酒聽。午醉醒來愁未醒。送春春去幾時回，臨晚鏡。傷流景。往事後期空記省。沙上並禽池上暝。雲破月來花弄影。重重簾幕密遮燈，風不定。人初靜。明日落紅應滿徑。」（《全宋詞》冊一，頁七十）；「數點雨聲風約住。朦朧淡月雲來去。」語出李煜〈蝶戀花〉：

「遙夜亭皐閒信步。乍過清明、早覺傷春暮。數點雨聲風約住。朦朧淡月雲來去。桃李依依春暗度。誰在秋千、笑裏低低語。一片芳心千萬緒。人間沒箇安排處。」（《全唐五代詞》頁四六三）

註三：鑄「試問閒愁知幾許句」，調寄〈青玉案〉：「凌波不過橫塘路。但目送、芳塵去。錦瑟華年誰與度。月橋花院，瑣窗朱戶。只有春知處。飛雲冉冉蘅皋暮。彩筆新題斷腸句。若問閒愁都幾許。一川煙草，滿城風絮。梅子黃時雨。」《全宋詞》冊一，頁五一三）

註四：按黃庭堅以「以俗為雅，以故為新」八字概括作詩之要訣，言出黃庭堅〈再次韻（楊明叔）〉一詩之「引」中，其言曰：「庭堅懶衰墮，多年不作詩，已忘其體律。因明叔有意于斯文，試舉一綱而張萬目，蓋以俗為雅，以故為新，百戰百勝。」

註五：如周濟云：「周、柳、黃、晁皆喜為曲中俚語，山谷尤甚。此當時之軟平勾領，原非雅音，若托體近俳，而擇言尤雅，是名本色俊語，又不可抹煞矣。（《宋四家詞選‧目錄敘論》）劉熙載云：「黃山谷詞用意深至，自非小才所能辨，惟故以生字俚語侮弄世俗，若為金元曲家之濫觴。」（《藝概‧詞曲概》）

註六：「喚起兩眸清炯炯」語出周邦彥〈蝶戀花〉：「月皎驚烏栖不定。更漏將殘，轣轆牽金井。喚起兩眸清炯炯。淚花落枕紅棉冷。執手霜風吹鬢影。去意徊徨，別語愁難聽。樓上闌干橫斗柄。露寒人遠雞相應。（《全宋詞》冊二，頁六一四）「眼波才動被人猜」語出李清照〈浣溪沙〉：「繡面芙蓉一笑開。斜飛寶鴨襯香腮。眼波纔動被人猜。一面風情深有韻，半牋嬌恨寄幽懷。月移花影約重來。」（《全宋詞》冊二，頁九三四）案：《續草堂詩餘》、《詞的》等書均以為李清照作。《四印齋所刻詞》本《漱玉詞》王鵬運注：「此尤不類」。趙萬里輯《漱玉詞》云：「詞意儇薄，不類易安他作。」王仲聞《李清照集校注》收為存疑詞，唐圭璋《全宋詞》收為李清照詞。王、趙之疑無確據，故仍視為李清照之作。「小語怯聽聞，嬌波橫覷人」語出彭孫遹〈菩薩蠻〉：「棠梨落盡花如雪。雙雙照影昏黃月。泓黛秀聯娟。雲鬟亞玉肩。　憑闌羅襪倦。坐損春衫茜。小語怯聽聞。嬌波橫覷人。」（《延露詞》頁十六）「目成難去且徐行」語出王士禎〈浣溪沙〉：「記得相逢亞字城。留仙裙底步蓮輕。吾家小女字盈盈。眉語似通還匿笑，目成難去且徐行。箇儂無賴可憐生。（《瑤華集》卷二，頁七五—七六）沈謙「定睛斜睨」句，調寄〈點絳唇〉：「小院無人，羅窗玉枕清如水。鬢橫釵墜。汗透酥胸膩。疏雨淒風，翠竹琅玕碎。俄驚起。定驚斜睨。寂寂簾垂地。」（《東江別集》卷一，頁六二二）至若「閒裏覷人毒」，「更無言語空相覷」兩句，待查。

註七：「門外重重疊疊山」句，語出徐俯〈卜算子〉：「天生百種愁，掛在斜陽樹。綠葉陰陰占得春，草滿鶯啼處。

不見生塵步。空憶如簧語。柳外重重疊疊山，遮不斷、愁來路。」（《全宋詞》冊二，頁七四三）案：「門外重重疊疊山」句，《全宋詞》作「柳外重重疊疊山」，《類編草堂詩餘》作「門外重重疊疊山」與沈謙引文相同，今從《全宋詞》。「強將離恨倚江樓」句，語出歐陽修〈玉樓春〉：「豔冶風情天與措。清瘦肌膚冰雪妒。百年心事一宵同，難聽雞聲窗外度。信阻青禽雲雨暮。海月空驚人兩處。強將離恨倚江樓，江水不能流恨去。」（《全宋詞》冊一，頁一五六）

註八：「破帽多情卻戀頭」語出蘇軾〈南鄉子〉：「霜降水痕收。淺碧鱗鱗露遠洲。酒力漸消風力軟。颼颼。破帽多情卻戀頭。　佳節若為酬。但把清尊斷送秋。萬事到頭都是夢，休休。明日黃花蝶也愁。」（《全宋詞》冊一，頁二九〇）「風前橫笛斜吹雨」句，語出黃庭堅〈鷓鴣天〉：「黃菊枝頭生曉寒。人生莫放酒杯乾。風前橫笛斜吹雨，醉裏簪花倒著冠。身健在，且加餐。舞裙歌板盡清歡。黃花白髮相牽挽，付與時人冷眼看。」（《全宋詞》冊一，頁三九四）案：「龍山事」指晉孟嘉重九登高，飲酒落帽故事。其事載《晉書・孟嘉傳》：「（孟嘉）後為征西桓溫參軍，溫甚重之。九月九日，溫宴龍山，僚佐畢集。時佐吏并著戎服。有風至，吹嘉帽墜地，嘉不覺之。溫使左右勿言，欲觀其舉止。嘉良久如廁，溫令取還之。命孫盛作文嘲嘉，著嘉坐處。嘉還見，即答之，其文甚美，四座皆嘆。」

註九：「雲想衣裳花想容」語出李白〈清平調詞〉三首之一，其詩云：「雲想衣裳花想容，春風拂檻露華濃；若非群玉山頭見，會向瑤台月下逢。」柳永「擬把名花比」句，調寄〈玉女搖仙珮〉：「飛瓊伴侶，偶別珠宮，未返神仙行綴。取次梳妝，尋常言語，有得幾多姝麗。擬把名花比。恐旁人笑我，談何容易。細思算、奇葩豔卉，惟是深紅淺白而已。爭如這多情，占得人間，千嬌百媚。　須信畫堂繡閣，皓月清風，忍把光陰輕棄。自古及今，佳人才子，少得當年雙美。且恁相偎倚。未消得、憐我多才多藝。願嬭嬭、蘭心蕙性，枕前言下，表余深意。為盟誓。今生斷不孤鴛被。」（《全宋詞》冊一，頁十三）

註十：「夕陽如有意，偏傍小窗明」語出陳後主〈小窗詩〉：「午醉醒來晚，無人夢自驚。夕陽如有意，偏傍小窗明。」見明張溥編《漢魏六朝百三家集・陳後主集・詩》。晏殊「一場愁夢酒醒時」句，調寄〈踏莎行〉：「小徑紅稀，芳郊綠遍。高臺樹色陰陰見。春風不解禁楊花，濛濛亂撲行人面。　翠葉藏鶯，朱簾隔燕。爐香靜逐遊絲轉。一場愁夢酒醒時，斜陽卻照深深院。」（《全宋詞》冊一，頁九九）

註十一：參王師偉勇：〈兩宋詞人取材唐詩之方法〉，《東吳中文學報》第一期（一九九五年五月），頁二四二。

註十二：其言云：「詞句欲全篇皆好，極為難得。……趙德麟「重門不鎖相思夢，隨意繞天涯」，徐師川「柳外重重

疊疊山，遮不斷愁來路」，二詞造語雖不同，其意絕相類。」（《詞話叢編》冊一，頁一六七）

註十三：康伯可「正是銷魂時候也」，調寄〈賣花聲〉：「雙損遠山眉。幽怨誰知。羅衾滴盡淚胭脂。夜過春愁寒未起。門外鴉啼。　惆悵阻佳期。人在天涯。東風頻動小桃枝。正是銷魂時候也，撩亂花飛。」（《全宋詞》冊二，頁一三〇六）；晏幾道「紫騮認得舊遊蹤」，調寄〈木蘭花〉：「鞦韆院落重簾暮。彩筆閒來題繡戶。牆頭丹杏雨餘花，門外綠楊風後絮。朝雲信斷知何處。應作襄王春夢去。紫騮認得舊遊蹤，嘶過畫橋東畔路。」（《全宋詞》冊一，二三三）；秦觀「放花無語對斜暉」，調寄〈畫堂春〉：「落紅鋪徑水平池。弄晴小雨霏霏。杏園憔悴杜鵑啼。無奈春歸。柳外畫樓獨上，憑闌手撚花枝。放花無語對斜暉。此恨誰知。」（《全宋詞》冊一，頁四六〇）

註十四：如王師偉勇論析姜夔詩論即其詞論，嘗云：「其一，文學之形式雖不同，道理則千古不變，故許多文論、詩論固可相互發明運用，取以論詞，亦無二致。其二，楊萬里雖曾稱賞姜夔詩：『有裁雲縫霧之妙思，敲金戛玉之奇聲』（《白石道人詩集》卷下〈除夜自石湖歸苕溪詩〉附註），然就姜夔言，其詞非但較詩成就高，且所表現之技巧、氣象，亦較詩合乎其詩論，故自清謝章鋌主張姜夔詩論即其詞論後，劉熙載、沈祥龍、郭紹虞、夏承燾、繆越、饒宗頤等人，亦交口贊同。」（《南宋詞研究》頁三六一—三六二）

註十五：范仲淹「珍珠簾卷玉樓空」句，調寄〈御街行〉：「紛紛墜葉飄香砌。夜寂靜、寒聲碎。真珠簾卷玉樓空，天淡銀河垂地。年年今夜，月華如練，長是人千里。愁腸已斷無由醉。酒未到、先成淚。殘燈明滅枕頭攲。諳盡孤眠滋味。都來此事，眉間心上，無計相迴避。」（《全宋詞》冊一，頁十一）；「芳草無情」句，調寄〈蘇幕遮〉：「碧雲天，黃葉地。秋色連波，波上寒煙翠。山映斜陽天接水。芳草無情，更在斜陽外。　黯鄉魂，追旅思。夜夜除非好夢留人睡。明月樓高休獨倚。酒入愁腸，化作相思淚。」（《全宋詞》冊一，頁十一）按沈謙作「又在斜陽外」，據《全宋詞》當作「更在斜陽外」為宜。

註十六：周邦彥「馬滑霜濃」句，調寄〈少年遊〉：「并刀如水，吳鹽勝雪，纖手破新橙。錦幄初溫，獸煙不斷，相對坐調笙。低聲問、向誰行宿，城上已三更。馬滑霜濃，不如休去，直是少人行。」（《全宋詞》冊一，頁六〇六）

註十七：案：王又華《古今詞論》〈沈去矜詞論〉條下：「男中李後主，女中李易安，極是當行本色。前此太白，故稱詞家三李。」（《詞話叢編》頁六〇五）張德瀛《詞徵》卷六：「男中李後主，女中李易安，極是當行出色，前此太白，故稱詞家三李，此沈去矜說也。宋時嚴仁、嚴羽、嚴參，稱邵武三嚴。嘉興李武曾與其兄繩遠、弟符亦稱三李。可云前後輝映。」（《詞話叢編》頁四一八二）王、張兩人轉引沈謙「二李當行本色」一則，益以李太白，稱「詞家三李」。覈沈謙《填詞雜說》原文，僅稱二李，王師偉勇嘗考其事云：「然李太白之作，著錄於全唐五代詞者，凡十八闋，可能出於其手，不與詩重出者，僅菩薩蠻、憶秦娥、清平樂、連理枝等四調五闋，實難與後主、易安並論；況沈氏原說亦未舉李太白，豈可妄附會乎？」（〈試述當行、本色在詞壇上之應用〉，《中國文學理論與批評論文集》頁二二七）其說甚確。

註十八：引自林敬文〈李後主的文藝生涯〉，《自由談》三十一卷四期（一九八〇年四月），頁三十九。

註十九：王熙元：〈李清照詞的抒情藝術〉，《大學雜誌》第一七三期（一九八四年二月），頁三〇。

註二〇：王偉勇：〈人生長恨水長東——南唐中主、後主的淒美詞境〉，《國文天地》六卷十二期（一九九一年五月），頁三二—三六。

註二一：如宋王灼《碧雞漫志》卷第二云：「易安居士，京東路提刑李格非文叔之女，建康守照明誠德甫之妻。自少年便有詩名，才力華贍，逼近前輩，在士大夫中已不多得。若本朝婦人，當推詞采第一。」（《詞話叢編》冊一，頁八十八）

註二二：舊題元代伊世珍撰《瑯嬛記》載：「易安以重陽〈醉花陰〉詞函致趙明誠。明誠嘆賞，自愧弗逮，務欲勝之。一切謝客，忘食忘寢者三日夜，得五十闋，雜易安作以示友人陸德夫。德夫玩之再三，曰：『只三句絕。』明誠詰之，答曰：『莫道不消魂，簾捲西風，人比黃花瘦。』正易安作。」其事未必可信，然足說明〈醉花陰〉之藝術成就，尤以「莫道」三句妙絕，非他人所及。趙明誠固不能及，沈謙之詞亦遠不逮也。

第三節 《塡詞雜說》之特色與成就

沈謙《塡詞雜說》三十二則，以擇評詞人之得失，確立詞體作法及技巧之正鵠。雖屬漫錄之作，然細加尋繹，仍可見其體系；而精鍊簡約，識見通達，洵為明末清初詞學理論中不可多得之重要作品。清代詞論既喜輯錄引用，即近代詞人品評鑑賞，亦多沿襲其說，其影響迄今未墜。

壹、論詞特色

沈謙詞論屬「雜說性質」，間有作者才情洋溢其間，而詞簡義豐，特色躍然：

一、識見宏通　造語精鍊

沈謙主張「以情論詞」、「以詞移情」，凡所評論，雖參有主觀之感情喜好，然大抵能以客觀之態度正視各家優劣，識見頗為通達。至其措辭用語，則簡潔精鍊，往往片言中的，探驪得珠。如論「當行本色」云：

男中李後主，女中李易安，極是當行本色。

論詞「貴于移情」云：

詞不在大小淺深，貴于移情。「曉風殘月」、「大江東去」，體製雖殊，讀之皆若身歷其境，惝怳迷離，不能自主，文之至也。

寥寥數語，而本色之旨，移情妙恉，皆含蘊其中，讀之莫不醒人心目，發人深思。再如論詞之體製與源流云：

承詩啟曲者，詞也，上不可似詩，下不可似曲。然詩曲又俱可入詞，貴人自運。

又云：

「夕陽如有意，偏傍小窗明」不若晏同叔「一場愁夢酒醒時，斜陽卻照深深院」更自神到。

其論精粹入微，用語簡約，尤其摘句拈字，精當貼切，詩、詞之別因之得以體悟。凡此之論，識見通達，措辭精鍊，實乃沈謙詞論之一大特色。

二、命意自由 感情洋溢

《填詞雜說》採信手雜書之方式，故往往隨機命意，涉筆成趣；其品評詞篇，語意高妙，亦具獨得之見。如：

東坡「似花還似非花」一篇，幽怨纏綿，直是言情，非復賦物，徽宗亦然。

又：

賀方回〈青玉案〉：「試問閒愁知幾許？一川煙草，滿城風絮，梅子黃時雨。不特善于喻愁，正以瑣碎為妙。」

或合評數家，以見異趣，以資借鑑。如：

學周、柳，不得見其用情處；學蘇、辛，不得見其用氣處。當以離處為合。

或述填詞經驗，如：

僻詞作者少，宜渾脫，乃近自然；常調作者多，宜生新，斯能振動。

又或出於一己之情，有感而發。如評柳永〈爪茉莉〉詞云：

柳屯田「每到秋來」一曲，極孤眠之苦。予嘗宿禦兒客舍，倚枕自歌，能移我情，不知文之工拙也。

評康伯可〈女冠子〉詞云：

> 草堂靜坐，林月漸高，忽憶康伯可〈女冠子〉詞云：「去年今夜，扇兒扇我，情人何處。」心不能堪，但覺竹聲螢焰，俱助淒涼也。

凡此之論，要皆出以體悟所得，精切深要。而命意自由，信筆揮灑，時有作者感情洋溢其間，亦蔚為特色。

貳、詞學成就

沈謙論詞，雖或因襲傳統，以「情語豔體」為尚，有取徑偏狹之病；且漫說雜錄，殊欠理論系統。然其品賞名家或點撥作詞要訣，往往一語中的；而「移情」、「本色」之論，亦頗具啟發之意。故其詞論，在作法、品鑑及理論建構諸端，皆見其影響。

一、開示作詞要訣

指導填詞創作之「作法論」，向為詞論家之重要論題（註一）。清初詞家鑑於詞樂失傳、詞曲混淆、詞壇卑下，除積極提出「本色」之論，於創作法則與技巧，亦多所闡述。沈謙《填詞雜說》三十二則，其中「各調作法」、「白描與修飾」、「僻詞與常調」、「填詞結句」、「作詞要訣」等五則，或就詞體之特殊體製、章法、句法，或就詞體之語言及風格特色，開示填詞之法則與技巧。至其方式，則或確立禁忌，使免於流弊；或提示訣竅，使有所依循，要皆簡要精鍊，用同口訣，以點撥迷津。由於沈謙洞識創作方法，所論具體扼要，往往一言中的，令人恍然而悟。故後世詞話如清王又華《古今詞論》、田同之《西圃詞說》、馮金伯《詞苑粹編》、江順詒《詞學集成》等，皆見輯錄徵引（註二）。其中江順詒《詞學集成》系統輯錄《填詞雜說》作法論四則，可為代表。其言云：

沈東江謙云：「小調要言短意長，忌尖弱。中調要骨肉停勻，忌平板。長調要操縱自如，忌粗率。能於豪爽中著一二精緻語，綿婉中著一二激勵語，尤見錯綜。」又云：「白描不可近俗，修飾不可太文，生香活色，在即離之間，不特難知，亦難言。」又云：「僻詞作者少，宜渾脫乃近自然。常調作者多，宜生新斯能振動。」又曰：「詞要不亢不卑，不觸不悖，驀然而來，悠然而逝。立意貴新，設色貴雅，構局貴變，言情貴含蓄，如驕馬弄銜而欲行，粲女窺簾而未出，得之矣。」詒案：以上四則，填詞之道，思過半矣。（《詞話叢編》冊四，頁三二八四）

張氏輯錄沈謙四則「作法論」，賞之云「填詞之道，思過半矣」，評語頗中肯綮。由是可知，沈謙開示之作詞要訣，不獨為時人門生開啟填詞之鑰，亦度與後人金針，就指導創作言，誠有功焉。

二、指導品鑑法門

學填詞必先善于讀詞，龍沐勛〈論欣賞與創作〉云：

欣賞與創作有著不可分割的關係。我們對任何藝術，想要得到較深的體會和理解，從而學習作者的表現手法，進一步做到推陳出新，首先必得鑽了進去，逐一了解它的所有竅門，才能發現問題，取得經驗，徹底明白它的利病所在。（《倚聲學》頁一六五）

龍氏強調欣賞與創作二者互為因果，由欣賞前人作品體會創作經驗，而由此指導創作，推陳出新。此係就個人之學言之。至於批評者之鑑賞評價，所確立之價值取向，則往往引領當代創作，形成一代風格。是以歷代詞家多通過擇評詞人之優劣得失，確立詞學之正鵠。南宋劉肅嘗論鑑賞與創作兩者之關係云：

辭不輕措，辭之工也。閱辭必詳其所措，工於閱者矣。措之非輕，而閱之非詳，工於閱而不工於措，胥失矣，亦奚胥望焉！（〈周邦彥詞注序〉，《詞籍序跋萃編》頁九七）

是知詞學之發展，有工致之作而無精深之鑑賞，或有精深之鑑賞而無工致之作，皆有所不足。蓋工致之作，必俟精深之鑑賞，以窺其神理；而精深之鑑賞，又往往引領創作，以臻工致之境。

然「詩無達詁」，詞之鑑賞，或因時代之別而感受有殊，或因門戶之見而評價歧異，或因情趣之異而褒貶不一，往往見仁見智，各執一端。沈謙論詞，主「詞貴于移情」，以「讀之皆若身歷其境，惝怳迷離，不能自主」者，為天下至文。由此溯其鑑賞，殆藉讀者之想像、領悟，使其感情與作者在作品中傳達之感情相浹而俱化，此即共鳴，亦即作品之感染力。故其品賞，雖不免有主觀之偏嗜，然頗能「披文入情，沿波討源」，時有獨到之見。如評「稼軒寶釵分一曲」云：

> 稼軒詞以激揚奮厲為工，至「寶釵分，桃葉渡」一曲，昵狎溫柔，魂銷意盡，才人技倆，真不可測。

評「東坡楊花直是言情」云：

> 東坡「似花還似非花」一篇，幽怨纏綿，直是言情，非復賦物，徽宗亦然。

評「周詞情意纏綿」云：

> 「馬滑霜濃，不如休去，直至少人行。」言馬言他人，而纏綿偎倚之情自見。若稍涉牽裾，鄙矣。

凡此「情」之領悟，精微入妙，耐人尋味，非諦審窮蘊不能得之。歷代論詞者無不稱賞引用，以為閱讀欣賞之法門。

三、建構詞學理論

明末清初乃詞學批評復興之前奏，此期詞論著重在反思與重構：反思明詞衰頹之原因，建構詞學之理論基礎，乃當時詞家之共識。沈謙《填詞雜說》雖為信筆雜書之漫錄體，然仔細尋繹，仍可見其立說主旨，要以辨體為其主軸：

就情與詞體之關係言，由言情而移情。沈謙本諸「詞言情」之傳統，把握詞體「言情」之藝術特質，復承襲明代自然情性論之男女情觀，正視人「嗜好情欲」之本性，以出乎真情者即為「至文」。復緣「至文」概念度詞，強調作者之真情實感，尤著意於作品之感發力量，以「移情」為批評之準尺，闡發詞體文學之抒情功能。

就詞體之本色規矩言，以自然情真為尚。沈謙之辨體論，本諸「上不可似詩，下不可似曲」之原則，以「真情實感」為本源，論語言則以「離即之間」為準，論技巧則以「含蓄深婉」為美，論宗法則以「後主」、「易安」為歸，而闡示精要，例證周遍，終為「本色」詞立下良好之範式。

附註

註一：如張炎《詞源》標舉「雅正」、「協律」、「清空」、「意趣」等法則，成為後代詞話創作論之共同守則。再如楊纘《作詞五要》有「擇腔」、「擇律」、「填詞按譜」、「隨律押韻」等五要；沈義父《樂府指迷》論作詞之法則有四：音律欲協、下字欲雅、用字不可太露、發意不可太高；陸輔之《詞旨》論詞法亦有四貴：命意貴遠、用字貴便、造語貴新、煉字貴響。

註二：按王又華《古今詞論》，〈沈去矜詞論〉一目輯有：「詞貴于移情」、「白描與修飾」、「二李當行本色」、「李後主為詞中南面王」等四則。（見《詞話叢編》冊一，頁六〇四—六〇五）田同之《西圃詞說》輯有：「僻詞與長調」、「詞承詩啟曲」、「各調作法」、「白描與修飾」、「偷聲變律之妙」、「古人語不相襲」、「填詞結句」、「作詞要訣」、「二李當行本色」等九則。（見《詞話叢編》冊二，頁一四六〇—一四六三）馮金伯《詞苑粹編》卷之二〈旨趣〉輯有：「作詞要訣」、「白描與修飾」、「詞承詩啟曲」、「各調作法」、「偷聲變律之妙」、「填詞結句」、「坡谷翻龍山事」、「古人語不相襲」、「秦詞直抒本色」、「僻詞與長調」；卷之三〈品藻〉錄「稼軒實敍分曲等，凡十一則。（見《詞話叢編》冊二，頁一七八八—一八〇七；一八六九）

第參章　沈謙之詞作——《東江別集》

明末清初地域詞派興起，沈謙與陸圻、柴紹炳、陳廷會、毛先舒、丁澎、吳百朋、孫治、張綱孫、虞黃昊等並稱西泠十子，後世詞家以西泠詞派目之。就創作成就言，沈謙詞雖有香奩之譏，而時人咸稱西泠之最。如沈雄《古今詞話》云：

> 家去矜列名於西泠十子，填詞稱最。大意以〈薄倖〉一篇，語真摯、情幽折以勝人，宋歇浦特以書規之。及貽我《東江別業》（案：「業」當為「集」）有云：『野橋南去不逢人，濛濛一片楊花雪。』此即小山『夢魂慣得無拘鎖，又逐楊花過謝橋』也，誰謂其僅僅言情者乎？（《詞話叢編》冊一，頁八一六）

可謂褒美備至。不獨如此，即清代詞壇，沈謙亦佔有一席之地，如清譚獻《復堂詞話》云：

> 戴園獨居，誦本朝人詞，悄然於錢葆、沈遹聲，以為猶有黍離之傷也。蔣京兆選《瑤華集》，兼及雲間三子。周稚圭有言：「成容若、歐、晏之流，未足以當李重光。」然則重光後身，惟臥子足以當之。嘉慶時，孫月坡選七家詞，為厲樊榭、林蠡槎、吳枚庵、吳穀人、郭頻伽、汪小竹、周稚圭，去取精審。予廣之為前七家，則轅文（宋徵輿）、葆（錢芳標）、羨門（彭孫遹）、漁洋（王士禎）、梁汾（顧貞觀）、容若（納蘭性德）、遹聲（沈豐垣），又附舒章（李雯）、去矜（沈謙）、其年（陳維崧）為十家。後七家則皋文（張惠言）、保緒（周濟）、定庵（龔自珍）、蓮生（項鴻祚）、海秋（許宗衡）、鹿潭（蔣春霖）、劍人（蔣敦復），又附翰風（張琦）、梅伯（姚燮）、少鶴（王拯）為十家。詞自南宋之季，幾成絕響。元之張仲舉稍存比興，明則臥子，直接唐人，為天才。近代諸家，頗能祧南宋而規北宋，昔孫氏與予所舉二十餘人，皆樂府中高境，三百年所未有也。（《詞話叢編》冊四，頁三九九七—三九九八）

譚氏盱衡清代詞壇，列沈謙於清詞前十家，其詞壇地位可知。而就詞篇數量言，沈謙《東江別集》二〇一闋，合以清代詞選輯存十五闋，今存詞凡二一六闋，不獨為西泠十子之冠，清詞前十家亦皆不及。尤其沈謙詞瑕瑜互見，有明詞之失，如囿於言情婉媚之觀念，詞境狹小；亦有清詞之長，如嚴審音律體製，予後人以準式，頗能反映明末清初之詞風。是以本章研究《東江別集》，先探其版本源流，而後分為：選聲擇調、詞篇內容、藝術特色諸端，復參諸其詞論及詞壇背景，以見沈謙詞篇之特色與成就。

第一節　版本源流

沈謙詞集原名《雲華館別錄》，其書未傳。據沈氏〈雲華館別錄自序〉云：「近晤毘陵鄒子（即鄒祗謨）貽予《倚聲集》。」（《東江集鈔》卷六）案：鄒祗謨、王士禛同選之《倚聲初集》，梓行於順治十七年（一六六〇），是書〈爵里〉卷二載沈謙詞集名《雲華館詞》，可證《雲華館別錄》之成書，當先於順治十七年。逮晚年手自刪汰述作，僅存詩文八卷、雜說一卷，名曰《東江集鈔》，末附詞三卷、南北曲二卷，名曰《東江別集》。辭世之後，其子沈聖昭、沈聖暉於康熙十五年（一六七六），剞劂「《東江集鈔》九卷、《別集》五卷、附錄一卷」傳世。據沈聖昭跋《東江集鈔》云：

> 《東江集鈔》者，先大人手輯之書也。自庚寅（順治七年）而後，凡五易稿。大率艱于梓即嚴于選，故茲刻僅什一耳。惟甲辰（康熙三年）後之詩文未附者，聖昭與潘子雲赤稍為商定，補之。

又應撝謙〈東江沈公傳〉云：

> 所著《東江集》，有詩賦二十一卷、文十卷、詞學十二卷，共四十三卷行于世。又有詞韻、詞譜、南曲譜、古今詞選、沈氏族譜諸書未梓。《臨平記》已梓，板燬及半，未行。嘗寓書其友毛先舒曰：「文集

必須手自較定，若謂多子孫門下士，可以托之使傳，全不知一字未安，枯髯欲斷之苦。」（《東江集鈔》附錄）

可證沈謙《東江集鈔》中，詞學之作原有十二卷，惜艱于付梓，而刪定為三卷。復與南北曲二卷，合為五卷，名曰《東江別集》。故今存《東江別集》所錄詞，僅十之二三，餘俱散佚。幸沈謙詞為世所稱，順康年間刊行之詞選如《倚聲初集》、《瑤華集》、《西陵詞選》，或據《雲華館詞》，或據《東江集》選錄，是以集中頗見刪汰之作，為研究沈謙詞學，提供珍貴資料。

壹、版本與體例

一、清康熙十五年沈聖昭、沈聖暉刻本

清康熙十五年沈聖昭、沈聖暉刻《東江集鈔》九卷、《別集》五卷、附錄一卷。《集鈔》九卷所錄凡詩五卷、文三卷、雜說一卷，《別集》五卷所錄前三卷為詞；後二卷為南北曲各一卷。北京圖書館、南京圖書館皆有藏本。

詞凡二〇一闋，分由兒姪、門人輯較而成：卷一錄小令凡八十四闋，正文卷端題「仁和沈謙去矜著　門人俞士彪季瑮　姪聖清叔義較」；卷二錄中調凡四十六闋，正文卷端題「仁和沈謙去矜著　門人張台柱砥中　男聖曜御和較」；卷三錄中調十五闋、長調四十六闋，凡六十一闋，題「仁和沈去矜著　門人王升東曙　男聖曆治民較」。至其體例，則以小令、中調、長調類列：

（一）以小令、中調、長調類第詞調，以調類詞：

全編錄詞凡三卷，詞以調彙，調以字之多寡依次排列。其錄詞卷次為：

調別	卷次	調名、字數	詞數
小令	一	〈采桑〉十四字——〈小重山〉五十八字	八十四
中調	二	〈蝶戀花〉六十字——〈玉女剔銀燈〉八十七字	五十六
長調	二	〈宣清〉九十一字——〈弄珠樓〉九十七字	十五
	三	〈晝夜樂〉九十八字——〈鶯啼序〉二三四字	四十六

卷一：錄小令〈采桑〉自度曲迄〈小重山〉等，凡八十四闋。

卷二：錄中調〈蝶戀花〉迄〈玉女剔銀燈〉新翻曲等五十六闋，長調〈宣清〉迄〈弄珠樓〉等十五闋，凡七十一闋。

卷三：錄長調〈晝夜樂〉迄〈鶯啼序〉等，凡四十六闋。

（二）詞題在上，以大字序列；調名在下，以小字附註：

每卷前冠以「詩餘小令」、「詩餘中調」、「詩餘長調」等標目；次以大字序列「不寐」、「春悶」等詞題名，詞題下以小字註以〈荷葉杯〉、〈望江南〉等詞調名。詞壇較重詞調，詞集分調本之編例，大抵以調名在上，詞題在下；此集則以副題在上，調名在下，與傳統編例不同。

（三）詞前或自註詞調源起，詞末或增註故實：

詞題下小字除註明詞調外，或增註詞調源起。如為自度曲則於調旁註明「自度曲」，如卷一小令，詞題「不寐」，調寄〈采桑〉，調旁小字註云：「自度曲」。如為新翻曲或新犯曲，則於詞調下以小字註明，如卷一小令，詞題「歌妓」，調寄〈美人鬟〉，小字註云：「新翻曲，上二句〈虞美人〉，下二句〈菩薩鬘〉，後段同。」；卷二中調，詞題「夜雨留別張祖望、毛稚黃」，調寄〈歲寒三友〉，小字註云：「新犯曲，上二句〈風入松〉，中三句四園竹，下二句梅花引；後段上二句風入松，中二句四園竹，下二句梅花引。」間有註明其詞與同調有異者，如卷一小令，詞題「旅夢」，調寄

〈踏莎行〉，小字註云：「後段多一字」等。詞末或箋註故實，如卷一小令，詞題「美人」，調寄〈點絳唇〉，詞末註云：「王維詩：『妝成秋自薰香坐』，結句用鄭袖教歌人掩鼻事。」

二、清鈔本

清代《東江集鈔》流播未廣，詞壇傳布者，為汰詩文存詞曲之《東江別集》鈔本。國家圖書館藏有清鈔本《東江別集》五卷，一冊，線裝。半葉十行，行二十字。體例與《東江集鈔》本同，未見序跋。北京圖書館、南京圖書館皆有藏本。

三、清孔傳鐸編《名家詞鈔》本

趙萬里《西諦書目·集部下·詩餘類》著錄清孔傳鐸編《名家詞鈔》六十種六十卷，鈔本，六冊。收順治、康熙兩朝六十家詞，每家一卷。卷四十六收《東江詞》一卷。

案：王步高《金元明清詞鑑賞辭典》附錄尹志騰、吳永坤撰〈清代詞籍簡介〉錄有《名家詞選》，簡介云：「六卷，曲阜孔傳鐸輯，康熙刻本。收順治、康熙兩朝六十家詞，每家一首至數十首不等，分為六卷。卷首列姓氏錄，署姓名、字號、籍貫並集名，未見有序跋。」與《西諦書目》著錄之《名家詞鈔》不同。兩者究係一書，或著錄有誤，由於未見其書，莫能知曉，俟後再考。

四、清乾隆年間《四庫全書》存目著錄本

《四庫全書總目》卷二百八十「別集類存目七」錄有《東江集鈔》九卷《別集》一卷：「明沈謙撰。謙字去矜，仁和人。崇禎末，杭州有西陵十子之稱，謙其一也。所著文集數十卷，晚年手自刪汰，存詩文八卷、雜說一卷，名曰集鈔。末附填詞南北曲為別集一卷，大半皆香奩之作。其雜記末一條云：『彭金粟在廣陵見余小詞及董文友蓉渡集，謂鄒程村曰：泥犁中皆若人，故無俗物。』案此蓋指宋僧法秀戒黃庭堅小詞誨淫，當入泥犁獄事，夫韓偓、秦觀、黃庭堅、楊慎輩皆有鄭聲不足害諸公之品，悠悠冥報，有則共之云云，其放誕可見矣。」

案：此本卷數與北京圖書館藏清康熙十五年沈聖昭、沈聖暉刻本不同，惜迄今未見，難以比勘。

五、民國八年姚景瀛排印本

民國八年歸安姚景瀛以《東江別集》無他本，乃據江南圖書館所藏鈔本重為排印，是為《東江別集》五卷本，自此其書始顯。前三卷為詞，計二〇一首，後二卷為南北曲。詞前有應撝謙作《東江沈公傳》，毛先舒撰《沈去矜墓誌銘》，後有姚景瀛跋。

六、民國二十二年趙尊嶽《惜陰堂彙刻明詞》本

民國十三年至二十五年武進趙尊嶽彙輯當時已罕見之版本，隨得隨刊，輯刻明詞凡二六八種，即今《明詞彙刊》（又稱《惜陰堂彙刻明詞》《惜陰堂明詞叢書》）三四九卷。其中詞話一種，詞譜二種，合集、倡和三種，詞選五種，別集二五七種。所收《東江別集》三卷，係汰曲存詞，乃就《東江別集》五卷裁其南北曲二卷，收刻東江詞三卷，復仍《東江別集》舊名。趙氏於集後書其版本源流云：

> 別集一卷，為填詞南北曲，四庫存目著錄之，然絕罕覯。泉唐丁氏嘗有傳鈔本，既而歸之金陵盋山。書藏凡詞三卷、曲二卷，燦然大備矣。歲在己未，歸安姚虞琴社兄景瀛，以別集無他本，重為排印，其書始顯。拙藏則亦傳鈔丁本，與姚刻同源者也。茲刪其南北曲，為梓行之。癸酉仲春珍重閣。

又有趙氏手書批語：「同日以姚刊本及傳鈔本互校」。是知清康熙十五年沈聖昭、沈聖暉刻本流播未廣，《四庫全書》著錄為存目，而流播於詞壇者厥為鈔本。趙氏所云泉唐丁氏，當即錢塘丁丙。後丁氏八千卷樓藏書售歸江南圖書館（或稱金陵盋山；後改稱江蘇省立國學圖書館；今為南京圖書館），及民國八年，歸安姚景瀛以別集無他本，取江南圖書

館所藏鈔本重為排印。民國二十二年趙尊嶽以姚刻本及所藏傳鈔丁本互校，刪其南北曲，是為《東江別集》三卷，輯入《惜陰堂彙刻明詞》，而梓行之。今通行者即此本，有上海古籍出版社一九九二年本。

至其體例，趙尊嶽《惜陰堂彙刻明詞》非就原書彙集翻刻，為求體例一致，除汰曲存詞外，輯刻凡例十一云：「集中之箋註眉批，以及幛詞致語，要多冗濫，除略存一二，以示定式外，率予刊落。」並註云：「致語庸濫、眉批膚淺、箋註空疏，無一可存，率為乙勒。惟凡屬批註之本，仍為記入跋尾，用資考證。」又輯刻凡例十二云：

所刻均改易行款，用示一律。每集均系以跋文，略記作者之年代行誼，間及版本之同異，藏家之淵源，乃至通假者之姓氏，用鳴高誼。

經取國家圖書館所藏清鈔本與此本互校，其錄詞總數、內容、箋註全同，未嘗刪落。惟二本文字稍有歧異，而趙氏校勘精審，大抵以趙氏所校為確。至其行款、體例，為求與他書一律，而稍見改異：

（一）清鈔本每卷正文卷端除題「仁和沈謙去矜著」外，並題有兒姪門人等輯較者姓名。此本則僅於每卷正文卷端題「仁和沈謙去矜」字樣。

（二）清鈔本每卷前冠有「詩餘小令、中調、長調」等標目，而詞以調彙；調以字之多寡依次排列。此本雖仍其編例，然刪其「詩餘小令、中調、長調」等標目。

（三）清鈔本編例，以詞題在上，調名在下；副題大字，詞調小字，凡同調者輒空闕不註。此本則改易為調名在上，詞題在下；詞調大字，副題小字，凡同調者俱題「前調」。

貳、選本與輯佚

明末清初，時人選輯時人詩文詞集者，蔚然成風。就詞選集言之，明末沈際飛《草堂詩餘新集》、卓人月・徐士俊《古今詞統》即已概括明代詞人之作。清初鄒祗謨、王士禎合選之《倚聲初集》及蔣景祁《瑤華集》等，則並皆以選輯時人之詞為主。嗣後甚或以地域詞派為選源者，如陸進、余士彪合選之《西陵詞選》、戈元穎等輯選之《柳州詞選》皆是。可見斯時詞壇，已由步驅《花間》、《草堂》，轉而重視時人之作，為清詞選集開啟風氣。

凡此以選輯時人為主之詞選，雖或流於精蕪不分，然所輯選之詞家或詞篇，往往未見於他集，遂為蒐遺補闕之重要依據，茲簡介如次：

一、清王士禎、鄒祇謨《倚聲初集》：

清順治十七年王士禎、鄒祇謨合選《倚聲初集》二十卷，輯錄明末清初四百六十餘家詞，凡一九一四闋。所錄沈謙詞，有〈醉花陰・霧障雲屏春睡重〉、〈西河・傷心地〉等十闋（註一）。

案：沈謙與王士禎為首之揚州詞人群頗有唱和，《倚聲初集》不僅附錄《沈氏詞韻略》，卷二十更有「錢塘沈謙去矜參閱」字樣，可證沈謙亦嘗參與該書之審閱。據王士禎《倚聲初集》自序云：「《詞統》一編稍撮諸家之勝，然亦詳於隆、萬，略於啟、禎。鄒子與予蓋嘗嘆之，因網羅五十年來薦紳、隱逸、宮閨之製，彙為一書，以續《花間》、《草堂》之後，使夫聲音之道不至湮沒而無傳，亦猶尼父歌弦之意也。」知其選旨在續「花草」之後，備存天啟、崇禎、順治年間之詞。其振起一代詞風，功不可沒，如清汪懋麟《梁清標棠村詞序》：「本朝詞學，近復益勝，實始於武進鄒進士程村《倚聲集》一選。」確為的評。惟所錄詞偏於綺靡側豔，亦頗受譏彈，如況周頤《蕙風詞話》卷五則云：「詞格纖靡，實始於康熙中。《倚聲》一集，有以啟之。集中所錄小慧側豔之詞十居八九。」觀《倚聲集》所錄沈謙詞篇，或題「睡起」、「幽會」；或題「寫恨」、「怨詞」，殆皆屬閨襜豔詞，可知《倚聲》之選，大抵未脫「花草」之遺意。

二、清蔣景祁《瑤華集》：

清康熙二十五年（一六八六）蔣景祁編《瑤華集》二十二卷。選輯明末至康熙中葉五〇七家詞，凡二四六七闋。所錄沈謙詞，有〈美人鬟・銀燈低照眉山綠〉、〈清平樂・香羅曾寄〉等四十一闋。

案：蔣景祁鑑於《倚聲初集》之挂漏，「而近來作者駸駸愈上」，自許「萃當代之美而兼有前人」（《刻瑤華集述》），是以選詞以時人新作為主，又兼收遺老近作，沈謙所謂「步武蘇辛」之作，如〈八聲甘州・自鍾期死後碎瑤琴〉、〈六州歌頭・煙消艮嶽〉等皆見輯入，可證蔣氏錄詞不拘於一格。斯集錄沈詞達四十一闋之夥，僅次於當時陽羨派宗主陳維崧（一四八闋）、浙西派盟主朱彝尊（一一一闋）及錢芳標（四十八闋）、史惟圓（四十五闋）、曹溶（四十三闋），而與龔鼎孳（四十一闋）同。集後并附有《沈氏詞韻略》，可見蔣氏頗為推崇沈謙詞學之成就。

三、清陸進、俞士彪《西陵詞選》：

康熙年間，杭州陸進、俞士彪合選《西陵詞選》八卷〈宦遊〉一卷。選錄清初杭郡一百七十三家詞，凡六百五十七闋。另有〈宦遊詞選〉一卷冠首，錄宋琬等十家詞，凡八十八闋。是書成於康熙十二年至十四年（一六七三—一六七五）間，有錢塘令梁允植康熙乙卯（一六七五）序、丁澎序，并陸進、俞士彪自序及〈凡例〉八則。所錄沈謙詞，有〈望江南・橋上月〉、〈九重春色・正金鉤低控繡帳〉等三十闋。

四、清王昶《明詞綜》：

清嘉慶七年，王昶輯《明詞綜》十二卷，卷七選沈謙〈清平樂・香羅曾寄〉、〈一萼紅・漫窺簾〉等詞十一闋。

案：朱彝尊所選《詞綜》止於元代，其後嘗選明詞數卷，未及刊行。王昶乃據朱氏稿本，合其自搜明詞，得三百八十家，共成十二卷，附刻於《詞綜》之後。其自序云：「選擇大旨，亦悉以南宋名家為宗，庶成太史之志云爾。」知其選旨乃沿朱氏之舊，宗南宋姜張之騷雅，以雅正為歸。惟浙西派固反對庸俗、俚俗，寫兒女情懷之豔詞，如歸於「雅正」，則仍合其「騷雅」之趣。是以《靜志居琴趣》幾全寫兒女私情，正如李符所云：「集中雖多豔語，然皆一歸於雅正。」（《江湖載酒集序》，《浙西六家詞》）本此標準，王昶選輯沈詞十一首，僅次於陳子龍（十七首）、邵梅芳（十二首），與楊慎（十一首）同。

五、葉恭綽《全清詞鈔》：

今人葉恭綽編《全清詞鈔》四十卷，書前有一九五二年自序、例言及引用書目。是書收錄清朝全期及生于清而活動於辛亥革命後之詞人，計三一九六家，選詞約八二六〇餘首。第一卷選沈謙〈清平樂・香羅曾寄〉、〈滿江紅・獨對銀釭〉等五闋。

據上述選本所輯沈謙詞歸納，其見於選本而《東江別集》未輯入者凡十六闋，去其重出者，得十五闋。茲臚列於次：

㈠《倚聲初集》九闋：

卷　八：〈醉花陰・霧障雲屏春睡重〉、〈踏莎行・竹葉香絲〉。

卷十一：〈蝶戀花・半夜瑤階那細步〉。

卷十三：〈粉蝶兒・自恨多情〉。

卷十五：〈滿江紅・一笑回頭〉。

卷十七：〈念奴嬌・鶯殘花老〉。

卷十八：〈花心動・石闕口中悲不語〉、〈花心動・蕉葉千層心卻少〉、〈西河・傷心地〉。

㈡《瑤華集》兩闋：

卷十四：〈齊天樂・碧桃花雨何時歇〉。

卷十八：〈賀新郎・雪滿亭皋路〉。

（三）《西陵詞選》四闋：（註二）

卷　四：〈浪打江城．愁病犂犀簪〉。

卷　六：〈露下滴新荷．憶年時〉。

卷　七：〈春水寄雙魚．春遊東城陌〉。

卷　八：〈金明池．淡日烘葵〉。

附註

註一：所錄據中央研究院歷史語言研究所傅斯年圖書館藏《倚聲初集》。惟該本卷十二，僅存葉二十至二十四等五葉，疑闕一至十九葉。闕葉部分是否有沈謙詞，尚待查考。

註二：《西陵詞選》所輯沈謙詞，《東江別集》未見者原有五闋，惟卷八〈賀新郎．雪滿亭皋路〉一闋與《瑤華集》重出，是以略之。

第二節 選聲擇調

唐宋詞調不下數百，其音節之長短急慢，聲情之哀樂剛柔俱異。是以詞家緣情製詞，首需辨明詞調所具之特殊聲響，方能聲與意諧、境與情會。楊纘《作詞五要》云：「第一要擇腔。」張炎《詞源・製曲》亦云：「作慢詞，看是甚題目，先擇曲名，然後命意。」皆以填詞之要，首在選譜。龍沐勛〈選調和選韻〉一文，進而由詞體「移情」之效果立說，其言云：

> 填詞既稱倚聲之學，不但它的句度長短，韻位疏密，必須與所用曲調（一般叫作詞牌）的節拍恰相適應，就是歌詞所要表達的喜、怒、哀、樂，起伏變化的不同情感，也得與每一曲調的聲情恰相諧會，這樣才能取得音樂與語言、內容與形式的緊密結合，使聽者受其感染，獲致「能移我情」的效果。（《倚聲學》頁二十三）

是知欲使詞情與聲情相諧，臻於聲情相發之妙境，選聲擇調乃首要之務。惟詞與音樂漸趨分離，詞人不復為應歌而填詞，以為抒情達意，詞同於詩，忽略詞調之聲情。北宋沈括即曾云：

> 唐人填曲，多詠其曲名，所以哀樂與聲，尚且諧會。今人不復知有聲矣！哀聲而歌樂詞，樂聲而歌怨詞，故語雖切而不能感動人情，由聲與意不相諧故也。」（《夢溪筆談》卷五〈樂律〉）

尤其音譜失傳，明詞以「混入曲子」，為世所譏；詞調與曲調相混而音律舛錯，尤為嚴重現象。名家如楊慎有「混曲入詞，為樂所苦」之譏；王世貞〈小諾皋〉兩闋，亦有「盲女彈詞，醉漢罵街」之憾。（註一）清初譜、律之學蔚然興盛，殆緣於此。

沈謙精通音律，嘗有《詞譜》、《曲譜》之作，以嚴詞曲之別，惜其書未傳。觀其《東江別集》，自度曲、新翻曲為數甚夥，且擇用舊調之詞，亦往往自註「用某人某體」、「據某體多一字」，頗嚴於聲律。是以本節乃據《詞譜》、《詞律》，一一比勘《東江別集》用調，以見沈謙度曲調律之大略。

壹、度新腔

詞家製作新調，其方式不外「新創」、「翻新」兩途：一、自創新腔：即自度腔，或自製腔。所謂自度腔，乃知音者吹管成腔，然後填詞。至於自製腔，乃善文者先為長短之句，然後製譜。二、翻新舊調：即依據舊譜，或互換其平仄韻；或犯其宮調、句法，以成新調。沈謙精通音律，故其新創者俱為「自度曲」，至於新翻曲，因舊樂失傳，是以所製，乃就句法、韻協更新，而未涉及宮調。

一、自度曲

沈謙自度曲，見存於《東江別集》者，小令、中調、長調兼備，計有七闋：

〈采桑〉　單調，十四字，四句兩仄韻。調見《東江別集》卷一。

〈一串紅牙〉　雙調，四十四字，上下段各五句三仄韻。調見《東江別集》卷一。詠板，有「一串紅牙」句，故名。

〈滿鏡愁〉　雙調，五十字，前段五句三仄韻，後段五句四仄韻。調見《東江別集》卷一。詞中有「愁滿花菱鏡」句，因取以為名。

〈東風無力〉　雙調，七十一字，前段七句三仄韻，後段八句三仄韻。調見《東江別集》卷二。自註：「范至能詞『溶溶曳曳，東風無力，欲皺還休』。」又詞中亦有「東風無力」句，因取以為名。

〈勝常〉　雙調，七十六字，前後段各八句三平韻。調見《東江別集》卷二。自註：「唐詩：『背人含笑道勝常』，即今婦人萬福也。」詞中亦有「道罷勝常側坐」句，調名本此。

〈弄珠樓〉　雙調，九十七字，前段十一句四平韻，後段十句四平韻。調見《東江別集》卷二。自註：「有弄珠樓宴集，贈陸嗣端司馬。」詞中亦有「看九龍奔赴弄珠樓」句，因取以為名。

〈扶醉怯春寒〉　雙調，一〇二字。調見《東江別集》卷三。自註：「周邦彥詞『紅日三竿，醉頭扶起寒怯』。」詞中亦有「強扶餘醉怯春寒」句，調名本此。

二、新翻曲

沈謙除自度新曲外，尤喜翻舊調以成新聲，其《東江別集》二〇一闋，註「新翻曲」者二十一調二十三闋，「新犯曲」者三調三闋，為數不少。覈其內涵，所謂「新犯曲」，即詞中「犯調」。至若「新翻曲」，歸納其翻曲方式，實乃兼賅「犯調」及「翻韻」言之。

詞中「犯調」之義，據詞家歸納，殆有犯他調之音與犯他調之句兩端。如萬樹《詞律》〈江月晃重山〉調下註云：「調中詞名題犯字者有二義：一則犯調，如以宮犯商角之類；一則犯他詞句法，若〈玲瓏四犯〉、〈八犯玉交枝〉等。」夏承燾〈犯調三說——詞調約例之一〉一文，則分為「宮調相犯」與「句法相犯」，考釋「宮調相犯」之義云：

> 所謂宮調相犯者，即一詞中兼用兩個或兩個以上宮韻不同之調也。……宮調相犯有一定規則。古樂八十四調，宮韻各異，並非任何兩調皆可相犯。姜夔《白石道人歌曲》〈淒涼犯〉序云：「凡曲言犯者，謂以宮犯商、商犯宮之類。如道調宮「上」字住，雙調亦「上」字住，所住字同，故道調曲中犯雙調，或于雙調曲中犯道調，其他準此。」又云：「十二宮所住字各不同，不容相犯。」據此可知：宮韻不同之調必須「住字」相同，方可相犯。「住字」即所謂「殺聲」，宋人又謂之「畢曲」，一調之基音。（《月輪山詞論集》，頁一六一）

至於「句法相犯」則晚起於「宮調相犯」，夏氏又溯源竟委云：

> 句法相犯者，乃一詞中參用數詞調之句法也。……句法相犯，較晚起於宮調相犯，此與慢詞發展有關。張端義《貴耳集》云：「自宣、政間周美成、柳耆卿出，自制樂章，有曰側犯、尾犯、花犯、玲瓏四犯」（見陶宗儀《說郛》卷八引）；《詞源》卷下亦云：「崇寧立大晟府，命周邦彥諸人討論古音，審定古調……美成諸人又復增慢曲、引、近，或移宮換羽，為三犯四犯之曲，按月令為之，其曲遂繁。」（同前引，頁一六三—一六四）

夏氏考證周邦彥詞，以為所謂「移宮換羽，為三犯四犯之曲」，既不言犯何宮調，似指句法相犯，而非宮調相犯。若乃句法相犯之進一步發展，即成元代之「集曲」。

《東江別集》之犯調，如覈以前述義界，乃屬「句法相犯」，即一詞中參用數詞調之句法。至其方式，則或犯兩調，或犯三調，據其自註，大抵以某調之第幾句作此調之第幾句。如〈憶分飛〉：

> 芙容帳。鐙銜鳳口東西向。曲罷　絃放。羅衣怕解垂咽項。　誰知別後多魔障。平蕪翠翦迷深巷。今夜難天亮。雪晴茅店寒雞唱。（《東江別集》卷一）

沈謙於詞調下自註云：「新翻曲，上二句〈憶秦娥〉，下二句〈惜分飛〉，後段同。」按譜，此調前二句犯〈憶秦娥〉之前二句，後二句犯〈惜分飛〉之後二句。意即此調之句法、格律、用韻，前二句以〈憶秦娥〉之前二句為本；後二句則以〈惜分飛〉之後二句為據，而翻為新譜。

至若「翻韻」，考其方式，大抵據平韻原調改為仄韻。如〈萬峰攢翠〉：

> 春暖玉屏風細細。蘭苑幽香如醉。唱遍新詞，空灑淚。旁人不會。　煙波何處毘陵，樓外斜陽又墜。人不南來愁卻至。萬峰攢翠。

沈謙於詞調下自註云:「新翻曲,〈畫堂春〉,用仄韻。」按譜,此調即據平韻〈畫堂春〉改押仄韻,而翻為新聲,定為新名。

由於詞調譜式,往往一調數體。故下文乃分「句法相犯」、「改用仄韻」二目,緣《詞譜》、《詞律》所錄詞例,據沈謙自註按譜,比勘句法、字聲與韻協,期能鉤稽原調。又清代詞選輯錄沈謙新詞,雖有《東江別集》未見之調,惟刪去自註,難以複按。因別立「備調補闕」一目,徵錄全調,以求完備。

(一)句法相犯:

沈謙所制新曲,以句法相犯者,凡二十一調二十三闋:

〈美人鬟〉 雙調,四十四字,前後段各四句兩仄韻、兩平韻。調見《東江別集》卷一。自註:「上二句〈虞美人〉,下二句〈菩薩蠻〉,後段同。」案:〈虞美人〉句,見李煜「風迴小院庭蕪綠」體(《詞譜》卷十二,頁八〇九);〈菩薩蠻〉句,見李白「平林漠漠煙如織」體(《詞譜》卷四,頁三二〇)。

〈憶分飛〉 雙調,四十八字,前後段各四句四仄韻。調見《東江別集》卷一。自註:「上二句〈憶秦娥〉,下二句〈惜分飛〉,後段同。」案:〈憶秦娥〉句,見李白「簫聲咽」體(《詞譜》卷五,頁三六五);〈惜分飛〉句,見毛滂「淚濕闌干花著露」體(《詞譜》卷八,頁五七五)。

〈遍地雨中花〉 雙調,五十三字,前段五句三仄韻,後段五句二仄韻。調見《東江別集》卷一。自註:「上二句〈遍地花〉,下三句〈雨中花〉,後段同。」案:〈遍地花〉句,見毛滂「白玉闌邊自凝佇」體(《詞譜》卷十二,頁八四一),惟上片第二句「有此夜、睡難熟。」與原句「滿枝頭、彩雲雕霧」相左;〈雨中花〉句,見程垓「舊日愛花心未了」體(《詞譜》卷九,頁六二三)。

〈金門賀聖朝〉 雙調,六十字,前後段各五句四仄韻。調見《東江別集》卷二。自註:「上三句〈謁金門〉,下二句〈賀聖朝〉,後段同。」案:犯〈謁金門〉句,與韋莊「空相憶」體同(《詞譜》卷五,頁三四五),惟上片第二句，沈詞作七字「火雲萬朵俄成墨」（仄平仄仄平平仄），較韋詞六字「無計得傳消息」（平仄仄平平仄），少一字。〈賀聖朝〉一調，《詞譜》錄十一體，其上下片末二句（作「七、五」句式）與沈詞相同者，有黃庭堅「脫霜披茜初登第」、葉清臣「滿斟綠醑留君住」、趙師俠「千林脫落群芳息」、趙彥端「河陽桃李開無數」等四體，惟平仄皆見參差。據《詞譜》所定譜式，以葉清臣「滿斟綠醑留君住」體：「不知來歲牡丹時，再相逢何處。」（《詞譜》卷六，頁四二七）與沈詞「暗思玉簟彈煙鬟，料今宵眠得。」最為相近。

〈月籠沙〉　一體，三首。雙調，六十字，前後段各五句三平韻。調見《東江別集》卷二。自註：「上三句〈西江月〉，下二句〈浪淘沙〉，後段同。唐杜牧詩：『煙籠寒水月籠沙』」調名本此。案：〈西江月〉，見柳永「鳳額繡簾高卷」體（《詞譜》卷八，頁五五六）；〈浪淘沙〉（即浪淘沙令），見李煜「簾外雨潺潺」體（《詞譜》卷十，頁七〇六）。

〈浪打江城〉　雙調，六十二字，前後段各六句四平韻。調見《東江別集》卷二。自註：「上二句〈浪淘沙〉，下四句〈江城子〉。唐詩：『潮打孤城寂寞回』」案：〈浪淘沙〉句，見李煜「簾外雨潺潺」體（《詞譜》卷十，頁七〇六）；〈江城子〉句，見韋莊「髻鬟狼籍黛眉長」體（《詞譜》卷二，頁一六九）。（註二）

〈月中柳〉　雙調，六十四字，前段六句四平韻，後段六句三平韻。調見《東江別集》卷二。自註：「上三句〈月中行〉，下三句〈柳梢青〉，後段同。」案：〈月中行〉句，見周邦彥「蜀絲趁早染乾紅」體（《詞譜》卷七，頁四九八）；〈柳梢青〉句，見秦觀「岸草平沙」體（《詞譜》卷七，頁五〇七）。

〈歲寒三友〉　雙調，六十五字，前段七句四仄韻，後段六句四仄韻。調見《東江別集》卷二。自註：「上二句〈風入松〉，中三句〈四園竹〉，下二句〈梅花引〉；後段上二句〈風入松〉，中二句〈四園竹〉，下二句〈梅花引〉。」案：〈風入松〉，見晏幾道「柳陰庭院杏梢牆」體（《詞譜》卷十七，頁一一四九）；〈梅花引〉句，見賀鑄「城下路」體（《詞譜》卷十二，頁八六五）。犯〈四園竹〉句，沈詞上片：「詩成鏤板，曲就上絃，春似情濃。」與周邦彥「浮雲護月」體：「鼠搖暗壁，螢度破窗，偷入書幃。」差同，惟下片中二句：「雨黑今宵話別，衰鬢如霜左耳聾。」與《詞譜》所錄周邦彥「浮雲護月」體：「心知漫與前期，奈向鐙前墮淚。」、楊澤民「殘霞殿雨」體：「誰知又爽佳期。直待金風」、陳允平「昏昏瞑色」體：「因循已誤心期。為寫相思寄與，」諸詞（卷十八，頁一二三一—一二三三），無論句式、字數、平仄、韻位，皆參差不合。

〈蝶戀小桃紅〉　雙調，七十二字，前後段各六句四仄韻。調見《東江別集》卷二。自註：「上四句〈蝶戀花〉，下二句〈小桃紅〉，後段同。」案：〈蝶戀花〉句，見馮延巳「六曲闌干偎碧樹」體（《詞譜》卷十三，頁九〇三）；〈小桃紅〉句，見邵叔齊「澹泊疏籬隔」體（《詞譜》卷十六，頁一〇八一）。

〈錦帳留春〉　雙調，七十四字，前後段各八句四仄韻。調見《東江別集》卷二。自註：「上四句〈錦帳春〉，下三句〈留春令〉，後段同。」案：〈錦帳春〉句，見辛棄疾「春色難留」體（《詞譜》卷十三，頁九二五），惟沈氏註「上四句〈錦帳春〉」者，當為「上五句」；〈留春令〉句，見晏幾道「畫屏天畔」體（《詞譜》卷八，頁五六二）。

〈牡丹枝上祝音臺〉　雙調，七十九字，前段七句四仄韻，後段八句四仄韻。調見《東江別集》卷二。自註：「前段上四句〈碧牡丹〉，下三句〈祝英臺近〉；後段上五句〈碧牡丹〉，下三句〈祝英台近〉。」案：〈碧牡丹〉句，見程垓「睡起情無著」體（《詞譜》卷十七，頁一一四五）惟前段次句，程詞作三字兩句：「曉雨盡，春寒弱。」，沈詞攤為六字一句：「卷起浪花千尺」，句法與原句異；〈祝英台近〉句，見程垓「墜紅輕」體（《詞譜》卷十八，頁一二二三）。

〈玉樓人醉杏花天〉　雙調，八十二字，前後段各七句五仄韻。調見《東江別集》卷二。自註：「上二句〈玉樓春〉，中三句〈醉花陰〉，下二句杏花天，後段同。」調名本此。案：〈玉樓春〉句，見李煜「晚妝初了明肌雪」體（《詞譜》卷十二，頁八二七）；〈醉花陰〉句，見毛滂「檀板一聲鶯起速」體（《詞譜》卷九，頁六四六）；〈杏花天〉句，見朱敦儒「淺春庭院東風曉」體（《詞譜》卷十，頁七一七）。

〈玉女剔銀燈〉　雙調，八十七字，前段九句四仄韻，後段九句五仄韻。調見《東江別集》卷二。自註：「上四句〈傳言玉女〉，下五句〈剔銀燈〉，後段同。」案：〈傳言玉女〉，見晁沖之「一夜東風體」體（《詞譜》卷十七，頁一一五三）；〈剔銀燈〉，見柳永「何事春工用意」體（《詞譜》卷十七，頁一一五八），惟後結，柳詞作七字句「三、四」折腰：「有人伴、日高春睡。」沈詞「豈畏、遠離長別。」作六字句「二、四」折腰者，疑落一字。

〈雙燕笑孤鸞〉　雙調，九十六字，前段九句四仄韻，後段九句五仄韻。調見《東江別集》卷二。自註：「上五句〈雙雙燕〉，下句〈孤鸞〉，後段同。」案：〈雙雙燕〉句，見史達祖「過春社了」體（《詞譜》卷二十六，頁一八三三），惟換頭兩句：「芳徑。芹泥雨潤。」，沈詞攤為六字一句：「下箸泛來酒釅」；〈孤鸞〉句，見朱敦儒「天然標格」體（《詞譜》卷二十六，頁一八三五）。

〈離鸞〉　雙調，九十六字，前後段各八句五仄韻。調見《東江別集》卷二。自註：「上五句〈離亭燕〉，下三句〈孤鸞〉，後段同。」案：〈離亭燕〉句，見張昇「一帶江山如畫」體（《詞譜》卷十八，頁一二四一）；〈孤鸞〉句，見朱敦儒「天然標格」體（《詞譜》卷二十六，頁一八三五）。

〈萬年枝〉　雙調，九十八字，前後段各十句五仄韻。調見《東江別集》卷三。自註：「上七句〈萬年歡〉，下三句〈桂枝香〉，後段同。唐李嘉祐詩：『羨君談笑萬年枝』，晉和凝詞：『飛上萬年枝』。」調名本此。案：犯〈萬年歡〉句，見王安禮「雅出群芳」體（《詞譜》卷二十六，頁一七九七）；〈桂枝香〉句，見王安石「登臨遠目」體（《東江別集》卷二十九，頁二〇三五）。

〈水晶簾外月華清〉　雙調，九十八字，前後段各十句六仄韻。調見《東江別集》卷三。自註：「上七句〈水晶簾〉，下三句〈月華清〉，後段同。李白：『卻下水晶簾，玲瓏望秋月』。」案：〈水晶簾〉，見無名氏「誰道秋期遠」體（《詞譜》倦二十六，頁一八四六）；〈月華清〉，見洪瑹「花影搖春」體（《詞譜》卷二十七，頁一九二五）。

〈山谿滿路花〉　雙調，一百字，前後段各十句四仄韻。調見《東江別集》卷三。自註：「上六句〈驀山谿〉，下四句〈滿路花〉，後段同。」案：〈驀山谿〉，見程垓「老來風味」體（《詞譜》卷十九，頁一三〇五）；〈滿路花〉，見秦觀「露顆添花色」體（《詞譜》卷二十，頁一三四六）。

〈神女〉雙調，一百三字，前段九句四仄韻，後段九句五仄韻。自註：「上三句〈晝夜樂〉，中三句〈春雲怨〉，下二句〈雨霖鈴〉，後段同。」案：〈晝夜樂〉句，見柳永「洞房記得初相遇」體（《詞譜》卷二十六，頁一七七九）；〈春雲怨〉調，《詞譜》、《詞律》所錄僅宋馮艾子「春風惡劣」一體。沈詞此調中三句分別為「靄靄雲無處所，此日登台，當年薦枕，」（上片）；「贏得悲哀萬古。浪說神人，鳴鸞易返，」（下片）覈與馮詞：「雨重柳腰嬌困，燕子欲扶不得。軟日烘煙，」（上片）；「團鳳眉心倩郎貼。教洗尊罍，共看西堂，」（下片），句法參差不合；〈雨霖鈴〉（調見柳永《樂章集》，雙調），見柳永「寒蟬淒切」體（《詞譜》卷三十一，頁二二三八），惟上片「竟無語凝咽」句，沈詞添兩字為七字：「聞道佳期在朝暮」，與原句稍異。

〈比目魚〉雙調一百七字，前後段各十句七仄韻。調見《東江別集》卷三。自註：「上四句〈魚遊春水〉，下六句〈摸魚兒〉，後段同。」案：〈魚游春水〉句，見無名氏「秦樓東風裏」體（《詞譜》卷二十一，頁一四六七）；〈摸魚兒〉句，見晁補之「買陂塘」體（《詞譜》卷三十六，頁二六一四）。

〈九重春色〉雙調，一百八十三字，前段十五句八仄韻，後段十七句八仄韻。調見《東江別集》卷三。自註：「前段：上八句〈三臺〉，下六句〈六醜〉；後段：上九句〈三臺〉，下六句〈六醜〉。」〈三臺〉，見万俟詠「見梨花初帶夜月」體（《詞譜》卷三十九，頁二七六九）；〈六醜〉，見周邦彥「正單衣試酒」體（《詞譜》卷三十八，頁二七二二）。案：沈詞前段犯〈三臺〉九句，自註誤為「八句」，今據以正之。後段下六句與〈六醜〉合；惟「芳池水正溢迄「纏綿似三起三眠蠶熟」實為十一句，而沈謙註為「上九句三臺」，覈與〈三臺〉後段上九句，平仄句讀皆不相合，疑沈註誤，俟考。

（二）翻用仄韻：

沈謙所製新曲，據舊調換用仄韻者，凡三調三闋：

〈葉落秋窗〉雙調，三十六字，前後段各四句四仄韻。調見《東江別集》卷一。自註：「即〈長相思〉，用仄韻。」案：此調前後段起二句不作疊韻，與歐陽修「蘋滿溪」體同（《詞譜》卷二，頁一七六）。

〈萬峰攢翠〉雙調，四十七字，前段四句四仄韻，後段四句三仄韻。調見《東江別集》卷一。自註：「〈畫堂春〉，用仄韻。」案：其句法與秦觀此調「落紅鋪徑水平池」體同（《詞譜》卷六，頁四三七），惟沈詞用仄韻，故平仄稍異。

〈空亭日暮〉雙調，九十二字，前後段各九句六仄韻。調見《東江別集》卷二。自註：「〈意難忘〉，用仄韻。」案：平韻〈意難忘〉，見蘇軾「花擁鴛房」體（《詞譜》卷二十二，頁一五二六），惟沈詞改用仄韻，故平仄稍異。

（三）備調補闕：

沈謙所用詞調，吳藕汀《詞名索引》未輯錄者凡四：〈采桑〉、〈空亭日暮〉兩闋，調見《東江別集》，據其自註，前者為自度曲，後者為新翻曲。至若〈露下滴新荷〉、〈春水寄雙魚〉兩闋，調見《西陵詞選》，惟選本刪去作者自註，故不知其調究係自度或新翻？然觀其調名，證以《詞名索引》未錄，知其必為新聲譜。由於《西陵詞選》庋藏大陸，索之不易，是以徵錄〈露下滴新荷〉、〈春水寄雙魚〉全調如次，俾求備調補闕也。

〈露下滴新荷〉：雙調，一百字，前後段各十一句五平韻。調見《西陵詞選》卷六：

憶年時，長橋畔，水微波。正邀他、同賞新荷。彩舟銀燭，詞成先付雪兒歌。纏頭錦，醉中親與，十丈紅羅。歡呼不覺夜深，影動星河。怪今宵，風兼雪，人不見，恨如何。待題詩、手冷時呵。鳳箋仍捲，自將金鴨暖衾窩。小樓深巷，應相念皺損雙蛾。常擬策蹇再尋，奈不肯晴和。

〈春水寄雙魚〉：雙調，一百七字，前後段各十句六仄韻。調見《西陵詞選》卷七：

春遊東城陌。懊恨無端逢豔質。偏荷半倒，不動湘裙襞積。嬌滴滴。掩映得、山蒼水柳都無色。歡容笑靨。敢未解春愁，臨波聽鳥，故意調行客。　當面紅牆萬尺。堪恨此身無雙翼。憐春春不憐人，雨荒雲黑，情漫切。真箇是、多情枉把無情惜。不堪再憶。斜日野橋西，幾番翹首，千里暮煙碧。

貳、擇舊調

《東江別集》二〇一闋，擇用舊調者凡八十二調一六八闋，小令、中調、長調兼備，未嘗偏廢。今列舉調名，並概介如次：

〈長相思〉一體，一首。雙調，三十六字，前後段各四句，四平韻。

〈如夢令〉一體，二首。單調，三十三字，七句，五仄韻，一疊韻。

〈望江南〉一體，二首。單調，二十七字，五句，三平韻。

〈荷葉梧〉一體，一首。單調，二十六字，六句，兩仄韻，三平韻，一疊韻。

案：《詞譜》所錄俱為「前後段各四句，三平韻，一疊韻」，即前後段一二句疊韻（《詞譜》卷二，頁一七三—一七六）惟歐陽修詞前疊「蘋滿溪。柳繞堤。」；後疊「煙霏霏。雨凄凄。」未疊韻，沈詞正與此同。

〈點絳脣〉一體，八首。雙調，四十一字，前段四句三仄韻；後段五句四仄韻。

〈浣溪沙〉一體，三首。雙調，四十二字，前段三句三平韻；後段三句兩平韻。

〈菩薩蠻〉一體，六首。雙調，四十四字，前後段各四句，兩仄韻，兩平韻。

〈誤佳期〉一體，二首。雙調，四十八字，前段四句三仄韻，後段四句二仄韻。

〈清平樂〉一體，七首。雙調，四十六字，前段四句四仄韻；後段四句三平韻。

案：調見明楊慎詞，《詞譜》未收，《詞律》附入〈竹香子〉後（見《詞律》卷六，頁一一二）。

〈桃園憶故人〉一體，一首。雙調，四十八字，前後段各四句四仄韻。

〈海棠春〉一體，一首。雙調，四十八字，前後段各四句三仄韻。

〈柳梢青〉一體，一首。雙調，四十九字，前段六句兩平韻；後段五句三平韻。

〈西江月〉一體，四首。雙調，五十字，前後段各四句兩平韻一協韻。

案：沈義父《樂府指迷》云：「〈西江月〉第二句平聲韻，第四句就平聲切去押平韻。如平聲押東字，仄聲須押董凍字韻，不可隨意押入他韻。」此調蓋即「同部平仄通協」也。

〈醉花陰〉二體，四首。雙調，五十二字，前後段各五句三仄韻。

案：《詞譜》錄毛滂〈醉花陰・檀板一聲鶯起速〉為正體，註云：「此調只有此體，諸家所填，多與之合，但平仄不同，句法間有異耳。」沈謙此調，一註「用李易安體」，一註「用沈會宗體」。惟換頭句，李詞「東籬把酒黃昏後」，「酒」字藏韻，沈詞「鶯啼僥倖天將曙」、「屏風自掩深寒夜」，「倖」、「掩」兩字未藏韻。

〈浪淘沙〉一體，八首。雙調，五十四字，前後段各五句四平韻。

〈雨中花〉一體，一首。雙調，五十四字，前後段各五句三仄韻。

〈鷓鴣天〉一體，三首。雙調，五十五字，前段四句三平韻；後段五句三平韻。

〈虞美人〉一體，一首。雙調，五十六字，前後段各四句，兩仄韻，兩平韻。

〈鵲橋仙〉一體，十一首。雙調，五十六字，前後段各五句兩仄韻。

〈玉樓春〉一體，三首。雙調，五十六字，前後段各四句三仄韻。

〈踏莎行〉二體，四首。雙調，一體五十九字、一體五十八字，前段各五句三仄韻。

案：沈詞「孤影長羈」一闋五十九字，自註云：「後段多一字」。考《詞譜》錄晏殊此調「細草愁煙」詞（五十八字）為正體，下片第四句，晏詞「垂柳只解惹春風」僅八字，沈詞「道不如歸去怎生歸」增一「歸」字。

〈小重山〉一體，二首。雙調，五十八字，前後段各四句四平韻。

〈蝶戀花〉一體，六首。雙調，六十字，前後段各五句四仄韻。

〈後庭宴〉一體，一首。雙調，六十字，前後段各六句三仄韻。

案：〈後庭宴〉詞調，《詞譜》、《詞律》僅錄無名氏「千里故鄉」一調，而沈詞平仄與無名氏詞頗有參差。考律譜所註平仄，全無可平可仄處，疑製譜者僅見無名氏一詞故耳。疑沈謙或因得見他調，是以有異。

〈蘇幕遮〉一體，五首。雙調，六十二字，前後段各七句四仄韻。
〈漁家傲〉一體，三首。雙調，六十二字，前後段各五句五仄韻。
〈鳳銜杯〉一體，一首。雙調，六十三字，前段五句四仄韻；後段六句四仄韻。
〈賣花聲〉一體，一首。雙調，六十六字，前後段各六句四仄韻。
〈風中柳〉一體，一首。雙調，六十六字，前後段各六句四仄韻。
〈行香子〉一體，一首。雙調，六十六字，前段八句五平韻；後段八句四平韻。
〈猒金杯〉一體，一首。雙調，六十六字，前段七句四仄韻；後段七句三仄韻。
〈解珮令〉一體，一首。雙調，六十六字，前後段各六句三仄韻。

案：沈謙此調句式、格律與《詞譜》所錄晏幾道正體全同，惟晏詞前段次句協韻，而沈詞則未協。考《詞譜》所錄，此調次句協韻，六體皆同，疑沈詞落韻。

〈殢人嬌〉一體，一首。雙調，六十八字，前後段各六句四仄韻。
〈垂絲釣〉一體，一首。雙調，六十七字，前段七句六仄韻；後段八句六仄韻。
〈青玉案〉一體，五首。雙調，六十七字，前後段各六句四仄韻。

案：《詞譜》錄賀鑄「凌波不過橫塘路」為正體，前後段各六句五仄韻，沈詞自註「用賀方回韻」，惟前後段第五句賀詞「戶」、「絮」兩韻腳，沈詞未協，與賀詞異。

〈天仙子〉一體，一首。雙調，六十八字，前後段各六句五仄韻。
〈江城子〉一體，一首。雙調，七十字，前後段各七句五平韻。

〈歸田樂引〉一體，一首。雙調，七十字，前段六句四仄韻一疊韻；後段七句五仄韻一疊韻。

〈西施〉一體，一首。雙調，七十一字，前段七句四平韻；後段七句三平韻。

〈師師令〉一體，二首。雙調，七十三字，前後段各六句五仄韻。

〈御街行〉二體，二首。雙調，一體七十八字；一體七十六字，俱前後段各七句四仄韻。

〈最高樓〉一體，一首。雙調，八十一字，前段八句四平韻；後段八句兩仄韻兩平韻。

〈爪茉莉〉一體，一首。雙調，八十二字，前段七句四仄韻；後段八句五仄韻。

〈歸去難〉一體，一首。雙調，八十二字，前後段各八句四仄韻。

案：與《詞譜》所錄周邦彥「金花落燼燈」體同，惟前段次句，周詞五字，沈詞減為四字。

〈洞仙歌〉一體，一首。雙調，八十三字，前段六句三仄韻；後段七句三仄韻。

〈蕙蘭芳引〉一體，一首。雙調，八十四字，前後段各八句四仄韻。

〈華胥引〉一體，一首。雙調，八十五字，前段九句三仄韻；後段八句四仄韻。

案：《詞律》錄方千里「長亭無數」一體，八十六字。註云：「按此為千里和美成詞，平仄與原詞全同，惟『那堪』之『那』字原作平聲。」又云：「各書俱選周詞『川原澄映』一首，只作五十八字。蓋在『繡裳』句，止云『鳳箋盈篋』，故比此少一字也。不知此句，正與前段『更櫓聲』句相合，當用五字。則知《片玉集》乃落去一字。而從來讀者未查校玩味耳。又周尾句云：『夜來和淚雙疊』，『來』字平聲，與前段『醉頭扶起還怯』之『頭』字相同。與此詞前結『言』字，後結『成』字俱同。《圖譜》乃作『夜夜和淚雙疊』，第二『夜』字竟改用去聲，而所繪黑圈，偏不以為可平，豈非故意欲改壞此調乎？」（卷十三，頁二四一）《詞譜》後出轉精，選周詞「川原澄映」詞為正體，而於下片第六句補一「但」字，正為「但鳳箋盈篋」，並云：「前段第七句，後段第六句，例作上一下四句法」；末句亦正為「夜來和淚雙疊。」沈詞平仄與周詞同，惟未查下片第六句當用五字，逕云「人愁單枕」，似可補一「但」字領調。又上片第六句「想粉坑脂窖」，當協而未協，故其體與周詞「八十六字，前段九句四仄韻，後段八句四仄韻」稍異也。

〈宣清〉一體，一首。雙調，九十二字，前段十一字四仄韻；後段八句四仄韻。

案：《詞律》錄柳永「殘月朦朧」九十二字體（卷十三，頁二五六），《拾遺》增錄柳永「殘月朦朧」一百十五字體（卷六，頁五三六）。《詞譜》僅錄柳永「殘月朦朧」一百十五字體，註云：「《汲古閣》刻此詞，後段脫『歌珠貫串』至『更』相將二十四字，今從《花草粹編》增定。」又云：「此調祇有此詞，無別詞可校。」（卷三十六，頁二六〇九）是知沈詞九十二字者，殆從《汲古閣》誤也。

〈滿江紅〉一體，五首。雙調，九十三字，前段八句四仄韻；後段十句五仄韻。

〈六么令〉一體，一首。雙調，九十四字，前後段各九句五仄韻。

〈惜秋華〉一體，一首。雙調，九十四字，前段八句五仄韻；後段九句六仄韻。

〈滿庭芳〉一體，一首。雙調，九十五字，前後段各十句四平韻。

〈八聲甘州〉一體，一首。雙調，九十七字，前後段各九句四平韻。

〈倦尋芳〉一體，一首。雙調，九十七字，前後段各十句四仄韻。

〈晝夜樂〉一體，一首。雙調，九十八字，前段八句六仄韻；後段八句五仄韻。

〈玲瓏四犯〉一體，一首。雙調九十八字，前後段各九句五仄韻。

案：此調創自周邦彥，《詞譜》錄周詞正體為「九十九字，前後段各九句五仄韻」（卷二十七，頁一八八二），而沈詞較周詞減一字，且平仄、句式皆異，覈與《詞譜》所錄又一體：曹邍「一架幽芳」、史達祖「雨入愁邊」、高觀國「水外輕陰」、張炎「流水人家」、周密「波暖塵香」、姜夔「疊鼓夜寒」諸詞，亦皆不合，不知沈詞何據？

〈高陽臺〉一體，一首。雙調，九十九字，前段十句四平韻；後段十句五平韻。

案：沈詞與《詞譜》所錄蔣捷「燕卷晴絲」（一百字）體同，惟後段次句減一字稍異。

〈玉燭新〉一體，一首。雙調，一百一字，前段九句五仄韻；後段九句六仄韻。

〈夜合花〉一體，一首。雙調，一百字，前段十一句五平韻；後段十一句六平韻。

〈念奴嬌〉一體，四首。雙調，一百字，前後段各十句四仄韻。

〈東湖月〉一體，一首。雙調，九十九字，前段九句四平韻；後段八句四平韻。

案：沈謙自註云：「已酉生日，潘雲赤以自度曲壽余，覽次有感，依韻答之。」是知此調乃潘雲赤新度曲。

〈氐州第一〉一體，一首。雙調，一百二字，前段十一句四仄韻；後段九句六仄韻。

〈慶春宮〉一體，一首。雙調，一百二字，前段十一句四平韻；後段十一句五平韻。

〈花犯〉一體，一首。雙調，一百二字，前段十句六仄韻；後段九句四仄韻。

〈喜遷鶯〉一體，一首。雙調，一百四字，前段十一句五仄韻；後段十二句五仄韻。

案：《詞譜》所錄〈喜遷鶯〉未見一百四字體，覈沈詞上片與康與之「秋寒初勁」體同，下片與蔣捷「遊絲纖弱」體同，惟平仄稍異，殆即一詞上下片各參用一體者。

〈探春慢〉一體，一首。雙調，一百三字，前後段各十句四仄韻。

〈西河〉一體，一首。三疊調，一百五字，前段六句四仄韻，中段七句四仄韻，後段六句四仄韻。

〈望梅〉一體，一首。一百六字，前段十一句五仄韻，後段十句五仄韻。

〈夜飛鵲〉一體，一首。一百六字，前段十句五平韻，後段十句四平韻。

案：沈詞與《詞譜》所錄周邦彥「河橋遠人處」體同，惟上片第六句，周詞五字而沈詞六字稍異。

〈一萼紅〉一體，一首。一百八字，前段十一句五平韻，後段十句四平韻。

案：《詞譜》錄〈一萼紅〉四體，無論一百八字體或一百七字體，其上下片第七句，皆為上三下四之折腰句。沈詞下片此句「受盡、孤眠況味。」則為二、四折腰，今據《瑤華集》補「生」字，正為「生受盡、孤眠況味。」

〈風流子〉一體，二首。雙調，一百十字。前段十二句四平韻，後五段十一句四平韻。

〈丹鳳吟〉一體，一首。雙調，一百十四字。前段十二句四仄韻，後段十一句五仄韻。

〈沁園春〉二體，六首。雙調，一體一百十四字，凡五首；一體一百十六字，一首。兩體俱前段十三句四平韻，後段十二句五平韻。

案：沈詞此調「夢想容輝」體（一百十六字），自註云：「用蔣竹山體，前後段各多一字。」考蔣捷〈沁園春〉詞，蓋據「老子平生」體（一百十四字），上段第十句（七字）、下段第九句（七字），各增一字。

〈摸魚兒〉一體，二首。雙調，一百十六字，前段十句七仄韻，後段十一句七仄韻。

案：沈詞此調據辛棄疾「更能消」體，考稼軒此詞協第四部仄聲韻，其下片「千金縱買相如賦」句，「賦」字協韻，而《詞譜》註為「句」，未視為協韻字。沈詞二首，此句皆從辛詞，亦協韻也。

〈夏雲峰〉一體，二首。雙調，雙調一百二十字，前後段各十一句四仄韻。

〈金明池〉一體，一首。雙調，一百二十字，前段十一句四仄韻，後段十一句五仄韻。

案：此調乃〈金明池〉調之別名，沈詞與《詞譜》所錄僧揮「天闊雲高」體同，惟換頭處須協韻，而沈詞未協。

〈十二時〉一體，一首。三疊，前段十一句五仄韻，中段八句三仄韻，後段八句三仄韻。

案：沈詞自註云：「用耆卿韻」。考沈謙所和乃柳永「晚晴初」體，《詞譜》錄為仄韻正體。惟柳詞後段第五句，《詞譜》作「重諧連理」，「理」字協韻（八句四仄韻），註云：「《花草粹編》作『重諧雲雨』『雨』字不押韻。」覈《類編草堂詩餘》亦作「重諧雲雨」，是知沈謙此調下片第五句未協（八句三仄韻），當有所據也。

〈蘭陵王〉一體，一首。三疊，一百三十字，前段十句六仄韻，中段八句五仄韻，後段九句六仄韻。

〈多麗〉一體，一首。雙調，一百三十九字，前段十四句六平韻，後段十二句五平韻。

〈六州歌頭〉一體，一首。雙調，一百四十三字，前後段各十九句八平韻。

〈寶鼎現〉一體，一首。三疊，一百五十五字，前一段九句四仄韻，後兩段各八句五仄韻。

案：《詞譜》此調錄康與之「夕陽西下」（一百五十七字）為正體（卷三十八）。沈詞自註用「康伯可體」，惟字數、押韻、句讀皆小異：沈詞後段首句「詞客為歡」，減六字為四字，第三句五字（康詞七句：上三下四）、第四句六字（康詞四句）；中段首句不用韻（康詞協韻），第五句用韻（康詞未協），與康詞異。

〈鶯啼序〉一體，一首。二百三十四字，第一段八句四仄韻，第二段九句四仄韻，第三段十二句六仄韻，第四段十四句五仄韻。

案：沈謙自註「用楊升庵『碧雞唱曉』體」，故字數、句讀、協韻皆與吳文英「殘寒正欺病酒」體異。

清沈祥龍《論詞隨筆》云：「詞調不下數百，有豪放，有婉約。相題選調，貴得其宜；調合，則詞之聲情始合。」就聲情言，寫壯詞不能用豔歌，寫戀情亦難用豪曲。詞家因情擇調，詞風不同，用調亦自不同。觀沈謙《東江別集》，雖有〈滿江紅〉（五闋）、〈念奴嬌〉（四闋）等激越奔放、慷慨悲涼之調，然大抵仍以〈鵲橋仙〉（十一闋）、〈點絳脣〉（八闋）、〈蝶戀花〉（六闋）、〈菩薩蠻〉（六闋）、〈青玉案〉（五闋）等婉轉纏綿、淒咽清怨之調為主。是知沈謙以「情語」、「豔曲」論詞，其《東江別集》亦以情語豔體為夥，觀其用調，正與之相符也。

附註

註一：趙尊嶽批評明代詞律乖違舛錯，詞曲調體相混之弊，嘗舉楊慎為例，其言云：「溯夫明初仕者，猶具典型。南都以還，重張聲教，舛謬較少。並在中葉正嘉之際，適為□聲代興之時，就賓白極字偷者之法，沿金元曲韻通假之音，律度由於寸心，體裁視同芻狗。甚致詞曲雜厠，（注心彥）不為部居；混曲入詞，（升庵）同嫌珊網。濡染丹黃，推敲宮羽，為樂所苦，固未易言之也。」（見〈惜陰堂明詞叢書敘錄〉，《明詞彙刊》附）清陸鎣《問花樓詞話》則譏評王世貞云：「王元美《藝苑卮言》，辨晰詞旨，而所為小令，頗近彫琢，長調亦多蕪雜。尤為可笑者，〈小諾皋〉二闋，信手塗抹，真是盲女彈詞，醉漢罵街。」（見《詞話叢編》冊三，頁二五四四—二五四五）

註二：詞家有用沈謙新犯譜者，如何淇〈浪打江城〉一調，註云「沈去矜新犯譜」：斜日下江皋。蘆荻蕭蕭。誰把三千犀弩、射秋潮。一霎輕帆過十里，回首望，暮雲遙。衰柳折長條。何處停橈。半晌西風搔首、更無聊。佛火黃昏清梵裏，聽幾度，晚鐘敲。（《瑤華集》卷二十一）

第三節　詞篇內容

沈謙少時讀書於安慶之堂，甲申變後，持節守貞，隱居東江，一生未嘗遠遊，亦未嘗出仕。然因文行並高，門徒既眾，慕者亦多。反映於詞篇，雖乏羈旅行役之詞，而寄贈送別、和韻唱答之作則綦繁。此外，其論詞以「情語豔體」為尚，復反對浮言臚事之辭，因之閨襜情詞雖夥，卻無酬酢祝壽之詞。故其內容以閨襜情詞及寄贈友朋門人之詞為大宗，惟前者因題材之別，又可分為閨情豔思、吟詠美人兩類；後者則因時忌正嚴，往往寄慨其間。益以詠物、悼亡之作，其詞篇大抵可歸納為：閨情豔思、詠物寫人、悼亡惜別、抒懷感慨四類，茲分述如次：

壹、最無情處最牽情——閨情豔思之作

「愛情」係文學創作之永恆主題，而表現情感莫善于詞。誠如清人查禮所云：「情有文不能達，詩不能道者，而獨於長短句中可以委婉形容之。」（《銅鼓書堂詞話》）由是唐宋詞之主要內容，或述離情別怨，或寄愁緒幽思，或詠歡娛情感，要皆以言情為主。沈謙論詞宗南唐北宋，以情語豔體為尚，其〈答毛稚黃論填詞書〉一文，嘗自述其學詞門徑云：

> 至于填詞，僕當垂髫之年，間復游心，音節乖違，纏綿少法。竊見舊譜所臚，言情十九，遂爾擬撰。僕意旨所好，不外周、柳、秦、黃、南唐李主、易安、同叔，俱所願學。（《東江集鈔》卷七）

由是可知，沈謙填詞，係學步南唐李煜及北宋晏殊、柳永、黃庭堅、秦觀、周邦彥、李清照諸人，鋪寫纏綿之情，是以《東江別集》所錄，閨襜言情之作幾及其半。

由於沈謙不諱言情，其推尊詞體以「移情」為功，不若清初其他詞家主張借柔情以寄托，所謂「假閨房兒女之言，通之于《離騷》變雅之意」是也。（朱彝尊〈陳緯雲紅鹽詞序〉，《曝書亭集》卷四十）其所作情詞，亦往往標有「閨情」、「閨怨」、「閨病」、「寫恨」、「怨情」、「怨別」等字眼，審其詞題，已能度其旨意。如題為「閨情」者，《東江別集》即有三闋：

〈點絳脣・夏日閨情〉

小院無人，羅窗玉枕清如水。鬢橫釵墜。汗透酥胸膩。　疏雨淒風，翠竹琅玕碎。俄驚起。定睛斜睨。寂寂簾垂地。

〈清平樂・閨情〉

鬢雲低裊。澹畫雙蛾小。磨得菱花秋月皎。病裏何曾草草。　悶看金鴨香浮。妝成獨坐空樓。百遍不如郎意，旁人都道風流。

〈醉花陰・閨情〉

西窗斜日花陰下。正梳頭纔罷。對鏡幾徘徊，未到黃昏，又把雲鬟卸。　屏風自掩深寒夜。翦銀臺鐙灺。收取入香奩，狼藉春山，留待檀郎畫。

三闋皆以閨房為場景，描摹婦女妝飾情態，以見獨處深閨之苦悶愁思。又如寫閨人怨別傷離之情，而以「怨」、「恨」為題者，則有〈菩薩蠻・幽怨〉、〈誤佳期・寫恨〉、〈誤佳期・閨怨〉、〈浪淘沙・春恨〉、〈浪淘沙・春怨〉、〈浪淘沙・夜怨〉、〈鷓鴣天・夜怨〉、〈鵲橋仙・春恨〉、〈月籠沙・恨別〉、〈浪打江城・閨怨〉、〈鳳銜桮・怨別〉、〈行香子・賦恨〉、〈殢人嬌・別情〉、〈歸田樂引・怨情〉、〈十二時・閨怨〉等十五闋之夥。茲以〈誤佳期〉一調為例：

〈誤佳期・寫恨〉

深院斜陽欲墜。滿地平蕪翦翠。此時相遇悄無人,故閃銀屏背。　露手不成招,熱面翻含媿。多情全不是書中,此意真難會。

〈誤佳期・閨怨〉

悶把闌干猛拍。一向翠奩塵積。孤鸞那得影兒雙,怕見菱花碧。　梅淺月朦朧,鬢嚲雲狼藉。愁容自己也難看,敢望他憐惜。

兩闋詞皆以生動之筆法,寫閨中人嗔、癡、怨、戀之情,頗為傳神。至如以「秋病」、「曉思」、「春夜」等為題,寫傷春悲秋、男女情思之詞,亦達四十餘闋。如〈浣溪沙・曉思〉:

側側春寒近五更。半窗斜月叫新鶯。夢兒雖好卻無憑。　倚柱有期空盼影,隔花相喚不聞聲。最無情處最牽情。

舖寫悠悠相思之情,纏綿婉轉,結句「最無情處最牽情」,道盡癡情男女之心事。又如〈菩薩蠻・再見〉:

相攜鬥草藏春洞。垂髫覆額眉痕重。慣會發嬌嗔。自輸翻打人。　玉闌今再見。熟面如生面。低喚小時名。回身不肯應。

詞以「青梅竹馬」之戀情為題裁,上片追憶兒時兩小無猜之情景;下片寫再見之情態。筆觸細膩,刻劃女子矜持羞澀之情態極為生動傳神。清李調元最賞此闋,嘗美之云:「頗得生趣」(《雨村詞話》卷四)。

就《東江別集》存詞觀之,以閨襜情思、傷春怨別之柔情詞為大宗,可證其創作傾向與其主情理論正相符合。觀其閨情之作,頗能藉生動傳神之人物情態,表達深幽細微之心理活動,描寫婦女形象極為細緻出色,亦能得其「傳神」之旨趣。惟沈謙既主張自然傳神,又強調言情貴含蓄,而其人物形象之饒富生趣,似受長期浸淫劇曲,塑造舞臺人物之影響。然襲自劇曲之人物描寫固可得其自然生動之趣，卻往往失之淺盡俚俗，與雅致含蓄之詞體本質相違，而此正沈謙詞最為詞家詬病之處。如清謝章鋌即曾譏之云：

> 沈去矜謙好盡好排，取法未高，故不盡倚聲三昧。長調意不副情，筆不副氣，徒覺拖沓耳，且時時闌入元曲。……至〈十二時慢〉云：「仔細想真無意思。撞著喫虧忍氣。」又云：「人也勸奴，為何守這冷冷清清地。奴須丟不下，死生只在這裏。」等句，實非雅調，不得以黃九、柳七藉口。（《賭棋山莊詞話》卷八，《詞話叢編》冊四，頁三四二三—三四二四）

沈謙閨情豔思之體，固有婉曲言情之作，而窮纖極隱之詞亦觸目皆是，如〈蝶戀花〉睡起下片：

> 無限愁顰因一笑。情死情生，　為情顛倒。兩袖啼痕曾不燥。溫柔鄉裏邯鄲道。

〈師師令·風情〉：

> 花茵實褥。更龍涎馥馥。春宵會合鳳鸞儔，懷抱著、嬌香柔玉。再四央求鬆　複。怪檀郎恁促。　含羞幾度嫌明燭。把紅鴛輕蹴。郎言留著看嬌容，雲髻嚲、芙容肌肉。勉強因循還閉目。怪檀郎恁毒。

詞寫春宵風情，而極情盡態，了無含蓄，的似元曲之遺，迥非雅調，合當有取法未高之譏也。

貳、煙鬟斜嚲蝤蠐嫩——詠物寫人之作

沈謙論詞之起源，推本於六朝樂府，以為「情語豔體」之尚由來已久。就其詞篇觀之，除卻前述閨情豔思之作，即屬詠物詞最能體現其「豔體」之詞學觀。蓋其詠物除沿襲傳統之題裁，尤恣意描寫美人之體態，而所詠十六闋美人詞中，舉凡美人之耳、鼻、肩、頸、額、臂、背、眉、目、手、足等，皆摹寫殆盡。就詞史言，南宋張元幹雖有〈春

光好・吳綾窄〉一詞，詠美人足；劉過有〈沁園春〉二闋，詠美人指甲、美人足，然僅偶一為之，開啟風氣而已。沈謙則不然，其美人詞不僅數量超軼前代，甚至據美人肢體作系列描寫，且津津道其源流，尋索理論基礎。試觀其言：

> 南唐李後主有詠美人口詞，宋劉龍洲詠指甲及足，元人邵清溪詠眉目。近晤毘陵鄒程村貽予《倚聲集》，得俞右吉詠耳詞，及董文友詠鼻、肩二首。上下千百年，數詞落落於天地間，有若啟闈披幃，芳容漸露。吾老矣，久不作豔想，忽欲一見其全，遂撰十六章。彼美人兮，處空谷，隔雲霧，予迫之使出，得無訝其唐突乎？然龍以不見為神，故若滅若沒者，政多未盡，予亦焉能使其必盡？雖未得肉，聊以慰簡兮之思云爾。（〈雲華館別錄自序〉，《東江集鈔》卷六）

沈謙闡述詠美人詞之淵源頗詳，細審其言，要皆為其詠美人詞尋覓詞統。探究其說，可知沈謙所以極意於美人之摹寫大抵源於：一、覓詞統：本諸溯源正始之詞學觀，上溯詠美人詞至南唐李後主（註一），而宋、元詞家劉過、邵亨貞（清溪）等皆有繼作（註二），由是與詞之傳統有所聯繫，視詠美人詞亦詞之正宗，因云「數詞落落於天地間」，蓋以昔賢既導源於前，今人自可揚波於後也。二、新風氣：《倚聲初集》反映明代天啟、崇禎以降，迄清順治十七年（一六六〇），凡四十年間之詞壇風氣。斯集所錄泰半為綺靡側豔之作，如以賦豔著稱之董以寧，是書卷五選其〈清平樂〉私語一詞，鄒祇謨評之云：「言情奇文友，刻劃幾無餘蘊，當與王次回香奩詩並傳。集中嚴為論列，正為填詞力返正宗耳。」由此可見選者之詞學觀。詠物詞之發展，至此亦傾向南宋劉過專詠美人一系開拓，如曹溶有〈惜紅衣〉詠美人鼻；俞汝言有〈沁園春〉詠美人耳；沈鏄有〈沁園春〉詠美人眉；董以寧有〈沁園春〉詠美人肩；彭孫遹有〈鷓鴣天〉詠美人眉、美人指甲等。沈謙既嘗參予《倚聲集》之校閱，其撰擬詠美人詞，實乃沾染斯時風氣，欲使其全耳。

由是可知，沈謙既因襲詠美人詞統，復沾染斯時風氣，「欲一見其全，遂撰十六章」。惜《雲華館別錄》未存，今存《東江別集》乃沈氏晚年手自刪汰本，見存詠美人詞凡十六闋，斯即所云「十六章」也。茲列其調目於次：

〈點絳脣〉四闋，分詠「美人耳」、「美人鼻」、「美人肩」、「美人頸」。

〈菩薩蠻〉三闋，分詠「美人額」、「美人臂」、「美人背」。
〈青玉案〉四闋，分詠「美人眉」、「美人目」、「美人手」、「美人足」。
〈沁園春〉四闋，分詠「美人髮」、「美人面」、「美人口」、「美人腰」。
〈美人鬟〉一闋，詠「歌妓」。

據前序言，沈謙因閱《倚聲集》得俞汝言、董以寧之詠美人詞，斯有是作，則此十六闋詠美人詞，當成於順治十七年（一六六〇）以後。時沈謙年已四十餘，乃有「吾老矣」之歎。至其內容，除〈美人鬟〉一闋泛詠「歌妓」外，凡美人體態幾吟詠殆遍，要皆巧構形似之言，殊乏深致。茲以〈點絳脣〉一調四闋為例：

〈點絳脣・美人耳〉

巧鬢輕籠，月痕半吐真珠瑩。惺忪不定。鶯語俄驚醒。　驀地心煩，喚著何曾應。提名姓。不教安靜。難道真真冷。

〈點絳脣・美人鼻〉

篆裊金猊，妝成獨坐憐清晝。下階閒走。自摘青梅嗅。　信斷音沉，噓是何人咒。分離久。總因讒口。教掩春衫袖。

〈點絳脣・美人肩〉

憶昔垂髫，削成軟襯香雲擁。玉樓春凍。倚處穠纖中。　私語闌干，回首真如夢。相思橫。強捱不動。擔有千斤重。

〈點絳脣・美人頸〉

捏粉搓香，煙鬟斜嚲蛸蠐嫩。繡床垂頓。半為東風困。　不許輕摟，意拗心原順。低聲問。齒痕偷印。又道多情狠。

沈謙據〈點絳脣〉一調，分詠美人之耳、鼻、肩、頸，皆運用典故，刻意求工。如詠「美人鼻」詞，用王維詩：「妝成祇自薰香坐」，及鄭袖教歌人掩鼻事；「美人肩」詞，用《洛神賦》：「肩若削成」；「美人頸」詞，用《趙后遺事》：「帝齒痕猶在妾頸」。雖用典以求工雅，力避卑俗淺露，然如「捏粉搓香，煙鬟斜嚲蛸蠐嫩。」之語，纖巧陳俗，實非雅調。且其填詞之旨，在啟閫披幃，刻露芳容，非出之不得不言之情，雖亦強作物情交浹之態，終不免墮入為文造情，餖飣堆砌之病。

至若循傳統題裁撰成之詠物詞，則有〈一串紅牙・自度曲〉、〈清平樂・羅帶〉、〈醉花陰・客夜詠枕〉、〈鵲橋仙・杜鵑〉、〈鵲橋仙・喻風〉、〈鵲橋仙・詠轎〉、〈蝶戀花・詠簟〉、〈後庭宴・再詠蜂〉、〈風中柳・代閨人詠珠〉、〈洞仙歌・詠塵〉、〈蕙蘭芳引・詠杜鵑〉、〈滿江紅・詠柳〉、〈滿江紅・詠鐙〉、〈念奴嬌・詠冰〉等十四闋。凡此之類，雖亦狀寫物態，要皆以抒情為主，意蘊較為深致。如詠「杜鵑」詞云：

〈鵲橋仙・杜鵑〉

江南花落，樓西月冷，啼到不堪聞處。年年含血罵東風，恰似我、嘔心奇句。　雲低鐵峽，煙荒玉壘，漫說離情最苦。天涯多少斷腸人，只是你、不曾歸去。

〈蕙蘭芳引・詠杜鵑〉

勒使春歸，忙殺了、亂紅愁綠。更有甚傷心，向我似啼還哭。血痕在口，又何用、此閒思蜀。到三更月冷，不許愁人眠熟。　便去何如，如何不去，是誰拘束。怎似我羈棲，守定暗窗孤獨。玉人何處，佳期未卜。倩伊行、到彼再三催促。

詞題「詠杜鵑」，而未嘗狀物，只以擬人化手法，用蜀帝化杜宇典故，寫啼血催歸之情。全詞藉人與杜鵑對比，如「天涯多少斷腸人，只是你不曾歸去。」、「便去何如，如何不去，是誰拘束。怎似我羈棲，守定暗窗孤獨。」傾訴羈棲離情之苦。由於沈謙隱居家鄉，未曾遠遊，疑此杜鵑詞或寄有遺民逋客之淒苦情懷。

詠物詞貴在「詠物而不滯於物」（沈雄《古今詞話》），蘇軾〈水龍吟〉詠楊花詞，即因「不離不即」，為世所詠歎；詞中狀物擬人化手法，化無情之花為有思之人，乃以絕妙金針度人，沈謙曾賞之云「幽怨纏綿，直是言情，非復賦物」。而沈氏〈滿江紅〉詠柳詞，亦循斯途，詞云：

> 幾箇鶯梭，早織就、千絲萬縷。最苦是、蘇隄欲曉，灞橋將暮。媚眼未醒開又合，纖腰半倒扶難住。重沉沉、搭在玉闌干，和煙雨。　還記得，長亭路。曾折送，行人去。恁牽纏似我，別時情緒。簾暗夢回應有淚，樓高目斷渾無語。隔青山、不見紫騮歸，蒙天絮。

詞藉詠柳刻劃思婦之一腔閨怨春恨，人與花亦在離即之間，渾化無跡。沈謙論詞嘗云：「填詞結句，或以動蕩見奇，或以迷離稱雋，著一實語，敗矣。康伯可『正是銷魂時候也，撩亂花飛』、晏叔原『紫騮認得舊遊蹤，嘶過畫橋東畔路』、秦少游『放花無語對斜暉，此恨誰知』，深得此法。」此詞結句「隔青山、不見紫騮歸，蒙天絮。」即以迷離之景作結，餘韻幽長，亦「深得此法」也。

參、生離死別誰經慣——悼亡惜別之作

生離死別是人類感情最大之創痛，亦詞體之主要內容。而沈謙，不獨明亡後守貞而沒，即喪偶後亦獨身以終。其一腔深衷，沉鬱之情，每托諸吟詠。故其悼亡之篇，唱和之作，因深情意摯，尤為感人。茲分析如次：

一、思婚盟，尋仙珮

朱光潛云：「中國愛情詩大半寫于婚媾之後，所以最佳者往往是惜別、悼亡。」（〈中西詩在情趣上的比較〉，《朱光潛全集》卷三，頁七六）由於悼亡詩詞乃妻子（或丈夫）亡故之後，因深摯情感而痛切懷思之作，故別具悲劇內涵與藝術魅力。詩以悼亡，始自西晉潘岳，詞以悼亡，則始自蘇軾。蘇軾〈江城子・十年生死兩茫茫〉悼亡詞，開啟詞史悼亡之作。其後繼作者日多，如賀鑄〈鷓鴣天・重過閶門萬事非〉一闋，即為名篇。明代以還，悼亡詞蔚然大盛，如清代大詞人納蘭性德，其悼亡詞有二、三十闋之夥，即因淒惋感人，為世所稱。

至若沈謙之悼亡，自清順治十六年（一六五九）喪偶迄清康熙九年（一六七〇）亡故，凡十一年深悼痛念。其間「每有沉鬱，輒托之歌詠。」（應撝謙〈東江沈公傳〉，《東江集鈔》附錄）故其歌詞，有未標「悼亡」，而深蘊痛悼之情者，如〈晝夜樂〉題「亡婦遺釵有火珠一顆，今失所在，悵然賦此」，詞云：

> 清和風暖櫻桃醉。記合巹、成佳會。玉樓向晚妝成，親見珠釵低墜。椽燭光寒新月晦。紅影動、斜飛襟袂。回首漢皋空，竟難尋仙珮。　香奩狼藉孤鐙背。但留些、斷金翠。幾番悔恨當時，不與蝶裙同施。篋土揚灰休細覓，怎再上、別人頭髻。只道落懷中，卻原來是淚。

亡魂已渺，存活之人思婚盟，尋仙珮，但憑舊時珠翠，差堪慰藉而已。然釵在而珠已難覓，一腔情思頓失所寄，「只道落懷中，卻原來是淚。」道出詞人多少憾恨。觀其惜珠、尋珠之情，足可體會詞人悼念之意。

若乃題為悼亡之作，《東江別集》中不獨有自傷自吟之作，亦有感同身受，代人悼亡之篇。茲各舉一例，以見其概：

〈海棠春・春日悼亡〉

> 夜來深雨聞花歎。風不定，低垂簾蒜。煙濕草光迷，樹遠鶯聲換。　生離死別誰經慣。待舉筆，心情又懶。詩瘦有誰憐，酒病無人管。

〈蘇羃遮・為潘雲赤悼亡〉

篆煙微，花燭爛。月缺花殘，只尺幽明判。綷縩羅裙鬟髻亂。似有如無，風靜垂簾蒜。　夢無憑，愁不慣。眉嫵青顰，誰舉梁鴻案。遺挂塵生絲脆斷。菡萏鴛鴦，不合愁人看。

〈海棠春〉一闋，藉淒迷之境自訴喪偶之苦寂情緒，與傳統悼亡詞之內容殊無二致。而〈蘇幕遮〉一闋，則代其弟子潘雲赤吟詠失伴鴛鴦之愁，頗有自傷之意，然其方式顯然有別於前賢。蓋沈謙弟子洪昇《嘯月樓集》卷七亦有〈為沈去矜先生悼亡四首〉，其二云：「西陵路下草毿毿，悵望斜陽思不堪；蝴蝶那知花落盡，還隨春色到江南。」而洪昇時年十五，尚未娶親，(註三)自不可能代人悼亡以自傷，可證斯時代人悼亡已蔚然成風。

歸納沈謙之悼亡，就藝術形式言，不獨托諸詩、詞，且將悼亡引入曲作，是屬創新。如小令〈正宮・倘秀才・悼亡〉：

鎮日底雙眉自蹙。向那箇愁懷細數。悉落殺寶鴨香銷，錦帳孤魂，黯淡淚糢糊。睡不熟梨花夜雨。（《東江別集》卷四）

即套曲，亦見〈中呂・除夜悼亡〉之作（《東江別集》卷四）。就悼亡詞之內容言，不僅自傷自吟，亦代他人悼亡，脫出傳統夫悼亡妻或妻悼亡夫之形式。是以觀察沈謙悼亡之作，不獨可見其鶼鰈情深，亦得窺知斯時悼亡，既引入曲中，且已然成為詞人吟詠之題裁。就悼亡之發展言，深具意義。

二、惜知音，神交切：

沈謙生於西泠，長於西泠，隱於西泠，卒於西泠。一生未嘗遠遊，名與陸圻、柴紹炳、陳廷會、毛先舒、丁澎、吳百朋、孫治、張綱孫、虞黃昊諸子等齊，並稱西泠十子。因文行並高，聲名籍籍，慕之者眾，致屋外車轍恆滿。故雖倜促鄉里，而友朋、門人甚夥，與詞壇名家多所往來，非僅限於西泠而已。如王士禎任揚州推官時（順治十七年—

康熙四年），詞壇名流薈萃揚州，興起詞學高潮。其間盛事，如順治十七年，鄒祇謨、王士禛輯《倚聲初集》一選，沈謙嘗參與校閱；順治十八年，王士禛作〈菩薩蠻・詠青溪遺事畫冊，同其年、程村、羨門〉八闋，除陳維崧、鄒祇謨、彭孫遹、董以寧外，沈謙亦有和作：

〈菩薩蠻・戲和王阮亭使君題青谿遺事畫冊〉

迴塘水綠春如畫。怪人遊戲鸚哥罵。樓背捉迷藏。尋蹤只認香。　花閒還再探。花重簾櫳暗。輕嗽要郎知。潛身窺戶時。

此外，康熙年間，孫默遊於揚州，收編匯刻時人詞集，沈謙詞亦嘗記此盛事：

〈探春慢・孫無言徵刻予詞于揚州遙有此寄〉

一樹瓊花，二分明月，揚州自古佳麗。杜牧曾遊，何郎不再，試問風流誰繼。才子飄零盡，還喜得、詞編玳瑁。知音千古寥寥，能識高山流水。　念我朱顏易老，奈江夢少花，灑筆成淚。浪許金荃，羞稱玉樹，何處更將愁諱。從此然脂夜，免凍了、春纖十指。虞生不恨，相逢竟須沉醉。

孫默本安徽休寧籍，亦遺逸之士，順康年間流寓維揚，專意于詞之輯刊。康熙三年，（一六六四）輯鄒祇謨《麗濃詞》二卷、彭孫遹《延露詞》三卷、王士禛《衍波詞》二卷，始刻《三家詩餘》。康熙六年，續刻曹爾堪《南溪詞》二卷、王士祿《炊聞詞》二卷、尤侗《百末詞》二卷，合為六家；康熙七年，又續刻陳世祥《含影詞》二卷、陳維崧《烏絲詞》四卷、董以寧《蓉渡詞》三卷、董俞《玉鳧詞》二卷，合為十家；康熙十六年，復增刻吳偉業《梅村詞》二卷、梁清標《棠村詞》三卷、龔鼎孳《香嚴詞》二卷、宋琬《二鄉亭詞》二卷、黃永《溪南詞》二卷、陸求可《月湄詞》四卷，總為十六家詞。此外，尚有程康莊《衍愚詞》一卷，故世稱留松閣《國朝名家詩餘》，又名《十六家詩餘》，而實有十七家四十卷。孫默雖不以詞著稱，而采輯並世詞集匯刻之舉，勞苦功高，不僅詞壇蔚為盛事，亦使「一窮老布衣，而名聞天下」（王士禎〈祭孫無言〉）。沈謙此詞自註云：「無言嘗刻鄒程村、彭羨門、王阮亭三家詩餘。」顯見此詞成於《三家詩餘》刊成後，《六家詩餘》續刻前，約當康熙四、五年間。觀沈謙詞題云：「孫無言徵刻予詞于揚州遙有此寄」，詞寫揚州風流人物，既喜孫默「詞編玳瑁」，得繼風流，尤喜知音見賞。蓋沈謙以「居山食貧，不改其樂」見稱；孫默則棲隱恬退，以「瀟洒絕俗」（王焯《今世說》）著名，因有「虞生不恨，相逢竟須沉醉」之歎。可知沈、孫兩人，頗有神交之誼，而孫默嘗徵刻沈詞，惜不知何故，未見刊行，殆亦詞壇憾事也。

就前引兩闋和韻寄意之作，可見沈謙雖未遠遊，而慕交者甚廣。故其《東江別集》與友朋門生寄贈唱和之作，亦復不少。如：

懷友寄意之詞有：〈萬峰攢翠・沈氏詞選成寄常州鄒程村〉、〈浪淘沙・寄毛稚黃〉、〈解珮令・寄丁象巖〉、〈華胥引・見張祖定新詩有寄〉、〈玉女剔銀燈・夜閱《倚聲集》懷鄒程村〉、〈空亭日暮・寄洪昉思時客薊門〉、〈玉燭新・讀茀庵填詞寄王德威〉、〈喜遷鶯・寄俞生士彪〉、〈探春慢・孫無言徵刻予詞遙有此寄〉、〈沁園春・用蔣勝欲體寄贈王揚州阮亭即用其偶興韻〉。

和韻唱答者有：〈浪淘沙・次沈豐垣韻〉、〈蝶戀花・感舊次沈豐垣韻〉、〈行香子・賦恨次彭金粟韻〉、〈滿江紅・讀沈豐垣新詞次洪昉思韻〉、〈惜秋華・秋思次彭金粟韻〉、〈離鸞・陸藎思憶婢喜兒次幹臣韻予亦翻此詞和之〉、〈高陽臺・次韻答陸藎思〉、〈東湖月・己酉生日潘生雲赤以自度曲壽余覽次有感依韻答之〉、〈丹鳳吟・答洪昉思夢訪之作〉。

贈別者有：〈歲寒三友・夜雨留別張祖望毛稚黃〉、〈念奴嬌・用彭羨門韻留別毛玉斯〉、〈氐州第一・送鄒程村之江西〉。

凡此寄贈唱和之作，或抒傷別之懷、身世之感，或寄遺民之思、故國之意，大抵皆有感而發，非僅酬唱記事而已。

由於沈謙為明代遺民，故其寄贈唱和之詞，往往寄慨其間，本文因另立「感慨抒懷」一目，此不復贅。茲舉沈氏與當時詞壇名家鄒祇謨交往，所填送別、懷友之詞，以見其概：

〈氏州第一・送鄒程村之江西〉

萬古錢唐，波浪湧雪。滔滔日夜東注。別酒淋漓，孤舟搖漾，殘照低雲滿路。執手方淒側，人說潮平可渡。野鴨鳴沙，林蟬噪柳，更聽柔櫓。　十載相思能一晤。有無限、幽情難訴。流水空彈，凌雲初就，怕蛾眉嫉妒。豫章城、星子縣，堪縱目、襟吳帶楚。倘遇秋鴻，寄書來、水天朝暮。

〈玉女剔銀燈・夜閱倚聲集懷鄒程村〉

天氣初寒，樓外月華如雪。孤鐙弄影，展卷空悲咽。詞唱金荃，歌翻玉樹，誰似風流英絕。梅花堪折。記分手、櫻桃時節。　萬丈盧山，夢來時、怕阻截。素書題就，見曉星窺闑。馬去關河，人稀驛路，誰信雁鴻能說。神交但切，豈畏遠離長別。

鄒祗謨早孚文名，與陳維崧、董以寧、黃永並稱「毘陵四子」。嚴迪昌云：「鄒祗膜是毘陵與廣陵兩地詞人相互溝通的重要人物，早在順治初年他就往來于淮揚一帶，所以曾是『十郡大社』的參加者的鄒氏，實系大江南北詞學交流的重要人物，他後來之有《倚聲》之撰不是偶然的事。」（《清詞史》第二章）觀沈謙詞論、詞篇屢屢提及鄒祗謨，引為知己，而鄒氏《遠志齋詞衷》亦頗見記載沈謙詞學，是徵鄒氏亦沈謙與毘陵、揚州詞人交流之引介者。沈謙詞前闋題「送鄒程村之江西」，寫送行地云「萬古錢唐，波浪湧雪」，而詞有「十載相思能一晤」句，可見兩人相晤，乃鄒氏過訪沈謙，且沈、鄒相慕雖久，此為初見。後闋詞題「夜閱《倚聲集》懷鄒程村」，自註「程村時客江西」，可證此詞乃前闋送別詞之繼作。而詞云「天氣初寒」，又有「梅花堪折。記分手、櫻桃時節。」句，知此詞成於冬初，分手則在仲夏時節。覈《倚聲集》刊成於康熙初年，則此送別、懷友兩闋，當成於其後，時沈謙年已四十餘。

〈氏州第一〉送別鄒祗謨。詞以波濤洶湧、海天相接之遼闊圖景，興起天涯遠別之感。復以斜陽雲霧，形成渾茫無際之境，以渲染悽惻離情。其中嵌入「孤舟搖漾」、「野鴨鳴沙」、「林蟬噪柳」之句，繪景如活，動態儼然，離情已然滿蓄。下片「十載相思能一晤。有無限、幽情難訴。」盡情傾訴相見恨晚，惺惺相惜之情。繼之以「流水」概括伯牙鼓琴典故；以「凌雲」概括司馬相如奏〈大人賦〉典故，極寫其友之才，與知音難遇之感。而水天遠隔，依依情愫，惟盼朝朝暮暮，秋鴻寄書而已。〈玉女剔銀燈〉繼前知音難遇之感，抒寫懷友之情。「孤鐙弄影，展卷空悲咽」，極寫詞人孤獨之感；「詞唱金荃，歌翻玉樹，誰似風流英絕」，極慕友人風流英才。「萬丈廬山，夢來時、怕阻截」，見其思慕情切；「神交但切，豈畏遠離長別」，見其情誼深摯。沈謙以婉媚豔詞著稱，然此兩闋，俱融深情於壯景之中，堂廡開闊，頗有蘇辛之壯采；且語言簡淨自然，渾化無跡，堪稱風流佳構。

肆、唱遍新詞空灑淚——感慨抒懷之作

沈謙一生橫跨明、清兩朝。前期正值慘綠少年，英姿煥發，而家境豐饒，父逸真先生開章慶之堂，延文學之士館課其間。嗣甲申變後，章慶堂客皆散去，沈謙亦托跡方技，守不字之貞者三十年。故沈謙詞雖以情語豔體為夥，然遺民血淚，情不能禁，其寄贈友朋之詞，往往自抒懷抱，寄慨其間。如〈解珮令‧寄丁象巖〉：

> 白龍湖畔，黑龍山上。記當初、柳吟花醉。善寫傷心，強做出、湘潭憔悴。到中年、以愁為諱。　江魚不上，江鴻不度，便相思、芳馨難寄。唱徹新歌，梧在手、都成愁淚。趁西風、灑君衣袂。

此詞正概括道出詞人一生際遇之轉折。甲申之變，沈謙時年二十五，正所謂「柳吟花醉。善寫傷心，強做出、湘潭憔悴」時期。國變後，既無力推翻事實，又不願靦顏事仇，遂隱於東江；而心繫故國，憂時感事，正所謂「到中年、以愁為諱」。其一腔愁緒，難以為懷，全憑吟嘯歌詠以發抒，然愈吟喻苦，往往「唱徹新歌，梧在手、都成愁淚。」故「愁」與「淚」乃沈謙後期生活之寫照，亦詞篇之主要內容。如〈萬峰攢翠‧新翻曲畫堂春用仄韻沈氏詞選成寄常州鄒程村〉：

春暖玉屏風細細。蘭畹幽香如醉。唱遍新詞空灑淚。旁人不會。　煙波何處毘陵，樓外斜陽又墜。人不南來愁卻至。萬峰攢翠。

詞寄摯友毘陵鄒祇謨，明寫懷人，暗寓悲慨，「唱遍新詞空灑淚。旁人不會」，正道出遁跡山林，不求人知之心境。「煙波何處毘陵，樓外斜陽又墜。」藉夕陽寫內心之淒惶無奈。斜陽又墜，蓋亦象徵恢復明室之希望已渺茫，而知音又在浩渺煙波之外，孤獨憂傷之景況，勾勒出明末遺民之處境。

時危世亂，而時忌正炙，沈謙除托諸寄贈懷人之詞以抒慨，亦藉閨人思士之情以寄其憂時眷國之懷。如〈東風無力・自度曲南樓春望〉：

翠密紅疏，節候乍過寒食。燕銜簾、鶯睨樹，東風無力。正斜陽樓上獨憑闌，萬里春愁直。　情思厭厭，縱寫遍新詩，難寄歸鴻雙翼。玉簪恩，金鈿約，竟無消息。但蒙天卷地是楊花，不辨江南北。

鼎革後，沈謙日與知己者毛先舒、張祖望登南樓吟嘯，時稱南樓三子。詞寫南樓眺望而引起之春愁情思，乍看之似男女情詞。然既標為「南樓春望」，南樓即沈謙吟嘯之地，審「正斜陽樓上獨憑闌，萬里春愁直」句，其沉痛直可以李煜「獨自莫憑闌，無限江山。」方之。所謂「憂時眷國」之懷，大都以「閨人思士之語」出之（註四），文人托志帷房，以夫婦喻天子與臣民，有跡可尋。沈謙身為遺民，不忘故君，細味「玉簪恩，金鈿約，竟無消息。」數語，實寄寓留戀故國者之纏綿忠愛，非僅僅言情者也。

登臨眺望，無盡江山，最易引起無限故國之思，尤與知己同遊，江山勝景愈佳，悽愴之情愈切。觀沈謙與友朋遊賞之作，記樂景而出之以哀語，餘韻蒼涼，遺民血淚，正可於其間體會：

〈西河・同袁令昭先生集湖上〉

春事晚。落紅一夜飛散。蜻蜓蛺蝶漫躊躇，東君意嬾。柳煙深鎖玉樓空，畫船猶把歌按。　雨俄霽，寒又暖。浪花日影同燦。匆匆過客愛西施，髻鬟雙綰。小姬隨意弄琵琶，青衫愁淚俱滿。　遊絲百丈正宛轉。恨斜陽、終自難挽。回首總成虛誕。典春衣、共臥鑪頭，休憚賞遍湖山，無人管。

〈夜合花・同毛稚黃湖心亭眺望〉

複嶂籠煙，孤城卻月，中堆萬頃琉璃。驚魂炫目，空花忽現離奇。山鐘斷，水禽啼。倚危闌、獨振吾衣。哀箏未闋，一聲長嘯，風起雲飛。　休將簾幕低垂。待向浪痕高處，漫潑金卮。東吳南宋，都成野馬游絲。頭欲白，淚頻揮。算將來、不飲真癡。酒酣起舞，君休捉住，黃鶴同騎。

〈西河〉一闋，寫傷春意緒，而寄慨遙深。「小姬隨意弄琵琶，青衫愁淚俱滿。」概括白居易〈琵琶行〉詩，抒發蕭瑟落寞之感，天涯淪落之恨。而「遊絲百丈正宛轉。恨斜陽、終自難挽。」激切憤鬱，與陳亮「恨芳菲世界，游人未賞，都付與、鶯和燕。」（〈水龍吟・鬧花深處層樓〉）同聲相應。可見此詞乃寫家國已矣，無力回天之恨。〈夜合花〉一闋，融情入景，而曲盡哀思。「倚危闌、獨振吾衣。」遺民之貞，蒼茫獨立之感躍然。「東吳南宋，都成野馬游絲。頭欲白，淚頻揮。」嘆古傷今，引發遺民野老身世之感，抑鬱悽惋。而兩闋皆強作放達作結：「典春衣、共臥鑪頭，休憚賞遍湖山，無人管。」、「酒酣起舞，君休捉住，黃鶴同騎。」尤增淒切。

沈謙論詞主婉媚，貴含蓄，其黍離麥秀之篇，多婉轉含蓄，怨而不怒。然滿腔忠憤，傷心熱淚，亦有止不住傾瀉而出者。如〈六州歌頭・鳳凰山弔南宋行宮〉一闋，雖悼古傷今，借古人之貌寫我之懷，而慷慨淋漓，沉雄憤鬱：

煙銷艮嶽，一馬卻浮江。南渡事，真草草，寓錢塘。正蒼黃。怎愛湖山秀，新歌競，離宮起，將二帝，冰天苦，竟相忘。慟哭朱仙三字，成疑嶽、自棄封疆。反半湖鐙火，蟋蟀當平章。播越堪傷。遂銷亡。　空餘五寺，山鐘歇，悲輦路，草荒荒。子規叫，精靈出，景淒涼。淚沾裳。回憶騎驢笑，崖山遠，斷歸航。西湖上，卻依舊，奏笙簧。聞道鶴歸華表，城郭是、人去何方。恨東風一夜，吹變幾滄桑。滿地斜陽。

此詞上片追想當年靖康之變，二帝被擄，宋室南渡，偏安小朝廷，日日笙歌，終至銷亡事。下片寫青山依舊，人事已非之感慨。詞人將當年宋室之銷亡，與自己所見明室之傾覆，相提並論，翻進一層，痛深一層。尤其〈六州歌頭〉篇幅長，格局大，多用三言短句，繁音促節，聲情激壯，與慷慨沉痛之詞情正相諧合。至若結句，沈謙嘗云：「填詞結句，或以動蕩見奇，或以迷離稱雋，著一實語，敗矣。」詞風固可豪放，亦不可說盡無餘，而以曲折深蘊為美。故此詞末結「恨東風一夜，吹變幾滄桑。」終道出詞人心事，沉痛悲悵。而欲吐又收，只云「滿地斜陽。」以蒼茫迷離之境作結，餘音嫋嫋，耐人尋味。

附註

註一：沈謙所云「李後主詠美人口詞」，審今存李煜詞，疑指〈一斛珠〉一闋。其詞云：「曉妝初過。沉檀輕注些兒箇。向人微露丁香顆。一曲清歌、暫引櫻桃破。羅袖裛殘殷色可。杯深旋被香醪涴。繡床斜憑嬌無那。爛嚼紅茸。笑向檀郎唾。」（《唐五代詞》，頁二二一—二二二）

註二：元邵亨貞（一三〇九—一四〇二）字復孺，號清標，雲間（今上海市松江縣）人。嘗以劉過〈沁園春〉詞詠指甲小腳，為絕代膾炙，因緣斯調繼作詠美人眉、目兩闋。詞見《全金元詞》下，頁一一一三—一一一四。

註三：據章培恆考述，洪昇於康熙三年甲辰（一六六四）七月，與黃蘭次成婚，時年二十。順治十六年己亥（一六五九）二月二十九日沈謙妻卒，時洪昇年方十五，其〈為沈去矜先生悼亡四首〉，除此舉一首，另三首為：「脈脈憑欄淚未休，夜深珠斗挂西樓；無情最是填橋鵲，祇見年年度女牛。」「孤琴彈罷意淒淒，隔樹明河望欲迷；露落寒空秋水白，一聲別鶴過樓西。」「銀燭青煙冷畫屏，珠簾不卷見流螢；可憐一夜西風起，碧沼芙蓉落不停。」（《洪昇年譜》，頁四二—五一、六三）

註四：陳子龍主張「言情之作，必托於閨襜之際。」（〈三子詩餘序〉，《詞籍序跋萃編》五〇七）嘗云：「凡憂時眷國之作，多托於閨人思士之語。」（《沈友夔詩稿・序》）

第四節 藝術特色

壹、短調長篇 兼賅眾體

《花間》《草堂》二選，飛馳有明一代，倍受青睞。就體製之運用言，明人因步趨「花草」，是以偏嗜小令，長調鮮有工者。如楊慎「長調染於俚俗」（王昶《明詞綜．序》）；王世貞、湯顯祖「患在好盡」（吳衡照《蓮子居詞話》卷三）；張綖《南湖詩餘》一卷，則俱為小令。又潘游龍《古今詩餘醉》自序云：

> 余於詩則醉心於絕句、於歌行；而於詞則醉心於小令，謂其備極情文而饒餘致也。

及明末雲間陳子龍，以穠豔之筆，傳悽婉之神，允為明代冠軍。然因推本南唐北宋，強調言內意外之重旨，故凡吟詠多托諸小令。其詞約存七十九闋，長調僅六闋，中調十八闋，小令則有五十五闋之夥（註一）。清初詞家鄒祇謨嘗評論云：

> 阮亭嘗為予言，詞至雲間《幽蘭》《湘真》諸集，言內意外，已無遺議。柴虎臣所謂華亭腸斷，宋玉魂銷，稱諸妙合，謂欲嵩詣。斯言論詩未允，論詞神到。所微短者，長篇不足耳。北宋名家，大率如是。正如嘉州、右丞，不能為工部之五七排體，自足名家。（《遠志齋詞衷》，《詞話叢編》冊一，頁六五一）

尤其清初蔣平階師生父子之詞學觀既出自雲間，而在直承唐人之宗旨上又較雲間更嚴厲而偏狹，以至欲屏去宋調，並專意小令。其言云：

> 詞雖小道，亦風人餘事。吾黨持論，頗極謹嚴。五季猶有唐風，入宋便開元曲。故專意小令，冀復古音，屏去宋調，庶防流失。（沈億年《支機集．凡例》）（註二）

清初鄒祇謨、王士禛諸人，稱賞陳子龍詞旨意蘊之餘，亦能見及雲間詞人偏執一隅之失。如王士禛即云：

> 近日雲間作者論詞有云：「五季猶有唐風，入宋便開元曲，故專意小令，冀復古音，屏去宋調，庶防流失。」僕謂此論雖高，殊屬孟浪。廢宋詞而宗唐，廢唐詩而宗漢魏，廢唐宋大家之文而宗秦漢，然則古今文章，一畫足矣，不必三墳八索；至六經三史，不幾幾贅疣乎？（《花草蒙拾》，《詞話叢編》冊一，頁六八六）

又云：

> 雲間數公論詩拘格律，崇神韻。然拘于方幅，泥于時代，不免為識者所少。其于詞，亦不欲涉南宋一筆，佳處在此，短處亦坐此。（同前引，頁六八五）

可見雲間一派，嚴守唐五代家法，溯源正體，劃清詞、曲之界限，並以流露性情、抒寫香草美人為歸。雖欲挽明詞於既墜，然亦墮入偏嗜小令，忽略南宋之弊。

沈謙論詞雖承雲間一脈，以南唐北宋為宗，冀復古音。然其詞篇既未專意於小令，亦非未涉南宋。即以詠美人詞為例，不僅推本於南宋劉過〈沁園春〉詞，且因襲前調，繼作詠「美人髮」、「美人面」、「美人口」、「美人腰」等四闋。復因學步周、柳之詞，而周、柳以長調見著，故其《東江別集》二〇一闋詞中，小令凡八十四闋，中調凡五十六闋，長調則有六十一闋之夥，可謂各體皆備，未嘗偏廢。其長調雖有「意不副情，筆不副氣，徒覺拖沓」（謝章鋌《賭棋山莊詞話》卷八）之譏，然論詞則深諳婉筆、健筆錯綜運用之法，嘗論各調作法云：

> 小調要言短意長，忌尖弱。中調要骨肉停勻，忌平板。長調要操縱自如，忌粗率。能于豪爽中，著一二精緻語，綿婉中著一二激厲語，尤見錯綜。（《填詞雜說》）

審其言，非出以穎悟所得，不足以精鑑如此。觀沈謙長調，筆力固不若蘇辛之雄健；鋪敘亦難臻周柳之謹飭，然操縱自如之作，亦不乏見。如〈滿江紅・讀沈豐垣新詞次洪昉思韻〉：

> 落魄誰憐，纔幾日、鬢中堆雪。則除是、猧兒曾見，鸜哥能說。過眼花隨流水去，斷腸人向西風別。助淒涼、枕上笛聲悲，鐙明滅。　情已盡，猶啼血。言不盡，空存舌，似殘鶯宛轉，冷泉幽咽。夢醒忽驚時序改，愁來不信乾坤闊，再休將、醉墨寫相思，生綃裂。

在綿婉風格中，綴以「情已盡，猶啼血。言不盡，空存舌」、「再休將、醉墨寫相思，生綃裂」等激勵語，尤動人心目。又如〈西河・春事晚〉、〈六州歌頭・煙銷艮嶽〉等闋，皆能巧用豪爽與精緻，綿婉與激切，尤見錯綜之致。就斯時詞壇言，詞家大抵仍偏嗜小令。即揚州詞壇盟主王士禛，固能指陳雲間派短於長調，然其詞今存一百三十二闋，小令即有一〇四闋，中調僅十二闋，長調亦僅十六闋（註三），顯然仍以小令見長。可見清代長調詞之開拓，仍俟陽羨、浙西詞派之提倡。觀夫沈謙論各調作法，既深中肯綮；施諸創作，亦各體兼備。其長調之藝術技巧或未臻完備，藝術成就或瑕瑜互見，然就數量言，洵為當代之最。是知由雲間蔣平階而西泠沈謙，其體製觀已然由「專意小令」漸趨於各體兼備。沈謙詞體製之運用，不僅別具特色，亦清初體製觀改變之先聲。

貳、蕩往纏綿　窮纖極隱

就內容與風格言，沈謙循「詩莊詞媚」之說，強調詞體言情之功能，婉媚之風格。凡情之委折抑塞，而文不能達，詩不能言者，則盡洩之於詞。故其詩多抒懷感慨之作，「意貞而不濫，聲和而不肆」（陸圻《東江集鈔・序》）；詞則喜做閨房兒女之言，極情盡態，詠物入微，因之美刺互見。如鄒祇謨《遠志齋詞衷》云：

阮亭云：「有詩人之詞，有詞人之詞。詩人之詞，自然勝引，託寄高曠，如虞山、曲周、吉水、蘭陽、新建、益都諸公是也。詞人之詞，纏綿蕩往，窮纖極隱，則凝父、遐周、蕁僧、去矜（沈謙）諸君而外，此理正難簡會。」（《詞話叢編》冊一，頁六五六）

又云：

《雲華詞》，其模倣屯田處，窮纖極眇，纏綿儇俏。然毛馳黃云「柳七不足師」，此言可為獻替。蓋《樂章集》多在旗亭北里間，比《片玉詞》更宕而盡。鄭繁雅簡，便啟打棗掛枝伎倆。阮亭與僕於文友少作，多所刪逸，亦是此意。（同前引，頁六五七）

王士禎以「自然勝引，寄托高曠」為詩人之詞；「纏綿蕩往，窮纖極隱」為詞人之詞，而屬沈謙於後者。鄒祇謨進而引毛先舒語「柳七不足師」，疵議柳永《樂章集》乃流連秦樓楚館之作，復因「鄭繁雅簡」，以詆秦、柳之「宕而盡」。既謾疵柳詞於前，從其門徑者，自同其病。是知「窮孅極眇，纏綿儇俏」之評，固具貶意。

沈謙嘗自言「意旨所好，不外周、柳、秦、黃、南唐李主、易安、同叔，俱所願學」（《東江集鈔》卷七），其詞論則標舉「男中李後主，女中李易安，極是當行本色」。就此言之，二李之詞，有其才情與時代際遇，後人頗難學步，僅得視為沈謙之理想。至若周、柳、秦、黃、晏諸家，俱為言情能手。就沈謙詞論與詞篇觀之，所學大抵以柳、秦、黃、晏諸家為主；而以周邦彥冠首者，蓋嚴於音律故也。鄒祇謨以沈謙「模倣屯田」，可謂溯源竟委。細按其言，凡所疵議者，實乃「格卑、詞俗、意淺」，而此諸端，涉及詞篇之內容、語言與手法，因略述如次：

一、內容：柳永一生大半沉淪下僚，或為生計而奔徙流轉，或暫棲於秦樓楚館，或混跡於平民百姓之間。鄒氏所謂「旗亭北里間」，殆指其出入秦樓楚館，應樂工之邀，緣歌妓所好，為之譜寫詞篇。其內容專主情愛，或以歌妓為主體，描寫其容貌姿態、思想願望；或以作者為主體，抒發其深顧眷戀之情。而此作品，素為文人所鄙薄，如宋吳曾即視之為「淫冶謳歌之曲，浮豔虛華之文。」（《能改齋漫錄》卷十六）近人鄭振鐸亦以「閨幃淫媟之語」（《插圖本中國文學史》第三十五章）目之。沈謙論詞推本六朝樂府，以「情語豔體」為詞之本質，復以之學步前人；反映於創作，乃多閨情豔思之作。甚至有十六闋詠美人口、鼻……之詞，與歌妓有關之詞篇亦多達十三闋（註四）。故沈氏雖以詞章聲稱於時，亦頗以香奩而見譏，如《清詩記事初編》卷二評之云「詞曲喜作閨語」，陳廷焯《雲韶集》則云：「去矜列名西泠十子，填詞稱最，然亦以香奩見長，去宋元已遠。」（引自嚴迪昌《清詞史》，頁二三）是知沈謙雖隱居東江，未嘗遠遊，然因步趨柳永門徑，詞篇內容終與之同歸也。

二、語言：柳永詞出於「旗亭北里間」，而流播至廣，所謂「凡有飲水處，即能歌柳詞」；其語言以通俗易懂、明白曉暢為歸，時近俚俗，難免有「尖穎、俳狎」「詞語塵下」之譏。沈謙論詞固云「設色貴雅」，且以「白描不可近俗，修飾不得太文，生香真色在離即之間」為本色語。然因兼擅曲學，摹情寫態，亦強調生動傳神，如其《填詞雜說》舉秦觀〈滿園花．一向沉吟久〉及黃庭堅〈歸田樂引．暮雨濛階砌〉為例，視為能「鏟盡浮詞」之本色語。審秦、黃之詞，為合小兒女聲口，乃出之以方言口語，如「我不合苦撋就」、「冤我忒撋就」之類，劉體仁嘗評騭云：「柳七最尖穎，時有俳狎，故子瞻以是呵少游。若山谷亦不免，如『我不合太撋就』類，下此則蒜酪體也。」（《七頌堂詞繹》）《東江別集》依循此途，亦好以俚俗口語入詞，如〈十二時慢〉：「仔細想真無意思。撞著喫虧忍氣」、「人也勸奴，為何守這冷冷清清地。奴須丟不下，死生只在這裏。」等句，謝章鋌譏為「實非雅調，不得以黃九柳七藉口」。今人嚴迪昌亦評之云：「沈謙以曲家手眼填詞，與明人的不同只是俗而見其雅。清初詞界未盡脫明詞習氣者甚多，東江即為其一例。」（《清詞史》頁二三）是知沈謙詞以俗見譏者，柳永、黃庭堅詞固為其淵源，而沾染曲風，實亦重要原因。

三、手法：柳永善以賦為詞，其抒情不尚比興，不重寄托，而以情感人，以情取勝。凡喜怒哀樂，發自肺腑，傾瀉於詞，無不強烈細膩，痛快淋漓。故清宋徵璧曾譬之云：「苟舉當家之詞，如柳屯田哀感頑豔而少寄托……。」（清田同之《西圃詞說》引宋徵璧語）而此「鋪敘展衍，備足無餘」（夏敬觀《手評子野詞》）之詞，最易直接動人心旌，引起共鳴，如其〈爪茉莉〉詞云：

每到秋來，轉添甚況味。金風動、冷清清地。殘蟬噪晚，甚聒得、人心欲碎，便休道、宋玉多悲，石人也須下淚。衾寒枕冷，夜迢迢、更無寐。深院靜、月明風細。巴巴曉望，怎生捱、更迢遞。料我兒、只在枕頭根底，等人來、睡夢裏。（《全宋詞》冊一，頁五四）

其抒情，以「自言式」取代傳統「代言式」，使讀者直接感受其情緒。沈謙讀之，嘗感慨云：「柳屯田『每到秋來』一曲，極孤眠之苦。予嘗宿禦兒客舍，倚枕自歌，能移我情。不知文之工拙也。」（《填詞雜說》）然鋪展無餘，易流於淺盡儇佻，而乏隱秀蘊藉之美，此鄒氏所以譏其「宕而盡」也。而沈謙論詞強調「移情」，抒情細膩生動，亦以情真語摯著稱。如清沈雄《古今詞話》卷下〈詞評〉褒美云：

家去矜列名於西泠十子，填詞稱最。大意以〈薄倖〉一篇，語真摯、情幽折以勝人。宋歇浦特以書規之。及貽我《東江別業》有云：「野橋南去不逢人，濛濛一片楊花雪。」此即小山「夢魂慣得無拘鎖，又逐楊花過野橋」也。誰謂其僅僅言情者乎？（《詞話叢編》冊一，頁八一六）

又云：

家去矜諸詞，率從屯田、待制浸淫而出，言情最為濃摯，又必據秦、黃之壘以鳴得意，所以來宋歇浦之論詞書也。（同前引，頁一〇四一）

沈謙從「柳氏家法」，雖得言情濃摯之長，然亦有「好盡好排」之弊。尤其詠美人詞，可謂極情盡態，詠物入微。如〈美人鬟・歌妓〉：

銀鐙低照眉山綠。催唱相思曲。暗裏踢紅靴。春寒夜轉多。　嘈嘈箏板聲何急。漫撚花枝說。郎自要銷魂。魂銷莫怪人。

又如〈沁園春・美人腰〉：

輕要雲支，纖愁煙裊，擅名楚宮。似垂隄欲斷，月臨細柳，穿花易損，春在游蜂。拜跽須扶，欠伸又困，持履真憂掌上風。曾親見，拾將裙帶，兩結心同。　舞時翩若驚鴻。真不負、陳王小賦工。被鄰姬捏取，悔教賭賽，情人抱過，恰便裁縫。蓮錦拴愁，雲英繫恨，反類東陽病後容。天生就，豈減廚能學，休恨肌豐。

摹情寫態，「窮纖極隱」，固可得細膩生動之致，然太過則不免墮入儇佻之病。《東江別集》似此類者，正復不少。

要之，沈謙《東江別集》，無論內容、語言、技巧，俱受其詞論及填詞門徑影響。主張「言情貴含蓄」，故不乏含蓄蘊藉，韻外有致之作；學步周、柳、秦、黃，亦頗以格卑淺俗見譏，誠可謂瑕瑜互見。鄒祇謨謂其詞「窮孅極眇，纏綿儇俏」，固得其實；然終不若王士禎「纏綿蕩往，窮纖極隱」之評，為能概括周全也。至其風格，因主張婉約為正，豪放為變，故所作仍以婉約為主。至其寄贈友朋、抒懷感遇之詞，或頗有豪放之作，如〈踏莎行・述懷兼呈金振公〉：

不受饑驅，何憂看殺。逢君幾度更裘葛。愁時蝶夢苦難輕，老來薑性偏增辣。　病莫多情，窮須作達。醉歌要把行雲遏。蜀山雪亮墜猢猻，錢唐風晦驚羅剎。

抒寫抱窮守節之志，何等豪辣！其長調亦往往深蘊沉鬱之情，用筆錯綜；清徐珂甚至以為其詞「步武蘇辛，而以五代北宋為歸。」（《近詞叢話》）然因全集以情語豔體為夥，故仍以婉媚為其主要特色。

參、度曲審音　聲情俱妙

沈謙精通音律，六歲能辨四聲，毛先舒褒美其詩云：「去矜上溯漢渚，下汎唐波，操律比韻，特見精妙。」（〈沈去矜墓誌銘〉，《東江集鈔》附錄）而此音學造詣，施諸詞篇，亦能深探音響秘府；舉凡制調度曲、詞律聲情，觸處用心講究，頗具特色。茲分述如次：

一、度曲調律之功

沈謙頗以格調自高，每自云：「子美晚節漸於詩律細，余何敢以麤心掉之？」（毛先舒〈沈去矜墓誌銘〉）故不獨有《沈氏詞韻》、《曲譜》、《詞譜》之作，以嚴聲韻格律；每有哀感喜樂，亦往往自度新詞以歌之。如自度曲〈勝常〉，題云「再過薛姬」；新翻曲〈遍地雨中花〉，題云「雨夜感懷」。合《東江別集》及詞選所錄自度曲、新翻曲、新犯曲，共有三十三調三十五闋之夥。

由於沈謙之自度曲、新翻曲，今傳者僅文字譜。其樂律是否和諧美聽，稽古無徵，頗難論斷。惟清代詞家謝章鋌雖或以「闌入元曲」、「好盡好排」譏之，然於其新度曲，則以「調皆圓美」見賞。其言云：

> 沈去矜謙好盡好排，取法未高，故不盡倚聲三昧。長調意不副情，筆不副氣，徒覺拖沓耳，且時時闌入元曲。去矜好自度曲，如〈美人鬟〉四十四字；〈月籠沙〉六十字；〈東風無力〉七十一字；〈蝶戀小桃紅〉犯曲，上四〈蝶戀花〉、下三〈小桃紅〉，後段同，七十二字；〈勝常〉七十六字；之類皆是。〈東湖月〉一百字，則及門潘雲赤所度，去矜和之者，調皆圓美。（《賭棋山莊詞話》卷八，《詞話叢編》冊四，頁三四二三—三四二四）

觀其所製新調，就自度曲言，音節和婉；就新翻曲言，要皆合律，覈其內容與曲名亦多諧合。可證謝氏「調皆圓美」一說，當非無據也。

二、聲情相發之美

黃永武論聲律之美云：「聲律的美，包括聲與聲的諧合、聲與情的諧合。」（《中國詩學——鑑賞篇》頁一八六）洞曉音律之詩詞家，大都講究調聲協律，使聲由情出，情在聲中，以臻聲情諧合之音響妙境。如清周濟云：

東真韻寬平，支先韻細膩，魚哥韻纏綿，蕭尤韻感慨，各有聲響，莫草草亂用。（《宋四家詞選・目錄序論》）

陳銳云：

學填詞，先知選韻，琴調尤不可亂填，如水龍吟之宏放，相思引之悽纏，仙流劍客，思婦勞人，宮商各有所宜，則知塞翁吟只能用東鍾韻矣。（《裒碧齋詞話》，《詞話叢編》冊五，頁四一九六）

沈謙以格調自高，於詩律「不敢驪心掉之」，於詞律亦觸處用心講究，頗得聲情相發之妙。如〈浪淘沙〉「清明」、「春恨」兩闋，皆寫離情怨思，前闋有「我自愁多如中酒，人道清明」句，後闋有「寒食清明都過了，難道端陽」句，推測兩詞應前後相承；而隨詞情之轉換，沈謙亦隨情押韻：

〈浪淘沙・清明〉

雨過小窗晴。幾處鶯聲。紛紛花柳障春城。我自愁多如中酒，人道清明。　簫鼓畫船輕。遊賞何曾。倚簾終日淚盈盈。風裏落花渾不響，驀地心驚。

〈浪淘沙・春恨〉

彈淚濕流光。悶倚迴廊。屏開金鴨裊餘香。有限青春無限事，不要思量。　只是軟心腸。驀地悲傷。別時言語總荒唐。寒食清明都過了，難道端陽。

「清明」詞寫相思，分手之初，離情雖苦，猶自盼歸。故沈謙寓寂寥愁緒於迷離春景，而以庚青韻：「晴、聲、城、明、輕、曾、盈、驚」為韻，表達纏綿細膩之感情。然時序已改，寒食、清明俱過，良人猶未歸來。此時閨中人由期待而失望，由失望而猜疑，情緒亦由抑鬱愁苦轉而悲傷怨恨。故「春恨」一闋，滿懷哀感，直言實說，激動悲呼。用韻亦隨感情之深化，而用響度最大之江陽韻：「光、郎、香、量、腸、傷、唐、陽」為協，以宣洩哀傷激烈之情緒，音調與情調頗為一致。

蕭滌非〈杜詩的韻律與體裁〉一文，嘗舉杜甫〈聞官軍收河南河北〉詩，以為平聲韻東、冬、江、陽等，較適合表達歡樂開朗之情緒（參黃永武《中國詩學・鑑賞篇》頁一九二）。然證諸蘇軾〈江城子〉一調，寫「老夫聊發少年狂」，情豪志壯；抒「十年生死兩茫茫」，沉痛悲涼，詞情迥別，而皆協江陽韻。是知情緒激動處，人類口齒之呼聲竟爾相似，不能以悲喜概之。蘇軾悼亡運用江陽韻以抒發哀傷，沈謙悼亡則以短促之入聲韻摹其抑鬱悲咽。試觀其詞：

〈念奴嬌・寒食悼亡〉

隔簾深雨，晝沉沉、做出淒涼寒食。況是東風連夜緊，吹得殘花無力。繡幕斜穿，雕梁並語，舊燕如相識。濛濛飛絮，攪將天氣昏黑。　因念昔日南樓，幽明長判，歲久花鈿蝕。浪說珊珊非又是，尋訪竟無消息。鶯老歌慵，春寒酒嫩，難把愁城克。生何如死，黃泉不用悽惻。

平上去入四聲，音響效果不同，表情亦各有適宜。唐《元和韻譜》云：「平聲哀而安，上聲厲而舉，去聲清而遠，入聲直而促。」（引自黃永武《中國詩學・設計篇》頁一八一）清仇兆鰲論杜詩韻腳與情感之關聯則云：

入蜀諸章，用仄韻居多，蓋逢險峭之境，寫愁苦之詞，自不能為平緩之調也。（《杜詩詳註》卷八〈鐵堂詩〉註）

沈謙悼亡詞以濁重淒迷之景，寫吞咽悲抑之境，協以氣流微弱之職德韻：「食、力、識、黑、蝕、息、克、惻」，短促啞音，若斷若續，宛如吞聲悲咽，幽明長判之悽愴慘惻，隨音響而迂徐曼衍，悲抑不已。

綜觀沈謙詞篇，不僅操律謹嚴，以求聲與聲之諧合，亦頗能洞識以韻表情之奧。詞中或悲或喜、或激或平，一以音韻調之，以輔助情境，渲染情緒。故其詞篇，不僅和諧娛耳，尤善隨情押韻，得聲情相發之妙境。

三、偷聲變律之妙

沈謙論詞調體製與詞情風格之關係嘗云：

> 小令中調有排蕩之勢者，吳彥高之「南朝千古傷心事」、范希文之「塞下秋來風景異」是也。長調極狎昵之情者，周美成之「衣染鶯黃」、柳耆卿之「晚晴初」是也。于此足悟偷聲變律之妙。（《填詞雜說》）

小令中調以其體製短小，宜於含蓄蘊藉，狎昵之情。長調因篇幅闊大，得以縱筆挪騰，以氣勢見長。然調體固定，而才情筆力則由乎其人，故吳、范之詞能以短調見排蕩之勢；周、柳之詞能以長調蘊狎昵之情。沈謙以婉媚見長，惟嫻於音律，既體悟箇中妙恉，是以頗有倣效之作。如前舉〈踏莎行・不受饑驅〉一闋，以宜於狎昵之短調，抒安貧守貞之懷，而聲響宏大，氣勢縱橫。至如以長調寫狎昵之情者，其數尤夥。如〈滿江紅・書恨用張安國韻〉：

> 一笑回頭，可便是、留心有意。頻想像、巫山薦雨，銀河隔水。笑我枉推卿意表，料伊未曉儂心裏。箅便是、說破舌尖兒，誰傾耳。　殘夢醒，東風細。閒踏遍，花陰碎。伊家曾曉得，這般情味。花暖羅窗依約坐，鶯啼繡幕瞢騰睡。空教我、目斷粉牆高，如千里。（《倚聲初集》卷十五）

又如〈念奴嬌・春情用李易安韻〉：

鶯殘花老，拚一春孤負，繡簾深閉。惱地煩天人事惡，總沒半分爭氣。枉說相思，真成孤憤，細想豪無味。如今拚了，不堪重把書寄。　只是多病多愁，雲山滿目，把紅樓頻倚。拚是如今真拚了，爭奈不時記起。錦被香銷，翠奩塵積，都是傷人意。不知薄倖，近來曾解情未。（《倚聲初集》卷十七）

宮調有樂聲情調，而詞調則有曲詞情調，曲詞情調與樂聲情調本當一致。然詞之風格、情調特徵，決定於調之內容與作者之思想感情及藝術構思。如〈沁園春〉詞調宜於表現豪壯激烈之感情，南宋劉過取以詠美人者代不乏人。尤其詞與音樂分離，作者選調尤見自由靈活，往往以同一曲調表達不同之內容與感情。如前舉〈滿江紅〉、〈念奴嬌〉詞調，皆聲噴霜竹之曲，當與逸足奔放之詞合拍，然沈謙取長調壯曲，寫閨中情思，纏綿婉轉，昵狎溫柔。可見沈謙不獨體悟「偷聲變律」之妙，亦反映於創作，蔚為特色。

附註

註一：涂茂齡統計陳子龍詞云：「大樽之詞，約存七十九首，由於清初文網嚴密，他的作品流傳並不很廣，現今所見，都是經後人輯佚所得。這些詞中，從字數多寡來看，則長調有六首，中調十八首，小令有五十五首，這和他推崇南唐北宋之婉約詞風有關。」見涂茂齡：《陳大樽詞的研究》（高雄：高雄師範大學國文研究所碩士論文，一九九二年五月），頁四十四。

註二：《支機集》乃蔣平階與門生沈億年、周積賢等及其子蔣無逸等多人之合集。

註三：張綱統計王士禎詞云：「王士禎的詞共有一百二十二首，在《阮亭詩餘》和《衍波詞》兩個集子裏收了一百二十八首，其餘四首載入《居易錄》和《百家詞抄》中……他的詞總的說是以小令見長，有一百零四首，另有中調十二首，長調十六首。」（〈王士禎的詞論主張及其創作實踐〉，《南京師大學報》社會科學版，一九九四年第一期，頁一二二—一二三）。

註四：其調目如次：〈清平樂・春遊贈妓〉、〈桃源憶故人・歌妓金姬出家戲贈〉、〈柳梢青・詠柳寄妓〉、〈浪淘沙・戲贈幼妓〉、〈鷓鴣天・贈妓宛兒〉、〈鷓鴣天・懷妓〉、〈鵲橋仙・歌妓〉、〈鵲橋仙・友人納姬戲贈〉、〈天仙子・寄妓〉、〈勝常・再過薛姬〉、〈玉樓人醉杏花天・江上別妓〉、〈水晶簾外月華清・秋夜東園席上贈紫兒〉、〈山谿滿路花・故郭山中訪妓〉。

下篇　《沈氏詞韻》研究

第壹章　詞韻史略

填詞之大要有二：一曰律，二曰韻。蓋律、韻二者，乃詞調之所繫，「詞」獨立成體，端賴於此。明清之際，詞韻學蓬勃發展，於清代詞學之復興，深有功焉。就詞韻之發展歷史言之，朱敦儒初擬應制詞韻，惟其書不傳；沈謙始創詞韻輪廓，而發明之過程，亦嘎嘎乎難矣；戈載撰定《詞林正韻》，為清代詞學三書之一，其推進詞學之功厥偉。所謂導河者必先積石，沈謙《沈氏詞韻》既為詞韻之濫觴，爰以專章述其源流演變。

第一節　詞韻之創始

詞之有韻，所以諧節奏、調起畢也。字以韻而得所歸，句以韻而得所協；取同音之字，各以類聚，用以調節奏、定結聲者，謂之韻書。詞興於唐；盛於宋，而唐宋無詞韻專書。《四庫全書總目．仲恆詞韻題要》嘗究其原委云：

> 考填詞莫盛于宋，而二百餘載，作者雲興，但有制調之文，絕無撰韻之事。核其所作，或竟用詩韻，或各雜方言，亦絕無一定之律。不應一代名流，都忘此事，留待數百年後，始補闕拾遺。蓋當日所講，在于聲律，抑揚抗墜，剖析微芒。至其詞則雅俗通歌，惟求諧耳，所謂有井水吃處都唱柳詞是也，又安能以《禮部韻略》頒行諸酒壚茶肆哉！作者不拘，蓋由于此，非智有所遺也。（卷二〇〇詞曲類存目）

唐、宋詞雖或取便通協，然以通語為韻，故能反映一代語音，此為韻學共識。所謂「絕無一定之律」，否定唐、宋詞之語音系統，顯然失之偏頗。惟文中以為「詞則雅俗通歌，惟求諧耳，所謂有井水吃處都唱柳詞」，又「安能以《禮部韻略》頒行諸酒壚茶肆哉」！則頗能切中詞體之音樂性與協韻之關係。蓋唐宋詞以歌唱為目的，詞、曲之間密切依存，是為音樂文學。因之填詞務求協律，而詞韻與宮調、板拍、腔韻等息息相關。故唐、五代、北宋詞家，但按通語協韻，而為取便歌唱，或音近通協，或率按方音；即文人所習，或遵詩韻，或仿古音，紛雜繁複，初無定準也。降及南宋，或因曲譜亡佚，或因詞人不諳樂律，可歌之調漸少，詞、樂遂漸分離。逮及明、清，詞由音樂文學漸變而為案頭文學，詞人無樂律可遵，但按前人文字格律而已。清馮金伯《詞苑萃編》云：

> 蓋宋人之詞，可以言音律。而今人之詞，祇可以言辭章。宋之詞兼尚耳，而今之詞惟寓目。（《詞話叢編》冊三，頁二一六九）

王鵬運云：

> 夫詞為古樂府歌謠變體，晚唐、北宋間，特文人遊戲之筆，被之伶倫，實由聲而得韻。南渡後，與詩並列，詞之體始尊，詞之真亦漸失。當其末造，詞已有不能歌者，何論今日。故居今日而言，詞韻實與律相輔，蓋陰陽、清濁，捨此更無從協律，是以聲亡而韻始嚴。（《詞林正韻・跋》）

馮、王之論，正說明詞體由唐宋「樂律之文」，漸變為明清「寓目之文」；從「由聲得韻」，以至「與律相輔」。（註一）明清詞人因無樂譜可按，不知宋詞歌唱之法，因之詞律、詞譜、詞韻之學大興。蓋失樂之詞，乃無樂譜而有詞譜，捨宮商而就平仄；失樂律之美，而改用音節之美，是其大較也。而明清之際，詞體日尊，詞人主張詩、詞、曲有別之餘，既不願蹈襲詩韻，亦恥於雜用曲韻，詞韻專書遂應運而生。

壹、朱敦儒初擬應制詞韻

北宋以前未見詞韻之作，今所知最早者，為南宋初年朱敦儒（一〇八一—一一三三）試擬之應制詞韻。惟其書未見，而文獻記載，始於清康熙年間沈雄《古今詞話》所輯元末陶宗儀〈韻記〉：

本朝應制頒韻，僅十之二三，而人爭習之。戶錄一編以粘壁，故無定本。後見東都朱希真復為擬韻，亦僅十有六條。其閉口侵尋、鹽咸、廉纖三韻，不便混入，未遑校讎也。鄱陽張輯，始為衍義以釋之。洎馮取洽重為繕錄增補，而韻學稍為明備通行矣。值流離日，載于掌大薄蹄，藏于樹根盎中，濕朽蟲蝕，字無全行，筆無明畫，又以雜葉細書如半菽許。愿一有心斯道者詳而補之。然見所書十六條，與周德清所輯，小異大同，要以中原之音，而列入聲四韻為準。南村老人記。（註二）

後戈載《詞林正韻》出，所撰〈發凡〉亦云：

詞始於唐，唐時別無詞韻之書。宋朱希真嘗擬應制詞韻十六條，而外列入聲四部。其後張輯釋之，馮取洽增之。至元陶宗儀曾譏其淆混，欲為改定，而其書久佚，目亦無自考矣。

據陶、戈之文，知朱氏詞韻分十六部，而外列入聲四部。惜陶氏非「有心於斯道者」，而所見已漫漶闕損，既未「詳而補之」，且頗乏韻學，遂將詞韻與官制詩韻及為北曲而設之《中原音韻》混為一談。雖有〈韻記〉一篇，而所記寥寥。可知者僅其韻部（韻分十六，而外列入聲四部）及閉口侵尋、鹽咸、廉纖三韻混同而已。

由於朱韻見存於文獻者，僅零星之記載。故近世學者，多從朱敦儒《樵歌》用韻考析，以探索宋人詞韻之規律，窺測應制詞韻之崖略。如夏承燾《天風閣學詞日記》云：

朱希真應制詞韻不傳，從《樵歌》用韻，可測其書之彷彿。《樵歌》十三部侵沁與十一部庚清青登靜徑、六部真諄文魂混隱問皆合用，七部元桓寒山先仙霰願與十四部鹽銜凡沾忝嫌琰敢合用，三部支脂微齊灰與五部皆咍合用，十七部陌與十八部月曷薛帖合用；故陶宗儀譏其淆混，欲為改定。其列入聲韻四部，殆屋沃燭為一部，覺藥鐸為一部，質陌德等十七部并月曷帖等十八部合盍狎乏等為一部，惜其平上去分條無可考矣。朱韻張輯曾為之作釋，而張詞用韻，皆不依朱氏之濫。馮取洽曾增朱韻，今《花庵》所載馮之〈沁園春〉唇分盟同協，其子

> 艾子之〈雲仙引〉亦馨成身雲心同協，正合朱作也。希真平仄多不拘，〈柳梢青〉且以也協月說，開元曲之先聲矣。（引自謝桃坊《中國詞學史》頁四六）

夏氏歸納《樵歌》實際用韻，知朱韻不守傳統韻部，其合用通轉甚寬，致有韻部混淆之譏。而語言學家頗為重視宋代詞韻，以為詞韻不受韻書拘牽，最能反映實際語音，推論朱敦儒已打破三系陽聲韻之界限。如黎錦熙《樵歌・跋》云：

> 所謂附聲韻母，這裏專指附加鼻聲的，就是韻母因附有ng、n、m三個聲母以收音的，古韻學家謂之陽聲之部。就《廣韻》韻目分配起來：第一，收音于ng的有東冬鍾江陽唐庚耕清青蒸登等十二平聲韻（舉平聲以概上去，合為三十六韻，下準此）；第二，收音于n的有真諄臻文殷魂痕元寒桓刪山先仙等十四韻；第三，收音于m的有侵覃談鹽添咸銜嚴凡等九韻，總共三系有三十五平聲韻（合上去計之一百〇五韻）。……既于ng、n、m這三大系的區別，似乎還是界限分明，不容混淆，仔細把宋詞一看，才知道那時的普通語音連這三個界限也打破了。最明顯的就是第一系的庚青（eng或ing）與第二系的真文（en或in）互通，而第二系的真文又可與第三系的侵韻（em或im）互通，于是乎庚青所并的《廣韻》韻目凡六，真文所并的凡七，合侵韻共計十四個附聲韻，可以聯成一韻；所謂穿鼻（ng）、抵顎（n）、斂齒（m）之分，在這十四個韻中也就無可分了。統計《樵歌》三卷中用附聲韻的詞凡八十六首，除屬于元寒韻的不計外，就有四十二首，……除這十二首（小令）外其餘二十九首中或庚青與真文不分，或真文與侵不分，或僅寥寥數韻中竟將庚青、真文、侵三系通押起來。（一九六八年臺灣商務印書館本，頁四—十二）

諸家所論乃《樵歌》用韻之大較，任靜海《朱希真詞韻研究》更就朱敦儒《樵歌》擬製韻譜，為探析朱敦儒詞韻，提供具體之資料。任氏分析朱敦儒用韻之特徵，大抵有二：

一、-m-n-ŋ三系陽聲韻混押：

朱敦儒《樵歌集》押陽聲韻者，凡一百二十九次，其中雙唇鼻音-m 獨用者，僅一次；與舌尖鼻音-n 相押者，二十三次；與舌根鼻音-ŋ 相押者，二次。可見朱氏口語雙唇鼻音-m 韻，已轉入舌尖鼻音-n 韻。舌尖鼻音-n 獨用者三十四次；與舌根鼻音-ng 相押者，十五次。舌根鼻音-ŋ 獨用者，三十六次。雙唇鼻音-m 與舌尖鼻音-n 及舌根鼻音-ŋ 混押者八次。另舌尖鼻音-n 韻尾之獨用而元音不同者，一次。據此，朱氏詞韻中，雙唇鼻音韻尾-m 似已轉入舌尖鼻音韻尾-n。

二、-p 系入聲韻不能獨立：

朱敦儒入聲韻例中，未有-p 韻尾獨用者，最為突出。而-t 獨用者七次，-k 獨用者二十次。-p-t 混押者十一次；-p-k 混押者四次；-t-k 混押者二次；-p-t-k 混押者七次。（註三）

詞家謝桃坊亦嘗對柳永、周邦彥、姜夔、張炎四家用入聲韻之情況統計分析，所得結論為入聲四部，即第一部屋沃燭，第二部覺藥鐸，第三部陌麥昔錫職德，第四部質術櫛物迄月沒曷末轄黠屑薛。p 系入聲韻已隨陽聲閉口韻之消失而處於不能獨立之狀態。此與朱敦儒入聲四部冥若合符。（註四）諸家論述大抵能得朱敦儒用韻特徵，及宋代語音之一斑。至於朱敦儒之應制詞韻，由於稽古無徵，僅能據《樵歌》用韻，測其彷彿而已。

然魯國堯〈論宋詞韻及其與金元詞韻的比較〉一文，則以為「陶宗儀語令人生疑，而當今詞學家未能考鏡源流，因迷信戈載書，遂轉相抄錄，眾口一詞」。故歷舉論據，駁斥朱敦儒初擬應制詞韻之說。歸納其要，大抵有三：（一）陶宗儀現存著作及存目，均未見記載〈韻記〉。（二）元代是否有「應制頒韻」事？此「頒韻」與詞韻是何關係？大可懷疑，且朱敦儒《樵歌》用韻亦與十六條不合。（三）沈雄《古今詞話》以「蕪陋」見譏，而同時名家，如徐釚編、朱彝尊、陳維崧參訂之《詞苑叢談》，未載朱敦儒草創詞韻事；毛奇齡《韻學要指》謂「宋人並無有造詞曲韻者」、《西河詞話》謂「詞本無韻，故宋人不制韻」；又沈謙《詞韻略》、仲恆《詞韻》俱未言及，不應一代名流，都不知此事。

因推論云：「宋代無人編詞韻書，宋詞用韻並無功令可遵循。」魯氏考據詳贍，論據信而有徵，斯亦別成一說，發人深思。

惟就詞韻之源流衍變言，詞家固肯定朱敦儒初擬應制詞韻，然就宋代詞人之用韻方式言，則多持「共守自然之音」一說，並未以「宋詞用韻有功令可循」。如戈載《詞林正韻．發凡》，既載「宋朱希真嘗擬應制詞韻十六條，而外列入聲四部」，復云：「古無詞韻，古人之詞，即詞韻也。」謝桃坊《中國詞學史》既謂「南宋初年詞人朱敦儒曾試擬了詞韻」，又云：「唐宋人作詞，並無專門的詞韻書為準。」張惠民〈論宋詞聲韻的歷史特徵〉既以「北宋末年朱敦儒曾擬過應制詞韻十六條，外列入聲四部」，復以「韻共守自然之音」，為宋詞用韻之主要特點。故詞家闡析源流之際，亦著眼於探究朱韻早佚之原因，如謝桃坊推論云：

> 他所擬制的詞韻十六條，很可能是在紹興間為秘書省正字時奉宋高宗之命而作的，因為高宗很喜歡歌詞，而且常常命文學侍從們作詞，故希望有一部適合宋詞實際創作的韻書。（《中國詞學史》，頁四十五）

復以宋人文獻未載，及陶宗儀所記，推論是書「在宋時並不流行」。趙誠《中國古代韻書》論此，亦冠朱韻於首，而云：

> 大概在那個時候，詞和音樂還沒有完全脫離關係，詞人于此並不重視；也可能和傳統《禮部韻略》相去甚遠，那些把詩韻奉為金科玉律的讀書人瞧它不起，所以並沒有流傳多久，書也早就失傳了。（頁一〇四）

張惠民〈論宋詞聲韻的歷史特徵〉則云：

> 原書久佚，連韻目也無從考見。擬詞韻而專用于應制歌詞，也可見這種規範只行於宮廷之內。而士大夫之宴間游戲，及茶肆酒壚間只守自然之音的。……自其書失傳後，很久沒有人再續作，也可見詞韻在宋代歌詞創作中是不怎樣急切需要的。（《汕頭大學學報．人文科學版》第九卷第一期，頁二四）

諸家俱以宋代詞家用韻，仍守自然之音，朱韻流播不廣，或僅限於宮廷之內，因是早佚。揆諸戈載謂「古無詞韻」，毛先舒註《沈氏詞韻》云：「近古無詞韻，……索宋元舊本，又渺不可得」，審其語意，殆非不知有韻，乃以宋元舊本既「渺不可得」，宋詞亦未拘牽於此，遂概言「古無詞韻」也。然則朱韻既未受重視而早佚，文獻記載因之亦鮮，清代名流或未知見，或以其書佚而不用，由是輕忽其書，知而未言，亦有脈絡可尋。沈雄《古今詞話》既明載其事，為免疏陋，乃仰承前賢，仍以朱敦儒初擬應制詞韻為是，並載魯氏否定之論，以備一說。

貳、沈謙始創詞韻輪廓

清厲鶚論詞絕句有云：「欲呼南渡諸公起，韻本重雕菉斐軒」，注謂曾見紹興二年刊《菉斐軒詞林要韻》一冊。嘉慶間江都秦恩復取阮元家藏《詞林韻釋》一名《詞林要韻》刻入《詞學全書》中，而跋稱「疑此書出于元明之季，詭托南宋初年刊本，樊榭偶未深考，遂以為宋人之詞韻。不然南渡以後諸賢何以均未之見？即沈義父、周德清亦絕不引證而遽與之暗合耶？又疑此書專為北曲而設，或即大晟樂府之餘意，惜《大晟樂府》及《大聲集》皆已亡佚，無從考證耳」。其書不著作者姓名，卷首題「宋菉斐軒刊本」，故又名《菉斐軒詞林要韻》(註五)。趙蔭棠以為成於明成化年間（一四六五—一四八七）陳鐸之手。(註六)是書分「東紅」、「邦陽」等十九韻(註七)，入聲配隸平上去三聲，幾乎完全與《中原音韻》相符合，僅韻部名目稍有不同而已，顯然是曲韻而非詞韻。

明萬曆二十一年癸巳（一五九三）錢塘胡文煥編《文會堂詞韻》，跋稱「元時尚樂府，而樂府與詞同其韻也。故周德清有《中原音韻》一書乃世之弗行者，蓋不知其即詞韻也。」(註八)故以周所著者為之校而付之梓。是書亦分「東紅」、「邦陽」等十九韻，以入聲配隸平上去三聲，韻目與《詞林韻釋》全同。復以《洪武正韻》之入韻補為附卷，以備入聲獨用。而識之曰：「惟入聲一韻，其間或協作平，或協作上，或協作去，分為四散。倘欲獨為之用，則無從而得，不亦未備矣乎？予故以洪武正韻中之入韻補為附卷，將以便夫獨用也。然而不取詩韻者，蓋詞韻貴寬廣，而詩韻多嚴別故耳。」其韻目為：

卷上　一東紅　二邦陽　三支時　四齊微　五車夫　六皆來　七真文　八寒間

卷下　九鸞端　十先元　十一蕭韶　十二何和　十三嘉華　十四車邪　十五清明　十六幽游　十七金音　十八南三　十九占炎

卷附　一屋　二質　三曷　四轄　五屑　六藥　七陌　八緝　九合　十葉

胡氏不明詞之體性，混曲韻與詞韻為一，頗為不倫。其平上去三聲用曲韻；入聲用《洪武正韻》，分合標準不一，且多與宋人押韻相違，深為後世所詬病。如沈際飛云：「錢唐胡文煥有《文會堂詞韻》，似乎開眼，乃平上去三聲用曲韻，入聲用詩韻，居然大盲，世不復考。將詞韻不亡於無而亡於有，可深嘆也。願另為一編正之。」（《草堂詩餘四集・發凡・研韻》）惜沈際飛終未重編詞韻。

清順治初，沈謙取宋名家詞韻例以定通轉，撰擬《詞韻》，始創詞韻輪廓。其書分十九部，以平水韻韻目標示，前十四部每部俱總統三聲，中又明分平仄；後五部為入聲。其韻目為：

一、東董韻：平上去三聲

〔平〕一東、二冬通用。

〔仄〕（上）一董、二腫；（去）一送、二宋通用。

二、江講韻：平上去三聲
〔平〕三江、七陽通用。
〔仄〕（上）三講、二十二養；（去）三絳、二十三漾通用。
三、支紙韻：平上去三聲
〔平〕四支、五微、八齊、十灰半通用。
〔仄〕（上）四紙、五尾、八薺、十賄半；（去）四寘、五味、八霽、九泰半、十隊半通用。
四、魚語韻：平上去三聲
「平」六魚、七虞通用。
〔仄〕（上）六語、七麌（去）六御、七遇通用。
五、街蟹韻：平上去三聲
〔平〕九佳半、十灰半通用。
〔仄〕（上）九蟹半、十賄半；（去）九泰半、十隊半通用。
六、真軫韻：平上去三聲
〔平〕十一真、十二文、十三元半通用。
〔仄〕（上）十一軫、十二吻、十三阮半；（去）十一震、十二問、十三願半通用。
七、元阮韻：平上去三聲
〔平〕十三元半、十四寒、十五刪、一先通用。
〔仄〕（上）十三阮半、十四旱、十五潸、十六銑；
（去）十三願半、十四翰、十五諫、十六霰通用。

八、蕭筱韻：平上去三聲

〔平〕二蕭、三肴、四豪通用。

〔仄〕（上）十七筱、十八巧、十九皓；

（去）十七嘯、十八效、十九號通用。

九、歌哿韻：平上去三聲

〔平〕五歌獨用。

〔仄〕（上）九蟹半、二十哿；（去）二十箇通用。

十、佳馬韻：平上去三聲

〔平〕九佳半、六麻通用。

〔仄〕（上）九蟹半、二十一馬；（去）九泰半、二十一禡通用。

十一、庚梗韻：平上去三聲

〔平〕八庚、九青、十蒸通用。

〔仄〕（上）二十三梗、二十四迥、二十五拯；

（去）二十三映、二十四徑、二十五證通用。

十二、尤有韻：平上去聲

〔平〕十一尤獨用。

〔仄〕（上）二十六有；（去）二十六宥通用。

十三、侵寢韻：平上去聲

〔平〕十二侵獨用。

〔仄〕（上）二十七寑；（去）二十七沁通用。

十四、覃感韻：平上去三聲

〔平〕十三覃、十四鹽、十五咸通用。

〔仄〕（上）二十八感、二十九琰、三十豏；（去）二十八勘、二十九豔、三十陷通用。

十五、屋沃韻：入聲

〔仄〕一屋、二沃通用。

十六、覺藥韻：入聲

〔仄〕三覺、十藥通用。

十七、質陌韻：入聲

〔仄〕四質、十一陌、十二錫、十三職、十四緝通用。

十八、物月韻：入聲

〔仄〕五物、六月、七曷、八黠、九屑、十六葉通用。

十九、合洽韻：入聲

〔仄〕十五合、十七洽通用。

自沈謙《沈氏詞韻》出，詞韻與詩韻、曲韻殊途，不獨填詞家以為填詞指南，亦為詞韻研究開一坦途。案：沈謙詞韻之成書與韻部分合問題，後有專節探討，於此從略。

附註

註一：所謂「由聲得韻」，「聲」謂音樂，「韻」謂格律。張惠民闡釋王鵬運之說云：「北宋以前一般是合樂與否的音律問題，而南渡之後，因詞與音樂關係的疏離，除姜夔、張炎等精通音樂的詞家外，大部分作者的填詞都只能以名家名作為標準件、為範本，照式填寫，本質上成為合譜的問題。至于後代，不知宋詞歌唱之法，就成為純粹的詩詞格律問題了。」張氏以為晚唐北宋詞之聲韻特徵決定於詞之音樂性，宋詞（尤其北宋以前）方為真正之「聲韻」，而今日乃成「亡聲」之韻，遂純粹成為詩詞格律之問題。其說頗中肯綮。見張惠民：〈論宋詞聲韻的歷史特徵〉，《汕頭大學學報人文科學版》第九卷第一期（一九九三年），頁二十—二十一。案：以下徵引張氏此文，為免詞費，僅註明刊期、頁碼，不另附註。

註二：陶宗儀文集不傳，其《韻記》見存於清初沈雄《古今詞話・詞品》上卷（《詞話叢編》冊一，頁八三一）。

註三：詳參任靜海《朱希真詞韻考》（國立臺灣師範大學國文研究所碩士論文，一九八七年五月）。

註四：詳參謝桃坊《中國詞學史》（成都：巴蜀書社，一九九三年六月），頁四十八。

註五：按《詞林要韻》有《粵雅堂叢書》本、《叢書集成》影印粵雅堂本（一九三六年商務本）、中華書局《四部備要》本等版本。

註六：見一九三〇年十二月十八日及次年四月一日《北晨學園》載趙文《菉斐軒詞韻時代考》、《菉斐軒詞林要韻的作者》。

註七：其韻目為：東紅、邦陽、支時、齊微、車夫、皆來、真文、寒間、鸞端、先元、蕭韶、和何、嘉華、車邪、清明、幽游、金音、南山、占炎等十九部。

註八：國立中央研究院傅斯年圖書館藏有明萬曆二十一年刊本，題「《文會堂詞韻》二卷，附一卷，詩韻五卷」，卷前有明萬曆二十一年胡氏自序，推測其書當即刊行於是年。

第二節　詞韻之發展

沈謙分析宋詞以定詞韻，清代詞家因是知援宋詞以求詞韻之正。惟所據雖同，而詞學觀點殊異，是以論者紛紛，或從寬，或從嚴；或從古，或從今，頗不一致。然就其韻部之分合觀之，可大別為兩派：

壹、求合於古調

此派大抵遵循沈謙韻學之方法，歸納唐宋詞之用韻，以定詞韻韻部。然因陽聲韻之分韻，寬嚴不一，又可別為「從嚴」、「從寬」兩派。前者所擬之詞韻，嚴守陽聲韻-n、-ŋ、-m之別，如：

第六部：包括《廣韻》之真、諄、臻、文、欣、魂、痕等韻。凡此為舌尖鼻音，以-n收尾。

第十一部：包括《廣韻》之庚、耕、清、青、蒸、登等韻。凡此為舌根鼻音，以-ŋ收尾。

第十三部：包括《廣韻》之侵韻，為雙唇鼻音，以-m收尾。

而後者則從寬通協，將此三部合為一部，打破-n、-ŋ、-m之界限。又「從嚴」派之第七、十四兩部，「從寬」派亦合而為一，其理同前。茲就「從嚴」、「從寬」之分，論列如次：

一、從嚴派

此派宗沈謙《詞韻略》(註一)，韻分十九部。仲恆《詞韻》、吳應和《榕園詞韻》、謝元淮《碎金詞韻》、陳祖耀《晚翠軒詞韻》等屬之。(註二)

《詞韻》　清康熙年間仲恆撰，(註三)其書前有〈詞韻論略〉，記載仲恆編韻之旨，云：「是編（沈氏詞韻）為詞家津筏，奈繕本既多詿誤，刊書又復魯魚亥豕，參錯遺漏。余細心考較，三閱月而成書。」又仲　曰：「家嚴取去矜韻，參以菌次、千門兩先生舊刻，斟酌損益，彙寫成帙，以供吟嘯之需。」可見仲恆《詞韻》乃修訂《沈氏詞韻》而成。觀其韻目與《沈氏詞韻》悉同，惟另為編輯序次，仲恆云：「韻書向以音聲為序次，如一東必自東凍蝀聯貫而下，採用者苦于繙閱，余臆為次第，以作詞所常用者列于前，偶用者次之，難用者又次之。」故其韻字排列，首列詩韻韻目如「東」「冬」之目，其下所繫韻字則以「常字」、「僻字」定其序次。韻字或有王又華補切及仲　註語，惟王氏注音不以切語，而以同音字，如「嵩」注「松」；「穹」注「窮」之類。就韻書言，一反傳統韻書以音聲序次之法，以致類列零亂，雖云取便讀者，而適成其反，是其病也。然其書依《沈氏詞韻》修訂而成，沈韻今但存韻目，故其書不獨可正當世誤用曲韻之病，而後世治詞韻者，猶可藉是書一窺《沈氏詞韻》崖略，其有功於詞學甚明矣。

《榕園詞韻》　清乾隆四十九年甲辰（一七八四）海鹽（今浙江）人吳應和（子安）編，(註四) 踵沈謙之舊，仍號《詞韻》。吳氏以為「曲韻平上去三聲互協，入聲分隸三聲；南曲三聲互協；詞則平入各協，上去互協」，（《榕園詞韻發凡》）故其書平、入各為一部；上去則合為一部。其平聲、上去聲各為十四部，入聲七部，凡三十五部。其韻目為：

第一部　平聲：東、冬、鍾。
第二部　平聲：江、陽、唐。
第三部　平聲：支、脂、之、微、齊、灰。
第四部　平聲：魚、虞、模。
第五部　平聲：佳、皆、咍。
第六部　平聲：真、諄、臻、文、殷、魂、痕。
第七部　平聲：元、寒、桓、刪、山、先、仙。
第八部　平聲：蕭、宵、肴、豪。
第九部　平聲：歌、戈。

第十部　平聲：麻。
第十一部　平聲：庚、耕、清、青、蒸、登。
第十二部　平聲：尤、侯、幽。
第十三部　平聲：侵。
第十四部　平聲：覃、談、鹽、添、咸、銜、嚴、凡。
第十五部　上聲：董、腫。　去聲：送、宋、用。
第十六部　上聲：講、養、蕩。　去聲：絳、漾、宕。
第十七部　上聲：紙、旨、止、尾、薺、賄。
　　　　　去聲：寘、至、志、未、霽、祭、隊、廢。
第十八部　上聲：語、麌、姥。　去聲：御、遇、暮。
第十九部　上聲：蟹、駭、海。　去聲：泰、卦、怪、夬、代。
第二十部　上聲：軫、準、吻、隱、混、很。　去聲：震、稕、問、焮、慁、恨。
第二十一部　上聲：阮、旱、緩、潸、產、銑、獮。
　　　　　　去聲：願、翰、換、諫、襇、霰、線。
第二十二部　上聲：筱、小、巧、晧。　去聲：嘯、笑、效、號。
第二十三部　上聲：哿、果。　去聲：箇、過。
第二十四部　上聲：馬。　去聲：禡。
第二十五部　上聲：有、厚、黝。　去聲：宥、候、幼。
第二十六部　上聲：梗、耿、靜、迥、拯、等。　去聲：映、諍、勁、徑、證、嶝。

第二十七部　上聲：寢。　去聲：沁。
第二十八部　上聲：感、敢、琰、忝、儼、豏、檻、范。
　　　　　　去聲：勘、闞、豔、㮇、釅、陷、鑑、梵。
第二十九部　入聲：屋、沃、燭。
第三十部　入聲：覺、藥、鐸。
第三十一部　入聲：質、術、櫛、物、迄、沒。
第三十二部　入聲：月、曷、末、黠、鎋、屑、薛。
第三十三部　入聲：陌、麥、昔、錫、職、德。
第三十四部　入聲：緝。
第三十五部　入聲：合、盍、葉、帖、洽、狎、業、乏。

其韻目悉依《廣韻》，而取《廣韻》之字，依紐編入。至於韻部分合，其自序云：「今此併合，較原書（沈氏詞韻）雖有參差，平聲大概實從舊貫，上去入三聲以平為準的，迷謬舛錯，不相連屬者正之而已。」可見其書大抵從《沈氏詞韻》而刪訂。惟其分韻概以平為準的，是以入聲分至七部之多，實與宋詞實際用韻相違。宜乎張世彬〈論清代諸家詞韻之得失〉一文，譏其「但依音理而編」，是編者之理想，而非宋人詞韻之分部也。（註五）

《碎金詞韻》　清道光二十八年戊申（一八四八）謝元淮撰（註六），其韻部、韻目悉遵沈謙《沈氏詞韻》，而據《佩文韻府》增入應用之字。其註釋字義遵《康熙字典》，韻字從《廣韻》，凡字之同切者區類相從，並詳分陰陽及陰陽通用。至於入聲作平上去三聲字，按《中原音韻》入聲十七部，分「作平」「作上」「作去」三項，仍按入聲五部標目，附於卷末，題「附入聲作平上去三聲」。

《晚翠軒詞韻》清嘉慶年間王訥輯、陳祖耀校正（註七），其韻目依詩韻，韻部分合與《沈氏詞韻》全同，惟不用東董、江講之目概括，改以序數，如「第一部」、「第二部」等名目。

二、從寬派

此派分韻亦從宋詞實際用韻，惟其陽聲韻部從寬通協。吳烺、程名世等《學宋齋詞韻》、鄭春波《綠漪亭詞韻》、葉申薌《天籟軒詞韻》等屬之。

清乾隆年間，安徽全椒人吳烺、歙人江昉、吳鏜、江都人程名世等合編《學宋齋詞韻》。此書歸納宋詞用韻，分為十五部，前十一部為平上去三聲，後四部為入聲。其中六、七兩部韻尾相混，入聲亦有此現象。書內按同音排列韻字，無注音，亦無釋義。其韻目為：

第一部　上平東第一　冬第二　鍾第三
　　　　上聲董第一　腫第二
　　　　去聲送第一　宋第二　用第三

第二部　上平江第四　下平陽第十　唐第十一
　　　　上聲講第三　養第三十六　蕩第三十七
　　　　去聲絳第四　漾第四十一　宕第四十二

第三部　上平支第五　脂第六　之第七　微第八　齊第十二　灰第十五
　　　　上聲紙第四　旨第五　止第六　尾第七　薺第十一　賄第十四　海第十五半
　　　　去聲寘第五　至第六　志第七　未第八　霽第十二　祭第十三　泰第十四半
　　　　隊第十八半　廢第二十半

第四部　上平魚第九　虞第十　模第十一

上聲語第八　麌第九　姥第十
去聲御第九　遇第十　暮第十一

第五部　上平佳第十三半　皆第十四　咍第十六
上聲第十二　駭第十三　海第十五半
去聲泰第十四半　卦第十五半　怪第十六　夬第十七　隊第十八半
代第十九

第六部　上平真第十七　諄第十八　臻第十九　文第二十　欣第二十一　魂第二十三
痕第二十四
下平庚第十二　耕第十三　清第十四　青第十五　蒸第十六　登第十七
侵第二十一
上聲軫第十六　準第十七　吻第十八　隱第十九　混第二十一　很第二十二
梗第三十八　耿第三十九　靜第四十　迥第四十一　拯第四十二
等第四十三　寑第四十七
去聲震第二十一　稕第二十二　問第二十三　焮第二十四　慁第二十六
恨第二十七　映第四十三　諍第四十四　勁第四十五　徑第四十六
證第四十七　嶝第四十八　沁第五十二

第七部　上平元第二十二　寒第二十五　桓第二十六　刪第二十七　山第二十八
下平先第一　仙第二　覃第二十二　談第二十三　鹽第二十四　添第二十五
咸第二十六　銜第二十七　嚴第二十八　凡第二十九

上聲阮第二十　旱第二十三　緩第二十四　潸第二十五　產第二十六
銑第二十七　獮第二十八　感第四十八　敢第四十九　琰第五十
忝第五十一　儼第五十二　豏第五十三　檻第五十四　范第五十五
去聲願第二十五　翰第二十　換第二十九　諫第三十　襇第三十一
霰第三十二　線第三十三　勘第五十三　闞第五十四　豔第五十五
掭第五十六　釅第五十七　陷第五十八　鑑第五十九　梵第六十

第八部　下平蕭第三　宵第四　肴第五　豪第六
上聲筱第二十九　小第三十　巧第三十一　皓第三十二
去聲嘯第三十四　笑第三十五　效第三十六　號第三十七

第九部　下平歌第七　戈第八
上聲哿第三十三　果第三十四
去聲箇第三十八　過第三十九

第十部　上平佳第十三半　下平麻第九
上聲馬第三十五
去聲卦第十五半　夬第十七半　禡第四十

第十一部　下平尤第十八　侯第十九　幽第二十
上聲有第四十四　厚第四十五　黝第四十六
去聲宥第四十九　候第五十　幼第五十一

第十二部　入聲屋第一　沃第二　燭第三

第十三部　入聲覺第四　藥第十八　鐸第十九

第十四部　入聲質第五　術第六　櫛第七　物第八　迄第九　陌第二十　麥第二十一

昔第二十二　錫第二十三　職第二十四　德第二十五　緝第二十六

第十五部　入聲月第十　沒第十一　曷第十二　末第十三　黠第十四　轄第十五

屑第十六　薛第十七　合第二十七　盍第二十八　葉第二十九　帖第三十

洽第三十一　狎第三十二　業第三十三　乏第三十四（註八）

由於沈謙以詩韻標目及以「東董」、「江講」之類為部目，學者頗有譏之者。《學宋齋詞韻》後出轉精，始以《廣韻》標目，部目則改為序數，稱「第一部」、「第二部」，確較《沈氏詞韻》為宜也。此派自《學宋齋詞韻》奠基後，鄭春波《綠漪亭詞韻》、葉申薌《天籟軒詞韻》雖有所刊正、增補，但韻部未變，（註九）其間差異，惟詳略有別而已。

上述兩派之作者，俱在前人用韻之基礎上進行分韻，然其間差異頗大，究竟何者為是？至今學者仍各守其說。如王力贊同「從嚴」派（註十），錢玄同、黎錦熙則推崇「從寬」派（註十一）。姑不論其是非，就研究填詞用韻及宋代語音之變化而言，兩派皆有相當之貢獻。

貳、求合於今音

沈謙《沈氏詞韻》與吳烺等《學宋齋詞韻》之韻部雖寬嚴不一，然俱以宋詞用韻為基礎，可謂求合於古調。至若樸隱子《詩詞通韻》、李漁《笠翁詞韻》、許昂霄《詞韻考略》等韻書，則與前派不同，分韻或多或少參考當時實際之語音，甚或以方音為根據。故其分韻，別成一系。

《詩詞通韻》樸隱子《詩詞通韻》，顧名思義，殆為詩詞押韻而作。其韻目用詩韻，而注以當時實際語音。茲列其韻目如次：

平上去三聲：

東董送　翁音
冬腫宋　翁音
江講絳　映音
支一紙一寘一　而音
支二紙二寘二　伊音
微尾未　伊音
魚一語一御一　紆音
魚二語二御二　烏音
虞一麌一遇一　烏音
虞二麌二遇二　紆音
齊薺霽　伊音
佳一卦一　鴉音
佳二蟹泰一　欸音
灰一賄一卦二隊一　欸音
灰二賄二泰二隊二　伊音
真軫震　恩音
文吻問　恩音
元一阮一願一　恩音
元二阮二願二　安音
元三阮三願三　嫣音
寒一旱一翰一　剜音
寒二旱二翰二　安音
刪潸諫　安音
先銑霰　嫣音
蕭筱嘯　鏖音
肴巧效　鏖音
豪皓號　鏖音
歌哿箇　阿音
麻一馬一禡一　鴉音
麻二馬二禡二　耶音
陽養漾　映音
庚一梗一敬一　英音
庚二梗二敬二　英翁二音
青一迥一徑一　英音
青二迥二徑二　英翁二音
蒸一　英音
蒸二　英翁二音
尤有宥　謳音
侵寢沁　陰音
覃感勘　諳音
鹽琰豔　淹音
咸豏陷　諳音

入聲：

屋　烏音一
沃　烏音二
覺　阿音一
物三　紆音
月一　烏音二
月二　鴉音
屑　耶音
葯　阿音二
陌　伊音二
合一　阿音一
合二　鴉音
葉　耶音

質一	伊音一	月三	耶音	錫一	伊音二	洽	鴉音
質二	紆音	曷一	阿音一	錫二	紆音		
物一	烏音二	曷二	鴉音	職	伊音二		
物二	伊音一	黠	鴉音	緝	伊音一		

據作者注音，可歸納如次：

阿音	烏音	思音	嫣音	阿音一	伊音二
鴉音	鑾音	英音	淹音	阿音二	
而音	謳音	陰音	剜音	烏音一	
伊音	紆音	安音	映音	烏音二	
欸音	耶音	諳音	翁音	伊音一（註十二）	

由其注音觀之，入聲業已消失，與現代普通話之韻母系統極為接近。故其成書旨趣，雖為詩詞押韻，然詩、詞有別，故不為詩詞家看重，卻因反映時音，而對語音史之研究頗具貢獻。

《笠翁詞韻》（註十三）　清初李漁本乎詞，乃上異於詩，下異於曲之觀點，以為「詩韻嚴，曲韻寬，詞韻介乎寬嚴之間」，詞為獨立體式，所撰《笠翁詞韻》專為詞韻而設。書前例言，謂前人編詞韻「不離休文詩韻，未能變通作者之意」，故其書不用舊韻書之目，而按實際語音編排。書凡四卷，平上去三聲分十九部；入聲八部。為使詞家按韻填詞，有聲韻鏗鏘；宮商迭見之妙，其韻字排列，采以聲為類；以類為序之格，凡聲同韻合之字，各以類從。而書畫二格，分為上下兩層，下為正格，上為副格。凡冷僻怪誕或庸俗粗鄙之字，斷斷不可入詞者，盡入副格。即有字雖平易典雅，但可見於詞中，不可用之句尾者，亦入副格。其韻目為：

平上去聲

東董棟　江講絳　支紙寘　圍委未　奇起氣　魚雨御　夫甫父

皆解戒　真軫震　寒罕旱　蕭小笑　哥果箇　家假駕　嗟姐借
經景敬　尤有又　深審甚　甘感紺　兼撿劍

入聲
屋沃　覺藥　質陌錫職緝　屑葉　厥月褐缺　物北　捷伐　合洽

每韻內分若干小韻，無切語，少數有簡釋。由於李韻以時音擬韻，其時詞家填詞仍習於遵循宋詞口吻，韻部分合復或嚴或寬，務求變通，標準不一，是以流播未廣。惟後世語言學家往往由其小韻之分合，推見當時韻母系統，如「寒罕旱」韻包括《中原音韻》之寒山、桓歡、先天三韻，而韻內「官」與「關」、「半」與「辦」不同小韻，「堅肩」與「間艱」亦不同小韻，說明《中原音韻》之三韻，其時口吻仍有分別，惟李氏以為可以通押而合為一韻。又如「句巨」同音、「帶代」同音，可見全濁聲母之消失；「以蟻」同音、「語與」同音，說明疑母之消失；「無吳」同音、「圍微」同音，說明微母之消失等等（註十四）。頗有功於聲韻學之研究。

《詞韻考略》　清乾隆年間，許昂霄《詞韻考略》參酌古今音（註十五），而立古今通轉之法，與其他詞韻頗為不同。其韻目據詩韻，每部下俱詳註古今通轉及借協，未列韻字：

平聲	上聲　去聲
一東二冬	一董二腫　一送二宋
三江（今通陽）	三講三絳（今通養漾）
四支五微八齊（古轉佳灰，借協微魚 案：當作魚虞）	四紙五尾八薺　四寘五未八霽（古轉蟹賄泰卦隊，借協語麌御遇）
六魚七虞	六語七麌　六御七遇（借協紙尾寘未，又借協有）
九佳十灰（古轉支微齊）	九蟹十賄　九泰十卦十一隊（古轉紙尾薺寘未霽）
十一真十二文 魂痕（古轉元，今通庚青蒸，又通侵）	十一軫十二吻 混很　十二震十三問 慁恨　古轉阮願（今通梗迥敬徑，又通寢沁）

平聲	上去聲
十三元魂痕同用	十三阮混很同用　十四願慁恨同用
十四寒十五刪（古通元先，轉魂痕；今通覃感，轉鹽）	十四旱十五潸　十五翰十六諫（古通阮銑願霰，轉混狠慁恨；今通感謙勘陷，轉琰豔）
一先元（古通寒刪，轉魂痕；今通鹽轉覃咸）	十六銑阮十七霰願（古通旱潸翰諫，轉混狠慁恨；今通琰豔，轉感謙勘陷）
二蕭三肴四豪	十七篠十八巧十九皓　十八嘯十九效二十號（借協有宥）
五歌	二十哿　二十一箇
六麻（借協歌）	二十一馬　二十二禡（借協卦，又借協哿案：哿下應有箇字）
七陽（今通江）	二十二養　二十三漾（今通講絳）
八庚九青蒸（今通真文魂痕，又通侵）	二十三梗二十四迥　二十四敬二十五徑（今通軫吻混狠震問慁恨，又通寢沁）
十蒸	
十一尤	二十五有　二十六宥（借協筱巧皓嘯效號）
十二侵（今通真文魂痕，又通庚青蒸）	二十六寑　二十七沁（今通軫吻混狠震問慁恨，又通梗迥敬徑）
十三覃十五咸（古通鹽，今通寒刪，轉元先）	二十七感二十九謙　二十八勘三十陷（古通琰豔，今通旱潸翰諫，轉阮銑願霰）
十四鹽（古通覃咸，今通元先，轉寒刪）	二十八琰　二十九豔（古通感謙勘陷，今通阮銑願霰，轉旱潸翰諫）

入聲
一屋二沃（借協陌職，又借協覺）
三覺十藥（借協合洽，又借協陌，又借協月曷）
四質五物（古通月屑，又通曷黠；今通陌錫職，又通緝）
六月九屑（古通質物，又通曷黠；今通葉，轉陌錫職，又轉合洽）
七曷八黠（古通月屑，又通質物；今通合洽，轉葉）
十一陌十二錫十三職（今通質物，又通緝，轉月屑，借協曷黠，又借協葉）
十四緝（古轉葉，又轉合洽；今通陌錫職，又通質物）
十五合十七洽（古通葉，轉緝；今通曷黠，轉月屑）
十六葉（古通合洽，轉緝）

案：其論例云：「凡音響相協，出入不拘者曰通。音響稍別或因所通而兼及者曰轉。詞家沿用者謂之今，合於唐詩者謂之古。」又云：「協音借韻，用之古樂府則為得體，用之長短句未免失倫。今并注於下者，欲人知有此法。庶披覽舊詞不相顧　眙，舌　然而不下也。」蓋欲使詞家填詞用韻知古今通轉，立意頗善。惟其間亦有矛盾，如其論例云：「入聲之韻，最易混淆。故分部寧繁無簡，寧嚴無寬，亦以存古韻也。」是以入聲雖分九部，然既可互相通轉，又有借協，則九部實一部耳。又如論例云：「宋元詩韻有一韻之中迥不相侔者，不獨魂痕之與元也。平韻中如咍之與灰，仄韻中如海之與賄、代廢之與隊皆然。一披《廣韻》而縷析條分，犂然不爽，此平水之併，所以為識者所譏也。」既譏平水韻并部不當，而仍依一百六部已并之韻，皆見其牴牾也。

附註

註一：趙誠以為此派最早之作者為傅燮詷，然其《詞韻》書成而未刻。故就實際影響言，此派奠基人厥為沈謙。見趙誠：《中國古代韻書》（北京：中華書局，一九九一年七月），頁一〇五。至若踵沈謙而作者，初有趙鑰、曹亮武均撰詞韻，惟其書不傳。據戈載《詞林正韻・發凡》云：「國初沈謙曾著《詞韻略》一編，……同時有趙鑰、曹亮武均撰詞韻，與去矜大同小異。」又趙鑰嘗云：「守韻宜嚴也，今當以去矜所分者分之。」（沈雄《古今詞話・詞品》上卷）是知趙、曹所擬詞韻，當與沈韻大同小異。

註二：按戈載《詞林正韻》就分韻言，亦屬「從嚴」一派。惟其書一出，天下翕然宗之，詞韻因之一統，是以將其書歸入「詞韻之總結」一目，專節論之。

註三：仲恆《詞韻》二卷，存於清康熙十八年（一六七九）查培繼輯《詞學全書》中。

註四：《榕園詞韻》一卷，國立中央研究院傅斯年圖書館藏有清乾隆甲辰（四十九）年（西元一七八四）周春序青山館刊本。據其序言，此書當即刊行於是年。

註五：張世彬批評云：「其優點有二：韻目悉依《廣韻》而不割裂，一也。上去聲不統屬於平聲，一也。按宋人詞韻於上去聲通用範圍實較平聲為寬，故上去聲不必統屬於平聲。然是書之編，實未嘗參考宋詞之事實。編者絕不理會宋人詞韻寬至何種程度，但依音理而編，是以入聲分至七部之多，並於發凡一篇，自矜獨得。其言曰：『平上去三聲既定，入聲瞭如指掌。世罕通韻之人，平上去三聲尚多未安，入聲宜難措手，……唐宋舊詞復參差不一，無所依據。漫憑臆斷，其病較甚三聲。學宋齋本只分四部，亦意為增損。人第知以平例上去，不知以平例入。……茲用《廣韻》分七部：東冬鍾入屋沃燭為一。江入覺，陽唐入藥鐸為一。真諄臻入質術櫛，文殷入物迄，魂痕入沒為一。元入月，寒桓入曷末、刪山入黠轄、先仙入屑薛為一。庚耕清入陌麥昔，青入錫，蒸登入職德為一。侵入緝為一。覃談入合盍，鹽添入葉帖，咸銜入洽狎，嚴凡入業乏為一。平入相對，確不可易。』觀此可知其書純為編者提出其個人之理想，蓋謂詞韻應該如此分部，而非宋人詞韻是如此分部也。」其言頗為切要。見張世彬〈論清代諸家詞韻之得失〉《中國學人》第五期，頁一一一。

註六：《碎金詞韻》四卷，有清道光二十八年戊申刊本，國立國家圖書館、中央研究院傅斯年圖書館俱有藏本。其序題「道光戊申歲仲秋之望海州許喬林石華謹撰」，推測謝氏韻書當即刊行於道光二十八年。

註七：其成書年月不詳，諸葛憶兵考證其版本云：「清嘉慶十三年（一八〇八）小酉山房藏板木刻本、宣統元年（一九〇九）春草軒石印本。後附陳栩等《考正白香詞譜》。」又考述《考正白香詞譜》云：「陳栩、陳小蝶考証。一九一八年春草軒石印本，上海古籍書店一九八一年據振綺堂版影印。該譜編排仍依《白香詞譜》體例。每調之後附『考正』和『填詞法』，考辨詞調源流，訂正前人錯誤，詳敘平仄、句法等等。末附《詞人姓氏錄》、《晚翠軒詞韻》。」見王洪：《唐宋詞百科大辭典》（北京：學苑出版社，一九九三年一月），頁五九四—五九五。案：《晚翠軒詞韻》嘉慶刻本、宣統石印本未見，今據韓楚原編《考釋作法白香詞譜》附錄本。

註八：按《北京圖書館古籍善本書目》著錄有「《學宋齋詞韻》一卷，清吳烺、江昉、吳鏜、程名世輯，清乾隆刻本，一冊，七行十六字，白口左右雙邊」。所錄韻部，據張世彬〈論清代諸家詞韻之得失〉，《中國學人》第五期，頁一〇六—一〇八。及李新魁、麥耘《韻學古籍述要》（西安：陝西人民出版社，一九九三年二月），頁三七九—三八〇。

註九：按《綠漪亭詞韻》、《天籟軒詞韻》未見。趙誠《中國古代韻書‧詞韻專書》云：「此書（《綠漪亭詞韻》）沒有見過。葉申薌《天籟軒詞韻‧序》中說：『是書分部，依近行《綠漪亭詞韻》，四聲分為十五部。』葉書現在能看到，其分韻和《學宋齋詞韻》同，可見吳、鄭、葉三書在分韻上同類。」

註十：王力《漢語詩律學》評沈謙、仲恆詞韻云：「平上去分-m-n-ŋ 三類，因宋代確尚能分；入聲不分-p-t-k 三類，則因宋人確已全混。宋人以實際語音施於詞韻，沈氏歸納宋詞以成詞韻，這是很合理的。」見《王力文集》第十四卷《漢語詩律學》(上),(濟南:山東教育出版社,一九八九年十一月),頁六六〇。

註十一:錢玄同、黎錦熙《樵歌・跋》俱主張附聲韻母之三系混押,如黎錦熙云:「不料到了明末清初,沈謙著一部《詞韻略》出來,除存疑的《菉斐軒》外,這算是第一部具體的詞韻,而成書則後於詞體盛行的時代約五百年;清初毛先舒又為之括略。自是趙鑰、曹亮武、仲恆、胡文煥、吳寧、李漁、許昂霄……等的詞韻踵出,直至戈載的《詞林正韻》,都是大同小異。即如附聲韻母的三系,總是不敢混合的,不問宋詞事實上是否如此。其間惟有吳烺等所編的《學宋齋詞韻》和鄭春波的《綠漪亭詞韻》,膽敢將真文庚青侵等十四韻同用,元寒和覃咸十五韻也併部,這才合於宋詞用韻的真相,不愧為『學宋齋』了。」見《樵歌》(臺灣商務印書館,一九六八年九月),頁十五—十六。

註十二:樸隱子《詩詞通韻》臺灣未見。徵引自趙誠《中國古代韻書》,頁一〇七—一〇八。

註十三:李漁生於明萬曆三十九年辛亥(一六一一),卒於清康熙十八年己未(一六七九),約與沈謙(一六二〇—一六七〇)同時。其《笠翁詞韻》成書晚於《沈氏詞韻》,見存於《李漁全集》第十八卷。有一九七〇年成文出版社及一九九二年浙江古籍出版社印行本。

註十四:詳參李新魁、麥耘:《韻學古籍述要》(西安:陝西人民出版社,一九九三年二月),頁三七六—三七八。

註十五:《詞韻考略》見於清張宗橚《詞林紀事》附錄。按許昂霄生卒年不詳,《詞林紀事》卷前有陸以謙序,題「乾隆戊戌(一七七八)十一月二十五日」,則《詞韻考略》必先是年而成書。

第三節　詞韻之總結

明清之際，詞韻之撰擬，正如仲恆所云：「今世不無通韻之人，第慮韻書一出而議論譁然，編者一片苦心，而聞者反增咋舌，詞韻之訂，其何如鄭重歟。」（《詞韻・論例》）詞韻之學，自沈謙初創，歷經「求古、從今」之爭；「從寬、尚嚴」之辨，詞壇擾嚷，持議不下。至于清道光元年（一八二一）戈載《詞林正韻》刊行，自此填詞者奉為詞韻標準。其書分上、中、下三卷，隸十九部，十四部為舒聲韻（包括平、上、去聲），五部為入聲韻，收字一萬三千。其韻部乃歸併《集韻》韻目而成：

第一部　平聲一東二冬三鍾
　　　　上聲一董二腫
　　　　去聲一送二宋三用

第二部　平聲四江十陽十一唐
　　　　上聲三講三十六養三十七蕩
　　　　去聲四絳四十一漾四十二宕

第三部　平聲五支六脂七之八微十二齊十五灰
　　　　上聲四紙五旨六止七尾十一薺十四賄
　　　　去聲五寘六至七志八未十二霽十三祭十四太半十八隊二十廢

第四部　平聲九魚十虞十一模
　　　　上聲八語九噳十姥
　　　　去聲九御十遇十一暮

第五部　平聲十三佳半十四皆十六咍
上聲十二蟹十三駭十五海
去聲十四太半十五卦半十六怪十七夬十九代
第六部　平聲十七真十八諄十九臻二十文二十一欣二十三魂二十四痕
上聲十六軫十七準十八吻十九隱二十一混二十二很
去聲二十一震二十二稕二十三問二十四焮二十六圂二十七恨
第七部　平聲二十二元二十五寒二十六桓二十七刪二十八山一先二仙
上聲二十阮二十三旱二十四緩二十五潸二十六產二十七銑二十八獮
去聲二十五願二十八翰二十九換三十諫三十一襇三十二霰三十三線
第八部　平聲三蕭四宵五肴六豪
上聲二十九篠三十小三十一巧三十二晧
去聲三十四嘯三十五笑三十六效三十七號
第九部　平聲七歌八戈
上聲三十三哿三十四果
去聲三十八箇三十九過
第十部　平聲十三佳半九麻
上聲三十五馬
去聲十五卦半四十禡
第十一部　平聲十二庚十三耕十四清十五青十六蒸十七登

上聲三十八梗三十九耿四十靜四十一迥四十二拯四十三等

第十二部　平聲十八尤十九侯二十幽

上聲四十四有四十五厚四十六黝

去聲四十九宥五十候五十一幼

第十三部　平聲二十一侵

上聲四十七寑

去聲五十二沁

第十四部　平聲二十二覃二十三談二十四鹽二十五沾二十六咸二十七銜二十八嚴

二十九凡

上聲四十八感四十九敢五十琰五十一忝五十二儼五十三豏五十四檻五十五范

去聲五十三勘五十四闞五十五豔五十六㮇五十七驗五十八陷五十九　六十梵

第十五部　入聲一屋二沃三燭

第十六部　入聲四覺十八藥十九鐸

第十七部　入聲五質六術七櫛二十陌二十一麥二十二昔二十三錫二十四職二十五德

二十六緝

第十八部　入聲八勿九迄十月十一沒十二曷十三末十四黠十五鎋十六屑十七薛

二十九葉三十帖

第十九部　入聲二十七合二十八盍三十一業三十二洽三十三狎三十四乏

戈載《詞林正韻》之體式、韻部大抵承襲《沈氏詞韻》，而後出轉精。陳匪石《聲執》論兩者之關係云：

> 清初沈謙等詞韻，毛先舒為之括略，仲恆復加訂正。依平水韻一百六部韻目，平統上、去，分十四部，入聲獨立為五部。毛先舒曰：「沈氏博考宋詞，以名手雅篇灼然無弊者為準。」戈載生道光間，其父戈小蓮，游錢大昕之門，通曉音韻，既承家學，並擅倚聲。因沈韻以考宋詞，用《集韻》之目，救平水韻界限不清之失，而十四部五部之分，一沿沈氏之舊。後之填詞者，翕然宗之。（《詞話叢編》冊五，頁四九三〇）

《詞林正韻》在前人研究之基礎上，精益求精。凡《沈氏詞韻》為詞林所譏之例，如：以詩韻分合、以二字標目、韻字太簡等缺失，皆見改善，而又顧及入聲作三聲、部分韻字通入他部諸端，而有增補字、入作平、入作上、入作去之例。（詳參第肆章《沈氏詞韻》與《詞林正韻》之比較。）且其韻書既有「發凡」以闡釋詞韻理論，而體制完備、擬韻精審，故為詞林奉為正韻。如清杜文瀾《憩園詞話》云：

> 戈順卿典簿載，江蘇吳縣人，由諸生官國子監典簿。以詞學提倡江南北者四十年。所著《詞林正韻》三卷，取李唐以來韻書，以校兩宋詞人所用，博考互證，辨析入微，足補菉斐軒所遺，永為詞家取法。（《詞話叢編》冊三，頁二八六八）

馮煦《蒿庵論詞》云：

> 古無所謂詞韻也，菉斐軒雖稱紹興二年所刊，論者猶疑其偽托，它無論已。近戈載撰《詞林正韻》，列平上去為十四部，入聲為五部，參酌審定，盡去諸弊，視以前諸家，誠為精密。（《詞話叢編》冊四，頁三五九九）

況周頤《蕙風詞話》云：

> 吳縣戈順卿（載）翠微花館詞，褎然巨帙，以備調守律為主旨，似乎工拙所弗計也。惟所輯《詞林正韻》，則最為善本。曩王氏四印齋依戈氏自刻本，刻附所刻詞後。倚聲家圭臬奉之。（《詞話叢編》冊五，頁四四二二）

又況氏以為倚聲初步，選本當讀《草堂詩餘》、《絕妙詞選》，近人所選者，則為馮煦《宋六十一家詞》、朱漚尹《宋詞三百首》、龍榆生《唐宋名家詞選》，並以為「應備萬紅友《詞律》及戈順卿《詞林正韻》，以便試做時之參考應用。」（《蕙風詞話附錄》，《詞話叢編》頁四五九九）。蔣兆蘭《詞說》亦云：

> 清人選宋詞博而且精者，無過朱竹垞《詞綜》一書。此與萬紅友《詞律》、戈順卿《詞林正韻》皆詞家必備書。（《詞話叢編》冊五，頁四六三二）

又云：

> 宋人作詞，未有韻本。然自美成而後，南宋詞家通音律者，隱然有共守之韻。戈順卿依據名家詞，撰寫《詞林正韻》，近代詞家遵而用之，無待他求矣。（同前引，頁四六三六）

顯見自道光年間《詞林正韻》刊行流布，因超軼前代韻書，而為填詞者奉為圭臬。其後雖有《碎金詞韻》、《晚翠軒詞韻》等韻書之作，然終為《詞林正韻》所掩。謝桃坊《中國詞學史》云：

> 從《詞林正韻》的整個分部情況來看是符合唐宋詞實際的。填詞者可參考此編而用韻，則可以符合唐宋人用韻習慣，寬一點或嚴一點皆可根據各詞調的具體要求而定。詞學研究者也可以參考此編而探討唐宋詞韻的某些規律。《詞林正韻》對後世的創作只能起到參考的作用，它是朱敦儒以來詞韻書的總結。它與《詞律》都是清代

詞學復興過程中最有建設意義的成果，體現了明清以來研究詞體格律聲韻工作的最後完成，具有集大成的意義。（二〇一）

謝氏之說頗中肯綮。由於《詞林正韻》分韻承從嚴分合一系，其韻部固難以吻合宋代每一詞家，而仍有爭議。然較之前代、後代韻書，歸納其勝處殆有三端：（一）系統闡釋詞韻之理論（二）後出轉精之體制（三）考訂精審之韻部，故不獨清代詞林奉為正韻，迄今詞家無論填詞或研究詞學，大抵仍以《詞林正韻》為準式。就詞韻發展史觀之，《詞林正韻》確為詞韻總結之作也。

第貳章　《沈氏詞韻》之成書

第一節　版本源流

《沈氏詞韻》原書未傳，今存者僅其綱目，乃同為西泠十子之毛先舒為之括略并註之《沈氏詞韻略》，收於毛氏《韻學通指》一書中。毛氏《韻學通指·自序》云：

戊子歲杪，先舒撰《唐人韻四聲表》及《南曲正韻》既成，適同郡柴子虎臣撰《柴氏古韻通》、沈子去矜撰《沈氏詞韻》、錢雍明撰《中原十九韻說》。其書皆綜次精核，可以為辭家宗法。即予之所撰，雖才謭識陋，亦頗信而有徵，不敢自誣。輒欲彙此諸書，廣質有識。而虎臣、去矜與予書皆百十餘紙，苦于食貧，未能流佈。茲先檃括其略問世，匪棘見長，亦以有意于斯道者，苟欲範驅馳，實可備采擇耳。

可見沈謙韻書原名《沈氏詞韻》，且有「百十餘紙」，宜其全書大綱細目俱全矣。惜苦于食貧，無力付梓。幸毛氏為之括略刊行，雖僅得綱目，終免於湮淪不傳，毛氏確為有識者也。

毛先舒《韻學通指》序於戊子（清順治五年，西元一六四八年）歲杪，據此推論，《沈氏詞韻》必先是年而成書。而當時詞韻家多能見其繕本，惟繕本傳鈔不易，僅限「有心于斯道者」，是以終至無傳。而刊本易行，自《沈氏詞韻略》出，清初詞家編輯詞選，往往附錄《沈氏詞韻略》，以為填詞用韻之指南。又詞話、詞論之論韻篇卷，不獨臧否沈氏詞韻，甚至有著錄《沈氏詞韻略》以備參考者。故其版本，除《韻學通指》原本外，尚見存於清代詞選及詞話、詞論等書。茲依刊行之別，分述如次：

壹、《韻學通指》本

清順治五年戊子（一六四八），毛先舒撰《唐人韻四聲表》及《南曲正韻》成，適同郡柴虎臣《柴氏古韻通》、沈去矜《沈氏詞韻》、錢雍明《中原十九韻說》等韻書撰成，而無力付梓。毛先舒因彙輯諸書而檃括其略，成《柴氏古韻通略》、《沈氏詞韻略》、《中原十九韻說》，與毛氏論韻諸文及《唐人韻四聲表》、《南曲正韻》等并為刊行，名之曰《韻學通指》。《沈氏詞韻》原書未梓行，後世所見沈謙詞韻，或稱《東江詞韻》，或稱《詞韻略》，俱指此本而言。今見存於中央研究院史語所傅斯年圖書館。

貳、詞選附錄本

一、清順治十七年鄒祗謨、王士禎輯《倚聲初集》本

清順治十七年庚子（一六六〇）鄒祗謨、王士禎輯《倚聲初集》二十卷，輯錄明天啟、崇禎至順治十七年詞人四百六十餘家，詞作一千九百十四首。詞選之前有《前編》四卷，前三卷錄時人詞話及論詞雜文；第四卷為《韻辨》，錄沈謙、毛先舒、鄒祇謨論詞韻諸文。此四卷可為清初詞家詞學觀之代表。集後附錄二卷，一為《名家詞話》，一為《沈謙詞韻略》。此書于順治十七年大冶堂初刊，未見有翻刻，屬稀見善本，今庋藏於大陸北京圖書館。案：中研院傅斯年圖書館藏有《倚聲右集》，惟刪落前編四卷，且中有缺葉。

二、清康熙二十五年蔣景祁《瑤華集》本

清康熙二十五年（一六八六），蔣景祁編《瑤華集》二十二卷，選錄明末至康熙中葉詞人五百零七家，詞作兩千四百六十七首，為清初詞選之空前巨製。書末附錄二卷，收《名家詞話》與《沈氏詞韻略》各一卷。有康熙二十五年（一六八六）天藜閣刊本，藏北京大學圖書館。一九八二年中華書局據天藜閣刻本縮印發行，裝訂成三冊。

三、清康熙年間吳綺、程洪輯《記紅集》本

清吳綺、程洪輯《記紅集》三卷，是書按調選詞，以訂譜為主。所錄大多為唐宋名家詞，間有閨秀、女鬼詞。集後附《詞韻簡》一卷，採自沈謙《詞韻略》。大陸北京圖書館藏二本，俱為康熙二十五年自刻本：一為二冊，九行二十字，白口四周雙邊；一為李日華校註本，六冊。

四、清吳綺《選聲集》本

《四庫全書總目》卷二百「詞曲類存目」，著錄《選聲集》三卷附《詞韻簡》一卷：「是編小令、中調、長調各一卷，皆五代宋人之詞。標舉平仄以為式，其字旁加方匡者，皆可平可仄之字，餘則平仄不可易者也。其法仍自《填詞圖譜》而來，其第一體、第二體之類，亦從其舊。後附《詞韻簡》一卷，皆祖沈謙、毛先舒之說。蓋取便攜閱而已，無大創作也。」案：此本臺灣未見。

參、詞話著錄本

一、清康熙二十七年徐釚編《詞苑叢談》本

清康熙二十七年（一六八八）徐釚編《詞苑叢談》卷二〈音韻〉篇錄有《沈氏詞韻略》一卷。

二、清嘉慶年間馮金伯輯《詞苑萃編》本

清嘉慶年間馮金伯輯《詞苑萃編》卷十九〈音韻〉篇收錄《沈氏詞韻略》一卷。

以上諸本皆從《韻學通指》本出，故其內容體例無別。就版本源流觀之，沈謙詞韻得以流布，端賴：一、因毛先舒《韻學通指》收錄，而未湮淪不傳。二、因《倚聲集》、《瑤華集》等詞選附錄，而廣為流傳。三、因《詞苑叢談》等詞話著錄論析，而炳焉大明。是以所傳雖非完帙，而索案《沈氏詞韻》，亦略盡於斯矣。

第二節　內容體例

沈謙詞韻，毛先舒為之括略；仲恆復加訂正，故其原書雖已不傳，如循《沈氏詞韻略》及仲恆《詞韻》索源，亦能測其彷彿也。茲具錄毛先舒括略並註之《韻學通指》本《沈氏詞韻略》於次，以為論據：

東董韻：平上去三聲　先舒案：填詞之韻，大略平聲獨押，上去通押。然間有三聲通押者，如西江月、少年心之類；故沈氏于每部韻俱總統三聲，而中又明分平仄，凡十四部。至于入聲，無與平、上、去通押之法，故後又別為五部云。又案：唐人作詞，多從詩韻。宋詞亦有謹守詩韻不旁通者；蓋用韻自惡流濫，不嫌謹嚴也。併識于此。

〔平〕一東、二冬通用　東冬即今詩韻，後俱倣此。

〔仄〕〔上〕一董、二腫；〔去〕一送、二宋通用。

江講韻：平上去三聲

〔平〕三江、七陽通用。

〔仄〕〔上〕三講、二十二養；〔去〕三絳、二十二漾通用。

支紙韻：平上去三聲

〔平〕四支、五微、八齊、十灰半通用　十灰半，如回、梅、催、杯之類。

〔仄〕（上）四紙、五尾、八薺、十賄半；（去）四寘、五味、八霽、九泰半、十隊半通用。十賄半，如悔蕾腿餒之類。九泰半，如沛會最沫之類。十隊半，如妹碎廢吠之類。

魚語韻：平上去三聲

〔平〕六魚、七虞通用。

〔仄〕（上）六語、七麌（去）六御、七遇通用。

街蟹韻：平去三聲 街屬九佳，因佳字入麻，故用街字作領韻，而括略仍稱九佳半者本其舊也。

〔平〕九佳半、十灰半通用。九佳半，如鞋、牌、乖、懷之類。十灰半，如開、才、來、猜之類。

〔仄〕（上）九蟹半、十賄半；（去）九泰半、十隊半通用。九蟹半，如買、駭之類。十賄半，如海、宰、改、采之類。九泰半，如奈、蔡、賣、怪之類。十隊半，如代、再、賽、在之類。

真軫韻：平上去三聲

〔平〕十一真、十二文、十三元半通用。十三元半，如魂、昆、門、尊之類。

〔仄〕（上）十一軫、十二吻、十三阮半；（去）十一震、十二問、十三願半通用。十三阮半，如忖、本、損、狠之類。十三願半，如頓、遜、嫩、恨之類。

元阮韻：平上去三聲

〔平〕十三元半、十四寒、十五刪、一先通用。十三元半，如袁、煩、暄、鴛之類。

〔仄〕（上）十三阮半、十四旱、十五潸、十六銑；（去）十三願半、十四翰、十五諫、十六霰通用。十三阮半，如遠、蹇、晚、反之類。十四願半，如怨、販、飯、建之類。

蕭筱韻：平上去三聲

〔平〕二蕭、三肴、四豪通用。

〔仄〕（上）十七筱、十八巧、十九皓；

（去）十七嘯、十八效、十九號通用。

歌哿韻：平上去三聲

〔平〕五歌獨用。

〔仄〕（上）九蟹半、二十哿；（去）二十箇通用。九蟹半，如夥之類。

佳馬韻：平上去三聲

〔平〕九佳半、六麻通用。九佳半，如媧、蛙、査、叉之類。

〔仄〕（上）九蟹半、二十一馬；（去）九泰半、二十一禡通用。

九蟹半，如罷之類。九泰半，如卦、話之類。

庚梗韻：平上去三聲

〔平〕八庚、九青、十蒸通用。

〔仄〕（上）二十三梗、二十四迥、二十五拯；

（去）二十三映、二十四徑、二十五證通用。

尤有韻：平上去聲

〔平〕十一尤獨用。

〔仄〕（上）二十六有；（去）二十六宥通用。

侵寢韻：平上去聲

〔平〕十二侵獨用。

〔仄〕〔上〕二十七寢；〔去〕二十七沁通用。

覃感韻：平上去三聲

〔平〕十二覃、十四鹽、十五咸通用。

〔仄〕〔上〕二十八感、二十九琰、三十豏；〔去〕二十八勘、二十九豔、三十陷通用。

屋沃韻：入聲

〔仄〕一屋、二沃通用。

覺藥韻：入聲

〔仄〕三覺、十藥通用。

質陌韻：入聲

〔仄〕四質、十一陌、十二錫、十三職、十四緝通用。

物月韻：入聲

〔仄〕五物、六月、七曷、八黠、九屑、十六葉通用。

合洽韻：入聲

〔仄〕十五合、十七洽通用。

案：此本是括略，未暇條悉。然作者先具詩韻，而用此譜按之，亦可以無謬矣。但沈氏著此譜，取證古詞，考據甚博。然詳而反約，唯以名手雅篇、灼然無弊者為準。至于濫通取便者，古來自多，不為訓也。所謂法惡流濫，無嫌謹嚴，覽者得此意而通之，庶幾韻學其無墜爾。

壹、韻部與部目

據毛先舒括略，可知沈謙詞韻部目，乃依詩韻韻目刪併，以平統上、去，分十四部，入聲獨立為五部，凡十九部。毛氏註沈謙立定體例之旨，云：

> 填詞之韻，大略平聲獨押，上去通押。然間有三聲通押者，如西江月、少年心之類；故沈氏于每部韻俱總統三聲，而中又明分平仄，凡十四部。至于入聲，無與平、上、去通押之法，故後又別為五部云。

可見沈謙深明詞韻之體性。蓋《廣韻》一系韻書體例，大抵以四聲分卷（平聲因字多而分為上平、下平兩卷）。至若詩韻則為「廣文路」而設，與《廣韻》之「賞知音」者不同，故併合其韻為一百零六部，然其分韻，仍以四聲為別。至於專為北曲而設之《中原音韻》，則據元曲之押韻，以入聲配隸三聲，分為十九部。而詞韻，本無韻書，前乎沈謙之胡文煥，不明詞韻體性，誤以周德清《中原音韻》為詞韻，所撰《文會堂詞韻》亦以入聲配隸三聲，致詞家有「將詞韻不亡於無而亡於有」（沈際飛《草堂詩餘四集・發凡・研韻》）之嘆。逮沈謙創為詞韻，一本「就宋詞求詞韻」之法，就韻部言，沈謙詞韻雖分十九部，而實按宋詞分韻，故與《中原音韻》有殊。就聲調言，去矜亦深求宋詞押韻「平入獨押、上去通押」之原則，而定一韻之體式，故與詩韻、曲韻皆別也。

至於部目，《沈氏詞韻》以詩韻標目，所列韻部，前十四部以一平聲韻目與一上聲韻目為部名，如「東董」、「江講」之類。後五部入聲韻，則連以兩入聲韻目為部名，如「屋沃」、「覺藥」之類。仲恆《詞韻》因《沈氏詞韻》而訂，釋其名義，頗為得之。其言曰：

> 韻目總統平上去三聲之義，毛子言之詳矣。但以平聲貫上去，而弁之曰東董韻，似乎曲韻。然不貫以三聲二字，則間或通押之義不彰，不別以平仄二音，則上去常通之旨不著。（《詞韻・論例》）

又云：

去矜韻目曰東董韻、江講韻，名曰三聲，而止列平上二韻。入聲又連兩字，曰屋沃、曰覺藥，其法又似紛雜。不知前人自有深意，蓋平聲通用，只以前一平韻該之，上去通用，則一仄字可以該上去，何妨以上聲一韻該之。至于入聲連稱二字者，亦以見通用之義，并以少該多之意也。其分半韻者，如序次宜貫韻目，而以非全韻，故標其目，而仍序其字于各韻之後。（《詞韻‧論例》）

仲氏所論，殆能得沈謙初衷者也。惟沈謙標目，固不可言非，然其體例，確有紛雜之嫌。蓋《沈氏詞韻》之出也，其時詩韻、曲韻已在前，故不免受其影響。而此標目，頗受詞韻家指摘。如吳應和《榕園詞韻‧發凡》云：

舊韻（《詞韻略》）以平統上去，標東董韻、江講韻，義實牴牾。自昔韻書併部，如劉平水《壬子韻》併鍾於冬，竟曰「冬」、《洪武正韻》并冬於東，竟曰「東」。周氏《中原音韻》則標東鍾、江陽。今平自為部，上去為部，上去不可偏廢，不能遵《壬子韻》、《正韻》例，《中原》為近。近見江吳諸君《學宋齋韻》，直書第一部、第二部，簡而當，從之。

戈載《詞林正韻‧發凡》亦批評云：

國初沈謙著有《詞韻略》一編，毛先舒為之括略，并注以東董、江講、支紙等標目，平領上去，而止列平上，似未該括，入聲則連兩字曰屋沃、曰覺藥，又似紛雜。且用陰氏（陰時夫《韻府群玉》）韻目，刪併既失其當，則分合之界模糊不清，字復亂次以濟，不歸一類，其音更不明晰，舛錯之譏，實所難免。

《學宋齋詞韻》直書「第一部」、「第二部」之例，確較沈謙《詞韻》之標目為宜。以序數標詞韻部目，就聲調言，無概括不全之弊；就體例言，前後如一；就文體言，有別於他體。是以後出韻書從之者甚夥，即戈載《詞林正韻》亦宗之也。

貳、韻目與韻字

《沈氏詞韻》每部所統韻字以詩韻標目，又有割半分用之例（註一），如「十灰半」「十三元半」之類。毛先舒於半通之韻目，皆有註語，如於「支紙」韻部所統「十灰半」韻目下註云：「十灰半，如回、梅、催、杯之類。」又其《詞韻說》說明詞韻半通之例師《唐韻》云：

> 詩韻，唯孫愐《唐韻》一書，稽載詳明，考據者當據為正。如「灰」韻一部中亦自別，而孫本臚分最清楚。如「回」、「枚」之類，自以「灰」字領韻為一段；「開」、「哀」之類，自以「哈」字領韻為一段。又如「元」韻一部中亦自別，孫本如「袁」、「煩」之類，以「元」字領韻為一段；「昆」、「門」之類，以「魂」字領韻為一段。又如「隊」韻一部中亦自別，孫本如「佩」、「妹」之類，以「隊」字領韻為一段；「賽」、「戴」之類，以「代」字領韻為一段；「穢」、「吠」之類，以「廢」字領韻為一段。今詞韻有某韻半通之例，覽者但按孫氏本而考之，亦庶幾矣。（清・徐釚《詞苑叢談》卷二〈音韻〉）

案：《沈氏詞韻》歸納宋詞用韻，並以當時習用之詩韻刪併。雖顧及文人用韻之習，卻因詩、詞用韻之不同，而有韻目半通之例。所謂半通，即在《廣韻》本非一韻，而詩韻合為一韻，至於詞韻又分而為韻者也。如詩韻「十灰」韻，乃併合《廣韻》之「十五灰」、「十六咍」二韻。惟既為詞韻，而覽者又需按以《唐韻》，學者苦之，因之褒貶不一。如謝元淮《碎金詞韻・論例》云：

平聲十灰、十三元；上聲十賄、十三阮；去聲九泰、十卦、十一隊、十四願，沈氏皆割分其半，以聲相屬，源本《洪武正韻》，於填詞尤為允當，今從之。

謝氏以為半通之例允當，故《碎金詞韻》從之。至若許昂霄《詞韻考略》雖仍《沈氏詞韻》之例，以詩韻標目，卻頗有貶辭。其〈論例〉云：

宋元詩韻，有一韻之中迥不相侔者，不獨魂痕之與元也。平韻中，如咍之與灰；仄韻中海之與賄、代廢之與隊皆然。一披《廣韻》而縷析條分，犁然不爽，此平水之併，所以為有識者所識也。余初意欲取《廣韻》部分，稍為編緝，以供填詞之用。緣一百六韻行世已久，難于變易，且恐妄為更張，徒滋乖亂。故第就今本標其分合，倚聲家如遇灰咍等韻，仍宜分用，庶令讀者順口，或字少韻窄，則于通用者挑選音響相近者足之。

據許氏之論，可見詞韻家掙扎於「從俗」與「音理」之間，不敢更張。而《學宋齋詞韻》則以《廣韻》為目，而又有半通之例。自《學宋齋詞韻》以《廣韻》韻目分合，如《榕園詞韻》、《綠漪亭詞韻》、《天籟軒詞韻》等皆從之也。至于戈載《詞林正韻》則改以《集韻》為目，戈氏以為詞韻與詩韻有別，然其源即出於詩韻，故詞韻乃以詩韻分合之耳。而詩韻之依據，自《切韻》始而《唐韻》而《廣韻》而《韻略》而《集韻》，名雖屢易而其書之體例未易。總分為二百六韻，獨用同用所註了然，非特可用之於詩，即用之於詞，亦無不可。故《詞林正韻》一書係以《集韻》為本，而字之次、字之音俱從焉。

至於《沈氏詞韻》之韻字，因先舒之括略，故而未存。先舒按云：

此本是括略，未暇條析，然作者先具詩韻，而用此譜按之，亦可以無謬矣。

是以今日所見，僅得綱目，作者需先具詩韻，而用此譜按之。然就文獻考之，清代詞家多能見及《沈氏詞韻》全書，如清初仲恆撰《詞韻》，乃據《沈氏詞韻》訂定成書，沈豐垣云：

自有詞以來，韻書漫無所宗，僕因丁子歐治，得交于仲子雪亭。雪亭著作累千百，時出其詩詞與僕商榷。一日，袖《沈氏詞韻》示僕，曰「是編為詞家津筏，奈繕本既多註誤，刊書又復魯魚亥豕，參錯遺漏，余細心考較，三閱月而成書。」（《詞韻・論例》）

陸進云：

予友沈去矜著《詞韻》一書，未及梓行而沒，余謂此書實詞學功臣。何也？詩詞之道雖不同，而一規於韻，韻之不講，詞於何有？去矜博考古詞，參以音律，以正當世誤用曲韻之病。曲韻宗《中原音韻》，乃周德清所編北曲韻也。夫詞韻平聲獨用，上去通用，間有三聲通押者，而入聲不與焉。《中原音韻》則四聲通用，考之唐宋詞家，概無是例。……要之，去矜韻不可易，雪亭起而訂定之，詞韻其完書矣。（《詞韻・論例》）

又丁歐治云：

于是知去矜此書，不失前人倚聲之意，更得從來協韻之微，雪亭闡而訂定之，百世而下，孰得孰失，自有能辨之者。（《詞韻・論例》）

諸家之論皆褒美《沈氏詞韻》，肯定仲恆訂定之功。可見仲恆《詞韻》確因《沈氏詞韻》訂定而成。考仲恆《詞韻》韻部、韻目與《沈氏詞韻略》大抵相同，韻字次第則改以常見者在前；罕見者在後。是知仲恆所藏；沈豐垣等詞家所見《沈氏詞韻》，內容兼賅韻目、韻字，非僅大綱者也。（註二）故據仲恆《詞韻》體例，推測《沈氏詞韻》收字歸韻，當援《廣韻》一系韻書例，即以同音字序次之法也。

參、按語與韻例

今見毛先舒括略之《詞韻略》，間有毛氏註語及按語。竊疑「按語」一例，《沈氏詞韻》本已有之。如毛先舒《詞韻說》云：

> 《沈氏詞韻》按云：「古詩韻，『五歌』可以通『六麻』，『十一尤』可以通『六魚』、『七虞』，于填詞則未嘗見，豈敢泥古而誤今耶？若夫『十二侵』之通『真』、『文』、『庚』、『青』、『蒸』，則詩詞並見合并，故從之。」又引古樂府〈嬌女詩〉「北遊臨河海，遙望中菰菱；芙蓉發盛華，淥水清且澄；絃歌奏音節，彷彿有餘音」，及毛澤民〈于飛樂〉詞『雲』、『驚』、『瓶』、『心』、『應』相協作據。（清・徐釚《詞苑叢談》卷二〈音韻〉）

《詞韻說》明引「《沈氏詞韻》按云」，可見沈謙原書當有「按語」。就上述毛氏所引「按語」觀之，《沈氏詞韻》雖於「真文-n」、「庚青-ŋ」、「侵-m」等三系陽聲韻嚴為分部，而又主張三者可以通押也。據此，推測沈謙於所擬韻部，可能附有「按語」，以說明其韻部分合及通押之標準。

毛氏雖為《沈氏詞韻》括略梓行，肯定沈謙首創詞韻之功，然以為其間尚有牴牾之處，故云：

> 則去矜此書，不徒開絕學於將來，且上訂數百年之謬矣。然卒讀之際，亦間有牴牾，予為附註數條，比于賈孔疏經之例焉。（清・徐釚《詞苑叢談》卷二〈音韻〉）

故其《詞韻說》之論，雖為糾謬，而據其論例，亦可窺見《沈氏詞韻》之體例也。如毛先舒《詞韻說》又云：

> 去矜詞韻例，取范希文〈蘇幕遮〉詞「地」、「外」二字相協，又取蔣勝欲〈探春令〉詞「處」、「翅」、「住」、「指」四字相協，疑於「支紙」、「魚語」、「佳蟹」三部韻可以互通。（清・徐釚《詞苑叢談》卷二〈音韻〉）

毛氏以為「支紙」、「魚語」、「佳蟹」三部韻之互通，「當是古人誤處，未宜遽用為例。」於此，姑不論毛、沈二人詞韻觀點之是非，就毛氏徵引沈謙詞韻例，可見《沈氏詞韻》不僅有「按語」，且有「韻例」，以為韻部分合或互通之依據。

綜上所論，可見《沈氏詞韻》體例特徵殆有下列數端：

一、詞韻分十九部。

二、每部以平統三聲，而明分平仄；入聲獨立分為五部。

三、宗詩韻韻目而立割半分用之例。

四、以同音字序次韻字。

至於韻部之分合與通用，或有「按語」、「韻例」以說明之也。自沈謙創為詞韻，後出者大抵緣「歸納宋詞」之法撰擬詞韻，其韻部雖因「從寬」、「尚嚴」之詞學觀，間有參差，然其韻部體式，皆依《沈氏詞韻》：每部俱總統三聲；而中又明分平仄，入聲則獨立為部。就韻書言，韻部、體式乃其大較，而沈謙詞韻，創為通例，宜乎清代學者云：「詞韻舊無成書，明沈謙始創其輪廓」也。(《四庫全書總目》卷二〇〇)

附註

註一：按《沈氏詞韻》以詩韻標目，文獻足徵，然間有異說，如吳丈蜀《詞學概說》云：「沈謙編的《詞韻略》中所用的《集韻》韻目，經稍晚一點的毛先舒用《佩文詩韻》韻目加以歸并標目，但也保留了少數《集韻》中的韻目。」就《韻學通指》本《詞韻略》韻目觀之，未見《集韻》韻目，不知吳氏何指？特以正之也。

註二：按毛先舒《韻學通指》自序稱沈謙詞韻為《沈氏詞韻》，又稱其原書「百十餘紙」，毛氏為之括略刊行，而稱為《沈氏詞韻略》。既稱《沈氏詞韻》，可見原書當有韻字，非僅大綱而已。謝桃坊先生《中國詞學史》以為仲恆《詞韻》乃據《詞韻略》韻目增補韻字，竊以為仲恆所據當為原書。此亦可由仲氏云：「其分半韻者，如序次宜貫韻目，而以非全韻，故標其目而仍序其字于各韻之後。」可見仲恆正者，大抵為韻目、韻字之次第而已。

第三節　編撰目的

中國韻書編撰之旨，或在於辨析音韻，如隋陸法言《切韻》序，自謂論南北是非，古今通塞，則《切韻》一書，實所以明古音今音之沿革也。或為臨文用韻而設，如元周德清《中原音韻》，據當時戲劇家如關漢卿、馬致遠等人之戲曲用韻字編輯而成，體例簡明而合乎實用。《沈氏詞韻》較詩韻、曲韻晚出，顧名思義，乃為填詞用韻而編。然因明人撰擬詞韻，往往依附曲韻，而論詞韻者，亦往往混淆，故沈謙擬韻，亦有訂前代韻書謬誤之意也。

壹、以正韻學之謬

詩、詞、曲雖同為韻文，一脈相承，然因文體有別；故其韻部、韻法亦自有別，此為定論。然而明代曲學盛興，明人作詞固參雜曲風，亦不乏以曲韻為詞韻者。因此，前乎沈謙之《菉斐軒詞林要韻》固以入聲配隸平上去三聲，而韻分「東紅」、「邦陽」等十九韻，幾與《中原音韻》完全符合，而萬曆年間胡文煥輯《文會堂詞韻》更以《中原音韻》即詞韻，而以周所著者為之校而付之梓，復以《洪武正韻》之入韻補為附卷，以備入聲獨用，尤為不經。凡此之類，可謂既無「音隨時變」之音學觀，亦不明「詞曲有別」之文學觀者也。

就曲韻言，《中原音韻》成於元泰定帝泰定甲子（西元一三二四年），據周氏自序，其書係歸納關（漢卿）、鄭（光祖）、白（樸）、馬（致遠）等戲曲大家用韻而成。元曲以平上去三聲互協，押韻以當時語音為主。故其體制，悉依元曲韻法，至其音韻，則為元代北音。其與前代韻書不同者有三：（一）入聲派入平上去三聲。（二）平聲字分陰陽。（三）以韻統四聲；韻分十九部。是所謂「北音韻書」，乃專為北曲用韻而設，與詩、詞之韻法、韻部俱異也。

就詞韻言，詞本為音樂文學，初起於閭巷，但求便歌，故其用韻必然從俗。及文人假手詞作，遊戲筆墨之間，而詞體初興，為有別於詩體，自不願拘拘於禮部官韻，正所謂「又安能以禮部韻略頒行諸酒爐茶肆哉」（《四庫全書總目・仲恆詞韻提要》卷二〇〇)。然因文人浸潤詩道既久，下筆之際，自然參用詩韻。故杜文瀾以為宋詞用韻有三病：一則通轉太寬，二則雜用方音，三則率意借協（《憩園詞話》），正說明宋代詞韻之特徵。至於詞之押韻，基本上，分平聲韻、仄聲韻（上去通押）及入聲獨押三單元，而平聲不分陰陽。是知明、清韻學家，編撰詞韻，如從古，則可依周德清之法，據宋詞求詞韻；如從今，則須依詞韻韻法，就時音求韻部。殆無據元曲韻，製為詞韻專書之理。蓋如此，則不獨韻法與詞體乖違，用韻益滋混淆；且詞為宋代文學，填詞既不依宋調，亦不依時音，而以元音為據，尤為不經。此沈際飛所以深歎「將詞韻不亡於無，而亡於有」（《草堂詩餘四集發凡・研韻》），願另為一編正之。惜其願未成。沈謙精通韻學，見詞韻混淆，自不能無慼，而思有以治之也。其友毛先舒論其擬韻之緣起云：

> 去矜手輯《詞韻》一篇，旁羅曲證，尤極精確。謂近古無詞韻，周德清所編曲韻也，故以入聲作平、上、去者約二三，而「支」、「思」單用，唐、宋諸詞家概無是例。謝天瑞暨胡文煥所錄韻，雖稍取《正韻》附益之，而終乖古奏；索宋、元舊本，又渺不可得，于是博考舊詞，裁成獨斷，使古近臚列，作者知趨，眾著為令，且同畫一焉。（清・徐釚《詞苑叢談》卷二〈音韻〉引）

據此，可見沈謙編撰之旨，固為臨文用韻而設，而立一詞韻準式，以糾前代韻書之謬；以訂詞韻專書之正，亦其深衷也。自此，學者知詞韻與詩韻、曲韻分途。如鄒祁謨《遠志齋詞衷》云：

> 毛氏五韻目云：「《柴氏古韻》，為晉宋以前古體詩辭之韻；孫愐《唐韻》，為齊梁以後古近體詩詞之韻；周德清《中原音韻》，為北曲韻；《沈氏詞韻》，為填詞韻；毛氏《南曲正韻》，為南曲韻，畦畛劃然。陳其年敘有云：『自六季以迄金元，新聲代啟，韻亦因之。若使擬贈婦、述祖之篇而必押家為姑；作吳歈越豔之體，而乃激些成亂；染指花間，而預為車遮勸進；耽情南曲，而仍為關鄭殘客。實大雅罪人，亦閨襜之別錄也。』此數語可為破的。」（《詞話叢編》冊一，頁六六五）

古體詩詞以及南北曲，雖隨時遞遷，一系相承。然畦畛既分，用韻自別。善乎沈謙編撰《沈氏詞韻》為準式，使學者有繩墨可循。

貳、以供吟詠之需

明代詞人填詞用韻，或以詩韻，或以曲韻；或從方音，或從古音；漫無矩矱，尤以誤用曲韻者為夥。所謂填詞之大要有二：一曰律，二曰韻（《詞林正韻・發凡》）。明人既無律可按，亦無韻可守，誠如鄭騫先生所言：「明人填詞，既無準確的譜律可以遵循，詞的唱法又已失傳，他們只習於曲的音節格律，以這種手眼習慣來填詞，當然無怪其顛倒錯亂。」（註一）又因明詞不復可歌，押韻非只求歌者順吻，尤在於詞調之聲情節奏，詞韻益形重要。是以詞家反思明詞不振，多能注意及此。如張綖《詩餘圖譜》、程明善《嘯餘譜》、賴以邠《填詞圖譜》及陳耀文《花草粹編》（譜體式詞選）等，皆在使詞律趨於規範，以為填詞準式。而沈謙則為詞韻之先覺者，一眼窺見當代誤用曲韻之病，亦謀擬製詞韻以為填詞用韻之準式也。陸進云：

> 予友沈去矜著《詞韻》一書，未及梓行而沒。余謂此書實詞學功臣，何也？詩詞之道雖不同，而一規于韻，韻之不講，詞于何有？去矜博考古詞，參之音律，以正當世誤用曲韻之病。曲韻宗《中原音韻》，乃周德清所編北曲韻也。夫詞韻平聲獨用，上去通用，間有三聲通押者，而入聲不與焉。《中原音韻》則四聲通用，考之唐宋詞家，概無是例。至于肱轟崩烹盲弘鵬等字，詞韻收入庚梗韻，而周韻收入東鐘韻。浮字，詞韻收入尤有韻，而周韻收入魚模韻，則周韻之不通于詞韻，昭然矣。學者利于易押，茍且傅會，將為樂府古詩風雅體，亦可用詞韻乎？或曰：《洪武正韻》亦可用乎？夫正韻固同韻之書，而以之作詞，不無扞格。要之，去矜詞韻不可易，雪亭起而訂之，詞韻其完書矣。（仲恆《詞韻・論例》）

可見沈謙深明詞韻於詞體之重要。尤其明末清初詞人亟思振興詞學，頗致力於辨明詞之體性，如沈謙《填詞雜說》云：

承詩啟曲者，詞也。上不似詩，下不可似曲。然詩曲又俱可入詞，貴人自運。

劉體仁《七頌堂詞繹》亦云：

詞須上脫香奩，下不落元曲，乃稱作手。（《詞話叢編》冊一，頁六二一）

詞之用韻，平聲入聲皆獨押，上去通押。其有平上去通押者，亦不與入聲混。所謂上不類詩，下不墮曲，韻亦其一事也。詞為韻文，用韻與詩、曲皆異，而韻書不可見，學者苦之。沈謙從聲律著眼，說明詞自有體製，所編《沈氏詞韻》一書，確為填詞用韻之指南也。

附註

註一：鄭騫先生：〈論詞衰於明曲衰於清〉，《景午叢編》（臺北：中華書局，一九七二年三月），頁一六六。

第四節　擬韻方法

今存《沈氏詞韻略》，並無凡例或序言，以說明其擬韻之方法。惟據其內容體例、毛先舒註及清初詞壇背景與清人論韻資料，歸納沈氏擬韻方法，大抵有二：

壹、據宋詞韻例歸納　從嚴分部

朱敦儒所擬應制詞韻早佚，而《詞林韻釋》、《文會堂詞韻》又不可據以為本，是欲輯詞韻，前無可考。幸唐宋人製詞，而韻寓焉。詞以宋盛，援宋詞以求詞韻，不失為可行之道。陳匪石《聲執》論詞韻云：

詞為韻文，用韻且與詩異，而韻書不可見，學者苦之。然三百篇、離騷、漢魏詩賦，皆無可據之韻書。鄭庠、陳第，就詩騷文句以求韻，歷顧、江、戴、段、孔、江諸大師，至丁以此而益密，遂成古韻之學。詞韻亦然，其見諸記載者，朱希真嘗擬應制詞韻，張輯釋之，馮取洽增之。元陶宗儀欲為改定，然其書久佚，目亦無考。於是有以曲韻為之者，……故詞韻之探索，只能師鄭庠諸人之法，就宋以前詞求之。（《詞話叢編》冊五，頁四九二九—四九三〇）

就聲韻學言，周秦漢初之古音，後人讀之，往往不合，學者或改讀；或以為韻緩，或改經；或隨文改協，而不能得古韻之正。宋吳棫始歸納詩經、易、楚辭及歐、蘇韻文等，著《韻補》一書，以明古音。其所採材料，由周迄宋，漫無準則，因無「音隨時變」之觀念，為世所譏。然所創「據古文求古音」，確為古音學之不二法門。錢大昕美之云：

才老博考古音，以補今韻之闕，雖未能盡得六書之原本，而後儒因是知援詩、易、楚辭以求古音之正，其功已不細，古人依聲寓義，唐宋人久失其傳，而才老獨知之，可謂好學深思者矣。（《韻補・跋》）

明焦竑、陳第出，創古有「本音」說，以為「時有古今，地有南北，字有更革，音有轉移」（陳第《毛詩古音考・自序》），力闢朱熹「協音」說之謬，為古音學建立坦途。沈謙亦好學深思者也，創為詞韻，亦循此途，「音隨時變」；而詞以宋為盛，遂據宋詞以求詞韻。毛先舒〈詞韻不兩溷說〉，以為詞家有兩樣韻法，一唐詩韻，一宋詞韻，而沈韻止著宋法，其言云：

> 沈氏止著宋法，以詞則大盛于宋，而且欲守唐詩韻者，其譜人所共曉，故不必更煩筆墨耳。（清・徐釚《詞苑叢談》卷二〈音韻〉引）

是沈韻以宋詞歸納之明證也。又沈謙為免漫無準則，而以「名手雅篇、灼然無弊」者為準。毛先舒《詞韻略》案語，述其擬韻方法云：

> 此本是括略，未暇條悉。然作者先具詩韻，而用此譜按之，亦可以無謬矣。但沈氏著此譜，取證古詞，考據甚博。然詳而反約，唯以名手雅篇、灼然無弊者為準。至于濫通取便者，古來自多，不足為訓也。所謂法惡流濫，無嫌謹嚴，覽者得此意而通之，庶幾韻學其無墜爾。

可見《沈氏詞韻》歸納者，厥為宋代詞韻。至若「名手雅篇，灼然無弊」者，由於毛先舒未作說明，而《沈氏詞韻》原書未見，稽古無徵。詞家用韻之寬嚴，適足以影響韻部之分合，沈謙既依「名手雅篇，灼然無弊」者分韻，是知《沈氏詞韻》分部，當係從嚴也。

詞由唐歷宋迄元明清，代有作者，因「時有古今，地有南北」，故歷代詞之押韻亦復不同。沈謙以宋詞為準，吻合「一代有一代之文學」觀念，毛先舒〈聲韻叢說〉云：

> 晚唐及宋人之於詩韻，元人詞之於詞韻，明人曲之於曲韻，多不復可為標準。作者既以訛傳訛，而注韻者輒復加以引證，益眩惑矣。（《韻學通指》）

明清文人學士所作韻文，多喜排斥明初所修之《洪武正韻》，而仍守唐宋韻之舊，沈謙亦其一也。就「尊古」言，沈謙以宋詞擬韻之法，頗為合理。王力《漢語詩律學》云：

宋人以實際語音施於詞韻，沈氏歸納宋詞以成詞韻，這是很合理的。不過，沈氏也只能定出一個大概，並不能推之每詞而皆準。例如沈氏分灰咍為兩部，詩韻灰咍既相通，則詞人自亦有沿用詩韻者。宋代雖尚能分辨-m-n-ng三類，亦有方音偶混者。這些都只好認為例外，不能苛責沈氏的。（《王力文集》第十四卷，頁六六〇）

分韻標準從嚴，雖不能兼顧方音或例外通協，然南北四方之人，取而為韻，卻不致因地域隔閡而有所牴牾也。韻書從嚴而分，涵攝較廣，可通行全國，《切韻》之作，即其顯例。沈謙取法，殆本乎此也。

貳、按詩韻韻目刪并　從寬通協

宋詞用韻雖不受韻書拘牽，當筵命筆，每不免雜以方音。然文人浸淫詩道既久，亦往往參照詩韻。沈謙殆明乎此者，故其詞韻，既以宋詞實際用韻為分部標準，而又按詩韻韻目對照歸納。由於音隨時變，有詩韻分為二韻，詞韻已然同用者；有詩韻合為一韻，詞韻分為二韻者。故其韻部，不獨有刪有并，且有半通韻目，而一以宋詞用韻為準。如詩韻平聲十灰、十三元；上聲十賄、十三阮；去聲九泰、十卦、十一隊、十四願等，沈謙皆割其半，分而為韻也。

沈謙據宋詞用韻，按詩韻韻目刪併，雖嚴為分部，而又有互通韻部之說。如毛先舒《詞韻說》云：

去矜詞韻例，取范希文〈蘇幕遮〉詞「地」、「外」二字相協，又取蔣勝欲〈探春令〉詞「處」、「翅」、「住」、「指」四字相協，疑於「支紙」、「魚語」、「佳蟹」三部韻可以互通。（清‧徐釚《詞苑叢談》卷二〈音韻〉）

毛先舒於此，加以按語，以為通協之例僅見數首，然止數字，未必全韻俱通也。更云：「蓋宋詞多有越韻者，至南渡尤甚；此如李、杜諸詩，間有雜韻；晚唐律體，首句出韻。古人隳法護前，類復爾爾，未足遽以為式也。」（《詞苑叢談》卷二〈音韻〉）於此，亦見沈、毛二人韻學之高下。蓋詩遵韻書，如與詩韻相違，則為落韻。然詞韻以語音為協，本無韻書，詞人若以相協，則或二字音近，或方音讀之為一，是以通協。即或偶合古韻，亦難以言其非也。「支紙」與「魚語」韻、「支紙」與「佳蟹」韻通協，詞中不乏其例。王力《漢語詩律學》歸「支紙」通「佳蟹」之例，於「變而不離其宗」一類，以為二部韻尾皆為「i」，雖在詞韻為不同部，然而在切韻系統中則為同類。又於「特別變例」類云：

> 所謂特別變例，是因為那種押韻是出於常理之外的。依現在所發現者，則有語御與紙寘相通。這理所謂語御，包括廣韻的語麌御遇（姥暮及輕唇字除外）；所謂紙寘，包括廣韻的紙旨止尾薺寘至志未霽祭。這種通協，有兩種可能的原因。第一種可能，是當時詞人的方音「語」「紙」「御」「寘」，本來相混。例如現代粵語「水」「許」「翠」「去」可以通協，吳音「聚」「里」可以通協。第二種可能，是「y」「i」兩音頗有近似之處，詞人從寬通協。（《王力文集》第十四卷，頁六八一—六八二）

毛氏以為數字通入某韻，未必全韻俱通，其說精審。然沈氏韻於此少數或例外之韻字，並未據以分韻，僅舉其事實，以為參照。其疏誤，在韻例太簡，考據未精，於通用之處，未經宣說明白也。

毛先舒《詞韻說》又云：

> 沈氏《詞韻》按云：「古詩韻，『五歌』可以通『六麻』，『十一尤』可以通『六魚』、『七虞』，于填詞則未嘗見，豈敢泥古而誤今耶？若夫『十二侵』之通『真』、『文』、『庚』、『青』、『蒸』，則詩詞並見合并，故從之。」又引古樂府〈嬌女詩〉「北遊臨河海，遙望中菰菱；芙蓉發盛華，淥水清且澄；絃歌奏音節，

彷彿有餘音」，及毛澤民〈千飛樂〉詞『雲』、『驚』、『瓶』、『心』、『應』相協作據。（清・徐釚《詞苑叢談》卷二〈音韻〉）

《沈氏詞韻》於「真文-n」、「庚青-ng」、「侵-m」等三系陽聲韻嚴為分部，而又主張三者可以通押，可見《沈氏詞韻》雖嚴為分韻，然施之於詞，為廣文路，亦可從宋人音近通協之例。故於宋人音近通協韻部，亦著之於韻書，以供參考。大抵韻書為韻學準式，故擬韻宜嚴；為廣文路，自可從寬。故沈謙於此例外之韻字，以之分韻，不可；以之通協，則可行也。

就詞韻言，尚嚴者謂詩變為詞，詩用唐韻，詞亦宜遵唐韻。其弊也使人臨文牽率，而性情不暢。好寬者謂詞本無韻，方言俚響，皆可任意取押，其弊也使人滉漾汎瀾，而靡有畔岸。《沈氏詞韻》據宋詞用韻，從嚴而分；據詩韻刪併，從寬通協，可謂取法乎中也。

第參章 《沈氏詞韻》韻部之探討

第一節 《沈氏詞韻》韻部考釋

《沈氏詞韻》雖成，而僅刊行其略。毛氏註其韻目云「即今詩韻」，核與今日通行之詩韻，卻頗有出入。又所列韻目有割半分用之例，其在詩韻為一韻者，在《沈氏詞韻》有析為二韻、三韻者，毛氏雖有註語，病其太簡，學者苦之。復案索《沈氏詞韻》，亦病其韻目不清，難以索源；割半分用之例不明，難以考析。因之釐清其韻目，考明其分用韻目，則《沈氏詞韻》韻部之內容，殆犁然可見。

壹、韻目考釋

明清以後，詩韻大都遵用元陰時中、時夫所著《韻府群玉》，戈載《詞林正韻・發凡》云：

自《切韻》始，而《唐韻》，而《廣韻》，而《韻略》，而《集韻》，名雖屢易而其書之體例未易。獨用同用所註了然，非特可用之于詩，即用之于詞，亦無不可也。至江北平水劉淵師心變古，一切改併，省至一百七部，而元初黃公紹《古今韻會》因之。又有陰氏時中、時夫著《韻府群玉》，復併上聲之拯部，存一百六部，字亦刪剩八千八百餘字，較《廣韻》十之四，《集韻》僅十之二，此即今通行韻本。

此段文字，說明詩韻源本《切韻》一系，而明清之際通行之詩韻，厥為《韻府群玉》。是知毛氏註曰「即今詩韻」者，當指《韻府群玉》。又戈氏批評《沈氏詞韻》韻目云：「且用陰氏韻目刪併，既失其當，則分合之界，模糊不清。」亦可為沈氏詞韻用陰氏韻目之佐證。

然《韻府群玉》沿一百六部之目，《沈氏詞韻》所錄則有一百七部之夥；其中韻目既少於陰氏，與劉淵《壬子新刊禮部韻略》一百七部之目，亦復不同。(註一) 究其原委，在於：(一)沈謙韻書所著「九泰」韻，實賅括詩韻「九泰」、「十卦」二韻，故其所列，較通行詩韻少「十卦」一韻。是以自「九泰」而後之去聲韻目次第，亦因之挪前也。如詩韻為「十一隊」、「十二震」；沈韻為「十隊」、「十一震」。(二)沈謙韻書分「拯」於「迥」、分「證」於「徑」，詩韻則皆併為一韻，故詩韻為「二十四迥」、「二十五徑」，沈韻則為「二十四迥、二十五拯」、「二十四徑、二十五證」。是以沈韻自「二十五拯」而後之上聲韻，皆較詩韻挪後也。如詩韻為「二十五有」、「二十六寢」；沈韻則為「二十六有」、「二十七寢」。去聲韻則因增一「證」韻，故自「二十五證」以後，韻目次第復與詩韻相合。顯見沈氏韻目雖沿《韻府群玉》之舊，而又有分合，如只緣詩韻部目求之，不免混淆也。

稍後之仲恆，因《沈氏詞韻》部目而訂，凡沈氏韻目與詩韻相左者，皆據詩韻正之。故考釋《沈氏詞韻》，固須緣詩韻以見其韻部內容，亦可由仲恆訂定之《詞韻》韻目，參校之也。茲就兩書韻目，表列如次：

聲調	平聲		上聲		去聲		入聲	
部目	沈氏詞韻	仲恆詞韻	沈氏詞韻	仲恆詞韻	沈氏詞韻	仲恆詞韻	沈氏詞韻	仲恆詞韻
東董	一東二冬	一東二冬	一董二腫	一董二腫	一送二宋	一送二宋		
江講	三江七陽	三江七陽	三講二十二養	三講二十二養	三絳二十二漾	三絳二十三漾		
支紙	四支五微八齊十灰半	四支五微八齊十灰半	四紙五尾八薺十賄半	四紙五尾八薺十賄半	四寘五味八霽九泰半十隊	四寘五味八霽九泰半十一		

					半	隊半		
魚語	六魚七虞	六魚七虞	六語七麌	六語七麌	六御七遇	六御七遇		
街蟹 佳蟹	九佳半 十灰半	九佳十灰半	九蟹半 十賄半	九蟹十賄半	九泰半 十隊半	九泰半十卦半十 一隊半		
真軫	十一真 十二文 十三元半	十一真 十二文 十三元半	十一軫 十二吻 十三阮半	十一軫 十二吻 十三阮半	十一震 十二問 十三願半	十二震 十三問 十四願半		
元阮	十三元半 十四寒 十五刪 一先	十四寒 十五刪 一先 十三元半	十三阮半 十四旱 十五潸 十六銑	十三阮半 十四旱 十五潸 十六銑	十三願半 十四翰 十五諫 十六霰	十四願半 十五翰 十六諫 十七霰		
蕭筱	二蕭 三肴 四豪	二蕭 三肴 四豪	十七筱 十八巧 十九皓	十七筱 十八巧 十九皓	十七嘯 十八效 十九號	十八嘯 十九效 二十號		
歌哿	五歌	五歌	九蟹半 二十哿	二十哿	二十箇	二十箇		
佳馬 麻馬	九佳半 六麻	六麻	九蟹半 二十一馬	二十一馬	九泰半 二十一禡	十卦半 二十二禡		
庚梗	八庚 九青 十蒸	八庚 九青 十蒸	二十三梗 二十四迥 二十五拯	二十三梗 二十四迥	二十三映 二十四徑 二十五證	二十四敬 二十五徑		
尤有	十一尤	十一尤	二十六有	二十五有	二十六宥	二十六宥		
侵寢	十二侵	十二侵	二十七寢	二十六寢	二十七沁	二十七沁		
覃感	十三覃 十四鹽	十三覃 十四鹽	二十八感 二十九琰	二十七感 二十八琰	二十八勘 二十九豔	二十八勘 二十九豔		

	十五咸	十五咸	三十豏	二十九豏	三十陷	三十陷		
屋沃							一屋二沃	一屋二沃
覺藥							三覺十藥	三覺十藥
質陌							四質十一陌 十二錫 十三職 十四緝	四質十一陌 十二錫 十三職 十四緝
物月							五物六月 七曷八黠 九屑十六葉	五物六月 七曷八黠 九屑十六葉
合洽							十五合 十七洽	十五合 十七洽

由於仲恆《詞韻》據《沈氏詞韻》而訂，而部目韻字俱全，是以學者案索《沈氏詞韻》韻部內容，往往以仲恆《詞韻》代之(註二)。然細加比勘，其所分韻部雖大體無別，仍可見其小異也。如：

（一）部名有別：《沈氏詞韻》稱「街蟹」、「元阮」、「佳馬」；而仲恆《詞韻》更為「佳蟹」、「寒阮」、「麻馬」韻。

（二）韻目有殊：《沈氏詞韻》韻目據詩韻而小別，如詩韻「九泰」、「十卦」為二韻，沈氏合「卦」韻字於「泰」，僅列「九泰」韻目。而仲恆《詞韻》則仍詩韻之舊，分為「九泰」、「十卦」二目。再如《沈氏詞韻》「庚梗」上聲韻，「拯」與「迥」分，析為「二十三梗、二十四迥、二十五拯」三目；去聲韻「證」與「徑」分，析為「二十三映、二十四徑、二十五證」三目。而仲恆《詞韻》則併「拯」於「迥」；合「證」於「徑」，列上聲「二十三梗、二十四迥」、去聲「二十四敬、二十五徑」之目。

（三）歸韻有異：《沈氏詞韻》於詩韻「九佳」韻字，分屬二部：「街蟹韻」統《廣韻》「十三佳開（主要元音為ai）、十四皆」之屬；「佳馬韻」統《廣韻》「十三佳開（主要元音a）、十三佳合」之屬。「九蟹」韻字，分屬三部：

「街蟹韻」統《廣韻》「十二蟹開、十三駭」之屬，「歌哿韻」統「十二蟹合」，「佳馬韻」則繫有「十二蟹開」韻「罷」字。仲恆《詞韻》繫「九佳」於「佳蟹韻」，註云：「佳、媧、騧、蝸等韻入六麻字韻內。」復以「夥」字入「歌哿韻」之「果」字韻；以「罷」字入「麻馬韻」之「禡」字韻。

可見仲恆《詞韻》與《沈氏詞韻》，間有相異之處。故考釋《沈氏詞韻》韻部，仲恆《詞韻》雖最為近之，足資佐證，猶須釐清兩者之別，以免牴牾也。

貳、韻部考釋

《沈氏詞韻》據詩韻韻目，而立割半分用之例。毛先舒《詞韻說》云：

> 詩韻，唯孫愐《唐韻》一書，稽載詳明，考據者當據為正。如「灰」韻一部中亦自別，而孫本臚分最清楚。如「回」、「枚」之類，自以「灰」字領韻為一段；「開」、「哀」之類，自以「咍」字領韻為一段。又如「元」韻一部中亦自別，孫本如「袁」、「煩」之類，以「元」字領韻為一段；「昆」、「門」之類，以「魂」字領韻為一段。又如「隊」韻一部中亦自別，孫本如「佩」、「妹」之類，以「隊」字領韻為一段；「賽」、「戴」之類，以「代」字領韻為一段；「穢」、「吠」之類，以「廢」字領韻為一段。今詞韻有某韻半通之例，覽者但按孫氏本而考之，亦庶幾矣。（清徐釚《詞苑叢談》卷二〈音韻〉引）

可見《沈氏詞韻》半通之例，據《唐韻》考證，可得其正。惟《唐韻》僅存殘卷，而《唐韻》、《廣韻》一系相承[註三]，是以本文為分析之便，乃據毛氏註語，案索《廣韻》韻目，復參稽仲恆《詞韻》、沈謙《東江別集》用韻，論析《沈氏詞韻》分用韻目如次：

一、支紙韻：

此部半通韻目有：平聲「十灰半」、上聲「十賄半」、去聲「九泰半」、「十隊半」等韻：

十灰半：《廣韻》十五灰、十六咍，詩韻併為「十灰」韻。毛注云：「十灰半，如回、梅、催、杯之類。」考其字皆屬《廣韻》十五灰，檢仲恆《詞韻》此部所錄韻字，亦屬「十五灰」韻。是知此部「十灰半」者，即廣韻「十五灰」韻。

十賄半：《廣韻》十四賄、十五海，詩韻併為「十賄」韻。毛注云：「十賄半，如悔、蕾、腿、餒之類。」考其字皆屬《廣韻》十四賄，檢仲恆《詞韻》此部所錄韻字，亦屬「十四賄」韻。是知此部「十賄半」者，即《廣韻》「十四賄」韻也。

九泰半：詩韻九泰韻即《廣韻》十四泰，毛注云：「九泰半，如沛、會、最、沫之類。」按「沛、沫」屬《廣韻》十四泰（開口韻之唇音字）、「會、最」屬《廣韻》十四泰合口韻。覈諸仲恆《詞韻》此部韻字：「貝、肺、沛、霈、會、茷、旆、沫、狽」等字屬十四泰開口韻唇音字；「兌、膾、襘、會、檜、儈、獪、噦、翽、最、繪、鄶、澮、薈、旝、檜、眛、濊、娧、蛻、祋」等字屬十四泰合口韻。可證沈韻此部「九泰半」者，即《廣韻》十四泰合口韻及十四泰開口韻之唇音字。

十隊半：《廣韻》十八隊、十九代、二十廢，詩韻併為「十一隊」韻。毛注云：「十隊半，如妹、碎、廢、吠之類。」考「妹、碎」屬《廣韻》十八隊、「廢、吠」屬《廣韻》二十廢，檢仲恆《詞韻》此部韻字，亦分屬「十八隊」、「二十廢」。是知此部「十隊半」者，即廣韻「十八隊、二十廢」韻。

二、街蟹韻：

此部半通韻目有：平聲「九佳半、十灰半」、上聲「九蟹半、十賄半」、去聲「九泰半、十隊半」等韻目：

九佳半：《廣韻》十三佳、十四皆，詩韻併為「九佳」韻。毛氏註云：「九佳半，如鞋、牌、乖、懷之類。」按「鞋、牌」屬《廣韻》「十三佳」開口韻、「乖、懷」屬「十四皆」韻，而毛註「街蟹」韻部名稱云：「街屬九佳，因佳字入麻，故用街字作領韻，括略仍稱九佳半者，本其舊也。」佳韻本屬蟹攝，其部分韻字轉入麻韻相協，唐代已然。考宋詞佳韻系合口字、牙音字通入麻韻，開口韻多入本部而亦有部分通入麻韻。沈謙平聲佳韻分為二部，半入本部，半入「佳馬韻」。通入麻韻者，毛註云：「如媧、蛙、查、叉之類」凡此四例字，《廣韻》皆有二讀，分屬佳、麻二韻。「媧」字：「古蛙切」屬佳韻合口牙音二等，「古華切」屬麻韻合口。「蛙」字：「烏媧切」屬佳韻合口喉音二等，「烏瓜切」屬麻韻合口。「查」字：「莊加切」屬麻韻開口，「士佳切」屬佳韻開口齒音二等。「叉」字：「初牙切」屬麻韻開口，「楚佳切」屬佳韻開口齒音二等。據仲恆《詞韻・論例》云：「佳字原居牙切，音加，此本音也。詩韻作皆字音，今依《洪武正韻》將佳字改入麻字韻，其蛙娃媧等字，沈韻中兩韻並列者，存否悉遵宋詞。」是知《沈氏詞韻》其「佳蛙娃媧」等字，並存於「街蟹」、「佳馬」二韻。由於此系韻字之通協，頗難以開合等第分之，為清眉目，以免詞費，茲以主要元音讀-ai 與-a 為類，凡讀為-ai 者入本部，讀為-a 者則入佳馬韻（註四）。據此，則本部「九佳半」者，即《廣韻》「十三佳」開口韻（主要元音為 ai）及「十四皆」韻也。至於部目名稱，沈氏為避重複而以「街蟹」、「佳馬」為稱，亦有體例不一之憾。竊疑以仲氏「佳蟹」、「麻馬」之稱為宜，蓋沈氏詞韻以詩韻標目而平上相承，如「東董」、「江講」之例，若以「街蟹」、「佳馬」為稱，則「街」非詩韻韻目，而「佳馬」韻不相承，殆有違體例也。且既以「九佳半」，如「媧、娃」等與「麻」韻相合之「佳」韻字歸於「佳馬」韻，與「六麻」通用，則該部可逕稱「麻馬」韻，以避複重也。

十灰半：《廣韻》十五灰、十六咍，詩韻併為「十灰」韻。毛氏註云：「十灰半，如開、才、來、猜之類。」考其字皆屬《廣韻》十六咍，是知此部「十灰半」者，即《廣韻》十六咍韻。

九蟹半：《廣韻》十二蟹、十三駭，詩韻併為九蟹韻。毛氏註云：「九蟹半，如買、駭之類。」考「買」屬《廣韻》十二蟹開口韻，「駭」屬《廣韻》十三駭。沈謙「蟹」韻承平聲佳韻例，半入本部；半入佳馬，惟合口「夥」字歸於「歌哿」韻。是知此部「九蟹半」者，即《廣韻》「十二蟹」開口韻（主要元音-ai）、「十三駭」韻也。

十賄半：《廣韻》十四賄、十五海，詩韻并為「十賄」韻。毛氏註云：「十賄半，如海、宰、改、采之類。」考其字皆屬《廣韻》十五海韻，是知此部「十賄半」者，即《廣韻》「十五海」韻。

九泰半：《廣韻》十四泰韻，詩韻歸為「九泰」韻；十五卦、十六怪、十七夬，詩韻併為「十卦」韻。毛氏註云：「九泰半，如奈、蔡、賣、怪、之類。」按「奈、蔡」屬《廣韻》十四泰（開）、「賣」屬《廣韻》十五卦（開）、「怪」屬《廣韻》十六怪（合），而「十五卦、十六怪」屬詩韻「十卦」韻。考仲恆《詞韻》此部韻目，分為「九泰半」、「十卦半」，前者錄「十四泰」開口韻（除唇音字以外）及合口韻之「外」字；後者錄「十五卦」開口韻、「十六怪」韻、「十七夬」（「話」字入「麻馬韻」），可見沈韻所著「九泰」韻，實賅括詩韻「九泰」、「十卦」二韻，故其所列，較通行詩韻少「十卦」一韻。至於「夬」韻，毛氏註語雖未著夬韻例字，而覈諸沈謙詞〈師師令・庭餘醲梔子盛開淒然賦此〉協（曬快奈待愛害帶黛在戴），以「夬」韻「怪」字與泰韻相協。據此，推知此部所謂「九泰半」者，即《廣韻》「十四泰」開口韻（唇音字屬「支紙韻」）、十五卦（主要元音-ai）、十六怪、十七夬（「話」字入禡）等韻也。

十隊半：《廣韻》十八隊、十九代、二十廢，詩韻併為「十隊」韻。毛氏註云：「十隊半，如代、再、賽、在之類。」考其字皆屬《廣韻》十九代韻；又仲恆《詞韻》此部韻字亦如沈韻，是知此部所謂「十隊半」者，即《廣韻》「十九代」韻也。

三、真軫韻：

此部半通韻目有：平聲：「十三元半」、上聲「十三阮半」、去聲「十三願半」等韻目：

十三元半：《廣韻》二十二元、二十三魂、二十四痕，詩韻併為「十三元」韻。毛註云：「十三元半，如魂、昆、門、尊之類。」考其字屬《廣韻》二十三魂，而仲恆《詞韻》此部錄有「魂、痕」二韻之字。是知此部「十三元半」者，實賅括《廣韻》「二十三魂、二十四痕」韻。

十三阮半：《廣韻》二十阮、二十一混、二十二很，詩韻併為十三阮韻。毛註云：「十三阮半，如忖、本、損、很之類。」考「忖、本、損」屬《廣韻》二十一混；「很」屬二十二很，仲恆《詞韻》此目韻字，亦賅括「混、很」二韻。是知此部「十三阮半」者，即《廣韻》「二十一混、二十二很」韻。

十三願半：《廣韻》二十五願、二十六慁、二十七恨，詩韻併為十三願。毛註云：「十三願半，如頓、遜、嫩、恨之類。」考「頓、遜、嫩」屬《廣韻》二十六慁；「恨」屬二十七恨，仲恆《詞韻》此部所錄韻字，亦為「慁、恨」二韻。是知此部「十三願半」者，即《廣韻》「二十六慁、二十七恨」韻。

四、元阮韻：

此部半通韻目有：平聲：「十三元半」、上聲「十三阮半」、去聲「十三願半」等韻目：

十三元半：毛註云：「十三元半，如袁、煩、暄、鴛之類。」考其字皆屬《廣韻》二十二元，仲恆《詞韻》此目所錄韻字俱屬「元」韻。是知此部「十三元半」者，即《廣韻》二十二元韻也。

十三阮半：毛註云：「十三阮半，如遠、蹇、晚、反之類。」考其字皆屬《廣韻》二十阮，仲恆《詞韻》此目韻字亦為「阮」韻。是知此部「十三阮半」者，即《廣韻》二十阮韻也。

十三願半：毛註云：「十三韻半，如怨、販、飯、建之類。」考其字皆屬《廣韻》二十五願，仲恆《詞韻》此目所錄，亦為「願」韻。是知此部「十三願半」者，即《廣韻》二十五願韻也。

五、歌哿韻：

此部割半分用者僅上聲「九蟹半」一目，毛註云：「九蟹半，如夥之類。」考「夥」字有二切：「懷切」屬「十二蟹」韻；「胡果切」屬「二十果」韻，是知沈韻以「夥」字與「果」韻相合，而歸於此部。

六、佳馬韻：

此部半通韻目有：平聲「九佳半」、上聲「九蟹半」、去聲「九泰半」等韻目：

九佳半：《廣韻》十三佳、十四皆，詩韻併為「九佳」韻。毛註云：「九佳半，如媧、蛙、查、叉之類。」按佳系韻字分部原則前已述明。本部「九佳半」者，即《廣韻》「十三佳」開口（主要元音-a）及合口韻也。

九蟹半：《廣韻》十二蟹、十三駭，詩韻併為九蟹韻。毛註云：「九蟹半，如罷之類。」按「罷」字「薄蟹切」，屬《廣韻》「十二蟹」開口韻唇音字。就《沈氏詞韻》「九蟹韻」之分用言，「街蟹韻」「十二蟹（主要元音 ai）、十三駭」；「歌哿韻」統「十二蟹」合口「夥」字，此部「九蟹半」者，即十二蟹（主要元音-a）韻也。

九泰半：《廣韻》十四泰韻，詩韻歸為「九泰」韻；十五卦、十六怪、十七夬，詩韻併為「十卦」韻。毛氏註云：「九泰半，如卦、話之類。」考「卦」字屬廣韻「十五卦」合口韻；「話」字屬廣韻「十七夬」合口韻。檢仲恆《詞韻》此部所錄韻字：「絓、註、掛、畫」俱屬「十五卦合」，而「夬」韻僅錄一「話」字。知此部「九泰半」者，即《廣韻》「十五卦」（主要元音-a）及「十七夬」韻「話」字也。

據以上分析，半通韻目可知。如循其十九部所統，就詩韻韻目案索《廣韻》，則《沈氏詞韻》韻部賅括內容，瞭然明晰也。茲就《沈氏詞韻》韻目，改寫為《廣韻》韻目，表列如次：

《沈氏詞韻》與《廣韻》韻目對照表

部目	調	詩韻	廣韻
一、東董	平	一東、二冬	一東、二冬 三鍾
	上	一董、二腫	一董、二腫
	去	一送、二宋	一送、二宋 三用
二、江講	平	三江、七陽	四江、十陽 十一唐
	上	三講、二十二養	三講、三十六養 三十七蕩
	去	三絳、二十三漾	四絳、四十一漾 四十二宕
三、支紙	平	四支、五微、八齊、十灰半	五支 六脂 七之、八微、十二齊、十五灰
	上	四紙、五尾、八薺、十賄半	四紙 五旨 六止、七尾、十一薺、十四賄
	去	四寘、五未、八霽、九泰半、十隊半	五寘 六至 七志、八未、十二霽 十三祭、十四泰合 十四泰開（脣音字）、十八隊 二十廢
四、魚語	平	六魚、七虞	九魚、十虞 十一模
	上	六語、七麌	八語、九麌 十姥
	去	六御、七遇	九御、十遇 十一暮
五、街蟹	平	九佳半、十灰半	十三佳（主要元音ai） 十四皆、十六咍
	上	九蟹半、十賄半	十二蟹（主要元音ai） 十三駭、十五海
	去	九泰半、十隊半	十四泰開（除脣音字以外） 十五卦（主要元音ai） 十六怪 十七夬（話字入麻韻）、十九代
六、真軫	平	十一真、十二文、十三元半	十七真 十八諄 十九臻、二十文 二十一欣、二十三魂 二十四痕
	上	十一軫、十二吻、十三阮半	十六軫 十七準、十八吻 十九隱、二十一混 二十二很
	去	十一震、十二問、十三願半	二十一震 二十二稕、二十三問 二十四焮、二十六慁 二十七恨

七、元阮	平	十三元半、十四寒、十五刪、一先	二十二元、二十五寒 二十六桓、二十七刪 二十八山、一先 二仙
	上	十三阮半、十四旱、十五潸、十六銑	二十阮、二十三旱 二十四緩、二十五潸 二十六產、二十七銑 二十八獮
	去	十三願半、十四翰、十五諫、十六霰	二十五願、二十八翰 二十九換、三十諫 三十一諫、三十二霰 三十三線
八、蕭筱	平	二蕭、三肴、四豪	三蕭 四宵、五肴、六豪
	上	十七筱、十八巧、十九皓	二十九筱 三十小、三十一巧、三十二皓
	去	十七嘯、十八效、十九號	三十四嘯 三十五笑、三十六效、三十七號
九、歌哿	平	五歌	七歌 八戈
	上	九蟹半、二十哿	十二蟹合、三十三哿 三十四果
	去	二十箇	三十八箇 三十九過
十、佳馬	平	九佳半、六麻	十三佳（主要元音a）、九麻
	上	九蟹半、二十一馬	十二蟹（主要元音a）、三十五馬
	去	九泰半、二十一禡	十五卦（主要元音a） 十七夬（「話」字）、四十禡
十一庚梗	平	八庚、九青、十蒸	十二庚 十三耕 十四清、十五青、十六蒸 十七登
	上	二十三梗、二十四迥、二十五拯	三十八梗 三十九耿 四十靜、四十一迥、四十二拯 四十三等
	去	二十三映、二十四徑、二十五證	四十三映 四十五諍 四十五勁、四十六徑、四十七證 四十八嶝
十二尤有	平	十一尤	十八尤 十九侯 二十幽
	上	二十六有	四十四有 四十五厚 四十六黝
	去	二十六宥	四十九宥 五十候 五十一幼
十三侵寢	平	十二侵	二十一侵
	上	二十七寢	四十七寢
	去	二十七沁	五十二沁

十四覃感	平	十二覃、十四鹽、十五咸	二十二覃 二十三談、二十四鹽 二十五添 二十八嚴、二十六咸 二十七銜 二十九凡
	上	二十八感、二十九琰、三十豏	四十八感 四十九敢、五十琰 五十一忝 五十四儼、五十二豏 五十三檻 五十五范
	去	二十八勘、二十九豔、三十陷	五十三勘 五十四闞、五十五豔 五十六掭 五十九釅、五十七陷 五十八鑑 六十梵
十五屋沃	入	一屋、二沃	一屋、二沃 三燭
十六覺藥	入	三覺、十藥	四覺、十八藥 十九鐸
十七質陌	入	四質、十一陌、十二錫、十三職、十四緝	五質 六術 七櫛、二十陌 二十一麥 二十二昔、二十三錫、二十四職 二十五德、二十六緝
十八物月	入	五物、六月、七曷、八黠、九屑、十六葉	八物 九迄、十月 十一沒、十二曷 十三末、十四黠 十五鎋、十六屑 十七薛、二十九葉 三十帖 三十三業
十九合洽	入	十五合、十七洽	二十七合 二十八盍、三十一洽 三十二狎 三十四乏

附註：

一、為便於比對，凡所列《廣韻》韻目，在詩韻分為二韻者，以「、」號誌之；合為一韻者，則序列之。如「東董韻」平聲賅括《廣韻》一東、二冬、三鍾三韻，詩韻「一東」獨用；「二冬、三鍾」併為「二冬」韻，故表中韻目記為：「一東、二冬 三鍾」，以明其分合也。

二、凡割半分用之韻目，如以該韻之「開口韻」、「合口韻」為分韻標準者，例於韻目下以小字註明「開」、「合」；如著為一目之半，而僅錄該韻之一小韻者，則以小字註明該韻字。

附註

註一：林師炯陽釋平水韻之源起云：「法言《切韻》，逮於唐初，屬文之士，以「先」「仙」「刪」「山」之類，分為別韻，苦其苛細，於是許敬宗等詳議，以其韻窄，奏合而用之（見封演《見聞記》），遂有獨用同用之例。……按《廣韻》依其韻目下同用獨用之注，可得一百十七部。其中「殷隱焮迄廢」五韻皆獨用，而「嚴」與「凡」同用，「儼」與「范」同用，「釅」與「梵」同用，「業」與「乏」同用。故《禮部韻略》所改併十三處，乃又自《廣韻》減少九部，僅一百零八部矣。宋韻異於唐韻蓋自此始。然其時韻書未敢擅改相傳二百六部之譜，特於韻目下注明獨用同用而已。宋淳祐十二年壬子（一二五二），江北平水劉淵撰《壬子新刊禮部韻略》，將通用之韻加以併合，又併不同用之「徑」與「證」「嶝」為一韻，較景祐《韻略》減少一部，而得一百七部，即世稱「平水韻」是也。書今不傳，其韻目為元黃公紹《古今韻會》所採用。又劉淵之前，王文郁撰《平水新刊韻略》（刊行於正大案：金哀宗年號六年己丑〔一二二九〕），併上聲「拯」「等」入「迥」，較劉書少一部，存一百六部（見錢大昕《十駕齋養心錄》卷五）。元陰時夫撰《韻府群玉》，亦沿一零六之目。明清以後大都遵用陰韻；清《佩文韻府》及《佩文詩韻》，亦遵陰韻者也。（按王國維謂合併韻部蓋出於金時功令；二百六部之併合為一百七或一百六，乃金人官韻如是，非始於王文郁，更非始於劉淵也。詳見《觀堂集林》卷八。）」詳見林尹先生著、林炯陽先生注釋《中國聲韻學通論》（臺北：黎明文化事業公司，一九九〇年），頁二〇二至二〇四。是知明清以還，所稱詩韻者，皆沿陰韻一百零六之目。故本文凡簡稱詩韻者，俱指陰韻而言。

註二：如張世彬〈論清代諸家詞韻之得失〉云：「沈去矜《詞韻略》，其書未見。惟《詞學全書》中，有仲雪亭《詞韻》。其於論略中自言依《沈氏詞韻》而編，又其後謝默卿《碎金詞韻》，亦謂宗沈去矜之詞韻。考其分部，則與仲雪亭《詞韻》同。故今但論仲氏《詞韻》。」張氏以《沈氏詞韻》未見，而以仲氏《詞韻》代之，實則兩書仍有別也。

註三：孫愐《唐韻》，據其自序，謂取《周禮》之義，名曰《唐韻》，而其書因法言《切韻》而廣之（為法言《切韻》增字加注而作），故亦名《廣切韻》，略之則或稱《切韻》，或稱《廣韻》（詳王國維〈書蔣氏藏唐寫本唐韻後〉）。王國維以下氏《書畫彙考》所錄孫序、魏鶴山（了翁）《唐韻後序》及《廣韻》孫序，一一推較，因知《唐韻》有開元本（一百九十五韻）、天寶本（二〇五韻）兩種。今存《唐韻》殘卷，較重要者有：蔣斧藏唐寫本《唐韻》殘卷、巴黎國家圖書館藏敦煌寫本p二〇一八號韻書殘卷、柏林普魯士學士院藏 v121015 號刻本韻書殘卷。

註四：以主要元音-ai 與-a 為「佳」系韻字分部之標準，乃據許金枝〈詞林正韻部目分合之研究〉（《中正嶺學術研究集刊》第五期，一九八六年六月）一文之論證。關於佳韻系字之分合歸屬，本文第肆章〈沈氏詞韻與詞林正韻之比較〉第二節〈韻部分合評議〉，有專文探討，茲不贅述。

第二節　《東江別集》用韻考略

明清之際，詞人填詞用韻，或參用詩韻；或雜用曲韻，或主張本無詞韻，以時音、方音取便通協。沈謙據宋詞押韻，擬製《沈氏詞韻》，可謂求合於古調，其韻部內容，前已辨明。是以本節乃就其詞作——《東江別集》製為詞韻譜，與《東江詞韻》十九韻部對照比較，探析其韻學理論與填詞用韻之關係。

壹、詞韻譜

韻譜凡例：

(一)按譜定韻：此韻譜之作，每一詞調，皆覈自《御製詞譜》及萬樹《詞律》，以定其韻腳。

(二)依韻系聯：由於沈謙有《沈氏詞韻》之作，為比較其擬韻與用韻，悉依《沈氏詞韻》十九韻部系聯。凡與十九部相違之韻字，以「」標識之。如「巾」字，原屬平聲第七部「真」韻，沈謙〈鷓鴣天・夜怨〉詞，以「巾」與第十三部「林衾深尋心」為協，與十九韻部相違，故韻譜以「」標識「巾」字，記為：林衾深尋「巾」心　鷓鴣天　夜怨。

(三)據義歸調：詞韻平仄分協，界限嚴明，若一字有二讀者，視其詞義以辨其聲調，而定其歸屬。如仄聲第八部「倒」字，上聲讀「奴皓」切，仆倒；去聲讀「都導」切，倒懸。沈謙〈虞美人・偶成〉：「歸來孤枕和衣倒」，「倒」者，仆倒也，故繫入上聲韻；〈爪茉莉・春曉〉詞：「千迴百轉，煩絮得、夢魂顛倒」，「倒」者，倒懸也，故繫入去聲韻。又如第二部「忘」字，巫放切，遺忘，又音亡。詞中多讀「亡」，故繫入平聲第二部。

（四）三聲分列：詞韻以平、入獨押；上去通押，故韻譜以平、仄、入三聲分列。一部之中，韻字之排列，則依《廣韻》舊目，俾便分析對照。

（五）註明出處：沈謙《東江別集》存詞凡二百零一闋，為便於覆按原書，於韻譜內各組韻腳下皆註明詞調，並錄原題。

平聲　第一部

（一）韻字表

東韻：東中蟲宮風豐空工紅鴻烘籠聾朧櫳驄匆

冬韻：鬆

鍾韻：鍾溶容胸濃重縫峰蜂

（二）韻譜

重中　菩薩蠻　幽怨

鬆容蟲　清平樂　私語

胸溶驄濃空籠　月籠沙　恨別

溶峰朧紅烘櫳風　西施　元夜獨酌

宮蜂風同鴻工縫容豐　沁園春　美人腰

紅鍾濃重蔥東聾峰　歲寒三友　新犯曲　夜雨留別張祖望毛稚黃

第二部

（一）韻字表

江韻：江

陽韻：陽羊涼量香鄉傷章閶疆腸場方妨相亡忘娘妝常裳償牆鴦狂
唐韻：唐廊岡桑荒黃皇簧光航藏茫
案：「忘」巫放切，遺忘，又音亡。詞中多讀「亡」。

（二）韻譜

藏香　菩薩蠻　戲和王阮亭題青谿遺事畫冊
量妨牆　清平樂　夢後偶成
光廊香量腸傷唐陽　浪淘沙　春恨
岡狂方皇章羊場鄉　沁園春「羨爾高情（案：此為首句）」
償香場藏量妨相傷妝　沁園春　美人髮
閶香妝廊常黃娘鴦腸陽茫　多麗　憶吳門舊遊
江唐黃忘疆章傷亡荒涼裳航簧方桑陽　六州歌頭　鳳凰山吊南宋行宮

第三部

（一）韻字表

支韻：卮移垂吹奇騎宜璃鸝知
脂韻：眉
之韻：時思絲癡
微韻：揮飛衣
齊韻：齊低啼西梯迷泥攜
灰韻：灰梅

（二）韻譜

飛泥衣西知　浣溪沙　春閨

知時　菩薩蠻　戲和王阮亭使君題青谿遺事畫冊

時思　菩薩蠻　美人額

梅垂眉灰　西江月　小樓

齊宜移飛癡攜垂鸝　浪淘沙　戲贈幼妓

迷攜泥啼低梯　鷓鴣天　懷妓

眉吹　虞美人　偶成

璃奇啼衣飛垂卮絲揮癡騎　夜合花　同毛稚黃湖心亭眺望

第四部

（一）韻字表

魚韻：初魚裾餘疏虛

虞韻：蕪扶

模韻：瑚孤塗途呼乎酥烏枯纚

（二）韻譜

纚塗　菩薩蠻　美人額

烏疏途蕪扶　柳梢青　詠柳贈妓

虛裾魚餘　西江月　西閣有懷

初塗孤乎枯呼蕪疏　浪淘沙　沈豐垣韻

烏呼瑚酥疏途　勝常　自度曲　再過薛姬

第六部

（一）韻字表

真韻：嗔人顰；身銀親鱗津因辰巾塵

諄韻：春輪淪

文韻：曛紛雲分文芬君

魂韻：魂昏溫盆門存尊

痕韻：痕

（二）韻譜

嗔人　菩薩蠻　再見

魂人　美人鬟　新翻曲　歌妓

顰人曛紛身昏溫春　浪淘沙　春怨

雲盆紛痕銀人門溫　小重山　八月初九日風雨寒甚晝眠有作

親魂鱗存嗔津分因雲　行香子　賦恨次彭金粟韻

魂文雲芬分辰巾輪尊　高陽臺　次韻答陸蓋思

春紛雲君淪銀塵魂尊　慶春宮　答徐野君

第七部

（一）韻字表

元韻：原翻

寒韻：闌寒難爛彈蘭

桓韻：桓

刪韻：鬟關

山韻：山閒

先韻：憐煙鵑天絃箋前年肩

仙韻：仙泉綿荃蟬

（二）韻譜

闌寒山　望江南　元夜即事

仙憐　菩薩蠻　美人臂

鬟難　菩薩蠻　美人背

煙鵑天絃箋泉前綿　浪淘沙　寄毛稚黃

荃年肩蟬憐原煙鵑泉綿　江城子　春日感舊

難爛桓彈蘭閒關翻　八聲甘州　聽唐韓如彈琴

案：沈謙歸納宋詞，併「元寒桓刪山先仙」為第七部「元阮韻」。考《中原音韻》，「元」韻字二分，唇音字歸「寒山」韻，喉牙音字歸「先天」韻。觀沈謙元阮韻平聲韻譜，〈望江南．元夜即事〉以「闌、寒、山」為韻，屬「寒山」合押；〈菩薩蠻．美人臂〉以「仙、憐」為韻，屬「仙先」合押；〈菩薩蠻．美人背〉以「鬟、難」為韻，屬「刪、寒」合押；〈江城子．春日感舊〉以「荃、年、肩、蟬、憐、原、煙、鵑、泉、綿」為韻（案：「原」字為元韻牙音字），屬「元（牙音）先仙」合押；〈八聲甘州．聽唐韓如彈琴〉以「難、爛、桓、彈、蘭、閒、關、翻」為韻（案：「翻」字為元韻唇音字），屬「元（唇音）寒環刪山」合押，與

《中原音韻》之規範相當一致。可見沈謙雖歸此數韻為一部，然實際用韻，則受時音影響，「寒桓刪山」、「先仙」既已有別，而「元」韻字「喉牙音」、「唇音」亦已二分。

第八部

（一）韻字表

蕭韻：瀟聊條簫

宵韻：搖宵橋招腰潮遙嬌綃搖妖

豪韻：勞高桃牢膏

（二）韻譜

瀟搖聊宵橋招腰條 浪淘沙 夜怨

潮遙勞腰橋高 月籠沙 新翻曲 九日題南樓壁間

桃簫嬌綃搖宵妖牢膏 沁園春 美人口

第九部

（一）韻字表

歌韻：多歌跎陀羅何蛾挲馱多阿酡呵

戈韻：靴波窩和

（二）韻譜

靴多 美人鬟 新翻曲 歌妓

歌波跎陀 西江月 雨中坐泛雪庵作

羅何歌蛾挲馱 鷓鴣天 贈妓宛兒

波多羅阿酡呵窩和娥　沁園春　用蔣竹山體前後段各多一字

第十部

（一）韻字表

麻韻：斜沙琶牙撾花霞家衙

（二）韻譜

斜沙琶　清平樂　春遊贈妓

牙撾花霞家衙　月籠沙　除夕

第十一部

（一）韻字表

庚韻：生明更笙驚橫平行

耕韻：鶯

清韻：成縈情聲名晴城輕盈

蒸韻：憑應乘

登韻：曾

青韻：扃屏停經亭聽溟星

（二）韻譜

扃屏生成停縈明情　長相思　夜思

更鶯憑聲情　浣溪沙　曉思

笙明　菩薩蠻　美人背

名應　菩薩蠻　再見
憑情經　清平樂　教鸚鵡語
情笙盈更　西江月　春夜
晴聲城明輕曾盈驚　浪淘沙　清明
成橫　虞美人　偶成
平亭晴鶯笙驚成聽　小重山　飲張祖望從野堂
靈溟橫行笙情名乘星　東湖月　已酉生日潘生雲赤以自度曲壽余覽次有感依韻答之

第十二部

（一）韻字表

尤韻：流愁秋毬浮悠游遊騮留柔收洲求舟州啾休酬裘
侯韻：樓頭鉤篝甌篌謳侯鷗
幽韻：繆幽

（二）韻譜

樓流愁愁　荷葉杯　春悶偶成
樓愁頭　望江南　晚思
愁秋毬頭樓　浣溪沙
樓愁　菩薩蠻　幽怨
繆愁　菩薩蠻　美人臂
浮樓流　清平樂　閨情

樓鉤悠秋游浮頭愁 浪淘沙 中秋夜雨
遊樓騮頭愁悠留 月中柳 新翻曲 湖上春行同毛稚黃作
留流樓頭籌柔愁 最高樓 春愁
秋收甌愁幽篌流洲 滿庭芳 題金虎文嶠庵詞
樓悠秋浮謳求舟州 弄珠樓 自度曲「煙濤萬頃」
舟樓啾秋柔收愁浮流 夜飛鵲 嘉興曉發
洲頭悠舟州樓休愁 風流子 代閨元亮悼亡用秦少游韻
流鉤州侯酬浮求鷗裘 沁園春 用蔣勝欲體寄贈王揚州阮亭即用其偶興韻

第十三部

（一）韻字表

侵韻：尋吟心林衾深

（二）韻譜

尋吟心 清平樂 羅帶
林衾深尋「巾」心 鷓鴣天 夜怨

第十四部

（一）韻字表

覃韻：簪男諳南探驂蠶喃
談韻：憨
鹽韻：簾厭粘淹尖

咸韻：緘
銜韻：衫

（二）韻譜

簪男諳南憨探驂衫　浪打江城　新翻曲　閨怨
簾緘憨喃厭粘淹蠶尖　一萼紅　春日東園

仄聲

第一部

（一）韻字表

上聲	去聲
董韻：動 腫韻：擁湧恐	送韻：凍中夢送洞控哄弄　用韻：重用共縱

（二）韻譜

送動用夢夢重　如夢令　送春
洞重　菩薩蠻　再見
擁凍中夢「横」動重　點絳唇　美人肩
控動夢重　鵲橋仙　詠轎
「永」共縱「瑩」擁夢湧重　蝶戀花　詠箏
擁哄凍重夢控共動　蘇幕遮　立春
湧控縱夢動重凍共恐弄　漁家傲　新秋

第二部

（一）韻字表

上聲	去聲
講韻：項 養韻：上 蕩韻：幌	絳韻：巷 漾韻：帳向放障亮唱漾誑望 宕韻：當

（二）韻譜

帳向放項障巷亮唱 憶分飛 新翻曲 雪夜旅思

漾幌誑放項上望當 御街行 美人鬥葉子

第三部

（一）韻字表

上聲	去聲
紙韻：被此是嘴橤	寘韻：寄施睡翅漬累刺為臂騎
旨韻：水矢死視指	至韻：墜膩地淚翠媿醉至寐自媚悴致邃肆棄
止韻：起裏子恃擬耳喜	志韻：意寺思事字記忌
尾韻：幾鬼	未韻：味未諱胃氣尉慰
薺韻：底洗體	霽韻：睨細繫替閉髻麗遞被棄繼 隊韻：背碎退對佩內晦珮瑁
賄韻：悔	祭韻：綴袂歲厲 泰韻：會膾

（二）韻譜

背被 采桑 自度曲

水墜膩碎起睨地 點絳唇 夏日閨情

地底細繫替裏 點絳唇 孜孜

意細 菩薩蠻 幽怨

退淚 菩薩蠻 美人額

墜翠背媿會 誤佳期 寫恨

細醉淚會墜至翠　萬峰攢翠　新翻曲　畫堂春用仄韻　沈氏詞選成寄鄒程村
洗施地膩味墜裏翠　桃園憶故人　歌妓金姬出家戲贈
水睡　西江月　小樓
對翠睡碎淚墜　醉花陰　用沈會宗體客夜詠枕
矢此是死　鵲橋仙　五日對酒作
醉退睡淚　鵲橋仙　友人納姬戲贈
翅體水起　鵲橋仙　春恨
膩水子醉寺淚　玉樓春　遊明因寺折桃花一枝貯之膽瓶是夜風雨大作
碎寐淚背墜睡　玉樓春　秋夜獨宿有懷
恃思事寺漬死自是　蝶戀花　春遊即事
媚累醉淚睡佩悔觜　蝶戀花　感舊次沈豐垣韻
碎睡醉被翠淚會悴　蘇幕遮　閨病
睡內水事字媚淚至視是　漁家傲　立春曉起偶作
幾膩閉未蘂睨髻是　賣花聲　曉起買花有感
意綴擬起麗碎事記　風中柳代人詠珠
醉粹諱寄淚袂　解珮令　寄丁象巖
膩翠事刺致細被遂　青玉案　美人足
睡內為胃意細忌味　御街行　佳人減膳
歲墜淚脆翠胃綴媚會　滿江紅　三子西湖竹枝詞

醉會墜晦袂珮背翠施髻淚 晝夜樂 柳屯田體 亡婦遺釵有火珠一顆今失所在悵然賦此

退地氣悴袂臂會諱遞繫墜 玉燭新 讀苐庵填詞寄王德威

碎尉醉遂肆膾鬼睡 念奴嬌 用彭羨門韻留別毛玉斯

洗思氣起耳繫地裏意去被棄 十二時 閨怨 用耆卿韻

厲地喜意未味繼騎醉睡悴細慰幾碎淚 蘭陵王 春夜病中聽雨

麗繼瑁水淚諱指醉 探春慢 孫無言徵刻于詞于揚州，遙有此寄

第四部

（一）韻字表

上聲	去聲
語韻：語許旅楚署侶阻緒佇 麌韻：雨舞縷主 姥韻：苦浦古莽艣吐	御韻：去處曙絮緒據 遇韻：注數付句住賦樹 暮韻：顧妒怒暮路度渡露訴誤晤故

（二）韻譜

語許注顧妒 如夢令 佳人對鏡

怒去 菩薩蠻 美人背

雨旅 西江月 西閣有懷

雨許處曙數付 醉花陰 用李易安體春雨

處句苦去 鵲橋仙 杜鵑

浦暮去苦怒舞古 厭金桮 吳山雪望

路去度處暮句許雨 青玉案 後段第二句用淇覺範體 幽期 用賀方回韻

語去苦楚渡露訴誤縷暮 玉樓人醉杏花天 新翻曲 江上別妓

暮去雨許語暑訴侶苦阻古莽　空亭日暮　新翻曲寄洪昉思時客薊門
縷暮住雨路去緒語絮　滿江紅　詠柳
注路渡艣晤訴妒楚暮　氏州第一　送鄒程村之江西
曙佇暮苦賦緒古怒路　神女　新翻曲　書高唐賦後
渡暮妒佇楚訴故路句語　望梅　早春長橋探梅作
樹絮暮度妒楚露訴吐　丹鳳吟　答洪昉思夢訪之作
路雨處舞主住訴苦去　金明池　春恨用秦少游韻
暮吐楚賦路注攄雨　夏雲峰　晚登南樓觀雲作

第五部

（一）韻字表

上聲	去聲
海韻：在待	泰韻：賴帶害外奈　代韻：黛態愛戴　卦韻：懈曬　夬韻：快

（二）韻譜

賴帶在害黛懈外態　殢人嬌　別情
曬快奈待愛害帶黛在戴　師師令　庭酴醾梔子盛開淒然賦此

第六部

（一）韻字表

上聲	去聲
軫韻：盡　很韻：狠	震韻：信印陣趁鬢燼認　稕韻：順　問韻：問　慁韻：悶嫩頓困

（二）韻譜

悶信　荷葉柘　春悶偶成

嫩頓困順問印狠　點絳唇　美人頸

盡悶陣趁鬢燼認認印　天仙子　寄妓

悶困　最高樓　春愁

第七部

（一）韻字表

上聲	去聲
阮韻：遠返晚挽 旱韻：嬾誕 緩韻：管碗暖滿管 潸韻：板綰 產韻：眼 銑韻：繭 獮韻：軟轉遣淺卷篆翦	願韻：飯怨勸　翰韻：歎散難按爛案看燦岸　換韻：絆幔畔亂喚 蒜換判斷漫　諫韻：慢雁慣襻　襉韻：綻幻瓣盼　霰韻：見練咽 線韻：釧面院偏變箭便卷

（二）韻譜

嬾板歎慢散飯綻　點絳唇　秋病

釧見　菩薩蠻　美人臂

見面　菩薩蠻　再見

「範」雁難慢慣按　一串紅牙　自度曲

絆慣幔幻　清平樂　夢後偶成

畔亂喚幔　清平樂　私語

歎蒜換慣嬾管　海棠春　春日悼亡

院軟轉遣偏淺　踏莎行　春情

爛判亂蒜慣案斷看　蘇冪遮　為潘雲赤悼亡

「浸」喚按攀亂瓣岸散　蘇冪遮　秋千

淺怨繭換遠看斷案　青玉案　美人眉

變淺遠怨散斷「念」見難眼　歸去難　離情用周美成韻

返碗按散幻絆漫歎　宣清　晤潘德延述感

箭練卷便盼咽倦勸按轉斷見　水晶簾外月華清　新翻曲　秋夜東園席上贈紫兒

綻院篆喚翦眼嬾淺　念奴嬌　東園感舊

晚散嬾按暖燦綰滿轉挽誕管　西河　同袁令昭先生集湖上

第八部

（一）韻字表

上聲	去聲
篠韻：裊皎繳了鳥 小韻：小沼悄舀 晧韻：草倒燥道惱好早掃	嘯韻：叫掉報　笑韻：笑繞照　效韻：覺鬧　號韻：帽倒噪靠

（二）韻譜

裊小皎草　清平樂　閨情

倒笑　虞美人　偶成

覺叫帽鬧笑倒燥道　蝶戀花　睡起

繳小了了惱報笑好了了掉　歸田樂引　用黃庭堅「暮雨濛階砌」體　怨情

沼繞掉照悄噪靠舀　錦帳留春　新翻曲　夜起浮月池上作

了鳥倒照燥靠早掃惱　爪茉莉　春曉

第九部

（一）韻字表

上聲	去聲
哿韻：我彈　果韻：火鎖	箇韻：箇餓　過韻：破過簸

（二）韻譜

火我　西江月　雨中坐泛雪庵作

鎖破箇過彈餓火簸　山谿滿路花　新翻曲　故鄣山中訪妓

第十部

（一）韻字表

上聲	去聲
馬韻：假灺下	卦韻：畫挂　禡韻：罵駕卸夜下謝怕架　蟹韻：罷

（二）韻譜

畫罵　菩薩蠻　戲和王阮亭題青谿遺事畫冊

罷挂假罵　清平樂　教鸚鵡語

駕卸下夜　鵲橋仙　閨七夕

下罷卸夜炧畫　醉花陰　閨情

謝罷下怕挂架　雨中花　春夢

第十一部

（一）韻字表

上聲	去聲
梗韻：冷影永哽 耿韻：倖 靜韻：靜整井頸省餅頃 迥韻：醒並炯 等韻：等	映韻：橫病鏡硬映　勁韻：姓盛另令淨　徑韻：定瑩暝聽　證韻：凝應剩勝症證　嶝韻：贈

（二）韻譜

靜橫定病冷凝鏡硬　葉落秋窗　新翻曲即長相思用仄韻　秋宵有感

瑩定醒應姓靜冷　點絳唇　美人耳

病冷　西江月　春夜

定醒靜硬剩影鏡　滿鏡愁　自度曲　唐常理眉長滿鏡愁春愁

勝靜應硬　鵲橋仙　春夜

暝影冷應永症靜醒　蝶戀花　聞聲

整井應頸哽聽盛冷　鳳銜桮　怨別

凝倖省證暝定贈永　青玉案　美人目

靜餅影橫淨冷應病　滿江紅　夏夕

醒瞑另令影映整等定　玲瓏四犯　閏六月初七日作

醒炯影冷競靜並餅頃等　花犯　夏夕聞隔樓絃弄有感

第十二部

（一）韻字表

上聲	去聲
有韻：手久 厚韻：走口後厚	宥韻：晝嗅咒袖繡就皺僽瘦就驟酎　候韻：透候奏鬥漏彀

（二）韻譜

晝走嗅咒久口袖　點絳唇　美人鼻

透手　美菩薩蠻　人背

繡就候皺　鵲橋仙　喻風

僽後袖瘦奏鬥漏彀　蝶戀小桃紅　新翻曲　秋思

就漏候驟袖厚咒酎　念奴嬌　詠冰

第十三部

（一）韻字表

上聲	去聲
寢韻：寢枕錦審沈	沁韻：噤譖

（二）韻　譜

寢枕　菩薩蠻　美人臂

錦審噤譖沈枕寢　華胥引　見張祖望新詩有寄

第十四部

（一）韻字表

上聲	感韻：撼感萏　琰韻：颭閃苂　忝韻：點簟　豏韻：湛　檻韻：檻
去聲	勘韻：探暗　闞韻：澹纜瞰　豔韻：豔斂驗占啖　掭韻：店念 陷韻：賺　釅韻：釅劍玷欠

（二）韻譜

探暗　菩薩蠻　戲和王阮亭題青谿遺事畫冊

颭豔　菩薩蠻　美人額

撼店斂感釅澹點閃驗　雙燕笑姑鸞　新犯曲　旅思

占店苂暗檻澹湛賺簟纜撼瞰萏豔念劍玷啖欠　鶯啼序　用楊升庵碧雞曉唱體　陳眉公先生題娛園圖，家君命謙續填此詞

入聲　第十五部

（一）韻字表

屋韻：蹙肉熟哭腹矗速竹獨馥複促蹴目屋霂穀碌幅宿

沃韻：毒

燭韻：綠曲足玉觸褥燭蜀束卜促屬續旭

（二）韻譜

綠曲　美人鬟　新翻曲　歌妓

蹙綠足肉　清平樂　春遊贈妓

足熟哭腹綠　遍地雨中花　新翻曲　雨夜感懷

綠玉矗曲速竹獨觸　蘇幕遮　題竹青女郎祠
褥馥玉複促燭蹴肉目毒　師師令　風情
綠哭蜀熟束燭卜促　蕙蘭芳引　詠杜鵑
屬玉觸熟續曲綠燭　倦尋芳　飲合澗酒樓同諸虎男暨及門張台柱
屋霂蹴縠綠獨續碌曲熟　喜遷鶯　寄俞生士彪
燭旭續玉矗屋蹙觸蹴竹幅熟獨卜促宿　九重春色）新翻曲　春閨

第十六部

（一）韻字表

覺韻：覺角幄喔

藥韻：著卻腳卻著約嚼酌虐削鵲

鐸韻：礴壑作樂閣託落索惡寞摸薄漠箔涸

（二）韻譜

礴壑作樂　鵲橋仙　題昭時二兒畫羽階三兄小像
著覺卻角　鵲橋仙　早梅
閣腳覺託落索　後庭宴　再詠蜂
幄惡寞閣卻著摸薄約嚼喔落　垂絲釣　寒夜
漠箔卻著寞落　洞仙歌　詠塵
酌虐閣落削託惡涸樂鵲　離鸞　新犯曲　陸蓋思憶婢喜兒次幹臣韻予亦翻此詞和之

第十七部

（一）韻字表

質韻：溢日質

術韻：出

櫛韻：瑟

陌韻：拍白陌客

麥韻：隔摘

昔韻：積碧藉惜益尺役驛炙擲夕汐跡赤席昔

錫韻：笛滌滴剔寂壁寂覓

職韻：織色力唧憶側蝕逼息拭食直翼棘識臆匿測埴極

德韻：墨得黑惑賊北克

緝韻：濕急立泣

（二）韻譜

織濕　菩薩蠻　幽怨

急「説」　美人鬟　新翻曲　歌妓

拍積碧藉惜　誤佳期　閨怨

溢出瑟日　清平樂　春悶

濕力墨泣色立　玉樓春　旅情

濕得黑益惑笛　踏莎行　夜坐有感

織唧黑賊憶側蝕色　蝶戀花　秋日題西軒素屏

逼墨黑滌息拭力得　金門賀聖朝　新翻曲　夏夕雨

食力直翼息北　東風無力　自度曲　范至能詞「溶溶曳曳，東風無力，欲皺還休。」

白尺滴役益擲驛惜炙　牡丹上祝英臺　新翻曲　武原舟中值雪

炙剔墨寂色息憶碧滴夕汐　惜秋華　秋思　次彭金粟韻

棘跡蝕力識側得臆黑匿　萬年枝　新翻曲　吳門春思

食力識黑蝕息克側　念奴嬌　寒食悼亡

壁測埴寂碧隔識憶力覓白得翼惜赤　摸魚兒　遊飛來峰

極席笛碧跡覓益藉滴昔隔力摘　寶鼎現　康伯可體　月夜泛平湖同三兄羽階潘生雲赤男聖昭賦

陌質積色客尺翼黑惜憶碧　比目魚　新翻曲　偶見

第十八部

（一）韻字表

曷韻：葛辣達遏

末韻：闊

黠韻：殺

鎋韻：剎

屑韻：齧咽節截血捏結鐵切瞥闋缺

薛韻：絕熱雪滅別跌說洩徹傑闃舌裂劣

月韻：月歇揭樾

帖韻：協疊堞帖

業韻：怯

（二）韻譜

絕帖熱雪滅醫　點絳唇　寒夜不寐

咽雪節別截熱　醉花陰　用李易安體重陽即事

雪月　虞美人　偶成

歇協跌月　鵲橋仙　歌妓

結截雪血月　踏莎行　後段多一字　旅夢

殺葛辣達遏剎　踏莎行　述懷兼呈金振公

洩醫別徹傑說血月截熱　漁家傲　記得

雪揭洩揑血醫結鐵　青玉案　美人手

雪咽絕節截闑說切別　玉女剔銀燈　夜閱倚聲集懷鄒程村

雪說別滅血舌咽闊裂　滿江紅　讀沈豐垣新詞此洪昉思韻

絕劣怯疊瞥咽別滅結　滿江紅　詠燈

截樾血雪咽熱說切結傑劣滅闋缺　摸魚兒　夏日同郎晉颺同飲商霖宅

節咽結別劣堞說熱　夏雲峰　五日有懷

第十九部

（一）韻字表

合韻：匝答

盍韻：蠟
洽韻：霎掐
狎韻：押

（二）韻譜

「閣」「學」「覺」匝掐答押霎蠟「角」　六么令　次晏叔原韻

貳、特殊押韻

沈謙精通音律，其《東江別集》之作，韻律諧美，聲情相合。據其《東江別集》韻譜觀之，凡所協韻部皆不出其所擬《沈氏詞韻》十九部範圍，偶有通協者，大抵出於沈韻允許通協之例。茲分析說明如次：

一、陽聲韻之異部互押

沈謙《沈氏詞韻》於-m-n-ng 三系陽聲韻，分為「東董」、「江講」、「真軫」、「元阮」、「庚梗」、「侵寢」、「覃感」等七部。其韻書雖嚴為分部，惟顧及語音-m-n-ng之相混，而宋詞不乏通協之例，是以有云：

> 若夫「十二侵」之通「真」、「文」、「庚」、「青」、「蒸」，則詩詞并見合并，故從之。又引古樂府〈嬌女詩〉「北遊臨河海，遙望中菰菱，芙蓉發盛華，淥水清且澄，絃歌奏音節，彷彿有餘音」，及毛澤民〈于飛樂〉詞「雲」、「驚」、「瓶」、「心」、「應」相協作據。（毛先舒引《沈氏詞韻・按》，見清・徐釚《詞苑叢談》卷二〈音韻〉）

據其按語所云，覈諸《沈氏詞韻》韻部，推測沈謙視「侵寑-m」、「真軫-n」、「庚梗-ng」可以相協，故設按語以說明之。而沈謙《東江別集》用韻，其陽聲韻七部固然分明，亦間有異部相押之例，茲列其韻例如次：

(一)「真軫韻」與「侵寢韻」相押

〈鷓鴣天・夜怨〉以「林衾深尋巾心」為韻。其中「林衾深尋心」為「侵」韻，屬「侵寑韻」。「巾」為「真」韻，屬「真軫韻」。

案：《東江別集》三卷中，獨用「真軫韻」者，凡十一次；與「侵寢韻」相押者，僅一次。

(二)「庚梗韻」與「東董韻」相押

〈點絳脣・美人肩〉以「擁凍中夢橫動重」為韻。其中「擁」為「腫」韻，「凍中夢」為「送」韻，「動」為「董」韻，「重」為「用」韻，以上屬「東董韻」。「橫」為「映」韻，屬「庚梗韻」。

〈蝶戀花・詠簟〉以「永共縱螢擁夢湧重」為韻。其中「共縱重」為「用」韻，「擁湧」為「腫」韻，「夢」為「送」韻，以上屬「東董韻」。「永」為「梗」韻，「螢」為「徑」韻，屬於「庚梗韻」。

案：《東江別集》三卷中，獨用「庚梗韻」者，凡二十一次；與「東董韻」相押者，二次。

(三)「侵寢韻」與「元阮韻」相押

〈蘇幕遮・秋千〉以「浸喚按襻亂瓣岸散」為韻。其中「喚亂」為「換」韻，「按岸散」為「翰」韻，「襻瓣」為「襉」韻，以上屬「元阮韻」。「浸」為「沁」韻，屬「侵寑韻」。

案：《東江別集》三卷中，「侵寑韻」獨用者，凡四例；與「元阮韻」相押者，一例。

（四）「覃感韻」與「元阮韻」相押

〈一串紅牙・自度曲〉以「範雁難慢慣按」為韻。其中「雁慢慣」為「諫」韻，「難按」為「翰」韻，以上屬「元阮韻」。「範」為「范」韻，屬「覃感韻」。

〈歸去難・離情〉以「變淺遠怨散斷念見難眼」為韻。其中「變」為「線」韻，「淺」為「獮」韻，「遠」為「阮」韻，「怨」為「願」韻，「散難」為「翰」韻，「斷」為「翰」韻，「見」為「霰」韻，「眼」為「產」韻，以上屬「元阮」韻。「念」為「掭」韻，屬「覃感韻」。

案：《東江別集》三卷中，「覃感韻」獨用者，凡六例；與「元阮韻」相押者，共二例。

《東江別集》三卷，其所用陽聲韻，以分押為常，又有少數「真軫」與「侵寢」、「庚梗」與「東董」、「侵寢」與「元阮」、「覃感」與「元阮」相押之例。《沈氏詞韻》嚴分陽聲韻為七部，又有通押之例，此韻學主張，正可由《東江別集》用韻方式，窺其一斑。

二、入聲韻之異部互押

沈謙《東江別集》之入聲用韻，與《沈氏詞韻》入聲五部相合，其異部相押者，僅見兩例。茲列之如次：

（一）「物月韻」與「質陌韻」相押

〈美人鬟・新翻曲〉以「急說」為韻。「急」為「緝」韻，屬「質陌韻」。「說」為「薛」韻，屬「物月韻」。

案：《東江別集》三卷中，以「說」字為韻者，凡六次，其中：〈漁家傲・記得〉以「洩齧別徹傑說血月截熱」為韻、〈玉女剔銀燈・夜閱倚聲集懷鄒程村〉以「雪咽絕節截闌說切別」為韻、〈滿江紅・讀沈豐垣新詞此洪昉思韻〉以「雪說別滅血舌咽闊裂」為韻、〈摸魚兒・夏日同郎晉颺同飲商霖宅〉以「截樾血雪咽熱說切結傑劣滅闋缺」為韻、〈夏雲峰・五日有懷〉以「節咽結別劣揲說熱」為韻，「說」字五次與本部「物月」合押，僅〈美人鬟・新翻曲〉一闋與「質陌韻」合押，顯見「說」字隸屬於「物月韻」。而以「急」、「說」合押，當屬偶見之例外押韻。

（二）「覺藥韻」與「合洽韻」相押

〈六幺令・次晏叔原韻〉以「閣學覺匝掐答押霎蠟角」為韻。其中「匝答」為「合」韻，「掐霎」為「洽」韻，「押」為「狎」韻，「蠟」為「盍」韻，以上屬「合洽韻」。「閣」為「鐸」韻，「學覺角」為「覺」韻，屬「覺藥韻」。

案：沈謙詞題云：「次晏叔原詞」，考晏幾道〈六幺令〉詞云：

綠陰春盡，飛絮繞香閣。晚來翠眉宮樣，巧把遠山學。一寸狂心未說，已向橫波覺。畫簾遮匝。新翻曲妙，暗許閒人帶偷掐。　前度書多隱語，意淺愁難答。昨夜詩有回紋，韻險還慵押。都待笙歌散了，記取留時霎。不消紅蠟。閒雲歸後，月在庭花舊闌角。（《全宋詞》，頁二四一）

顯見沈謙此詞所以異部相押者，蓋次晏叔原韻故也。研究聲韻學者分析前人用韻，須注意及次韻之作，不得視為該作者之用韻特色，此詞即是一例。

《東江別集》存詞二百一闋，除前舉少數例外押韻之外，悉與《沈氏詞韻》韻部相符。沈謙據宋詞擬韻，創為詞韻，而填詞用韻亦求合於古調，其理論與創作一致，為廓清詩、詞、曲韻之別，立下良好範式。

第肆章　《沈氏詞韻》與《詞林正韻》之比較

沈謙《沈氏詞韻》是詞韻創始之作，戈載《詞林正韻》則是詞韻總結之作。兩者一脈相承，而互有優劣。就擬韻方法言，據毛先舒《沈氏詞韻略》案語云：

> 沈氏著此譜，考據甚博。然詳而反約，唯以名手雅篇，灼然無弊者為準。至于濫通者，古來自多，不足為訓也。

又毛氏〈唐宋詞互通說〉云：

> 沈氏止著宋法，以詞則大盛于宋。（徐釚《詞苑叢談》卷二〈音韻〉引）

戈載《詞林正韻．發凡》則云：

> 古無詞韻，古人之詞即詞韻也。古人之詞未必盡歸畫一，而名手佳篇不一而足，總以彼此相符，灼然無弊者，即可援為準的焉。于是取古人之詞，博考互證，細加辨晰，覺其所用之韻，或分或合，或通或否，畛域所判，瞭如指掌。又復廣稽韻書，裁酌繁簡，求協古音。

又云：

> 是書所分十九部，一以唐宋詞諸名家為據，無敢稍縱。

可見沈、戈韻書皆求合於古，其方法則以「名手雅篇，灼然無弊者為準」，而對照韻書韻目刪併，可謂如出一轍。由於沈、戈擬韻方法相同，故其詞韻之體式、韻部，雖或小別，而傳承之跡皦然。然戈載《詞林正韻．發凡》疵詆《沈氏詞韻》云：

國初沈謙曾著《詞韻略》一篇，毛先舒為之括略并註。以東董、江講、支紙等標目，平領上去，而止列平上，似未賅括，入聲則連兩字，曰屋沃、曰覺藥，又似紛雜。且用陰氏韻目刪併，既失其當，則分合之界模糊不清，字復亂次以濟，不歸一類，其音更不明晰，舛錯之譏，實所難免。

是以本節乃就兩書之體製比較分析，並徵引近代學者研究宋代詞韻之成果，評議沈、戈韻部之分合得失，以明兩者之源流演變，與優劣異同。

第一節　韻書體式比較

戈載《詞林正韻》乃明、清詞韻之總結，其韻書體例，有承襲舊例者；亦有開創新例者，茲就沈、戈詞韻體式之異同，分述如次：

壹、部目比較

《沈氏詞韻》據宋詞韻法，始定「以平統上去、入聲獨立」之韻書體式，後出者多遵用之。然以兩字如「東董」、「江講」之類標目，則因概括不全、體例不一之疵，頗為學者所譏。是以自《學宋齋詞韻》創為直書「第一部」「第二部」之例，如《榕園詞韻》、《綠漪亭詞韻》、《天籟軒詞韻》等皆從之。戈載《詞林正韻》後出，亦遵用《學宋齋詞韻》之例，以序數概括部名，確較沈謙標目為宜也。

貳、韻目比較

《沈氏詞韻》據詩韻刪并，《詞林正韻》則以《集韻》分合。戈載論其源起云：

> 詞韻與詩韻有別，然其源即出於詩韻，乃以詩韻分合之耳。……是自《切韻》始，而《唐韻》，而《廣韻》，而《韻略》，而《集韻》，名雖屢易，而其書之體例未易。總分為二百六部，獨用同用所注了然，非特可用之于詩，即用之于詞，亦無不可也。至江北平水劉淵師心變古，一切改併，省至一百七部，而元初黃公紹《古今韻會》因之。又有陰氏時中、時夫著《韻府群玉》，復併上聲之「拯」部，存一百六部，字亦刪剩八千八百餘字，較《廣韻》十之四，《集韻》僅十之二，此即今通行韻本。考之於古，鮮有合焉者矣。即以詞論，灰咍本為二韻，灰可以入支微，咍可以入皆來。元魂痕本為三韻，元可以入寒刪；魂痕可以入真文。即佳泰卦三韻，于詞有半通之例，其字皆以切音分類，各有經界，分合自明，乃妄為刪併，紛紜淆亂，而填詞者亦不知所宗矣。是書俱從舊目，以詞盛于宋，用宋代之書，《廣韻》《集韻》稍有異同，而《集韻》纂輯較後，字最該廣。……因以《集韻》為本，而字之次，字之音俱從焉。（《詞林正韻・發凡》）

由於詩、詞押韻不同，故沈謙以并省《廣韻》而成之詩韻為目，其韻目往往有分至二部、三部者，確有韻目淆混，不知所宗之疵。《廣韻》《集韻》乃宋代韻書，歸納宋詞用韻，對照宋代韻書離析分合，以成詞韻，確較合乎音理。惟此法並不自戈載始，考《學宋齋詞韻》已用《廣韻》韻目，《榕園詞韻》、《碎金詞韻》等亦遵用之，顯見戈載之用《集韻》分合，蓋前有所承，而後出轉精也。

參、韻字比較

今存沈謙詞韻，乃毛先舒括略之本，是以僅有部目，未見韻字。惟沈謙以詩韻刪併，而詩韻乃據《廣韻》併合，推測其韻字序列，當從《廣韻》以同音字序次之法。戈載《詞林正韻》以《集韻》標目，其序列韻字之方式，同於《集韻》。是知沈、戈二書編排韻字之方法，皆沿《切韻》系韻書一脈，惟所錄韻字繁簡不同而已。至於戈書韻目之下，或有兩併歸屬之入聲字、增補字，覈諸文獻，未見沈韻有此，此沈、戈詞韻較然殊異之處。

一、入聲字兩併歸屬：

《沈氏詞韻》之入聲韻字，皆涵攝於入聲五部之內，而戈載《詞林正韻》，雖沿沈謙韻書舊例，而又有入聲字兩併歸屬之新例，其《詞林正韻．發凡》云：

> 詞韻與曲韻亦不同，製曲用韻，可以平上去通協，且無入聲，如周德清《中原音韻》列東鍾、江陽等十九部，入聲以之配隸三聲。……于曲則然，于詞則不然。況四聲缺入聲，而詞則明明有必須用入聲之調，斷不能缺，故曲韻不可為詞韻也。惟入聲作三聲，詞家亦多承用，如晏幾道〈梁州令〉：「莫唱陽關曲」，「曲」字作「邱雨」切，協魚虞韻。柳永〈女冠子〉：「樓臺悄似玉」，「玉」字作「于句」切；又〈黃鶯兒〉：「暖律潛催幽谷」，「谷」字作「公五切」，皆協魚虞韻。晁補之〈黃鶯兒〉：「兩兩三三修竹」，「竹」字作「張汝」切，亦協魚虞韻。黃庭堅〈鼓笛令〉：「眼廝打過如拳踢」，「踢」字作「他禮切」，協支微韻。辛棄疾〈醜奴兒慢〉：「過者一霎」，「霎」字作「雙酢切」，協家麻韻。杜安世〈惜春令〉：「悶無緒玉簫拋擲」，「擲」字作「征移切」，協支微韻。張炎〈西子妝漫〉：「遙岑寸碧」：「碧」字作「彼邦切」，亦協支微韻；又〈徵招〉換頭，「京洛染緇塵」，「洛」字須韻，作「郎到切」，協蕭豪韻。此皆以入聲作三聲而押韻也。又有作三聲而在句中者，如歐陽修〈摸魚子〉：「恨人去寂寂，鳳枕孤難宿」，「寂寂」協「精妻」切。柳永〈滿江

紅〉：「待到頭終久問伊著」，「著」字協「池燒」切……諸如此類，不可悉數。故用其以入作三聲之例，而末仍列入聲五部，則入聲既不缺，而入作三聲者，皆有切音，人亦知有限度，不能濫施以自便矣。

故戈韻之入聲字，除外列入聲五部，其陰聲韻部：第三、四、五、八、九、十、十二等七部，皆併有部分入聲作平、上、去聲之字；致有同一入聲字既存於入聲五部，又歸併於上去聲韻部之中。凡所歸併，或一字數音，如「燭」字，本屬入聲「十五部」，派入陰聲韻部，則分屬第四部、第十二部「入作上」；「濁」字，本屬入聲「十六部」，派入陰聲韻部，則分屬第八部、第九部「入作平」。或一字數調，如「一」字，本屬入聲「十七部」，派入陰聲第三部，則分屬「入作上」、「入作去」兩調。至若同一韻部之字，分派三聲，亦或異音異調，如八七部「月」韻：「髮」字，派入第十部，為「入作上」；「月」字，派入第十部，則兩屬於「入作平」、「入作去」。又如十九部「合」韻：「合」字，派入第九部，為「入作平」；「納」字派入第十部，為「入作去」。甚或本為異切，派入陰聲韻部，竟成同音，如「屑」字：「先結切」；「薛」字：「私列切」，本為兩音，戈氏皆派入第十部「入作上」，作「先也切」。凡此之類，其例甚夥。惟填詞定制，平、入兩途，且仄聲「上」、「去」，亦須講究，如循戈氏所分，則字無定音，音無正字，可謂隨文取協，此學者所疑也。而魯國堯〈宋詞陰入通協現象的考察〉一文，嘗考析全宋詞兩萬餘闋詞，其中陰入通協者僅六十九闋，所佔比例甚微（註一）。且其通協方式，或於陰聲韻字中偶摻一入聲字，或於入聲韻字中偶摻一陰聲字，迥非陰、入無別。然則「陰入通協」，當為例外押韻，非是宋人押韻之常法。戈氏以大量入聲字派入平、上、去三聲，考其規律，大抵與《中原音韻》相符，是其入聲字兩併歸屬，乃緣後世音變之故，並不符於宋人押韻習慣。是知《沈氏詞韻》歸部，諦審宋人押韻習慣，以平、入獨押，嚴分畛域，實較戈韻為宜也。

二、增補字：

宋詞中往往有部分韻字通入他部相協者，如尤侯韻之脣音字通入魚模韻、「國、墨、北」字通入第十五部相協等，凡此之例，戈韻皆視為「借音」，增補於通入韻部之後。其《詞林正韻・發凡》云：

唯有借音之數字，宋人多習用之。如柳永〈鵲橋仙〉：「算、密意幽歡，盡成辜負」，「負」字協「方佈」切。辛棄疾〈永遇樂〉：「憑誰問，廉頗老矣，尚能飯否」，「否」字協「方古」切。趙長卿〈南鄉子〉：「要底圓兒糖上浮」，「浮」字協「房逋」切。周邦彥〈大酺〉：「況蕭索青蕪國」，「國」字協「古六」切。潘元質〈倦尋芳〉：「待歸來碎揉花打」，「打」字協「當雅」切。姜夔〈疏影〉：「但暗憶江南江北」，「北」字協「逋沃」切。韓玉〈曲江秋〉亦用「國北」協屋沃韻。吳文英〈端正好〉：「夜寒重長安紫陌」，「陌」字協「末各」切；〈燭影搖紅〉：「相間金茸翠畝」，「畝」字協「忙補」切。蔣捷〈女冠子〉：「羞與鬧蛾兒爭耍」，「耍」字協「霜馬」切之類。略舉數家，已見一斑。相沿至今，既有音切，便可遵用，故一一補于各韻之末，註「增補」二字以別之，此補音也。

是以戈韻第四部平聲「模」韻末增補「浮」字，上聲「姥」韻末增補「缶否母某畝」諸字，去聲「暮」韻末增補「婦負阜副富」諸字；第十部上聲「馬」韻末增補「打耍那」諸字；第十五部增補「國」字於屋韻之後；「北」字於沃韻之後；第十六部增補「陌」字於鐸韻之後。凡此增補之例，皆《沈氏詞韻》所無也。戈韻雖以「音變」為「借音」，然考諸宋詞，其「增補字」，確與本部及通入之部，皆見通協，斯則戈韻「增補字」之例，又較沈韻為宜也。

第二節　韻部分合評議

當代治聲韻學者，頗致力於宋代詞韻考，以為宋人以實際語音施之於詞，探討宋詞用韻，最能得宋代語音之真相。以一家詞人用韻為研究對象者，如吳淑美《姜白石詞韻考》、余光輝《夢窗詞韻考》、林振瑩《周邦彥詞韻考》、林泠《玉田詞用韻考》、葉詠俐《清真詞韻考》、許金枝《東坡詞韻研究》、任靜海《朱希真詞韻》等。以地域詞人為研究對象者，如魯國堯〈宋代辛棄疾等山東詞人用韻〉、〈宋代福建詞人用韻考〉、〈宋代蘇軾等四川詞人用韻考〉、〈宋元江西詞人用韻研究〉及裴宰奭〈宋代紹興詞人用韻考〉諸篇。以全宋詞為研究對項者，如金周生《宋詞音系入聲韻部考》、魯國堯〈論宋詞韻及其與金元詞韻的比較〉、林裕盛〈宋詞陰聲韻用韻考〉。以韻書及名家詞為研究對象者，如許金枝〈詞林正韻部目分合之研究〉。凡此研究，其歸納詞韻分部，大抵據戈載《詞林正韻》韻部，以評其得失演變。惟就韻部而言，戈載雖於沈謙詞韻頗有庛議，以為沈謙「且用陰氏韻目刪併，既失其當，則分合之界模糊不清」（《詞林正韻・發凡》），然就改寫《廣韻》之韻目論，則沈、戈詞韻之分部大抵相同。是以本節乃以前賢時修之詞韻研究成果為基礎，對照戈載《詞林正韻》韻部，探討《沈氏詞韻》韻部分合之得失。

壹、陰聲韻部

沈謙《沈氏詞韻》陰聲韻部分為「支紙」、「魚語」、「街蟹」、「蕭筱」、「歌哿」、「佳馬」、「尤有」等七部，戈韻分韻大抵相同。惟沈韻分「蟹」韻字於「街蟹」、「歌哿」、「佳馬」三部，而戈韻則同歸於第五部，且以流攝部分脣音字通入第四部，列為增補字。茲列其對照表如次：

部目	調	沈氏詞韻	詞林正韻
三、支紙	平	五支 六脂 七之、八微、十二齊、十五灰	五支 六脂 七之、八微、十二齊、十五灰
	上	四紙 五旨 六止、七尾、十一薺、十四賄	四紙 五旨 六止、七尾、十一薺、十四賄
	去	五寘 六至 七志、八未、十二霽 十三祭、十四泰合 十四泰開（脣音字）、十八隊 二十廢	五寘 六至 七志 八未 十二霽 十三祭 十四太半 十八隊 二十廢
四、魚語	平	九魚、十虞 十一模	九魚 十虞 十一模（增補「浮」字）
	上	八語、九麌 十姥	八語 九噳 十姥（增補「缶否母某畝」諸字）
	去	九御、十遇 十一暮	九御 十遇 十一暮（增補「婦負阜副富」諸字）
五、街蟹	平	十三佳（主要元音-ai）十四皆、十六咍	十三佳半 十四皆 十六咍
	上	十二蟹（主要元音-ai） 十三駭、十五海	十二蟹 十三駭 十五海
	去	十四泰開（除脣音字以外）及十四泰合「外」字 十五	十四太半 十五卦半 十六怪 十七夬 十九代

		卦（主要元音-ai） 十六怪 十七夬、十九代	
八、蕭筱	平	三蕭 四宵、五肴、六豪	三蕭 四宵 五爻 六豪
	上	二十九筱 三十小、三十一巧、三十二皓	二十九筱 三十小 三十一巧 三十二皓
	去	三十四嘯 三十五笑、三十六效、三十七號	三十四嘯 三十五笑 三十六效 三十七號
九、歌哿	平	七歌 八戈	七歌 八戈
	上	十二蟹合、三十三哿 三十四果	三十三哿 三十四果
	去	三十八箇 三十九過	三十八箇 三十九過
十、佳馬	平	十三佳（主要元音-a）、九麻	十三佳半 九麻
	上	十二蟹（主要元音-a）、三十五馬	三十五馬（增補「打耍那」諸字）
	去	十五卦（主要元音-a） 十七夬（「話」字）、四十禡	十五卦半 四十禡
十二尤有	平	十八尤 十九侯 二十幽	十八尤 十九侯 二十幽
	上	四十四有 四十五厚 四十六黝	四十四有 四十五厚 四十六黝
	去	四十九宥 五十候 五十一幼	四十九宥 五十候 五十一幼

就沈、戈之陰聲韻部言，學者所疑，在於灰韻系、佳韻系韻字之歸部，至於尤侯韻脣音字之通入魚模韻相協者，亦為學者論述宋詞音系之重點，是以本節乃舉其要者，就灰韻字、佳韻字及流攝脣音字之歸屬，論析如次：

一、灰韻字之歸部

《沈氏詞韻》以「灰」系韻字歸隸於第三部「支紙韻」，「皆咍」韻入於第五部「街蟹韻」，戈韻同之。就宋詞押韻觀之，灰韻或與支微同用，或與皆咍合押，頗不一致。是以歷代學者，於灰韻字之隸屬，看法頗為分歧。如戈載《詞林正韻》從沈謙之例，以「灰」入第三部，而云：「即以詞論，灰咍本為二韻，灰可以入支微，咍可以入皆來。」（《詞林正韻・發凡》）許金枝歸納東坡、清真、稼軒詞韻，與《詞林正韻》比較，駁斥戈氏之說，以為名家之詞皆「灰咍」並施，灰韻宜歸入皆咍部。其言云：

> 元周德清《中原音韻》則「灰」韻已歸入「齊微」韻類中。是知灰賄隊韻在宋時仍多與咍海代通用，戈氏依後世之語音現象，而將灰賄隊併入第三部，與支脂之微齊通用，未為切當。……上述晏元獻、蘇東坡、周美成、辛稼軒、劉後村皆卓爾名家，而「灰咍」並施，是以戈氏於「灰賄隊」之歸部，非「求協於古」，乃依後世語音現象而定其部居，辨之未審也。（註二）

由於韻書之歸部，往往受前代韻書及當代語音之影響，許氏謂以灰韻歸入第三部，乃受《中原音韻》及後世語音之影響，並非無據。然所取韻例之多寡，與韻書之精確分韻，亦有莫大影響。因此，林裕盛更分析《全宋詞》用韻，其所得結論與許氏頗有參差，茲節錄其韻例數據如次：

	微齊部	皆咍部	微齊、皆咍部	灰回部
灰韻	七〇	三九八	二十六	二十
賄隊韻	一五六	三十五	十五	五
泰韻合口	一六八	三十五	二十一	八

案：林氏分陰聲韻部為十部，其「咨師部」包括《廣韻》支、脂、之三韻之精、莊系字。「微齊部」包括《廣韻》支、脂、之（開口精莊系字除外）、微、齊、祭、廢諸韻字。「皆咍部」包括《廣韻》佳（「娃、罷、挂、洒」諸字除外，下同）、皆、咍、泰（開口）、夬（「話」字除外，下同）諸韻及支韻之「衰」字。表中所列「微齊部」則賅括林氏「咨師」、「微齊」二部。（註三）

就上表宋詞韻例統計，灰韻字獨用者少；合押者多。惟其合押，或與支微，或與皆咍，而與支微、皆咍同押者則較罕見。其通協特色，大抵有二：其一，就聲調言，灰韻與支微或皆咍合押之比例，因聲調之別而消長。平聲灰韻與皆咍合押者多；與齊微合押者少。仄聲賄、隊韻則反之，與支微同用者多；與皆咍合押者少。如統計《全宋詞》用韻，平聲灰韻獨押者二十例；與微齊部通用者七十例；與皆咍部相協者三九八例；與微齊、皆咍混押者二十六例。仄聲賄隊韻獨押者五例，與微齊部同用者一五六例；與皆咍部合押者三十五例；與微齊、皆咍混押者十五例。明顯可見灰韻系字，於平、仄聲之用韻差異。其二，就詞人言，同一作家使用同一聲調之灰韻系字，有依違於微齊、皆咍二部之間者，如平聲灰韻，黃庭堅詞與微齊通用者二例；與皆咍合押者四例。辛棄疾詞與微齊通用者四例；與皆咍合押者三十九例。仄聲賄、隊韻，歐陽修詞與微齊部同用者三例；與皆咍部合押者一例。蘇軾詞與微齊部同用者一例；與皆咍部合押者二例。泰韻合口字，歐陽修詞與微齊部同用者三例；與皆咍部合押者一例。秦觀詞與微齊、皆咍為協者各有一例。……甚且有一字而分押兩部者，如黃庭堅〈繡帶子・小院一枝梅〉以「梅開回杯來堆」相協，〈水調歌頭・瑤草一何碧〉以「溪鸝霓衣徽杯為歸」相協，以灰韻「杯」字，分與皆咍部、微齊部合押。再如姜夔〈鷓鴣天・曾共君侯歷聘來〉協「來苔杯梅徊催」；〈阮郎歸・旌陽宮殿昔徘徊〉協「徊垂題期時歧隨歸」，一「徊」字而分與兩部合押。凡此同一詞人，其平聲灰韻系字，既有與微齊同用，又有與皆咍部合押者，《全宋詞》中有二十五家；仄聲賄、隊韻有八家；泰韻合口字有十二家。顯見同一詞人押灰韻系字，亦依違於二部之間。林氏以詞人用韻所以紛歧，「蓋由於灰韻系字及泰韻合口字之韻值，正處於第三部與第五部之間，而與第三部與第五部都有近似之處，故與二部皆得通協也。」而解釋通押之現象及合宜之韻部則云：

詞人用韻有寬、嚴二式，嚴式押韻必須主要元音及韻尾皆相同，而宋代詞人押韻，卻未必遵守嚴式押韻之規則。且灰韻系字與泰韻合口字可作韻腳之字甚少，故詞人大抵從寬押韻，以之與韻值相近之第三部與第五部合用，以廣文路。灰韻系字與泰韻合口字之所以與二部皆可相押，蓋由於此。然究其實際，灰韻系字與泰韻合口字與二部之韻值皆不相同，仍以獨成一部為宜。（註四）

元周德清《中原音韻》「灰」韻已歸入「齊微」韻類中，而宋詞「灰」韻系字依違於微齊與皆咍之間。故就宋詞灰韻之押韻特色觀之，顯然「灰」韻字正處於由《切韻》系韻書中與皆咍同屬蟹攝，至《中原音韻》歸入齊微韻，與支、脂諸韻相協之過渡時期，故與二部皆有押用。魯國堯統計宋元江西主要詞人用韻云：

可以看出一個大致傾向：灰韻系字及泰韻合口字、開口脣音字，北宋之晏氏父子都只押皆來部，從歐、黃起，此後身處南北宋之交及南宋詞人或協皆來，或協支微，或兩協。唯洪适及元代六位詞人胡炳文、吳存、劉詵、虞集、梁寅、周巽全部押入皆來。（註五）

正說明灰韻由宋而元之轉變，而其轉變，仄聲字又較平聲字迅速。林氏歸納《全宋詞》韻例，掌握宋代「灰」系韻字音值之轉變，其說頗為獨到。然沈謙擬韻之旨，在於「廣文路」而非「賞知音」。「灰」韻及泰韻合口之字既少，詞人又絕少獨用，如依音理而分，獨立為部，詞人臨文，無字可按，徒增困擾。且二部音值雖有別，然音值相近，此宋人所以通押於二部，林氏前已辯明。《沈氏詞韻》既以實際用韻歸納，以見通押者多，獨用者少。就「賞知音」言，當從其分；就「廣文路」言，自可從其合，此詞學、音學取徑有別也。就前述韻例歸納，宋詞「灰」韻字確依違於第三部與第五部之間，惟沈謙分部以「名手雅篇灼然無弊者為準」；許金枝亦以名家詞為準，而一入於「支紙韻」，一說當與「皆咍」同協，顯因韻例取材不同，以致結論有別也。就《沈氏詞韻》體例考證，其韻歸於一部，而宋詞中又有通押於他部之例者，沈謙往往舉韻例以明之，並著其可通韻部。推測宋詞「灰」韻字之通用紛歧，沈謙當不為無知，以「灰」系韻字歸於此部，依其擬韻體式，必有通協之例也。

二、佳韻字之歸部

《沈氏詞韻》平聲「佳」韻、去聲「卦」韻分為二，半入第五部「街蟹韻」；半入第十部「佳馬」韻。上聲「蟹」韻則分為三，除半入「街蟹」、「佳馬」之外，又有「夥」字入第九部「歌哿韻」。至於「夬」韻，除入於本部「街蟹韻」外，「話」字入於「佳馬韻」。由於毛先舒括略，未具韻字，而韻目下或有毛氏註語，故推測韻目內容，大抵依據毛註。茲就「佳蟹卦夬」韻分屬韻部與先舒註語，製為簡表如次：

	街蟹韻	歌哿韻	佳馬韻
佳韻	如鞋、牌之類		如佳、媧、蛙、查、叉之類
蟹韻	如買之類	如夥之類	如罷之類
卦韻	如賣之類		如卦之類
夬韻	夬韻（除話字以外）		如話之類

戈載《詞林正韻》佳韻系平聲、去聲韻字與沈韻歸部相同，惟上聲「蟹」韻字，戈氏歸於第五部，與沈氏分屬三部，是其異也。

佳韻系字及「話」字原屬蟹攝，其部分韻字轉入麻韻系，唐時已然。周祖謨〈宋代汴洛語音考〉云：

> 《廣韻》佳韻字本與皆韻為一類，然自唐代，佳韻之牙音佳涯崖等字即已與麻韻相合。……宋代語音佳韻去聲卦韻之牙音字亦讀同麻韻去聲，夬韻匣母之話字亦然，與今音並同。（註六）

就宋詞用韻觀之，佳韻之通入麻韻，並不限於佳韻牙音字，其非牙音字亦間有通入者。如柳永〈柳初新・東郊向曉星杓亞〉（亞也奼榭價罷畫化冶馬），以蟹韻脣音開口之二等「罷」字及卦韻喉音二等之「畫」字與馬禡韻相協。周邦彥〈塞垣春・暮色分平野〉（野卸畫也灑寫雅夜下把），以卦韻喉音二等之「畫」字與馬禡韻相協。至於「夬」韻「話」

字之入麻韻者，宋詞中亦不乏其例，如葛長庚〈滿江紅・荳蔻丁香〉以「也洒社訝下怕挂話畫」為韻，辛棄疾〈醜奴兒・千峰雲起〉以「價畫夏灑暇下話」為韻。《全宋詞》中通入麻韻之佳韻字有：「佳、涯、娃、罷、畫、挂、洒」及夬韻「話」字。考其字，「佳涯」屬佳韻開口牙音二等；「娃」屬佳韻開口喉音二等；「罷」屬蟹韻開口脣音二等；「畫挂掛」屬卦韻合口牙音二等；「洒」屬卦韻開口齒音二等。顯見宋詞用韻，佳韻牙音字已然通入麻韻，亦有非牙音字者，如「娃、罷、洒」等，通入相協也。

王力先生《漢語史稿》論現代漢語-a的來源云：

> 中古的ai（佳韻）有一部分字，特別是合口呼的字變為a，例如：a←ai罷；ia←ai佳；ua←wai蛙、卦掛畫。夬韻有一個「話」字也由wæi變ua，它也是合口字，但是只有一個字不能構成規律。（《王力文集》第九卷，頁一八六）

《沈氏詞韻》佳系韻字除與蟹攝本部通協外，毛先舒括略註云：「佳字入麻」，又云「如媧、蛙、査、叉、罷、卦、話」之類，循王氏所論〔a〕之來源，則「佳査叉罷」ai→a；「媧蛙卦」wai→ua，遂得與麻韻相協。而「夬」韻則僅「話」字入麻。至於「夥」字入「果」，考其字《廣韻》有二音，一讀佳韻「懷𦫳切」，一讀果韻「胡果切」，疑宋時存「胡果切」一讀，故沈謙以之入果韻。綜上所述，知沈謙佳韻系合口韻及牙音字以通入麻韻為常，開口韻字多與本部相協；又有部分通入麻系。證以宋詞用韻及前賢時修歸納宋代佳韻系字音演變，沈謙佳系韻字之分部，頗能反映佳韻之演變，堪稱的當。惟沈謙以詩韻為目概括韻字，稱某韻之半，而其原書未見，毛先舒括略刊行者，雖有註語而僅以例字概括，研讀者頗難明瞭。尤其佳韻字分為三部，而其分合又無法以開合等第概括，是以略顯淆混。許金枝氏論佳麻相協，以為宜將佳韻之主要元音劃分為-a與-ai兩大類，凡主要元音讀為-a者，則併入第十部麻韻系；主要元音為-ai者，則併入第五部皆韻系。證諸沈謙分韻，其說可從也。

三、尤侯韻脣音字之歸部：

《沈氏詞韻》第四部為「魚語韻」、第十二部為「尤有韻」，戈載《詞林正韻》此二部韻目與沈韻全同，惟於第四部平聲「模」韻後增補一「浮」字；上聲「姥」韻後增補「缶否母某畝」；去聲「暮」韻後增補「婦負阜副富」諸字。凡此流攝脣音字，《沈氏詞韻》未見增補之例，據毛先舒《詞韻說》引《沈氏詞韻》按云：「古詩韻，五歌可以通六麻，十一尤可以通六魚、七虞，于填詞則未嘗見，豈敢泥古而誤今耶？」顯見《沈氏詞韻》之流攝脣音字，仍歸於「尤有韻」本部，與戈氏以之協入「魚語韻」者有別也。

流攝部分脣音字之通入遇攝相協，據前賢時修所論，大抵唐時已然。如章太炎云：

> 白居易琵琶行以「住、部、妒、汙、數、度、故、婦」為韻……至婦字以在有韻，亦與去聲遇暮相協，此由晚唐長安之音，凡婦畝等字，皆轉入語麌姥、御遇暮諸韻，反以正音為質魯也。（馬宗霍《音韻學通論》附餘杭章太炎先生來書）

許世瑛〈論長恨歌琵琶行用韻〉一文述及「自言本是京城女」以下十八句用韻之情形謂：

> 魚虞兩韻（舉平以該上去，下同）之韻母已由-jo，-juo變為-iu，而模韻由-uo變為-u矣。「尤侯幽」三韻之韻母多數固已變為-iou與-ou，而有少數字仍讀為-u，於是「婦」字遂得與「住、數」等字諧韻矣。

又云：

> 由於「婦」字與「去」（御韻）「住、數」（遇韻）「部、汙、度、故」（暮韻）等押韻，可以測知中唐時期尤侯兩韻中有一部分字，其韻母不變為-ou或-iou，而與魚虞模之主要元音相同，皆為-u，於是得以押韻矣。（註七）

周祖謨〈宋代汴洛語音考〉云：

考《元次山集》三〈系樂府・農臣怨〉「畝」與「主雨苦吐取」為韻；《擊壤集》一〈生男吟〉「否」與「五父汝五」為韻；《簡齋集》二十八〈喜雨詩〉「畝」與「舉雨語武嫵吐宇許」為韻；《元憲集》二〈獻臣學士與余通書因成感詠〉「部」與「府譜魯語聚補苦伍舉午拒宇怒聱」為韻。「否」為「有」韻，「畝」「部」皆「厚」韻字，今汴洛尤侯二韻（舉平以賅上去）脣音字皆讀為-u，與見端精三組音讀不同。（《輔仁學誌》十二卷一二合期，頁二五〇）

是知至于唐宋，尤侯韻部分脣音字，因音變而讀為〔u〕，唐宋詩遂有與魚模韻相協者。宋詞多以時音為韻，尤侯系脣音字之演變，以宋詞考之，亦不乏其例。就名家言，如晏幾道〈歸田樂・試把花期數〉以「數緒吐住去語否（有韻）語處絮」為韻；辛棄疾〈鵲橋仙・松岡避暑〉以「暑雨度處婦（有韻）女語露」為韻；劉克莊〈賀新郎・北望神州路〉以「路付馭虎父魯兔否（有韻）土做婦（有韻）去」為韻；陸游〈感皇恩・小閣倚秋空〉以「渚雨處許府做路畝（候韻）」為韻。就地域言，在宋代，流攝脣音字除通入遇攝外，復有部分韻字留在本攝。如山東詞人用韻，與遇攝相協之流攝脣音字有「畝負富」；與流攝相協者有「剖母不浮謀鍪繆眸」諸字；兼協者有「否婦」諸字。四川詞人用韻，與遇攝相協之流攝脣音字有「畝母」；與流攝相協者有「茂不浮繆眸」諸字；兼協者有「否」字。江西詞人用韻，與遇攝相協之流攝脣音字有「母阜富」；與流攝相協者有「剖牡茂謀繆茅眸婦」諸字；兼協者有「母阜婦」諸字。甚至有同一作家將同一字分押兩部者，如姜夔〈角招・為春瘦〉以「瘦柳岫手久畝首有袖秀溜候舊酒奏友」為韻，〈念奴嬌・楚山修竹〉以「暑許趣苦遇畝（厚韻）處雨」為韻。茲再以《全宋詞》尤侯韻脣音字之押韻為例，表列數據如次：

韻目	韻字	魚虞模	尤侯幽	魚虞模尤侯幽
尤	不		47	
	浮	5	160	
	謀		33	
	眸		49	
有	牟		2	
	侔		3	
	鍪		3	
厚	婦	6	4	
	負	47	7	
	阜	3	3	
	否	163	155	1
宥	不	2	3	
	母	30	5	
候	牡		1	
	畝	17	6	
	剖		5	
	覆		3	
	富	12	4	
	茂	1	9	
合計		286	502	1

綜上所述，可證宋代流攝脣音字已與非脣音字分化，部分脣音字之主要元音與遇攝相同，漸趨通協。惟其間分合則無一定規律可循。王力《漢語史稿》論現代韻母-u之來源時，歸納尤韻脣音「浮婦負阜富副」諸字由iəu→u，侯韻脣音「母拇畝牡戊」諸字亦由əu→u。而論及現代韻母ou之來源時，又歸納出尤侯韻脣音有部分例外字，即尤韻之輕脣「否、浮」二字（iəu→ou）及侯韻之脣音「剖、某」二字（əu→ou）。證之以宋詞用韻，亦可見流攝之脣音字一部分主要元音與遇攝相同（u），而一部分主要元音與流攝相同（ou），並未完全通入遇攝，且其間並無一定之規則可循，故王力以通入魚模者為正例，留於尤侯者為例外，至於「否」字，則情況較為特殊，一方面既如流攝其他脣音字般與遇攝相協，讀為fu；一方面受傳統韻書影響，仍讀為fou，猶如今音「浮」，既讀為fu，又讀為fou。故否字既得與遇相通，復與其本部相協。（以上參王力〈韻母u的來源〉、〈現代ou的來源〉，《王力文集》第九卷，頁二一六—二二一、二三一—二三三）

《沈氏詞韻》以未見填詞有十一尤可通六魚七虞之例，而明分二部。就宋詞押韻觀之，尤侯韻脣音字通入魚模韻相協之例甚夥，沈謙當不能無見。其所以說「未嘗見」者，推測乃以「名手雅篇灼然無弊者為準」，蓋以尤協魚為誤，故摒棄不取，自然未見也。毛先舒《詞韻說》云「通入者不過數字耳；概之他字，未必盡通」因此主張「魚、虞、尤互通，正可施于古詩，而不可施于填詞，其說當已」，正可為沈謙分韻之註腳。然以「通入者不過數字，概之他字，未必盡通」為分韻標準，固然無誤，卻不能無視「通入者」之存在，即宋代語音之轉變。戈載《詞林正韻》以「通入者」著於本部，而增補於「通入」之部，確較沈謙《沈氏詞韻》允當。惟戈氏以音變為借音，其言云：

> 《中原音韻》諸書則以……尤韻之罘蜉入魚虞，此在中州音則然，止可施之于曲。詞則無有用者，唯有借音之數字，宋人多習用之。如柳永〈鵲橋仙〉「算密意幽歡，盡成辜負」，「負」字協方布切。辛棄疾〈永遇樂〉「憑誰問、廉頗老矣，尚能飯否」，「否」字協方古切。……「浮」字協房逋切。……「畝」字協忙補切。（《詞林正韻・發凡》）

宋詞流攝部分脣音字轉入遇攝相協，乃語音轉變之現象。戈氏增補之「缶否母某畝婦負副阜富」諸字，《中原音韻》併入「魚模」（舉平以賅上去），可為明證也。至於分韻之方法，戈氏既存於本部，又增補於通入之部，致有分合混淆之譏。許金枝〈詞林正韻部目分合之研究〉云：

> 既欲協合古人，又難離捨時音，遂有此兼容並蓄之跡象存乎其中。此蓋流攝脣音字之變化並無一定之規則可尋，故本文以為宜參考宋人用韻之梗概及現代方音之現象，將流攝脣音字分為-ou，-iou與-u，-iu兩類，以-u，-iu通入第四部，而-ou，-iou則歸本部（第十二部）。其中或有少數兩讀之字，如否、浮，則可並存於兩部之中。
> （《中正嶺學術研究集刊》第五期，頁十一）

其說頗為精審，亦可為流攝脣音字歸韻分部之參考也。

貳、陽聲韻部

「陽聲」之收鼻音，凡有三種：（一）獨發鼻音（-ng）：《廣韻》中陽聲收音為-ng者，有東、冬、鍾、江、陽、唐、庚、耕、清、青、蒸、登等十二韻。（舉平以賅上去，合為三十六韻，下準此）（二）上舌鼻音（-n）：收音為-n者，有真、諄、臻、文、殷、魂、痕、元、寒、桓、刪、山、先、仙等十四韻。（三）撮唇鼻音（-m）：收音為-m者，有侵、覃、談、鹽、添、咸、銜、嚴、凡等九韻。沈謙《詞韻》分此三系陽聲韻為七部：通攝「東冬鍾」三韻，歸為第一部東董韻；江攝「江」、宕社「陽唐」合用，歸為第二部江講韻；臻攝「真諄臻文欣魂痕」七韻，歸為第六部真軫韻；山攝「元寒桓刪山先仙」七韻，歸為第七部元阮韻；梗攝「庚耕清青」、曾攝「蒸登」合用，歸為第十一部庚梗韻；深攝「侵」韻獨用，歸為第十三部「侵寢韻」；咸攝「覃談鹽添咸銜嚴凡」八韻，歸為第十四部覃感韻。戈載《詞林正韻》陽聲韻部與沈韻全同，茲列其部目如次：

部目	調	沈氏詞韻	詞林正韻
一、東董	平	一東 二冬 三鍾	一東 二冬 三鍾
	上	一董 二腫	一董 二腫
	去	一送 二宋 三用	一送 二宋 三用
二、江講	平	四江 十陽 十一唐	四江 十陽 十一唐
	上	三講 三十六養 三十七蕩	三講 三十六養 三十七蕩
	去	四絳 四十一漾 四十二宕	四絳 四十一漾 四十二宕
六、真軫	平	十七真 十八諄 十九臻、二十文 二十一欣、二十三魂 二十四痕	十七真 十八諄 十九臻 二十文 二十一欣 二十三魂 二十四痕
	上	十六軫 十七準、十八吻 十九隱、二十一混 二十二很	十六軫 十七準 十八吻 十九隱 二十一混 二十二很
	去	二十一震 二十二稕、二十三問 二十四焮、二十六慁 二十七恨	二十一震 二十二稕 二十三問 二十四焮 二十六慁 二十七恨
七、元阮	平	二十二元、二十五寒 二十六桓、二十七刪 二十八山、一先 二仙	二十二元 二十五寒 二十六桓 二十七刪 二十八山 一先 二仙
	上	二十阮、二十三旱 二十四緩、二十五潸 二十六產、二十七銑 二十八獮	二十阮 二十三旱 二十四緩 二十五潸 二十六產 二十七銑 二十八獮
	去	二十五願、二十八翰 二十九換、三十諫 三十一諫、三十二霰 三十三線	二十五願 二十八翰 二十九換 三十諫 三十一諫 三十二霰 三十三線
十一、庚梗	平	十二庚 十三耕 十四清、十五青、十六蒸 十七登	十二庚 十三耕 十四清 十五青 十六蒸 十七登
	上	三十八梗 三十九耿 四十靜、四十一迥、四十二拯 四十三等	三十八梗 三十九耿 四十靜 四十一迥 四十二拯 四十三等
	去	四十三映 四十五諍 四十五勁、四十六徑、四十七證 四十八嶝	四十三映 四十五諍 四十五勁 四十六徑 四十七證 四十八嶝

十三侵寢	平	二十一侵	二十一侵
	上	四十七寢	四十七寢
	去	五十二沁	五十二沁
十四覃感	平	二十二覃 二十三談、二十四鹽 二十五添 二十八嚴、二十六咸 二十七銜 二十九凡	二十二覃 二十三談 二十四鹽 二十五沾 二十六嚴 二十七咸 二十八銜 二十九凡
	上	四十八感 四十九敢、五十琰 五十一忝 五十四儼、五十二豏 五十三檻 五十五范	四十八感 四十九敢 五十　五十一忝 五十二儼、五十三豏 五十四檻 五十五范
	去	五十三勘 五十四闞、五十五豔 五十六㮇 五十九釅、五十七陷 五十八鑑 六十梵	五十三勘 五十四闞 五十五豔 五十六㮇 五十七驗 五十八陷 五十九鑑 六十梵

就詞韻分部言，學者大抵以為「東冬鍾」同用；「江陽唐」同用，切合於宋代語音現象，雖偶有以「江」協「東鍾」者，究屬少數特例，不足為據。故於第一部「東董」韻、第二部「江講」韻之分部，多以為切當，少見爭議。至於第六部「真軫」、第七部「元阮」、第十一部「庚梗」、第十三部「侵寢」、第十四部「覃談」，因宋詞不乏通押之例，歷來論者於陽聲-m-n-ng三部之分合聚訟紛紜。如《學宋齋詞韻》以「真諄臻文欣魂痕庚耕清青蒸登侵」同用、「元寒桓刪山先仙覃談鹽添咸銜嚴凡」同用，戈載譏之云：

> 吳烺、程名世諸人所著之《學宋齋詞韻》，其以學宋為名，宜其是矣。乃所學者皆宋人誤處，真諄臻文欣魂痕庚耕清青蒸登侵皆同用，……濫通取便，駁不堪，試取宋人名作讀之，果盡若是之寬者乎？（《詞林正韻・發凡》）

萬樹云：

> 詞之用韻，較寬於詩，而真侵互施，先鹽並協，雖古有然，終屬不妥。沈氏去矜所輯，可為當行；近日俱遵用之，無煩更變。（《詞律・發凡》）

吳梅云：

> 第六部之真諄，第十一部之庚耕，第十三部之侵，即宋詞中亦有牽連混合者。張玉田《山中白雲詞》，至多此病。……即以詩論，此三韻亦無通押之理，何況拘守音律之長短句哉？（《詞學通論》，頁二十二）

宋詞於此三部間有合用，確為事實，惟以之為誤，似有待斟酌。蓋宋詞本無韻書，作者依當時之讀書音、普通話、或各自之方音押韻；甚或配合音樂，以音近而取便通協，亦宋人常法，故不免混押也。如王力《漢語詩律學》論宋詞-m-n-ng三系分明，而又有混押之現　象云：

> 在宋代，一般說起來，-n-ng-m三個系統，仍舊是分明的。-t-k-p界限的泯滅，遠在-n-ng-m的界限泯滅之前。直到現在，北方官話還能保存-n-ng的分別。不過詞人既可純任天籟，就不免為方音所影響。當時有些方言，確已分不清楚-n-ng-m的系統了，所以它們不能不混用了。（《王力文集》第十四卷，頁六七七）

其說頗為通達。學者解釋詞家三系通協之原因，大抵承王力先生說法。然詞人以方音為協，固為三系混押之一因，而混押者並無明顯之地域區別。如浙江人張先「近」字可與「靜定迥竟影永」合押，江西人歐陽修「盡粉近嫩信」亦與「映盛定勁凝」合押，福建人黃裳「信盡」與「境徑景定醒影」互押，北方山東人晁補之「聘」字亦可與「俊仞韻信隱鬢近」協韻（《宋詞音系入聲韻部考》頁三四二）。金周生以為將-n-ng-m 相押視為方言影響，或不可盡信，並舉清初詞曲鑑賞家李漁著《閒情偶寄》書中提及幾段唱曲法為證：

> 世間有一字，即有一字之頭，所謂出口者是也；有一字，即有一字之尾，所謂收音者是也；尾後又有餘音收煞此字，方能了局。譬如吹簫姓簫諸簫字，本音為簫，其出口之字頭，與收音之字尾，並不是簫。若出口作簫，收音作簫，其中間一段正音，並不是為簫，而反為別一字之音矣。且出口作簫，其音一洩而盡，曲之緩者，如何接得下板？故必有一字為之頭，以備出口之用，有一字為之尾，以備收音之用，又有一字為餘音，以備煞板

之用。字頭為何？西字是也；字尾為何？天字是也；尾後餘音為何？烏字是也。字字皆然，不能枚紀。……字頭字尾及餘音，皆為慢曲而設，一字一板，或一字數板者，皆不可無，其快板曲，止有正音，不及頭尾。……字頭字尾及餘音，皆須隱而不現，使聽者聞之，但有其音，并無其字，始稱善用頭尾者，一有字跡，則沾泥帶水，有不如無矣。（《宋詞音系入聲韻部考》，頁三四二—三四三）

金氏以為陽聲韻之-n-ng-m 皆屬「餘音」，快板曲中所佔地位極微，故有時只須主要元音相同，即已具音質重複出現之押韻感，此當為異部陽聲韻字偶現互押之原因。魯國堯亦嘗統計山東詞人、四川詞人、江西詞人、福建詞人用韻，亦懷疑除方音混入外，因合樂而寬以通協，亦得視為混押之一因也。茲徵錄其三部分用及合用之次數統計表如次：（註八）

	侵針部	真欣部	庚陵部	侵針部真欣部合用	侵針部庚陵部合用	真欣部庚陵部合用	三部合用	總數
山東詞人	十三	八十一	七十二	二	四	三十三	十	二一五
四川詞人	十二	五十二	六十六	一	一	三十二	七	一七一
福建詞人	三十五	五十九	八十五	二	三	四十五	七	二三六
	六十	一九二	二二三	五	八	一一〇	二十四	

案：「侵針部」即《廣韻》收「m」韻尾者、「真欣部」即收「n」韻尾者、「庚陵部」即收「ng」韻尾者。

就上表觀之，不同地域之詞人以三部分押為常，而三部互押之例，確無明顯之地域區別，足為金周生取便歌吻說作佐證。蓋詞乃音樂文學，重於聲律，故詞韻主要元音相同，就宋詞用韻習慣言，亦可通押。三系所以通押，除方音轉化之說，取便歌吻，斯亦別成一說也。

諸家於宋詞三系混押之論述，以取便通協為基礎，或解釋為方音轉化所致；或解釋為取便歌吻，其說容或有別，而宋詞三系陽聲韻以分押為常之說，則無別也。沈謙於陽聲之韻，雖嚴為分部，又明示宋人有通押之例，詞家自可斟酌通協。其言云：「若夫十二侵之通真、文、庚、青、蒸，則詩詞並見合并，故從之。」其〈鷓鴣天・夜怨〉詞，即以「真」韻「巾」字與「侵」韻「林衾尋心」等字混押。因之，就宋代語音言，三系分明；就宋詞韻例言，合用者少，分用者多。製為韻書，自宜從其分；利於行文，何妨例外通協。《沈氏詞韻》之陽聲韻部，可謂分而可通，堪稱的當。

參、入聲韻部

《沈氏詞韻》入聲獨用，分為「屋沃」、「覺藥」、「質陌」、「物月」、「合洽」等五部。戈載《詞林正韻》入聲韻部與沈韻大抵相同，惟「業」韻，沈氏隸第十八部「物月」，戈氏入第十九部為小異耳。茲就兩家入聲韻部，表列如次：

部目	調	沈氏詞韻	詞林正韻
十五屋沃	入	一屋、二沃 三燭	一屋（增補「國」字）二沃（增補「北」字）三燭
十六覺藥	入	四覺、十八藥 十九鐸	四覺 十八藥 十九鐸（增補「陌」字）
十七質陌	入	五質 六術 七櫛、二十陌 二十一麥 二十二昔、二十三錫、二十四職 二十五德、二十六緝	五質 六術 七櫛 二十陌 二十一麥 二十二昔 二十三錫 二十四職 二十五德 二十六緝
十八物月	入	八物 九迄、十月 十一沒、十二曷 十三末、 十四黠 十五轄、十六屑 十七薛、二十九葉 三十帖 三十三業	八勿 九迄 十月 十一沒 十二曷 十三末 十四黠 十五鎋 十六屑 十七薛 二十九葉 三十帖
十九合洽	入	二十七合 二十八盍、三十一洽 三十二狎 三十四乏	二十七合 二十八盍 三十一業 三十二洽 三十三狎 三十四乏

中古音之入聲若依韻尾而分，其類有三：

舌根韻尾-k，如「屋、沃、燭、覺……」等。

舌尖韻尾-t，如「質、術、月、曷……」等。

雙脣韻尾-p，如「合、葉、緝、乏……」等。

凡此三類塞音韻尾，元周德清《中原音韻》分別轉入平、上、去聲，與陰聲韻字合用無別。宋詞押韻，平、入獨押；上去通押，其入聲雖未與三聲混，然入聲韻尾-k-t-p三類往往混押，例如蘇軾詞：

〈滿江紅・江漢西來〉以「碧（-k）、色（-k）、客（-k）、說（-t）、讀（-k）、惜（-k）、瑟（-t）、忽（-k）、鶴（-k）」相押。〈滿江紅〉以「客（-k）、雪（-t）、石（-k）、隔（-k）、必（-t）、白（-k）、覓（-k）、睫（-p）、絕（-t）」相押。

又如周邦彥詞：

〈三部樂・浮玉飛瓊〉以「絕（-t）、月（-t）、發（-t）、葉（p）。說（-t）、髮（-t）、睫（-p）、切（-t）、結（-t）」相押。

〈看花迴・秀色芳容明眸〉以「絕（-t）帖（-p）睫（-p）燮（-p）。愜（-p）合（-p）說（-t）頰（-p）褭（-p）」相押。

又如姜夔詞：

〈虞美人・摩挲紫蓋峰頭石〉以「石（-k）、立（-p）」相押。

〈慶宮春・雙槳蓴波〉以「闊（-t）、末（-t）、發（-t）、壓（-p）、答（-p）、遏（-t）、襪（-t）、霎（-p）」相押。

又如朱敦儒詞：

〈好事近・春雨細如塵〉以「濕（-p）、碧（-k）、瑟（-t）、息（-k）」相押。

〈春曉曲・西樓落月雞聲急〉以「急（-p）、瀝（-k）、瑟（-t）」相押。

諸如此類之混用，依據金周生《宋詞音系入聲韻部考》統計，在三千一百五十個韻例中，為數一千二百七十二，百分比高達四十餘。沈、戈詞韻據宋詞定其韻部，故其入聲韻部，如「質陌」合「-t-k-p」於一部、「物月」合「-t-p」於一部，而所擬入聲五部，覈諸宋詞又不乏異部相押之例。顯見宋代之入聲既不似宋以前-p-t-k分用劃然，亦不似元代混入平、上、去也。歷來治聲韻學者，解釋宋詞入聲混押之現象，或從實際語音著眼；或就音樂性質著手，迄無定論。茲歸納如次：

一、根源於實際語音

論者以為-p-t-k之混押，乃因實際語音之界限泯滅使然。至於實際語音之真相究竟如何，諸家之論又可大別為「韻尾失落」及「轉為喉塞音」二說。如周祖謨〈宋代汴洛語音考〉論及宋代詩詞用韻，以為三類入聲所以相混，乃因入聲韻尾失落，以致元音相近者皆得通押，其言云：

> 至於兩攝（曾、梗）之入聲字，則亦合用無別，而韓維、史達祖更攙入臻攝深攝字，是當時入聲字之收尾已漸失落矣。（《輔仁學誌》十二卷一二合期，頁二五六）

又云：

> 然宋代語音尚有與唐人不同者，即本攝（臻）入聲與梗曾入聲合用一事。其所以合用者，由於入聲韻尾之失落。梗曾入聲本收-k，臻之入聲本收-t，原非一類，迨-k、-t失落以後，則元音相近者自相通矣。（同前引，頁二六五）

王力《漢語語音史》則云：

> 朱熹時代，入聲韻尾仍有-p-t-k三類的區別，除〔ik〕轉變為〔it〕以外，其他都沒有混亂。但是，後代入聲的消失，應該是以三類入聲混合為韻尾〔ʔ〕作為過渡的。（《王力文集》第十卷，頁三七五）

又云：

> 三類入聲合併為一類，在宋代北方話中已經開始了。在吳方言裏，大約也是從宋代起，入聲韻尾已經由〔-p〕〔-t〕〔-k〕合併為〔ʔ〕了。（同前引，頁三七七）

由於宋代詩詞入聲字仍獨押，顯見入聲之性質並未消失，周氏以韻尾失落解釋不同入聲之相協，未必合適。蓋輔音韻尾既不存在，則入聲應如《中原音韻》，與平、上、去聲之字相押，然事實迥非如此。王氏雖論及宋代入聲-p-t-k轉為喉塞音，是後代入聲消失前之中間過渡，然其音值並未改擬為〔ʔ〕。研究詞韻學者大多承周、王之說，或解釋為韻尾失落；或疑其轉為喉塞音，而歸之於「例外通押」。竺家寧〈宋代入聲的喉塞音韻尾〉一文，以為「詞韻入聲的混用現象完全反映了實際語音的變化，用『例外通押』輕易交待過去似乎並不合適」，乃更就宋代詩詞、宋元韻圖、《詩集傳》、《九經直音》、《韻會》、《皇極經書》等資料分析，主張宋代入聲-p-t-k三類全讀為喉塞音。其結論云：

> 入聲-p-t-k三類韻尾已經混而無別，但是又不像《中原音韻》一樣，把入聲散入平、上、去中，可知入聲之特性仍然存在，只不過三類韻尾都發生了部位後移，弱化而成相同的喉塞音韻尾〔ʔ〕了。這正是元代入聲消失前的一個演變階段，從宋代語料普遍都呈現這種跡象看，這個過渡階段的時間不會很短暫的。（《聲韻論叢》第二輯，頁二十二）

又云：

> 入聲在歷史上的演化過程，正反映在今天的入聲地理分佈上。亦即南方（粵、客、閩南）的-p-t-k完全保留，中部（吳語、閩北）的轉為喉塞音-ʔ，以及北方的傾向消失。宋代的幾百年間，正是喉塞音韻尾的階段。（同前引，頁二十三）

竺氏以為宋人填詞本乎自然之音，故詞韻入聲混用現象完全反映實際語音之變化。至於宋詞入聲押韻尚有百分之五十餘是-p-t-k分用者，則是受官韻之影響。蓋以是時語音三類入聲已無分別，由於文人嫻熟官韻，胸中入聲界限必然清晰，填詞時因之自然流洩而出也。

金周生曾詳析宋詞入聲與方言之關係，列舉浙江省作家九十三人、江西省八十四人、福建省四十六人、江蘇省三十七人、河南省三十二人、四川省二十二人、安徽省十九人、山東省十八人、河北省十三人、廣東省七人、湖南省七人、山西省五人、甘肅省一人、吉林省一人，發現入聲之混用並無方音之因素，與作者之里籍並無關係，顯然是當時普遍之現象。然而金氏論此，雖不否認中古不同塞音韻尾之入聲字宋詞中已習慣於合押，卻主張詞韻音系中，入聲字仍保存隋唐-p-t-k三種不同之韻尾。其〈宋詞音系入聲字具三種塞音韻尾說〉，分由詞調換韻、作家用韻特徵、兩宋韻書、洪武正韻音系、今人研究宋代語音等，證明宋代語音入聲字尚保留三種塞音韻尾。據金氏統計，宋詞入聲混押者佔百分之四十餘；分押者佔百分之五十餘，前述諸家據混押韻例立論，而金氏則由分押韻例持說，以為宋代入聲字韻尾如皆已變同喉塞音〔ʔ〕，或消失而僅存一短調，則主要元音相同之中古三種入聲韻尾字，詞人必混押至無跡可尋，然事實並非如此。如「由換韻證明入聲字具有三種塞音韻尾」一目，舉證云：

> 依萬樹《詞律》，〈減字木蘭花〉當四易其韻。謝逸「疏疏密密」一闋，其四段韻字分別為「密出」「梅回」「刻碧」「妍天」；「密出」分屬「質」「術」二韻，「刻碧」分屬「德」「陌」二韻，雖同屬《詞林正韻》十七部字，然此二類謝逸讀之必然有別，故於詞中視為換韻。而二類字之隋唐音，韻尾正有-k-t之異；且今所存謝氏之詞，凡韻屬《詞林正韻》十七部，中古音韻尾有-p-t-k之別者，則絕不混押，可知北宋末年（謝逸卒於徽宗政和三年）入聲字韻尾尚有-p-t-k之分。（《宋詞音系入聲韻部考》，頁三三四）

又如「由作家用韻特徵證明入聲字具有三種塞音韻尾」一目，舉證云：

> 北宋初，寇準、潘閬、林逋、聶冠卿、李遵勗、柳永、張先、晏殊、歐陽修、沈唐、杜安世等人作品韻字，凡屬《詞林正韻》十七、十八部，中古音韻尾有-p-t-k之別者絕不混押。以歐陽修論，韻字合《詞林正韻》十七

部字者十一闋，十闋僅用中古收-k尾「陌麥昔錫職德」六韻中之字，另一闋則十韻字皆屬收-t尾「質術」韻中之字，且十一闋中絕不雜收-p尾之「緝」韻字，此種現象斷不可視為偶然。唯一解釋，只能說作者語言中仍保存三種入聲字收尾，又採主要元音暨韻尾皆求相同之「嚴式押韻」，所以不混押。協十八部者有八闋，全屬中古收-t尾之入聲字，並不雜-p尾之「葉帖」韻字，亦足以說明當時入聲字仍存有不同之塞音韻尾。（同前引，頁三三五）

金氏確信詞韻音系中之入聲字，仍保存中古切韻音系-p-t-k三種韻尾，故從審音角度為詞韻音系入聲字分部，凡韻尾有異者，雖主要元音相合，亦視為不同之二部。至於宋詞入聲混押之例，則視為配合樂曲歌唱需要之「寬式押韻」，其言云：

詞中主要元音相同而韻尾有-p-t-k分別之入聲字，因歌詞配合音樂，尾音所佔時間甚短，或僅具收勢，對於聽者音感並無不協，是以作者多通押；唯其字音實有區分，故可視為韻部不同而分用。（同前引，頁三三五）

又云：

宋詞「寬式押韻」常見者大致可別為四類。其一乃主要元音相同而韻尾有異，……以入聲為例，賀鑄「謁金門」「溪聲急」一闋，收-p之「急」與收-t之「出蜜日失必一筆」押韻屬之。韻尾不同而可互押之因，毛先舒於〈古曲無慢聲辯〉中云：『今詩韻之緝合葉洽四部，閉口入聲韻也。閉口之韻，法無旁通。而余觀宋人填詞，其通韻之濫，雖不專於閉口；即閉口而與他韻合用者，亦不一而足。至元周德清著《中原音韻》，竟廢入聲而取此四部不隸於侵尋、監咸、廉纖三閉口部而反隸於支思、齊微、歌戈、家麻、車遮諸部者，是閉口無入聲也。其所以無入聲者：凡唱曲作腔多須曼聲，若入聲閉口，則其音詘然而止，豈復能為曼聲而作腔乎？此所以宋人填詞已溷閉口入聲於他韻，而挺齋全舉而廢之也。』入聲字為配合音樂，主要元音延長，韻尾於最後僅作一象徵

性之收勢，收音雖異，對聽者之音感並無不協，此為入聲「寬式押韻」最常見之一種。（同前引，頁三四一—三四二）

金氏就宋詞之音樂性質考量，所論信而有徵，斯亦別成一說也。

由於研究詞韻學者對宋代入聲性質看法不同，故分韻標準不一。就沈、戈所擬之入聲五部而言，其中「屋沃」、「覺藥」兩韻部，學者大抵以為精當，而歷代詞韻分部均無出此範圍者。至於「質陌」、「物月」、「合洽」三部擬韻，則或分或合，頗為紛歧。從嚴而分者，如吳梅所擬詞韻，入聲分為八部，金周生分為九部，皆以「屋沃燭」一部、「覺藥鐸」一部；而於「質陌」、「物月」、「合洽」三部所屬韻字，則重行整合離析，吳氏析為五部；金氏析為七部。從寬而合者，如許金枝以為戈韻之入聲宜分四部，第十五、十六部因戈韻舊目，而以「質術櫛物迄沒陌麥昔錫職德緝」為第十七部；「月曷末黠鎋屑薛合盍葉帖業洽狎乏」為第十八部。姜聿華亦分入聲四部，「屋沃燭」、「覺藥鐸」、「質術櫛物迄陌麥昔錫職德緝」三部同於戈韻，而合「月沒曷末黠鎋屑薛合盍葉帖洽狎業乏」為一部。諸家所擬韻部較沈、戈之韻或寬或嚴，為詞韻研究提供寶貴資料，惟各秉證據及理論，迄無定準。今詞林遵奉者仍為戈載《詞林正韻》，是以本文不敢妄為論斷，僅就前輩學者研究成果論列，以俟賢者。至若沈、戈入聲韻部之優劣，猶可據宋詞韻例揣測一二也。

戈載入聲韻部與沈韻大抵相同，惟「業」韻歸部及「增補字」有異：

（一）「業」韻字之歸部：沈氏歸「業」韻於第十八部，與「物迄月沒曷末黠鎋屑薛葉帖」同用；戈氏則入第十九部，與「合盍洽狎乏」同協。考宋詞押韻，押「業」韻字四十九例，皆與第十八部韻字同協，未見與「合盍洽狎乏」同押之例，且「業」與「葉帖」二韻相近，多與其合押，戈氏既以「葉帖」入第十八部，而歸「業」韻字於第十九部，顯然有欠精審，沈氏歸「業」韻於第十八部「物月」韻，實較戈氏為宜。

（二）增補字：戈韻第十五部「屋」韻下增補一「國」字；「沃」韻下增補一「北」字，第十六部「鐸」韻下增補一「陌」字。考宋詞韻例「德」韻與「屋沃」韻合押者五十九次，皆為「德」韻與「國北墨」三字與「屋沃」韻字合押，據金周生統計，如蘇人秦觀、浙人周邦彥、湘人王以寧、鄂人楊無咎、贛人洪适、皖人張孝祥、閩人呂勝己、魯人辛棄疾、豫人陳可恕諸人，皆曾如此通押，因里籍分佈極廣，且各家「國北墨」三字仍以與「陌麥」等字合押為常，故此種變例並非作者據一己之方音用韻。至於「陌」字，全宋詞中出現之韻例約有七十四：與「質陌」韻字合押者六十七例，與「物月」韻字合押者三例，與「覺藥」韻合押四例。茲舉與「覺藥」合押之四例如次：

姜夔詞：

〈淒涼犯・綠楊巷陌〉以「陌、索、角、惡、薄、漠。樂、落、著、約」相押。

吳文英詞：

〈瑤華・秋風采石〉以「躍、閣、作、陌。鍔、樂、昨、幄」相押。

〈杏花天・鬢棱初翦玉纖弱〉以「弱、角、謔、幄。覺、陌、薄、萼」相押。

張矩詞：

〈應天長・曙林帶暝〉以「客、陌、索、窄、覺。泊、約、昨、酌、落」相押。

就其比例觀之，顯見「陌」字仍以與「質陌」韻合押為常。凡此變例，戈載以為借音，其《詞林正韻》發凡云：「唯有借音之數字，宋人多習用之，如……周邦彥〈大酺〉『況蕭索青蕪國』，國字協古六切，……姜夔〈疏景〉『但暗憶江南江北』，北字協逋沃切，韓玉〈曲江秋〉亦用國、北協屋沃韻，吳文英〈端正好〉「夜寒重長安紫陌」陌字協陌各切……相沿至今，既有音切，便可遵用。」借音之緣起，戈載並未深究，後世學者或以為失其韻尾，或以為韻尾已轉化，或以為俗音協韻，迄無定論。就宋詞韻例言，凡此數字並不專主一音，可知當時二音皆為人所習用；戈韻以宋人習用，既有音切，便可遵用，就廣文路言，立意亦頗佳也。

綜上所述，可見沈、戈韻書皆從嚴分部，所擬十九韻部大抵相同，其異者惟「蟹」、「業」兩韻之歸部。而據宋詞實際押韻觀之，沈韻之歸部實較戈韻為宜也。惟宋詞中部分韻字通入他部相協者，據毛先舒之闡釋，推測沈謙視為「濫通取便」而排除於韻例之外。戈韻於部分韻字之通入他部者，則有「增補字」之例，又較《沈氏詞韻》完備也。故就韻部之分合言之，可謂各擅勝場。

附註

註一：戈載《詞林正韻・發凡》所舉宋詞「陰入通協」韻例，據魯國堯考證，其中柳永〈黃鶯兒〉：「暖律潛催幽谷」，「谷」非韻位；晁補之〈黃鶯兒〉：「兩兩三三修竹」，「竹」應作「簧」；辛棄疾〈醜奴兒〉：「無事過這一夏」，戈氏據舊本作「過者一霎」，遂以「霎」字作「雙酢切」，協家麻韻；張炎〈徵招〉：「京洛染緇塵」，戈氏以「洛」字為暗韻，作「郎到切」，協蕭豪韻，實則「洛」字，可押可不押。據此，則戈氏所舉九例，非是者四例。益以魯氏所考「陰入通協」六十九例，其中可疑者八例、非是者四例，則確為「陰入通協」者，僅有五十餘闋。詳見魯國堯：〈宋詞陰入通協現象的考察〉，《音韻學研究》第二輯（北京：中華書局，一九八六年七月），頁一四〇—一四七。

註二：許金枝：〈詞林正韻部目分合之研究〉，《中正嶺學術研究集刊》第五期（一九八六年六月），頁四。案：以下徵引許氏此文論據者，為免贅述，不另為附註，僅註明刊期、頁碼。

註三：參林裕盛：《宋詞陰聲韻用韻考》（臺灣：中山大學中國文學系碩士論文，一九九五年），頁十九至四十七。按本節「陰聲韻部」一目，凡所錄《全宋詞》數據，皆徵引自林裕盛《宋詞陰聲韻用韻考》一書之統計，以下倣此。

註四：林裕盛：〈詞林正韻第三部與第五部分合研究〉，《中國語言學論文集—第一屆全國研究生語言學研討會》（高雄：復文出版社），頁一〇七。

註五：魯國堯：〈宋元江西詞人用韻研究〉，《近代漢語研究》（北京：商務印書館），頁一九五。

註六：周祖謨〈宋元汴洛語音考〉，《輔仁學誌》十二卷一二合期（一九四三年十二月），頁二四二—二四三。案：以下徵引周氏此文，為免詞費，僅註明刊期、頁碼，不另列註。

註七：許世瑛：〈論長恨歌、琵琶行用韻〉，《淡江學報》第四期（一九六五年十一月），頁八。案：以下徵引許氏此文，為免詞費，僅註明刊期、頁碼，不另為附註。

註八：魯國堯：〈宋代福建詞人用韻考〉，《語言文字學術論文集——慶祝王力先生學術活動五十周年》（上海：知識出版社，一九八一年），頁三八三。

第伍章　《沈氏詞韻》之價值與影響

沈謙精通韻學，於清順治年間完成《沈氏詞韻》一書，自此詞體邁入依韻譜填詞之階段。而此書之出也，雖獲西泠詞人如毛先舒、柴紹炳；揚州詞人如王士禎、鄒祇謨；陽羨派詞人如蔣景祁等之稱賞引用，然亦有嚴加批駁者，如毛奇齡《西河詞話》卷一云：

> 詞本無韻，故宋人不製韻，任意取押，雖與詩韻相通不遠，然要是無限度者。予友沈子去矜，創為詞韻，而家稚黃取刻之，雖有功於詞甚明，然反失古意。（《詞話叢編》冊一，頁五六八—五七〇）

因舉宋詞通協韻例，以為詞本無韻，任意取押；宋無韻書，今不必作。清《四庫全書總目》批評仲恆《詞韻》云：

> 詞體在詩與曲之間，韻不限於方隅，詞亦不分今古。將全用俗音，則去詩未遠；將全從詩韻，則與俗多乖。既虞「針」「真」「因」「陰」之無分，又虞「元」「魂」「灰」「咍」之不協。所以雖有沈約陸詞，終不能勒為一書也。沈謙既不明此理，強作解事。恆又沿訛踵謬，轇轕彌增。即以所分者言之，平上去分十四韻，割魂入真軫，割咍入佳蟹，此諧俗矣；而麻遮仍為一部，則又從古。三聲既真軫一部，侵寢一部，庚梗一部，元阮一部，覃感一部矣；入聲則質陌錫職緝為一部，是真庚青蒸侵又合為一也，物月曷黠屑葉合為一部，是文元寒刪先覃鹽又合為一也。不俗不雅，不古不今，欲以範圍天下之作者，不亦難耶？

亦以詞之押韻，不必規定韻部。惟宋詞用韻，雖因方音、仿古、取便而繁複紛雜，然多數詞家以通語為準，故仍有規律可求。明清之際，詞體由音樂文學蛻變為純文學；而詞韻則一統於戈載之《詞林正韻》。《沈氏詞韻》之流布，雖止於《詞林正韻》之梓行，然其影響則越清代以迄于今。就創作言，推進清詞之復興；就詞學言，開啟詞韻研究之途徑；就音學言，提供宋代音系之參考。故本節乃就《沈氏詞韻》之價值與影響，分為：推進清詞之中興、開啟韻學之門徑及宋代音系之參考等三項予以探討。

第一節　推進清詞之復興

清代是詞史上所謂詞學之中興時代，而清初詞風尤盛；詞家輩出，是詞學由剝而復之轉換期，亦詞體由音樂文學轉變為純文學之過渡期。沈謙生逢其時，所撰《沈氏詞韻》，為詞韻之濫觴，不獨糾前代韻書之謬，正當世誤用曲韻之病；亦為清初詞韻律化之先聲，填詞用韻之指南，於清詞之復興，實具推波助瀾之功焉。

壹、詞韻律化之先導

詞始於唐，衍生於五代，盛於宋，沿於元，榛蕪於明，復興於清，已成詞壇公論。然就詞體文學發展之過程言，又可分為音樂文學階段及純文學體式階段。蓋唐宋詞本為音樂文學，是詩歌與音樂融為一體之文藝形式，其時詞、曲密切依存，正如宋翔鳳《樂府餘論》所言：「宋元之間，詞與曲一也。以文寫之則為詞，以聲度之則為曲。」劉熙載《藝概》亦云：「詞曲本不相離，唯詞以文言，曲以聲言耳。」所謂「詞即曲之詞，曲即詞之曲也」（卷四），無論詞之分片結構、長短句式、平仄字聲，乃至詞之協韻方式，俱與曲調息息相關。因之「前人按律以制調，後人按調以填詞」，唐宋詞之作，大抵依照「音譜」所定之樂段樂句與音節聲調，製詞相從。學者稱此，或謂「倚聲」，或謂「依聲填詞」，（註一）就詞之體式言，即音樂文學之階段。

自元代而後，因詞樂失傳，音聲不可復聞，詞人填詞，但依前人詞調之句讀、平仄，漸失倚聲之意，是以「音律之事變為吟詠之事，詞遂為文章之一種」（《宋名家詞提要》，《四庫全書總目》卷二〇〇）。而明清之際，厥為詞體由音樂文學蛻變為純文學之重要轉捩點。蓋自詞體與音樂分離，其體性已然改變，不復為娛賓遣興之工具。詞體既已成古典文學體式之一，則應有其藝術形式之規範。如王士禛《花草蒙拾》敘述當時詞人填詞之困境云：

宋諸名家，要皆妙解絲肉，精于抑揚抗墜之間，故能意在筆先，聲協字表。今人不解音律，勿論不能創調，即按譜徵詞，亦格格有心手不相赴之病，故欲與古人較工拙於毫釐，難矣。（《詞話叢編》冊一，頁六八四）

故明、清以還，詞家反思明詞中衰之根源，除體認一代文風及歸罪「花草」之影響以外，（註二）亦以詞樂失傳為明詞衰頹之重要原因。因之，詞家致力創作、探討詞論、剞劂詞籍之餘，亦研究詞律、詞韻之學，試圖為失樂之詞，尋一門徑。如明張綖運用四聲平仄，從唐宋詞實例之中，探索詞之創作規律，擬製《詩餘圖譜》，使詞之格律始著於譜，開「依譜填詞」之先聲。並因之而啟發詞譜、詞律之研究，如謝天瑞《詩餘圖譜補選》、游元涇《增正詩餘圖譜》、程明善《嘯餘譜》等相繼而作，至於清初，萬樹《詞律》、王奕清《欽定詞譜》，終總其成。至若詞韻，唐宋詞本無韻書，惟律與韻相表裏，填詞家既精於求律，自不能疏於押韻。清初沈謙歸納宋詞實際用韻之例，探索詞韻規律，製定《沈氏詞韻》，開「依韻填詞」之先聲。亦因之而啟發詞韻之研究，繼之者如仲恆《詞韻》、吳烺《學宋齋詞韻》、謝元淮《碎金詞韻》……等，至于戈載《詞林正韻》，而總其成。詞律、詞韻之完成，為清詞提供創作之依據，亦開啟詞體新生之契機。張璋云：

詞樂之失傳，是詞「中衰」的重要原因；而詞譜、詞韻的誕生，則是詞——這一特殊形式的韻文體裁，得以「中興」和賡續發展的重要條件。（註三）

是知詞體由音樂文學轉而為純文學之古典格律詩體，律、韻之學厥為鍵鑰。清初詞家繼承唐宋詞之聲韻格律，完成詞體格律之規範，不獨發揮詞體「音樂婉轉，較詩易于言情」之優點，並改進詞體創作之混亂狀況，使詞體重現生機，從而推進清代詞學之復興。而《沈氏詞韻》為詞韻律化之先驅、先覺，就推進清詞之中興而言，堪稱深有功焉。

貳、填詞用韻之指南

清初係詞體由音樂文學轉變為純文學之關鍵期，是時理論研究與創作實踐，互為發明，相互促進，同步復興。謝桃坊形容清初詞壇云：「清初的詞學兼有雙重的任務，即既要總結詞體發展的歷史經驗，又要以其總結的經驗作為現實創作的指導。」（《中國詞學史》，頁一三七）因此，清初詞壇不獨律、韻之學蔚為風潮，詞選、詞論之編輯刊行亦呈現輝煌繁盛之局面。就詞選言，既有前人之選，亦有時人之作，如鄒祇謨、王士禎《倚聲集》、納蘭性德、顧貞觀《今詞初集》、佟世南《東白堂詞選》、卓回《古今詞匯》、聶先、曾王孫《名家詞鈔》、蔣景祁《瑤華集》、朱彝尊《詞綜》、顧彩《草堂嗣響》、沈辰垣等合著《歷代詩餘》、沈時棟《古今詞選》等，蔚為大觀。就詞論言，既有輯錄前人之論，如王又華《古今詞論》、徐釚《詞苑叢談》、沈雄《古今詞論》、王奕清《歷代詞話》及查培繼《詞學全書》等。亦有時人之論，如沈謙《填詞雜說》、毛先舒《填詞名解》、劉體仁《七頌堂詞繹》、鄒祇謨《遠志齋詞衷》、王士禎《花草蒙拾》等，皆具影響。凡此之作，大抵鑑於明詞衰頹，有正謬刊訛，立為清詞範式之意。（註四）清初詞人關於詞學理論與格律之研究，為詞之創作提供理論基礎及聲韻律度，而推進清詞之中興。

就詞韻之律度言，自順治五年（一六四八）沈謙所擬、毛先舒括略之《沈氏詞韻略》刊行，迄道光元年（一八二一）戈載《詞林正韻》出，其間一百餘年，詞韻專書輩出，而主盟者仍推《沈氏詞韻》。此可由當時詞律、詞論、詞選之作者，或推崇，或引用，或采錄，以窺其一斑。如萬樹《詞律・發凡》云：

> 詞之用韻，較寬于詩，而真侵互施，先鹽并協，雖古有然，終屬不妥。沈氏去矜所輯，可為當行，近日俱遵用之，無煩更變。（註五）

《詞律》被譽為清代詞學三書之一，其作者萬樹，擬製詞律以正詞體格律之餘，復稱許沈謙詞韻為當行，推薦為韻律準式，可見《沈氏詞韻略》確為清初詞壇所重視。尤其清初之重要詞選、詞論，往往附錄或徵引，以為填詞用韻之指南，而廣為流傳，影響深遠。

就詞選之附錄言，如清初主盟揚州詞壇之王士禛與鄒祇謨合選《倚聲初集》，刊行於順治十七年，選輯自明天啟以迄清順治凡四十年間之詞人四百六十餘家，詞作近二千首，為當代一部大型詞選。由於選者為一代名家，當時詞壇謂為盛事。而《沈氏詞韻略》即為《倚聲初集》之附錄，作為填詞用韻之指南。再如康熙二十五年（一六八六），蔣景祁編《瑤華集》二十二卷，選錄明末至康熙中葉詞人五百零七家，詞作兩千四百六十七首，為清初詞選之空前巨製。書末附錄《沈氏詞韻略》一卷，其〈刻瑤華集述〉述其附錄詞韻之旨云：

詞韻比詩稍通，宋人填詞太無紀律，如有宵之通語麌，五歌之通六麻，汎引博取，流弊無極，名家或所不免，沈去衿氏謙韻略折衷最當。後之作者，寧嚴毋寬，雖不能上守休文，亦不應頹唐自放也。

再如康熙年間吳綺、程洪輯《記紅集》三卷及吳綺《選聲集》三卷，集後所附《詞韻簡》亦採自《沈氏詞韻略》。

就詞話之著錄言，如清康熙二十七年徐釚編《詞苑叢談》卷二〈音韻〉篇錄有《沈氏詞韻略》一卷。其書前凡例二云：

詩宗唐韻，夫人而奉為金科玉律矣。若詞韻，向無定準，故其出入寬嚴，即宋人猶未免庛纇；今一以沈東江氏《詞韻略》為則，而間採諸家之說，以備參考。至宮商疊配，清濁殊途，辨析毫芒，猶俟審音者。

其後嘉慶十年馮金伯據《詞苑叢談》增補，刊行《詞苑萃編》二十四卷，仍徐書之舊，亦著錄《沈氏詞韻略》一卷。

清初詞家亟思振興詞學，頗重於分辨詩、詞、曲體性之不同。惟當時填詞，或用詩韻，或用曲韻，尚無定準，如仲瑫云：

至五七言體成，而有詩韻，元人樂府出，而有曲韻，曲卑于詞，而詞為詩之餘，曲有成韻而詞無定則，嚴謹者以詩韻為韻，放逸者以無韻為韻，填詞之法遂無正律，非沈氏酌古準今，辨析音義，此道幾如歧路，當世之士不遵詩韻，則遵曲韻。（仲恆《詞韻．論略》）

填詞用韻之法既無定律，而韻學觀念亦徬徨歧路，莫衷一是。仲恆論是時韻學情況，復云：

古無詞韻，既曰詩餘，自應以詩韻為準，唐人以詩取士，且須行成式，不敢游移，故唐詞多守沈韻。然太白樂天輩每有旁通。夫業已流濫，而不分界限，毋怪高才達見者輒曰「詞何嘗有韻哉？隨意而已」。今世不無通韻之人，第慮韻書一出，而議論譁然，編者一片苦心，而聞者反增咋舌，詞韻之訂，其何如鄭重歟！（仲恆《詞韻．論略》）

縱觀歷代詞選及詞論，附錄詞韻以為填詞準式者，僅見於清初，而清初詞選、詞論所附錄者，又以《沈氏詞韻略》為僅見。可見清初詞家有感於明詞體弱、格淺、律疏之積習未清，是以廣選名詞佳作以開清人眼界；以正詞格，又辨析詞學，以為創作之理論基礎。詞選、詞論之作，在為清初詞界立一填詞範式，而又附錄折衷最當之《沈氏詞韻略》，以供讀者作為填詞用韻之準式。由於清初重要詞選、詞論之附錄、徵引，使《沈氏詞韻略》得以流傳廣遠，不獨開啟當世之韻學觀，更直接指導清初詞篇之創作。而由清初名家詞選、詞論作者之推薦、引錄，亦可反證《沈氏詞韻》之主盟地位。清初詞篇之璀燦光華，《沈氏詞韻》可謂功不可沒也。

附註

註一：為有別於明清《詞律》、《詞譜》之類僅標示各調平仄、句讀之聲調譜（或稱文字譜），學者往往分填詞用譜為「音譜」、「詞譜」兩類。如吳熊和《唐宋詞通論》云：「填詞用的譜有兩類。一為音譜，宋代的音譜不少是有譜有詞的，譜以紀聲，詞以示例。一為詞譜，分調選詞，作為填詞之聲律定格。」唐宋人作詞，依從「音譜」，嗣後詞樂失傳，明清所製之「詞譜」，但按聲律定格而已。是以學者稱唐宋之作為「倚聲」或「依聲填詞」，明清之作為「依譜填詞」。

註二：「花草」乃《花間集》、《草堂詩餘》之簡稱。由於「花草」飛馳有明一代，詞林選本無有及之者。明人趨步「花草」，而明詞衰微，故清初詞家或有歸罪「花草」之影響者。如陳維崧云：「今之不屑為詞者固無論其學，為詞者又復極意《花間》，學步《蘭畹》，矜香弱為當家，以清真為本色。神瞽審聲，斥為鄭魏，甚或爨弄俚詞，閨襜冶習，音如濕鼓，色若死灰，此則嘲詼隱廋，恐為詞曲之濫殤。」（《陳迦陵文集》卷二《詞選序》）毛奇齡跋《今詞初集》云：「近世詞學之盛，頡頏古人，然其卑者，掇拾《花間》、《草堂》數卷之書，便以騷雅自命，每歎江河日下。」再如朱彝尊編輯《詞綜》以取代《草堂》，其言云：「別裁樂府，譜漁笛蘋洲，從今不按舊日《草堂》句。」皆其例也。

註三：張璋：〈聽我說句公道話‧論明代的詞及《全明詞》的編纂〉，《國文天地》六卷二期（一九〇年七月），頁四〇。

註四：如朱彝尊編輯《詞綜》，旨在「可一洗《草堂》之陋，而倚聲者知所宗矣」（汪森《詞綜序》）。康熙二十六年（一六八七）萬樹《詞律》刊行，亦在矯正明以來填詞疏于律之通病，所謂：「作者以為，欲救其弊，更無他求，惟有字櫛句比昔人原詞，以為章程已耳。」（吳興祚《詞律序》）嚴繩孫評此二書云：「比年詞學，以文則竹垞之《詞綜》，以格則紅友之《詞律》。竊喜二書出，而後學者可以為詞。雖起宋諸家而質之，亦無間然矣。」再如查培繼認為當時詞壇「昧厥源流，或乖聲韻，識者病之」，因匯輯清初詞學家毛先舒《填詞名解》、王又華《古今詞論》、賴以邠《填詞圖譜》、仲恆《詞韻》等詞學專著，名之曰《詞學全書》，于康熙十八年（一六七九）刊行於世，用以「鼓吹騷壇」（《詞學全書序》）。

註五：見萬樹：《索引本詞律》（臺北：廣文書局，一九八九年十月），頁十。按謝桃坊《中國詞學史》以此則詞論，出於清初朱彝尊《詞綜‧發凡》，覈世界書局版《詞綜》未見該文，不知謝氏何據？

第二節 開啟韻學之門徑

沈謙製韻，前無所承，所擬韻書之體製、韻部難免未臻完善，然已為詞韻創立輪廓。尤以沈氏擬韻之方法，為多數學者所承襲，而在原有詞韻輪廓之基礎上，精益求精，終有戈載《詞林正韻》之定於一尊。是故就填詞用韻言，《沈氏詞韻》在當時雖負重望，迨戈載《詞林正韻》出，知之者鮮矣。然就詞韻研究言，《沈氏詞韻》為開山之作，其所創擬之體製、韻部與方法，為韻學開啟門徑，使後學有徑可尋，其影響尤為深遠。

壹、創立詞韻體製

詩、詞、曲雖源流相繼，而界域判然。由於三者各為一代文學，主盟唐、宋、元三代，因其時代語音及文學體性之別；其韻法亦自不同。就近體詩言，由於科舉功令之束縛，用韻不復純任天籟，悉以韻書為準。唐宋詩人用韻據《切韻》或《唐韻》，至于元末平水韻出，併其「同用」之例歸為一百零六部，明清詩人稱之「詩韻」，而遵用之。《切韻》系韻書體製，大抵以四聲分卷；平聲分為上平、下平。（案：平聲字多，分為兩卷。上平聲、下平聲僅指平聲上、平聲下之意，非陰平、陽平之意也。）其韻字序列，則以韻統紐，以紐統同音字。至於近體詩韻法，雖分平、仄兩類，惟須四聲分押，且一韻到底。就曲韻言，因不受科舉束縛，其用韻悉以當時語音為準，元代北方入聲業已併入三聲之中，故元曲入聲悉派入三聲。周德清製擬曲韻，據元曲名家韻例定其體式，是以《中原音韻》體式，以韻部統四聲，以四聲統韻字，而平聲分為陰、陽；又有入作平、入作上、入作去之例，與傳統韻書不同。

就詞韻言，唐宋詞亦不受應制韻書拘牽，多以語音為之。至其韻法，由於宋代語音，入聲字尚與三聲有別，是以分為平聲韻、仄聲韻、入聲韻三單元。上去可以通押，平、入二聲決不相混；有必用入聲韻者，有宜用上聲韻者，有宜用去聲韻者。沈謙初擬詞韻，據宋詞韻法而又參酌傳統韻書定制，故其《沈氏詞韻》韻部，每部俱總統三聲，而入聲獨立為部。韻字序列，則以韻統紐；以紐統同音字。其體製頗為學者所稱許，如謝元淮《碎金詞韻・論例》云：

> 我朝沈謙去矜氏編輯詞韻三卷，每部俱總統三聲，其中又明分平仄，凡十四部，入聲五部，共為十九部，最為精切，今宗之。

陳匪石《聲執》卷上云：

> 蓋詞之用韻，平入聲皆獨押，上去通押。其有平上去通押者，亦不與入聲混。所謂上不類詩，下不墮曲，韻亦其一事也。（《詞話叢編》冊五，頁四九三〇）

自沈謙立定詞韻體製，後出韻書，其部目、韻目或有改異者，如《學宋齋詞韻》改稱部目為「第一部」、「第二部」。其韻字或有繁簡、序次之不同，如仲恆《詞韻》韻字排列，以常用字在前，罕用字在後。然自《沈氏詞韻》初創體製，迄戈載《詞林正韻》出，其間撰擬詞韻者甚夥。惟無論從寬從嚴，遵古用今，皆遵從《沈氏詞韻》「每部總統三聲，入聲獨立」之原則。即詞林遵奉之《詞林正韻》，其體例亦據《沈氏詞韻》而勘正，其勝處在於：部目改以序數、韻目從《集韻》、韻字較繁，雖後出轉精，猶可見其傳承。是知沈謙之創製，確有開示後學之功也。

貳、擬定詞韻韻部

南宋朱敦儒嘗擬應制詞韻，惟其書未傳，可知者僅其韻部分為十六；而外列入聲四部，及閉口侵尋、鹽咸、廉纖三韻混同而已。其後明萬曆三十一年胡文煥編《文會堂詞韻》，韻分十九部，而平、上、去三聲用曲韻，入聲用《洪武正韻》，分合標準不一，且與宋人押韻相違，深為後世所詬病。清順治五年（一六四八）《沈氏詞韻略》刊行，其所擬韻部，乃歸納宋詞名家韻例所得，韻分十九部，外列入聲五部，自是詞韻與詩韻、曲韻殊途。

自沈謙擬定詞韻十九部以後，詞壇製擬詞韻者，風起雲湧。就「求合於古」一派言之，有宗沈韻從嚴分為十九部者，如仲恆《詞韻》、吳應和《榕園詞韻》、謝元淮《碎金詞韻》、陳祖耀《晚翠軒詞韻》等；有從寬分為十五部者，如吳烺、程名世《學宋齋詞韻》、鄭春波《綠漪亭詞韻》、葉申薌《天籟軒詞韻》等，而總結於戈載《詞林正韻》十九部。此中，分為十九部韻者，承自沈韻分部固不待言，即分十五部者，大抵仍用沈氏分部，惟陽、入聲韻字從寬通協，而各分為四部為稍異耳。

近人言詞韻者，仍沿沈氏十九韻部。詞林雖遵奉《詞林正韻》，而治聲韻學者，亦多能探本溯源。如王力《漢語詩律學》論詞韻韻部，舉仲恆《詞韻》，而又合沈、仲二書以言之，對沈韻韻部有頗為客觀之論斷。其言曰：

> 關於詞的韻部，有清仲恆的詞韻。仲氏是以明沈謙的書做藍本的。……平心而論，仲恆《詞韻》是一種頗為客觀的著作，未可厚非。它是專為宋詞而作的。唐詞完全依照詩韻，沈謙仲恆未嘗不知。但自五代以後，就漸漸和詩韻離異了。沈氏所定，大致是從宋詞歸訥出來的。魂入真軫，咍入佳蟹，當時確有此情形，遮未由麻分出，則因宋詞本無此現象。平上去分-m-n-ng三類，則因宋人確已全混。宋人以實際語音施於詞韻，這是很合理的。不過，沈氏也只能定出一個大概，並不能推之每詞而皆準。例如沈氏分灰咍為兩部，詩韻灰咍既相通，則詞人自有沿用詩韻者。宋代雖尚能分辨-m-n-ng-，亦有方音偶混者。這些都只好認為例外，不能苛責沈氏的。（《王力文集》第十四卷，頁六五六──六六〇）

由於仲恆《詞韻》據沈韻而訂，今沈韻流播不廣，故詞韻學者往往以仲恆《詞韻》代之。惟沈、仲二書仍自有別，前已辨明。就韻部言，沈、仲韻部之差異主要在於「佳」、「蟹」韻字之歸部，沈韻分「佳、蟹」韻字於「街蟹」、「佳馬」二部（夥字入歌哿韻），而仲韻則一歸於「佳蟹韻」。至於《詞林正韻》，其「蟹」韻字歸部一如仲韻，其與沈、仲韻書皆異者在於入聲「業」韻字，沈、仲韻書隸於「物月」韻，戈韻則入第十九部。就宋詞用韻歸納，沈韻「蟹」、「業」韻字之歸部，實較仲、戈之韻為宜。斯亦可見沈謙、仲恆、戈載之詞韻，實一脈相承。今之治聲韻學者，多據《詞林正韻》，間有參酌沈、仲之韻者，如吳梅《詞學通論・論韻》即重擬詞韻為二十二部，其言云：「至標目，則參酌戈載《正韻》、沈謙《韻略》二書……右韻二十二部，不守高安舊例，大抵仍用戈氏分部，而入聲則分八部。」再如余光暉《夢窗詞韻考》所採用之詞韻書籍，兼及戈載《詞林正韻》與王力改用《廣韻》說明之仲恆十九部。凡此皆可概見沈謙擬定詞韻十九部，於後代韻學研究之影響。

參、啟發韻學方法

詩韻之製擬，乃承《切韻》一系韻書，據《廣韻》併合其同用之目。周德清《中原音韻》則據元曲名家用韻實例歸納，其韻部不據傳統韻目刪併，而重為離析分合，自定部目以統韻字。沈謙創為詞韻，其擬韻方法亦據宋名家詞歸納，惟未重為離析分合，而係據詩韻韻目刪併，又重定部目以統韻字。沈氏據宋詞以求詞韻之法，不失為客觀可行之道。蓋明、清詞體為失樂之詞，文壇已為新音籠罩，欲振興詞體，除循詩體一路，轉為純文學體式，提昇為古典格律詩體外，似無他途。而此方法，正與明、清研究譜律學者，如張綖《詩餘圖譜》、萬樹《詞律》、王奕清《御制詞譜》等，據宋詞以求詞體格律者相吻合。按古體詞律填詞，而押古體詞韻，雖求合於古調，缺乏創新之意，然因此而使詞體由音樂文學轉為古典韻文之一體，為詞體之延續開一契機，亦為清詞之復興開一法門。

就詞韻研究言，自沈謙以後，因韻學觀點不一，而有「古調」、「今音」兩派。以清代口語或方音擬製詞韻者，如樸隱子《詩詞通韻》、李漁《笠翁詞韻》、許昂霄《詞韻考略》等韻書，與清代詞體漸變為古典文學之趨勢相違，是以終為詞林所淘汰。而為詞林奉為正韻者，厥為遵古調之戈載《詞林正韻》。戈韻體製雖較沈韻精審，而其擬韻方法則完全承襲沈謙詞韻，求協古音。所分十九部，一以「名手佳篇，灼然無弊者為準」，而對照韻書韻目刪併。兩書擬韻之法，可謂如出一轍。實則自沈韻之出也，「求合於古」一派，皆遵沈謙「據古詞求韻」之法，惟分部之寬嚴有異耳。時至今日，治詞韻學者，論斷前人詞韻之優劣時，大抵仍以《詞林正韻》為分部標準，以評斷韻部分合之得失。重為擬韻時，亦皆以宋人之詞歸納，而或據《廣韻》，或據《詩韻》刪併。足徵沈謙擬韻之方法，的為後世詞韻之學，開啟門徑也。

第三節　宋代音系之參考

沈謙詞韻據宋詞歸納，故所反映者，厥為宋代音系。就聲韻研究言，宋詞音系為宋代音系之重要參考；就詞學研究言，瞭解宋詞音系為研讀宋詞及創作詞篇之必備條件。故就反映一代語音言之，其影響殆有二端：

壹、研究宋音之參考

詞本為音樂文學，押韻依口語為協，最能反映一代語音。如王力《漢語史稿》云：

> 《切韻》以後，雖然有了韻書，但是韻書由於拘守傳統，並不像韻文（特別是俗文學）那樣正確地反映當代的韻母系統。因此，我們有必要研究唐詩、宋詞、元曲的實際押韻，來補充和修正韻書脫離實際的地方。（《王力文集》第九卷，頁三〇）

周祖謨云：

> 語音隨時轉移，迭有更變，文人抒寫情性，發為歌詠，無庸與韻書盡合，故研究唐宋兩代語音，不可只談韻書而忽略實際語音材料。（《問學集》，頁五八一）

王、周之論皆闡明研究一代語音，除參考韻書外，「實際語音材料之重要性」亦不可疏忽。而宋詞正為宋代實際語音材料，是以近代學者研究宋代音系，往往歸納宋詞音系，以為參考。如金周生云：

> 北宋編修之《大宋重修廣韻》、《集韻》、《禮部韻略》，其音系大多承襲隋唐韻書之舊，兩宋刊刻之早期韻圖《七音略》、《韻鏡》，更完全保存切韻系韻書之系統，宋末元初黃公紹、熊忠之《古今韻會》與《舉要》，雖然音系已脫離前述韻書、韻圖，頗能與宋以後之北音系統相銜接，但終因成書時間較晚，作者里籍又偏西北，

可否代表三百年來暨定都偏南之兩宋音系，實有疑問。宋詩用韻，向有官修禮部韻做標準，亦無從看出唐宋音韻之演變情形；唯獨曲詞之押韻，當時並無韻書限制，故學者咸信詞韻合於自然口音。且南宋初年，朱敦儒嘗擬制詞韻，其入聲僅止四部，與詩韻大異其趣，故今存宋人依樂譜填詞之韻腳，當為研究兩宋韻部與聲調之最佳資料。（《宋詞音系入聲韻部考》，頁一—二）

可見韻書因成書時代、作者里籍、音系傳統，而有其局限。惟合於自然口音之宋詞，咸信為研究兩宋音系之最佳資料。

由於沈謙韻書乃據宋詞韻例歸納，雖專取名家之詞，取例或有所偏，不能盡合宋詞押韻，然大抵能得宋代詞韻之真相。其所擬詞韻之體製與韻部為戈載《詞林正韻》所繼承，並影響詞壇迄今。邇來學者研究宋代音系，雖直取宋人依樂譜填詞之韻腳分析，然歸納韻部分合時，或按沈、戈詞韻分部，以合於十九韻部者為正例，不合者為變例。而解釋變例形成之原因，或據沈、戈十九韻部臧否，而重為分合。可見宋詞韻例為研究宋代語音之直接資料，而據宋詞韻例歸納而成之沈、戈詞韻，則代表清代研究宋詞音系之成果，就宋代音系之研究言，具有重要參考價值。

貳、研究宋詞之參考

唐宋詞以協樂為主，而依當時語音為韻。由於音隨時變，代有轉移，而自唐宋迄今，上下千餘年，語言之變化極大。故今人研讀宋詞，有在宋詞當為韻腳，而以今音讀之卻不知其為協韻者。就詞學研究言，不明韻部之分合及聲調，難以考源一調之結構、句式、韻法與聲情，並因之影響詞作內容之探索，詞家風格之論定。沈、戈韻書為今人提供宋詞韻部分合及聲調之參考，如按譜索韻，不獨創作詞篇，不致舛錯失韻，即研讀宋詞，亦有助于內容聲情之剖析也。

結論

沈謙生於明萬曆四十八年庚申（一六二〇），卒於清康熙庚戌（一六七〇），享年五十一，正橫跨明、清兩代。斯時，「政治」既由明及清，「詞史」亦由剝而復，要皆為轉折之關鍵。沈謙處此時期，守貞不仕，著述終老，以文行並高，丕顯於世。本論文既為之爬羅剔抉，探微摩光，爰綴數語，以為結論：

就詞壇言，沈謙源出雲間一脈，與同郡名士：陸圻、柴紹炳、張丹、孫治、陳廷會、毛先舒、丁澎、吳百朋、虞黃昊等並稱「西泠十子」，譚獻《復堂詞話》則譽為清詞前十家。而緣明詞守律不嚴、體制不明、詞體不尊之弊，是時詞家振起詞風之際，或撰述詞論，以為門徑；或剞劂詞籍，擴展眼界；或擬韻制譜，以嚴音律。沈謙亦著眼於此，故不獨於創作，有《東江別集》；於詞論，有《填詞雜說》；於詞籍，有《古今詞選》；於韻譜之學，亦有《沈氏詞韻》、《沈氏詞譜》諸作。惜《古今詞選》、《沈氏詞譜》早佚，今存者僅《填詞雜說》、《東江別集》、《沈氏詞韻》三書，然考研此三書，猶可見沈謙於明末清初之詞壇，實具承先啟後之地位。

就詞論言，明、清之際，詞家反思明代詞曲混淆、詞格卑下之弊，恆以重建詞學理論為職志，以是立說主旨，要以「辨詞體」、「覓詞統」為主軸。沈謙《填詞雜說》三十二則，亦以擇評詞人之優劣得失，以確立詞學之正鵠。惟其體制，乃信筆雜書之漫錄體，固無系統理論，以成一家之言。然參諸《東江別集》論詞文章及當代詞學風氣，細繹其脈絡，其要有二：一、移情說：沈謙論詞之起源，承明人餘緒，尤脫胎於楊慎、王世貞持論，推本於六朝樂府，以為《金荃》、《花間》之作，大都情語，豔體之尚，由來已久。復因兼善曲學，浸染明代自然情性論之男女情觀，以出乎真情者即為至文，寧墮泥犁，不廢豔曲。循此衍展，故論體性，則以情語豔體為尚；論風格，則以婉媚為正；至其批評，則以情論詞。雖然，沈謙尤著意於作者之真情實感，作品之感發力量，以為「詞不在大小淺深，貴於移情」。即以「移情」為準尺，故視「曉風殘月」、「大江東去」，並為天下至文，遂脫出以風格論正變優劣之範疇。二、本色論：詩、詞、曲三者源流相繼，其體雖別而作者往往混之；尤其明代詞學不振，益以南北曲趁勢昌盛，益形混淆。故明、清之際，鑑於明詞詩化、曲化之弊，「本色」之論蔚然大盛。沈謙論此，以為「承詩啟曲者，詞也，上不可似詩，下不可似曲」，以界定其源流與畛域。復標舉「離即之說」，謂「白描不可近俗，修飾不得太文，生香真色，在離即之間」，以規範詞體之語言風格。進而提出「四貴說」，謂「立意貴新，設色貴雅，構局貴變，言情貴含蓄」，以闡明詞體之本色規矩。終則慨譽「男中李後主，女中李易安，極是當行本色」，以為宗尚之門徑。要之，沈謙論詞有承繼，亦有創新，而識見通達，簡要精當。不獨開示作詞要訣、指導品鑑法門，亦有功於詞學理論之建構，洵為明末詞論中之重要作品。

就詞作言，沈謙《東江別集》三卷，輯錄二〇一闋，合以清代詞選輯存十五闋，今存詞凡二一六闋，不獨為西泠十子之冠，清詞前十家亦皆不及。綜觀其作，雖或瑕瑜互見，惟無論形式或內容俱見時代特色：一、選聲擇調與體製運用：沈謙精通音律，是以緣情制詞，固援用舊譜，亦往往自創新調。所創「自度曲」計七調七闋、「新翻曲」二十一調二十三闋、「新犯曲」三調三闋，或有「闌入元曲」之譏，亦以「調皆圓美」見賞。而無論自度新曲或擇用舊調，要皆操律謹嚴，以求聲與意諧，情與境合。又善於隨情押韻，詞中或悲或喜，一以音韻調之。故其詞篇，不獨見度曲調律之功，亦得聲情相發之妙境。至若體製，明人偏嗜小令，長調鮮有工者。即明詞冠軍陳子龍，亦以長篇不足見譏，而雲間末流尤「專意小令，冀復古音」。沈謙則脫出偏嗜小令之範疇，其《東江別集》二〇一闋詞，小令凡八十四闋，中調凡五十六闋，長調則有六十一闋之夥，可謂各體兼備，未嘗偏廢。復以調體固定，而才情筆力則由乎其人，以短調見排蕩之勢，長調蘊狎昵之情者，為「偷聲變律之妙」。故其詞雖以婉媚見長，亦頗以短調寫壯懷，長調蘊情思，蔚為特色。二、詞篇內容與風格：沈謙論詞以「情語豔體」為尚、「婉媚」為正，以是多閨情豔思、詠物寫人之作。尤以十六闋美人詞，舉凡美人之耳、鼻、肩、頸、額、臂、背、眉、目、手、足等，皆摩寫殆盡，最能體現其「豔體」

之詞學觀。然鼎革後，緣國難、家難繼起，唱嘆之際，固多婉轉曲寄之詞，亦多慷慨淋漓、沉雄憤鬱之篇。是以王士禎賞其詞云「纏綿蕩往，窮纖極隱」，徐珂謂之「步武蘇辛」，皆有所本也。

就詞韻言，詞上不類詩，下不墮曲，韻亦其一事也。然明、清之際，前代詞韻，如南宋朱敦儒《應制詞韻》早佚，而《菉斐軒詞林要韻》為曲韻，胡文煥《文會堂詞韻》則三聲用《中原音韻》、入聲用《洪武正韻》，要皆不可為據。斯時填詞，或以詩韻，或以曲韻；或從方音，或從古音；漫無矩矱，尤以誤用曲韻者為夥。沈謙緣詩、詞、曲有別，為正韻學之繆，以供吟嘯之需，遂撰《沈氏詞韻》。自是，填詞者得用韻指南，研韻者得韻學門徑，於韻學、詞學之發展，皆具重大意義：一、擬韻方法：唐、宋詞雖無詞韻專書，而韻寓焉。沈謙以詞大盛於宋，因據宋詞以求詞韻，又為免漫無準則，而以「名手雅篇，灼然無弊」者為準。復據詩韻韻目刪併，並重訂部目以統韻字。自是，清代詞家因是知援宋詞以求詞韻之正，據韻書離析分合以定韻部，即戈載《詞林正韻》亦循斯途。惟音隨時變，有詩韻合為一韻，而詞韻分為二韻者。故沈謙以詩韻分合，其韻目往往有分至二部、三部者，因有韻目混淆之譏。而自吳烺、程名世等編《學宋齋詞韻》據《廣韻》韻目，戈載《詞林正韻》亦因之以《集韻》刪併。蓋以詩韻乃并省《廣韻》韻部而成，詞韻既歸納宋詞用韻，則對照宋代韻書離析分合，實較合乎音理，此沈謙初創詞韻，固有所不及也。二、詞韻體制：詩、詞、曲因體性及時代之異，其韻法不同，故韻書體制亦自有別。詩韻以四聲分押，體制承《切韻》一系，以調統韻。元曲入聲悉派入三聲，故周德清《中原音韻》以韻部統四聲，而平聲分為陰陽；又有入作平、上、去之例。至若詞韻韻法，大略平、入獨押，上、去通押，間有三聲通押者，如〈西江月〉、〈少年心〉之類。沈謙據宋詞定制，每部韻俱總統三聲，而中又明分平、仄，凡十四部；入聲獨立，別為五部。自是，撰擬詞韻者無不遵從「每部總統三聲，入聲獨立」之原則。惟沈謙以兩字如「東董」、「江講」之類標目，則有概括不全，體例不一之疵。故自吳烺、程名世等《學宋齋詞韻》創為直書「第一部」、「第二部」之例，從之者夥，即戈載《詞林正韻》亦遵其例，以序數為部目也。三、詞韻韻部：沈謙據宋詞「名手雅篇，灼然無弊」者為準，從嚴而分，歸納為：東董、江講、支紙、魚語、街蟹、真軫、元阮、蕭筱、歌哿、佳馬、庚梗、尤有、侵寑、覃感、屋沃、覺藥、質陌、物月、合洽等十九部，始定詞韻韻部。自是，研韻者雖或從古，或依今；或從嚴，或從寬，爭議不休，迄今未止。然詞壇遵奉者，厥為戈載《詞林正韻》十九部，咸譽為詞韻之總結。考其韻部，大抵沿《沈氏詞韻》之舊，其異者惟「蟹」、「業」韻之歸部：（一）「蟹」韻，沈韻分隸於「街蟹」、「佳馬」、「歌哿」三部，而戈韻則同歸於第五部，且以流攝部分唇音字通入第四部，列為增補字。（二）「業」韻，沈韻隸於第十八部「物月」，戈韻則入第十九部。又戈韻於宋詞「陰入通協」者，有入聲兩併歸屬之例；而於部份韻字通入他部者，則有「增補字」之例。考宋詞韻例，就「蟹」、「業」韻及「入聲字」之歸屬言，沈韻為宜；就「增補」之例言，戈韻為宜，可謂各擅勝場。要之，沈謙所擬韻書體制、韻部，因前無所承，或未臻完善，然已為詞韻創立輪廓。尤以沈氏擬韻之方法，為多數學者所承襲，而精益求精，終有戈載之定於一尊。故沈謙撰擬《沈氏詞韻》，不獨為清初詞韻律化之先導，填詞用韻之指南；亦開啟韻學門徑，使後學有徑可循，於詞學、韻學皆有功焉。

要之，明末清初乃詞體由音樂文學蛻變為純文學，由豔科小道晉身為正統文學之過渡期。沈謙處此轉折時期，所撰詞論——《填詞雜說》簡要精當，不獨闡發詞體之文學功能，亦為本色詞立下良好之範式；《東江別集》瑕瑜互見，雖以香奩、淺俗見譏，亦以語真、情幽見賞；至若《沈氏詞韻》，始創詞韻輪廓，不獨為詞韻律化之先導，亦使後學有徑可循。故沈謙雖非一代宗師，然其詞學、詞韻之成就，實亦詞學由剝而復之重要關鍵也。

附錄一　沈謙傳略

明神宗萬曆四十八年庚申（一六二〇）一歲

正月十九日，沈謙生。　沈聖昭〈先府君行狀〉云：「先君生于萬曆庚申歲，正月十日，子時。」（《東江集鈔》附錄）

明熹宗天啟五年乙丑（一六二五）六歲

幼穎異，六歲能辨四聲。入鄉塾。應撝謙〈東江沈公傳〉：「幼穎異，六歲能辨四聲。入鄉塾，群兒喧誦，君獨坐默然。詰朝責課，則朗朗無遺，師甚異之。」（《東江集鈔》附錄）

明思宗崇禎元年戊辰（一六二八）九歲

九歲能詩，作時藝，涉筆便佳。　陸圻《東江集鈔・序》：「沈子去矜，九歲能為詩，度宮中商，投頌合雅，其天然性也。」又應撝謙〈東江沈公傳〉：「九歲作時藝，涉筆便佳。」（《東江集鈔》附錄）

明思宗崇禎二年己巳（一六二九）十歲

十歲讀書於「靈暉館」，凡十三年。　《東江集鈔》卷六〈靈暉館梧桐記〉：「獨醒居之東偏，有館曰靈暉者，……予年十歲，讀書其上。……凡十三年相對如友。癸未（明崇禎十六年，一六四三）冬，予侍先君居後宅，束裝之日，予且依依焉。」

明思宗崇禎三年庚午（一六三〇）十一歲

沈一先補刻蘇軾〈安平泉〉詩。《臨平記》卷四：「東坡真跡，舊藏安隱寺中，為臨平墨寶，夫何為白氏所得，不知所終矣。余先兄道傳諱一先者，博物好古，悲其失真，乃于崇禎三年集蘇字成詩，勒石於泉上，自跋以道意焉。」

明思宗崇禎十年丁丑（一六三七）十八歲

其父沈士逸築章慶堂成。《東江集鈔》卷六〈章慶堂讌集記〉：「堂落成之六年，歲在壬午。」據壬午年上溯六載，知章慶堂成於丁丑年。

隨叔父沈體仁學書法。《東江集鈔》卷六〈贈陶君序〉：「予年十八九時，從叔父體仁公學書。」

明思宗崇禎十一年戊寅（一六三八）　十九歲

娶妻徐氏。《東江集鈔》卷八〈祭亡兒聖旭文〉：「吾年十九娶汝母。」

春，從祝文襄受業。祝文襄《臨平記・序》：「予自戊寅首春應獻廷沈公之招，命其幼子謙從予游。朝嵐夕月，瀹茗論文者，四易寒暑。」又序《東江集鈔》：「吾始見沈子，年纔十九齡耳，為戊寅之春。」

明思宗崇禎十二年己卯（一六三九）　二十歲

與毛先舒相友善，訪毛氏於清平山，且贈以詩。毛先舒《東江集鈔・序》：「東江沈謙去矜與予年相若，當卯辰間，兩人俱弱冠。予時臥病清平山中，去矜就訪余，且贈以詩。」

陸圻館於沈氏。毛先舒〈沈去矜墓誌銘〉云：「己卯庚辰之間，流賊躪蜀豫，轉入三晉時，遣重臣將兵出，率挫創遁逃，西北勢已危。而大江以南，蜚蝗從北蔽天來。米一石值六七緡錢，饑饉連數歲，道殣如麻。士大夫方扼腕慷慨，指陳時事，聯絡風聲，互相推與，懷古人攬轡登車之思焉。是時逸真先生亦開章慶之堂，多延文學士與去矜為周旋。陸景宣為東南士類之冠冕，館於沈氏，與諸公賦詩悲歌，飲酒連日達夜。余時臥病不得與，然心想而馳，蓋意氣猶壯也。」（《東江集鈔》附錄）

明思宗崇禎十三年庚辰（一六四〇）　二十一歲

生長子聖旭。《東江集鈔》卷八〈祭亡兒聖旭文〉：「吾年十九娶汝母，二十一生汝。」

兄沈一先卒。《臨平記》卷四〈題安平泉〉詩下，沈謙自注云：「東坡真蹟舊藏于安隱寺中，為臨平墨寶。夫何為白氏所得，不知所終矣。余先兄道傳諱一先者，博物好古，悲其失真，乃于崇禎三年集字成詩，勒石于泉上，自跋以道意焉，遊者每為稱快。後十年化去，余每覽碑，輒為墮淚，阿兄風流頓盡矣。」據此下推十年，正為崇禎十三年。

明思宗崇禎十四年辛巳（一六四一）　二十二歲

陸圻以華亭陳子龍所為詩授之。　陸圻序《東江集鈔》云：「沈子去矜九歲能為詩，度宮中商，投頌合雅，其天性然也。乃其風氣，間喜溫、李兩家，崇禎辛巳，予以華亭陳給事詩授之。沈子特喜，于是去溫李之綺靡，而效陳給事所為。」

明思宗崇禎十五年壬午（一六四二）　二十三歲

補諸生。　應撝謙〈東江沈公傳〉：「崇禎壬午補縣學生。」又沈聖昭〈先府君行狀〉：「崇禎壬午補諸生。」（《東江集鈔》附錄）

秋，其父張研筵歌舞，大會賓客。讌集者為祝文襄、黃平立、陸圻、陸驤武、孫治、郎季千等。沈謙為作〈章慶堂讌集記〉。《東江集鈔》卷六〈章慶堂讌集記〉：「堂落成之六年，歲在壬午，予師祝慎庵先生至，自海寧；黃平立自檇李，驤武、景宣二陸子，宇台孫子至，自郡城；南鄰郎季千俱翩然來集也。家君以群賢萃止，遂張歌舞之筵。予兄弟持觴勸客，酬酢燕笑，極為愉快。時維秋暮，玉露既零，金花特盛，一堂之內，煥若春陽。巳而白月東升，列炬如晝，簾幙低垂，表裏映徹。……景宣起曰：『茲會偶爾，然皆一時之彥，南北東西，又詎得常聚？諸公能無一言以志其盛？』賓主十人先為柏梁體一篇，繼各賦七言律詩一首，而祝先生為之序，尊齒也。明日，家君命予總錄，都為一集，藏之篋笥，備觀覽焉。……」案：張大昌《臨平記補遺》以「游洋將軍沈士逸讌集於章慶堂」事，附於明崇禎十六年（癸未），據沈謙〈章慶堂讌集記〉則記為「歲在壬午」（即崇禎十五年），當是張氏誤植。

明思宗崇禎十六年癸未（一六四三）　二十四歲

三月，始撰《臨平記》。沈謙《臨平記・自序》云：「謙撰此書，經始於崇禎癸未三月」；又張大昌《臨平記補遺・序》云：「其書始於癸未。」

東鄉盜起，南園焚掠幾盡，沈謙割宅畀兄。　沈聖昭〈先府君行狀〉：「崇禎壬午補諸生。明年家難起，南園焚掠幾盡，即兩伯所居之地也。先君割宅之半畀兄居焉，先王父深嘉之。」又毛先舒〈沈去矜墓誌銘〉：「東鄉盜起，章慶堂焚，堂本分居，屬兩兄。既燼，去矜即割己宅居之。久之，兩兄欲徙去，去矜念兄貧苦，僦宅固留以讓兄。」（《東江集鈔》附錄）

明思宗崇禎十七年甲申（一六四四） 二十五歲

三月，李自成攻陷北京，崇禎帝自縊於煤山。四月，清兵入關，定鼎中國。時因天下亂，章慶堂客皆散去。沈謙心繫明室，遂自托方技，絕口不談世務，日與知己者毛先舒與張祖望，登南樓抒嘯高吟，時稱南樓三子。 毛先舒〈沈去矜墓誌銘〉：「己卯庚辰之間，流賊躪蜀豫……是時逸真先生亦開章慶之堂，多延文學士與去矜為周旋。……越四年，天下亂，客皆散去。于是去矜遂自托跡方技，絕口不談世務，日與知己者余與張祖望登南樓，抒嘯高吟。樓東眺海，西望皋亭，群峰蒼然，大河南流，酹酒臨風，憑弔千古，時稱為南樓三子。」（《東江集鈔》附錄）據庚辰下推四年，正甲申年，知毛氏所云亂事，當即甲申之變。

四、五月間，作〈歲寒三友・南樓月夜寶鐙紅〉詞。（凡詞作繫年，詳見上篇第壹章第四節〈沈謙之學行〉，以下倣此。）

夏，臨平大旱。作〈臨平湖考〉。 《臨平記》卷三：「崇禎十七年夏，臨平大旱，湖水涸絕。里人揚州太守譽星夷陵，別駕似車。二徐公欲倡義開濬，而難於貯泥。予勸其效東坡濬西湖法，用以築隄，誠為兩便。迨所蓄既深，漸次興復四閘及東江故道，誠勝舉也。因著臨平湖考，以勸其成。後以遭時多難，不克竟其功云。」

十二月，《臨平記》四卷告成。沈謙自序云：「謙撰此書經始於崇禎癸未（十六年，一六四三）三月，告成於甲申（清順治元年，一六四四）十二月。」祝文襄《臨平記・序》：「甲申冬月，以事至臨平，謙且疏古事、古詩，稱《臨平記》。」據此，知沈謙撰此書，經始於崇禎癸未三月，告成於甲申十二月。

清世祖順治二年乙酉（一六四五） 二十六歲

六月，清兵下杭州，沈謙避兵亂，泛棹蘇、常，約於冬月始返。（詳見上篇第一章第三節〈生平〉）

清世祖順治五年戊子（一六四八） 二十九歲

戊子新秋，祝文襄復來謙家，祝其母氏。時里中諸公，方謀剞劂《臨平記》，祝文襄為之序。　祝文襄《臨平記・序》題「順治戊子新秋」，云：「今年以祝其母氏，復來謙家。里中諸公方謀剞劂此書，僉以弁言見屬，予遂樂而述其始末，以見謙淹雅之才，及諸公好義之篤，東江文獻賴以弗亡。」

第四子聖旦生。　《東江集鈔》卷八〈第四子聖旦墓誌銘〉：「聖旦生于順治戊子二月十五日丑時，卒于乙未七月十二日辰時。」

清世祖順治七年庚寅（一六五〇）　三十一歲

十二月二十一日，父沈士逸卒，享年六十八歲。（孫治《孫宇台集》卷二十〈沈逸真先生耒〉）

輯《東江集鈔》。　沈聖昭《東江集鈔・跋》：「《東江集鈔》者，先大人手輯之書也。自庚寅而後，凡五易稿。大率艱于梓，即嚴于選，故茲刻僅什一耳。惟甲辰（康熙三年，一六六四）後之詩文未附者，聖昭與潘子雲赤稍為商定，補之。」

清世祖順治八年辛卯（一六五一）　三十二歲

作〈答毛稚黃論填詞書〉。　《東江集鈔》卷七〈答毛稚黃論填詞書〉：「昨省覽賜書，論列填詞之旨，一何其辨而博也。但僕九歲學詩，今且三十有二。」沈謙三十二歲，正辛卯年。

清世祖順治九年壬辰（一六五二）　三十三歲

夏，與師祝文襄遊鹽官寺，祝文襄並為序《東江集鈔》。　《東江集鈔》卷七〈與祝同山世兄〉：「及壬辰之夏，（祝文襄）與僕登鹽官浮圖。」又祝文襄序《東江集鈔》署「順治壬辰夏五月，鹽官友人祝文襄撰。」

清世祖順治十二年乙未（一六五五）　三十六歲

母徐氏歿。四子聖旦亦殤。　沈聖昭〈先府君行狀〉：「乙未，王母又沒。」（《東江集鈔》附錄）《東江集鈔》卷八〈第四子聖旦墓誌銘〉：「今夏避兵湖上，旦或驚竄走風雨中，竟以滯下死。……卒于乙未七月十二日辰時。」

毛先舒為序《東江集鈔》。　毛先舒序《東江集鈔》署：「順治十二年乙未（一六五五）春日，同學弟錢塘毛先舒稚黃拜題。」

冬，其友應撝謙至臨平，依沈謙南園以居者四年，沈謙諸子聖旭、聖昭及從孫廣震從受學。　羅以智《應潛齋先生年譜》：「順治十二年以未，先生年四十二歲。……冬，卜居臨平，依沈東江南園以居者四年。東江諸子輔升、宏宣及從孫武定從受學。」

清世祖順治十六年己亥（一六五九）　四十歲

妻徐氏卒于二月二十九日。　《東江集鈔》卷七〈先妻徐氏遺容記〉：「妻于己亥二月十六日寫照，二十九日死。」

清世祖順治十七年庚子（一六六〇）　四十一歲

十二月二十四日，作〈先妻徐氏遺容記〉。　《東江集鈔》卷七〈先妻徐氏遺容記〉署：「庚子十二月二十四日沈謙記。」

清世祖順治十八年辛丑（一六六一）　四十二歲

作〈與袁令昭先生論曲譜書〉。　沈謙是年有〈西河・同袁令昭先生集湖上〉詞，而《東江集鈔》卷七〈與袁令昭先生論曲譜書〉有「湖樓之聚，得聞鉅論，辟若發矇」語，知是書當即同遊西湖之後所作也。

和韻王士禎〈菩薩蠻〉「詠青谿遺事畫冊」，作〈菩薩蠻・迴塘水綠春如畫〉詞。

清聖祖康熙元年壬寅（一六六二）　四十三歲

靈暉館梧桐崩摧，作〈靈暉館梧桐記〉。　《東江集鈔》卷六〈靈暉館梧桐記〉署：「其年壬寅，月丁未也。」

冬月，作〈沁園春・不斷長江〉詞。

清聖祖康熙二年癸卯（一六六三）　四十四歲

二月十九日，僧雲濤約沈謙及其兄誠與姪，遊臨平佛日寺，沈謙作〈游佛日寺記〉。

《東江集鈔》卷六〈游佛日寺記〉：「予向與雲濤法師期為黃鶴之遊，癸卯二月十九日，謀之家兄舍姪輩，將踐其約。」案：張大昌《臨平紀補遺》卷二繫此事於「崇禎十七年」（歲在甲申），沈謙〈遊佛日寺記〉則記為「癸卯二月十九日」（康熙二年），當是張氏誤植。

清聖祖康熙四年乙巳（一六六五） 四十六歲

長子聖旭死。十餘年間，數遭喪事，漸成疾。《東江集鈔》卷八〈祭亡兒聖旭文〉：「父告亡兒聖旭，吾年十九取汝母，二十一生汝。……汝年二十有五而死，是壯且不保者矣！」沈謙二十一歲，時在崇禎十三年庚辰（一六四〇），據此下推二十五年，正康熙四年乙巳（一六六五）。

作〈探春慢・一樹瓊花〉詞。

清聖祖康熙五年丙午（一六六六） 四十七歲

訪洪昇於南屏僧舍。《東江集鈔》卷七〈與俞士彪〉：「昨在南屏，昉思盛稱足下〈荊州亭〉詞：街鼓一聲聲，卻似打人心裏。」案：據章培恆《洪昇年譜》，康熙五年丙午春夏及秋間，洪昇寓居南屏僧舍（南屏在西湖南），沈謙所云事，當即是年。

作〈氐州第一・萬古錢唐〉、〈玉女剔銀燈・天氣初寒〉詞。

作詠美人詞，凡十六闋。

清聖祖康熙六年丁未（一六六七） 四十八歲

作〈滿江紅・落魄誰憐〉詞。

清聖祖康熙七年戊申（一六六八） 四十九歲

春初，洪昇赴北京國子監肄業，約以一年即返。沈謙有〈空亭日暮・空亭日暮〉詞見寄，又有〈寄洪昉思・相憶高樓對朔風〉詩。（據章培恆《洪昇年譜》頁九六）

清聖祖康熙八年己酉（一六六九） 五十歲

正月十九日，潘雲赤以自度曲壽之，沈謙和作〈東湖月・甚鍾靈〉詞。

春、夏間，作〈丹鳳吟・別後相思一樣〉詞。

作〈寄諸虎男・兼懷昉思〉詩：「西湖攜手即天涯，慧日峰前浪滾沙；別後青蘋逢打鴨，到時黃柳不勝鴉。閒心閱世頭先白，醉眼看春日未斜；苦憶樽前人萬里，可無消息問京華。」（《東江集鈔》卷四）洪昇本年末返杭，詩至遲為本年春作。姑繫於此。

春，毛先舒病劇，前去探視。夏歸，臥疾。　毛先舒〈沈去矜墓誌銘〉：「乙酉春先舒病劇困。三月十四日，吳百朋官南和，宴友生為別。虎臣過，要先舒偕往，不能行。去矜時買舟入會城視先舒。」（《東江集鈔》附錄）

清聖祖康熙九年庚戌（一六七〇）　五十一歲

正月，柴紹炳卒。

二月十三日，沈謙卒。

二月，吳百朋亦卒於南和。　毛先舒〈沈去矜墓誌銘〉：「先舒自己酉春病劇，困甚。乃明年正月虎臣死，二月十三日去矜訃來。是月錦雯卒于官，三月凶問亦至。余以宛轉床蓐之身，不及週時而三哭故人。」

秋，洪昇與陸進、沈豐垣、張台柱宿沈謙東江草堂，有〈同陸藎思、沈遹聲、張砥中宿東江草堂哭沈去矜先生〉二首：「慟哭西州淚不乾，一堂寥落白衣冠；愁鵑啼殺空山夜，月黑楓青鬼火寒。」「忽然夢醒草堂中，唧唧蛩吟四壁空；我向繐幃呼欲出，寒燈一燄閃西風。」（《洪昇集・嘯月樓集》頁一四四）

附錄二　《東江別集》佚詞

〈醉花陰〉

霧障雲屏春睡重。玉枕煙鬟擁。何處曉鶯啼，翠黛輕揚，又覺星眸動。　粉痕狼籍燕支凍。強起心煩冗。對鏡懶梳頭，日上紗窗，猶是思殘夢。（《倚聲初集》卷八）

〈踏莎行〉

竹葉香絲，蓮花金瓣。月華初滿花頭綻。縱然端正，又風流十分，好處無人看。　鈿盒難分，連環不斷。相思還寄垂楊岸。前生果是沒因緣，如何空積愁千萬。（《倚聲初集》卷十）

〈蝶戀花〉

半夜瑤階那細步。避月隨花，雨送巫山暮。說道防閑難久住。未明須放奴回去。　漸漸花陰和月度。帳暗更深，囑袖低低語。千萬莫忘封絳縷。明宵候你原來處。（《倚聲初集》卷十一）

〈粉蝶兒〉

自恨多情，為何這樣難絕。悶昏昏、沒些情節。到如今，諸事廢，此心不滅。尚牽纏，想著迎風待月。　病起穿衣，帶兒卻倩人結。瘦將來、臂纔一捻。這離愁，多簇在，翠眉雨葉。便歡時，卻是與愁同活。（《倚聲初集》卷十三）

〈滿江紅〉

一笑回頭，可便是、留心有意。頻想像、巫山薦雨，銀河隔水。笑我枉推卿意表，料伊未曉儂心裏。算便是、說破舌尖兒，誰傾耳。　殘夢醒，東風細。閒踏遍，花陰碎。伊家曾曉得，這般情味。花暖羅窗依約坐，鶯啼繡幕瞢騰睡。空教我、目斷粉牆高，如千里。（《倚聲初集》卷十五）

〈念奴嬌〉

鶯殘花老，拚一春孤負。繡簾深閉，惱地煩天人事惡。總沒半分爭氣。枉說相思，真成孤憤，細想毫無味。如今拚了，不堪重把書寄。　只是多病多愁，雲山滿目，把紅樓頻倚。拚是如今真拚了，爭奈不時記起。錦被香銷，翠奩塵積，都是傷人意。不知薄倖，近來曾解情未。（《倚聲初集》卷十七）

〈花心動〉

石闕口中悲不語，笙炙眼兒空熱。三尊佛兒，四座蓮臺，這位怪儂多設。去心蓮子誰知苦，衝陣馬蹄痕流血。亂頭髮，只消不理，理時休結。　沒有筆兒怎撇。笑雀見籠糠，空生歡悅。核桃鴛鴦，那個敲開，空把兩仁磨折。大刀底事誤佳期，謊破鏡，天邊殘月。你何苦，寸寸竹兒生節。（《倚聲初集》卷十八）

又：

蕉葉千層心卻少，煮蟹難教腸熱，你做車兒，做了方輪，這樣機數。縱道芳菲爭處好。奈碧院、荒涼煙露。更恁日、歡歡楚楚。人對玉顏如故。　難訴薄倖東君，連綿夜雨。浸將人、斷送傷心處。只一掬、杏花殘土。埋恨枉題紅粉句。教鶯燕、依棲旦暮。問幽魂何處。月落鐘聲，珮環歸路。（《倚聲初集》卷十八）

〈西河・感舊用周美成韻〉

傷心地。重經往事休記。人非物換兩茫茫，不堪提起。歌停舞歇斷行蹤，望中煙草無際。　闌干曲，空徒倚。舊因何故牽繫。朝思暮想更添修，愁城怨壘。他生未卜，此生休，憶君清淚如水。　雕屏繡榻今還在，但那人、對面千里。業債想、因前世。故今番、會少離多，冤對生死總由，奴命裏。（《倚聲初集》卷十八）

〈齊天樂・二月二十日風雨感懷〉

碧桃花雨何時歇，春陰半樓低結。懶脫羅襦，聊偎角枕，寶鴨頻燒不熱。柔情欲絕。但夢後關心，影邊饒舌。驀地風來，帳兒卻似有人揭。　西窗猶自未晚，只蘭燈一燄，纔上還滅。柳壓濃煙，鶯飛淺浪，空負豔陽時節。欲言又咽。甚芳澤沾衣，殘書留篋。盼得來時，玉肌須痛嚙。（《瑤華集》卷十四）

〈賀新郎・西窗有感〉

雪滿皋亭路。正西窗、小梅數蕊，銜寒欲吐。獨酌無聊人也醉，一霎天低日暮。驀地裏、蘭燈偷炷。睡鴨濃香薰素被，命如絲、怎把長宵度。簾外冷，叫鸚鵡。　舊遊零落憑誰訴。憶池亭、疏蓮搖暝，斷虹截雨。釵墜桃笙呼不醒，暗裏冰肌親拊。奈天樣、紅牆間阻。錯是當時真錯了，便六州、聚鐵應難鑄。眸炯炯，聽街鼓。（《瑤華集》卷十八）

〈浪打江城〉

愁病鞸犀簪。猶帶宜男。恁樣分離、滋味不曾諳。枕上朦朧纔片刻，知何處，是江南。　料得戀嬌憨。燕攬鶯探。人在綠楊、影裏喚停驂。舞蹴地衣歌卻扇。沉醉了，污銀衫。（《西陵詞選》卷四）

〈露下滴新荷〉

憶年時，長橋畔，水微波。正邀他、同賞新荷。彩舟銀燭，詞成先付雪兒歌。纏頭錦，醉中親與，十丈紅羅。歡呼不覺夜深，影動星河。　怪今宵，風兼雪，人不見，恨如何。待題詩、手冷時呵。鳳箋仍捲，自將金鴨暖衾窩。小樓深巷，應相念、皺損雙蛾。常擬策蹇再尋，奈不肯晴和。（《西陵詞選》卷六）

〈春水寄雙魚〉

春遊東城陌。懊恨無端逢豔質。偏荷半倒，不動湘裙襞積。嬌滴滴。掩映得、山蒼水柳都無色。歡容笑靨。敢未解春愁，臨波聽鳥，故意調行客。　當面紅牆萬尺。堪恨此身無雙翼。憐春春不憐人，雨荒雲黑。情漫切。真箇是、多情枉把無情惜。不堪再憶。斜日野橋西，幾番翹首，千里暮煙碧。（《西陵詞選》卷七）

〈金明池・五日有懷〉

淡日烘葵，微風展艾，愁裏又逢佳節。冰簟滑、鴛衾香在，朱門鎖、鳳管聲咽。記粧成、釵顫今符，愛臂玉凝光，五絲親結。怎正擬為歡，連朝風雨，無端頓成離別。　強自隨人看競渡，便粉白鴉黃，滿前都劣。愁不斷、偏遭酒困，

期履誤、重將蓍揲。也待托、鵁鶄傳情，奈句字含糊，未通人說。只暗裏呼名，榴花鬢底，料得耳輪頻熱。（《西陵詞選》卷八）

附錄三　《沈氏詞韻》與《詞林正韻》韻目對照表

部目	調	沈氏詞韻	詞林正韻
一、東董	平	一東二冬三鍾	一東二冬三鍾
	上	一董二腫	一董二腫
	去	一送二宋三用	一送二宋三用
二、江講	平	四江十陽十一唐	四江十陽十一唐
	上	三講三十六養三十七蕩	三講三十六養三十七蕩
	去	四絳四十一漾四十二宕	四絳四十一漾四十二宕
三、支紙	平	五支六脂七之、八微、十二齊、十五灰	五支六脂七之、八微、十二齊、十五灰
	上	四紙五旨六止、七尾、十一薺、十四賄	四紙五旨六止、七尾、十一薺、十四賄
	去	五寘六至七志、八未、十二霽十三祭、十四泰合十四泰開（唇音字）、十八隊二十廢	五寘六至七志八未十二霽十三祭十四太半十八隊二十廢
四、魚語	平	九魚、十虞十一模	九魚十虞十一模（增補：浮）
	上	八語、九麌十姥	八語九噳十姥（增補：缶否母某畝）
	去	九御、十遇十一暮	九御十遇十一暮（增補：婦負阜副富）
五、街蟹	平	十三佳（主要元音-ai）十四皆、十六咍	十三佳半十四皆十六咍
	上	十二蟹（主要元音-ai）十三駭、十五海	十二蟹十三駭十五海
	去	十四泰開（除脣音字以外）及十四泰合「外」字十五卦（主要元音-ai）十六怪十七夬、十九代	十四太半十五卦半十六怪十七夬十九代
六、真軫	平	十七真十八諄十九臻、二十文二十一欣、	十七真十八諄十九臻二十文二十一欣

韻部	聲調		
		二十三魂二十四痕	二十三魂二十四痕
	上	十六軫、十七準、十八吻 十九隱、二十一混 二十二很	十六軫 十七準 十八吻 十九隱 二十一混 二十二很
	去	二十一震二十二稕、二十三問二十四焮、二十六慁二十七恨	二十一震二十二稕 二十三問 二十四焮 二十六圂二十七恨
七、元阮	平	二十二元、二十五寒二十六桓、二十七刪 二十八山、一先 二仙	二十二元二十五寒二十六桓 二十七刪 二十八山 一先 二仙
	上	二十阮、二十三旱 二十四緩、二十五潸 二十六產、二十七銑 二十八獮	二十阮 二十三旱 二十四緩 二十五潸 二十六產 二十七銑二十八獮
	去	二十五願、二十八翰 二十九換、三十諫 三十一諫、三十二霰 三十三線	二十五願 二十八翰 二十九換 三十諫 三十一諫 三十二霰 三十三線
八、蕭筱	平	三蕭 四宵、五肴、六豪	三蕭 四宵 五爻 六豪
	上	二十九筱 三十小、三十一巧、三十二晧	二十九筱 三十小 三十一巧 三十二晧
	去	三十四嘯 三十五笑、三十六效、三十七號	三十四嘯 三十五笑 三十六效 三十七號
九、歌哿	平	七歌 八戈	七歌 八戈
	上	十二蟹合、三十三哿 三十四果	三十三哿 三十四果
	去	三十八箇 三十九過	三十八箇 三十九過
十、佳馬	平	十三佳（主要元音-a）、九麻	十三佳半 九麻
	上	十二蟹（主要元音-a）、三十五馬	三十五馬（增補：打耍那）
	去	十五卦（主要元音-a）十七夬（「話」字）、四十禡	十五卦半 四十禡
十一、庚梗	平	十二庚 十三耕 十四清、十五青、十六蒸 十七登	十二庚 十三耕 十四清 十五青 十六蒸 十七登
	上	三十八梗 三十九耿 四十靜、四十一迥、四十二拯 四十三等	三十八梗 三十九耿 四十靜 四十一迥 四十二拯 四十三等
	去	四十三映 四十五諍 四十五勁、四十六徑、四十七證 四十八嶝	四十三映 四十五諍 四十五勁 四十六徑

			四十七證 四十八嶝
十二尤有	平	十八尤 十九侯 二十幽	十八尤 十九侯 二十幽
	上	四十四有 四十五厚 四十六黝	四十四有 四十五厚 四十六黝
	去	四十九宥 五十候 五十一幼	四十九宥 五十候 五十一幼
十三侵寢	平	二十一侵	二十一侵
	上	四十七寢	四十七寢
	去	五十二沁	五十二沁
十四覃感	平	二十二覃 二十三談、二十四鹽 二十五添 二十八嚴、二十六咸 二十七銜 二十九凡	二十二覃 二十三談 二十四鹽 二十五沾 二十六嚴 二十七咸 二十八銜 二十九凡
	上	四十八感 四十九敢、五十琰 五十一忝 五十四儼、五十二豏 五十三檻 五十五范	四十八感 四十九敢 五十琰 五十一忝 五十二儼、五十三豏 五十四檻 五十五范
	去	五十三勘 五十四闞、五十五豔 五十六㮇 五十九釅、五十七陷 五十八鑑 六十梵	五十三勘 五十四闞 五十五豔 五十六㮇 五十七驗 五十八陷 五十九鑑 六十梵
十五屋沃	入	一屋、二沃 三燭	一屋 二沃（增補：北） 三燭（增補：國）
十六覺藥	入	四覺、十八藥 十九鐸	四覺 十八藥 十九鐸（增補：陌）
十七質陌	入	五質 六術 七櫛、二十陌 二十一麥 二十二昔、 二十三錫、二十四職 二十五德、二十六緝	五質 六術 七櫛 二十陌 二十一麥 二十二昔 二十三錫 二十四職 二十五德 二十六緝
十八物月	入	八物 九迄、十月 十一沒、十二曷 十三末、 十四黠 十五轄、十六屑 十七薛、二十九葉 三十帖 三十三業	八勿 九迄 十月 十一沒 十二曷 十三末 十四黠 十五舝 十六屑 十七薛 二十九葉 三十帖
十九合洽	入	二十七合 二十八盍、三十一洽 三十二狎 三十四乏	二十七合 二十八盍 三十一業 三十二洽 三十三狎 三十四乏

重要參考書目

壹、沈謙著作

東江集鈔　明・沈謙　北京圖書館藏清康熙十五年沈聖昭、沈聖暉刻本

東江別集　明・沈謙　趙尊嶽輯明詞彙刊本　上海古籍出版社　一九九二年七月

國家圖書館藏清鈔本

沈氏詞韻　明・沈謙　中央研究院傅斯年圖書館藏清順治五年毛先舒韻學通指本

蔣景祁瑤華集本　北京：中華書局縮印康熙二十五年天藜閣刊本　一九八二年十一月

徐釚詞苑叢談本　臺北：文史哲出版社　一九八九年六月

馮金伯詞苑萃編本（見唐圭璋詞話叢編）　臺北：新文豐出版公司　一九八八年二月

填詞雜說　明・沈謙　北京圖書館藏清康熙十五年沈聖昭、沈聖暉刻東江集鈔本

唐圭璋編詞話叢編本　臺北：新文豐出版公司　一九八八年二月

臨平記　明・沈謙　叢書集成・續編・史地類・第二三一冊　據清光緒十一年錢塘丁氏嘉惠
堂刻武林掌故叢編第十集本影印　臺北：新文豐出版公司　一九八九年

東江子　明・沈謙　見存於清・王　、張潮輯檀几叢書第二帙：壁
清康熙三十四年新安張氏霞舉堂刊本　中央研究院傅斯年圖書館藏

貳、史傳譜錄

明史　清・張廷玉等撰　北京：中華出書　一九七四年四月

清史稿　趙爾巽等撰　北京：中華書局　一九七七年八月

清代傳記叢刊　周富駿輯　臺北：明文出版社　一九八五年五月

今世說　清・王焯

靜志居詩話　清・朱彝尊

新世說　易宗夔述

昭代明人尺牘小傳　清・吳修編

文獻徵存錄　清・錢林輯、王藻編

清詩紀事初編　清・鄧之誠

漁洋山人感舊集　清・王士禎撰、清・盧見曾補傳

國朝耆獻類徵初編　清・李桓輯

皇清書史　清・李放纂輯

清史列傳　清・國史館原編

小腆紀傳　清・徐鼒撰、徐承禮補遺

碑集傳　清・錢儀吉

浙江通志　清・嵇曾筠等監修　臺北：臺灣商務印書館　景印文淵閣四庫全書本　一九八三年

浙江通志　清・王國安等修、清・黃宗羲等撰　中央研究院傅斯年圖書館藏康熙二十三年刊本

臨平記補遺　清・吳大昌　臺北：新文豐出版公司　叢書集成・續編・史地類・第二三二冊　一九八九年

方志著錄元明清曲家傳略　趙景深、張增元輯　北京：北京中華書局　一九七八年

明清散曲作家匯考　莊一拂　浙江：浙江古籍出版社　一九九二年七月

明遺民錄彙輯　謝正光、范金民編　南京：南京大學出版社　一九九五年七月

明清之際黨社運動考　謝國禎　臺北：臺灣商務印書館　一九六七年一月

社事始末　杜登春　臺北：新文豐出版社　叢書集成新編第二十六冊　一九八五年

浙江古今地名詞典　陳橋驛主編　浙江：浙江教育出版社　一九九一年九月

元明清名城杭州　周峰主編、倪士毅等著　浙江：浙江人民出版社　一九九〇年八月

明清江南市鎮探微　樊樹志　上海：復旦大學出版社　一九九〇年七月

應潛齋先生年譜　清・羅以智　中央研究院傅斯年圖書館藏清稿本

王士禎年譜　清・王士禛撰、孫言誠點校　北京：中華書局　一九九二年一月

洪昇年譜　章培恆　上海：上海古籍出版社　一九七九年二月

四庫全書總目提要　清・永瑢、紀昀等撰　臺北：臺灣商務印書館　景印文淵閣四庫全書　一九八三年

參、詩文詞集

一、詞籍

全唐五代詞　張璋、黃畬編　臺北：文史哲出版社　一九八六年十月

全宋詞　唐圭璋編　臺北：洪氏出版社　一九八一年四月

宋六十名家詞　明・毛晉輯　上海：古籍出版社　據博古齋景印明汲古閣刊本　一九八九年十二月

全金元詞　唐圭璋編　北京：中華書局　一九七九年十月

明詞彙刊　趙尊嶽輯　上海：上海古籍出版社　一九九二年七月

國朝名家詩餘　清・孫默輯　國家圖書館藏清康熙留松閣刊本

十五家詞　清・孫默輯　臺北：臺灣商務印書館　景印文淵閣四庫全書　一九八三年
明詞綜　清・王昶輯　臺北：臺灣中華書局　四部備要本　一九六五年十一月
倚聲初集　清・鄒祗謨、王士禛選　中央研究院傅斯年圖書館藏清順治年間大冶堂刊本
廣陵倡和詞　清・曹爾堪等　中央研究院藏清刊本
西陵詞選　清・陸進、俞士彪輯　北京圖書館藏清康熙刻本
瑤華集　清・蔣景祁編　北京：中華書局縮印康熙二十五年天藜閣刊本　一九八二年十一月
全清詞鈔　葉恭綽編　北京：中華書局　一九八二年五月
近三百年名家詞選　龍沐勛選　上海：上海古籍出版社　一九七九年
廣篋中詞　葉恭綽編　臺北：鼎文書局　歷代詩史長編第二十二種　一九七一年九月
東坡樂府箋　宋・蘇軾著、龍沐勛校箋　臺北：臺灣商務印書館　一九八八年五月
樵歌　宋・朱敦儒　臺北：臺灣商務印書館　一九六八年九月
延露詞　清・彭孫遹　臺北：臺灣商務印書館　一九七五年一月
珂雪詞　清・曹貞吉　臺北：中華書局　一九六六年三月

二、詩文集

紅橋倡和第一集　清・杜世農等　中央研究院藏清康熙間刊本
伊川擊壤集　宋・邵雍　臺北：新文豐出版社　叢書集成續編第一六五冊　一九八五年
湯顯祖集　明・湯顯祖　臺北：洪氏出版社　一九七五年三月
袁中郎全集　明・袁宏道　臺北：文星書店　一九六五年一月
夏完淳集箋校　明・夏完淳著、白堅箋校　上海：上海古籍出版社　一九九一年七月
梅村家藏稿　清・吳偉業　臺北：臺灣學生書局　一九七五年
洪昇集　清・洪昇撰、劉輝校箋　浙江：浙江古籍出版社　一九九二年八月

肆、詩文詞評

一、詞話

詞話叢編　唐圭璋編　臺北：新文豐出版公司　一九八八年二月

碧雞漫志　王灼

詞源　張炎

樂府指迷　沈義父

詞旨　陸輔之

渚山堂詞話　陳霆

藝苑卮言　王世貞

爰園詞話　俞彥

詞品　楊慎

窺詞管見　李漁

西河詞話　清・毛奇齡

古今詞論　清・王又華

七頌堂詞繹　清・劉體仁

遠志齋詞衷　清・鄒祇謨

花草蒙拾　清・王士禛

金粟詞話　清・彭孫遹

古今詞話　清・沈雄

詞潔輯評　清・先著

雨村詞話　清・李調元

銅鼓書堂詞話　清・查禮

靈芬館詞話　清・郭

詞綜偶評　清・許昂霄

宋四家詞選目錄序論　清・周濟

西圃詞說　清・田同之

詞苑粹編　清・馮金伯輯

蓮子居詞話　清・吳衡照

樂府餘論　清・宋翔鳳

問花樓詞話　清・陸鎣

憩園詞話　清・杜文瀾

詞學集成　清・江順詒輯

賭棋山莊詞話　清・謝章鋌

蒿庵論詞　清・馮煦

白雨齋詞話　清・陳廷焯

復堂詞話　清・譚獻

論詞隨筆　清・沈祥龍

褱碧齋詞話　清・陳銳

近詞叢話　徐珂

人間詞話　王國維

蕙風詞話　況周頤

聲執　陳匪石

詞苑叢談　清・徐釚（王百里校箋）　臺北：文史哲出版社　一九八九年六月

詞籍序跋萃編　施蟄存主編　北京：中國社會科學出版社　一九九四年十二月

二、詩文評

文心雕龍 梁・劉勰著、王更生注譯 臺北：文史哲出版社 一九九一年九月

白石道人詩說 宋・姜夔 中央研究院藏乾隆二十九年刊本

詩辨坻 清・毛先舒撰、富壽蓀校點 上海：上海古籍出版社 清詩話續編（上） 一九八三年二月

說時晬語 清・沈德潛 臺北：新文豐出版社 叢書集成續編第一九九冊 一九八九年

雪橋詩話 楊鍾羲 臺北：鼎文書局 歷代詩史長編第十七種 一九七一年九月

明代文學批評資料彙編 葉慶炳、邵紅輯 臺北：成文出版社 一九七九年九月

清代文學批評資料彙編 葉慶炳、邵紅輯 臺北：成文出版社 一九七九年九月

元明清詩歌批評史 丁放、朱欣欣 合肥：安徽大學出版社 一九九五年九月

明代文學批評史 袁震宇、劉明今 上海：上海古籍出版社 一九九一年九月

中國詩學——鑑賞篇 黃永武 臺北：巨流圖書公司 一九九三年九月

三、筆記雜著

夢溪筆談 宋・沈括 臺北：新文豐出版社 叢書集成新編本 一九八五年

貴耳集 宋・張端義 臺北：新文豐出版社 叢書集成新編第八十四冊 一九八五年

鶴林玉露 宋・羅大經 臺北：新文豐出版社 叢書集成新編第八十七冊 一九八五年

吹劍錄 宋・俞文豹 臺北：新文豐出版社 叢書集成新編第八十七冊 一九八五年

冷齋夜話 宋・釋惠洪 臺北：新文豐出版社 叢書集成新編第七十八冊 一九八五年

明詩紀事 清・陳田 臺北：鼎文書局 歷代詩史長編第十四種 一九七一年九月

景午叢編 鄭騫 臺北：臺灣中華書局 一九七二年三月

照隅室古典文學論集 郭紹虞 上海：上海古籍出版社 一九八三年九月

伍、聲韻譜律

宋本廣韻　宋・陳彭年等　臺北：黎明文化事業公司　一九九〇年十月

集韻　宋・丁度等　臺北：學海出版社　一九八六年十一月

中原音韻　元・周德清　臺北：學海出版社　一九七八年十月

佩文詩韻　清・姚詩雅輯詩詞韻輯本　臺北：廣文書局　一九七八年七月

詞林韻釋　失名　臺北：臺灣中華書局四部備要本　一九八〇年十一月

洪武正韻　明・樂韶鳳等奉敕撰　臺北：臺灣商務印書館　景印文淵閣四庫全書　一九八三年

文會堂詞韻　明・胡文煥　中央研究院傅斯年圖書館藏明萬曆二十年刊本

沈氏詞韻　清・沈謙　中央研究院傅斯年圖書館藏清順治五年毛先舒韻學通指本

笠翁詞韻　清・李漁　李漁全集本　杭州：浙江古籍出版社　一九九二年十月

詞韻　清・仲恆　清康熙十八年查培繼輯詞學全書本　廣文書局　一九七一年四月

詞韻考略　清・許昂霄　清乾隆四十三年張宗橚詞林紀事附錄本
臺北：臺灣中華書局　一九七〇年六月

榕園詞韻　清・吳應和　中央研究院傅斯年圖書館藏清乾隆四十九年周春序青山館刊本

詞林正韻　清・戈載　臺北：世界書局　一九八一年十一月

碎金詞韻　清・謝元淮　國家圖書館藏清道光二十八年刊本

晚翠軒詞韻　清・陳祖耀　舒夢蘭《白香詞譜》附錄本　臺北：大夏出版社　一九九二年九月

韻學通指　清・毛先舒　中央研究院傅斯年圖書館藏

御製詞譜　清・王奕清等　臺北：洪氏出版社　一九九〇年十一月

索引本詞律　清・萬樹原撰　臺北：廣文書局　一九八九年十月
懶散道人索引

曲律　王驥德　臺北：鼎文書局　古典戲曲聲樂論著叢編　一九八六年十二月
唐宋詞格律　龍沐勛　臺北：里仁書局　一九九〇年八月
中國聲韻學通論　林尹著、林炯陽注釋　臺北：黎明文化事業公司　一九九一年七月
中國古代韻書　趙誠　北京：中華書局　一九九二年十月
音略證補　陳新雄　臺北：文史哲出版社　一九九三年二月
韻學古籍述要　李新魁、麥耘　西安：陝西人民出版社　一九八五年四月
宋詞音系入聲韻部考　金周生　臺北：文史哲出版社　一九七二年八月
清真詞韻考　葉詠琍　臺北：文史哲出版社　一九八八年四月
王力文集　王力　濟南：山東教育出版社
第九卷：漢語史稿
第十卷：漢語語音史
第十四卷：漢語詩律學
魯國堯自選集　魯國堯　鄭州：河南教育出版社　一九九四年三月
論宋詞韻及其與金元詞韻的比較
元遺山詩詞曲韻考
白樸的詞韻和曲韻及其異同

陸、詞學專著

詞學全書　清・查培繼輯　臺北：廣文書局　一九七一年四月
詞學通論　吳梅　臺北：臺灣商務印書館　一九八八年四月
詞學概說　吳丈蜀　北京：中華書局　一九八三年六月
詞學綜論　馬興榮　濟南：齊魯書社　一九八九年十一月

倚聲學　龍沐勛　臺北：里仁書局　一九九六年一月

詞論　劉永濟　臺北：龍田出版社　一九八二年一月

清代詞學概論　徐珂　上海：大東書局　一九三七年十月

詞學論叢　唐圭璋　臺北：宏業書局　一九八八年九月

清代詞學四論　吳宏一　臺北：聯經出版社　一九九〇年七月

中國詞學的現代觀　葉嘉瑩　臺北：大安出版社　一九八八年十二月

中國詞學史　謝桃坊　成都：巴蜀書社　一九九三年六月

中國詞學批評史　方智範等　北京：中國社會科學出版社　一九九四年七月

詞學平論史稿　江潤勳　香港：龍門書店　一九六六年一月

清詞史　嚴迪昌　南京：江蘇古籍出版社　一九九〇年一月

靈谿詞說　繆鉞、葉嘉瑩　海：上海古籍出版社　一九八七年十一月

清詞名家論集　葉嘉瑩、陳邦炎　臺北：中央研究院中國文哲研究所籌備處　一九九六年十二月

詞話學　朱崇才　臺北：文津出版社　一九九五年一月

群體的選擇——唐宋人選詞與詞選研究　蕭鵬　臺北：文津出版社　一九九二年十一月

南宋詞研究　王偉　臺北：文史哲出版社　一九八七年九月

陽羨詞派研究　嚴迪昌　濟南：齊魯書社　一九九三年二月

李清照新論　劉瑞蓮　太原：山西人民出版社　一九九〇年二月

詞名索引　吳藕汀編　臺北：鼎文書局　一九七九年

金元明清詞鑑賞辭典　王步高主編　江蘇：南京大學出版社　一九八九年四月

金元明清詞鑑賞辭典　唐圭璋、鍾振振編　臺北：新地文學出版社　一九九二年九月

柒、期刊論文

清代曲家沈謙　劉輝　戲曲研究第六輯　北京：文化藝術出版社　一九八二年七月

清代戲曲作家考論　張增元　揚州師院學報・社會科學版　一九九五年第二期

晚明創作論中的自然情性論　韓泉欣　杭州大學學報第二十一卷第四期　一九九一年十二月

聽我說句公道話・論明代的詞及全明詞的編纂　張璋　國文天地六卷二期　一九九〇年七月

略論明清之際詩壇上的西泠派　朱則杰　杭州師範學院學報一九八九年第五期　一九八九年十月

崇禎末至康熙初年的詞學思潮　陳水雲　湖北大學學報・哲學社會科學版　一九九六年第五期

清詞流派的發展狀況及其文化特性　張宏生　中國詩學第四輯　南京大學出版社　一九九五年十二月

論雲間詞派　黃士吉　瀋陽師院學報・社科版　一九九六年第三期

王士禎的詞論主張及其創作實踐　張綱　南京師大學報・社科版　一九九四年第一期

詞學理論綜考（上編、下編）　梁榮基　國立編譯館館刊第八卷第一期、第二期　一九七九年六月、十二月

試述「當行」、「本色」在詞壇上之應用　王偉勇　中國文學理論與批評論文集　一九九四年五月

兩宋詞人取材唐詩之方法　王偉勇　東吳中文學報第一期　一九九五年五月

漱玉詞敘論　龍沐勛　詞學季刊三卷一號　一九三六年三月

李清照詞的藝術特色　夏承燾　月輪山詞論集　北京：中華書局　一九七九年九月

評李清照的詞論　夏承燾　月輪山詞論集　北京：中華書局　一九七九年九月

李清照詞的抒情藝術　王熙元　大學雜誌第一七三期　一九八四年二月

犯調三說（詞調約例之一）　夏承燾　月輪山詞論集　北京：中華書局　一九六三年四月

探求詞調聲情的幾條途徑　陳滿銘　詩詞新論　臺北：萬卷樓圖書有限公司　一九九四年六月

選聲擇調與詞調聲情　吳熊和　杭州大學學報第十三卷第二期　一九八三年六月

詞韻的建構從試擬到完成——朱敦儒、沈謙、戈載三家詞韻評述　謝桃坊　中華詞學

南京：東南大學出版社 一九九四年七月論

清代諸家詞韻之得失 張世彬 中國學人第五期 一九七三年七月

詞林正韻部目分合之研究 許金枝 中正嶺學術研究集刊第五期 一九八六年六月

詞林正韻第三部與第五部分合研究—以宋詞用韻為例 林裕盛 中國語言學論文集——第一屆全國研究生研討會 復文圖書出版社

論宋詞聲韻的歷史特徵 張惠民 汕頭學報·人文科學版 一九九三年一期

宋代入聲的喉塞音韻尾 竺家寧 聲韻論叢第二輯 一九九四年五月

宋代汴洛語音考 周祖謨 輔仁學誌十二卷一二合期 一九四三年十二月

宋代北方籍詞人入聲韻部考 姜聿華 求是學刊 一九八五年五期

宋代辛棄疾等山東詞人用韻考 魯國堯 南京大學學報·哲社版 一九七九年二期

宋代蘇軾等四川詞人用韻考 魯國堯 語言學論叢第八輯 一九八一年八月

宋代福建詞人用韻考 魯國堯 語言文字學術論文集—慶祝王力先生學術活動五十周年 知識出版社 一九八一年

宋元江西詞人用韻研究 魯國堯 近代漢語研究（胡竹安、楊耐思、蔣紹愚編） 北京商務印書館 一九九二年十月

宋代紹興詞人用韻考 魯國堯 南京大學學報·哲社版 一九九六年一期

宋詞陰入通協現象的考察 魯國堯 音韻學研究第二輯 北京：中華書局 一九八六年七月

「元阮願」韻字在金元詞中的押韻類型研究 輔仁國文學報第十二集 一九九六年八月

張先詞用韻考 吳淑美 臺東師專學報第二期 一九七四年四月

王碧山詞韻探究 黃瑞枝 屏東師院學報第三期 一九九〇年五月

論長恨歌、琵琶行用韻 許世瑛 淡江學報第四期 一九六五年十一月

捌、學位論文

題名	作者	學校	時間
清代浙江詞派研究	張少真	東吳大學中國文學研究所碩士論文	一九七八年五月
明末忠義詞人研究	陳　美	東吳大學中國文學研究所碩士論文	一九八六年四月
清初詞學綜論	李京奎	臺灣大學中文研究所博士論文	一九九〇年六月
陳大樽詞的研究	涂茂齡	高雄師範大學國文研究所碩士論文	一九九二年五月
王士禎詞與詞論之研究	卓惠美	淡江大學中國文學研究所碩士論文	一九九四年十二月
草堂四集及古今詞統之研究	李娟娟	高雄師範大學國研所碩士論文	一九九六年六月
王世貞詞學研究	黃慧禎	東吳大學中國文學研究所碩士論文	一九九七年五月
晚明曲論主情思想之研究	徐曉瑩	東吳大學中國文學研究所碩士論文	一九九五年六月
宋詞陰聲韻用韻考	林裕盛	中山大學中國文學系碩士論文	一九九五年六月
東坡詞韻研究	許金枝	臺灣師範大學國文研究所碩士論文	一九七八年五月
朱希真詞韻研究	任靜海	臺灣師範大學國文研究所碩士論文	一九八七年五月
姜白石詞韻考	吳淑美	輔仁大學中國文學研究所碩士論文	一九七〇年六月
夢窗詞韻考	余光輝	輔仁大學中國文學研究所碩士論文	一九七〇年六月
玉田詞用韻考	林　泠	輔仁大學中國文學研究所碩士論文	一九七一年

國家圖書館出版品預行編目

沈謙詞學與其《沈氏詞韻》研究 / 郭娟玉著.
-- 一版. -- 臺北市 :秀威資訊科技, 2008.09
面； 公分. -- (語言文學類; AG0094)

BOD 版
參考書目：面
ISBN 978-986-221-080-2(平裝)

1. (清)沈謙 2. 清代詞 3. 詞論 4.詞法

820.9307 97017724

語言文學類 AG0094

沈謙詞學與其《沈氏詞韻》研究

作　　者 / 郭娟玉
發 行 人 / 宋政坤
執行編輯 / 林世玲
圖文排版 / 郭雅雯
封面設計 / 蔣緒慧
數位轉譯 / 徐真玉　沈裕閔
圖書銷售 / 林怡君
法律顧問 / 毛國樑　律師
出版印製 / 秀威資訊科技股份有限公司
台北市內湖區瑞光路 583 巷 25 號 1 樓
電話：02-2657-9211　傳真：02-2657-9106
E-mail：service@showwe.com.tw
經 銷 商 / 紅螞蟻圖書有限公司
台北市內湖區舊宗路二段 121 巷 28、32 號 4 樓
電話：02-2795-3656　傳真：02-2795-4100
http://www.e-redant.com

2008 年 9 月 BOD 一版
定價：500 元

讀　者　回　函　卡

感謝您購買本書，為提升服務品質，煩請填寫以下問卷，收到您的寶貴意見後，我們會仔細收藏記錄並回贈紀念品，謝謝！

1.您購買的書名：______________________

2.您從何得知本書的消息？

☐網路書店　☐部落格　☐資料庫搜尋　☐書訊　☐電子報　☐書店

☐平面媒體　☐ 朋友推薦　☐網站推薦　☐其他__________

3.您對本書的評價：(請填代號　1.非常滿意 2.滿意 3.尚可 4.再改進)

封面設計____　版面編排____　內容____　文/譯筆____　價格____

4.讀完書後您覺得：

☐很有收獲　☐有收獲　☐收獲不多　☐沒收獲

5.您會推薦本書給朋友嗎？

☐會　☐不會，為什麼？______________________________

6.其他寶貴的意見：______________________________

____

____

____

讀者基本資料

姓名：____________________　年齡：_____　性別：☐女 ☐男

聯絡電話：________________　E-mail：____________________

地址：______________________________________

學歷：☐高中(含)以下　☐高中　☐專科學校　☐大學

☐研究所(含)以上 ☐其他______________

職業：☐製造業 ☐金融業 ☐資訊業 ☐軍警 ☐傳播業 ☐自由業

☐服務業 ☐公務員 ☐教職　☐學生 ☐其他__________

請貼
郵票

To：114

台北市內湖區瑞光路 583 巷 25 號 1 樓

秀威資訊科技股份有限公司　　　收

寄件人姓名：

寄件人地址：□□□

(請沿線對摺寄回,謝謝!)